Harald Kaup

2125 A.D.

- Janus -

Roman

NOEL-Verlag

Originalausgabe
Mai 2013

NOEL-VERLAG
Hans-Stephan Link
Achstraße 28
D-82386 Oberhausen/Oberbayern

www. noel-verlag.net
info@noel-verlag.de

Die Deutsche Bibliothek verzeichnet diese Publikation in der Deutschen Nationalbibliografie, Frankfurt; ebenso die Bayerische Staatsbibliothek in München.

Autor: **Harald Kaup**
Umschlaggestaltung: Gabriele Benz

1. Auflage
Printed in Germany
ISBN 978-3-95493-007-4

Prolog

Obwohl die Sonne vom Firmament herunter zu brennen schien, war es bitterkalt. Nur ganz schwach waren die keuchenden Atemzüge eines einsamen alten Mannes zu hören, der sich offenbar sehr angestrengt hatte oder gerade dabei war, es zu tun. Die Umgebungstemperatur betrug minus 40 Grad Celsius und wenn es keine Hilfsmittel gegeben hätte, so wäre die Sichtscheibe des Teilhelms von innen beschlagen gewesen und dem alten Mann wäre der Blick auf den rötlichen Gesteinsboden verdeckt geblieben. Hätte ein Beobachter dem Mann ins Gesicht schauen können, so hätte er ein von Schmerzen und tiefer Trauer verzehrtes Antlitz gesehen. Voller Verzweiflung schaute der Mann zum „Himmel" hinauf und sah doch nur eine dunkle Wand – drohend, beängstigend und ohne Hoffnung. Von außen war nicht zu sehen, dass innerhalb des Halbhelmes Feuchtigkeit entstanden war – Tränen. Lautlos und nur durch leichte Zuckungen seines kraftlos erscheinenden Körpers begleitet, weinte die hagere Gestalt im schweren Kälteanzug in sich hinein.

Nach einigen Minuten der Erholung hatte er sich wieder etwas beruhigt. Die Atemzüge waren flacher und seltener geworden. Tränenfreie Augen erlaubten nun eine klare Sicht auf die Gegend. Der Blick ruhte mit einer Mischung aus Hass und Verzweiflung auf dem allgegenwärtigen Rotbraun. Schließlich bückte sich der Einsame und fiel anschließend auf die Knie. Mit beiden Händen, die durch dicke Handschuhe geschützt waren, verteilte er das vor ihm liegende Erdreich und klopfte es dann flach. Merkwürdig langsam sank der aufgewirbelte Staub wieder zum Boden zurück und der verzweifelte Mann schien sich bei seiner Betätigung auch nicht weiter anzustrengen. Schließlich hielt er inne und nahm einen geräumigen Rucksack von seinem Rücken. Immer noch kniend öffnete er diesen und entnahm ihm ein reichlich improvisiertes, offenbar selbst gebasteltes Kreuz aus dickem, gelbem Kunststoff. Der untere Teil war nur unzureichend angespitzt. Der alte Mann setzte den Gegenstand auf den Boden und sah sich um. Dabei bemerkte er, dass der Wind aufgefrischt hatte. Er wirbelte kleine Windhosen auf, rötlichbraune natürlich – was sonst. Diese verdammte öde Farbe! Er musste sich beeilen. Die Stürme in dieser Gegend konnten Geschwindigkeiten von bis zu 400 km/h erreichen - und er war nicht der Schwerste, in dieser Umgebung schon gar nicht. Er musste wieder zurück, zurück in sein Refugium. Schließlich fand er, was er suchte. Er griff nach einem flachen Stein, der auf der Erde gut zwölf Kilogramm gewogen hätte. Hier konnte er ihn mit einer Hand anheben. Mit diesem Ersatzhammer trieb er das gelbe Kreuz mit wuchtigen Schlägen ein gutes Stück in den Boden. Dann richtete er sich auf und besah sein Werk. Nachdem er es für gut befunden hatte, warf er den Stein achtlos zur Seite. Dumpf und fast geräuschlos schlug der Gesteinsbrocken fünf Meter weiter auf und schleuderte Sandfontänen beiseite – rötlichbraune. Noch einmal sah der Mann verzweifelt zum Himmel hinauf und ein stummer, klagender Schrei schien seine geöffneten Lippen zu verlassen. Dann wandte er sich ruckartig ab und verließ diesen unbehaglichen Ort. Schon nach wenigen Metern war seine Gestalt von rötlichbraunem Staub umhüllt und verschwand lautlos ohne sich noch einmal umzudrehen.

Ein Beobachter hätte sich an dieser Stelle des Geschehens etwas mehr mit dem gelben Kunststoffkreuz beschäftigt. Er hätte dann bemerkt, dass mit einem Folienschreiber eine Inschrift aus krakeligen Buchstaben auf das Kreuz geschrieben worden war. Mit einiger Mühe hätte dieser Beobachter die Worte „Meine Liebe! Was nun?“ entziffern können. Kenner der christlichen Weltanschauung hätten richtig vermutet, dass der alte Mann hier jemanden beerdigt hatte. Die Bezeichnung „Meine Liebe“ hätte die logisch Denkenden auf die richtige Vermutung gebracht, dass der Mann eine Frau zu Grabe getragen hatte und diese Bezeichnung ließ auch klar auf sein emotionales Verhältnis zu dieser Frau schließen. Die beiden Worte „Was nun“ mit dem Fragezeichen dahinter bedeuteten wohl, dass hier jemand am Ende seines Weges oder seiner Hoffnungen angekommen war. Jedenfalls konnte sich der Schreiber dieser Worte keine weitere, zumindest keine gute, Zukunft für sich vorstellen.

Der Wind hüllte dieses gelbe Kreuz ein und langsam begann es in rotbraunem Staub und Sand zu versinken – fast geräuschlos. Kurz darauf wurde die Sonne verdeckt und ein Sandorkan legte den Mantel des dunklen Vergessens über diesen Teil des Planeten.

1. Schultag

05.01.2125, 08:45 Uhr Ortszeit, Agua, am Rande der Zentralsiedlung:

Die Beschaulichkeit des sonnendurchfluteten Morgens auf Agua wurde nur gestört von dem fröhlichen Toben von Schulkindern unterschiedlichen Alters. Wobei „gestört" als sehr relativer Ausdruck gewertet werden musste. Es fühlte sich tatsächlich niemand wirklich beeinträchtigt. Im 22. Jahrhundert auf der Erde war zwar immer wieder gebetsmühlenartig behauptet worden, dass gerade die Kinder die Zukunft seien, aber nur hier auf Agua, bei den wahrscheinlich oder vielleicht auch wirklich letzten Menschen im Universum, gewann dieser Ausdruck eine ganz besondere Bedeutung. Auf diesem Planeten war es als Tatsache greif- und begreifbar.
Die Anzahl der auf Agua lebenden Menschen betrug zurzeit 107.563 Individuen – und keiner wusste, ob sie die Letzten ihrer Art waren in der Konfrontation mit den Trax. Daher konnten sich die meisten Menschen nichts Schöneres vorstellen, als eine tobende Kinderschar, mit bunten Bildern und eben auch mit dem entsprechenden Lärm. Ein unbekümmertes Bild der Zukunft.

Anton Stadler, kurz Toni genannt, war ein Lehrer aus Leidenschaft – und heute ganz besonders. Wie üblich, um diese Zeit, hatte der Vierzigjährige aus dem Alpenvorraum der Erde sein ganz in der Nähe gelegenes Heim eher verlassen, um dem morgendlichen Aufmarsch seiner Schüler zuzuschauen. Stadler war auf der Erde für seine Aufgabe gut vorbereitet worden und er selbst hatte sich ganz dieser Passion verschrieben. Unter seiner Leitung war hier ein Schulzentrum entstanden, wie man es sich besser und schöner nicht vorstellen konnte. Urban, man befand sich nicht in der Zentralsiedlung, lag ungefähr 200 km von der Hauptsiedlung der Menschen entfernt in einer leicht hügeligen Landschaft, durchsetzt von Bächen und kleineren Seen, aber weiter entfernt von einem der beiden Meere auf Agua. Man hatte in aller Eile ein paar weitere einfache Holzhütten auf dieses recht große Areal gesetzt, als feststand, dass überdurchschnittlich viele Kinder mit der WALHALLA auf Agua eingetroffen waren. Stadler selbst stammte von der WALHALLA und hatte sich gleich nach seinem Aufweckungsprozess in die Arbeit gestürzt. Diese Schule war zwar nicht die einzige in

Urban, aber die größte. Bis zu 500 Schüler und Schülerinnen konnten hier unterrichtet werden. Die Holzhütten beherbergten lediglich jeweils einen Raum für die Unterrichtung von bis zu 20 Schülern, ausgerüstet mit modernster Technik, aber auch mit Schultafeln herkömmlicher Art. Diese Schulhütten waren untereinander mit sorgsam angelegten Wegen verbunden und alle Pfade führten auch zu einem großen Gemeinschaftshaus, wo die Kinder tagsüber mit Essen und Trinken versorgt wurden. Es handelte sich um eine Ganztagsschule mit entsprechendem Freizeitangebot. Sowohl Technik als auch Sport wurde den Schülern nach dem Unterricht frei zugänglich angeboten und Lehrer wie Anton Stadler, die gleichzeitig auf diesem Gelände wohnten, beaufsichtigten das muntere Treiben. Ein groß angelegter Sportplatz sorgte für die notwendige körperliche Ertüchtigung und die Biologen hatten keine Einwände gegen das Ausbringen von Grassamen erhoben. Genaue Untersuchungen hatten ergeben, dass Gras nahtlos in die heimische Natur integriert werden konnte. Die Photosynthese lief auf Agua nach denselben biologischen Gesetzen ab wie auf der Erde. So unterschied sich die Zusammensetzung des Grases nicht wesentlich von den Flechten und Moosen Aguas.

„Toni?" Anton Stadler erkannte die Kleinmädchenstimme, lächelte und drehte sich um. Vor ihm stand die achtjährige Lena. Von ihr angesprochen zu werden, war für den Lehrer nichts Besonderes. Lena verteidigte vehement ihren Ruf als ein besonders aufgewecktes, aber auch sehr neugieriges Kind.
„Guten Morgen, Lena. Was kann ich für dich tun?"
Die Kleine mit den blonden Zöpfen und den blauen Augen hatte ein wenig provokant die Hände in die Hüften gestemmt und schielte in der aufgehenden Sonne zu ihrem Lehrer hoch: „Du hast uns für heute etwas Besonderes versprochen. Was ist das?"
Tonis Lächeln wurde breiter: „Ich habe auch gleichzeitig gesagt, dass es eine Überraschung sein wird und daher wird es noch ein Geheimnis bleiben. Du wirst dich, genau wie alle anderen, ein wenig gedulden müssen."
Wenn Stadler gedacht hatte, dass sich Lena damit abspeisen lassen würde, so hatte er sich verrechnet. Aber er hatte erfahrungsgemäß auch nicht wirklich damit gerechnet.

„Kannst du mir nicht wenigstens einen Tipp geben, bitte?" Das letzte Wort war kindtypisch in die Länge gezogen und Lena hatte ihren Lehrer dort, wo sie ihn haben wollte. Anton Stadler liebte Kinder über alles und weil die Racker das merkten, liebten sie auch ihn. Leider war er in seiner Begeisterung für Kinder und Job nie dazu gekommen, sich eine Gefährtin zu suchen und eigenen Nachwuchs zu haben. Dafür wurde er jedoch tagtäglich entschädigt. Anton war das, was man einen glücklichen Menschen nennt. Er ruhte in sich selbst und verbreitete Gelassenheit und eine Lebensweisheit, die man sonst nur bei wesentlich älteren Menschen vorfindet.
Lena wartete, hatte immer noch ihre Arme in die Hüften gestemmt und machte keinerlei Anstalten, ohne eine befriedigende Antwort ihre bis jetzt erreichte Stellung aufzugeben.
„Gut", gab Anton nach. „Du sollst einen kleinen Tipp haben. Es hat mit Geschichte zu tun. Mit der Geschichte der letzten Jahre. Und mehr verrate ich nicht und jetzt ab mit dir in deinen Klassenraum!"
Schon lächelte die Kleine, genoss ihren „Sieg" und lief schnell in Richtung einer der Schulhütten davon, während ihre Zöpfe lustig über ihren Rücken baumelten. Kopfschüttelnd sah Stadler ihr nach. Er hatte ihr schon einmal gesagt, dass sie ein neugieriges kleines Mädchen sei, aber die Kleine hatte nur schlagfertig geantwortet: „Ich bin gar nicht neugierig, ich will nur alles wissen!"
Langsam ging Toni hinter seiner Schülerin her. Der Zufall wollte es, dass seine erste Unterrichtsstunde ihn wieder mit Lena zusammen führte. Während er langsam seinem Unterrichtsort zustrebte, dachte er über die Veränderungen im Schulsystem nach. Die pädagogischen Erfahrungen auf der ursprünglichen Heimatwelt, der Erde, waren hier verwertet worden. Man hatte sorgfältig abgewogen und versuchte nun, die damals begangenen Fehler nicht zu wiederholen. Die Kinder wurden sorgsam nach Neigungen und Talenten unterrichtet und es wurde viel Wert auf körperliche Bewegung wie auch auf die mögliche zukünftige Beschäftigung gelegt. Es war völlig normal, dass täglich Fachleute verschiedener Berufsgruppen auf dem Schulgelände anwesend und in die Schulwelt integriert waren. Separate Räumlichkeiten mit entsprechender Ausrüstung standen ausreichend zur Verfügung. Wenn dies vor Ort nicht möglich war, wurden ganze Schülergruppen mit dem instituteigenen,

großen Flugschrauber eben dorthin geflogen, wo eine Ausbildung möglich war. Ein Pilot, der zugleich so etwas wie ein Hausmeister war, stand dafür ständig zur Verfügung. Der große, schwarze Schrauber stand gesichert etwas abseits auf einem extra dafür angelegten Landefeld.

Toni hatte seinen Schulraum erreicht, betrat diesen durch die einfache Holztür und hörte gerade noch den Wortfetzen: „… hat mit Geschichte zu tun, hat er gesagt!"

Mit gespielt strafendem Blick sah sich Anton Stadler in der kleinen gemischten Truppe von Schülern um und richtig: Lena hielt sich erschrocken eine Hand vor den Mund: „Ups!" Die Kleine war nicht nur neugierig, sondern auch ein Plappermäulchen. Toni sah auf seine Uhr und die zeigte ihm ein paar Sekunden vor 09:00 Uhr Ortszeit an. Egal, dachte er, als er schon ein etwas weiter entferntes Geräusch hörte, die Überraschung ist im Anmarsch. Schon knackte es im schulischen Kommunikationssystem und über Lautsprecher, die in die Decken der Klassenräume eingebaut waren, ertönte die ruhige Stimme der Schulleiterin: „Guten Morgen zusammen. Heute ist kein normaler Schultag. Alle finden sich bitte unverzüglich im Audimax ein. Vielen Dank."

Tonis Schulgruppe jubelte und drängte dem Ausgang zu. Das würde interessant werden. Das kurz „Audimax" genannte Gelände war ein in den Boden eingelassenes Areal, welches einem antiken Amphitheater nachgebaut worden war. In Gänze ausgesprochen hieß es Auditorium Maximum. Ein fast zu dreiviertel geschlossener Kreis mit vielen Sitzrängen bot allen 500 Schülern inklusive dem Lehrkörper ausreichend Platz für gemeinsame Veranstaltungen. Dort, wo der Ring offen war, war modernste Technik mit Videoleinwand und Monitoren und ein weiterer Zugang eingebaut worden. Im Zentrum konnten auf 200 qm Vorführungen oder dergleichen stattfinden.

Anton Stadler war nun ebenfalls draußen und auf dem Weg zum Veranstaltungsort, als das Geräusch immer lauter wurde. Die Kinder sahen suchend den Himmel ab und richtig: Da kam eine Tiger Shark im langsamen Sinkflug auf das Landefeld des Schulgeländes zu und das Geräusch verstärkte sich zu einem Dröhnen. Die Schüler hatten gerade Platz genommen, als der Lärm erstarb – die Tiger Shark war gelandet. Toni saß an seinem Lieblingsplatz, also genau zwischen seinen Schülern und harrte der Dinge, die da kommen sollten. Zwar war er eingeweiht und wusste, was sich heute abspielen würde, aber er war neugierig, wen man da geschickt hatte, denn dies war bis zum Schluss offen geblieben. Es dauerte eine Weile und wie das so üblich ist, wenn 500 Kinder zusammen auf etwas warten müssen: Es war gerade in diesem Kessel übernatürlich laut und das so lange, bis sich die Tür unterhalb des Riesenmonitors öffnete. Toni bekam große Augen und staunte nicht schlecht. Neben der Schulleiterin betraten zwei ihm sehr wohl bekannte Frauen und ein Mann mittleren Alters, den er noch nie gesehen hatte, das Rundell.

Die Schulleiterin ergriff das Wort und bat zunächst um Ruhe. Die letzten Gespräche erstarben und interessiert schaute das Jungvolk nach vorne. „Guten Morgen zusammen. Bitte begrüßt mit mir heute Morgen Subcommander Laura Stone, XO unseres Flaggschiffs GERONIMO sowie Sicherheitschefin Beatrice Baines und den Mediziner Dr. Frank Houser."

Die Akustik innerhalb des Runds war so berechnet, dass es keine weiteren Verstärker brauchte. Die Stimme der Schulleiterin konnte man bis in den letzten Winkel hören und ebenso natürlich das vielstimmige „Guten Morgen", welches aus allen Kinderkehlen laut zurück schallte und die Besucher lächeln ließ.

„Wir wollen uns heute mal aus erster Hand über zwei Themen informieren lassen", fuhr die Schulleiterin fort. „Als Erstes wird uns Dr. Frank Houser etwas über die Art unserer nichtmenschlichen Freunden und Feinden erzählen. Dann, nach einer kleinen Pause, wird uns Laura Stone von ihren Erlebnissen der letzten fünf Jahre berichten. Im Anschluss daran stehen uns alle drei für persönliche Fragen zur Verfügung. Frank, bitte!"

Während sich die Frauen in die erste Reihe setzten, blieb Dr. Houser in der Mitte der Bühne stehen und stellte vor sich ein graues Kästchen auf den Boden. Dann trat er ein wenig zurück und vergewisserte sich, dass ihm alle ihre Aufmerksamkeit widmeten. „Fangen wir mit der wichtigsten Spezies an, mit unseren Gastgebern und Verbündeten der ersten Stunde, den Maroon."

Houser holte eine Fernsteuerung aus seiner Jackentasche und drückte auf einen Knopf und wenig später wurde den Schülern die Bedeutung

des grauen Kästchens klar. Es war ein Holoemitter. In voller Lebensgröße von etwa 2,70 m stand das Abbild eines Maroon etwa 50 cm über dem grauen Kasten in der Luft. Die Abbildung drehte sich langsam um die eigene Hochachse und zeigte sich damit den Zuschauern von allen Seiten.
„Die Maroon sind die einheimische Spezies des Planeten Agua. Sie halten sich überwiegend im Wasser auf und besitzen aus diesem Grunde keine Augenlider. Sie können sowohl über eine Art von Kiemen wie auch über Lungen atmen, müssen aber außerhalb des Wassers ihre Augen vor dem Austrocknen schützen und ständig per Hilfsmittel mit Wasser benetzen. Sie werden bis zu 2,70 m groß und leben in Familien von jeweils einem männlichen und zwei weiblichen Individuen."
Frank machte eine Pause und ließ das Hologramm auf seine jungen Zuhörer wirken. Die Kinder sahen ein längliches, gelbes Gesicht mit zwei recht großen Augen und einem dicklippigen Mund und zwar an den gleichen Stellen, wie beim Menschen. Dafür fehlte eine Nase völlig, lediglich zwei kleine Löcher waren an dieser Stelle zu sehen. Das Wesen trug den Kopf auf einem Hals, dessen Seitenteile durch Queröffnungen unterbrochen waren. Diese Queröffnungen wurden durch Hautlappen immer wieder verdeckt und geöffnet und man wusste nun aus der Schilderung des Doktors, dass es sich um Kiemen handelte.
Frank fuhr fort: „Eine Besonderheit ist die Psyche dieser Wesen. Bis zu ihrer Pubertät einschließlich sind diese Wesen nahezu angstfrei und mutig. Danach setzt eine Periode ein, die wir freundlich „die Vorsichtige" nennen. In dieser Phase sind die Maroon nicht bereit, irgendwelche Gefahren auf sich zu nehmen und seien sie auch noch so klein. Erst nach dem Reproduktionszyklus verliert sich diese Erscheinung und für die restliche Lebenshälfte fassen sie wieder Mut, oder wie wir sagen würden, benehmen sich normal. Die Maroon leben in fünf großen Unterwasserstädten und wir wissen leider immer noch nicht allzu viel über sie, denn mit Informationen über sich gehen die Maroon sehr sparsam um. Der Präsident der Maroon ist Baar, der Sohn des Baal, der uns hier vor fast fünf Jahren aufnahm. Eine geistige Fähigkeit macht diese Wesen zu unschätzbar wertvollen Verbündeten. Sie können mittels eines weiteren Sinnes, den wir grob mit Telepathie umschreiben können, alle Lebewesen verstehen, wenn diese zu ihnen sprechen. Sie

selbst lassen direkt in unseren Köpfen eine Kommunikation mit ihnen entstehen. Für uns eine sehr verwirrender Vorgang, an den sich jeder erst gewöhnen muss. Sie sind für uns daher bei dem Kontakt mit anderen Spezies wichtig, weil sie als Dolmetscher fungieren. Ein weiterer positiver Nebeneffekt ist auch, dass man einen Maroon niemals anlügen kann. Er würde es sofort bemerken."
Dr. Houser machte eine bedeutungsvolle Pause und das Hologramm verschwand.
„Die zweite freundliche Spezies, die wir Menschen kennenlernten, waren die Acaspa."
Ein Knopfdruck zauberte das Abbild einer aufrecht stehenden Echse auf die Bühne. Auch hier ließ Frank zunächst die Optik auf sein junges Publikum wirken. Die Gestalt war von mittelbrauner Färbung. Bekleidet war das Wesen mit einem schwarzen Overall, der weite Teile der beiden kräftigen Arme und der kurzen Beine, sowie einen kurzen Stummelschwanz freiließ. Die ungefähr 160 cm große Gestalt besaß einen kräftigen Kopf und um die beiden Augen herum einen gelben Ring ähnlich einer Maske. Die Augen waren jedoch nicht reptilienhaft, wie man es von der Erde kannte, sondern sie waren menschenähnlich, von grüner Farbe und sahen recht freundlich aus. Die Abbildung hatte den Mund geöffnet und die Kinder staunten beim Anblick der Zähne nicht schlecht. Im Gegensatz zu den friedlichen Augen waren diese in mehreren Reihen, oben wie unten im Kiefer, als Dreiecke mit den Spitzen nach oben beziehungsweise unten, zu erkennen. Das Wesen musste unglaubliche Beißfähigkeiten besitzen. Das Individuum hatte keine gespaltene Zunge, wie man es vielleicht von den heimatlichen Echsen gewohnt war, sondern eine in etwa „normale", allerdings in leuchtendem Violett.
„Die Acaspa bewohnen ein System in einiger Entfernung von hier. Die Population beträgt lediglich ca. 700.000 Exemplare", erläuterte Frank im Hinblick auf das Schuppenwesen auf der Bühne. „Bei den Acaspa regieren allein die Frauen, welche übrigens an dem gelben Augenring zu erkennen sind. Ihre männlichen Partner haben ein blaues Band um die Augenregion. Die jungen Acaspa schlüpfen aus dem vom weiblichen Acaspa gelegten Ei. Präsidentin von Acaspa ist zurzeit Yirr."

Wieder ließ Frank eine längere Pause entstehen, während er mit einem weiteren Knopfdruck das Holobild ausblendete.
„Die letzte Spezies, die wir zu unseren Verbündeten zählen, nennen sich Vendora.“
In der Mitte der Bühne erschien vor aller Augen die blaue Gestalt dieser Spezies.
„Bei den Vendoras handelt es sich um eine entfernt humanoide Spezies. Die Wesen von blauer Hautfarbe werden bis zu 1,70 Meter groß und unterscheiden sich von uns folgendermaßen: Sie besitzen ein zweites Armpaar, welches nicht aus den Schultern, sondern in Höhe der Leibesmitte seitlich angeordnet ist. Ein Mund und auch entsprechend Zähne sind vorhanden, auch eine abgeplattete Nase. Das merkwürdigste aus unserer Sicht sind allerdings die Augen. Ein Facettenring liegt tief zwischen zwei Knochenwülsten und erstreckt sich von Schläfe zu Schläfe. Nach unseren Umrechnungen wiegt das durchschnittliche männliche Exemplar bei Erdschwere etwa 110 kg, so dass wir davon ausgehen, dass es sich um eine sehr kräftige Spezies handelt. Es handelt sich um eine Lebensform, bei der der männliche Teil dominiert. Die Vendoras rechnen im Siebener System. Gleichzeitig ist die Sieben auch Bestandteil ihrer religiösen Weltanschauung. Sie versuchen immer die Zahl Sieben ins Spiel zu bringen.“
Anton Stadler sah sich im weiten Rund des Audimax um. Jedes Kind hörte zu und abgesehen von den Geräuschen, die Dr. Frank Houser bei seiner Präsentation von sich gab, hätte man die buchstäbliche Stecknadel zu Boden fallen hören können. Völlig lautlos drehte sich das Vendora-Hologramm langsam um die eigene Achse. Man konnte einige Kinder sehen, die mit großen Augen und offenem Mund nach vorne starrten. Es war eine unglaublich gute Idee gewesen, nicht die Lehrer, sondern Fachleute, die direkt mit den Dingen, in diesem Fall mit den Wesen, zu tun hatten, selbst berichten und unterrichten zu lassen. Toni wusste, dass die Führungsmannschaft der GERONIMO sowie andere herausragende Fachleute ständig Termine an den Schulen hatten. Man tat alles, um die Jugend und deren Ausbildung in das tägliche Leben zu integrieren. Und der Erfolg gab ihnen Recht. Kein Kind würde so schnell den heutigen Tag vergessen und dabei war das Spannendste noch gar nicht berichtet worden. Selbst Stadler würde die Geschichte

der letzten fünf Jahre heute auch zum ersten Mal aus dem Mund eines Zeitzeugen hören und er war sehr gespannt darauf.
Houser hatte mittlerweile das Hologramm abgeschaltet und das Kästchen von der Bühne geräumt. Dann trat er zum Rand der Bühne und drehte sich zum Bühnenzugang um. Wenig später öffnete sich die Tür und der Hausmeister der Schule schob einen Rollwagen hinein, dessen Transportgegenstand mit einer dünnen Decke gegenüber neugierigen Blicken verborgen wurde. Der Wagen wurde mittig der Bühne abgestellt und Houser dankte dem Hausmeister, der sofort wieder von der Bühne verschwand. Dann wandte sich der Mediziner wieder seinem Publikum zu.
„So, meine lieben Zuhörer. Das waren unsere Freunde und Verbündeten. Es fehlt aber noch eine Spezies. Kennt ihr die?" Mit gerecktem Hals sah sich Frank innerhalb seines Publikums um. Ein zehnjähriger Junge meldete sich und Frank sah ihn auffordernd an.
„Es sind die Trax – unsere Feinde", kam es mit dünner Stimme aus dem Publikum.
„Richtig", bestätigte Houser. „Habt ihr schon mal einen Trax in Lebensgröße gesehen?"
„Nein", erscholl es vielstimmig.
„Dann werde ich euch jetzt mal Einen zeigen!" Mit einem kräftigen Ruck zog Frank Houser an dem Sichtschutz und die Decke flog im weiten Bogen von der Bühne.
Selbst Anton Stadler stockte der Atem und viele Kinder hatten sich erschrocken. Die naturgetreue Nachbildung eines Trax war wesentlich eindrucksvoller und authentischer als die vorherigen Hologramme oder gar die Bilder, die sie schon zuhauf gesehen hatten. Nach menschlichen Maßstäben war das zum Vorschein gekommene Wesen mehr als hässlich. Der unbehaarte Kopf war weitgehend dreieckig und lief im unteren Bereich spitz zu. Die Hautfarbe schimmerte golden. Anstelle der Nase waren drei querlaufende Hautlappen zu erkennen, die in der Mitte des Kopfes die Hälfte des breiten Schädels einnahmen. Das Wesen hatte den Mund offen und man erkannte anstelle der Zähne schwarze Knochenplatten. Das Merkwürdigste aber waren die Augen. Sie standen ziemlich hoch und weit auseinander und statt eines Augapfels bestanden die übergroßen Sehorgane aus Facetten, wie man sie von den

Insekten der Erde kannte. Ohren oder etwas Vergleichbares waren nicht zu erkennen. Das Wesen war rund zwei Meter groß und hatte zwei Arme und Beine. Der Hals führte über einen Bogen von hinten zum Kopf, so dass sich fast ein Vergleich mit den heimatlichen Geiern ergab. Der Goldene stand leicht gebückt, als wolle er gleich ins Publikum springen. Einige der jüngeren Schüler waren auffallend blass. Anton Stadler achtete peinlich darauf, ob sich das Alien nicht doch vielleicht bewegte und damit zu erkennen gab, dass es keine Nachbildung war.

Dr. Frank Houser beobachtete aufmerksam die Schüler und als er der Meinung war, dass sich der allgemeine Schrecken einigermaßen gelegt hatte, fuhr er fort.

„Die Wesen bewegen sich ruckartig schleichend. Wir wissen nicht allzu viel über unsere Gegner, aber das, was wir wissen, ist sehr beunruhigend. Was macht unsere Feinde so gefährlich?"

Wieder hatte der Mediziner eine allgemeine Frage an die Schüler gestellt und eine junge Schülerin warf ein: „Weil sie so böse sind!"

Frank lächelte: „Das auch – sehr sogar. Baar, dem es gelang, die Gedanken eines Trax zu lesen, konnte bestätigen, dass diese Wesen rücksichtslos und grausam denken. Aber das ist es nicht, was sie auch so gefährlich macht. Es sind im Wesentlichen vier Dinge, die uns zu schaffen machen."

Frank hob seine rechte Hand und reckte den Daumen nach oben.

„Erstens: Die Trax können im Vakuum des Weltraumes überleben. Wie lange genau, das wissen wir leider nicht."

Houser nahm den Zeigefinger dazu.

„Zweitens: Es sind eingeschlechtliche Lebewesen, die sich im Laufe eines Aguajahres um das Dreifache vermehren können."

Mit dem Mittelfinger reckte Houser nun drei Finger in die Höhe.

„Drittens: Durch die unglaubliche Vermehrungsrate sind die Trax sich selbst gegenüber völlig rücksichtslos. Ihr eigenes Leben bedeutet ihnen anscheinend nichts oder die einzelnen Individuen werden durch eine Art Gemeinschaftsintelligenz gesteuert. Das macht sie im Kampf sehr gefährlich."

Der Mediziner klappte nun seinen Daumen nach unten und zeigte die restlichen Finger.

„Viertens: Die Trax verteilen sich auf viele Clans. Wird ein Clan zu groß, wird ein Teil mit Technik und Raumschiffen auf einem Planeten ausgesetzt und muss sich selbst behaupten. Dadurch entsteht ein ungeheurer Platz- und Ressourcenbedarf. Wir laufen Gefahr, von den Trax überschwemmt zu werden. Andere Rassen, die ihnen gefährlich werden können, werden entweder aufs Heftigste bekämpft, oder sie dienen ihnen gerade mal als Sklaven."

Houser sah sich um und ein Junge in den vorderen Reihen deutete seinen Blick richtig. Mit der zuvor in seiner Nähe gelandeten Decke ging er auf die Bühne und überreichte dem Mediziner den Stoff.

„Danke, mein Junge", mit einer eleganten Bewegung schleuderte Frank die Decke über die Nachbildung des Trax. „Ich bin mit meinen Erläuterungen am Ende. Bitte wartet noch mit euren Fragen, vielleicht ergeben sich die Antworten ja aus den Erzählungen von Laura."

Frank Houser begann, das Modell von der Bühne zu schieben und die Schulleiterin stand auf und drehte sich zu den Zuhörern. „So, liebe Kinder, ich denke das war doch ein ganz interessanter Vortrag. Bevor wir jetzt weiter machen, gibt es für euch eine Pause. In genau einer halben Stunde geht es hier weiter – seid bitte pünktlich!"

Die Kinder verließen immer lauter werdend ihre Sitzplätze und strebten dem am oberen Rand befindlichen Ausgang zu.

„Kommst du mit?" Toni fühlte, wie jemand an seiner Jacke zog und an der Stimme erkannte er die kleine Lena.

„Nein, Lena. Ich werde die seltene Gelegenheit nutzen und mit unserem Besuch sprechen."

Mit einem „Schade!" schloss sich Lena ihren Mitschülern an und Toni Stadler bemühte sich Richtung Bühne zu gelangen. Da er am Weitesten davon entfernt gesessen hatte, kam er auch als Letzter an.

„Hier darf ich euch den Chefplaner unserer Schule und des Geländes vorstellen." Die Schulleiterin hatte ihn kommen sehen, hakte Toni unter und stellte ihn den drei Besuchern vor. „Ohne Anton Stadler hätten wir nicht dieses tolle Areal mit allen seinen Möglichkeiten. Toni wohnt hier auf dem Schulgelände und ich kann mir keinen besseren Lehrer und Betreuer für unsere Jugend vorstellen."

„Bitte, bitte." Toni hob abwehrend und verlegen seine Hände. „Ohne die Unterstützung von Vera", und er deutete dann mit dem Kopf zur

Leiterin der pädagogischen Anlage, „hätte ich nichts bewirken können. Vera hat mir weitgehend freie Hand gegeben und ich konnte meine Vorstellungen umsetzen.“
Laura schaute den Lehrer interessiert an. Die knapp sechzigjährige, etwas untersetzte Frau mit dem roten Stoppelhaarschnitt und der Brille, fand Gefallen an dem Pädagogen. Leute, die sich ganz in den Dienst der Sache stellten und die keine halben Sachen machten, waren ihr äußerst sympathisch, und sie bewies auch gleich, dass sie sich auf dieses Zusammentreffen vorbereitet hatte. „Du kommst von der WALHALLA – richtig?“
Toni nickte zustimmend.
„Hast du Angehörige verloren?“
Anton schüttelte den Kopf: „Nein. Das lag aber daran, dass ich keine Angehörigen auf dem Schiff hatte.“
Laura Stone war verwundert: „So, du bist ganz allein auf das Siedlerschiff gegangen? Meinen Respekt!“
Anton Stadler breitete die Arme aus und zeigte lächelnd auf die Kinder, die sich noch im Sichtbereich aufhielten. „Das ist meine Familie. Ich bin Lehrer aus Leidenschaft und die Aussicht, die Fehler der Erde hier vermeiden zu können, indem man ganz von vorne anfangen kann, hat mich geradezu in die Stasekammer der WALHALLA getrieben.“
Laura lächelte. Ein Mann ganz nach ihrem Geschmack. „Wir brauchen Leute wie dich, Toni. Ohne Personen deines Kalibers können wir Militärs uns draußen im kalten Weltraum die Seele aus dem Leib kämpfen – es wäre unnütz. Denn nur mit Leuten wie dir im Rücken, kann die Menschheit überleben. Ich möchte, dass du mir jetzt und nach meinem Vortrag die Anlage zeigst.“ Laura ging auf den verlegenen Mann zu, hakte sich unter und beide verließen das Audimax. Vera führte die anderen Gäste zur Kantine und reichte Erfrischungen.
Die halbe Stunde Pause war natürlich viel zu schnell vergangen, aber da den Schülern heute etwas außergewöhnlich Interessantes geboten wurde, saßen alle nach 30 Min. artig auf ihren Plätzen im Audimax. Toni Stadler hatte Glanz in seinen Augen. Laura Stone hatte nicht mit Komplimenten gespart und ihn wissen lassen, dass sie nach ihrem Einsatz auf der Bühne einen ausführlichen Rundgang mit ihm über das Gelände machen wollte. Anton war völlig gefangen von der Ausstrahlung dieser

aus seiner Sicht einzigartigen Frau. Nun konnte er verstehen, warum diese Frau in der militärischen Hierarchie ganz weit oben stand. Jedes Wort und jede Bewegung drückten eine Gelassenheit und Sicherheit aus, die man bei anderen vergeblich sucht. Dabei konnte diese Person sicherlich nicht nur charmant sein. Man wurde nicht Erster Offizier des Flaggschiffs alleine mit Freundlichkeit. Nun saß Anton mit seiner ganzen Bewunderung wieder auf seinem Platz und starrte auf die Bühne.
Laura ließ sich Zeit, bis das allerletzte Geräusch erstarb. Mit freundlichem Blick ruhten ihre Augen auf den Kindern und damit auf der Zukunft der Menschen.
„Vor nunmehr über sieben Jahren, also im Jahr 2118, fasste man auf der Erde den Entschluss, ein, oder wie wir jetzt wissen, mindestens zwei Siedlerschiffe auf die Reise in die Weiten des Universums zu schicken. Die vormals GOOD HOPE, mein Schiff, war eines davon. Dieses 3000 Meter lange Schiff wurde im Marsorbit über einen Zeitraum von zwei Jahren zusammengebaut." Laura machte eine kleine Pause und nahm befriedigt zur Kenntnis, dass ihr die Zuhörer, eingeschlossen des Lehrkörpers, an den Lippen hingen. „Wir sollten mittels unseres Sprungantriebes, der uns fast in Nullzeit über gewaltige Entfernungen katapultieren konnte, einen Planeten finden, der für menschliche Siedler geeignet war. Drei Wochen vor unserem geplanten Start, am 8. Juni 2120, wurde die Erde von den Trax angegriffen und wir mussten mit unserem unbewaffneten Schiff fliehen. Unser Captain, Thomas Raven, entging damals auf seinem Erkundungsflug zur Erde nur ganz knapp dem Tod. Unsere Flucht wurde begleitet von einem Treffer aus der Strahlenkanone eines der feindlichen Schiffe in dem Augenblick, als wir den Sprungantrieb aktivierten. Dadurch sprangen wir viel weiter als geplant und auch eine genaue Richtung ließ sich anschließend nicht mehr feststellen. Wir hatten uns verirrt und haben es eigentlich immer noch. Thomas Raven rief das Kriegsrecht aus und wie es unsere Tradition erforderte, taufte er das Schiff um in „GERONIMO". Kaum hatte ich den neuen Namen in das Logbuch eingetragen, so gab eine Sicherheitsschaltung verschiedene militärische Möglichkeiten bekannt und ein gesamtes Deck, von dem wir zuvor nichts wussten, wurde auf der GERONIMO frei geschaltet. Zu unserem Erstaunen war das Schiff doch bewaffnet und verfügte über einige Staffeln Jäger und Bomber und es

schliefen etliche Militärs und Kriegs-Fachleute in unseren Stasekammern. Wir nahmen den Kampf gegen die Trax auf und stießen damals auf die friedliebenden Bewohner dieses Planeten – die Maroon. Ihr habt sie sicherlich schon einmal gesehen – oder?"
Laura schaute sich um und viele Kinder nickten. Natürlich, die Maroon gingen bei den Menschen ein und aus und daher gab es zahlreiche Kontakte. Das Schöne war: Die Kinder kannten es nicht anders und so wuchsen sie mit andersartig aussehenden Intelligenzen auf. Für sie die natürlichste Sache der Welt.
Laura Stone fuhr fort: „Die Maroon boten uns einen Handel an. Die Trax hatten einen kleinen Teil ihrer Welt besetzt und ahnten nicht, dass die Maroon in den Meeren dieses Planeten wohnten. Wir sollten die Trax von Agua vertreiben, dafür war es uns erlaubt, auf dem Festland zu siedeln. Es war zwar schwierig, aber es gelang uns und die Maroon hielten Wort. Es war der 25. Juli 2120, als wir die Genehmigung der Maroon erhielten, dass wir uns hier niederlassen durften. Ihr kennt den höchsten unserer Feiertage: Den Besiedlungstag. Im Rahmen der Nachsuche in diesem Sonnensystem entdeckten wir zwei Terra-Schlachtschiffe der Erde, die in die Hände des Feindes gefallen waren. Wir konnten diese kampfstarken Raumschiffe für unsere Zwecke sichern. Ihr kennt sie sicherlich als „COCHISE" und „RED CLOUD"."
Wieder entstand eine kleine Unterbrechung als Zeichen dafür, dass ein neuer Abschnitt des Berichtes begann.
„Vor drei Jahren wurde Agua wieder von den Trax angegriffen. Im Zuge des Kampfes und der Aufklärungstätigkeiten unserer Kampfschiffe entdeckten wir das Acaspa-System. Auch dieses konnten wir von den Trax befreien und gewannen einen wertvollen Verbündeten für unseren jetzt bestehenden Bund der Völker hinzu. Dabei entdeckten wir auf Acaspa zwölf Kinder, die von den Trax entführt worden waren. Wir konnten diese retten. Ihr habt sicherlich von ihnen gehört."
Laura machte eine Pause und nahm einen Schluck aus einem Wasserglas, welches auf der Bühne bereitgestellt worden war.
„Im letzten Jahr erhielten wir von den Acaspa einen Hinweis auf die Existenz eines zweiten Siedlerschiffes, welches ein paar Wochen vor uns von der Erde gestartet war. Wir flogen mit der GERONIMO los, um die WALHALLA, so hieß dieses Schiff, zu suchen. Bei dieser Suche

entdeckten wir eine weitere intelligente Rasse, die Vendora. Anfangs gerieten wir mit ihnen in eine Auseinandersetzung und legten damals deren autoritäre Regierung lahm. Die neuen demokratisch gewählten Vertreter der Vendora waren uns wohl gesonnen und halfen uns, die WALHALLA gegen die Trax zu verteidigen, als wir diese gefunden hatten. Am 11. Oktober des letzten Jahres erreichte die schwer beschädigte WALHALLA unter dem Schutz der GERONIMO und einer kampfstarken Flotte der Vendora diesen Planeten. Die Schläfer wurden geweckt und auf Agua angesiedelt. Seit dem 7. September 2124 gibt es nun den Bund der Völker. Die Maroon, die Acaspa, die Vendora und wir haben uns zusammengeschlossen, um der übermächtigen Gefahr der Trax Herr zu werden. Gemeinsam werden wir für ein friedliches Miteinander einstehen und uns bei Überfällen durch die Trax gegenseitig helfen."

Laura machte eine kurze Pause und hob die Arme. „Das, liebe Kinder, war mein Teil des Berichtes." Laura schaute auf ihre Uhr. „In einer Stunde wird es eine Erklärung unseres gewählten Präsidenten, Ron Dekker, geben. Zu seiner Person: Ron Dekker war einer der ersten Leute, die Captain Thomas Raven auf unserem Flug nach Agua aufwecken ließ. Ron ist Chef der Marines an Bord der GERONIMO gewesen und hat einen wesentlichen Beitrag zu den Siegen über die Trax geleistet. Daher hat die Mehrzahl der Menschen großes Vertrauen zu ihm, obwohl Ron alles andere ist als ein Politiker – vielleicht auch deshalb."

Laura drehte sich um: „Vielleicht sollten wir den Großmonitor schon einmal einschalten, damit wir nichts versäumen. Im Übrigen schlage ich eine kurze Pause vor, in der ihr euch ein paar Fragen überlegen könnt."

Vera stand auf, dankte Laura und schickte die Schüler in eine viertelstündige Pause.

Anton stand noch ganz im Bann der Erzählungen und ohne, dass es ihm bewusst war, stand er wieder neben Laura. „Ich denke mal, so locker wie du das hier erzählt hast, ist es wohl nicht abgelaufen!"

Laura sah den Lehrer nachdenklich an und ihr Blick verdüsterte sich: „Kindgerecht eben, aber in der Tat, du hast Recht. Ein paar Mal stand die GERONIMO kurz vor der Vernichtung und wir haben viele gute Leute verloren – sehr viele. An Thomas´ persönlichen Einsatz beim

Kommando „Helena“ – ich darf gar nicht mehr daran denken. Mir wird jetzt noch übel. Wir haben nichts geschenkt bekommen, Toni, wir haben es uns erkämpft. Wir hatten nur etwas mehr Glück als die WALHALLA. Wenn es dich interessiert: Irgendein Schreiberling hat unsere bisherige Odyssee zusammengefasst und ins Netz gestellt. Sie ist frei zugänglich. Du kannst sie aufrufen unter 2120 A.D. NEULAND, 2122 A.D. HELENA und 2124 A.D. WALHALLA. Ziemlich spannend und authentisch – hat er gut gemacht.“
Toni wechselte noch ein paar Worte mit Laura Stone, dann rief die Schulleiterin wieder zur Tagesordnung. Die Pause war beendet und die Fragestunde konnte beginnen.
„Wer eine Frage hat, meldet sich bitte. Ich rufe dann auf, ihr stellt euch hin und stellt laut und deutlich eure Frage. Wer darauf antwortet, wird sich ergeben oder aber ihr stellt eine Frage direkt an einen der drei Gäste hier. Los geht's!“
Die Besucher sowie die Schulleiterin standen erwartungsvoll auf der Bühne, Toni hatte sich wieder zu seinen Schülern gesetzt.
Ein dünnes Ärmchen wurde in die Höhe gereckt und Toni verwunderte das nicht im Geringsten.
„Lena, bitte stell deine Frage.“
Das Mädchen stand auf. „Ich habe eine Frage an Beatrice. Warum bist du so dünn?“
Gelächter kam auf und auch Toni konnte sich ein Schmunzeln nicht verkneifen. Die junge, 158 cm große, beziehungsweise kleine Gunnerin mit den grauen Augen und dem langen blonden Haar war schon auffallend dünn. Es war eben immer auch ein kleines Risiko, so junge Menschen einfach fragen zu lassen.
„Ruhe bitte“, mahnte Vera. „Wir haben vereinbart, auch persönlich Fragen stellen zu können und das war Lenas Frage. Bitte Beatrice.“
Die junge Sicherheitschefin des Flaggschiffes zeigte ein breites Grinsen, als sie einen Schritt nach vorne trat. „Um dich zu beruhigen, liebe Lena, ich esse ausreichend und genug. Mein Freund bemüht sich außerordentlich, dass ich ein wenig zunehme. Aber mein Körper will einfach kein Fett ansetzen. Ich bleibe so wie immer. Aber ich fühle mich sehr wohl dabei. Danke für deine Frage.“
Die kleine Lena nickte und setzte sich wieder hin.

Als Nächstes kam die Frage eines älteren Schülers und die zeigte, dass er sich schon eine Menge Gedanken gemacht hatte.
„Frank hat uns erklärt, dass man die Maroon nicht anlügen kann, ohne dass sie es bemerken. Wie aber ist sichergestellt, dass wir den Maroon trauen können?“ Erwartungsvoll stand ein junger Mann auf den Rängen und wartete auf eine Antwort.
Dr. Frank Houser antwortete: „Absolut sicher kann man sich nie sein. Aber wir Menschen vertrauen immer wieder, es liegt in der menschlichen Natur. Ich persönlich traue den Maroon voll und ganz und das aus folgendem Grund: Ich hatte euch von der seltsamen Psyche dieser Spezies erzählt. Bis vor einem halben Jahr war es üblich gewesen, dass die Maroon nach der vorsichtigen Lebensphase allein ins Meer hinaus gingen, um niemals zurückzukehren. Nach ihrer Weltanschauung sollte niemand einen altersschwachen Maroon sterben sehen. Sie opferten sich quasi selbst. Unserem höchsten medizinischen Offizier, Dr. Ewa Lenn und mir gelang es vor ein paar Monaten an Bord der GERONIMO, zwei Exemplare dieser Wesen zu untersuchen. Wir stellten fest, dass die Maroon nach Beendigung der vorsichtigen Phase erst die Hälfte ihrer normalen Lebensspanne absolviert hatten. Viele Jahre lagen noch vor ihnen. Jahre, in denen sie sich und ihre Kultur ohne unnötige Angstgefühle weiter entwickeln können. Dr. Ewa Lenn machte den Ureinwohner dieses Planeten diesem Umstand klar. Seitdem wird sie wie eine Heldin bei den Maroon gefeiert. Sie haben es uns zu verdanken, wenn die Spezies Maroon von nun an aufblühen wird und die einzelnen Individuen doppelt so lange leben wie bisher. Aus diesem Geschehen leite ich ab, dass uns die Maroon in ihrer Dankbarkeit nicht hintergehen werden.“
Der junge Fragensteller nickte. Er hatte eine aus seiner Sicht befriedigende Antwort bekommen und setzte sich wieder.
Die nächste Frage kam von einem 10-jährigen Mädchen: „Was bedeutet eingeschlechtlich bei den Trax?“
Auch hier antwortete der Mediziner: „Eingeschlechtlich bedeutet, dass es bei der Spezies des Feindes keine weiblichen und keine männlichen Exemplare gibt. Zur Vermehrung braucht ein Trax niemand anderen. Bei dieser Spezies reifen nacheinander drei Eier im Körper.“ Frank

machte eine Pause und sofort kam es zu einer weiteren Frage in dieser Sache.
„Aber, ist dann eine biologische Weiterentwicklung überhaupt möglich?“
Frank schmunzelte, so machten die Schüler Spaß. Sie entwickelten eigene Gedanken dazu und die waren gut nachvollziehbar. „Nein, nach den Gesetzen, wie wir sie aus unserer Natur kennen, bedingen zwei wesentliche Dinge die Evolution: Vermehrung auf Grund des Genmix aus zwei Individuen und der Tod. Hier handelt es sich um eine Sackgasse der Evolution. Die Trax reproduzieren lediglich Kopien von sich selbst. Dass es dabei zu irgendeiner Mutation kommt, ist äußerst selten oder ganz unwahrscheinlich. Die Natur kann daher die Spezies der Trax nicht mehr verbessern. Aus unserer Sicht sind sie aber schon ziemlich perfekt und sind uns an körperlicher Belastungsfähigkeit weit voraus.“
Das muntere Frage- und Antwortspiel ging noch eine Zeit lang weiter, bis Laura mit dem Hinweis auf die Ansprache des Präsidenten unterbrach.
Wenig später schaltete sich dann der Monitor ein und zeigte einen silbernen Bildschirm mit dem Abbild von Agua in der Mitte. Auf jedem Armbandcom-Display, auf den Arbeitsterminals und auf den Freizeitvideoschirmen erschien dasselbe Bild. Es war das Zeichen für alle Menschen, dass eine wichtige Nachricht erfolgte.
Das silberne Bild verschwand und machte Platz für einen Mann Mitte 40 mit einem ausgeprägten Glatzkopf. Eingeweihte wussten, dass sich Ron Dekker den Schädel rasierte. Selbst hinter dem Schreibtisch sitzend war dieser 180 cm große untersetzte Mann ein Sinnbild für Kraft und Ausdauer. Den Chef der Marines nahm ihm jeder sofort ab.
Mit sonorer Stimme begann Ron sofort in die Kamera zu sprechen: „Liebe Mitbürger, bitte nehmt euch ein wenig Zeit für die nachfolgenden Informationen.“
Dekker machte eine Pause, damit jeder seine derzeitige Beschäftigung für diese Ansprache seine augenblickliche Tätigkeit unterbrechen konnte. Ron konnte sicher sein, dass fast Jeder ihm zuhörte. Schließlich waren seine Reden dafür bekannt, dass sie kurz und inhaltsstark waren.
Mit einem Räuspern des Ersten Bürgers auf Agua ging es dann weiter.

„Vor ein paar Wochen hat mich unser Chef der militärischen Abteilung, First Commander Space Force, Captain Thomas Raven, über einen äußerst wichtigen Umstand informiert. Wir haben seitdem beraten, was zu tun ist und sind nun zu einem Entschluss gekommen. Aber, diese Information hat Thomas herausgefunden und daher soll er die Bedeutung und unseren Beschluss selbst berichten. Bitte!"
Die Kamera schwenkte nach links und ein weiterer Mann kam ins Bild. Captain Thomas Raven war ein schlanker und sportlicher, 1,80 m großer Mann mit markanten Gesicht und locker anliegenden dunkelbraunen Haaren, die ihm mittlerweile etwas nach hinten über den Kragen reichten. Raven war gekleidet in der typischen Uniform der Militärs. Zum dunkelroten T-Shirt trug er eine petrolfarbene, weiche Jacke mit Reißverschluss. Kenner wussten, dass Thomas dazu eine ebenso petrolfarbene Hose trug. Ein Sticker auf der linken Brustseite mit den Buchstaben GE, eingerahmt durch ein großes C wiesen ihn als den Captain des Flaggschiffs GERONIMO aus. Ansonsten war die Uniform schnörkellos.
„Ich wünsche einen guten Tag." Thomas ließ gleich zu Beginn erkennen, dass er keinesfalls gewillt war, seine Ansprache in die Länge zu ziehen. „Wie es sich sicherlich herumgesprochen hat, haben uns die Acaspa ein umfangreiches Informationssystem geschenkt. Es beinhaltet das gesamte Wissen des Acaspa, ob dies nun selbst zusammengetragen oder erkauft wurde – egal, und zwar aus mehreren Jahrhunderten. Das System beinhaltet Terrabytes von Daten und es ist lediglich eine Kunst, die Antworten dem System zu entlocken, das heißt, die korrekten Fragen zu stellen. Gegen Ende unseres letzten Einsatzes stellte ich die nach meiner Meinung richtigen Fragen und bekam eine entsprechende Antwort. Mittlerweile sind die Daten überprüft und gelten als gesichert."
Thomas machte eine kleine Pause, während Tausende von Zuhörern sich fragten, was der Captain meinte.
„Das System der Acaspa kennt die Position der Erde!"
Nun war es heraus. Die Position des heimatlichen Sonnensystems war bekannt. Bisher musste jeder davon ausgehen, dass man sich im Weltraum verirrt hatte und irgendwann die Erde wieder zu finden, schien selbst dem größten Optimisten zu unwahrscheinlich. Im weiten Rund

des Audimax hielten die Kinder den Atem an, wie vermutlich alle Menschen auf Agua. Toni war es ganz heiß geworden.
„Nun, meine lieben Gefährten, vielleicht werdet ihr euch fragen, wo wir denn eigentlich gelandet sind. Auch darauf gibt der Acaspa-Rechner eine Antwort. Wir mussten dies zwar in Bezug zu unseren eigenen Daten setzen, aber auch hier sind Zweifel unangebracht. Wir befinden uns in der Blackeye-Galaxie. Dies ist eine Spiralgalaxie im Sternbild „Haar der Berenike“ - von der Erde aus gesehen. Man kann es auch abkürzen in M64 oder NGC 4826.“
Thomas lächelte etwas gequält in die Kamera. „Nun werdet ihr sicherlich auch wissen wollen, wie weit wir entfernt sind und ob wir die Erde erreichen können. Nun, wir sind unglaubliche 24 Millionen Lichtjahre entfernt, jedenfalls so ungefähr, auf ein paar Millionen kommt es dann auch nicht mehr an. Ja, wir können die Erde erreichen. Nach Auskunft der Datenbank der Acaspa gibt es Wurmlöcher, die ganze Galaxien miteinander verbinden. Wir müssen uns auf einen solchen Transfer medizinisch vorbereiten, aber es geht. Zusammen mit unserem Präsidenten wurde beschlossen, dass die GERONIMO zur Erde fliegt. Ron hat mich beauftragt, diese Mission zu leiten. Starttermin ist der 17. Januar diesen Jahres. Ich lege hiermit fest, dass es sich lediglich um eine Aufklärungsmission handelt. Darum wird die Crew der GERONIMO ausschließlich aus Freiwilligen bestehen. Wir halten es für unbedingt notwendig, dass wir wissen, was mit unserer Erde seit dem 8. Juni 2120 geschehen ist und ob es dort vielleicht Überlebende gibt. Wir rechnen mit einer Missionsdauer von etwa zwei Monaten, aber sicher ist das nicht. Freiwillige melden sich bitte über den üblichen Flottencom-Kanal bei Paulo Baretta an Bord der GERONIMO bis zum 8. Januar. Ich danke für die Aufmerksamkeit.“
Die Kamera schwenkte wieder auf Ron Dekker. „Ihr habt es gehört, das war unsere Mitteilung. Ich wünsche einen angenehmen Tag.“
Der Bildschirm ging aus und es war auffallend still im Audimax. Aber nur kurz, dann schien jeder mit jedem zu sprechen. Toni drängte sich vor zu Laura: „Hast du das gewusst?“
Laura nickte bestätigend: „Ja. Wenn die WALHALLA vor vier Monaten nicht in einem so bejammernswerten Zustand gewesen wäre, wären wir gleich durchgeflogen. So holen wir jetzt nur das nach, was wir an

dieser Stelle abbrechen mussten. Meine Meldung als Freiwillige liegt Thomas bereits vor, so dass wir uns jetzt um deine Schule kümmern können. Du kannst mir nun den Rest zeigen."

2. Wiederholung

07.01.2125, Agua, Farmgelände Lutz Heinken, später Nachmittag:

Die Vögel Aguas, stimmgewaltige und farbenfrohe Gesellen, begrüßten den nahenden Abend auf ihre eigene Art. Überall trällerte und zwitscherte es. Hin und wieder flogen kleinere Schwärme dieser bunten Geschöpfe über die Gersten- und Hopfenfelder hier weit außerhalb der zentralen menschlichen Siedlung auf Agua. Es war eine tolle Idee von Lutz gewesen, Thomas Raven und seiner schwangeren Partnerin Ewa Lenn ein Wohnhaus auf seinem Farmgelände zu bauen. Thomas war vor ein paar Monaten bei seiner Rückkehr von der Mission >>REUNION<< völlig überrascht gewesen, als ihn der Freund mit diesem Angebot konfrontierte. Ewa war schwanger und die beiden angenommenen Kinder, Peter und Inara, brauchten eine dauerhafte Bleibe mit vertrauten Bezugspersonen. Gerade weil diese beiden Kinder vor mehr als zwei Jahren aus den Klauen der Trax befreit werden konnten, mussten sie jetzt besonders betreut werden. Lutz, der ehemalige Navigator der GERONIMO, jetzt vielfacher Vater und mit Shelly verheiratet, hatte den Nagel exakt auf den Kopf getroffen, als er andeutete, dass Thomas und vielleicht auch Ewa alsbald wieder den Weltraum aufsuchen würden. Er und seine Frau Shelly wollten sich dann auch um deren Kinder kümmern. Um den Kleinen ein ewiges Hin und Her zu ersparen, wohnte man auf diesem Areal nun seit ein paar Wochen gemeinsam. Das riesige Gelände bestand aus einem See, dem Holzhaus von Lutz und Shelly, einer eigens für die Kinder gebauten Hütte, sowie der neuen Bleibe für Thomas und Ewa, einem Winkelbungalow. Lutz, ein kräftiger Deutscher mit sichtbarem Bierbauch, war der sprichwörtliche Gemütsmensch. Lutz selbst braute auf seinem Anwesen für die menschlichen Bewohner des Planeten Agua das Bier. Als vor ein paar Wochen die Siedler der WALHALLA zu seinem Versorgungskreis dazu kamen, musste Lutz seine Produktion praktisch verdoppeln. Aber er war weit davon entfernt gewesen, in irgendeine Form von Hektik zu verfallen. Er hatte in der Zentralsiedlung entsprechende Ausrüstung und Hilfe angefordert und auch erhalten. Die Anbauflächen hatte er kurzerhand verdoppelt und weil sowieso fast alles automatisch geregelt wurde, hielt sich der Arbeitsaufwand in Grenzen. Lediglich bei der Aufstellung der Braukessel floss der eine oder andere Schweißtropfen. Thomas und Lutz hatten gemeinsam ein paar letzte Bautätigkeiten an dem neuen Haus durchgeführt, in dem jetzt Ewa und Thomas wohnten.

Nun saßen sie auf der kleinen Terrasse des neuen Hauses und sahen ihren Kindern beim Plantschen im nahen See zu. Leises Babygeschrei drang vom Haupthaus herüber und ließ Thomas lächeln. Vor sieben Wochen hatte Shelly ihre Zwillinge zur Welt gebracht. Zwei putzmuntere Mädchen mit den verdächtig rötlich schimmernden Haaren ihrer Mutter hielten Mama und Umwelt nun auf Trab. Ich werde mich daran gewöhnen müssen, dachte Thomas voll Vorfreude, denn auch seine Partnerin war schwanger und half Shelly gerade dabei, die Zwillinge zu versorgen.

„Ich muss noch mal weg", sagte Thomas und stand aus seinem bequemen Stuhl auf.

Lutz tat völlig erschrocken: „Thomas, du weißt, dass heute Mädelsabend ist?"

„Ja, ja, ich weiß", schmunzelte Thomas. Anscheinend hatte der gute Lutz Angst, dass er ihn alleine lassen würde. Seit einiger Zeit war es üblich geworden, dass Shelly und Ewa an einem Tag in der Woche einen Frauenabend veranstalteten, an dem sie andere Frauen einluden. Der Kern der Teilnehmerinnen war zwar immer gleich, aber es kamen gelegentlich auch andere hinzu. Genauso war es üblich geworden, dass Lutz und Thomas zusammen etwas unternahmen – meistens auf das Jungvolk aufpassen. Aber auch dabei ließ sich gemeinsam noch eine Menge tun - Bier trinken zum Beispiel.

„Keine Sorge. Ich werde kurz nach Beginn wieder zurück sein. Kann ich den Schrauber nehmen?"

„Sicher. Er ist aufgeladen und steht bereit." Lutz ergab sich seinem Schicksal und stellte den farmeigenen Flugschrauber zur Verfügung. Thomas dankte und machte sich auf den Weg. Sicher, er hätte auch die

hinter dem Haus stehende Tiger Shark, die Eagle One, nehmen können. Es handelte sich um das Captains-Beiboot seines Flaggschiffes. Allerdings nutzte Thomas das Fluggerät mehr als Kommandozentrale und außerdem würde ein Start viel Lärm verursachen und eine Menge Staub durch die Gegend wirbeln. Damit würde diese Aktion bemerkt werden und Thomas wollte alles, aber keine Aufmerksamkeit.
Kurz darauf hatte Raven den schwarzen Schrauber mittlerer Größe erreicht und saß wenig später im Cockpit. Ein kurzer Check und Thomas leitete den Start ein. Auf den Autopiloten verzichtete er gerne. Er war es gewohnt, nach Sicht und Gefühl zu fliegen - das trainierte seine Orientierung. Nahezu geräuschlos hob das Fluggerät ab. In einer Höhe von 25 Metern orientierte sich der Captain der GERONIMO kurz und dann drehte sich der Schrauber um cirka 90 Grad gegen den Uhrzeigersinn und legte sich kopfüber in Flugrichtung. Ein erhöhtes Summgeräusch ertönte und der Flieger beschleunigte. Wenig später war er am Horizont verschwunden.
Lutz Heinken seufzte, stand auf und warf seinen unvermeidlichen Pferdeschwanz nach hinten. Nun würde er sich erst einmal allein um die Kinder kümmern müssen.

Thomas genoss den Flug und es hatte auch einen guten Grund, warum er seine Aktivität nicht erläutert hatte. Von oben betrachtete er die neue Heimat der Menschen. Sie hatten ein Paradies vorgefunden. Mit Ausnahme der beiden Ozeane konnten die Menschen frei über diese Welt verfügen. Aus dem Weltall betrachtet sah Agua aus wie ein Brummkreisel. Die an Ideen überquellende Natur hatten hier ein eigenartiges Verhältnis zwischen Festland und Wasser geschaffen. Um den Äquator gab es einen breiten Gürtel aus Landmasse, etwa so groß wie Amerika und Australien zusammen. Agua war etwas kleiner als die Erde, die Anziehungskraft betrug etwa 0,98 Gravos. Die Zusammensetzung der Atmosphäre war fast identisch mit der Erde, dafür mit einem leicht erhöhten Sauerstoffgehalt. Die Durchschnittstemperatur betrug 25 Grad Celsius am Tage, in der Nacht etwa 5 Grad kälter. Diese Landmasse erhob sich im Mittel etwa 50 Meter über dem Nord- und dem Südmeer, die an keiner Stelle tiefer als 1.000 Meter waren. Die Landmassen hatten ein paar größere Gebirge sowie viele Flüsse und Seen. Aqua kreiste um die

Sonne Ares in einer völlig kreisförmigen Bahn – sprich, es gab keine Jahreszeiten. Agua selbst wurde von drei Monden auf ein und derselben Kreisbahn umrundet. Diese merkwürdige Konstellation bedingte, dass man rund ums Jahr landwirtschaftliche Ernten einfahren konnte. Die Biologen hatten nach sorgfältigen Prüfungen zahlreiche Obst- und Gemüsesorten als aguakompatibel erklärt. Eine kleine Abteilung kümmerte sich darum, dass die Felder wechselnd bewirtschaftet wurden. Tiere hatten die Menschen keine mitgebracht. Aus Erfahrungen von der Erde wusste man, dass der Mensch nicht unnötig in die Natur eingreifen sollte. So gab es zu Gemüse, Obst und Getreideprodukten lediglich Fisch, den hauptsächlich immer noch die Maroon lieferten. Fleisch gab es in Ermangelung von geeigneten Nutztieren nicht und da alle Siedler bester Gesundheit waren, kam auch niemand auf die Idee, einheimische Tiere zu domestizieren und in die Nahrungskette einzugliedern. Es war, als hätten die Menschen aus ihren Fehlern auf der Erde gelernt und so war der Umgang mit der Natur Aguas ein vorsichtiger.
Thomas flog fast eineinhalb Stunden 500 Meter hoch in die untergehende Sonne hinein und hatte schließlich die Ränder der benachbarten Siedlung erreicht. Er grinste zufrieden. Er hatte sein Ziel nur einen knappen Kilometer verfehlt. Schnell korrigierte er seinen Kurs und hatte dann auch bald seinen Landeort, ein etwas abseits stehendes, sehr bescheidenes Haus, erkannt. Sanft setzte er seinen Flieger ein paar Hundert Meter entfernt auf und machte sich dann zu Fuß auf den Weg.

„Ich komme ja schon“, hörte Thomas aus dem Inneren der Hütte, nachdem er ein paar Mal kräftig an der Eingangstür geklopft hatte. Wenig später wurde die Tür aufgerissen und Thomas schaute in das Gesicht eines vollbärtigen, kleinen Mannes, der, mit landestypischer grüner Latzhose bekleidet, ein überraschtes Gesicht machte.
„Thomas Raven! Eine Freude dich wieder zu sehen!“ Hastig wischte sich der Besuchte seine von Erdreich beschmutzten Finger an seiner Arbeitshose ab und machte eine einladende Geste ins Innere seiner Hütte. Thomas lehnte jedoch ab. Er kannte den Einsiedler. Wohnungseinrichtung und Aufgeräumtheit waren für Sam ein Buch mit weitaus mehr als nur sieben Siegeln. Darum zog es Thomas bei dem schönen

Abend vor, draußen mit ihm zu sprechen. Hatte Sam auch sonst seine Marotten, so war er so etwas wie ein biologisches Wunderkind. Unter seinen Händen wuchs zum Beispiel das empfindlichste Gemüse und daher hatte er auch in dieser Siedlung den Posten des Cheffarmers inne. Jeder baute auf den Äckern das an, was und wie es Sam empfahl und das ertragreich.

„Warst du erfolgreich, mein Freund? Hast du, was ich brauche?"

Sam strahlte und seine braunen Augen, die hinter dem dichten braunen Vollbart fast verschwanden, blitzten vergnügt: „Ich glaube, du wirst zufrieden sein. Komm mit, wir werden etwas laufen müssen."

Sam führte seinen Besucher ums Haus, oder besser um die Hütte, herum und dann einen Pfad entlang, der rechts wie links durch hohe Büsche und Gräser gesäumt war. Schließlich erreichten sie eine kleine Lichtung, auf der eine Fläche von 20 mal 20 Metern mit einem mannshohen blickdichten Zaun gesichert war.

„Komm, ich zeig dir meine Babys! Aber erst Augen zu!" Sam öffnete den Zugang und schob Thomas, der sich an die Aufforderung des schrulligen Mannes hielt, hindurch. Kaum hatte Raven den Zugang durchschritten, da hatte er einen Geruch in der Nase, der ihn an die Erde erinnerte.

„Du kannst die Augen jetzt öffnen", sagte Sam und Thomas öffnete die Augen. Zunächst musste er etwas blinzeln, damit er durch die tiefstehende Sonne etwas sah, aber dann war der optische Eindruck überwältigend und unwillkürlich hielt er den Atem an. Vor etlichen Monaten hatte Thomas in der Datenbank für Samen und Gewächse auf der GERONIMO nachgesehen und irgendwo versteckt einen Hinweis gefunden. Anschließend war er mit einer kleinen Kiste zu Sam aufgebrochen, denn dessen Talent für Gewächse aller Art hatte sich bis zu ihm herumgesprochen. Er hatte Sam die Kiste in die Hand gedrückt und gesagt: „Mach was draus, Sam, und alle Frauen Aguas werden dich lieben!"

Der Botaniker hatte nur mit den Schultern gezuckt, neugierig auf die Kiste geschielt und gemeint: „Das bedeutet mir nichts, aber dir tue ich jeden Gefallen."

Nun sah Thomas zum ersten Mal das Ergebnis und Sam hatte Erfolg gehabt - großen sogar. Hier wuchsen in mehreren sorgsam gepflegten

Reihen die schönsten Blumen aller Farben und deren Duft lag betörend in der Luft - Rosenduft.
„Du hast es tatsächlich geschafft, Sam. Du bist ein Meister deines Faches!“ In Thomas Worten lag echte Bewunderung.
„Nicht der Rede wert“, beschwichtigte Sam verlegen. „Der Garten ist bisher unentdeckt und unser beider Geheimnis. Welche Sorte brauchst du denn?“
Thomas schaute sich um. „Gib mir bis Morgen Zeit, Sam, dann kannst du mit deinen Blumen andere Leute erfreuen.“ Schließlich hatte er sie entdeckt. Langstielige Rosen von dunkelroter leuchtender Farbe. „Ich brauche dreizehn Stück von diesen herrlichen Rosen und eine Antwort darauf, was ich dir im Gegenzug dafür geben kann.“
Sam kicherte und kramte aus einer seiner geräumigen Hosentaschen eine echte Rosenschere hervor. „Da wir hier über kein Geld verfügen, wird das schwer. Aber ich brauche nichts. Schau dich hier um! Ich habe zu essen und ich gehe meiner Lieblingsbeschäftigung nach. Ich habe ein Dach über dem Kopf und einen Platz zum Schlafen. Ich bin hier glücklich, auch wenn ihr alle in mir nur den schrulligen Typen seht.“
Thomas war peinlich berührt, denn auch er sah Sam so. Während der Pflanzenfachmann geschickt dreizehn lange Rosen abschnitt, überlegte Thomas eine Antwort. „Ich bin dir was schuldig, Sam. Diese dreizehn Rosen sind mir sehr wichtig. Wenn dir einfällt, was ich für dich tun kann, dann teil es mir bitte mit.“
Sam war fertig und drückte Raven die Blumen in die Hand. Obendrauf legte er ein Tütchen. „Ist auch eine tolle Frau, Thomas. Streu das Pulver ins Blumenwasser und ich garantiere für drei Monate Haltbarkeit.“
Etwa zehn Minuten später befand sich ein sehr nachdenklicher Captain des Flaggschiffes auf dem Rückflug. Die Rosen lagen auf dem Copilotensitz. Leute wie Sam, mit all ihren Schrullen, machten die Menschheit aus. Die Trax waren alle einheitlich in ihrer bösen Art. Vielleicht lag hier die Lösung zum Sieg. Leute wie Sam stellten sicher, dass die menschliche Spezies überlebte. Sie alle waren Individuen und völlig unterschiedlich in ihren Zielen und Beweggründen.
Fast geräuschlos landete der Schrauber auf Lutz´ Farmgelände. Es war bereits fast völlig dunkel und die letzten Kilometer hatte Thomas doch auf den Autopiloten zurückgreifen müssen.

Mit schwungvollen Schritten und den Rosen im Arm ging Thomas mit klopfendem Herzen auf das Haupthaus zu. Licht, das Lachen und die Unterhaltung von vielen Frauen, trafen seine Sinne. Vor etwa zwei Jahrzehnten hatte er auf der Erde einen ähnlichen Gang unternommen. Damals war er heftig enttäuscht worden und abgeblitzt, wie man damals so schön sagte. Eine Zurückweisung, die er nie verwunden hatte. Nun ging er zu derselben Frau wie damals. Nun, dieses Mal waren seine Aussichten bedeutend besser, denn Ewa trug sein Kind unter ihrem Herzen. Trotzdem, die Erinnerung und damit auch die Wehmut kamen hoch. Thomas fühlte sich in die Zeit von vor zwei Jahrzehnten zurück versetzt und nahm erstaunt zur Kenntnis, dass sein Herz bis zum Halse schlug. Zögernd überwand er die letzten Meter und ging vorsichtig durch die Tür auf den Flur, wo er zu seiner Überraschung Laura Stone vorfand - ein übrigens seltener Gast bei solchen Abenden. Laura machte große Augen, als sie die roten Rosen sah.
„Dieses Mal, mein Junge, wirst du erfolgreicher sein.“ Sie umarmte ihn kurz und schob ihn Richtung Wohnbereich. Laura wusste um die damalige vergebliche Werbung und konnte daher den Blumenstrauß richtig einordnen.
Als Thomas durch die Tür ging, hörte er gerade noch, wie Lutz, der eigentlich nichts mehr hier verloren hatte, sagte: „... noch mal weg. Ich weiß nicht wohin. Kommt gleich wieder, hat er gesagt!“ Dann bemerkte Lutz Heinken den Freund und mit erstauntem Gesichtsausdruck stotterte er: „Da ... da ist er ja!“
Alle Anwesenden drehten sich zu Thomas, der verlegen die roten Rosen in den Händen hielt. Thomas hatte aber genau wie damals nur Augen für seine Freundin. Ewa trug ein enganliegendes olivgrünes Kleid aus samtartigem, weichem Material, welches ihr bis zum Knöchel reichte. Ihre kastanienfarbenen, langen, gewellten Haare umspielten ihre nackten Schultern und fielen ihr weit bis über die Brust und den Rücken. Stolz zeigte sie ihren Babybauch. Der Geburtstermin war für den 13.04. festgelegt worden und man sah schon einiges. Ansonsten war die Figur von Ewa etwas fülliger und noch weiblicher geworden. Ein Umstand, den Thomas einfach nur hinreißend fand. Ewa Lenn war Doktor der Humanmedizin und leitender medizinischer Offizier an Bord der GERONIMO und auf Agua. Im Moment starrte diese intelligente Frau

auf die Rosen und wusste natürlich sofort, was diese zu bedeuten hatten. Ihre smaragdgrünen Augen füllten sich augenblicklich mit Tränen, die nacheinander die Wangen herunter liefen. Starr stand sie inmitten der anderen Frauen, die gebannt das Schauspiel beobachteten. Schlagartig war Ruhe eingekehrt. Direkt neben ihr stand ihre beste Freundin Beatrice „Trixie“ Baines und das war auch gut so. Ihr tastender Arm fand ausgerechnet an dieser schmächtigen Person Halt. Die einzige Frau, die in diesem Moment etwas leise zu sagen wagte war, wie sollte es auch anders sein, Trixie mit ihrem losen Mundwerk: „Oh – es wird ernst!“

Leise flüsterte eine andere: „Das sind doch Rosen! Wo hat er die denn her?“ Die anwesenden Frauen wussten gar nicht, wohin sie schauen sollten. Thomas bot in seinem dunklen Freizeitanzug ein gutes Bild und die dunkelroten Rosen in seinen Händen gaben einen außergewöhnlichen Kontrast. Jede Frau in diesem Raum konnte sich in etwa vorstellen, dass es sehr schwierig gewesen sein musste, auf diesem Planeten an diese Blumen zu kommen. Das war auf der Erde des 21. Jahrhunderts schon nicht einfach gewesen.

Thomas brachte ein schiefes Grinsen zustande. „Liebe Ewa, es ist mein zweiter und, ich verspreche dir, letzter Versuch. Wenn es nach mir ginge, dann wären wir schon seit langer Zeit verheiratet. Aber dann wären wir vermutlich nicht hier. Ich bin meinem Schicksal dafür dankbar, an diesem Ort mit diesen Gefährten mit einer solchen Frau wie dir leben zu dürfen. Darum frage ich dich jetzt ein letztes Mal vor den hier Anwesenden: Willst du meine Frau werden?“

Ewa hatte die letzten Worte schon gar nicht mehr abgewartet und da sie den Umstehenden nicht ihre jetzt heftig fließenden Tränen darbieten wollte, war sie auf Thomas zugestürzt und hatte ihn umarmt und ihr Gesicht zwischen seinem Hals und Schulter versteckt.

„Ja, gerne – sehr gerne, mein Tom.“

Thomas Raven hörte die mit leisem Schluchzen verbundenen Worte, bemerkte die Feuchtigkeit an seinem Hals und das leichte Zucken ihres Körpers beim Weinen. Während er mit einem Arm Ewa festhielt, gab er die Rosen an Trixie weiter, damit er auch die zweite Hand für Ewas Umarmung frei hatte. Schließlich küsste er seine Freundin und das war wohl der Startschuss für jubelnden Applaus der anwesenden Damen.

Aber nicht nur derer. Selbst Lutz klatschte heftigen Beifall. Als sich Ewa etwas von ihrer Rührung erholt hatte und sich vorsichtig von Thomas löste, kamen alle zum Gratulieren. Thomas wurde von Laura geradezu mütterlich umarmt. „Du bist mir immer wie ein Sohn gewesen. Ich wünsche dir alles Glück der Welt!“ Raven war peinlich berührt und er meinte sogar, eine Träne auf der Wange seiner XO gesehen zu haben. Er wusste, dass er Laura ziemlich viel zu verdanken hatte. Die Frage von Shelly riss ihn aus seinen Gedanken. „Wie und wo soll denn die Hochzeit stattfinden?“
„Äh, ich dachte“, begann Thomas Raven, sah sich aber sofort einer Beatrice Baines gegenüber, die ihm den hochgereckten rechten Zeigefinger entgegenhielt, während sie mit der anderen Hand die Rosen hielt. „Hochzeitsplanung ist Frauensache! Da habt ihr Männer nichts zu bestimmen! Als eine der Freundinnen von Ewa nehme ich das Recht für mich in Anspruch, eure Wedding-Planerin zu sein!“
„Ja aber…“, stotterte Thomas.
„Nichts aber“, bestimmte Trixie und drückte ihm die Rosen wieder in die Hand. „Drüben im Schrank ist ein größerer Kübel, wo Wasser ist, weißt du, die Blumen brauchen welches. Und dann lass uns Frauen in Ruhe die Hochzeit planen!“
Thomas schaute etwas hilflos zu Lutz, der auch nur vielsagend die Arme hob und ansonsten ausdauernd schwieg. Also tat Raven, wie ihm geheißen und, während die Damenwelt bereits die Köpfe zusammensteckte, nahm er Lutz am Arm, zog ihn aus dem Raum und raunte ihm dabei zu: „Irgendwie habe ich den Eindruck, dass mir die Sache aus dem Ruder läuft!“
„Hab ich vor vier Jahren auch gedacht, als du mich mit Shelly auf der GERONIMO verheiratet hast!“
„Und?“, fragte Thomas.
„War auch so“, bestätigte Lutz Heinken trocken.

3. Vorbereitungen

09.01.2125, Agua, Farmgelände Lutz Heinken, früher Vormittag im Wohnhaus von Ewa und Thomas:

„Die Rosen sind einfach herrlich“, schwärmte Ewa und stellte ein Glas Wasser vor Thomas auf den Schreibtisch. Seit den frühen Morgenstunden saß ihr Bräutigam nun vor dem Rechnerschirm und hatte sich in den Acaspa-Rechner an Bord der GERONIMO eingeklinkt. Zum x-ten Male versuchte Thomas eine kurze Route zur Erde und sonstige Hinweise zum Verlauf des Fluges zu finden.
Thomas grinste: „Sie haben ihren Zweck ja auch erfüllt.“
Ewa umarmte ihren Partner von hinten und drückte ihm einen Kuss auf die Wange. „Du hättest auch ein paar Flechten hier aus dem Boden reißen können und ich hätte trotzdem ja gesagt.“
Vorsichtig erhob sich Thomas und nahm seine Freundin in die Arme. „Du, wo wir gerade bei dem Thema sind. Unsere Hochzeit sollte…“
Ewa legte ihm einen Finger auf die Lippen. „Vergiss es. Trixie lässt da nicht mit sich spaßen. Sie hat die Sache in die Hand genommen und wir sollten da mitmachen – eine andere Chance haben wir sowieso nicht.“
Thomas nickte ergeben. „Aber wir haben noch ein wichtiges Thema zu besprechen.“
„Ja, ich weiß.“ Ewas Lächeln war mit einem Mal verschwunden. „Ich habe mir meine Gedanken dazu gemacht. Es geht um die Frage, ob ich mitfliege zur Erde. Wie denkst du darüber?“
Thomas Raven sah seine Partnerin liebevoll an und sein Blick streifte dabei auch das nicht zu übersehende Babybäuchlein. „Es kommt ganz allein auf dich an. Der Durchgang durch das Galaxienwurmloch dürfte körperlich hart sein. Das Ergebnis am Ende unseres Fluges könnte psychisch hart werden. Alles in allem nichts Erstrebenswertes für eine werdende Mutter.“
Erwartungsvoll schaute Thomas seine zukünftige Frau an. Wieder einmal stellte er fest, dass die zahlreichen Sommersprossen in Ewas Gesicht in einem wunderschönen Kontrast zu ihren grünen Augen standen. Er bedauerte es außerordentlich, in ein paar Tagen wieder aufbrechen zu müssen.

„Es geht nicht nur um mich oder dich", antwortete Ewa. „Unsere beiden Kinder haben wir beim letzten Mal hier zurückgelassen. Wir hätten um ein Haar Peter verloren. Das darf einfach nie wieder geschehen. Wir haben uns entschlossen, diese beiden Kinder als unsere eigenen zu betrachten und deswegen werde ich hier bleiben. Ich verstehe, dass du mit zur Erde fliegen musst. Ich weiß um dein Problem mit der damaligen Flucht. Du denkst immer noch, du hättest die Erde im Juni 2120 im Stich gelassen und du wirst nicht eher Ruhe geben, bis du für dich mit diesem Thema abschließen kannst."
Dankbar lächelte Thomas. Ewa war nicht nur eine charmante Augenweide, sondern auch noch außergewöhnlich intelligent. Sie wusste genau, wenn sie ihn bitten würde zu bleiben, dann würde er es tun. Aber glücklich würden sie mit dieser Entscheidung wahrscheinlich beide nicht. Also bat sie ihn auch nicht darum.
Thomas wollte sich gerade bedanken und Ewa versichern, dass er vorsichtig sein werde, als ein leiser akustischer Alarm vom Rechner ausging. Thomas drückte auf eine Taste. Offensichtlich hatte jemand bemerkt, dass Thomas gerade online war und versuchte auf diesem Weg mit ihm zu kommunizieren. Das Bild auf dem Schirm wechselte augenblicklich und Trixies schmales Gesicht mit den langen blonden Haaren erschien. Ihre grauen Augen erfassten die Sachlage. „Hallo, ihr Turteltäubchen! Euer Termin für die Hochzeit ist der 13. Januar. Seid so gut und nehmt euch an dem Tag nichts anderes vor!"
Thomas wollte eine Frage einwerfen, aber Trixie hielt abwehrend ihre Hand vor die Aufnahmeoptik. „Keine Fragen bitte. Mit Ewa spreche ich separat und du, Thomas, brauchst dir nur etwas einigermaßen Schickes anzuziehen. Mehr Infos gibt es erst einmal nicht. Uhrzeit und Ort folgen zeitnah. Ich wünsche einen schönen Tag!"
Bevor die beiden Heiratskandidaten reagieren konnten, hatte Trixie Baines bereits abgeschaltet.
Gerade wollte Thomas das Gespräch mit Ewa fortsetzen, als Thomas das typische sehr leise, hohe Surren eines schnell anfliegenden Schraubers vernahm. Er fasste Ewa an den Armen. „Wir reden noch mal darüber. Ich denke mal, der Besucher wird Paulo sein."
Der Taktikoffizier der GERONIMO war das erste Mal auf dem Farmgelände und sowieso war der Südamerikaner sehr selten auf Agua. Vor

zwei Stunden hatte er das Flaggschiff mit einem Einmannjäger der Sparrow Hawk Klasse verlassen und war auf dem, wenn man so will, Raumhafen der Zentralsiedlung gelandet. Dort hatte er sein Fluggerät gegen einen der üblichen kleinen, schwarzen Schrauber getauscht. Gerade hatte er den akkubetriebenen Flieger auf dem provisorischen Landefeld aufgesetzt. Während die Rotoren noch mit auslaufenden Bewegungen in Drehung waren, verließ der Südamerikaner schon das Beförderungsmittel und sah aus einem der hölzernen Häuser Ewa und Thomas auf sich zukommen. Raven überließ seiner Partnerin bei der Begrüßung den Vortritt. Sie umarmte den Südamerikaner kurz. „Schön, dass du uns besuchen kommst, Paulo. Das wurde aber auch Zeit!" Thomas legte seinen Arm um die schmächtige Gestalt des kleinen Mannes und zog ihn mit sich zum Haus zurück. Paulo Baretta war der Chefstratege und gleichzeitig der wissenschaftliche Offizier an Bord der GERONIMO und gehörte zur Brückencrew. Thomas ließ alle Missionen von diesem genialen Mann planen und Paulo bewies durch seine Weitsicht, dass ihm dieses Vertrauen zu Recht zustand. Er war in diesem Falle schon vor der öffentlichen Verkündung in Kenntnis gesetzt worden und hatte sich gleich an die Arbeit gemacht.
„Erzähl Paulo. Was macht die alte Dame GERONIMO und wie weit sind die Vorbereitungen?" Thomas sah die dunklen Augen unter den schwarzen, glatt gegelten Haaren lustig aufblitzen.
Mittlerweile hatte man die kleine Terrasse des Hauses erreicht und setzte sich gemeinsam an einen runden Tisch.
„Ja, es ist so", kam es zögerlich von dem schmächtigen Mann mit dem dunklen Hautteint. „Wir haben zurzeit zwei Missionen an Bord des Flaggschiffes zu bewältigen. Davon ist eine aufwendig und schwierig und eine verläuft normal."
Als Thomas einen fragenden Gesichtsausdruck annahm, erzählte Paulo weiter. „"Also, wir haben einmal die Mission „TERRA"."
Thomas hörte aufmerksam zu und nickte verstehend. „Ich weiß, ist sicher nicht einfach und problematisch, aber erzähl uns jetzt von der anderen Mission, von der ich bisher nichts weiß."
Paulos Gesicht nahm etwas Schelmisches an. „Ich sprach gerade von der weniger schwierigen Mission! Bei der aufwendigen spannt eine

gewisse Beatrice Baines die halbe Bordcrew des Flaggschiffes ein. Es geht dabei um eure Hochzeit."

Thomas machte dicke Backen und Ewa hatte erschreckt eine Hand vor den Mund geschlagen.

„Warum denn Hochzeitsvorbereitungen an Bord der GERONIMO?" Thomas bekam große Augen.

Der Südamerikaner zuckte mit den Schultern. „Weiß ich auch nicht. Das Schlimmste ist, dass Trixie aus Allem ein großes Geheimnis macht und jeder gerade nur soviel mitbekommt, wie für seine Mithilfe nötig ist. Trixie wuselt überall auf dem Schiff umher und bringt mir alles durcheinander. Sie hat von Laura so eine Art Freibrief bekommen und nutzt das natürlich reichlich aus. Wisst ihr etwas?"

Die beiden Heiratswilligen schauten sich an.

„Wir wissen nur das Datum", erklärte Ewa. „Am 13. Januar soll es stattfinden. Wie und wo wissen wir auch nicht."

Paulo seufzte: „Dann hat es wenigstens in ein paar Tagen ein Ende."

„So ein Aufwand war nicht geplant und hatte ich bestimmt nicht vor!" Thomas wusste nicht, ob er ärgerlich sein oder sich geschmeichelt fühlen sollte.

Paulo zog die Augenbrauen hoch. „Im Gegensatz zu euch schätzt Trixie eure Beliebtheit bei den Siedlern und den Maroon richtig ein."

Thomas zog eine gequälte Grimasse. Nun wurde es ihm peinlich. Er war der verantwortliche Führungsoffizier gewesen, der das Siedlerschiff auf seiner Reise kommandierte. Er hatte so gehandelt, wie man es ihm bei seiner Ausbildung beigebracht hatte. Sein persönlicher Einsatz war für ihn eine Selbstverständlichkeit gewesen. Den Einsatz >>HELENA<< vor über zwei Jahren betrachtete er als reine Privatsache, bei dem ihm eine Handvoll Freunde geholfen hatten.

Paulo schätzte die Bescheidenheit seines Captains, redete aber trotzdem weiter. „Hier leben über 100.000 Siedler und jeder Einzelne davon verdankt sein Leben dir, Thomas. Egal, ob es sich um Leute von der GERONIMO oder der WALHALLA handelt, alle sind dir dankbar. Und so bleibt es nicht aus, dass du, deine Gefährtin und dein Privatleben im Interesse der Öffentlichkeit stehen. Jeder auf Agua weiß, dass ihr euch nichts sehnlicher wünscht als eigenen Nachwuchs. Nun ist Ewa schwanger und du hast ihr einen Heiratsantrag gemacht, den sie

angenommen hat. Was meinst du denn, was jetzt von euch erwartet wird?"
Thomas´ und Ewas Gesichter verwandelten sich in Fragezeichen.
„Na", fuhr Paulo fort. „Eine öffentliche Hochzeit! Die Bürger wollen teilnehmen und Trixie wird sich bemühen, diesen Erwartungen zu entsprechen!"
„Das geht nicht!", rutschte es Thomas heraus.
Paulo grinste breit: „Du kannst nichts mehr dagegen unternehmen. Kurz vor meinem Abflug haben Baal und Baar Kontakt zur GERONIMO aufgenommen und wollen zur Vermählung der „Großen Wohltäterin", übrigens jetzt der offizielle Titel für Ewa, ihren Teil beitragen."
Nun war Ewa fassungslos.
„Ja", kam es dann vom grinsenden Paulo. „So wie die menschlichen Bürger Thomas dankbar sind, so ist das Volk der Maroon dir zugetan, Ewa. Deine Altersforschung der einheimischen Bevölkerung hat dieser Spezies ungeahnte Möglichkeiten eröffnet und alleine die Verdoppelung ihrer Lebenserwartung ist schon ein Grund für sie, dich auf Knien anzubeten. Du wirst von den Maroon verehrt wie eine Göttin, liebe Ewa, und auch diese wollen an deinem Glück teilhaben. Da sind uns die Maroon sehr ähnlich."
„Was können wir jetzt tun?" Thomas ließ die Schultern sinken und machte einen etwas hilflosen Eindruck.
„Nichts", bemerkte Paulo lakonisch und machte eine wegwerfende Handbewegung. „Ich befürchte lediglich einen Aufschub des geplanten Abflugtermins, wenn Trixie weiterhin so auf dem Flaggschiff wirbelt und menschliche Ressourcen für sich in Anspruch nimmt. Aber dann werden wir eben ein paar Tage später starten."
„Okay", Thomas hatte offensichtlich beschlossen, das Unvermeidliche auf sich zukommen zu lassen. „Lassen wir uns über die Mission „TERRA" sprechen. Wie ist der Stand?"
Paulo wechselte das Thema und begann seinen Bericht. „Die Anzahl der Meldungen von Freiwilligen war überwältigend. Anscheinend will fast jeder mit. Wir können die GERONIMO mindestens mit der zehnfachen Besatzung bestücken. Du wirst deine Brückencrew auswählen und ein paar Eckdaten vorgeben müssen. Laura hat die Teamleiter bereits ausgewählt und diese wiederum werden ihre Mannschaften

zusammenstellen – wie du bestimmt hast, nur Freiwillige. Ich bin von einer Standardbesatzung von 1.100 Crewmitgliedern ausgegangen und habe danach die Vorräte für eine sechsmonatige Reise bemessen."
Ewa machte ein enttäuschtes Gesicht, denn nach diesen Plänen würde sie hier auf Agua ohne Thomas ihr Baby zur Welt bringen.
Paulo deutete ihre Mimik richtig und hob beschwichtigend die Hand. „Wir planen nach wie vor eine Missionszeit von zwei Monaten. Die überschüssigen Vorräte sind für eventuelle Überlebende von der Erde gedacht, die wir gleich nach dem ersten Anflug mitnehmen wollen."
Mit den letzten Worten übergab Paulo seinem Captain eine Kunststofffolie mit den Namen der Führungsoffiziere, die sich freiwillig gemeldet hatten. Thomas bemerkte dabei, dass die Hand des knapp über dreißigjährigen Mannes leicht zitterte. Da er noch nie Nervosität bei seinem Taktikoffizier bemerkt hatte, fragte er nach dem Grund.
Mit einem verlegenen Blick auf Ewa antwortete Paulo: „Ich möchte nicht, dass du meinst, ich würde den jetzigen Besprechungstermin für eigene Ziele ausnutzen, aber ich möchte mit auf diese Reise. Wie du vielleicht weißt, lebe ich praktisch auf der GERONIMO und bin selten hier unten auf Agua."
Thomas nickte, er hatte sich schon seine Gedanken darum gemacht.
„Ich habe Heimweh, Thomas. Auch wenn ihr vielleicht darüber lacht. Das alles hier erinnert mich an meine Heimat." Paulo schaute sich um und machte mit seinem Arm einen weiten Kreis. „Ich denke tagein, tagaus nur an eine Rückkehr zur Erde. Die Ungewissheit, wie es meiner Familie ergangen ist, bringt mich fast um."
Ewa zeigte einen mitfühlenden Gesichtsausdruck. „Niemand wird dich deswegen auslachen und wahrscheinlich gibt es viele Leute, die ähnlich fühlen wie du. Hast du niemanden aus deinem früheren Umfeld mitnehmen können? "
Paulo schüttelte den Kopf und sah angespannt seinen Captain an.
Thomas machte nicht viel Federlesens und erlöste seinen Mitstreiter aus dem Dilemma. „Du bist gesetzt, Paulo. Ich hoffte auf deine Meldung. Ich wüsste wirklich nicht, wen ich an deiner Stelle mitnehmen sollte."
Paulo atmete hörbar auf und entspannte sich. „Du wirst auch jemanden von der Führungscrew der WALHALLA mitnehmen müssen!"

Thomas nickte. Daran hatte er auch schon gedacht. Es durfte auf keinen Fall der Eindruck entstehen, dass die freiwilligen Meldungen der WALHALLA nicht in demselben Maß berücksichtigt würden. Thomas wollte keine Trennlinie zwischen den Siedlern der GERONIMO und der WALHALLA. Aufmerksam las er die Namen auf der Folie. „Ich werde die Teilnehmer morgen kontaktieren und zu- oder absagen. Welche Eckdaten brauchst du noch?"
Paulo schaute auf seine Notizfolie. „Bewaffnung, Geschwader, Sonstiges!"
Thomas dachte nach. „Bewaffnung: Standard, ich rechne nicht mit ausufernden Raumkämpfen. Trotzdem sollten wir die Standard-Geschwader, also sechs Staffeln Sparrow Hawks mitnehmen. Dafür nehmen wir nur ein Geschwader Tiger Sharks mit. Den freien Platz werden wir mit drei Letalis füllen, bitte unbedingt die REVENGE mitnehmen."
Paulo grinste: „Die REVENGE ist bereits an Bord – ich ahnte es, du hast ein Faible für diesen Raumer entwickelt, stimmt´s?"
Thomas sah nachdenklich seine zukünftige Frau an. „Die REVENGE hat sich vor knapp drei Jahren als wirkungsvoll und effektiv erwiesen. Phil hat eine der modernsten künstlichen Intelligenzen eingebaut und ein Selbstlernmodus einprogrammiert, so dass sich die KI der REVENGE selbst weiter entwickeln kann. Da sie bisher am längsten im Einsatz ist, ist sie perfekt auf die bisherige Crew eingestellt – und diese gedenke ich mitzunehmen."
Paulo nickte – eine logische Entscheidung. Nichts anderes war er von seinem Captain gewohnt.
Anschließend wurde noch das Eine oder Andere besprochen und Ewa lud Paulo ein, über Nacht zu bleiben. Der Südamerikaner lehnte aber dankend, mit dem Hinweis auf seinen engen Terminkalender und die viele Arbeit bis zum geplanten Start, ab.

10.01.2125, Agua, Phil´s Wohnhaus am Rande der Zentralsiedlung

Seitdem Rebecca nach der letzten Mission auf ihn gewartet hatte, war sie außergewöhnlich schnell bei ihm eingezogen. Phil Mory, der 162 cm „große" Engländer, technisches Genie und der leitende Ingenieur an

Bord der GERONIMO, war wegen der Schnelligkeit manchmal schon etwas überfordert. Rebecca Meyers, Chefin der noch kleinen Verwaltung auf Agua, stammte ebenfalls aus dem ehemaligen Königreich, war etwas größer als ihr Freund und hatte zu tiefblauen Augen lange, schwarze Haare – und ein Temperament, bei dem es dem bisherigen Junggesellen Phil schwindelig wurde. Die Zeiten der Ruhe und Muße waren wohl unwiederbringlich vorbei. Rebecca war eine echte, englische Lady und bevorzugte das kultivierte Miteinander, was sie aber nicht daran hinderte, sich bei Meinungsverschiedenheiten recht ordentlich ins Zeug zu legen. Eine solche Diskrepanz gab es nun. Kurz gesagt, Phil wollte mit zur Erde, Rebecca wollte ihn nicht ziehen lassen.

Seit geschlagenen zwei Stunden saßen sie sich nun am Küchentisch gegenüber und hatten die von Rebecca zubereitete Mahlzeit nicht einmal angerührt. Phils Hinweise, dass er schließlich der Chefschrauber am Bord des Flaggschiffes sei, ließen Rebecca völlig kalt. Blaue Augen schauten Mory traurig an. „Ich habe einmal erfahren, wie es ist, nicht zu wissen, ob du wieder kommst, Phil Mory. Es können auch andere deine Position einnehmen. Du hast hier auf Agua jede Menge zu tun."
Der Engländer zog den Kopf ein. Immer, wenn ihn Rebecca beim vollen Namen nannte, war eine Eskalation des Streits nicht mehr weit. Manchmal ging dabei auch etwas Geschirr zu Bruch. Er konnte seine Freundin ja verstehen und ihre Sorge um ihn schmeichelte seinem Selbstwertgefühl. Dabei hatte er sich schon vor zwei Tagen freiwillig gemeldet, nur leider wusste Rebecca nichts davon und seitdem versuchte er verzweifelt, seiner Freundin diesen Umstand klar zu machen. Die schwarzhaarige Frau war sehr intelligent, aber jetzt und bei diesem Thema für logische Argumente einfach nicht zugänglich. Sie wähnte Phil in Gefahr und sie wollte ihn nicht hergeben. Phil liebte diese Frau. Die wenigen Wochen, die sie jetzt zusammen waren, nun ja, er hatte sich in seinem Leben noch nie so wohl gefühlt und tatsächlich schwankte er schon, ob er seine Meldung zum Einsatz nicht zurückziehen sollte. Allerdings war ein solcher Rückzieher mit seiner Ehre nur schwer vereinbar.
In diesem Augenblick ging ein Ruf ein, beziehungsweise der Kom-Empfänger im Wohnraum gab ein entsprechendes Signal von sich. Phil begab sich zu dieser Einrichtung, dicht gefolgt von seiner Freundin, die

nahezu panisch auf alles, was mit Phil und der Reise zusammenhängen könnte, reagierte.
Tatsächlich starrte Phil erschrocken in das Gesicht von Thomas Raven, der ihn freundlich vom Bildschirm begrüßte. Der Engländer biss sich auf die Lippen, wenn Thomas jetzt auf seine Freiwilligenmeldung einging, konnte er sich wahrscheinlich eine neue Partnerin suchen, soviel war mal sicher. Darum begrüßte er Thomas recht verhalten.
Thomas Raven sah vor sich das erschrockene Gesicht seines technischen Mitstreiters und schräg dahinter das versteinert wirkende ängstliche Antlitz von Rebecca. Thomas konnte sich an seinen Fingern abzählen, was im Moment dort vor sich ging und dabei benötigte er noch nicht einmal alle seine Glieder.
„Wegen der bevorstehenden Mission kontakte ich alle meine Führungsoffiziere." Thomas beschloss vorsichtshalber, so vage wie möglich vorzugehen, und er sah, dass sich Phil etwas entspannte. „Ich würde dich gerne mitnehmen, Phil, aber ich brauche dich hier weitaus dringender."
Nun entspannte sich Rebeccas Gesicht zu einem freundlichen Lächeln und Thomas sah seine Ahnung bestätigt. Auch Phil war irgendwie anzusehen, dass er dankbar dafür war, dass ihm jemand die Entscheidung abnahm.
„Die Reparatur der schwer beschädigten WALHALLA hat oberste Priorität und du bist der beste Mann dafür. Ich will nach dem Vorbild der GERONIMO schnellstmöglich eine gefechtsklare WALHALLA unter dem Kommando von Captain Jane Scott. Das Schiff soll sinnbildlich die Moral der WALHALLA-Siedler wieder aufrichten. Außerdem bitte ich dich weiterhin ein Auge auf die Letalis-Produktion zu halten. Wir werden uns am 15. diesen Monats zu einer Stabsbesprechung aller Führungsoffiziere, egal ob sie mitfliegen oder nicht, zusammenfinden. Ort und Uhrzeit werden dir noch zugehen. Ich wünsche euch bis dahin eine gute Zeit."
Thomas Raven schaltete ab und Rebecca flog kurz darauf dem kleinen Engländer geradezu in die Arme. Überglücklich küsste sie ihn.
„Jetzt habe ich aber Hunger", bemerkte Phil zwischen den Küssen.
„Gegessen wir später – ist eh kalt. Jetzt habe ich war anderes vor!" Rebecca drängte ihren schlanken Körper gegen ihn. Nicht auszudenken,

dachte Phil, wenn ich darauf zwei Monate hätte verzichten müssen. Zart aber fest griff er zu und prompt wurde er in Richtung Schlafgemach gezogen und Phil genoss wieder einmal das überschäumende Temperament seiner Freundin.

Kurz darauf, Agua, Farmgelände, Arbeitszimmer von Thomas:

Situation gerettet, dachte Thomas und sah auf seine Notizfolie. Grace Ojok wollte er als Nächste sprechen. Sicherlich war die Schwarzafrikanerin weit draußen in der wilden Natur Aguas und versuchte, dieser ihre Geheimnisse zu entreißen. Die große, dunkelhäutige Frau war FLIGHT Commanderin an Bord des Flaggschiffes, kommandierte also alle Geschwader der Jäger und Bomber und Thomas wollte sie dabei haben. Außerhalb von Missionszeiten verbrachte sie ihre Zeit mit Forschungen bezüglich der Fauna Aguas im Hinblick auf ihre medizinische Wirkung. Von Grace lag keine Freiwilligenmeldung vor, aber sie hatte Thomas nach der letzten Mission mitgeteilt, dass sie zur Verfügung stehen würde und zwar immer dann, wenn Thomas sie brauche. Raven wollte sie fragen. Er hatte kaum die ersten Ziffern der Anwahl in die Tastatur seines Rechners eingegeben, als der Computer einen eingehenden Kommunikationsversuch anzeigte.
Thomas drückte auf „Annahme" und erkannte in seinem Gegenüber den Marine Tiberius Miller, den Freund und Lebenspartner der jetzigen Hochzeitsplanerin Trixie Baines.
„Hallo Thomas, da Trixie im Moment sehr beschäftigt ist …"
„Ich hörte davon", äußerte Thomas mit einer ergebenen und wegwerfenden Handbewegung.
„… ja äh", der riesenhafte Kerl mit den kurzen Stoppelhaaren wirkte jetzt etwas verunsichert. „… und da wollte ich an ihrer Stelle fragen, wie es mit unserer freiwilligen Meldung für die äh Mission „TERRA" aussieht?" Mit völlig offenem und daher neugierigem Gesichtsausdruck schaute Tib in die Optik.
Thomas wollte schon darauf hinweisen, dass, wenn Trixie die Hochzeitsfeierlichkeiten maßlos überzog, beide auf einem der drei Monde die nächsten Wochen Steine klopfen werden, als er sich erinnerte, dass dieser Kerl seine Partnerin wohl am wenigsten beeinflussen konnte. Bei aller körperlichen Stärke hatte Tib ein recht einfaches Gemüt und

ordnete sich gerne seiner cleveren Partnerin unter, mit anderen Worten: Trixie hatte die Hosen an. Allein die Tatsache, dass **sie** ihm einen Heiratsantrag gemacht hatte und nicht umgekehrt, sprach Bände.
Thomas grinste und erinnerte sich an den gemeinsamen Einsatz mit Miller von vor gut viereinhalb Jahren. Tib war ein Kamerad, wie man ihn bei solchen Kampfeinsätzen immer gut gebrauchen kann – nein, er war damals unverzichtbar gewesen. Sie hatten sich damals gegenseitig versprochen, aufeinander aufzupassen. „Ihr seid dabei, Tib – beide. Ich danke für eure Meldung. Nähere Einsatzdaten gehen euch zu."
Tib strahlte über beide Wangen, dankte und unterbrach die Verbindung.
Thomas Raven schaute wieder auf seine Folie nach den Anwahlziffern von Grace und wiederum kam ein Anruf. Dieses Mal sah Thomas in das gespannte Gesicht von Ron Dekker, dem „Ersten Bürger Aguas".
Bevor der Captain der GERONIMO irgendetwas, ihm schwebte eine Begrüßung vor, sagen konnte, polterte Ron auch schon los: „Eigentlich hatte ich deinen Anruf schon gestern erwartet! Ich will ja nicht unsere Freundschaft für diese Zwecke ausnutzen, aber du hast sicherlich meine Meldung als Freiwilliger schon längst gesehen und ich warte auf deine Antwort. Ich muss dich doch nicht darauf hinweisen, dass dies vom Ursprung her eine zivile Mission ist?"
„… und du mir deine Teilnahme so praktisch anordnen könntest", vervollständigte Raven grinsend die Auffassung seines Freundes.
„Ja, äh – genau", stotterte Ron verunsichert.
„Okay, okay – unter einer Bedingung nehme ich dich mit." Thomas machte es spannend, obwohl er längst beschlossen hatte, ihn als Chef der Marines an Bord des Flaggschiffes mit auf die Reise zu nehmen.
„Und die wäre?", fragte Ron skeptisch.
„Ich bin Captain der GERONIMO und solange du Mitglied der Mannschaft bist, hörst du auf mein Kommando."
Ron nickte eifrig. „Selbstverständlich, kein Problem, du bist der Boss! So wie immer an Bord!"
Plötzlich senkte der Präsident Aguas sein Haupt, schüttelte dieses und sah anschließend reichlich zerknirscht in die Kamera. „Tut mir leid, Thomas, dass ich so aufbrausend war, aber die Erde …"

„Ich weiß, Ron, nicht nur bei dir macht sich das große Nervenflattern bemerkbar. Andere fühlen genauso und selbst ich bemerke eine steigende Unruhe, je näher der Starttermin kommt. Aber“, und dabei kam Thomas näher an die Aufnahmeoptik heran und redete geradezu beschwörend auf seinen Freund ein, „dabei sind wir noch die Führungskräfte, Ron. Wir müssen die Nerven behalten, sonst brauchen wir gar nicht erst loszufliegen.“

Ron Dekkers Gesicht wurde noch verlegener.

„Okay, Ron. Mit diesem Apell habe ich mich auch selbst gemeint. Wie hat übrigens deine Partnerin darauf reagiert?“

Ron war froh, das Thema wechseln zu dürfen, obwohl dieses auch nicht so angenehm war. „Nun, begeistert war Suzan nicht, aber sie hat schnell eingesehen, dass sie einen streunenden Dorfköter wie mich nicht an die Leine legen kann.“ Aus Rons Worten war trotz der Begeisterung für die Teilnahme an einem neuen Abenteuer echtes Bedauern zu hören. Gerne ließ er sie nicht zurück und bedauernd hob er die Schultern an.

„Ron, wir werden, wenn wir unser Ziel erreichen, höchstwahrscheinlich mit Dingen zu tun haben, die unsere Psyche außerordentlich stark belasten können. Zumindest rechne ich damit. Ich möchte jemanden an Bord haben, der sich mit derlei Dingen auskennt. Wie ich weiß, ist Suzan Bookley ausgebildete Psychologin und nach meinen Unterlagen eine hervorragende Fachkraft.“

Im Gesicht von Ron leuchtete es auf und hastig versicherte er: „Die Beste, Thomas, sie ist die Beste, die wir zur Verfügung haben! Sie hat nur keine Meldung abgegeben, weil sie ihre Berücksichtigung von vornherein für aussichtslos hielt.“

„Kann ich davon ausgehen, dass sie freiwillig mitfliegt?“

„Kannst du, Thomas, kannst du! Setz sie auf die Crewliste!“

Raven sah noch ein vor Freude strahlendes Gesicht, als er die Kom-Verbindung unterbrach.

Thomas Finger schwebten schon über die Zahlentastatur, mussten dann aber entgegen dem Vorsatz, einen anderen Weg wählen, um den nächsten Kom-Ruf entgegenzunehmen. „Ja, sag mal! Was ist denn heute los?“, entfuhr es Raven, bevor die Verbindung stand.

Mit Oksana Trantow hatte er nicht gerechnet. Die 30-jährige mit den kurzen blonden Haaren war XO der WALHALLA und schaute nun sehr ernst in Thomas Gesicht. Raven erinnerte sich, dass die Frau vor ein paar Monaten, als man die WALHALLA aus Raumnot geborgen hatte, untergewichtig war auf Grund von Stress und Nahrungsmangel. Dieses Gesicht jetzt hatte eine frische Farbe, leicht gebräunt und die Zeichen der Auszehrung waren verschwunden. Dennoch war ihr Blick sehr entschlossen, um nicht zu sagen, sehr verschlossen.
„Hallo Oksana! Geht es dir besser?“ Thomas setzte eine freundliche Miene auf, denn er wusste, dass diese fähige Offizierin so Einiges durchgemacht hatte.
Die Russin verzog keine Miene. „Danke, ich habe mich körperlich gut erholt und ein wenig zugenommen.“
„Es steht dir ausgezeichnet. Was kann ich für dich tun?“
„Ich habe erfahren, dass die Freiwilligenmeldungen von der WALHALLA stark hinter meinen Erwartungen zurückgeblieben sind. Dafür möchte ich mich als 1. Offizier der WALHALLA bei dir entschuldigen.“ Auffordernd sah sie in die Optik, als würde sie dafür eine Bestrafung erwarten.
Thomas geriet ein wenig aus der Spur. „Oksana, vergiss bitte nicht, dass diese Leute dem Totengräber eben erst von der Schippe gesprungen sind und sich noch im Genesungsprozess befinden. Weiterhin muss bedacht werden, dass eure Schläfer nicht über eine viereinhalbjährige Abwesenheit von der Erde betroffen sind. Sie haben geschlafen. Für sie sind die Erinnerungen an die Erde erst ein paar Monate alt. Da muss man andere Maßstäbe anlegen und wenn man dies tut, dann haben sich von deinen Leuten überdurchschnittlich viele gemeldet.“
Oksana nahm die Beschwichtigungen des Captains der GERONIMO entgegen, verriet aber mit keiner Miene, ob sie ihm zustimmte oder nicht.
„Oksana, du hast dich gemeldet für die Teilnahme an der Mission „TERRA“.“
Oksana nickte lediglich ernst zu Thomas Feststellung.
„Die Stelle des 1. Offiziers ist besetzt und auch an vielen anderen Stationen habe ich gut aufeinander eingespieltes Team im Einsatz. Trotzdem würde ich dich gerne mitnehmen. Ich kann dir auf der Brücke den

Job des Kom-Offiziers anbieten und als Commanderin für besondere Anlässe. Damit wärst du unter deiner Ausbildung und deinem Rang, aber du wärst dabei. Wenn du es annehmen willst, bist du in unserem Kreise willkommen."
Nun kam etwas Leben in die Mimik der Russin. Ihre Augen begannen zu leuchten, als sie entgegnete: „Ich nehme an, Captain. Ich habe dein Team im Einsatz gesehen und habe volles Verständnis dafür, dass du dieses Team nicht auseinanderreißen willst. Ich werde nach unserer Rückkehr wieder meinen Platz an Bord der WALHALLA einnehmen. Bis dahin bin ich dankbar dafür, dass ich dabei sein darf."
Thomas nickte. „Gut, Oksana, gut! Nähere Hinweise folgen." Dann schaltete er ab.
Schon wollte er wieder nach Grace Ojok rufen, aber dann überlegte er es sich doch anders. Auf dieses Gespräch freute er sich besonders und wenig später strahlte ihn eine sehr junge Asiatin mit langen schwarzen Haaren, die zu einem Pferdeschwanz gebunden waren, an. Thomas erkannte an den Gegenständen im Hintergrund, dass er sie in der Leitstelle der Mondbasen auf Mond EINS erreicht hatte. Hotaru war die karrieremäßige Senkrechtstarterin überhaupt gewesen. Von Anfang an als Funkerin auf der GOOD HOPE dabei, hatte sie alles mitgemacht. Nach dem zweiten Jahr der Besiedlung hatte die Japanerin den Letalis „REVENGE" bei der Mission „HELENA" gesteuert. Danach hatte sie auf Agua das Kommando der drei Mondbasen mit je einem Letalis, einer Staffel Tiger Sharks und zwei Staffeln Sparrow Hawks übernommen. Die Basen dienten als Frühwarn- und Abfangstationen für ungebetene Besucher aus dem All. Im letzten Jahr hatte sie karrieremäßig den Vogel abgeschossen: Sie wurde Chefpilotin des Flaggschiffes und Thomas hatte bisher noch niemanden so virtuos mit der Steuerung des 3.000 Meter-Giganten hantieren sehen. Hotaru hatte sich freiwillig für den Einsatz gemeldet und Thomas wollte sie haben – unbedingt.
„Hallo Glühwürmchen!"
„Hallo Thomas!" Noch vor ein paar Monaten wäre der Japanerin die Übersetzung ihres Namens unglaublich peinlich gewesen, aber mit den Sprossen der Karriereleiter wuchs auch ihr Selbstbewusstsein und mittlerweile fand sie ihren Namen einfach nur niedlich.

„Wenn ich dich jetzt für ein paar Wochen entführen würde, wäre mir da jemand böse?“
Hotaru versuchte ein breites Grinsen, was mit ihrem asiatischen kleinen Mund von vornherein zum Scheitern verurteilt war. „Ich glaube nein!“
„Ich glaube viele“, konterte Thomas Raven.
Die Asiatin schüttelte den Kopf.
Thomas fand es schade, dass sich diese bezaubernde Frau noch keinen Partner gewählt hatte. Für die Menschheit wäre es ein unglaublicher Verlust, wenn sie ihre Gene nicht verbreiten würde. An Bewerbern mangelte es weiß Gott nicht. Thomas erinnerte sich an ein Bordfest auf der GERONIMO, welches Hotaru in einem blütenweißen Kleidchen moderiert hatte. Die harten Jungs hatten mit offenem Mund fast auf den Knien gelegen.
Das Lächeln der jungen Frau verringerte sich. „Ich weiß, was du denkst, Thomas. Und du hast sicherlich auch Recht. Aber ich muss erst wissen, was aus dem Land der untergehenden Sonne geworden ist. Danach erst werde ich bereit sein, zu wählen.“
„Ein weiterer Grund, dich mitzunehmen, Hotaru. Ich wüsste nicht, wen ich sonst an die Steuerkontrollen der alten Lady setzen sollte. Willkommen bei dieser Mission. Instruiere deine Vertretung; du bekommst weitere Einsatzdaten in Kürze.“
Hotaru dankte mit einem Kopfnicken, einem bezaubernden Lächeln und schaltete ab.
Thomas hatte noch das hübsche Gesicht vor Augen, als der nächste Kom-Ruf ankam und er mechanisch die Bestätigungstaste drückte. Übergangslos, so quasi aus dem Gesicht der Japanerin heraus, materialisierte sich der harte Kahlschädel von Ron Dekker. „Sie kommt mit!“
Thomas war für eine Sekunde verwirrt. „Wer?“
„Ja, sie!“ Ron runzelte die Stirn. „Suzan!“
„Ach so, ja natürlich. Schön. Wollt ihr zwei Kabinen nebeneinander?“ Thomas hatte sich wieder gefangen und nahm seinen Freund auf den Arm.
Ron winkte ab. „Eine Doppelkabine bitte, ich weiß, es gibt sie!“
„Ich sag der Chefstewardess Bescheid“, frotzelte Thomas und schaltete ab.
Nun wurde es aber Zeit für sein letztes Gespräch.

Wenig später blickte er in das ebenholzfarbene Gesicht der Afrikanerin. Über den Monitor war nicht zu erkennen, dass Grace 1,90 m groß war. Weiterhin wirkte die grazil aussehende Frau mit dem Stoppelhaarschnitt äußerst ruhig und niemand, der nicht in den Personalakten beziehungsweise -daten nachgesehen hatte, konnte ihr korrektes Alter schätzen. Mit samtweicher, warmer Stimme begrüßte sie Thomas. „Es geht wieder los, Thomas?"
Thomas hatte seine FliCo wirklich gern, war sie es doch gewesen, die das entscheidende Quentchen zu seiner Genesung vor über vier Jahren beigetragen hatte. Ihre ruhige Art, selbst bei allergrößter Hektik, war viel Wert auf der Brücke eines Schlachtschiffes. Sie brachte Ruhe in das manchmal hektische Agieren der Staffeln. Thomas Raven schätzte Eigeninitiative bei seiner Führungsmannschaft und daher führte Grace die Ehrenbezeichnung „FLIGHT" bereits seit über vier Jahren, nämlich direkt nach dem ersten Zusammenprall mit den Trax.
„Es geht in die Heimat, Grace. Möchtest du noch einmal den Kilimandscharo, den Mount Kenya oder den Viktoria- und Malawiesee erleben, den Kongo, Niger oder den Sambesi sehen?"
Bei der Erwähnung der Namen ging mit Grace´s Gesicht eine Veränderung hervor. Ihre Augen schienen durch Thomas hindurchzusehen. In ihrer Vorstellung war die dunkelhäutige Frau bereits in der Serengeti oder im Nil-Delta.
„Grace!"
„Ja, Captain."
„Nun, ich stellte dir eine Frage."
„Ich habe dir gesagt, dass ich immer zur Verfügung stehe, wenn du mich brauchst. Dazu stehe ich. Es würde also reichen, wenn du mir Datum und Ort mitteilst, wo ich mich einzufinden habe."
Thomas schüttelte den Kopf. „Grace, das ist keine Antwort auf meine Frage. Willst du Afrika wiedersehen?"
Grace Ojok schaute immer noch durch ihn hindurch und fast tonlos kamen ihr die nächsten Worte über die Lippen: „Ich habe in Afrika immer nur Kriege, Tod und Folter erlebt – in allen seinen schrecklichen Facetten. Und trotzdem - es ist meine Heimat, mein Ursprung. Ich habe das Gefühl, dorthin zurück zu müssen und ich habe erfahren, dass es einen Weg gibt und du ihn gefunden hast. Daher ist meine Antwort:

Ja." Mit den letzten Worten kam wieder Leben in ihre Augen und sie sah Thomas aufmerksam an. Thomas wusste um die leidvollen Erfahrungen der ehemaligen Kindersoldatin und nickte ernst. „Willkommen an Bord, Grace. Ich bringe dich nach Hause."
Somit war die Personalauswahl der Führungsmannschaft beendet. Laura Stone war sowieso schon im Kader. Bis auf einen Termin, beziehungsweise zwei Termine, waren seine Vorbereitungen abgeschlossen.

11.01.2125, Agua:

Peter hatte sich nicht abweisen lassen und schließlich hatte Thomas nachgegeben. Schließlich war der Junge fast acht Jahre alt und warum sollte ihn sein Vater, so fühlte sich Thomas zumindest, nicht einmal zu einem geschäftlichen Termin mitnehmen. Nun drückte sich Peter an den Seitenscheiben des schwarzen Flugschraubers die Nase platt, während Thomas das Fluggerät in geringer Höhe bewegte. Etwa 50 Meter unter ihnen war die wilde und abwechslungsreiche Landschaft von Agua zu sehen. Zahlreiche Flüsse und Seen wechselten sich ab mit Wäldern, kleineren Erhebungen und Tälern.
Und Peter stellte die Frage, die auch schon in früheren Zeiten ganze Hundertschaften von Vätern, eingesperrt mit ihrem Nachwuchs auf engstem Raum, entsetzlich genervt hatte: „Wann sind wir da?"
Aber Thomas grinste nur. Die Frage des Kindes war aus reiner Neugier geboren und nicht aus Langeweile. Peter beobachtete mit seinen blauen Augen im Moment eine kleine Herde rehähnlicher Tiere, die den Schrauber beobachteten und gleichsam überlegten, ob sie fliehen sollten. Bevor das Leittier sich zu einem Entschluss durchgerungen hatte, war der Schrauber bereits fast außer Sichtweite.
„Wir brauchen noch etwa 15 Minuten", informierte er Peter.
„Wo fliegen wir hin und was machen wir da?"
„Wir sind auf dem Weg nach BRAIN HILL. Sam Packinpah, der Leiter unserer dortigen wissenschaftlichen Abteilung, hat mich um diesen Termin gebeten. Er will mir offensichtlich eine neue Erfindung oder etwas Ähnliches zeigen."
„Und du weißt nicht, was es ist?" Peter schaute erstaunt seinen Ziehvater an. Thomas schien doch einer der wichtigsten Männer auf Agua zu sein und dann wusste er es nicht? Das ist merkwürdig, dachte Peter. Mit

einem Seitenblick hatte Thomas die Mimik seines Kindes erraten und erläuterte darum sein Nichtwissen.

„Peter, du musst beachten, dass unsere geistige Elite, also die Wissenschaftler auf BRAIN HILL, ganz besonders empfindsame oder auch empfindliche Leute sind. Sie haben sich ganz in den Dienst der Wissenschaft gestellt. Das Vergnügen, was sich Sam jetzt mit mir gönnt, sei ihm gerne verziehen. Er will mich mit irgendwas überraschen. Seit unserem letzten Zusammentreffen weiß ich, dass er mich nicht umsonst kommen lässt. Ich vertraue ihm und gönne ihm deshalb diese kleine Freude und bin selbst ganz gespannt, was er dieses Mal anzubieten hat."

Mit dieser Erklärung war der kleine, blonde Mann zufrieden und schwieg nun, bis ein schroffes Bergmassiv von geringer Höhe vor ihnen auftauchte. In etwa 100 Meter über dem Wipfel der höchsten Bäume auf der Ebene setzte Thomas den Schrauber auf einem Felsvorsprung auf und schaltete die Elektromotoren der Flugschrauben ab. Dann nickte er Peter zu und beide stiegen aus dem Fluggerät. Eine leichte Brise und vielfaches Vogelgezwitscher empfing die beiden Vertreter der menschlichen Spezies. Peter bekam vor Staunen den Mund nicht zu. Aus dieser Höhe hatte man einen großartigen Ausblick auf die Natur Aguas. Wälder und Ebenen wechselten sich mit Flüssen und kleinen Seen ab.

„Komm, mein Fähnrich." Thomas legte seine Hand auf die Schulter des Jungen und zog ihn zur Felswand. Zunächst konnte Peter überhaupt nicht erkennen, wohin er gehen sollte. Als die beiden jedoch näher kamen, schwenkte knirschend ein mannsgroßes Felsstück zur Seite und gab einen Eingang frei. Der Zugang war breit genug, um Thomas und Peter nebeneinander hindurchgehen zu lassen. Gleich hinter dem Eingang blieben sie stehen, um sich einen Eindruck vom Geschehen zu machen. So etwas hatte Peter bisher noch nicht gesehen. Innerhalb des Berges gab es eine riesige Höhle. Alles war durch Strahler taghell erleuchtet. Wissenschaftliche Arbeitstische waren mehr oder weniger aus den Felsblöcken herausgeschnitten und Energie- und Datenkabel waren mit einiger Mühe zusammengebunden und aus den Verkehrswegen herausgehalten worden. Zumeist hingen sie von der Decke herab und versorgten von dort das leistungsfähigste Rechnerequipment, was die

moderne, restliche Menschheit zu bieten hatte. An den Rändern der Höhle waren abenteuerlich aussehende Versuchsanordnungen mit scheinbar halbfertigen Erzeugnissen in einem wilden Durcheinander aufgebaut. Zwischen all diesen Dingen liefen recht geschäftig Menschen in petrolfarbenen Kitteln umher oder standen wild diskutierend in Gruppen dazwischen. Der gesamte Raum war mit Stimmgewirr und undefinierbaren Geräuschen aus den Versuchsanordnungen angefüllt.
Die beiden Besucher standen bestimmt fünf Minuten auf einer Stelle und beobachteten die Szenerie. Thomas fiel auf, dass sein Begleiter etwas fassungslos zu ihm hochsah. Lächelnd beugte er sich zu Peter. „Alles in Ordnung, Peter. Alles innerhalb normaler Parameter. Du siehst den schöpferischen, menschlichen Geist bei seiner Tätigkeit. Hier findest du, ob du es glaubst oder nicht, die schlauesten Köpfe der Menschen. Hier entstehen Erfindungen wie der Tarnschild, ohne den wir wohl kaum die letzten Jahre überstanden hätten."
Peter hatte große Augen. „Ewa sagt uns immer, wir müssen unser Zimmer aufräumen!"
Thomas grinste: „Peter, es sieht hier noch genauso aus wie vor etwas über zwei Jahren, als ich das letzte Mal hier war. Das Genie beherrscht eben das Chaos."
„Hat dich damals auch keiner bemerkt?"
„Ich war mit Ron hier und es war genauso wie jetzt", versicherte Thomas ernsthaft. Dann drehte er sich zur Sprechanlage neben der Zugangstür um und hielt mit der ganzen Faust einen Knopf gedrückt: „Sam Packinpah bitte zum Eingang, der Termin ist gerade eingetroffen." Laut schallte Thomas Stimme durch das Höhlensystem und war sicherlich bis in den letzten Winkel zu hören. Von den anwesenden Wissenschaftlern wurden sie trotzdem kaum beachtet. Jeder schien sein Forschungsprojekt für das Wichtigste überhaupt zu halten und verfolgte sein Ziel geradezu verbissen. Geschlagene zwei Minuten tat sich gar nichts, dann tauchte aus dem Hintergrund ein blassgesichtiger Hüne mit rotem Vollbart und einer quietschgelben Basecap auf und eilte mit weit ausgebreiteten Armen und wild wehendem petrolfarbenem Kittel auf sie zu. Sam Packinpah rief schon aus einiger Entfernung: „Meine lieben Besucher sind da. Wen haben wir denn da?

Nachwuchs bei unserer siegreichen Space Force?“ Als er die Ankömmlinge erreicht hatte, beugte er sich neugierig zu dem Jungen herunter.
„Ich bin Fähnrich Peter“, behauptete der Junge und sah dem Wissenschaftler selbstbewusst in die Augen.
„Soso, Fähnrich also, naja sicher doch.“ Sam nickte gespielt ernsthaft und sah dann Thomas an. Dieser grinste und zog eine Augenbraue nach oben. „Schicker Hut!“
Schlagartig entgleiste der eine oder andere Gesichtszug bei Sam Packinpah. Das war bitte ein Thema, an das er nicht erinnert werden sollte. Thomas Lippen verzogen sich immer mehr in die Breite. Der Bart des Forschers war auch nicht mehr das, was er einmal gewesen war. Gleichmäßig war etwas anderes. Es gab reichlich Lücken und kahle Stellen. Sam hätte eben bei Peter nicht den Überheblichen raushängen lassen sollen.
„Äh, ja na ja, bitte nicht vor dem Fähnrich hier“, bettelte Sam und Raven nickte gnädig.
Sam Packinpah hatte bei der Erforschung eines damals noch feindlichen Vendora-Beibootes, selbiges in die Luft gejagt und fast sich selbst dazu. Sein Haupthaar war damals zu großen Teilen verbrannt und auch jetzt wuchs dort noch nicht viel, daher die Kappe. Immer noch nagte diese Blamage am Selbstbewusstsein des ansonsten erfolgreichen Wissenschaftlers und diese brachte sich immer noch gut jeden Morgen im Spiegel in Erinnerung.
„Ich habe Fähnrich Peter erzählt, dass du uns mit einer Erfindung überraschen willst.“
Packinpah hob den rechten Zeigefinger und wedelte ihn kräftig durch die Luft. „Nein, nein. So ganz ist das nicht. Wir haben dieses Mal nichts selbst erfunden, sondern nur nachgebaut. Aber, bitte kommt und seht selbst.“ Er schritt voran, drückte in einiger Entfernung, seitlich von der Zugangstür, auf einen Schalter und zur Überraschung der Besucher glitt ein Teil der Felsaußenwand in den Boden. Dabei wurde der Zugang zum Felsplateau freigegeben, auf dem immer noch das Fluggerät von Thomas und Peter stand. Dann sprach Sam etwas in seinen Armbandcom und wenig später schoben zwei Wissenschaftler einen sechsrädrigen, hüfthohen Karren nach draußen, auf dem eine rohrähnliche Konstruktion befestigt war. Um eine Art Abschussrohr war eine weitere

silbrige Leitung in weiten Kreisen gewickelt und mündete am Ende des Rohres.
„Spann uns nicht auf die Folter, Sam. Was ist das?“ Raven war gespannt.
„Nun ja“, begann der Wissenschaftler. „Die Vendora haben sich zum Technologietransfer bekannt und wir haben diese Energie-Torpedos nun in dieser kleinen Version nachgebaut. Sie ist zwar nicht besonders leistungsfähig, reicht aber für Demozwecke vollständig aus. Wir haben zwei unterschiedliche Phasen für diese besondere Form der Torpedos in einen bestimmten…“
„Stopp“, unterbrach Thomas. „Ich will diese Phasen-Torpedos nicht nachbauen, sondern wissen, wie man sie anwendet und wie wirkungsvoll sie sind.“
„Nun ja, Phasen-Torpedos ist auch nicht der richtige Ausdruck, weil…“
„Sam!“
„Phasen-Torpedo ist ein toller Begriff. Wir hatten uns schon gestritten, wie wir diese neue Waffe nennen sollen! Phasen-Torpedo also. Darf ich euch den Phasen-Torpedo demonstrieren?“
„Wir bitten geradezu darum“, versicherte Thomas mit ausgebreiteten Armen.
Wieder sprach Sam in seinen Armband-Com, langte anschließend in eine seiner recht großen Kitteltaschen, förderte drei starke Sonnenbrillen zu Tage und reichte sie weiter. „Ich hatte geahnt, dass du noch jemanden mitbringst. Es ist besser, wenn wir diese Dinger aufsetzen.“
Wenig später war das erledigt und lediglich Peter sah mit seiner für ihn übergroßen Brille etwas skurril aus.
„Es dauert etwas, ich habe eine Tiger Shark angefordert“, erklärte Sam die Verzögerung, aber schon wenig später war das typische Anfluggeräusch der großen Maschine, die je nach Bedarf als Bomber oder als Aufklärer eingesetzt werden konnte, zu hören. Thomas erkannte, dass das Fluggerät in etwa 500 Metern Entfernung und 100 Metern Höhe vom Piloten angehalten wurde. Sam hatte seinen Armband-Kommunikator laut gestellt, sodass seine Gäste den folgenden Funkverkehr mithören konnten.
„Gelb 5 meldet sich zur Stelle. Ich bitte um Instruktionen!“

„Hier ist Sam. Bitte Stellung halten und Schutzschild auf 100 % Leistung schalten!"
„Schutzschild online, volle Leistung erreicht!"
„Achtung, ich eröffne das Feuer. Regelmäßige Angaben über Schildstärke."
„Verstanden!"
Sam Packinpah bückte sich und berührte ein Touch-Paneel an der Seite der Konstruktion und das Rohr schwenkte automatisch auf das Ziel ein. Sam richtete sich auf und holte eine Fernsteuerung aus der Tasche. Anschließend sah er sich nach seinem Besuch um und vergewisserte sich, dass jeder seine Schutzbrille korrekt trug. Dann drückte er auf einen Knopf. „Feuer!"
Ein leises Summen war aus dem Gerät zu vernehmen und am vorderen Ende des Kanonenlaufs bildete sich eine gleißende, blauweiße Lichtkugel, die fauchend mit hoher Geschwindigkeit in Richtung Ziel katapultiert wurde. Fast zur selben Zeit schlug der Phasen-Torpedo in den Schutzschild der Tiger Shark ein und die Beobachter wurden trotz Brille von der hellen Entladung geblendet. Man konnte sehen, wie der Bomber unter dem Treffer in der Luft taumelte.
„Schutzschild auf 90%" meldete der Pilot.
„Ich habe mit 10% Kapazität des Gerätes gefeuert", erklärte Sam. „Am Wirkungsvollsten scheint mir ein kurzes Dauerfeuer von drei bis fünf Phasen-Torpedos nacheinander zu sein. Achtung, es geht weiter!"
Innerhalb einer halben Sekunde verließen fünf Phasen-Torpedos die Waffe und trafen die Tiger Shark. Das Fluggerät wurde heftig getroffen und verschwand unter gewaltigen Entladungen. Thomas befürchtete schon, dass der Flieger ernsthaft beschädigt war, als er die Stimme des Piloten vernahm.
„Hey, hey, hey! Schutzschild bei 15%! Habt ihr was gegen mich? Entweder ihr stellt das Feuer ein oder ihr gestattet mir, meine Waffen ebenfalls zu gebrauchen!" Am Ton des Piloten erkannte man echte Sorge und mühsam unterdrückten Zorn wegen seiner Hilflosigkeit.
Sam beschwichtigte: „Wird nicht nötig sein. Die Demonstration ist zu Ende. Vielen Dank und guten Rückflug!"
„Das nächste Mal ordere bitte einen Anderen! Schönen Tag noch!"

Wenn man die Umstände berücksichtigte, konnte man dem Piloten vielleicht nicht verübeln, dass er den Aufklärer drehte, und zwar rein zufällig und selbstverständlich unbeabsichtigt so, dass die Abstrahldüsen in Richtung Felstableau zeigten, bevor er mit einem kräftigen Ruck die Beschleunigungshebel bis zum Anschlag einrasten ließ. Mit tosendem Donnerhall beschleunigte der Aufklärer und fegte die Beobachter der Szenerie mittels Druckwelle mühelos von den Beinen. Die Männer, beziehungsweise die beiden Männer und der Junge mussten sich liegend die Ohren zuhalten und Thomas hatte sich sicherheitshalber halb auf Peter gelegt, damit der leichte Junge nicht weggepustet wurde. Außerdem wirbelte die Druckwelle des gewaltsam beschleunigten Bombers jede Menge Staub und Sand auf dem Plateau auf. Sam begann zu husten und gleichzeitig heftig zu fluchen. Thomas erhob sich, half seinem kleinen Begleiter auf die Füße und klopfte sich anschließend lachend den Staub von der Kleidung. Oh, wie konnte er den Piloten verstehen! Die Wissenschaftler waren unter den Soldaten als weltfremde „Eierköpfe“ verschrien, obwohl man deren Leistung anerkannte. Darum war es nicht verwunderlich, dass der Pilot Sam eine Retourkutsche gab. Der Wissenschaftler fluchte wie ein Rohrspatz und wurde nur von einem lauten Knall unterbrochen – der Bomber hatte bereits die Schallmauer durchbrochen.
Thomas ging auf den mit Kraftausdrücken um sich werfenden Wissenschaftler zu und deute mit unbeweglichem Gesicht lediglich mit einem Zeigefinger auf den Boden. „Dein Hut!“
Rasch begriff der Rotbärtige, dass sein Haupt mit den sporadisch auftretenden Haarbüscheln neben verbrannter Haut ungeschützt neugierigen Blicken dargeboten wurde. Blitzschnell bückte er sich, griff sich die am Boden liegende Mütze und mit demselben Schwung seines Armes setzte er sich diese auf. Leider hatte er dabei übersehen, dass sich das Teil durch die Luftverwirbelungen halb mit Sand gefüllt hatte. Nun rieselte dieser rechts wie links an der Schläfe des Trägers langsam unter der Kappe heraus. Unbeeindruckt stand Thomas vor dem Wissenschaftler und sah diesem, der völlig unbeweglich und starr vor Entsetzen einfach nur da stand, nachdenklich ins Gesicht und griff sich grüblerisch ans Kinn. „Hast du schon mal überlegt, mit dieser Nummer aufzutreten?“

Mit einem Ruck ließ Sam Schultern und Haupt sinken. Die Blamage war komplett.
Hatte Peter bisher nur ungläubig zugesehen, so musste er jetzt mit seiner Haltung kämpfen. Es sei dem für sein Alter überragendem Intellekt zugeschrieben, dass er, bevor sich seine Gesichtszüge zu lautlosem Lachen verzogen, rasch umdrehte.
Fast mitleidig nahm Thomas dem Wissenschaftler die Kappe ab und schlug sie sorgfältig aus, dann setzte er ihm die Kopfbedeckung wieder auf und korrigierte sorgfältig den Sitz. „Sam, du verstehst es immer wieder, meinen Aufenthalt auf BRAIN HILL kurzlebig und interessant zu gestalten.“ Raven zeigte nun sein breitestes Grinsen. „Auch dieses Mal hast du mich nicht enttäuscht. Deine Einlagen, besonders aber deine Erfindung oder auch Nachbau, ist sensationell. Ich muss gestehen, sehr beeindruckt zu sein. Deine Phasen-Torpedos sind klasse. Wenn ich dich richtig verstanden habe, dann hättest du mit einer Salve voller Stärke die Tiger Shark mühelos vernichten können – und das mit einem so kleinen Gerät. Das ist wirklich brilliant, Sam!“
In Packinpahs Gesicht ging so etwas wie eine Sonne auf und schnell gewann er wieder Oberwasser und Selbstvertrauen.
„Ist die Erfindung serienreif getestet und wann kann sie in welcher Größe in die Bomber, Schlachtschiffe und das Flaggschiff eingebaut werden?“
Nun kam die große Stunde des Sam Packinpah und seine Brust wölbte sich vor Stolz. „Ich habe mir erlaubt, in Anbetracht der Kürze der zur Verfügung stehenden Zeit bis zu eurem Aufbruch, Laura Stone von dieser Erfindung in Kenntnis zu setzen. Sie hat mir nach ausgiebigen Tests erlaubt, entsprechende Systeme in die GERONIMO einzubauen. Die Arbeiten werden übermorgen abgeschlossen sein. Kleinere Teile wie diese hier sind für die Sparrow Hawks oder die Bomber gedacht. Wir geben sie euch mit, ihr könnt sie unterwegs einbauen.“
Thomas schlug seine Hand leicht auf die Schulter von Peter. „Habe ich dir nicht gesagt, dass der gute Sam immer für eine Überraschung gut ist!“
Peter grinste und nickte eifrig, obwohl er keinesfalls die Bedeutung der Vorführung bis ins letzte Detail erfasst hatte.

Anschließend erfolgte noch ein Fachgespräch mit Leistungsdetails und dergleichen. Nach weiterem Schulterklopfen verabschiedete sich Thomas vom Leiter der wissenschaftlichen Außenstelle „BRAIN HILL" und als Peter dem Wissenschaftler zum Abschied zuwinkte, stand dieser stramm, nahm Haltung an und rief nur: „Fähnrich!"
Wenig später war der Flugschrauber in Richtung Farm unterwegs.
Einsam auf einem Felsplateau wischte sich ein rotbärtiger Wissenschaftler mit quietschgelber, staubiger Basecap den Schweiß von der Stirn.

4. Start

Agua-System, vier Tage vor dem geplanten Abflug:

Thomas war schrecklich nervös. Seit einer dreiviertel Stunde hockte er nun innerhalb eines kleinen Raumes und wartete. Worauf eigentlich? Man hatte ihn hierhin gebracht und ihn wissen lassen, dass er bis auf Weiteres hier zu warten hatte.
Ganz toll!
Es war eine typisch spartanische Soldatenunterkunft mit den bescheidenen Maßen von vier mal vier Metern. An einer der vier Wände hing ein Waschbecken mit einem Spiegel darüber. Rechts daneben ein schmuckloses Bett, dann ein geräumiger Kleiderschrank, ein Regal für diversen Kram sowie ein quadratischer Tisch mit vier Stühlen. Alles hübsch neutral in verschiedensten Grautönen. Fenster waren Fehlanzeige und nur eine recht massiv wirkende Tür gestatte den Zugang. Neben der Tür hing ein Vidkom-Monitor mit bescheiden wirkendem Display. Weil Thomas persönliche Dinge innerhalb des Raumes vermisste, ging er davon aus, dass die Unterkunft momentan nicht belegt war.
Raven stand von einem dieser harten Stühle auf und begann, wie ein gefangener Tiger auf und ab zu wandern. Er war es überhaupt nicht gewohnt, die Zügel nicht selbst in der Hand zu halten. Auf diese Weise fremdbestimmt zu werden, war ihm ein Graus. Fünf Schritte, wenden, dann wieder fünf Schritte, wieder wenden. Wenn er wenigstens nicht so lange warten müsste! Dann hörte er draußen auf dem Flur schwere Schritte und blieb stehen. Na endlich tut sich etwas, dachte er, aber die

Schrittgeräusche gingen an seiner Tür vorbei und er nahm seine unruhige Wanderung wieder auf.
Nach weiteren 15 Minuten hörte er wieder Schritte und dieses Mal hielten sie vor seiner Kabine an. Die Tür wurde geöffnet und Tiberius Miller steckte seinen Kopf hinein. Der riesenhafte Kerl musste sich ein wenig bücken, damit er überhaupt sein Haupt durch die Öffnung bekam.
„Hallo Thomas! Bist du fertig?"
Betont langsam, weil genervt, ging Raven zum Spiegel. „Nein, nicht ganz!" Im Gegensatz zu seiner Verfassung klang der Ton gelangweilt.
Tib wartete geduldig, bis Thomas sein grünes, schleifenähnliches Gebilde, welches er sich um den Hemdkragen gewickelt hatte, ein paar Mal zurecht gezupft hatte. Danach sah es ganz genauso aus wie vorher.
Tib fand, dass sein Captain gar nicht schlecht aussah. Der mittelbraun bis golden wirkende Anzug war ein Produkt der noch frischen Textilfertigung auf Agua. Das weiße Hemd war sicherlich noch ein Mitbringsel aus irdischer Produktion und woher Raven dieses grüne Teil her hatte, blieb Tib ein Rätsel.
Schließlich baute sich Thomas vor dem Marine, der ihn um fast Haupteslänge überragte, auf. „Ich bin fertig, wir können los!"
„Gut, folge mir bitte." Tib vollführte eine exakte 180 Grad Wendung.
Beide Männer verließen den Raum und Tib schritt recht zügig aus und Thomas blieb nichts anderes übrig, als diesem schweigsamen Mann in der schwarzen Uniform der Marines zu folgen. Ohne Worte liefen die beiden zehn Minuten durch die langen Gänge der GERONIMO. Ja, man war auf dem Flaggschiff der Menschen und Thomas fragte zunächst sich und dann ganz direkt seinen Führer, wohin es denn ginge.
„Darf ich dir nicht sagen! Ich sollte dir auch eigentlich die Augen verbunden haben!"
„Und warum tust du es nicht?"
„Man kann alles übertreiben und ich denke es ist nicht angenehm für dich."
„Danke."
Damit war diese karge Unterhaltung erst einmal beendet. Schließlich erreichten und betraten sie einen senkrechten Schacht. Diese „Aufzugsschächte", es gab auch technisch andere Lösungen, waren von der

künstlichen Schwerkraft abgekoppelt, sodass man an den Sprossen dank der Schwerelosigkeit mühelos von einem Deck ins andere geraten konnte – wenigstens im All und die GERONIMO war im All. Wo auch sonst sollte ein so riesenhaftes Schiff sein. Das Flaggschiff konnte zwar gelandet werden, jedoch war ein solches Szenario nicht vorgesehen. Thomas fiel auf, dass ihnen unterwegs niemand begegnete. Normalerweise müsste es im Flaggschiff ein paar Tage vor dem Missionsbeginn zugehen wie in einem Hornissennest. Aber nichts rührte sich und es war auch nichts zu hören, außer ihren eigenen Schritten. Nach weiteren zwanzig Minuten des Gehens und Deckwechselns dämmerte es Thomas, wohin ihn der Marine führen würde und tatsächlich, schließlich hielt der große Mann vor Top 12 an. Top 12 war ein Raum von sechs mal sechs Metern mit flauschigem Teppich und sehr schöner indirekter Beleuchtung. Der Clou an diesem Raum aber war, dass er sich ganz oben „auf" der GERONIMO befand und die Wände aus 25 cm dickem, durchsichtigem Aluminium bestanden. Man war praktisch mitten im All und mangels Lufthülle war der Ausblick zumeist grandios, wenn man die Nerven besaß, sich in diesem Raum aufzuhalten. Nirgendwo auf dem Flaggschiff wurde dem Menschen seine Winzigkeit im Gegensatz zur sichtbaren Unendlichkeit so deutlich gemacht.
Tiberius klopfte dreimal an der Tür und wartete bestimmt eine halbe Minute, während er eine Augenbinde aus seiner Hosentasche holte und diese in den Händen hielt. Wenn man schon die Ansagen seiner Liebsten nicht befolgte, dann war Tarnung eben alles. Dann schließlich öffnete sich die Tür von innen und Tib ließ Raven den Vortritt.
Langsam schritt Thomas durch die Eingangstür und registrierte, dass man alle Möbel hinausgeschafft hatte. Links von ihm stand Trixie und Tib beeilte sich, neben seine Freundin zu gelangen. Trixie trug ein bodenlanges wallendes Kleid von königsblauer Farbe. Ihre Frisur war hochgesteckt und sie trug feinen Goldschmuck aus den reichlich vorhandenen Vorräten Aguas. Trixie hatte den lächerlich anmutenden Versuch unternommen, den Größenunterschied zu ihrem Freund, immerhin mehr als 40 Zentimeter, mit Hilfe von Pumps mit abenteuerlich hohem Absatz auszugleichen. Sie war sorgfältig geschminkt und sah trotz ihrer Dürre hinreißend aus – Tib stand entsprechend stolz daneben. An der Hand hielt die Sicherheitschefin an Bord der

GERONIMO die kleine Inara. Das schwarzhaarige, fast sechsjährige Mädchen mit den langen Locken trug sichtlich stolz ein Kleidchen in ihrer Lieblingsfarbe – rosa. Sie strahlte ihren Ersatzvater an und Thomas winkte ihr lächelnd zu. Auf der anderen Seite stand Ron Dekker. Er trug einen dunkelblauen Anzug mit einer ebensolchen Krawatte mit weißem Hemd – die Seriosität in Person. Neben ihm stand XO Laura Stone. Die Sub-Commanderin hatte sich einen Hosenanzug in der Farbe ihrer Haare, rostrot, anfertigen lassen. Das sah sehr elegant aus und Thomas konnte sich nur ganz dunkel daran erinnern, Laura jemals in etwas anderem als in der Uniform gesehen zu haben. Zwischen diesen beiden stand Peter. Er steckte in einem hellblauen Anzug und es war nicht genau zu erkennen, ob er sich wohl darin fühlte. Dann fiel sein Blick auf Chapawee Paco am anderen Ende des Raumes. Der waschechte Sioux-Indianer mit dem blauschwarzen, langen Haar und dem fast bronzenen Teint war in seiner petrolfarbenen Repräsentationsuniform als Captain der COCHISE erschienen. Nur das Stirnband, welches seine Haare aus dem Gesicht hielt, war mit typisch indianischen Mustern verziert. Seine dunklen Augen strahlten Ruhe und Würde aus.
Der Mittelpunkt war jedoch Ewa. Sie stand mitten im Raum und drehte Thomas zunächst den Rücken zu. Sie trug ein bodenlanges weißes Plisseekleid mit dünnen Trägerchen. Das Brautkleid war ärmellos und zum größten Teil rückenfrei. Ihre kastanienfarbenen Haare waren sorgsam frisiert, lagen in weichen Wellen um die nackten Schultern und fielen weit über ihren Rücken. Dann drehte sich Ewa um und Thomas erkannte einen tiefen Ausschnitt, der ein wohlgerundetes, üppiges Dekolleté über dem deutlich erkennbaren Babybauch zeigte. Ewas grüne Augen leuchteten ihn an und in den Händen hielt sie einen Strauß kleiner bunter Rosen. Einen Schleier gab es nicht, dafür war ein weißes Band, bestehend aus dem Stoff des Kleides, durchs Haar geflochten. Bis auf zwei große goldene Ohrringe hatte Ewa auf jeglichen Schmuck verzichtet. Dafür hatte man sich mit dem Make-Up eine Menge Mühe gegeben. Thomas konnte sich nicht erinnern, seine Partnerin einmal so schön gesehen zu haben.
Sein Blick glitt durch die Scheiben ins All. Agua konnte er nirgends entdecken, auch nicht die Sonne Ares. Dafür entdeckte er innerhalb des Raumes ein paar kleine Kameras. Aber wo waren sie?

„Mein weißer Bruder möge zu mir kommen!" Die ruhigen Worte in typisch indianischer Sprachweise lenkten Thomas Aufmerksamkeit auf das Geschehen. Langsam schritt er in Richtung Paco und Ewa ging neben ihm her.
„Beatrice Baines hat mich als Captain der COCHISE gebeten, die Trauungszeremonie zu vollziehen. Ich danke für diese Ehre!" Langsam neigte Chapawee sein Haupt in Richtung Trixie. Danach sah er abwechselnd Thomas und Ewa an, die schweigend vor ihm standen. Thomas zeigte einen wirklich stolzen Gesichtsausdruck. Er war am Ziel seiner privaten Träume. In den letzten zwanzig Jahren hatte er diesen Traum viele Male auf das Verschiedenste erlebt und jetzt und hier wurde er Wirklichkeit. Heute würde er seine große Liebe, die Frau die ihm alles bedeutete, endlich heiraten.
Ewa strahlte wie das Glück selbst. Sie hatte zwei wunderbare Kinder, Peter und Inara, angenommen und war schwanger von dem Mann, den sie liebte und mit dem sie jetzt vor dem Traualtar stand. Dabei musste man sich ein derartiges Möbel vorstellen. Im ganzen Raum gab es nichts dergleichen, auch keine Sitzgelegenheiten. Alle Beteiligten standen und bildeten einen lockeren Kreis um den Captain der COCHISE und die Brautleute, wobei natürlich der Rücken des Indianers frei blieb.
„Ewa, ich möchte mit dir beginnen." Paco drehte sich ein wenig in Richtung der Braut. „Mein Volk würde sagen, sie ist eine große Medizinfrau. Tatsächlich haben wir Dr. Ewa Lenn als leitenden medizinischen Offizier auf unserem Flaggschiff und auf Agua eine Menge zu verdanken. Ihrer Forschung zum Lebenszyklus der Maroon verdanken wir ein starkes Band der Freundschaft zwischen unseren beiden Völkern. Mögen die Lagerfeuer, an denen wir in Frieden miteinander sitzen, niemals erlöschen. Und damit wir an diesen Feuern auch von glorreichen Taten berichten können, dafür hat Captain Thomas Raven, First Commander Space Force und Captain des Flaggschiffs GERONIMO, gesorgt." Paco verbeugte sich leicht in Richtung Thomas. „Nicht nur wir, die Menschen hier auf Agua, verdanken dir vieles, sondern auch die befreundeten Völker der Maroon, Acaspa und der Vendora, sprechen stets mit großer Achtung von dem starken und mutigen Krieger, der unerschrocken den Kampf gegen die Feinde des Universums, die Trax, aufnahm, dem es immer wieder gelang, den

gnadenlosen Feind in die Knie zu zwingen und vernichtend zu schlagen."
Paco machte eine bedeutungsvolle Pause.
„Ihr zwei habt bereits als Paar eine Entscheidung getroffen, die aller Ehren wert ist. Ihr habt versprochen, an Eltern statt Sorge zu tragen für Peter und Inara. Sie sind Teil eures Lebens geworden und wir alle verfolgen mit viel Freude die Entwicklung dieser beiden Kinder. Doch damit nicht genug. In wenigen Monden wird deine Gefährtin, Thomas, euer gemeinsames Kind zur Welt bringen. Es wird, wie viele andere, an unserer Zivilisation und Kultur im Universum teilhaben. Dafür werden wir, wenn nötig, gemeinsam kämpfen. Du, Thomas, wirst in wenigen Tagen zur Erde aufbrechen und uns anschließend von unserer ehemaligen Heimat, von der wir so unehrenhaft vertrieben wurden, berichten. Ganz Agua und die befreundeten Völker wünschen euch alles Glück."
Wieder machte Chapawee Paco eine Pause und nickte Trixie unmerklich zu. Diese flüsterte leise etwas in ein kleines Kom-Gerät.
„Bevor ich nun die rituelle Frage stelle, wollen wir zunächst einen würdigen Rahmen schaffen und uns bis dahin einen Augenblick besinnen."
Ewa und Thomas sahen sich fragend an. Keiner von beiden wusste, was Paco mit „würdigem Rahmen" meinte. Kurz darauf sahen sie, wie eine Tiger Shark langsam über Top 12 hinweg flog, dann gemächlich vom Flaggschiff wegbeschleunigte und schließlich, nach wenigen Sekunden, wussten sie was gemeint war: Thomas erhielt den entscheidenden Hinweis, wo sich die GERONIMO befand. Der Anblick hier durch die Scheiben von Top 12 war atemberaubend. Niemand hatte so etwas bisher aus dieser Perspektive mit eigenen Augen gesehen. Die davoneilende Tiger Shark hatte den Aktivierungsabstand zu Wurmloch 3-5-8 unterschritten und dieses hatte sich soeben in seiner ganzen Gewaltigkeit aufgebaut. Gegen die gigantische Größe des Wurmlochs war die GERONIMO mit ihren 3.000 Metern geradezu winzig. Das violett wabernde Energiefeld der Singularität nahm das ganze Gesichtsfeld aus Top 12 ein und alles war in violette Farbe getaucht, welches sich auch noch im Spiel mit Licht und Schatten abwechselte, als wenn Tropfen in eine Pfütze fallen und die Sonnenstrahlen reflektieren. Ewas Brautkleid schillerte in vielen Violettönen. Alle Menschen in Top 12 schauten nach draußen und die beiden Kinder vergaßen, ihre Münder

zu schließen. Das war wirklich ein würdiger Rahmen, dachte Thomas. Mehrere Minuten genossen die Anwesenden, manche mit Gänsehaut, das Naturschauspiel, bis Chapawee mit einem verhaltenen Räuspern ihre Aufmerksamkeit wieder für die Zeremonie gewann.
„Ich frage dich, Thomas Raven, willst du vor den hier anwesenden Zeugen deine Gefährtin Ewa zur Frau nehmen, sie lieben, für sie sorgen und beschützen, bis dass der Tod dich hindert?"
Thomas straffte sich. „Ja, das will ich. Ich habe in den letzten zwei Jahrzehnten nichts anderes gewollt. Ich werde Ewa lieben und für sie da sein, bis dass der Tod mich hindert."
Paco nickte. „Nun geht meine Frage an dich, Ewa Lenn. Willst du vor den hier anwesenden Zeugen deinen Partner Thomas Raven zum Mann nehmen, für ihn sorgen und allzeit für ihn da sein, bis dass der Tod dich hindert?"
Ewa hatte Tränen in den Augen, antwortete aber trotzdem mit fester Stimme: „Ja, das alles will ich. Ja, bis dass der Tod mich hindert."
Paco sah sich um. „Es sind Ringe vorbereitet. Peter, komm und überreiche dein Werk." Während Peter langsam auf Paco zuging, erläuterte dieser: „Das Design entspringt den Vorstellungen meiner kleinen weißen Schwester Inara. Mein junger, weißer Bruder Peter hat es handwerklich umgesetzt."
Peter überreichte Thomas stolz eine kleine Schatulle. Thomas dankte und klappte den Deckel hoch. Zum Vorschein kamen zwei auf Hochglanz polierte, goldene Ringe von unterschiedlicher Größe. Als Raven näher hinsah, erkannte er auf dem kleineren seinen Kurznamen „TOM", das Datum des heutigen Tages, nämlich der 13.01.2125, auf dem anderen war entsprechend des Sinnes „EWA" und das Datum sorgsam im Inneren eingraviert. Ansonsten waren auf der Außenseite zwei Buchstaben in silberner Schreibschrift zu lesen: **P** & **I**. Thomas musste lächeln, als er den Sinn erkannte. Der kleine Künstler hatte die Initialen von sich und seiner Schwester verwendet und es war noch Platz für weitere Eintragungen. Vorsichtig entnahm er den kleineren Ring und steckte ihn auf Ewas rechten Ringfinger. Danach war Ewa dran und tat es ihm mit dem anderen Ring gleich.
Danach sahen sie den „Standesbeamten" Chapawee Paco an, der mit feierlichem Gesicht sprach: „Ich wüsste wirklich nicht, was ich lieber

täte. Ich erkläre euch hiermit Kraft meines Ranges zu Mann und Frau. Bitte tut, was bei solchen Anlässen zu diesem Zeitpunkt üblich ist."
Unter dem Applaus der Anwesenden küssten sich Thomas und Ewa. Danach ging gemäß eines exakten Timings die Zugangstür auf und Joseph Eisman erschien in perfekter Kleidung eines Kochs mit einem silbernen Tablett mit Sekt für die Erwachsenen und Fruchtsaft für die Kinder. Doch zunächst gratulierten die Anwesenden. Thomas bedankte sich Hände schüttelnd bei dem Captain der COCHISE. „Es war mir eine Ehre", bemerkte Chapawee mit erstem Gesicht und dem ganzen Stolz seiner Vorfahren. „Ich schwöre, wie es meine Vorfahren getan hätten, beim großen Manitu, dass ich mein Leben dafür verwende, die Menschheit zu verteidigen und zu schützen."
Thomas legte diesem einzigartigen Mitglied der menschlichen Rasse seine Hand auf die Schulter. „Ich bin stolz darauf, einen solchen Mann als Captain der COCHISE dabei zu haben. Du wirst während meiner Abwesenheit die militärische Verantwortung auf Agua übernehmen und ich wüsste nicht, wer besser dafür geeignet wäre."
Der Indianer beugte sein Haupt. „Ich werde dich nicht enttäuschen." Anschließend raunte er Raven leise zu: „Meinst du, wir könnten vielleicht, ein Friedenspfeifchen…?"
Thomas grinste: „Später, Chap, werden wir sicherlich eine Gelegenheit finden!"
„Thomas, ich bin so froh, dass ich dich unter die Haube bringen konnte!"
Thomas drehte sich, um die Glückwünsche der Sprecherin entgegen nehmen zu können. Laura Stone strahlte große Zufriedenheit aus und umarmte Thomas mit kräftigem Druck. Ja, dachte Thomas, wenn Laura nicht gewesen wäre und die Kupplerin gespielt hätte, dann würden Ewa und er wahrscheinlich heute noch umeinander herumschleichen. Er erwiderte die Herzlichkeit gerne, denn er wusste mittlerweile, dass die kinderlose Frau wie eine Mutter für ihn empfand.
Nachdem Thomas und Ewa die Glückwünsche der Anwesenden erhalten hatten, wurde der Sekt verteilt. Thomas nahm sein Glas und flüsterte zu Joseph: „Hat Trixie dich für das Essen engagiert?"
Eisman nickte angemessen wie ein altehrwürdiger, englischer Butler: „Zunächst meinen Glückwunsch, Captain. Viel Gesundheit und viele

Kinder. Was Gunnerin Baines betrifft, nun, es kam eher einem Befehl gleich, der keinerlei Widerspruch duldete. Aber im Ernst, ich wüsste nicht, für wen ich lieber kochen würde."
Raven klopfte ihm anerkennend auf die Schulter und bedankte sich im Voraus.
Nachdem der Sekt und der Fruchtsaft geleert waren, ergriff Trixie das Wort. Sie balancierte dabei recht gekonnt auf ihren High Heels. „Nun ist der, sagen wir, offizielle Teil abgeschlossen. Ich bitte jetzt darum, den Raum zu verlassen, wobei das Brautpaar bitte zuerst hinausgeht."
Man fügte sich, die Hochzeitsplanerin hatte bestimmt noch so Einiges vorbereitet.
Die Tür wurde geöffnet, leichte getragene Musik ertönte aus den überall vorhandenen Lautsprechern und Ewa hakte sich bei Thomas ein und beide verließen den Raum - die anderen folgten ihnen. Thomas überlegte, wohin er sich zu wenden hatte, aber das wurde recht schnell deutlich. Trixie hatte die Crew der GERONIMO rechts und links vom Weg in regelmäßigen Abständen in voller Montur antreten lassen. Ein vielfaches Händeschütteln begann, wobei Thomas die eine Seite des Ganges übernahm und Ewa die andere. Auf diese Weise dauerte es über eine Stunde, bis man das eigentliche Ziel, das Landedeck des Flaggschiffes, erreichte. Trixie hatte einigen Aufwand betrieben. Das gesamte Deck war mit weißen Girlanden geschmückt. Eine unerhört lange Theke war aufgebaut, eine Unmenge von Stehtischen sowie normalen Tischen, Bänken und Stühlen. Sogar eine Bühne war seitlich installiert worden. Die gesamte Crew hatte sich dieser Prozession angeschlossen und erreichte jetzt das Flugdeck, auf dem schon zahlreiche Berichterstatter aus allen menschlichen Regionen auf Agua darauf warteten, um die Öffentlichkeit über dieses Ereignis zu informieren.
Inmitten des Landedecks war der Hochzeitstisch für mehrere dutzend Personen vorbereitet und Thomas freute sich in der Nähe des Tisches die irdischen Botschafter auf Acaspa, Hannes Möller und Emma Jorgensen, anzutreffen. Die Glückwünsche gingen weiter. Die Dänin mit dem fast goldblonden Haar umarmte beide in einem langen silbernen Kleid, während ihr Partner Hannes im schlichten schwarzen Anzug lächelnd daneben stand. Die sonstige Brückencrew der GERONIMO

machte ihre Aufwartung und schließlich hatte jeder seinen Platz gefunden.
Trixie Baines hatte mittlerweile die Bühne betreten und das dort installierte Mikrofon ergriffen. „Wir warten noch auf eine wichtige Lieferung! Dario, bitte!"
Die Aufmerksamkeit richtete sich auf den Schweizer Deckoffizier, der mit einer Fernschaltung in der Hand etwas abseits der Feiergesellschaft stand und nun aktiv wurde. Zunächst sahen die staunenden Gäste, dass das Anflugschott geöffnet wurde, während ein unsichtbares Kraftfeld die Atmosphäre zurückhielt. Weiterhin wurde gleich hinter den letzten Besuchern ein weiteres Kraftfeld aufgebaut und der Sinn wurde schnell klar. In einiger Entfernung sah man aus der Tiefe des Alls, von Bordstrahlern hell erleuchtet, langsam eine Tiger Shark nahen. Das zweite Kraftfeld wurde benötigt, damit aufgrund des Landevorgangs nicht Tische, Stühle und Gäste durcheinander gewirbelt wurden. Geradezu kriechend durchstieß der schwere Aufklärer das äußere Kraftfeld, schwebte herein und dem sanften Aufsetzen nach zu urteilen saß ein wahrer Könner am Navigationspult und Thomas ahnte, als er die Aufschrift „EAGLE ONE" sah, dass eine Könnerin am Ruder waltete. Die Shark war fast geräuschlos gelandet und nach wenigen Sekunden erlosch auf Tastendruck von Dario das innere Kraftfeld. Langsam schloss sich wieder das Anflugschott.
„Großes Kino, ganz großes Kino", hörte Thomas seine XO neben sich flüstern.
Dann schwang die Außenschleuse des Fluggerätes auf und Lutz Heinken erschien in der Öffnung. Er wollte gerade etwas sagen, als links und rechts von ihm zwei Kinder, Tim und Lea heraussausten und auf den Brauttisch zurannten. Obwohl einen Augenblick irritiert, rief Lutz mit Verspätung in den Raum, während er auf die Gesellschaft zuging: „Wir haben kühles Bier mitgebracht! Ich brauche Freiwillige zum Ausladen!"
Vielfaches Gejohle, hauptsächlich von der Mannschaft, ertönte und einige machten sich sogleich auf den Weg, um der Aufforderung nachzukommen. Dabei mussten sie sich an Shelly vorbeidrängeln, die das schwere Gerät so gekonnt gesteuert hatte und nun ebenfalls den Flieger verließ.

Ewa eilte auf Shelly zu und ließ sich gratulieren. „Wo sind eure Zwillinge?“
„Gut untergebracht“, ließ sie Shelly wissen. „Heute wird gefeiert!“
Während die ersten Freiwilligen von der Größe recht ansehnliche Bierfässer Richtung Theke rollten, stieß auch Thomas zu Lutz und Shelly, nahm beide gleichzeitig in den Arm und bedankte sich.
„Ehrensache“, grinste Lutz.
Die mit gespieltem Entsetzen ausgestoßene Bemerkung: „Aus meinem schönen Schiff wird eine Kneipe“, von Laura hörte niemand, oder besser, wollte niemand hören.
Dann hallten dumpfe, harte Töne über das Landedeck. Jemand war an das Bühnenmikro getreten und hatte darauf geklopft. Ron Dekker bat auf diese Weise um Aufmerksamkeit. „Ruhe, bitte! Ich will es hinter mich bringen!“ Er grinste dabei etwas schief.
Unnachahmlich, dieser Pragmatismus, dachte Thomas schmunzelnd und war gespannt darauf, was sein Freund nun zu sagen gedachte.
„Keine Bange. Es ist wie üblich kurz!“
Verhaltenes Gelächter klang auf. Ron war berühmt und sehr beliebt wegen seiner äußerst knappen Ansprachen und er hatte es bisher meisterlich verstanden, nichtssagende Worte wegzulassen und lediglich Inhalte zu präsentieren.
„Als Erster Bürger Aguas übermittle ich stellvertretend für alle Bürger dieses schönen Planeten unseren herzlichen Glückwunsch und alles Gute für eure Zukunft. Für unsere stattfindende Feier gebe ich hiermit bekannt, dass zahlreiche Kameras das Geschehen hier live in verschiedene Zentren nach Agua übertragen, wo dies auf Großmonitore übertragen und ebenfalls gefeiert wird. Also – benehmt euch!“
Die letzte Bemerkung hatte Ron mit einem Schmunzeln ausgesprochen und verhaltenes Gejohle kündete vom Widerstand gegen diese Aufforderung.
„Aber nicht nur wir Menschen feiern. Ich darf begrüßen …“
Mit dem letzten Satz ging eine der seitlichen Zugangsschotts auf.
„Unsere lieben Gastgeber auf diesem Planeten vertreten durch Baal, seine Partnerinnen Silur und Tarik und seinen Sohn Baar, derzeitiger „ERSTER“ der Maroon. Ich darf bitten!“
Applaus brandete auf.

Die genannten Personen betraten die Halle und gingen auf die Brautleute zu.
„Des weiteren begrüße ich heute Abend die Abgesandten des Planeten Acaspa, Yirr die Präsidentin und ihre beiden Vertreterinnen, Xi und Ly.“
Unter weiterem Beifall betraten die echsenartigen Wesen den Raum und nachdem sie sich kurz orientiert hatten, folgten sie den Maroon.
„Als letzten Vertreter im Bund der Völker begrüßen wir Almat, Repräsentant von Vendora.“
Der Blaue mit den vier Armen betrat den Saal. Gefolgt von einem etwas kleineren und schmächtigeren Exemplar seiner Spezies, Laura vermutete darin die Partnerin des vendorianischen Präsidenten, schritt er unter Applaus den Acaspa hinterher.
Die Delegationen erreichten die Brautleute und die Maroon übersetzten die Glückwünsche. Jeder Abordnung hatte ein für deren Kulturgut typisches Kunstobjekt als Geschenk mitgebracht. Vieles davon war Thomas in seiner Bedeutung im Moment nicht klar. Nur das Geschenk der Acaspa, ein übergroßer, metallener Ring mit zwei weiteren ineinander verschlungenen Ringen im Inneren. Das Zeichen des Widerstandes gegen die Trax. Mit einem wesentlich kleineren Zeichen dieser Art hatte er Yirr kennen und als Verbündete im Jahr 2122 auf Acaspa gewinnen können. Thomas beschloss, dass dieses Geschenk einen Ehrenplatz im gemeinsamen Haus bekommen würde.
Nachdem dieser offizielle Teil abgeschlossen war, setzte Ron, der geduldig an seinem Mikro ausgeharrt hatte, seine Ansprache fort. „Es würde den Rahmen meiner Rede sprengen, aber wir werden jetzt einen kleinen Imbiss zur Stärkung zu uns nehmen und danach werden noch Vertreter aller menschlichen Siedlungen auf Agua zur Feier erscheinen. Ich wünsche uns ein tolles Fest!“
Unter allgemeinem Applaus verließ Ron die Bühne. Er hatte wie immer Wort gehalten. Kurz und bündig konnte Ron wirklich gut. Er wurde als Bühnenbesatzung abgelöst von einer Gruppe Musiker, die zum Essen langsame und klangvolle Weisen darboten. Während das Essen am Hochzeitstisch von Joseph Eisman und ein paar Hilfen serviert wurde, machte sich die Mannschaft über das seitlich auf dem Deck angerichtete Büffet her. Die Bedienungsmannschaft hinter der Theke hatte mit

einem Mal reichlich damit zu tun, schäumendes, kühles Bier in Gläser abzufüllen.
Joseph hatte sein Bestes gegeben, es schmeckte allen hervorragend. Sicherheitshalber hatte Trixie die nichtmenschlichen Delegationen gebeten, eigene Nahrung mitzubringen. Almat ließ es sich jedoch nicht nehmen, das frische Bier in Mengen in sich hinein zu schütten. Der übersetzende Baar versicherte der entsetzten Trixie, dass ihm diese ungewohnte Flüssigkeit wohl ganz ausgezeichnet munden würde. Wenn das mal gut geht, dachte Trixie, denn keiner wusste, wie ein betrunkener Vendora reagiert.
Nach dem Essen traten tatsächlich die Vertreter der menschlichen Siedlungen auf und überbrachten Geschenke, die typischerweise in deren Fabriken hergestellt wurden. Laura konnte sich ein Lächeln nicht verkneifen, als eine der Niederlassungen mit ihrer perfekt hergestellten Kleidung auftauchte. Sie brachten witzigerweise oder praktischerweise, je nach Sicht der Dinge, Babystrampler und dergleichen mit, hübsch geschlechtsneutral übrigens. Eine andere ritt ebenfalls auf dieser Spur und überreichte Babyeinmalwindeln. Ewas Augen leuchteten und sie bedankte sich überschwänglich.
Danach wechselten die Musiker auf der Bühne und statt getragener Dinnermusik spielten sie von nun an Klassiker und Oldies der Erde. Es waren nicht weniger als zwei Dutzend Musiker und ein halbes Dutzend Sänger und Sängerinnen, die nahezu originalgetreu unter dem Applaus ihres Publikums die Musik abwechselnd darboten. Jeder Auftritt war ein Meisterstück und Thomas als Fan von Oldies konnte sich nicht satt hören. Einige dachten an diesem Abend bei dieser Musik an die Erde und die Mannschaft der GERONIMO, die sich zur Mission „Terra“ fast vollzählig freiwillig gemeldet hatte, fieberte trotz des gut gelungenen Festes dem Start entgegen. So mancher wäre am liebsten sofort losgeflogen.
Während man weit draußen im All feierte, wurde das gesamte Geschehen auf Agua übertragen und man nahm dies gerne als Anlass, kräftig mitzufeiern. Überall in den Gemeinschaftsräumen schäumte der kühle Gerstensaft in üppigen Gefäßen. Lutz hatte tatsächlich bei der Produktion einiges an Schweiß vergossen.

Nach einigen Stunden bemerkte Thomas, dass seine Kinder neben denen von Lutz und Shelly trotz des Lärms eingeschlafen waren. Auch bei Ewa machten sich deutliche Anzeichen der Erschöpfung bemerkbar. Sein Blick suchte daher Trixie, die ihre im Laufe des Tanzens doch recht unbequemen Pumps abgelegt hatte und nun barfuß mit ihrem Tib das Tanzbein schwang. Winkend machte er auf sich aufmerksam und Beatrice kam tanzend auf ihn zu.
„Trixie, das hast du toll gemacht. Ganz große Klasse. Ich danke dir sehr, ich werde dich als Hochzeitsplanerin weiter empfehlen. Aber ich glaube, Ewa wird müde. Ich will sie schonen und unsere Kids schlafen auch schon. Hast du noch etwas geplant?"
Trixie nickte: „Eine Sache noch. Kommt sofort und um Peter und Inara werden sich Lutz und Shelly kümmern." Damit verschwand die elegante Gunnerin auf nackten Sohlen, um wenig später mit einem sehr jungen Piloten im Schlepp wieder zu kommen. „Das ist Mark Lund von der WALHALLA. Er und sein Kollege bringen euch mit der EAGLE ONE zu eurer Hochzeitssuite. Nein, nicht fragen! Der Ort ist und bleibt geheim. Lasst euch überraschen!"
„Na gut." Thomas lächelte den jungen Mann an, der etwas verlegen neben der Gunnerin stand und schüchtern die Braut ansah.
Wenig später bestiegen Ewa und Thomas winkend und unter dem Beifall der Gäste den Aufklärer und verließen anschließend mit diesem die GERONIMO.
Das Paar nahm im geräumigen Passagierteil Platz und Ewa kuschelte sich an Thomas. „Hallo mein Mann. Weißt du, wo es hingeht?"
„Nein", seufzte Thomas. „Immer noch Trixies Regie und Geheimnis. Die Fenster sind sinnigerweise ebenfalls verdunkelt."
Thomas hörte noch, wie Ewa sagte: „Hat sie toll gemacht, unsere Planerin", dann war sie in seinem Arm eingeschlafen.
Der Flug dauerte bestimmt eine halbe Stunde und nur Thomas geschärfte Sinne nahmen so etwas wie eine Landung wahr. Dann wurde Ewa durch einen kleinen Glockenschlag über die Lautsprecher in der Passagierkabine geweckt und Trixies Stimme ertönte: „Hallo ihr Zwei! Dies ist eine Aufzeichnung und während ihr jetzt eure Suite erreicht habt, feiere ich sicherlich noch ein bisschen. Die Piloten sind angewiesen, euch in exakt 15 Stunden hier wieder abzuholen. Wir danken für

ihren Flug bei Wedding-Air und wünschen einen angenehmen Aufenthalt. Bitte beehren Sie uns bald wieder. Der Ausgang ist übrigens dort, wo er immer ist."

Kopfschüttelnd und schmunzelnd stand Thomas auf und nahm Ewa bei der Hand. In der Schleuse überzeugte er sich unnötigerweise davon, dass auf der Außenseite ebenfalls Atmosphäre vorhanden war und drückte dann auf den Öffnungsknopf. Die Schleusentür schwang auf und gab einen Blick frei auf eine Andockschleuse, wie sie üblicherweise für Mondstationen vorgesehen waren. Dies war aber keine der drei Verteidigungsstationen auf den Trabanten, sondern eine reine Forschungsstation, die man wohl für das Brautpaar geräumt und zur Verfügung gestellt hatte. Hinter ihnen schloss sich das Schott und die EAGLE ONE flog ab. Atemberaubend, stellte Ewa fest. Die gesamte Kuppel am Ende des Gangs war aus durchsichtigem Aluminium und man hatte einen phantastischen Ausblick auf Agua. Überall hingen Blumenbouquets und auf dem Tisch und im großen Zentralraum stand eine Schale mit wohlschmeckenden, einheimischen Früchten. Eine Kontrolle des Kühlschrankes ergab, dass man wohl in den nächsten 15 Stunden nicht verhungern würde. Der Clou war jedoch das Schlafabteil. Man hatte ein großes Bett hineingestellt und dort die künstliche Schwerkraft abgestellt! Eine Hochzeitsnacht, bei der die Beteiligten lediglich ein Siebtel ihres Normalgewichtes hatten! Welche Voraussicht von Trixie, die Ewas Schwangerschaft offensichtlich gut eingeplant hatte. Dabei der uneingeschränkte Blick auf ihre neue Heimat. Und es wurde eine Hochzeitsnacht! Ewa war wieder putzmunter und trotz ihrer Schwangerschaft genossen sie das Miteinander vorsichtig, aber in vollen Zügen. Thomas Anzug und Ewas Traumkleid lagen achtlos auf dem Boden. Für eine geordnete Ablage hatten sie keine Zeit mehr gefunden.

<u>17.01.2125, GERONIMO, zwei Tage vor dem Start:</u>

Die Spuren des rauschenden Festes waren allesamt beseitigt worden. Unter der kommandierenden Hand von XO Laura Stone war wieder das Flaggschiff der Erde zu Tage getreten. Überall herrschte die kühle Sachlichkeit und auch der Letzte, der dem Alkoholmissbrauch allzu sehr gefrönt hatte, war stocknüchtern und absolut diensttauglich. Laura,

als Antialkoholikerin bekannt, schüttelte nur den Kopf, wenn sie an das Fest zurückdachte. Einige hatten wohl gedacht, die Bedeutung des Festes mit der Menge an genossenem Bier steigern zu müssen. So mancher hatte sich überschätzt und musste von Kameraden zum eigenen Quartier getragen werden. Einlieferungen ins Med-Lab hatte es aber keine gegeben.
Einen Vorfall hatte sich jedoch ereignet und Laura dachte mit Schaudern daran zurück. Schließlich hätte es einen interplanetarischen Konflikt geben können. Almat, seines Zeichens Präsident von Vendora, hatte gefühlte zwei Eimer Bier verkonsumiert, als der Alkohol sich dann bei ihm mit einem Schlag bemerkbar machte. Unter Missachtung seiner mitgebrachten Partnerin und seiner Spezies hatte er begonnen, die Präsidentin von Acaspa, die echsenartige Yirr, anzubaggern. Wie das gehen sollte, war wahrscheinlich nur seiner alkoholvernebelten Phantasie vorbehalten. Das Hämmern der vier Fäuste seiner Gefährtin auf seinem Rücken hatte er vermutlich gar nicht gespürt. Als er dann ganz unpräsidial auch noch zudringlich wurde und Laura sich schon nach Hilfe umsah, hatte Yirr reagiert. Sie fasste mit ihren Händen Almat unter die Achseln des unteren Armpaares und hob mit ihren kräftigen Armen den strampelnden und sicherlich gut 120 kg wiegenden Almat mühelos einen guten Meter in die Luft. Dort ließ sie ihn gut eine halbe Minute lang hängen und setzte ihn dann vorsichtig wieder ab. Diese Aktion war für Almat eine äußerst kalte Dusche. Mit einem Schlag war er wieder stocknüchtern. Mit einem solch kräftigen, weiblichen Wesen wollte er nichts zu tun haben. Also stand er dort wie ein begossener Pudel und ließ die Schimpftiraden seiner Partnerin, die mit kehligen rauen Lauten wahrlich nicht geizte, über sich ergehen. Laura winkte Baar zu sich heran und in ihrem Auftrag bedankte sich Baar bei Yirr für deren friedliche Reaktion. Die XO konnte sich gut vorstellen, dass die Präsidentin von Acaspa ganz andere Möglichkeiten der Gegenwehr gehabt hätte – diese freundlichen Wesen waren durchaus wehrhaft. Yirr neigte schweigend und lächelnd ihr Haupt gegenüber Laura und deren Achtung wuchs. Das war eine Dame und Präsidentin von formvollendeter Contenance.
Laura verscheuchte ihre Gedanken.

Thomas hatte zur üblichen 09:00-Uhr-Besprechung gebeten, an dem traditionell die gesamte Brückencrew teilzunehmen hatte. In ein paar Minuten war es soweit und die Zeit der Ruhe und der Feierlichkeiten war gewiss vorbei.

Zur selben Zeit, Agua, oberirdischer Flughangar:

Mark Lund war gemeinsam mit seinen Eltern und seiner Schwester über die WALHALLA von der Erde nach Agua ausgewandert. Vor etlichen Stunden hatte er das frisch vermählte Brautpaar vom Mond DREI wieder abgeholt, Captain Raven zur GERONIMO und Ewa zur Farm geflogen. Naja, er selbst hatte den Flieger nicht bewegt, sondern sein Kollege, der Erfahrung in der Steuerung eines Aufklärers hatte. Mark stand noch ganz im Bann dieses charismatischen Captains, der ihm, dem einfachen Piloten, für den Transfer gedankt und ihm die Hand gereicht hatte. Dabei war es für ihn Ehrensache gewesen.
Nun saß er in einer Sparrow Hawk der Staffel Beta und sein Flieger trug die Bezeichnung Beta Eins. Mark war einer der Freiwilligen, die als Staffelpiloten die GERONIMO zur Erde begleiteten. Im Übrigen mit der gesamten Staffel Beta der WALHALLA. Alle waren sie sehr junge Piloten. Thomas hatte unter Anraten von Suzan Bookley, die als Psychologin zum Kommandostab der GERONIMO gehörte, ein Team der WALHALLA an Bord genommen. Niemand sollte sagen, dass die Crew der WALHALLA bei der Berücksichtigung der freiwilligen Meldungen an nachrangiger Stelle steht. Zwar hatte Laura mit ungutem Gefühl die Unerfahrenheit der jungen Piloten zur Kenntnis genommen, aber wie hatte Thomas gesagt: Es war eine Aufklärungsmission – kein Kampfeinsatz. Daher hatte sie trotz Magengrummelns zugestimmt.
Soeben hatte der Staffelführer das Startsignal gegeben. Das hatte Mark noch vernommen, der Befehl, den Schutzschild einzuschalten, war bei seinen Träumereien bezüglich einer gewissen Braut und deren optische Vorzüge einfach untergegangen.
Ewas Bild schwebte dem begeisterten Jungspund noch immer vor seinem geistigen Auge.
An Bord von Kampfschiffen gab es eine sinnvolle Zwangssteuerung, die beim Passieren des Hangartores den Schild automatisch ein- beziehungsweise ausschaltete. Dieses musste bei einem Start vom offenen

Landefeld manuell vorgenommen werden. Es hatte sich als vorteilhaft erwiesen, den Schild immer, also auch außerhalb von Kampfeinsätzen oder hochrelativistischen Geschwindigkeitsbereichen einzuschalten. Denn niemand war gegen kleinere oder größere Gesteinsbrocken im nur gefühlt leeren Raum gefeit.
Nun, Mark überhörte den Befehl und der Staffelkommandant, ebenfalls nur geringfügig älter als er, schaute nicht auf seinen Scanner. Dabei hätte er das Versäumte bemerken müssen. Ein Umstand, der zu dramatischen Ereignissen führen sollte. Staffel Beta hob ab. Bis auf Mark Lund hatten alle ihre Schilde aktiviert.

Gleichzeitig, GERONIMO, Captains Besprechungsraum:

Thomas Raven hatte sich vor ein paar Stunden von seiner Frau verabschiedet. Man war übereingekommen, dass es besser war, wenn er schon jetzt die letzten Vorbereitungen auf der GERONIMO leitete. Der Abschied war kurz und heftig gewesen und gerade der achtjährige Peter hatte Thomas am Meisten verblüfft – sogar mehr als das. Dieser hatte seinen Ersatzvater zur Seite genommen und ihm mit ernsten Worten erklärt, dass er bitte wieder kommen solle - gefälligst. Er möchte nicht zum zweiten Mal einen Vater verlieren. Thomas war erschüttert gewesen. Hatte er gedacht, dass Peter immer noch hoffte, dass er die Eltern der beiden Kinder irgendwann findet, so schien der clevere Junge sich mit dem Verlust der leiblichen Eltern beinahe abgefunden zu haben. Erste Hinweise waren die Initialen der Kinder auf den Eheringen gewesen. Ein Wunsch nach Zugehörigkeit und Verbundenheit war dabei mehr als deutlich geworden.
Nun saß Raven am obersten Ende des ovalen Besprechungstisches, seinem Stammplatz, und grüßte die ankommenden Gefährten. Höchst eigenhändig hatte Thomas Raven einen starken Kaffee gebraut und diesen in ein paar Isolierkannen an strategisch wichtigen Stellen auf dem Tisch verteilt. Beim Hereinkommen nahm sich jeder eine Tasse oder Becher in der gewünschten Größe von einem Beistelltisch und bediente sich aus den Kannen.
Thomas Blick schweifte mit Genugtuung über seine direkte Crew. Die Beste der Welt, dachte er bei sich. Mit niemand anderen wollte er dieses Abenteuer wagen.

Mit ihm am Tisch saß Grace Ojok, die Afrikanerin kommandierte die Staffeln an Bord des Flaggschiffes und war die Ruhe selbst.

Ron Dekker führte die fünf Dutzend Marines an Bord und beriet Thomas.

Suzan Bookley, die Partnerin Rons, war speziell für diese Mission an Bord berufen worden. Die aparte Frau mit den langen, aschblonden Haaren wirkte aufgekratzt. Es war zweifellos ihre erste Mission dieser Art. Hotaru, die zierliche japanische Navigatorin, war wieder Mal ein Mittelpunkt, der gute Laune verbreitete. Sie freute sich darauf, wieder einmal die GERONIMO zu steuern.

Wie ein Fremdkörper saß Oksana Trantow als neues Mitglied, betraut mit der Kommunikationskonsole, völlig steif zwischen der Führungscrew. Das versteinerte Gesicht zeugte von dem Willen, perfekt und effektiv arbeiten zu wollen. Thomas nahm sich vor, diese Einstellung beziehungsweise den absoluten Willen dazu, zu ändern – im Laufe des Fluges. Raven hatte nichts einzuwenden gegenüber einer ordentlichen Portion Motivation, aber die junge Russin war für diese Mannschaft einfach nicht entspannt genug.

Dann noch die Gunnerin und Sicherheitschefin Beatrice (Trixie) Baines. Nachdem sie zahlreiches Lob wegen ihrer guten Hochzeitsplanung eingeheimst hatte, war das Selbstbewusstsein der zierlichen Frau quasi ins Unermessliche gestiegen. Sie strotzte nur so davon und ihr Partner Tib, der irgendwo seinem Krafttraining nachging, konnte ein Liedchen davon singen.

Paulo war Paulo. Der gebürtige Paraguayaner saß mit gegelten, schwarzen Haaren, die ihm perfekt am Kopf klebten, konzentriert vor einem Stapel Folien. Seine Passion: Wissenschaftlicher Offizier an der Taktikstation und Meister der vorausschauenden Planung.

Laura hatte sich, wie üblich, den größten Pott gegriffen und goss gerade den halben Inhalt einer Isolierkanne hinein. Danach setzte sie den Becher geräuschvoll auf den Tisch ab, das heißt, sie wollte ihn geräuschvoll absetzen. Man hörte jedoch nur ein leises >>Plop<<. Erstaunt hob Laura ihren Becher an und schielte von unten auf den Becherboden. Irgendein Spaßvogel hatte einen Gummiring darunter geklebt und weil Laura, wie immer, den größten Pott genommen hatte, war die Aktion gelungen. Laura zog eine Schnute, dann den Gummiring vom

Becher ab, sah sich forschend um, ob irgendjemand wagte zu grinsen und setzte die Tasse dann um so lauter auf den Tisch ab. Dieses heute ganz besonders laute Signal war der Beginn des Meetings.

Zur selben Zeit, weit draußen im All:

Er hatte seine Reise vor ein paar Millionen Jahre begonnen. Bei der Explosion einer Supernova war er als faustgroßes Stück geschmolzenen Gesteins mit Resten irgendwelcher Metalle hart beschleunigt worden und in der Kühle des Alls zu äußerst hartem Material aus einer Eisen-Nickel-Legierung geworden. Anfänglich war seine Geschwindigkeit noch erheblich höher gewesen, doch hatte er nun einiges von seiner Schnelligkeit bei verschiedenen Anziehungskräften eingebüßt. Auf seiner Reise hatte er ganze Sonnensysteme durchquert und wenn er Augen gehabt hätte, hätte er Sterngeburten und -untergänge gesehen. Ein paar Mal war er haarscharf an Sonnen vorbeigeflogen, die etwa drei Viertel seiner Masse verdampft und ihn merklich abgebremst hatten. Trotzdem bewegte er sich noch mit einer Geschwindigkeit von etwas unterhalb von 30 km/sec durch den Raum, ein Tausendstel seiner ursprünglichen Geschwindigkeit. Vor einiger Zeit hatte er das Agua-System erreicht und würde sein endgültiges Ziel innerhalb der nächsten Minuten erreicht haben.

Zeitgleich an Bord der GERONIMO:

Soeben hatte Paulo seinen Bericht abgegeben. Seine Ausrüstungsanforderung war nahezu komplett auf dem Flaggschiff eingetroffen und die wenigen noch ausstehenden Materialien sollten in Kürze nachgeliefert werden. Die GERONIMO konnte volle sechs Monate ohne weitere Zulieferung auf Mission gehen.
Grace Ojok berichtete, dass lediglich die Ankunft der Sparrow Hawk Staffel Beta von der WALHALLA in einigen Minuten erwartet würde. Dann war ihre Mannschaft komplett: Ein Geschwader Tiger Sharks und sechs Geschwader Sparrow Hawks, zwei davon in der Spezialausführung mit zwei Mann Besatzung. Im Übrigen waren drei Letalis, sechzig Meter lange Mehrzweckraumschiffe, an Bord. Einer davon war die „REVENGE", die eine zentrale Rolle bei der Befreiung von Ewa vor etwas über zwei Jahren gespielt hatte. Aber diese Großraumer

unterstanden dem direkten Befehl des Captains. Für diese war FLIGHT nicht zuständig.

Draußen im All, etliche Tausend Kilometer von der GERONIMO entfernt:

Staffel Beta befand sich im direkten Anflug auf die GERONIMO. Der Deckoffizier hatte bereits Landeerlaubnis erteilt, das Anflugschott geöffnet und einen Peilstrahl aktiviert.
„Leader an Beta Eins, kommen!"
Mark meldete sich augenblicklich, als er die vertraute Stimme seines Staffelführers hörte.
„Hi, Mark! Du hast die Ehre, als Erster deinen Fuß auf das Flaggschiff zu setzen. Also vermassel es nicht und lass das Flugdeck ganz! Du hast Landeerlaubnis!"
Mark grinste. Der Staffelführer war von diesem historischen Moment selbst ergriffen. Ansonsten drückte er sich nicht ganz so salopp aus. Die GERONIMO hatte bei den Piloten der WALHALLA so etwas wie Kultstatus. Seit sie vom Flaggschiff aus ihrer Misere befreit worden waren, gab es kein größeres Ziel für jeden Jetführer, als auf der GERONIMO als Pilot anzuheuern.
„Ich werde mich bemühen!"
Mark aktivierte seine Sensoren und bald hatte er den Peilstrahl in der Ortung. Eine im Prinzip einfache Sache. Blaue, größer werdende Kreise zeigten sich auf seinem zentralen Monitor und er hatte nichts weiter zu tun, als mit vorsichtigen Schüben seiner Korrekturdüsen das grüne Kreuz in die Mitte und dabei die Kreise in einer Linie um deren Mittelpunkt zu bringen. Das hatte er innerhalb weniger Augenblicke geschafft. Nun wartete er darauf, den Abbremsvorgang bei einer Entfernung von 5.000 km einzuleiten. Der Rest würde dann Neuland für ihn sein. Sicherlich, die Simulatoren auf Agua waren von der allerbesten Sorte, aber trotzdem, Realität war Realität. Zwar hatte er richtige Starts und Landungen auf Agua selbst durchgeführt, aber man hatte ihm auch gesagt, dass Landungen auf Schiffen leichter, aber auch etwas ganz anderes seien. So sah er mit gemischten Gefühlen die anfänglich lächerlich klein wirkende GERONIMO vor der Schwärze des Alls immer größer werden.

Marks Vater war vor Stolz bald geplatzt, als er ihm mitgeteilt hatte, dass Mark als Pilot auf der WALHALLA zur Erde mitfliegen durfte. Seine Mutter hatte, wie es ihre Art war, ihn sanft am Arm berührt und ihn gebeten, vorsichtig zu sein. Immer diese Besorgnis, hatte Mark noch gedacht. Jetzt erinnerte er sich an ihre Stimme. Und hier draußen wurde ihm auch langsam klar, dass rings um ihn herum nur tödliche Leere herrschte. Das war kein Klassenausflug. Er konnte sich daran erinnern, dass sein Vater lange mit sich gerungen hatte, ob er mit der gesamten Familie auswandern sollte oder nicht. Seine Mutter war im Gegensatz zum allgemeinen Trend wenig emanzipiert gewesen und hatte ihm die Entscheidung überlassen. Mark hatte das Abenteuer gelockt und war sofort dabei gewesen. Den Ausschlag hatte eine allergische Reaktion seiner drei Jahre jüngeren Schwester Alice gegeben. Die Ärzte gaben modernen Umweltgiften die Schuld für Hautirritationen. Alices Zustand war immer schlechter geworden und Vater Lund hatte es als ein Zeichen angesehen, der Erde endlich den Rücken zu kehren. So hatte er sich beworben und da er als einer der führenden biologischen Kapazitäten galt, nahm man seine Bewerbung an.
Die 5.000 km Abstand waren erreicht. Vorsichtig drückte er den Schubhebel für die Bremstriebwerke nach vorne. Unmerklich fing der Jet an zu vibrieren und auf seiner Anzeige sah er, dass die Geschwindigkeit zur GERONIMO langsam aber stetig sank. In einer Entfernung von 1.000 km hatte er noch eine Geschwindigkeit von 10 km/sec und bei 10.000 Metern noch eine Geschwindigkeit von 300 km/h. Dies war die nicht gefechtsmäßige Standard-Anfluggeschwindigkeit, die kurz vor Erreichen des Landedecks noch einmal herabgesetzt werden musste. Deutlich erkannte Mark die grünen und roten Positionslichter, die den Eingang zum Flugdeck markierten.
In diesem Augenblick bemerkte Mark Lund einen fast unscheinbaren Ruck und die Hälfte seiner Instrumente zeigte augenblicklich Rotwerte. Der reisende Gesteinsbrocken war unterhalb des Heckleitwerkes des Jets eingeschlagen und hatte auf seinem schnellen Weg durch den Flieger hindurch zahlreiche Relais, Druckleitungen der Hydraulik und sonstige für die Hawk lebenswichtige Innereien zerstört. Mit hastigem Blick registrierte Mark, dass die komplette Navigation ausgefallen und der Funk teilweise gestört war, außerdem waren seine Treibstofftanks Leck

geschlagen und es gab zahlreiche Kurzschlüsse in der Schiffselektronik. Der Schiffsrechner zeigte überhaupt nichts mehr an. Mit weit aufgerissenen Augen starrte Mark aus seinem Cockpit. Er glitt immer noch mit 300 km/h auf die GERONIMO zu. Mit zittrigen Fingern drückte er auf die Flotten-Kom-Sammelsprechtaste.

<u>Gleichzeitig, Captains Besprechungsraum an Bord der GERONIMO:</u>

Laura Stone wollte gerade ihren Bericht abliefern, als es in den Lautsprechern des Besprechungsraumes knackte und eine harte Stimme ertönte. „Captain auf die Brücke – sofort!“
Thomas war für seine schnellen Reaktionen bekannt, aber dieses Mal übertraf er sich selbst. Die angespannte Tonart des Sprechers ließ nichts Gutes erahnen. Gefolgt von seiner überraschten Crew zwängte sich Raven durch die sich für ihn zu langsam öffnende Tür zur Brücke. Während die übrigen Stabsmitglieder ihre Positionen einnahmen, gab der Wachoffizier auf der Brücke einen hastigen Bericht. „Im Anflug befindliche Sparrow Hawk offensichtlich außer Kontrolle geraten – Distanz kritisch!“
Die letzte Bemerkung war überflüssig. Der Schiffsrechner gab den automatischen Kollisionsalarm.
Raven dankte und warf sich in seinen Sitz. „Laura, stell das Ding ab! Paulo, Analyse!“
Paulo Baretta hing bereits über seinem Pult und las die Daten der Sensorenphalanx vor. „Abstand 8.750 Meter, Geschwindigkeit Standard bei 300 km/h, Kollision jetzt bei minus 105 Sekunden!“
Mit einer schnellen Schaltung hatte Paulo einen Countdown auf den vorderen Kampfmonitor gelegt.
„Was ist passiert?“, wollte Raven wissen, gleichzeitig wies er Oksana an, ein Bild der Landedecks auf den vorderen Schirm zu holen und eine Verbindung zum Deckoffizier herzustellen.
„Ich bin im Bilde“, hörte man den Schweizer rufen. „Er kommt viel zu schnell rein, Captain!“
Die Videoverbindung zum Landedeck stand und Oksana beeilte sich, die blitzschnell arbeitende Dom-Kamera in Richtung Landeschott zu schwenken.

Mittlerweile hatte Paulo die ständige Aufzeichnung nachgesehen. „Beta Eins hatte den Schutzschirm nicht eingeschaltet. Vermutlich ist die Hawk von irgendwas getroffen worden. Die zahlreichen Fehlfunktionen lassen keinen anderen Schluss zu!"
Thomas fluchte unterdrückt. Der Countdown lief unerbittlich.
„Hotaru!"
„Keine Chance, Captain. Ich bekomme die GERONIMO so schnell nicht weg!"
„Mist! Oksana – Funkkontakt zu Beta Eins!"
„Steht – mehr oder weniger",
„GERONIMO an Beta Eins, kommen!"
Der Countdown stand bei minus 55 Sekunden.
„Hier B… …s, habe Probl…, schaffe es bestim…"
Der Funkkontakt wurde von zahlreichen Störungen und kurzen Ausfällen begleitet, aber offensichtlich hatte der Pilot noch eine Möglichkeit gefunden, das Unglück abzuwenden.
„Grace, die anderen Staffelmitglieder sollen abdrehen – sofort!" Thomas hielt es nicht mehr in seinem Sitz, er war aufgesprungen.
FLIGHT bestätigte den Befehl und auf einem der Nebenmonitore war zu erkennen, dass die Reststaffel Beta abdrehte.
„Beta Eins! Steig aus – sofort!" Thomas brüllte den Befehl fast.
Etwas Undefinierbares drang aus dem Äther.
Verzweifelt schaute Thomas auf die Zeitanzeige. Noch 20 Sekunden bis zum Einschlag.
„Beta Eins! Befehl bestätigen! Aussteigen - sofort!" Dieses Mal brüllte Thomas tatsächlich.
Noch 15 Sekunden!

Draußen im All spielte sich eine Tragödie ab. Mark wollte auf keinen Fall die wertvolle Hawk riskieren und damit als Versager abgestempelt werden. Im Hintergrund seiner Gedanken schwebte immer noch das Bild der Braut in Weiß. Mark hatte sich in seinem jugendlichen Enthusiasmus in diese schöne Frau verliebt und dieser Traum verhinderte eine logische Entscheidung. Den Befehl zum Aussteigen hatte er zwar trotz erheblicher Störgeräusche hören können, jedoch hatte ein grün flackerndes Lämpchen der Nav-Kontrolle ihm neue Hoffnung gegeben, den Jet noch aus dem Gefahrenbereich herausbeschleunigen zu können. Mittlerweile hatte er auch den Grund für den Unfall herausgefunden - sein eigenes Versäumnis. Verbissen hämmerte er auf seinem Schaltpult herum. Aus den Augenwinkeln sah er die GERONIMO größer werden.

Auf der GERONIMO stand Dario Brunner mit seiner mobilen Schalteinheit mitten auf dem Landedeck und sah den Jet heranrasen. Meine Güte, dachte er. Das ist viel zu schnell. Die Hawk wird hier einschlagen wie eine Kanonenkugel. Zwar waren die Kampfjets noch nicht mit Raketen und Munition bestückt, aber alleine die Masse und der Treibstoff an Bord würden ein Inferno auf seinem Deck anrichten. Dario wartete buchstäblich bis zum letzten Augenblick, dann drehte er sich um und seine Finger flogen über die Tastatur der mobilen Steuerung. Tut mir leid mein Junge, dachte der Schweizer, wirklich leid.

Der Countdown war bei null stehen geblieben. Es dauerte zwei Sekunden, bis der Einschlag bis zur Brücke zu hören war. Über dem Monitor sah man das Landedeck blitzartig aufleuchten. Totenstille breitete sich in der Zentrale des Flaggschiffes aus.
„Paulo?“, fragte Thomas mit einer niederschmetternden Müdigkeit in der Stimme.
Paulo drehte sich zu seinem Captain um. „Dario hat das Kraftfeld umgepolt und dadurch für die Hawk undurchlässig gemacht. Sie ist am Kraftfeld zerschellt. Keine Beschädigungen auf der GERONIMO.“
„Ist er vorher ausgestiegen?“ Thomas stellte die Frage, obwohl er die Antwort schon wusste.
„Nein“, Paulo hob den Kopf mit geschlossenen Augen. „Ist er nicht.“
Thomas setzte sich langsam wieder hin und holte tief Luft. Mühsam um Beherrschung ringend fragte er: „Darf ich bitte wissen, um wen es sich handelte?“
In Paulo, der mit hängenden Armen und mit dem Rücken zu seiner Konsole gestanden hatte, kam Bewegung. Zügig befragte er seine Datenbank. „Es handelte sich um Mark Lund, 18 Jahre. Auswanderer von der WALHALLA. Nähere Angehörige: Eltern und eine Schwester.“
Von Trixie, die mit einem Mal ihren Kopf in beide Hände nahm, hörte Thomas nur ein gestöhntes: „Oh, nein!“ In dem Augenblick fiel ihm wieder ein, wo er den Namen gehört hatte und schon sah er den

Piloten vor sich, der ihn zu seiner unvergesslichen Hochzeitsnacht geflogen und auch wieder abgeholt hatte. Es war ein frisches Gesicht gewesen. Offen, ehrlich, ohne die Sorgen und Furchen des Alters, unbekümmert, optimistisch, unverbraucht. Dieser junge Mann hatte soeben im All den Tod gefunden. Und das so völlig unnötig, einfach sinnlos.
Thomas hatte das Bild des jungen Piloten noch vor Augen, als er Oksanas Stimme hörte: „Ich entschuldige mich für das Versagen eines Crewmitglieds der WALHALLA!"
Thomas war für einen Augenblick völlig fassungslos und kalte Wut stieg in ihm hoch. Mühsam beherrschte er sich und, ohne Oksana anzusehen, flüsterte er grimmig der neben ihm sitzenden Laura zu: „Übernimm du das, oder es passiert heute noch ein Unglück!"
XO Stone kannte ihren Captain und beeilte sich daher. Sie stand auf und winkte Oksana zu. „Auf ein Wort, Oksana. Vier Augen, Besprechungsraum – sofort!" Die Russin zuckte zwar zusammen, folgte der XO aber augenblicklich in den Besprechungsraum. Zischend schloss sich die Tür hinter den beiden Frauen.
Paulo hatte sofort reagiert und sich die Funktionen der Kom-Konsole auf seine eigene geschaltet.
„Funkanruf vom Staffelführer", meldete er auch sogleich.
„Auf die Lautsprecher", verlangte Thomas mit leiser Stimme. „Hier GERONIMO!"
Eine belegte Stimme meldete sich. „Hier Staffelführer Beta. Ich habe versagt, Sir! Ich hätte erkennen müssen, dass Beta Eins ohne Schutzschirm gestartet ist."
Thomas Stimme enthielt keinen vorwurfsvollen Ton, aber vielleicht gerade deswegen traf er den unerfahrenen Kommandanten bis ins Mark. „Das ist nun nicht mehr zu ändern. Mit dem Ergebnis deines Versäumnisses wirst du leben müssen – bis ans Ende deiner Tage! Ende mit Beta Leader."
Paulo schaltete die Verbindung ab und Thomas drehte sich Suzan Bookley zu. „Was tun wir? Komplette Staffel ersetzen oder nehmen wir sie an Bord?"
Suzan schüttelte ihre grauen Haare. „Ich empfehle, sie an Bord zu nehmen, Captain. Aus Jungs müssen Männer werden. Wenn du sie jetzt zurückschickst, kannst du sie für alle Ewigkeiten abschreiben."

Raven nickte. Er hatte ähnlich gedacht. Daher nickte er FLIGHT zu. „Hol sie rein und kümmere dich um Ersatz. Ich will komplette Staffeln an Bord. Der Staffelführer fliegt zurück nach Agua und unterrichtet die Eltern des Verunglückten. Danach meldet er sich bei mir zum Rapport!“
Suzan Bookley schluckte hörbar. Das war überaus hart für den jungen Kommandanten. Thomas sah seine Bordpsychologin von der Seite an. „Sollen doch Männer werden aus unseren Jungs, oder? Dann müssen die Vorgesetzten dieser Jungs auch lernen, dass ihre Fehler Menschenleben kosten können. Dieser Mann wird niemals mehr vergessen zu kontrollieren, ob seine Befehle auch ausgeführt wurden!“
Thomas stand auf und gab seiner Frustration freien Lauf. „Verdammt noch mal! Wir sind nicht mal losgeflogen und haben schon den ersten Toten! Das darf einfach nicht wahr sein! Eine Aufklärungsmission, mehr nicht! Kein guter Auftakt, wirklich nicht! Ein denkbar schlechtes Zeichen!“
Lediglich Trixie wagte das Gepolter des Captains zu unterbrechen. „Rechnest du wirklich nicht mit einem Zusammentreffen mit den Trax?“
Thomas ballte die Fäuste, bis die Knöchel weiß hervortraten und grollte: „Jetzt hoffe ich es fast!“

Im Besprechungsraum spielte sich eine ganz andere Szenerie ab, obwohl Laura dem Ärger des Captains in nichts nachstand. Sie hatte gar nicht vor, Oksana einen Sitzplatz anzubieten. Anschisse nimmt man stehend entgegen, war ihre Meinung. Daher drehte sie sich kurz nach Betreten des Raumes um und Oksana wäre fast gegen sie geprallt. Kaum hatte sich die Türe geschlossen, da legte Stone auch schon los: „Wie kommst du auf die Wahnsinnsidee, dich für einen Piloten entschuldigen zu müssen, dazu noch für einen toten?“
„Ich, äh, das war einer von den WALHALLA-Piloten und …“
Die Russin wurde scharf unterbrochen. „Wie WALHALLA-Pilot? Was macht das für einen Unterschied? Es fehlt uns gerade noch, dass eine ehemalige Führungsoffizierin der WALHALLA eine Zweiklassengesellschaft einrichtet, während jeder bemüht ist, gerade dies nicht zu tun!“
„Aber“, fuhr Oksana fort, „wir haben eine Hawk verloren und …“

Wieder konnte sie ihren Satz nicht zu Ende sprechen.
„Eine Hawk ist Material! Lediglich eine Ansammlung von Metall und Schaltkreisen und sonstigem wiederbeschaffbaren Materials!“ Laura hatte sich in Rage geredet. „Was wir nicht wiederbeschaffen können, ist der junge Mann, den wir gerade verloren haben! Leben ist unersetzlich! Vielleicht geht das in deinen Schädel rein, dass wir eben nicht mehr über 9-11 Milliarden Menschen verfügen, sondern nur noch lächerliche 100.000! Leben ist unersetzlich geworden!“
Trantow senkte den Kopf. „Du gehst davon aus, dass niemand mehr existiert auf der Erde?“
Wesentlich ruhiger aber mit eisigem Tonfall erklärte Laura: „Du hast die Bilder des Angriffes nicht gesehen, die Thomas damals bei seinem Inspektionsflug während des laufenden Angriffes der Trax auf die Erde aufgezeichnet hat. Glaub mir, es gibt keinen Anlass für irgendeinen Optimismus. Wir wollen lediglich Gewissheit haben, damit wir einen Schlussstrich ziehen können. Wir werden nachsehen, ob noch jemand lebt und glaube mir, ich habe ein Scheiß-Gefühl dabei!“
„Was verlangst du von mir?“ Oksana hatte die Worte fast geflüstert und hielt ihren Kopf immer noch gesenkt.
„Sieh mir in die Augen!“
Die blonde Russin gehorchte und schaute Laura mit unsicherem Blick an.
„Nicht ich verlange das, sondern die gesamte Crew einschließlich des Captains. Dein unbedingter Wille zum Erfolg soll dir bleiben. Allerdings wünschen wir, dass in deiner Brust ein Herz schlägt und keine Blutverteilungspumpe! Du passt sonst nicht zu uns!“
Zum Entsetzen von Laura fing Oksana an zu zittern und stotterte: „Das … die letzten Jahre, vier Jahre – ich habe so viele Leute sterben sehen. Ich, ich war nur noch hilflos … habe versagt, wahrscheinlich, ich wollte die Leute retten und, und … und alles, was wir taten – scheiterte.“
Laura Stone registrierte, dass die Funkerin immer heftiger zitterte, nein, sie schüttelte sich. Als sie die Augen verdrehte, sprang Laura vor und fing den stürzenden Körper auf. Völlig schlapp hing der schmächtige Leib der jungen Frau in Lauras Armen. Vorsichtig legte sie Oksana auf den Boden ab und sprang zum Kom-Tableau neben der Zugangstür.

„Medizinischen Notfall im Captains-Besprechungsraum!“ Laut hallte die Alarmnachricht durch das ganze Schiff und der leitende Bordarzt griff schnell zu seiner Bereitschaftstasche und machte sich sogleich auf den Weg.

Die Notrufmeldung war auch auf der Brücke angekommen.
Mit einem leisen: „Jetzt hat sie aber übertrieben!“ sprang Thomas auf und stürmte in den Besprechungsraum und fand dort seine XO vor, die neben der am Boden liegenden Russin kniete und gerade die Vitalfunktionen überprüfte.
„Was ist passiert?“
Laura zuckte mit den Schultern. „Ich vermute einen Nervenzusammenbruch. Wir haben die Wirkung der letzten vier Jahre auf diese Frau wohl unterschätzt. Die gesamte Härte, die sie zur Schau trug, war nur eine Maske, um die seelischen Schäden an ihrer Seele zu verbergen. Ich habe wohl gerade versehentlich diesen Schutzpanzer durchstoßen.“
Thomas atmete hörbar aus. „Unsere Mission scheint unter gar keinem guten Stern zu stehen. Das gefällt mir überhaupt nicht – gar nicht. Ich hole Suzan. Sie hat ihren ersten Fall.“

<u>17.01.2125, GERONIMO, Brücke:</u>

Es waren nur noch wenige Minuten bis zum Start. Thomas hatte soeben bei einer Abschlussbesprechung die Klarmeldungen aus allen Abteilungen des Flaggschiffes entgegennehmen können. Die GERONIMO war bereit. Staffel Beta war wieder vollständig und der Geschwaderkommandant war als veränderter Mensch von der Oberfläche Aguas zurückgekehrt und hatte Thomas Bericht erstattet. Raven hatte selten zuvor einen solch ernsten und in sich gekehrten Menschen vor sich gehabt. Er hatte ihn zur Seite und mit in seine Privaträume genommen. Dort zeigte er ihm eine Folie an der Innenseite der Ausgangstür. Auf dieser Folie stand eine Ziffer im dreistelligen Bereich. Nachdem der Staffelführer erstaunt geguckt hatte, erklärte ihm Thomas den Sinn der Folie.
„Darauf steht die Zahl der Toten, die ich direkt zu verantworten habe. Sie soll mich jeden Tag an meine Verpflichtung erinnern, die Crew der GERONIMO heil nach Hause zu bringen. Und glaube mir, ich frage mich täglich, ob ich nicht irgendeinen der Toten hätte vermeiden

können. Das ist der Preis für unser Kommando. Wenn der Krieg gegen die Trax weitergeht, wirst auch du noch Piloten verlieren, auch wenn du fehlerfrei agierst." Raven klopfte dem Piloten aufmunternd auf die Schulter.
Der junge Mann hatte ernst genickt und Thomas versprochen, sein Bestes zu geben.

Oksana Trantow lag im Med-Lab und wurde wegen ihres Nervenzusammenbruches behandelt. Sie stand unter spezieller Betreuung von Suzan Bookley. Man war übereingekommen, die Russin trotzdem mitzunehmen und ihren Zustand nicht publik zu machen. Vielleicht stand sie am Ziel der Reise schon wieder zur Verfügung. Die Kom-Station hatte zunächst Paulo mit übernommen.

Nun saß Thomas neben Laura im Kommandositz auf der Brücke und der Countdown, den im Übrigen niemand sehr ernst nahm, zählte die letzten Minuten bis zum Start. Thomas beugte sich über seine Armlehne in Richtung Laura und sie lehnte sich zu ihm herüber, damit sie seinen Flüsterton verstehen konnte.
„Ich habe das merkwürdige Gefühl, dass dies das letzte Mal ist, dass ich die GERONIMO in eine Mission steuere."
Laura machte ein ernstes Gesicht. „Ahnungen, Visionen?"
„Ich weiß nicht. Aber das Gefühl hält sich seit mehreren Tagen." Thomas wirkte bekümmert.
„Was erwartest du denn von unserer Mission?", fragte Laura gespannt und sah ihren Captain nachdenklich von der Seite an.
Thomas verzog die Lippen. „Ich erwarte nicht wirklich etwas Gutes. Ich erwarte Gewissheit, damit wir mit einer möglichen Erde im Hinterkopf für die Zukunft nicht mental ausgebremst werden. Der Flug wird hart und belastend werden. Ich hoffe, dass wir den zeitlichen Rahmen einhalten können und in zehn Wochen zurück sind. Ich würde nur ungern die Geburt meines Kindes verpassen. Aber wenn es so sein sollte, dann kann ich es auch nicht ändern."
Laura wusste so recht keine Antwort darauf und Thomas hatte eine plötzliche Eingebung. Er wählte die Nummer von Dario Brunner auf dem Flugdeck auf seinem Tableau an.
„Dario hier. Was kann ich tun?"

Die Stimme des Schweizers war auf der gesamten Brücke zu hören, denn Raven hatte auf „Laut“ gestellt.
„Dario, sind die Letalis, speziell die REVENGE, an das Borddatennetz angeschlossen?“
„Seitdem Paulo ab und zu Updates für deren Bordrechner fährt, hängen alle unsere Flieger ständig am Datenstrom, allerdings wireless.“
Thomas dankte und wandte sich an seinen Taktikoffizier. „Paulo, ich brauche eine Sprachverbindung zur künstlichen Intelligenz der REVENGE.“
Baretta schaute nur kurz erstaunt, begann dann aber zu schalten. „Steht!“
„Captain Thomas Raven an REVENGE!”
Laura schaute von der Seite mit gerunzelter Stirn zu und nahm einen Schluck Kaffee.
„Ach, das ist ja mal nett! Ich werde wohl wieder mal gebraucht, was?“
Der schnippische weibliche Tonfall des Letalis schallte über die Kommandobrücke der GERONIMO und Laura verschluckte sich am Kaffee. Lächelnd haute Thomas seiner XO auf den Rücken, während diese versuchte, den Kaffee aus der Luftröhre zu husten.
„REVENGE, du wirst während der gesamten Mission online bleiben. Es kann sein, dass wir tatsächlich deine Hilfe brauchen. Du agierst nur innerhalb deiner Parameter, oder wenn du einen Befehl bekommst!“
„Jawohl, Sir!“ schnarrte die Computerstimme im klassischen Kasernenhofton.
Laura hatte sich wieder beruhigt. „Was um alles in der Welt hast du damit vor? Und warum ist die KI immer noch nicht umprogrammiert?“
Thomas stellte mit einem Rundblick fest, dass ihn mittlerweile alle Crewmitglieder auf der Brücke ansahen. „Sagen wir mal so: Erstens, habe ich vielleicht eine nostalgische Ader. Die REVENGE war extrem hilfreich bei der Mission „HELENA“. Zweitens befürchte ich, dass bei der Umprogrammierung für uns wichtige Details entfernt würden. Wenn man mal von der etwas eigenwilligen Ausdrucksweise des Letalis absieht, hat Phil die modernste künstliche Intelligenz eingebaut, über die wir verfügen. Diese KI ist lernfähig und passt sich unserer Verhaltensweise an. Sie hat unschätzbare Erfahrungen machen können bei unserem Einsatz auf Acaspa von vor über zwei Jahren. Ich rechne

damit, dass, wenn wir durch das Galaxienwurmloch fliegen, wir einige Zeit nicht ansprechbar sein werden. Jemand muss für uns reagieren. Es kann daher nur eine Lösung geben und die heißt REVENGE."
Laura brummelte etwas Unverständliches, war aber irgendwie nicht ganz glücklich über den Umstand, sich diesem Etwas auszuliefern.
„Laura", begann Thomas, der sehr wohl das Missfallen seiner XO registriert hatte. „Lass dich nicht täuschen durch die respektlose Art. Phil hat mir sein Wort gegeben, und ich habe es tatsächlich so erlebt, die KI ist absolut vertrauenswürdig und wenn man sich daran gewöhnt hat, kann es auch spaßig sein." Thomas sah im Hintergrund Ron Dekker über alle Backen feixen. Auch er hatte damals seine Schwierigkeiten mit dem anscheinend aufmüpfigen „Blechkasten" gehabt.
Laura nickte schließlich zum Zeichen des Einverständnisses und Raven wandte sich an seinen Taktiker. „Paulo, fütter die Datenbank der REVENGE mit allen Einsatzdaten. Weiterhin bekommt die KI Zugriff auf den Acaspa-Rechner und die Master-Funktion über den Bordrechner der GERONIMO."
„Aye Sir!"
Raven hatte nichts anderes getan, als der KI der REVENGE im Fall eines Falles die Macht über die GERONIMO und deren Besatzung zu übertragen.
Thomas schaute auf den Countdown und musste feststellen, dass man die Startzeit bereits um drei Minuten verpasst hatte. Wie gesagt, so richtig ernst nahm man die Abflugzeit nicht.
„Sind wir bereit?" Thomas Blick überflog seine Crew und zu seiner Überraschung hob Ron den Arm.
„Ich muss noch etwas Dringendes erledigen, einen Anruf!"
Thomas seufzte und wies auf Paulo, der die Verbindung herstellen sollte. „Bitte!"
Ron eilte zu Paulo und legte ihm eine Folie vor. „Diese Nummer bitte und auf den Schirm!"
Raven atmete tief durch. Was hatte Dekker vor?
Der vordere Bildschirm flammte schließlich auf und zeigte zu Thomas großer Überraschung seine Frau. Ewa stand etwas überrascht vor der Aufnahmeoptik. Mit einem Anruf der GERONIMO hatte sie ja gerechnet, nicht aber, dass statt Thomas der gute Ron mit ihr sprechen

wollte. Entsprechend neugierig schaute sie Dekker an. Thomas biss sich auf die Unterlippe. Er hatte sich schon vor einigen Tagen von seiner Frau verabschiedet und es tat ihm weh, sie jetzt so zu sehen.
„Liebe Ewa.“ Ron sprach fast im feierlichen Ton. „Nach Artikel 21 der vorläufig bis zum Jahr 2130 gültigen Verfassung ernenne ich dich hiermit in meiner Abwesenheit zu „Ersten Bürgerin Aguas“.“
Ewa war sprachlos und demzufolge sagte sie auch erst einmal nichts. Ihr ganzes Gesicht schien aus einem Fragezeichen zu bestehen.
„Falls du da überlegen solltest“, fuhr Ron fort. „Unsere Verfassung sieht nicht vor, dass der oder die Ausgewählte eine Wahl hat. Du hast den Job!“
„Aber“ begann Ewa. „Was habe ich zu tun?“
Ron winkte ab. „Ein bisschen repräsentieren. Das kannst du wahrscheinlich besser als ich. Ich habe mit Sack Carter gesprochen, er stellt dir seine beiden besten Männer zur Seite, Jack Warner und Paul Dancer. Sie werden wahrscheinlich schon auf dem Weg zu dir sein. Sie werden dich beraten und dafür sorgen, dass deine Anordnungen befolgt werden.“
Ron schaute erwartungsvoll in die Kamera.
„Na ja“, zögerte die Ehefrau von Thomas. „Wenn das so ist und ich eh nicht nein sagen kann...“
Dekker nickte befriedigt. „Hiermit übertrage ich dir mein Amt als Präsident bis zu meiner Wiederkehr oder bis zur nächsten Wahl!“ Mit diesen traditionellen Worten trat er zur Seite und Thomas hatte ungehinderte Sicht auf seine schwangere Frau.
„Hallo Ewa.“ Etwas verlegen winkte Thomas in die Kamera. „Du machst das bestimmt toll!“
Die Ärztin lächelte spitzbübisch. „Sicher. Gute Reise und kommt bald gesund wieder!“
Paulo Baretta unterbrach die Verbindung.
„Noch jemand einen Wunsch?“ Thomas sah sich um, aber niemand meldete sich.
„Aber ich. Paulo, eine Verbindung zum Captain der COCHISE!“
Wenig später schaute der Indianer konzentriert über den großen Monitor auf die Brücke des Flaggschiffes.
„Chap, wir haben darüber gesprochen. Bist du bereit?“

Der Sioux war sehr ernst. „Meinem weißen Bruder ist bekannt, dass ich ihn gerne begleitet hätte. Aber ich stehe hier zur Verfügung. Grüßt mir die Jagdgründe auf der Erde!“
Thomas war aufgestanden, genau wie der Indianer, und sprach die rituellen Worte: „Hiermit übertrage ich dir die Kommandogewalt über das Militär auf und um Agua bis zu meiner Rückkehr oder für immer!“
Ebenso ernst antwortete Chapawee Paco: „Ich werde mich deines Vertrauens als würdig erweisen. Ich werde dich vertreten bis zu deiner Rückkehr, für immer oder bis der Tod mich hindert! Howgh!“
Mit dem typischen indianischen Ausdruck der Bekräftigung und der als Gruß gezeigten rechten Handfläche mit halb erhobenem Arm verabschiedete sich der Ureinwohner Amerikas.
Thomas schaute Laura an.
„Ich bin froh, ihn hier zu haben!“ Das war alles, was XO Stone zum Thema Paco sagte. Aber diese wenigen Worte sagten alles.
„Okay.“ Thomas klatschte in die Hände. „Sind wir bereit? Hotaru?“
„Navigationskontrolle innerhalb normaler Parameter. Ionentriebwerke online, Jumper in Bereitschaft!“
„Paulo?“
„Sir, Sensorenphalanx online, zusätzlicher Energiemeiler auf grün, Schiff in Bereitschaft!“
„Grace?“
Die Afrikanerin antwortete mit sanfter Stimme: „Staffeln vollgetankt, bewaffnet, einsatzbereit und gesichert im Hangar!“
„Ron?“
„Fünf Dutzend Marines an Bord, Sir!“
„Trixie?“
Die Gunnerin drehte sich nicht um, aber Thomas sah, wie sie die Arme seitlich abwinkelte und mit den Fingern tat, als wolle sie Klavier spielen.
„Phasentorpedos auf zwölf Drehkränzen getestet und einsatzbereit, ansonsten GERONIMO mit Standardbewaffnung! Alle Offensiv- und Defensivwaffen im satten Grün! Die drei Letalis sind ebenfalls positiv überprüft! Keine sicherheitsrelevanten Vorfälle an Bord, Sir!“
„Laura?“
„Von mir aus kann es losgehen. Wir sind eh schon fast eine halbe Stunde zu spät dran!“

Thomas grinste. „Hotaru, Kurs Wurmloch 3-5-8, halbe Kraft und los! Paulo, Kamera voraus auf den Hauptschirm!"

Langsam setzte sich das 3.000 Meter lange Flaggschiff der Menschen in Richtung Wurmloch 3-5-8 in Bewegung. Die Reise zum Ursprung - zur Erde - hatte begonnen.

5. Intermezzo

Zwischensequenz GERONIMO:

Die ersten beiden Tage des Fluges zur Erde verliefen auf der GERONIMO im Rahmen absoluter Normalität. Das Flaggschiff durchquerte mit halber Lichtgeschwindigkeit die Leere zwischen den Sternen auf dem Weg zum nächsten Wurmloch, also mit fast 150.000 km in der Sekunde. Im Inneren des Schiffes war außer einem geringfügigen Brummen des Antriebes nichts davon zu bemerken.
Jeder ging ohne hektische Aufgeregtheit seinen Aufgaben nach. Das Schiff und die Besatzung schien relativ entspannt den zukünftigen Ereignissen entgegenzusehen.
Die Techniker bemühten sich, jeweils einen Werfer Phasentorpedos auf allen Sparrow Hawks direkt in die Nase der Jäger einzubauen. Die schwereren Tiger Sharks erhielten davon zwei unterhalb der kurzen Tragflächen. Ein ganz besonderes Problem war die Ausrüstung der Letalis mit dieser leistungsfähigen Waffe. Trixie Baines hatte darauf bestanden, die hoch gerüsteten 60-Meter Mehrzweckkampfschiffe mit nicht weniger als fünf leistungsgesteigerten Phasenwerfern zu bestücken. Die blonde Gunnerin hatte nicht mit sich spaßen und ihre Anweisung sogar noch per Funk nach Agua abschießen lassen, damit fertiggestellte Letalis entsprechend nachgerüstet und die laufende Produktion angepasst wurde. Rechts wie links am Bug war jeweils eins dieser ultimativen Waffensysteme in Flugrichtung, also nach vorne, gerichtet eingebaut worden, während ein weiteres im Heck Platz fand und jeweils eines rechts wie links auf den kurzen Stummelflügeln auf einer Art Drehkranzlafette. Die Vorderen waren auf Grund der Anbringung in ihrer Beweglichkeit stark eingeschränkt, während die anderen drei einen ordentlichen Wirkungsradius hatten. Für die Aufnahme weiterer

Energiemeiler für die Phasentorpedos mussten die Sitzplätze im oberen Bereich, das heißt auf der Brücke, von zehn auf sieben reduziert werden.
Laura hatte verständnislos reagiert und Thomas hatte Trixie verblüfft gewähren lassen. Manchmal erschien ihm die beste Freundin seiner Frau in letzter Zeit seltsam melancholisch, andere Male verbreitete diese kleine Person eine Präsenz, die gestandene Leute von sich aus stramm stehen ließ. Trotzdem - Thomas unterstützte sie in ihrer Aktion. Die Letalis waren momentan das Spitzenprodukt der militärischen Produktion auf Agua. Allein die verbaute, künstliche Intelligenz war dem Bordrechner der GERONIMO weit überlegen. Man hätte nun meinen können, diese Software müsste auch auf einem Flaggschiff zum Einsatz kommen können, aber das Programm war lernfähig und untrennbar mit dem Schiff verbunden, auf dem sie zuerst installiert worden war. Je älter, also erfahrener die KI, desto effektiver. Indem Thomas Raven der KI der REVENGE nun die Möglichkeit bot, aktiv am Einsatz teilzunehmen, steigerte er deren kognitive Fähigkeiten. Die REVENGE-KI war bereits seit der Mission „HELENA“ bestens mit der inneren Crew um Captain Raven vertraut und dieser Vorsprung war wegen der intensiven Erlebnisse beim damaligen Überlebenskampf schon jetzt uneinholbar.
Bezüglich der Phasentorpedos hatten die Techniker des Flaggschiffs signalisiert, dass sie bis zum geplanten Eintreffen in der Milchstraße die Aufrüstungen an allen Fliegern vorgenommen haben wollten.
Trixie hatte sich mit einem „Geht doch!“ behaglich in ihrem Gunnersessel zurückgelehnt und Thomas und Laura hatten sich nur kurz vielsagend angeschaut. Beatrice Baines war trotz ihrer geringen Körpergröße eine ausgesprochen willensstarke Führungspersönlichkeit. Sie hatte es schon gar nicht mehr nötig, die Sicherheitschefin des Flaggschiffes raushängen zu lassen – das wusste eh jeder.

<u>Zwischensequenz Agua:</u>

Seit dem Abflug des Flaggschiffes hatte Ewa versucht, sich in die Aufgaben der Vertreterin des Ersten Bürgers einzuarbeiten. Einen zeitweisen Umzug in ein anderes Haus, näher an der Zentralsiedlung gelegen, hatte sie abgelehnt. Sie fühlte sich auf der Heinken/Buckley-Farm wohl. Die beiden Marines, Paul Dancer und Jack Warner, die Ron Dekker ihr zur Verfügung gestellt hatte, machten artig ihren Antrittsbesuch. Während der redselige Paul Dancer beim gemeinsamen Kaffeetrinken munter drauflos erzählte, genoss sein Freund und Partner Jack selbigen äußerst schweigsam. Wenig später verabschiedeten sich beide, aber nicht ohne die Versicherung, dass sie auf Zuruf innerhalb kürzester Zeit zu Ewas persönlicher Verfügung stehen würden.

Im Orbit von Agua kreiste die immer noch schwer beschädigte WALHALLA. Zahlreiche Spezialisten unter der Leitung von Phil Mory bemühten sich um eine Reparatur und gleichzeitig um einen Umbau nach dem Vorbild des Flaggschiffes. Die braunen Augen der vierzigjährigen, schlanken Australierin, und rechtmäßigen Kommandeurin des ehemaligen Auswandererschiffes, hatten gestrahlt, als Phil ihr die Umbaupläne vorgelegt hatte. Jane Scott war begeistert gewesen. Endlich eine wirksame Waffe gegen die Feinde, die ihr die letzten Jahre so grausam zugesetzt hatten. Fast täglich tauchte die Frau mit den glatten braunen Haaren auf ihrem Schiff auf, um die Fortschritte bei der Instandsetzung zu begutachten. Phil Mory hatte die Arbeiten als Herkuleswerk betitelt. Der kleine Engländer konnte sich nicht erinnern, jemals zuvor mit einer solchen Aufgabe konfrontiert worden zu sein. Im Nachhinein nötigte er sich selbst Respekt für seine eigene Entscheidung ab, am 20. September letzten Jahres die Freigabe für den Rückflug aus der Dunkelwolke nach Agua gegeben zu haben. Bei genauem Hinsehen und der kompletten Freilegung beschädigter Systeme hätte die WALHALLA durch die Gewalten eines Wurmloches eigentlich zerrissen werden müssen. Phil lief es noch so manches Mal kalt den Rücken hinunter. Die WALHALLA war wesentlich mehr in Mitleidenschaft gezogen worden, als er es in der Materiewolke bei der eiligen Inspektion hatte erkennen können. Vorsichtig hatte er Jane Scott beigebracht, dass sie den Jungfernflug ihrer neuen WALHALLA in der letzten Ausbaustufe vermutlich erst nach dem nächsten Jahreswechsel vornehmen können würde, zumal die Reparatur und Aufrüstung der ebenfalls, allerdings nur leicht beschädigten GERONIMO wegen der Mission „Terra“ zunächst erst mal Vorrang gehabt hatte und das Schwesterschiff warten musste. Scott war zwar nicht gerade begeistert gewesen, aber sie hatte selbst die Schäden gesehen und trotz allen Engagements der

Reparaturtrupps waren nun mal keine Wunder zu erwarten. Sie hatte daher Phil anerkennend auf die Schulter geklopft und gesagt: „Du machst das schon, Phil. Der Patient hier ist in außergewöhnlich guten Händen." Mory hatte ihr versichert, sein Bestes zu geben und so unterrichtete er Jane Scott regelmäßig über den Stand der Dinge. Bis zur endgültigen Wiederherstellung beschäftigte sich die Crew der WALHALLA auf Agua mit der Errichtung von Häusern und Unterkünften für sich selbst und die neu hinzugekommenen Siedler. Es entstanden weitere Siedlungen und Rebecca Meyers, die Verwaltungschefin von Agua, erhöhte ihren Stamm an Verwaltungsfachleuten auf 25 Mitarbeiter/innen.

Man befand sich immer noch in der „Unterbringungsphase" der WALHALLA-Siedler. Über 40.000 Menschen benötigten ein neues Zuhause. Dem milden Klima Aguas war es zu verdanken, dass die vorläufige Unterbringung in Zelten eher einem Urlaub als einem Behelf glich. Die Hilfsbereitschaft der ersten, also der GERONIMO-Siedler, war beispiellos. Jeder, der ein Zimmer, oder vielleicht auch mehrere nicht gerade selbst bewohnte, stellte sie zur Verfügung. Nicht selten entstanden daraus Freundschaften, manchmal auch Liebe und Partnerschaften. Es fand ganz automatisch eine Vermischung der Siedlergruppen statt, die so mancher im Vorfeld nicht gesehen und vielleicht auch nicht für möglich gehalten hatte. Nun war es lediglich wichtig, dass auch die militärischen Einheiten der WALHALLA auf Augenhöhe mit den der bisher erfolgreicher agierenden GERONIMO angehoben wurden. Phil wusste das, auch schon bevor Thomas ihn dazu anspornte. Daher war er einer der eifrigsten Arbeiter am reparaturbedürftigen Auswandererschiff und deshalb nur selten zu Hause. Da seine Partnerin Rebecca auf der Verwaltungsebene mit ähnlich gelagertem Arbeitspensum zu kämpfen hatte, sahen sich die beiden nur hin und wieder. Das tat ihrer Liebe aber keinen Abbruch und beide versprachen sich nach den nächsten Monaten, wenn das Schlimmste überstanden war, eine gemeinsame Auszeit zu nehmen. Ohne dass sie beide darüber gesprochen hatten, war das Ziel ihres gemeinsamen Urlaubs klar. Beide stammten aus England und wollten die Erinnerung an das ehemalige britische Commonwealth mit kleinen Engländern hoch halten – in diesen Zeiten eine spezieserhaltende Notwendigkeit.

In den letzten Monaten hatte es auf Agua noch eine wichtige Neuerung gegeben. Inmitten der Zentralsiedlung war ein einstöckiges, sehr seltsames Bauwerk entstanden. Den Mittelpunkt des Gebäudes bildete ein zylindrischer Raum mit einem Durchmesser von gut 25 Metern. Von diesem Rundsaal gingen insgesamt, streng symmetrisch, vier weitere quaderförmige Gebäudeteile, dafür zweigeschossig, mit den Grundmaßen 30 x 10 Meter ab. Verbunden waren die Quader mit dem Rundsaal durch schmale Zugänge. Das Gebilde nannte sich das „HAUS DER VÖLKER" und in jeweils einem der Flügel residierten die Botschafter der Maroon, der Vendora, der Acaspa und selbstverständlich auch der Menschen.
Der maroonsche Flügel konnte nur über eine Schleuse betreten werden und für Menschen war es ratsam, dabei einen Taucheranzug mit eigener Sauerstoffversorgung zu tragen. Der Vendora-Trakt wies in der Regel eine Temperatur von 45 Grad Celsius auf, gepaart mit staubtrockener Luft.
Der Acaspa-Teil war umwelttechnisch nicht verändert. Die harten Echsenwesen kamen so ziemlich mit jedem Klima klar.
Der runde Saal war eine Art Begegnungsstätte. Und diese waren nicht nur den Botschaftern vorbehalten, sondern jedermann konnte hier hinein. Vor wenigen Wochen hatte Ron Dekker dieses Gebäude seiner Bestimmung in einer feierlichen Zeremonie übergeben. Er hatte dabei eine seiner kurzen Ansprachen, aber das ist ja schon hinlänglich bekannt und der „Erste Bürger" wich auch dieses Mal nicht von seiner Gewohnheit ab.
Vor 14 Tagen waren die Delegationen der befreundeten Völker dort eingezogen. „Willkommen in der Politik und der Diplomatie", hatte Ron leise zu sich selbst gesagt, nachdem er alle entsprechend begrüßt hatte. Nur seine neben ihm stehende Partnerin, Suzan Bookley, hatte die wenig begeisterten Worte hören können.

20.01.2125, GERONIMO, Captains Besprechungsraum, 09:00 Uhr:

Es war Zeit für die allmorgendliche Besprechung der Führungscrew. Thomas hatte, wie in letzter Zeit üblich, auf die Brücken-Ersatzcrew

verzichtet und stattdessen die KI der REVENGE mit der Überwachung des Fluges beauftragt. Mit einem launischen „Jawohl, Sir! Wird schon schief gehen!“ und dem entsprechenden herablassenden Tonfall hatte die REVENGE das Kommando übernommen. Raven hatte nur kurz gegrinst, aber Laura Stone hatte missmutig geknurrt. Nach ihrer Ansicht war eine straffe, militärische Führung eine absolute Notwendigkeit und da passte eine dem Anschein nach aufmüpfige künstliche Intelligenz so gar nicht ins Konzept.
Die heutige Besprechung war genau so erforderlich wie die gestrige und vorgestrige auch - nämlich gar nicht. Raven hatte vom Kantinenpersonal ein entsprechendes Frühstück auffahren lassen, welches nun zum Verzehr bereit stand. Und so dachte der Captain diese Versammlung zu nutzen – als gemeinsames Frühstück mit privaten oder fachlichen Gesprächen. Damit die Atmosphäre etwas aufgelockert wurde, hatte Raven auch Stehtische in dem Raum hineinbringen lassen. Nun versorgte sich jeder vom Buffet mit Kaffee und Speisen und setzte sich dann zunächst an den ovalen Multifunktionstisch.
„Gibt es was Interessantes?“ Thomas hatte sich an den großen Besprechungstisch gesetzt und war sich darüber klar, dass, wenn es so war, er es schon längst wissen müsste. Aber er wollte wenigstens den Anschein der sonst wichtigen Frühbesprechung wahren. So war er dann auch nicht überrascht, dass seine Crew unisono mit dem Kopf schüttelte. Anscheinend glich die Mission eher einer Kaffeefahrt – bisher.
Beim gemeinsamen Mahl kamen eher leise und auch nur vereinzelt Gespräche auf. Es war üblich geworden, sich nach dem Essen noch einen Kaffee zu besorgen und diesen dann an den Stehtischen zu trinken.
Bei dieser Gelegenheit sprach Thomas seine XO an. „Laura, du siehst mir seit Kurzem etwas unzufrieden aus. Wo drückt der Schuh?“ Nachdenklich sah Raven seine Vertreterin an. Irgendwie sah sie heute anders aus. „Und wo ist überhaupt deine Brille?“ Jetzt war es ihm aufgefallen: Laura trug ihre Angewohnheit, die Brille mit dem Fensterglas, nicht. Bisher war sie fast nie ohne zu sehen gewesen. Um den Respekt zu erhöhen, wie sie meinte.
Laura Stone lächelte flüchtig. „Zu Frage zwei. Ich brauche den Quatsch nicht mehr. Mittlerweile müsste ich erwachsen genug sein.“

Lauras Tonfall änderte sich und fast ärgerlich sagte sie: „Zu Frage eins. Meiner Meinung nach lässt du die Zügel ein wenig schleifen. Ich komme mir vor wie auf einer Butterfahrt mit anschließender Verkaufsveranstaltung. Selbst wenn dies eine reine Aufklärungsmission ist, ist es trotzdem noch lange nicht ausgeschlossen, dass wir auf die Trax oder sonstige Gefahren treffen. Wegen nicht zum Ziel führender Gefühlsduseleien haben wir eine Menge unerfahrener Crewleute an Bord. Die in den letzten Jahren aktiven WALHALLA-Leute sind fix und fertig und bedürfen dringend einer längeren Pause und bleiben auf Agua, da bin ich der gleichen Meinung. Aber dafür eine Horde Greenhorns an Bord zu nehmen, nur damit die WALHALLA repräsentiert ist? Du kennst meine Meinung. Das ist das Flaggschiff und kein Kindergarten!"
Laura hatte sich fast ein wenig in Rage geredet und Thomas musste ihr teilweise Recht geben. Es war eine politische Entscheidung von ihm gewesen und er stand nach wie vor dazu. Dass Laura als XO jetzt meckerte war schlichtweg ihre Aufgabe. Die GERONIMO war nicht zu 100% gefechtsklar. Stone musste als XO reagieren.
Thomas nickte und gab nach. „Okay, wofür habe ich einen Taktiker und eine XO an Bord? Laura, deine Aufgabe. Kümmere dich darum, dass die Crew optimal funktioniert!"
„Worauf du dich verlassen kannst", knurrte Laura und zeigte mit dem Finger zuerst auf Paulo, der diesen Fingerzeig registrierte und dann auf den Ausgang Richtung Brücke. Eilends verließ Laura den Besprechungsraum, dicht gefolgt von Paulo, der sich bemühte, nichts von seiner randvollen Kaffeetasse zu verschütten.
Nachdenklich sah Thomas hinter den beiden her. Das mochte was geben!
„Hallo Chef."
Thomas drehte sich um und sah sich Trixie gegenüber. Ihre Uniformjacke war natürlich offen und auch sonst machte Trixie eher einen recht entspannten Eindruck – äußerlich.
„Hi, Trixie. Alles klar mit dir und Tib?"
„Darum wollte ich dich sprechen." Trixie wirkte verlegen und sah auf ihre Fußspitzen.
Thomas schaute überrascht und fragend gleichzeitig. Probleme bei dem ungleichen Pärchen? Er konnte und wollte sich das kaum vorstellen.

„Ja", begann Trixie, „wegen der Hochzeit und des Termins und so …"
„Wenn du das meinst, ich traue euch jederzeit, wenn ihr das wollt. Ich kann mir nur vorstellen, dass deine beste Freundin gerne dabei wäre."
Thomas atmete auf, alles im grünen Bereich.
„Nein, nein, nicht ohne Ewa", wehrte Trixie ab. „Das meine ich auch gar nicht. Irgendwann, wenn wir zurück sind. Der Termin ist auch gar nicht so wichtig."
„Was denn?" Thomas hatte keine Ahnung, wovon die kleine Gunnerin sprach.
Beatrice druckste ein wenig herum. „Es ist so: Was würde mein Vater davon halten?"
Bei Thomas gingen gleich mehrere Lichter auf. Daher wehte also der Wind! Diese Melancholie manchmal in den letzten Tagen. Diese selbstbewusste junge Frau wurde irgendwie unsicher und jetzt bemerkte Thomas, dass trotz allen Könnens eine noch sehr junge Frau vor ihm stand. Beatrice war, wenn man von Tiberius absah, völlig allein. Es gab keine Familie um sie herum, die ihr Halt gab und sie bei ihrer Wahl eines Lebenspartners positiv unterstützte oder zumindest bestätigte. Vielleicht auch ablehnte, was in den meisten Fällen mit Trotz beantwortet werden konnte. Hier gab es aber nichts davon. Thomas stand ihr noch am Nächsten, da der alte Admiral Baines zu seinen besten Freunden zählte. Stellvertretend, so begriff Thomas, sollte er wohl für Jonathan Baines die Vaterstelle übernehmen und den Segen für diese Verbindung geben.
„Ich denke", fuhr Thomas nach seinen Überlegungen leise und mit Überzeugung fort, „mein Freund Jonathan, also dein Vater, wäre stolz auf einen Schwiegersohn wie Tiberius Miller. Ich bin mir ganz sicher, Trixie. Dein Freund würde ihm sicherlich gut gefallen."
Traurige Augen sahen Thomas an und Trixie hauchte auch nur ein „Danke".
„Trixie?"
„Ja?"
„Ich kenne den alten Baines ganz gut. Er wäre auch sehr stolz auf seine Tochter."
Trixie lächelte dankbar. „Dank deiner Unterstützung ist doch noch was aus ihr geworden."

Jetzt musste Thomas grinsen. „Und der deines Vaters.“ Raven nahm Trixie in den Arm. „Ich bin für dich da, Trixie. Ich hoffe, du weißt das! Wenn du möchtest, übernehme ich auch den Part deines Vaters und führe dich zum Traualtar.“
Die Gunnerin nickte mit feuchten Augen, hob die Hand zum Gruß und ging Richtung Brücke.

Thomas sah sich um und in der Nähe bemerkte er, dass Ron Dekker sowie dessen Freundin und Psychologin Suzan Bookley an einem Nebentisch im leisen Gespräch mit der Navigatorin Hotaru vertieft waren. Raven nahm seine noch halbvolle Kaffeetasse und schlenderte langsam zu den Dreien hinüber.
„Die Vendora haben ähnliche Antriebe wie die Trax“, bemerkte die schwarzhaarige Asiatin mit dem Pferdeschwanz soeben. „Da wir auch technologischen Austausch vereinbart haben, könnten wir in naher Zukunft die GERONIMO mit diesem Überlichttriebwerk ausrüsten und dann auf Sprünge und Wurmlochtransfers nahezu verzichten.“
Die Gruppe bemerkte, dass Thomas hinzugekommen war und die letzten Worte mitverfolgt hatte. Erwartungsvoll sah die Japanerin ihren Captain an und erwartete offensichtlich eine Stellungnahme von ihm.
„Das mit dem Technologietransfer ist eine gute Sache“, bestätigte Thomas und nahm einen Schluck aus seinem Kaffeebecher. „Hat nur einen Haken - das Ganze.“
Als keiner die im Raum stehende Frage stellte, fuhr Raven fort: „Ihr erinnert euch, was wir uns selbst versprochen hatten, als wir damals wieder in die Produktion von Nuklearwaffen eingestiegen sind?“
Hotaru nickte und wusste gleich, was der Captain meinte.
„Wir hatten uns damals, und ich gedenke mich daran zu halten, dazu verpflichtet, diese Vernichtungswaffen wieder aus der Produktion zu nehmen, wenn wir sie nicht mehr brauchen.“ Der Reihe nach schaute Thomas seine Gesprächsteilnehmer an. „Im Moment sehe ich allerdings nicht, dass wir uns eine derartige Schwächung unserer militärischen Mittel erlauben können. Jetzt nehmt einmal an, wir stellen im Rahmen des Technologieaustausches den Vendora Atomwaffen zur Verfügung. Die vendorianische Demokratie scheint mir noch ziemlich jung und ob sie Bestand hat, werden erst die nächsten Jahre zeigen. Nehmt bitte mal an, es kommt zu Zwistigkeiten auf Vendora und die

gegensätzlichen Parteien hätten diese Massenvernichtungswaffen zur Verfügung. Wir hätten eine zweite Erde zur Zeit des kalten Krieges und es ist fraglich, ob auf Vendora nicht doch irgendwer die Nerven verliert und auf die entsprechenden Knöpfe drückt."
Thomas nahm einen erneuten Schluck Kaffee. „Ich will damit sagen, dass ich nicht bereit bin, Nuklearwaffen oder das Know-How um diese, an andere Völker, und seien es auch noch so gute Freunde, weiterzugeben."
Ron räusperte sich und nickte dazu. „Ich denke genau wie du, Thomas, allerdings denke ich dabei auch an eine mögliche Gefahr für uns, schließlich können wir nicht absehen, welche Partei auf Vendora sich durchsetzen wird. Zum Schluss werden diese Waffen noch gegen uns eingesetzt. Du weißt noch nicht, Thomas, dass ich bereits entsprechende Gespräche mit Almat, dem Präsidenten von Vendora geführt habe."
Thomas wartete gespannt auf die nächsten Worte seines Freundes, denn das war ihm tatsächlich unbekannt.
„Ich habe Almat die Kraft des Atoms in seiner ganzen Schrecklichkeit geschildert und auch die Gefahren bei der Lagerung und Anwendung sehr intensiv geschildert – und nicht nur geschildert, ich führte ihm Videos vor. Ich habe es kaum für möglich gehalten, aber Almat sieht tatsächlich, genau wie wir, eine Gefahr für sein Volk, wenn es über diese Waffensysteme verfügt. Ich glaube, ich habe ihm einen ordentlichen Schrecken eingejagt. Das Thema „Technologietransfer Nuklearwaffen" können wir erst einmal zu den Akten legen. Allerdings ist der vendorianische Oberste Rat, dem sich Almat beugen muss, im Moment jedenfalls nicht gewillt, das Know-How des Antriebes freizugeben. Wie diese obersten Herren meinen, muss unsere Völkerfreundschaft zunächst etwas mehr gefestigt werden, dann könnte man darüber reden. Almat musste seine ganze Autorität in die Waagschale werfen, damit wir die Phasentorpedotechnik erhielten."
Thomas nickte zufrieden. Damit konnte er gut leben. Mit Sprungtechnik und Wurmlochtransfers war ein schneller Standortwechsel der irdischen Schiffe möglich, der Rest blieb dann abzuwarten.
Thomas wechselte das Thema und sprach die Psychologin an: „Was macht unsere Patientin?"

Suzan stellte ihre Kaffeetasse auf den Tisch und strich sich eine ihrer zahlreichen grauen Strähnen aus dem Gesicht. „Ich habe mit starken Beruhigungsmitteln nachhelfen müssen. Es ging leider nicht anders. Sie hat sich dementsprechend etwas beruhigt und in ein paar Tagen wird sie vielleicht das Bett verlassen und die ersten Schritte versuchen können. Sie ist ansprechbar und wegen ihres „Versagens“ tief deprimiert. Ein Besuch des Captains im Med-Lab wäre eventuell hilfreich.“
„Ich werde in Kürze kommen“, versicherte Thomas. „Lasst uns jetzt wieder die Brücke besetzen.“

20.01.2125, Agua, Farmhaus Heinken, 13:00 Uhr:

„Mama! Ich habe ein Bild für dich gemalt!“ Die kleine Inara kam in die Küche des Haupthauses gelaufen, wo Shelly und Ewa gerade dabei waren, die Reste des Mittagessens zu beseitigen. Im Gegensatz zu Peter hatte sich die Kleine angewöhnt, Ewa mit „Mama“ anzureden. Bei Thomas verwendete sie aber auch das „Tom“, wie jeder aus dieser kleinen Familie.
„Zeig mal“, lächelnd drehte sich Ewa herum und beugte sich zu der Sechsjährigen herunter. Inara drückte ihr lächelnd eine bunt bemalte Folie in die Hand und drehte sich gleich wieder um. „Ich gehe wieder mit Tim spielen!“ Shelly sah nur noch die langen, schwarzen Haare hinter dem Mädchen her wehen, dann war sie schon wieder draußen. Liebevoll schaute auch Ewa ihrer Kleinen nach und sah erst einige Zeit später auf die Zeichnung. Ihr Lächeln erstarb augenblicklich und mit zittrigen Fingern suchte sie sich einen Sitzplatz am Tisch. Mit leisem Stöhnen ließ sie sich auf einen Stuhl fallen.
Die Frau von Lutz Heinken bemerkte Ewas Stimmungsumschwung sofort.
„Was hat sie denn gemalt?“, fragte sie dann gleichermaßen interessiert und besorgt.
Ewa streckte ihr die Folie entgegen und sah nachdenklich in die Richtung, in die Inara verschwunden war. „Sieh selbst!“
Shelly nahm ihr das Blatt aus den zittrigen Händen und besah sich die kindliche Zeichnung. Mit etwas Phantasie erkannte sie im Vordergrund, ziemlich groß, Thomas. Erkennbar an den etwas längeren braunen Haaren, der petrolfarbenen Uniform und den Insignien des Captains

der GERONIMO auf seiner Brust. Schräg dahinter, etwas kritzelig, konnte entweder ein Aufklärer oder ein Letalis mit geöffneter Schleuse stehen, so genau war es nicht zu sehen. Dafür war das, was Thomas in seiner rechten Hand hielt, um so deutlicher zu erkennen und sofort verstand Shelly die bestürzte Reaktion ihrer Freundin. Thomas hielt in seiner Hand den dreieckigen, goldenen Kopf eines Trax. Offensichtlich war dieses Haupt abgerissen worden, denn es tropfte rotes Blut aus dem Hals. Genau genommen, war das nicht ganz stilecht, denn die Trax besaßen so etwas wie Blut, aber in schwarzer Farbe. Aber darum ging es auch gar nicht. Fassungslos schaute Shelly in Richtung Ewa und diese erwiderte den Blick.

„Ich möchte wissen", begann die Ärztin, korrigierte sich aber gleich wieder, „nein, eigentlich möchte ich gar nicht wissen, was die zwölf Kinder vor ein paar Jahren in den Händen der Trax erlebt haben."

Shelly setzte sich neben Ewa und nahm diese mitfühlend in den Arm.

„War der Abschied von Thomas schlimm für dich und die Kinder?"

„Schlimm?" In Ewas Tonfall mischte sich Trauer.

„Es war nicht schlimm, es war eine Katastrophe!" Ewas Stimme klang verzweifelt und Shelly merkte, dass ihre Freundin den Tränen nahe war. „Inara hat sich an ihn geklammert und hat immer nur geschrien, dass er nicht fortgehen solle. Peter hat auf mich eingeredet und gesagt, dass er die Hoffnung auf ein Wiedersehen mit seinen Eltern aufgegeben hat, folglich brauche Tom auch nicht mehr zum Suchen loszufliegen! Ich solle es ihm bitteschön sagen!"

Nun flossen doch die Tränen. Shelly nahm die Schwangere in beide Arme und drückte sie vorsichtig. Schweigend ließ sie Ewa, deren Körper zuckte, weinen. Was sollte sie auch dazu sagen. Mehr als da sein konnte sie nicht.

Nach ein paar Minuten hatte sich Ewa wieder beruhigt und die beiden Frauen hörten das leise, dumpfe Surren eines schweren Flugschraubers. Shelly stand auf und ging zum Fenster. Langsam setzte ein großer, schwarzer Schrauber auf der Freifläche im großzügigen Innenhof der Farm auf. Die seitlich groß aufgemalte, goldene Eins ließen auch keinen Zweifel daran, welchem Zweck der Besuch galt. Shelly sah nach den Kindern. Diese waren nicht zu sehen, offensichtlich hatten sie vor den heftigen Luftwirbeln Schutz in ihrem Haus gesucht.

„Du bekommst Besucht, Ewa. Das ist der persönliche Hubschrauber des „Ersten Bürgers“. Geht es wieder? Oder soll ich die Jungs noch ein wenig aufhalten?“
Dr. Lenn hatte sich schnell ein Tuch genommen und sich die Tränen abgewischt. Jetzt hieß es sich zusammenreißen. Der Job ging jetzt vor.
„Geht schon!“
Ewa war nicht überrascht, als wenig später ihre persönlichen Adjutanten, Paul Dancer und Jack Warner, vor ihr standen. Sie bat die beiden Marines in den Wohnraum und bot Sitzplätze an. Beide blieben jedoch stehen und während Jack wie gewohnt schwieg, ergriff der lebhaftere Paul das Wort. „Äh, hallo Frau Präsidentin.“
Er wurde jedoch sofort unterbrochen. „Paul! Ewa reicht völlig aus, sonst bekomme ich noch einen Höhenflug.“
„Naja, na gut, also Frau äh… Ewa. Gehört zwar zum Protokoll, aber wenn du meinst.“
„Weshalb seid ihr hier?“
Paul straffte sich. „Der Botschafter von Vendora hat eine sogenannte Dringlichkeitssitzung einberufen.“
„Ja und? Was habe ich damit zu tun?“, wunderte sich Ewa. „Soll sich doch unser Vertreter damit befassen!“
Paul druckste herum, während sein Kollege verlegen die Decke anstarrte. „Du bist die Vertreterin, Ewa. Wir haben noch keinen Botschafter bestellt! Bis dahin hast du diese Funktion inne.“
Dr. Lenn machte dicke Backen und schaute den Marine ungläubig an.
„Der Vendora“, fuhr Paul fort, „ist schon sehr aufgeregt, weil nicht gleich ein Verantwortlicher zu sprechen war. Er tat sehr wichtig und macht die Sache dringend. Die Blauen sind ganz schön anstrengend und können bisweilen auch ziemlich arrogant sein, aber in diesem Fall scheint er wirklich etwas Wichtiges zu haben. Er sitzt schon mit den Vertretern der Acaspa und den Maroon im Versammlungsraum und wartet recht ungeduldig.“
„Vorschlag?“, fragte Ewa.
„Am Besten wird es sein, du lässt alles stehen und liegen und kommst sofort mit.“
„Na gut“, lenkte Ewa mit einem Seitenblick auf Shelly ein. „Hoffentlich akzeptieren diese Machos auch eine Frau als Gesprächspartner.“

„Dafür sind wir da. Das biegen wir ihm schon bei“, versicherte Paul Dancer ernsthaft und Ewa zweifelte keinen Augenblick an seinen Worten.
„Ich kümmere mich um die Kinder“, antwortete die stets pragmatisch denkende Shelly.
„Na gut, dann wollen wir unsere Verbündeten nicht zu lange warten lassen. Auf geht´s.“
Paul Dancer und Jack Warner drehten sich exakt um 180 Grad und gingen zum Ausgang. Ewa folgte den beiden mit gemischten Gefühlen. So hatte sie sich die Vertretung von Ron Dekker nicht gedacht. Langsam machte sich ein mulmiges Gefühl in ihrem Bauch breit. Während des anschließenden Fluges drückte der Pilot, Jack Warner, ordentlich auf die Tube und so kam es, dass Ewa den Versammlungsraum im Haus der Völker etwa 30 Minuten später betrat.
Da es den unterschiedlichen Spezies schwer fiel, den jeweils anderen zu unterscheiden, hatte man sich darauf geeinigt, dass jeder ein Namensschild trug. Ewa erkannte zu ihrer Freude den alten Kampfgefährten Baal als Vertreter der Maroon und gleichzeitig Dolmetscher. Auf Seiten der echsenartigen Spezies bemerkte sie Xi und Ly, die beiden Vertreterinnen der acaspischen Präsidentin Yirr. Auf dem Namenschild des Vendora stand „Allgat“. Dieser sprang auch sofort von seinem Sitz auf, als er Ewa bemerkte und sprach etwas in seiner rauen kehligen Art.
„Ich darf dich, große Wohltäterin, zunächst begrüßen, bevor ich übersetze“, erklang es ohne Laut im Kopf von Ewa Lenn. Baal hatte mit seinen mentalen Fähigkeiten die Kommunikation begonnen und Ewa nickte ihm lächelnd zu.
„Zunächst ist unser Vertreter von Vendora überaus überrascht, dass die Menschen ein weibliches Wesen zur Unterredung schicken.“
Während Ewa den blauen Botschafter mit den beiden Armpaaren alles andere als freundlich ansah, schob sich Paul Dancer, der mit seinem Partner Ewa in den Raum gefolgt war, in den Vordergrund.
„Baal, übersetzt ihm bitte, dass diese Dringlichkeitssitzung mit sofortiger Wirkung beendet ist, wenn er die rechtmäßige Vertreterin der Menschen nicht anerkennt. Außerdem werde ich dann innerhalb der nächsten Minuten einen Boten mit einem entsprechenden Bericht nach

Vendora schicken, in dem um eine Ablösung des hier anwesenden und wahrscheinlich völlig unfähigen Botschafters gebeten wird!"
Das war deutlich, staunte Ewa und machte sich mit dem Gedanken vertraut, dass auf dem Parkett der Diplomatie durchaus hart gekämpft werden konnte, wenn auch zunächst nur mit Worten. Eine Wirkung war nach der Übersetzung des Wasserwesens auch gleich zu erfahren. Der Vendora setzte sich und Baal meldete: „Er akzeptiert!"
Dr. Ewa Lenn sah jeden Beteiligten an und setzte sich dann langsam auf den für die Menschen am Kopfende des Tisches reservierten Stuhl. Paul und Jack blieben rechts und links schräg hinter ihr stehen.
Ewa sah ihren vendorianischen Gesprächspartner fragend an. „Es liegt in der Natur der Sache, dass bei einer Dringlichkeitssitzung etwas Dringendes vorliegen muss. Also - ich höre!"
Es dauerte eine Zeit, bis Baal die Frage übersetzt und auch eine entsprechende Antwort erhalten hatte.
Schließlich entstand die Antwort des Vendora über Baal wieder auf telephatischem Weg in den Köpfen der Beteiligten. „Der Vendora berichtet, dass die Vendora vor dem Sturz der totalitären Regierung einige Vertrauensleute in den Reihen der Trax auf unzähligen Planeten im Einsatz hatte. Nachdem man sich im Kampf um die WALHALLA gegen die Trax wandte, wurden diese Vendora auf den Trax-Planeten verfolgt und nahezu alle bezahlten mit ihrem Leben für diesen Regierungs- und Frontenwechsel."
Ewa nickte dem Blauen zu. „Übermittle ihm unser Bedauern wegen dieses Verlustes."
Nach einer kurzen Pause fuhr Baal fort: „Einer von den wenigen, die diese Säuberungsaktion überlebte und tatsächlich flüchten konnte, erreichte gestern Vendora und überbrachte Almat eine sowohl wichtige, wie auch beunruhigende Nachricht."
Die Ärztin war die Aufmerksamkeit selbst. „Welche Nachricht hat er überbracht?"
„Der Vendora bedauert. Das ist ihm nicht bekannt. Er kann lediglich mitteilen, dass es wieder mal um Acaspa geht und diese Angelegenheit für unsere dortigen Freunde existenzbedrohend zu sein scheint. Er bittet dich, so schnell es geht, nach Vendora aufzubrechen und die Nachricht von Almat selbst zu erfahren."

Ewa überlegte. Aus den Augenwinkeln registrierte sie, dass die beiden Vertreterinnen der Echsenspezies nach dieser Bekanntgabe unruhig geworden waren. Wieder mal die Trax! Während Vendora stark genug war, einen Trax-Angriff selbst abzuwehren, waren die freundlichen Schuppenträger dieser Überspezies relativ wehrlos ausgeliefert. Ewa Lenn verspürte, gerade in ihrem jetzigen Zustand, nicht den leisesten Wunsch, Agua zu verlassen. Aber hier ging es nicht um ihren Gefühlszustand, sondern um das Leben einer gesamten befreundeten Rasse. Hier musste sie den Weg nach vorne wählen. Wie würde Tom handeln, dachte sie und bemerkte gleichzeitig - welch unpassender Moment - dass sich das Ungeborene in ihrem Bauch bewegte.
„Paul, wo kann ich Chapawee erreichen?"
Paul trat einen Schritt nach vorne. „Chap ist auf Agua in seiner bescheidenen Behausung. Du kannst ihn anfunken."
„Nein", wehrte Ewa ab. „Das mache ich persönlich, ich will zu ihm. Jack fliegt mich hin und du organisierst einen Aufklärer. Der wird reichen. Wir fliegen hier durchs nächste Wurmloch und springen direkt bis zum Vendora-System. Geht das?"
Paul nickte. „Technisch kein Problem."
„Gut. Ich denke, Xi und Ly werden mitfliegen wollen und Baal bitte ich, uns zu begleiten. Jack, wie lange brauchen wir bis zu unserem Captain Paco?"
Paul und Jack sahen sich an und statt Jack antwortete, wie üblich, Paul: „Hin- und Rückflug circa eine Stunde."
Baal hatte zwischenzeitlich seine Bereitschaft zum Mitflug signalisiert.
Ewa sah auf ihre Uhr und stand auf. „Abflug um 16:00 Uhr. Wir treffen uns auf dem Landefeld. Bitte Beeilung! Jack, es geht los!"
Die Marines staunten! Dr. Ewa Lenn, stellvertretende Präsidentin der menschlichen Zivilisation auf Agua, verstand schnell zu denken und zu handeln.
Wenig später flog der schwere Schrauber mit der goldenen Eins mit Höchstgeschwindigkeit dem derzeitigen Aufenthaltsort Chapawee Pacos entgegen.

Nahezu gleichzeitig, irgendwo in der Nähe der GERONIMO:

Der Pilot in der Sparrow Hawk mit der Bezeichnung BETA 3 schwitzte Blut und Wasser. Vor nicht ganz zehn Minuten hatte ihn ein Alarmstart aus der Beschaulichkeit des ansonsten ruhigen Fluges zur Erde gerissen. In Windeseile hatte er zusammen mit seinen elf Kameraden und dem Staffelführer das Flugdeck aufgesucht, welches sich sinnigerweise in der Nähe der Pilotenunterkünfte befand, und sich dort in einen Raumanzug geworfen. Wenig später waren alle dreizehn Maschinen vom Deckoffizier ins All geschossen worden. Nun verfolgte er und seine Kameraden ein unbekanntes Flugobjekt, welches in aberwitzigen Flugkapriolen versuchte, außerhalb der Reichweite der Jäger zu gelangen. Alle Versuche, das Ziel per Sudden-Death Raketen abzuschießen, scheiterten, weil das Gerät spätestens alle zwei Sekunden den Kurs änderte und die Kleinstraketen knapp über zwei Sekunden für die Zielerfassung benötigten.

„LEADER BETA an Staffel!"
Ruhig, aber gepresst, klang die Stimme des Geschwaderkommandanten aus dem Funk.
„Raketenerfassung aus! Das geht so nicht! Zielerfassung und Beschuss aus der Bordkanone!"
BETA 3 bedauerte, dass bisher noch niemand dazu gekommen war, die Phasentorpedos in ihre Staffeljets einzubauen. Der Pilot schaute auf seine Scanneranzeige, entsicherte die Bordkanone und richtete die Nase des Jägers auf das Ziel aus. Mit Vollschub nahm er die Verfolgung auf. Aus den Augenwinkeln sah er, dass sein Flügelmann versuchte, ihm zu folgen.

Etwas mehr als 15 Minuten zuvor auf der Brücke der GERONIMO:

Laura hatte unter einem kleinen Seufzer ihren Sitz neben Thomas verlassen und ging nach vorne zu Trixie. Leise, damit niemand etwas verstehen konnte, flüsterte sie der Gunnerin ein paar Worte zu, bis Trixie schließlich nickte, etwas antworte und zu schalten begann.
Auf dem Rückweg zu ihrem Kommandoplatz sah Thomas sie mit dem Anflug eines Lächelns. Ihm war sofort klar, dass jetzt etwas kommen musste. Eine nicht bis ins letzte Detail gefechtsklare GERONIMO, das

hielt Laura nicht lange aus und tatsächlich, bevor Laura wieder saß, kamen auch schon die ersten Befehle.
„Navigation! Geschwindigkeit herabsetzten auf 10 % Licht!“
„Aye, M´am!“
„Flight?“
„Ich höre.“ Grace Ojok richtete ihre Aufmerksamkeit auf die XO des Flaggschiffes.
„Wie gut kennst du Staffel BETA?“
Grace antwortete mit ihrer samtigen dunklen Stimme: „Ich habe sie persönlich an Bord begrüßt. Über den Ausbildungsstand kann ich allerdings keine Auskunft geben. Ich weiß, dass sie alle recht unerfahren sind und von der WALHALLA stammen. Ansonsten kenne ich das, was in ihren Akten steht.“
„Dann“, resümierte Laura, „wird es Zeit, dass du und wir uns ein Bild vom Können dieser Piloten machen!“
„10 % Licht!“, meldete Hotaru.
Laura setzte sich hin. „Grace! Alarmstart für Staffel BETA! Schick die Jungs raus und dann legst du den Funk auf meine Konsole!“
Au ha, dachte Thomas. Laura will die Staffel auch noch selbst leiten! Er wünschte den Piloten in Gedanken viel Glück.
„Trixie und los!“ Laura gab wohl offensichtlich das zuvor abgesprochene Startsignal.
Die Gunnerin drückte eine Sensortaste und gleich darauf schob sich vor ihr ein Joystick aus dem Tableau und ein Monitor flammte vor ihr auf. Thomas sah genauer hin und schmunzelte. Trixie hatte eine Hochgeschwindigkeitsdrohne gestartet und lenkte das Fluggerät per Fernsteuerung als eine Art laufender Keiler mit einer Gesamtlänge von nicht mal zwei Metern – eine schwere Aufgabe. Trixie stellte das Ziel für Staffel BETA dar.
„LEADER BETA an Flico. Wir sind draußen.“ In Unkenntnis der Sachlage, dass Laura sich den Funk hatte zuschalten lassen, sprach der Staffelkommandant über Funk Grace an.
„Schön, dass ihr schon vor der Tür seid! Hier spricht eure XO! Schaut auf eure Scanner. In der Nähe unseres stolzen Flaggschiffs befindet sich ein UFO. Verfolgung aufnehmen und Ziel zerstören! Zeit läuft!“
Mit der letzten Bemerkung gab Laura zu erkennen, dass es sich um eine

Übung handelte. Trotzdem war die Anspannung für die Piloten recht groß. Laura stand bei allen Jetführern nicht gerade in dem Ruf, besonders geduldig oder gnädig zu sein.
„Paulo! Kampfbereich auf den Gefechtsmonitor!“
Der Taktikoffizier bestätigte und fast gleichzeitig flammte der große Monitor in Flugrichtung auf. Schematisch war dort das Geschehen außerhalb der GERONIMO abgebildet. Die Drohne war tatsächlich statt in Grün (freundliches Objekt), in Weiß (unbekanntes Objekt) abgebildet. Trixie hatte offenbar die automatische Kennung abgeschaltet. So wirkte es realistischer. Man sah dreizehn grüne Punkte, die offensichtlich einen weißen Punkt verfolgten.
„Die hocken zu dicht aufeinander“ kritisierte Laura leise. „Paulo! Näher ran!“
Auf dem Monitor wurde die Szene herangezoomt und man konnte alles deutlicher erkennen.
„Verdammt! Die sind viel zu nah zusammen!“, rief Laura deutlich lauter und drückte auf die Kom-Taste. „LEADER BETA! Deine Piloten sollen die Abstände zueinander vergrößern!“
„LEADER BETA verstanden!“
Während der Geschwaderkommandant daran ging, seine Staffel breiter zu fächern, schwitzte Trixie bei der Steuerung der Aufklärungsdrohne. Sie war bemüht, spätestens alle zwei Sekunden die Flugrichtung zu ändern, damit die Raketenerfassung ausgeblendet blieb. Nun waren die Jäger nahe genug heran und die ersten Geschosse aus den Bordkanonen flogen an der Drohne vorbei. In einem weiten Bogen ließ Beatrice das Fluggerät wieder auf die GERONIMO zufliegen. Die Jäger folgten augenblicklich und leidlich schnell. Für Laura war der Kurswechsel jedoch viel zu langsam und missbilligend schüttelte sie den Kopf. Aber es sollte noch schlimmer kommen. Als Trixie die Drohne einen Augenblick geradeaus fliegen ließ, sahen einige der Piloten ihre Chance kommen und eröffneten das Feuer. Trixie hatte das kommen sehen und wechselte abermals geringfügig die Flugrichtung, aber immer noch in Richtung Flaggschiff.
„GERONIMO wird beschossen“, meldete Paulo ungerührt und völlig tonlos.

„**Was?**“ Laura besaß die Fähigkeit, ihre Gesichtsfarbe außerordentlich schnell zu wechseln – ein heller Grauton – mit einem Tick ins grünliche.
„Wir erhalten Treffer“, meldete der Taktiker ergeben und starrte einen Augenblick die Decke an.
Thomas hatte sich nach vorne gebeugt und stützte sein Gesicht mit geschlossenen Augen auf die Handflächen. Das durfte nicht wahr sein! Das Trägerschiff wurde von den eigenen Jägern getroffen! Die Treffer aus den Bordkanonen hatten zwar keine Chance, durch den Schutzschirm zu dringen, aber trotzdem. Allein die Tatsache, dass dem so war, war blamabel genug.
„Trixie! Lass den Scheiß! Weg mit der Drohne aus dieser Flugrichtung!“ Laura bellte sich ihre Empörung heraus.
„Aye, M´am!“ Gehorsam flog Trixie einen Überkopflooping zu dreiviertel und kreuzte die Flugbahn der Verfolgungsstaffel inmitten des mittlerweile breiter gefächerten Geschwaders. Einige Piloten versuchten mittels Drehung um die Hochachse, die Drohne ins Fadenkreuz zu bekommen und feuerten wild drauflos. Schließlich erwartete die XO greifbare Ergebnisse und die Zeit lief ja schon – eigentlich länger als gewollt.
„Ey, ich bin getroffen! Hier ist BETA 5! Ich steige aus!“
Laut waren die Schreie eines jungen Piloten zu hören und gleich darauf kam das Lebenszeichen eines ausgestiegenen Raumfahrers in Not auf dem Gefechtsmonitor an.
„Abbruch, Abbruch! LEADER BETA, sofortiger Abbruch!“ Laura schrie ihre Befehle und wedelte hektisch mit den Armen, während ihre Gesichtsfarbe zu tiefrot wechselte.
Thomas schüttelte verzweifelt den Kopf.
„Paulo, Bericht! Was ist mit BETA 5?“ Lauras Erregung und Wut war kaum noch zu steigern.
Baretta studierte die Anzeigen seiner Sensorenphalanx. „Pilot ausgestiegen und wartet auf Rettung! Anzug o.k., Peilsender funktioniert, Vitalzeichen deuten auf hohe Anspannung, Träger ist unverletzt, dürfte also kein Problem sein. Die Jet hat einen glatten Durchschuss auf dem Leitwerk hinten und treibt im All!“

„**Was?**" Lauras Stimme überschlug sich fast und das „a"war extrem gedehnt. „Und deswegen steigt dieser Anfänger einfach so aus?"
„Scheint so", antwortete Paulo ungerührt. „BETA 5 hat eine Einsatztauglichkeit nach wie vor von 100%!"
Laura grollte wie ein Grizzly bei der Revierverteidigung.
Wütend sah sie sich um. „Wer um alles in der Welt hat denn diese Zirkustruppe an Bord geholt?"
Thomas hüstelte dezent. „Ich geh dann mal ins Med-Lab - Krankenbesuch machen."
Laura schäumte, während sich Thomas Raven mit eingezogenem Kopf auf dem Weg zum Aufzug machte, um die Brücke in Richtung medizinischem Zentrum zu verlassen.
Wütend sah sich Laura um, so etwas hatte sie in ihrer langen Karriere beim Space Command noch nicht erlebt. „Paulo! Schiffsweite Kommunikation. Ich habe keine Lust, alles dreimal zu erzählen!"
„Steht, M´am!"
„Hier XO! LEADER BETA! Lass deine Piloten, sofern sie ihre Maschinen nicht vorzeitig und völlig unnötig verlassen haben, pärchenweise auf dem Flugdeck landen!" Und den nächsten Satz brüllte sie heraus: „Und lasst mir dabei das Mobiliar heile!"
„Ja, M´am", kam es verhalten aus dem Äther.
„Brücke an Deckoffizier!"
„Hier Dario, Sir!" Dem Schweizer war es wohl lieber, der XO in der Achtungsformel zu antworten. Daher kam seine Meldung schnell und zackig, wie es Laura liebte.
„Na, wenigstens einer, der aufpasst", war auch gleich die Antwort von Laura Stone zu vernehmen.
Aber die nächsten Anordnungen bewiesen, dass sich die stellvertretende Kommandeurin des Flaggschiffes noch lange nicht beruhigt hatte und ihre Stimme war fernem Donnergrollen nicht unähnlich. „Dario, starte RESCUE 1 und berge die treibende Hawk. Und wenn du diese reingeholt, den Service durchgeführt, das Loch im Leitwerk gestopft und überlackiert hast und wenn dann der Lack trocken sein sollte, irgendwann einmal, erst dann, aber auch erst dann, wirst du diesen Versager da draußen zu Mami zurückbringen!"

Während die gesamte Brückencrew wegen der Wutausbrüche des 1. Offiziers die Köpfe eingezogen hatte, kam nur ein einziges fragendes Wort vom Landedeck.
„Sir?“
Lauras Wut war zwar noch nicht verraucht, aber ihre Fürsorgepflicht gegenüber ihren Untergebenen gewann schnell wieder die Oberhand. Möglicherweise erlitt der junge Mann dort draußen einen irreparablen psychischen Schaden, wenn er länger dem Nichts ausgesetzt war. Wenn er diesen Schaden nicht schon hatte. Das war immer noch nichts für schwache Nerven, so einsam und lautlos in der Unendlichkeit zu fallen, so war nämlich das Gefühl in der Schwerelosigkeit.
„Deckoffizier! Du kannst die Reihenfolge der Anordnungen nach Belieben durchführen!“
„Danke, Sir!“ Aufatmend ging der Schweizer daran, zunächst eine Shark zur Bergung des Piloten raus zu schicken und danach den Tender, um die Hawk „abzuschleppen“.
„Paulo! Schiffsweite Kom aus!“
Der kleine Mann aus Paraguay schaltete die Übertragung ab.
„Grace! Die Piloten sollen auf dem Landedeck antreten und solange warten, bis ich mich mit ihnen beschäftige! Die Jets werden nicht in die Abschusstuben gezogen!“
„Aye, Laura!“ Die Schwarzafrikanerin war ebenfalls fassungslos wegen der katastrophalen Leistung der Piloten, ließ es sich aber nicht anmerken. Ruhig gab sie ihre Anweisungen an den Staffelführer weiter und informierte gleichzeitig den Deckoffizier.

20.01.2125, Agua, Indian Valley, 14:30 Uhr:

Die Anwesenheit Pacos war schon aus der Luft zu erkennen. Neben einem typisch indianischen Tipi stand nicht etwa ein Pferd, sondern die weitaus modernere Ausführung eines Transportmittels in Form einer Sparrow Hawk. Offensichtlich hatte der Captain der COCHISE einen Jäger zur Beförderung vom Terraschiff zu seiner einfachen Behausung benutzt.
Damit die spartanische Behausung des Indianers nicht davonflog, setzte Jack den schweren Flugschrauber etwa 50 Meter weit vom Tipi entfernt auf. Als Ewa ausgestiegen war und auf die Behausung zuging, erkannte

sie den Sioux, wie er an einem kleinen Feuer im typischen Schneidersitz saß und aus einer langstieligen Pfeife Tabak rauchte. Als Paco die Ärztin erkannte, erhob er sich und ging auf sie zu.
„Ich grüße meine weiße Schwester. Als ich den Anflug bemerkte, dachte ich einen Augenblick, dass es ein Fehler war, die Lage Indian Valleys zu offenbaren. Aber nun wird, zu meiner Freude, dieser Ort durch deine Anwesenheit geehrt." Paco beugte sein Haupt dezent und formvollendet.
Ewa kniff ein Auge halb zu. „Ich werde dich demnächst Häuptling „Großer Schmeichler" nennen, wenn du damit nicht aufhörst."
Der Mann mit der auffallenden Hakennase nickte wegen der Schlagfertigkeit anerkennend und der Hauch eines Lächelns glitt über seine Gesichtszüge. Sein langes, blauschwarzes Haar, welches durch ein Stirnband mit indianischen Symbolen im Zaum gehalten wurde, wehte leicht im Wind. Paco trug eine dunkelbraune Hose aus leichtem Leder und ein ärmelloses T-Shirt aus dem gleichen Material. Im seinem Gürtel steckte ein Jagdmesser beachtlichen Ausmaßes. Ewa konnte lediglich Muskeln und Sehnen unter der bronzefarbenen Haut erkennen. Der Indianer besaß kein Gramm Fett, war aber zweifellos kräftig und zäh.
„Meine weiße Schwester trägt ein Kind unter ihrem Herzen, daher gehe ich nicht davon aus, dass du gekommen bist, um mit mir eine traditionelle, aber nichtsdestotrotz schädliche Friedenspfeife zu rauchen. Ich bin gespannt, den Grund für deinen Besuch zu erfahren." Aus Höflichkeit klopfte Chapawee seine Pfeife aus und häufte mit seinem Mokassin Sand über die Glut.
Die Interimspräsidentin wurde übergangslos ernst. „Wir müssen Kriegsrat halten, Chap. Ich bringe beunruhigende Nachricht und ich brauche deinen Rat und höchstwahrscheinlich auch deine Hilfe."
Ewa berichtete dem Sioux, was die letzte Stunde an Neuigkeiten gebracht hatte.
Der Indianer sah an Ewa vorbei auf das Meer, welches unmittelbar an Indian Valley angrenzte und sprach leise: „Du hast Recht daran getan, mich sofort aufzusuchen. Die Zeit der Ruhe ist vorbei und der Einsatz der COCHISE wird gefordert sein. Wir wissen noch nicht, ob es sich um ein diplomatisch oder militärisch zu lösendes Problem handelt. Darum befehle ich nicht, sondern schlage dir folgendes vor: Während

meine Schwester zu den Vendora fliegt und Näheres in Erfahrung bringt, fliege ich mit der COCHISE nach Acaspa. Ich werde dort Ausschau halten und auf Nachricht von dir warten."
Paco drehte sich wieder zu Ewa. „Ist meine weiße Schwester damit einverstanden?"
Ewa nickte. „Ja, ist gut soweit. Machen wir es so."
„Dann soll es so sein." Mit den Füßen beförderte Paco Sand in sein Lagerfeuer und erstickte es damit. Das war das Zeichen des Aufbruchs. Ewa und Jack gingen zurück zum Schrauber und hatten diesen noch nicht ganz erreicht, als sie das typische Startgeräusch einer Hawk hörten. Paco schien wenig Gepäck dabei zu haben und war bereits aufgebrochen.
„Zurück zur Farm, Jack. Ich brauche noch ein paar Sachen, bevor wir aufbrechen."
Jack nickte schweigend und wenig später waren sie wieder unterwegs.

Ewa hatte sich von der Kindern verabschiedet, ein paar Sachen zusammengerafft und saß nun in einem schwarzen Hosenanzug neben Jack Warner, der den Flugschrauber ein paar Minuten vor der verabredeten Zeit auf dem Landefeld in der Nähe von Zentralstadt landete. „Wo ist unser Aufklärer?", fragte Ewa, als beide neben ihrem Schrauber standen, dessen Rotoren langsam ausliefen.

„Dahinter." Immerhin, Jack hatte ein Wort gesagt und dazu noch auf eine in der Nähe befindliche Halle gezeigt. Ewa ging voraus und Warner folgte mit Ewas kleinem, eilig zusammengepacktem Koffer. Als die stellvertretende Präsidentin Aguas die Halle erreicht hatte und dahinter schauen konnte, blieb sie wie angewurzelt stehen. Sie sah nicht etwa einen weißen Aufklärer vom Typ Tiger Shark, sondern einen offensichtlich nagelneuen Mehrzweckraumer vom Typ Letalis. Das silbern lackierte 60-Meter Schiff besaß seitlich die goldene Aufschrift >>SPACE FORCE 1<<. Weiterhin erkannte sie in der offenen Schleuse Dr. Frank Houser, ihren Hausarzt und den von Thomas mit der Schwangerschaftsbetreuung beauftragte Mediziner, der offensichtlich mitfliegen sollte oder wollte.

Paul Dancer kam auf sie zugeeilt mit entschuldigend ausgebreiteten Armen. Als er Ewas skeptischen Gesichtsausdruck sah und sie Luft holte, um ihr Missfallen zu äußern, kam er ihr zuvor.
„Frau Präsidentin – äh, Ewa! Auch wenn es dir nicht gefällt, Ron Dekker hat uns ausdrücklich darauf eingeschworen, dass wir für deine absolute Sicherheit zu sorgen haben und zwar auch für die deines Babies. Er würde uns höchstpersönlich ein oder zwei Köpfe kürzer machen, wenn dir in Ausübung des Präsidentenamtes ein Leid geschehen würde. Weder ich noch Jack werden uns nach der Rückkehr der GERONIMO verantworten wollen, wenn dir etwas passiert ist."
Paul verbeugte sich leicht und wies mit der Hand auf den Letalis. „Das ist das Schiff des Präsidenten und es steht dir zu. Eine Pilotenmannschaft steht zu unserer Verfügung. Dr. Frank Houser hat medizinisches Gerät für eine Frühgeburt an Bord bringen lassen. Im Übrigen sind wir startbereit, die Eskorte wird in der Umlaufbahn zu uns stoßen."
„Eskorte?" Ewa war wie vom Donner gerührt.
„Äh, das ist nicht unsere Idee", gab Paul zu. „Aber wenn du mit weniger Aufwand anrückst, wird die Achtung dir gegenüber bei den Vendora sinken. Wir müssen da dick auftragen. Ansonsten würde das deine Aufgabe vor Ort unnötig erschweren. Die Blauen sind da etwas anders gestrickt als wir. Wir müssen sie einfach mitnehmen." Der Marine sah bei seinen Erklärungen selbst nicht ganz glücklich aus.
Ewa ließ die Schultern sinken und sah den neben ihr stehenden Jack Warner an. Dieser erwiderte ihren Blick, zuckte mit den Schultern und ging voraus, so dass Ewa nichts anderes übrig blieb, als gute Miene zum aufwändigen Spiel zu machen und einfach hinterher zu laufen.
Dr. Ewa Lenn akzeptierte von einem Augenblick zum anderen die besonderen Umstände und gab ganz die gewandte Politikerin. Lediglich die Begrüßung von ihrem Hausarzt und langjährigen Mitstreiter und Forschungskollegen Houser fiel alles andere als protokollgemäß aus. Ewa fiel ihm um den Hals und sagte ihm, dass sie sie freue, dass er mit von der Partie sei. Alle anderen Beteiligten bei dieser Reise waren bereits an Bord.
Wenig später bestieg Dr. Lenn die Luxusversion eines Mehrzweckkampfschiffes. Überall bequeme Sitzmöbel und geräumige Passagierkabinen. Trotzdem zweifelte Ewa keinen Augenblick daran, dass diese

Version des Schiffes ein wahrer Wolf im Schafspelz und daher überaus wehrhaft war. Ewa suchte den Gemeinschaftsraum auf, der hier jedoch als angenehmer Wohnraum mit mehr als bequemem Mobiliar und integrierter Küche eingerichtet war. Sie traf dort ihre Mitreisenden und schaltete an dem Tableau an der Wand neben der Zugangstür den Funk auf „Mithören“. Ewa wollte informiert sein.
Wenig später hob der Letalis ab.
„Staffel GOLD an SPACE FORCE ONE.” Laut und deutlich war die Stimme des Staffelkommandanten im Gemeinschaftsraum des präsidialen Letalis zu hören.
„SPACE FORCE ONE hört.“
„Wir nähern uns. Bereitmachen für Nav-Kopplung.“
„Bereit, Staffel GOLD!“
„Nav-Kopplung aktiv. Du kannst einen Kurs setzen, SPACE FORCE ONE!“
„Verstanden. Wir beschleunigen Richtung Wurmloch 3-5-8.“
Mit der Nav-Kopplung wurde vermieden, dass die Piloten einen ständigen Formationsflug im Auge halten mussten. Der Schiffsrechner des Letalis übernahm diese sensible Aufgabe und mittels der rechnergestützten Gleichschaltung hatte er Zugriff auf die Flugkontrollen der Aufklärer. Die Formation wurde als stumpfes V geflogen, vorne flogen parallel nebeneinander zwei Aufklärer, weitere fünf hinter jedem der beiden versetzt, eben in Form eines V. Hinter den führenden Sharks kam zunächst der Staffelführer, dann erst mit einigem Abstand, ungefähr in Höhe der zweitletzten Aufklärerreihe, die Präsidentenmaschine.
Ewa hatte nur gemurmelt: „Eine ganze Staffel? War das wirklich nötig?“
Aber eine weitere Überraschung stand ihr noch bevor.

Chapawee Paco war unmittelbar nach dem Treffen mit der Hawk zu seinem Terraschiff aufgebrochen. Die 1.000 Meter lange und 150 Meter durchmessende COCHISE kreiste im Orbit. Die beiden seitlich angeflanschten Triebwerksgondeln von überproportional 500 Metern ließen eine große Beschleunigungsleistung erahnen. Zudem war die COCHISE mit vier Geschwadern Sparrow Hawks und einer Staffel Tiger Sharks bestückt. Die Installation von Phasentorpedos war schon vor einer Woche abgeschlossen worden. Aber Paco hatte noch mehr vor.

Endlich wollte er sich einen lang gehegten Wunsch erfüllen. Die 15 Minuten bis zum Rendezvous mit der COCHISE wollte er nicht ungenutzt verstreichen lassen, daher funkte er von unterwegs bereits seinen Taktikoffizier, John Flannigan, an.

„SIOUX ruft COCHISE!" Es war zwar unüblich, in der Flotte derartige Namen zu verwenden, aber jeder hatte akzeptiert, dass mit SIOUX eben Paco gemeint war. Ein Vorrecht, das sich der Indianer auf Grund seiner Leistungen einfach nahm – und niemand widersprach.
„Hier COCHISE, John spricht!"
„Ich bin auf dem Rückflug. Status der COCHISE, bitte!"
Flannigan stutzte einen Augenblick. „Wir sind okay – in welchem Zusammenhang, bitte?"
Die Verwirrung des wissenschaftlichen Offiziers war verständlich. Er konnte jetzt einen Bericht in epischer Breite abgeben, oder aber, wenn sich der Captain spezieller ausdrückte, einen wesentlich effektiveren Kurzbericht.
„Es sieht so aus, als müssten wir umgehend die heimischen Lagerfeuer verlassen."
Damit konnte John was anfangen.
„Einsatzstatus der COCHISE bei 100 %. Taktische Operationszeit ohne Nachschub bei drei Monaten. Besatzung bis auf den Captain vollzählig an Bord! Wir sind, wenn du an Bord bist, start- und gefechtsklar."
Paco nickte befriedigt. Genau, in etwa 30 Minuten hatte John eine großangelegte Übung angesetzt, daher waren alle Crewleute an Bord. Nun ja, die Übung würde man verschieben. Vielleicht war auch der Einsatz Übung genug.
„Sehr gut. Der Navigator soll einen schnellen, sicheren Kurs nach Acaspa programmieren. Im Übrigen bitte ich um Landeerlaubnis."
„Verstanden, Sir, und genehmigt. Der Deckoffizier ist informiert. Willkommen an Bord, Captain!"

Wenig später saß der Indianer in seinem Kommadosessel auf der Brücke der COCHISE. Sein Steuerpaneel zeigte ihm ausschließlich Grünwerte und seine Brückencrew erwartete sein Startkommando, aber Paco hatte noch etwas anderes im Sinn. Er wählte den Funkcode von Phil

Mory an, der sich auch wenige Augenblicke später meldete und per Bild auf dem Com-Schirm von Paco zu sehen war.

„Na, Chap? Wieder mal auf dem Kriegspfad?“, war die launige Begrüßung des leitenden Ingenieurs.
In Pacos Augen blitzte es kurz auf, ansonsten blieb sein Gesicht regungslos.
„In der Tat, mein weißer Bruder hat Recht. Mit einer wirksamen Unterstützung kannst du unseren Erfolg wesentlich beeinflussen.“
„Ich?“, kam es ungläubig von Agua zurück. „Was kann ich für dich tun?“
„Was macht die Letalis-Produktion?“
„Ah, von daher galoppiert der Bison! Vor zwei Wochen ist der erste in diesem Jahr gefertigte Raumer vom erfolgreichen Jungfernflug zurückgekehrt. Wir haben gerade die Teile für die Phasentorpedos an Bord gebracht und wollten diese in Kürze installieren. Der Einbau ist aber einfach und sollte auch von deinen Bordtechnikern schnell bewerkstelligt werden können.“
„Mein Bruder ahnt meinen Wunsch?“
„Ist nicht wirklich schwierig“, versicherte Mory grinsend. „Der Raumer war zwar für einen anderen Einsatz vorgesehen, aber du bist der Chef. Der Letalis ist startbereit, du müsstest ihn nur taufen. Wann schickst du eine Crew zur Abholung?“
Über das Gesicht des Indianers glitt ein leichtes Lächeln. „Ich habe mir sagen lassen, dass unser fähigster Ingenieur beim Bau dieses Schiffes eine künstliche Intelligenz einprogrammiert hat, die Ihresgleichen sucht. Nutzen wir sie!“
Phil fühlte sich geschmeichelt und grinste breit. „Okay. Deine Kommandocodes sind als Captain schon gespeichert. Ich bringe den Letalis in den Orbit. Dort kannst du ihn übernehmen. Ich wünsche, von deinen Taten beim heimischen Grillfeuer zu berichten – viel Erfolg!“
Paco nickte, hob die rechte Hand zum Gruß und schaltete ab.
„Captain an Deckoffizier!“
„Ich höre, Sir.“
„Mach dir Gedanken, wie wir einen Letalis an Bord nehmen können.“

Nur kurz war ein heftiger Atemzug zu hören, dann kam die Antwort: „Geht nur durch die Landedeckschleuse. Ich lasse die Staffel Sharks ins Nebendeck ziehen. Start dann seitlich aus Schleuse H 2."
„Okay, fang an und beeil dich, der Letalis ist bereits im Anflug."
Statt einer Antwort hörte man nur noch das einmalige Knacken des Kom-Gerätes. Offensichtlich hatte der Deckoffizier jetzt mit seiner knapp bemessenen Zeit etwas anderes vor.
„John, ich brauche die schiffsweite Kommunikation!"
„Steht, Captain!"
„Hallo Crew, hier spricht euer Captain. Die COCHISE wird in wenigen Augenblicken den Orbit von Agua verlassen und in Richtung Acaspa aufbrechen. Wie es scheint, haben es die Trax wieder einmal auf unsere Verbündeten dort abgesehen. Näheres wird unsere Präsidentin derweil auf Vendora ermitteln. Unsere Aufgabe wird es sein, die Umgebung von Acaspa zu scannen, die Augen offen zu halten und bereit zu sein, unsere Echsenfreunde zu verteidigen. Und übrigens: Das ist keine Übung! Captain Ende."
John schaltete die schiffsweite Übertragung aus und wenig später traf ein weiterer Funkspruch ein: „Hier Letalis mit der Kennung 2125 Strich EINS. Erbitte weitere Kommandos."
Pacos Augen leuchtete, als er antwortete: „Letalis 2125 Strich EINS, ich taufe dich auf den Namen „IOWA". Anflug zum Landedeck der COCHISE. Die endgültige Landeerlaubnis wird dir der Deckoffizier erteilen."
„IOWA verstanden, Sir!"
Etwa 30 Minuten später, nachdem der Indianer offiziell seine Funktion an Sack Carter übergeben hatte, beschleunigte die COCHISE in Richtung Wurmloch 3-5-8.

20.01.2125, GERONIMO, kurz vor 14:00 Uhr:

Captain Thomas Raven hatte die Schimpftiraden seiner Vertreterin über die schiffsweite Kommunikation auf seinem Weg zum Med-Lab mithören können und hatte ein einigermaßen schlechtes Gewissen. Aber, dass der Ausbildungsstand dieser Piloten so schlecht war, hatte er auch nicht wissen können. Die BETA-Staffel war noch auf der Erde ausgebildet worden und er vermutete, dass Laura entsprechende

Nachfragen an die Piloten richtete. Er hoffte nur, dass nicht innerhalb der medizinischen Abteilung die allgemeine Kommunikation mitgehört werden konnte. Dies würde bestimmt nicht dazu führen, dass sich Oksana besser fühlte.
Schließlich erreichte Thomas das Med-Lab und eine rasche Nachfrage bei einer Pflegerin ergab, dass lediglich das Betreuungspersonal die schiffsweiten Meldungen hören konnte, nicht aber die Patienten.
Wenig später saß er am Bett der Russin.
Oksana Trantow war wach und wollte sich, als sie ihren Captain sah, im Bett aufrichten. Thomas drückte sie sanft in die Kissen zurück. Lächelnd sah er in das angespannte Gesicht der jungen Frau. „Bitte bleib liegen und entspann dich, Oksana. Du bist krank und brauchst Ruhe. Wir haben alles im Griff und der Flug ist absolut ruhig.“
Die blonde Russin mit den kurzen Haaren versuchte zu sprechen, allerdings drangen aus ihrem Mund nur gelallte Worte, wie bei einem hochgradig betrunkenem Menschen – ein Zeichen für das Nervenversagen und die verordneten Beruhigungsmittel. Schließlich verstand Thomas mit einigen Mühen die Worte: „Warum habt ihr mich trotzdem noch mitgenommen?“
Ja, das war eine berechtigte Frage. Zum Zeitpunkt des Nervenzusammenbruchs befand sich die GERONIMO noch im Orbit von Agua und es wäre ein Leichtes gewesen, die kranke Frau auf die Oberfläche zu bringen.
Raven nickte verstehend. „Stell dir vor, Oksana, wir hätten dich kurz vor dem Abflug von Bord geschafft. Dazu als einziges Brückencrewmitglied der WALHALLA hier im Führungskreis der GERONIMO. Was hätten die Leute wohl gedacht? Wir haben dich mitgenommen, weil wir deine Einstellung kennen und wollten deine Ehre damit schützen. Für jeden auf Agua bist du auf der Brücke der GERONIMO mitgeflogen und es wird niemanden geben, der etwas anderes erzählen wird. Mein Wort darauf! Wenn wir zurück sind, wirst du deine Funktion als XO auf der reparierten WALHALLA wieder einnehmen. In der Zwischenzeit wird dich Suzan auf dem Weg zur Genesung betreuen.“
Thomas sah, wie eine Träne Oksanas Wange herunterlief. Sie war unfähig, weitere Worte zu bilden, dafür ergriff sie mit einigen Mühen Thomas´ Arm und drückte ihn zum Zeichen der Dankbarkeit schwach.

Um seine Wertschätzung gegenüber der Kranken aufzuzeigen, gab Thomas ihr einen Bericht seit Beginn des Abfluges – die Übung mit Staffel BETA ließ er weg.

Kurze Zeit später, GERONIMO, Flugdeck:

XO Laura Stone hatte die Piloten der Staffel BETA über eine halbe Stunde warten lassen. Die Jungs standen mehr oder weniger stramm vor ihren auf dem Landedeck abgestellten Maschinen. Etwas weiter im Hintergrund stand die Hawk mit dem Loch im Leitwerk noch auf dem Tender.
Als Laura das Flugdeck betrat, ging noch einmal ein Ruck durch die in Reihe angetretenen Mitglieder der Staffel BETA. Hastig richtete man sich noch einmal aus, damit man nach dieser blamablen Vorstellung wenigstens in einer Linie angetreten war, anschließend starrten alle angestrengt geradeaus. Laura ging langsam seitlich auf die Staffelmitglieder zu und kam, wie beabsichtigt, zuerst am Staffelkommandanten vorbei.
„Staffel BETA vollzählig angetreten, Sir!" Eher vorsichtig als schneidig gab der Chef der Fliegertruppe seine Meldung ab.
Laura war stehengeblieben und musterte zunächst den Leader und dann kurz den Rest der Truppe.
„Wenigstens gescheit Antreten hat man euch beigebracht!" Lauras Stimme war mindestens doppelt so laut. Sie registrierte, dass der Adamsapfel des Staffelführers auf und nieder hüpfte. Offensichtlich hatte der junge Mann an ihrer letzten Bemerkung schwer zu schlucken.
„Das eigene Trägerschiff beschießen, sich gegenseitig unter Feuer zu nehmen und völlig unnötig einen voll einsatzbereiten Jäger im Schleudersitz zu verlassen. Das macht euch so schnell keiner nach!" Lauras Stimme troff vor Hohn.
Langsam schritt Stone die Mannschaft ab und musterte jeden ausgiebig, schweigsam und mit strengem Blick. Die Jungs bemühten sich alle, geradeaus und damit so quasi durch sie hindurch zu sehen. Laura schätzte lediglich den Führer dieser Gruppe auf über 20 Jahre, alle anderen waren jünger. Sie sah junge, unverbrauchte und, wie sie fand, auch naive Gesichter. Alles noch Jungen in den Spätausläufern der Pubertät. Es könnten meine Enkel sein, dachte sie voll Wehmut an eine ihrer

verpassten Lebenschancen und ihr taten die Jugendlichen leid. Sie hatten den Ernst des Lebens noch lange nicht begriffen oder begreifen können und befanden sich von jetzt auf gleich im Krieg. Alle konnten sich glücklich schätzen, so empfand Laura, dass sie auf die Idee mit der Übung gekommen war. Nicht auszudenken, wenn diese Jungs mit ihren Kampfjets in einen scharfen Einsatz geflogen wären. Es wäre wohl niemand von ihnen zurückgekommen.
Laura ging die Formation jetzt wieder zurück. „Wer von euch ist ausgestiegen?" Lauras Stimme war neutral, fast freundlich, zu nennen.
Ein junger Mann, scheinbar der Jüngste unter ihnen, trat einen Schritt vor. Zu sagen wagte er nichts, Laura bemerkte ein leichtes Zittern seines Körpers.
„Es ist der Ersatzmann für Mark Lund", bemerkte der Staffelführer vom anderen Ende der Reihe.
Laura nickte. „Zurück ins Glied!" Der Junge gehorchte und bildete mit seinen Kameraden wieder eine Reihe.
Laura ging bis zum Staffelführer. „Wie schätzt du den Ausbildungsstand deiner Staffel ein?"
Der junge Mann verschluckte sich fast. „Darf ich offen sprechen, Sir?"
Laura zog die Augenbrauen nach oben. „Mit mir spricht man entweder offen oder gar nicht, junger Mann! Ich will Klartext hören, mit dem ich auch etwas anfangen kann. Gesülze und Schönfärberei sind nicht zielführend und bei mir fehl am Platz! Ich bin auch keine Politikerin, die erst einmal einen Dolmetscher braucht, bevor sie ihre eigenen Reden versteht!"
Laura machte eine kleine Pause und sah noch einmal an der Formation entlang. „Ich will nicht noch einen von euch von der Außenhülle der GERONIMO abkratzen müssen! Also, mein Junge. Ich brauche deine Meinung und zwar deine eigene!"
Die Bezeichnung „mein Junge" deutete Mike Sunders, der Geschwaderkommandant, richtig, nämlich freundlich, daher nahm er sein Herz in die Hand und hielt mit seiner Meinung nicht hinter dem Berg.
„Man hat uns auf der Erde eine Sparrow Hawk gezeigt und wir sind ein paar Mal um sie herumgelaufen. Ein paar von uns durften sie sogar anfassen – von außen. Fliegen gelernt haben wir in Simulatoren. Selbst diese Übungen haben wir abbrechen müssen, da wir schnellstens auf

die WALHALLA transportiert werden mussten. Man meinte, dass man uns später noch das richtige Fliegen beibringen können würde. Auf Agua hatten wir nach unserem Aufwachen dann ein paar Atmosphärenflüge mit Starts und Landungen unter Schwerkraft. Das All hat bisher keiner von uns gesehen.“ Der Leader starrte nun nicht mehr geradeaus, sondern sah Laura abwartend an.
„Das erklärt einiges“, gab Laura zu. „Was lernen wir daraus, Kommandant?“
Dieser schluckte und schaute seine XO rat- und sprachlos an.
„Nun“, begann Laura, „es gibt ein uraltes chinesisches Sprichwort in dem es heißt: Auch der Weise macht Fehler. Nur der Weise vermeidet es, denselben Fehler noch einmal zu begehen.“
„Ich hätte den schlechten Ausbildungsstand meiner Crew rechtzeitig melden müssen.“
Laura nickte. „Genau. Denn du bist für das Leben deiner Jungs verantwortlich. Wir sind nur noch wenige. Geh sparsam damit um.“
Laura trat ein paar Schritte zurück, damit sie alle im Blick hatte. „Dass ihr nicht fliegen könnt, wissen wir jetzt. Nun will ich wissen, ob ihr es lernen wollt.“
Alle nickten eifrig – keiner sagte was.
Laura holte tief Luft und brüllte heraus: „Ich will hören, ob ihr es lernen wollt!“
„Ja, Sir!“, erscholl es aus 13 Kehlen laut und deutlich über das Landedeck.
„Na also, geht doch. Etwas mehr Mumm in den Knochen, Jungs! Jeder zu seiner Maschine! BETA 5 startet direkt vom Tender aus, aber vorher losmachen. Ihr bekommt euer Startsignal und die Aufgabe per Bordfunk. Wir fangen ganz von vorne an!“
Dankbar schaute jeder Laura an - es bewegte sich aber keiner.
„Mach ich hier Vorschläge? Wer bei drei nicht im Flieger sitzt, schält den Rest der Woche Kartoffeln! Eins, zwei…“ Laura schrie ihre Befehle geradezu heraus und die Jungs rannten wie die Hasen zu ihren Jets. Innerhalb weniger Sekunden waren Laura und der Deckoffizier allein.
„Geht doch“, murmelte Laura ungehört. „Ihr könnt von Glück sagen, dass ich ein Herz für euch Greenhorns habe.“

Wenig später betrat Laura die Brücke, auf der sich Thomas schon längst wieder Platz in seinem Kommandosessel gefunden hatte. Als die XO saß, stand Trixie vorne auf und ging auf Laura zu. Dicht vor ihr blieb sie stehen und nahm so etwas wie Haltung an. „Drohne ohne Beschädigung im Hangar gelandet, Sir!"
Laura nickte ergeben. „O.K., verschwinde. Sag vorher Ben Hustler Bescheid und dann viel Spaß!"
Beatrice grinste unverhohlen, erwiderte ein „Danke, Sir!" und war wenige Augenblicke später von der Brücke verschwunden.
Thomas schaute Laura fragend an. „Äh, was war das denn jetzt?"
„Eine Wette!" erklärte seine Vertreterin lapidar.
„Wie, Wette?", wiederholte Raven verständnislos.
„Na ja, ich habe mit Trixie gewettet, dass sie es nicht schafft, die Drohne wieder heile im Hangar zu landen. Ich habe verloren und der Wetteinsatz war eine Freischicht – übrigens auch für Miller."
Laura sah bei ihrer Antwort nicht nur starr geradeaus, sondern auch gänzlich unzufrieden aus. Thomas zeigte seine Schadenfreude durch breites Grinsen offen und ehrlich.

In den kommenden Tagen gab es für Staffel BETA pro Tag acht Stunden Schlaf, der Rest war zugepflastert mit Übungen aller Art. Laura hatte der Ehrgeiz gepackt. Die Erde sollte eine bestens trainierte Jägerstaffel BETA erleben.

<u>20.01.2125, Agua-System, 16:15 Uhr Ortszeit Zentralstadt, SPACE FORCE ONE:</u>

„Wir begrüßen unsere Fluggäste an Bord von SPACE FORCE ONE." Die sonore Stimme, offensichtlich die des Captains, klang ruhig durch die Lautsprecher an Bord des Letalis. „Wir werden in ca. zwei Stunden Wurmloch 3-5-8 erreicht haben. Danach werden wir nach Ablauf einer weiteren Stunde direkt in die Nähe des Vendora-Systems springen. Das Protokoll verlangt, dass wir in ausreichender Entfernung ankommen und uns mindestens zehn Stunden vor der Landung anmelden. Rechnen wir die Ortszeit des Regierungsviertels dazu, werden wir morgen um 10:00 Uhr unserer Bordzeit landen. Umgerechnet auf die Planetenzeit am Landeort eine durchaus für solche Zwecke auf Vendora übliche Ankunftszeit. Die Kabinen befinden sich auf der gleichen Ebene. Für weitere Fragen steht euch die Crew gerne zur Verfügung. Wir wünschen einen angenehmen Flug."

Mit einem leisen Knacken wurde die Durchsage beendet.
Ewa sah einen nach dem anderen an. „Na prima! Ich habe Hunger. Wie sieht es mit euch aus?"
Ewa sprach die Menschen an, denn sie war davon ausgegangen, dass sowohl Baal, wie auch die beiden Acaspa eigene Verpflegung mitgenommen hatten. Die beiden Marines nickten zustimmend und auch Dr. Houser zeigte sich interessiert.
„Gut", sagte Ewa und schaute sich um. „Wer kocht?"
Es stellte sich heraus, dass die drei Spezialisten auf ihrem Gebiet des Essenzubereitens offensichtlich unkundig waren.
„Was? Wir sind hier auf einem interplanetarischen Flug und haben niemand an Bord, der kochen kann?" Ewas Feststellung hatte eher belustigt geklungen als ärgerlich.
„Wir könnten vielleicht bei der Crew...", begann Paul Dancer, aber Ewa winkte ab. Sie stand auf, zog den Blazer ihres Hosenanzuges aus und zeigte dabei ein enganliegendes grünes T-Shirt mit gut erkennbarem Babybauch. „Dann wird euch Frau Präsidentin in Vertretung mal bekochen, meine Herren!" Ewa sprach es, warf ihre Lockenpracht energisch zurück und begab sich zum Küchenbereich.

Ewa hatte es wenig später verstanden, ein Spaghettigericht herzustellen, bei dem selbst Jack Warner ganz unüblich fast wortreich ins Schwärmen geriet.

20.01.2125, Agua, Gemeinschaftshaus gegen 20:00 Uhr:

Vor einer halben Stunde hatten sich Phil Mory mit seiner Partnerin Rebecca Meyers sowie Hans Möller und Emma Jorgensen, zufällig im Gemeinschaftshaus getroffen und spontan beschlossen, das Abendbrot an Ort und Stelle einzunehmen und den weiteren Abend zusammen zu verbringen. Der 60-jährige große und schlanke Deutsche Hans Möller und seine etwas über 50-jährige Partnerin, die Dänin Emma Jorgensen mit den langen, goldblonden Haaren, hatten ehemals die RED CLOUD als Captain und XO geführt und waren anschließend zu Botschaftern der Menschen auf Acaspa ernannt worden. Nun befanden sich beide im Urlaub auf Agua und genossen diesen paradiesischen Planeten. Acaspa selbst war für menschliche Begriffe schwer auszuhalten, so dass die irdische Botschaft dort unter einer Käseglocke, wie Hannes das Kraftfeld nannte, residierte. In regelmäßigen Abständen holte man also das Botschafterpaar nach Hause. Im Moment wurden die Menschen auf Acaspa durch den Staffelführer des ortsansässigen Shark-Geschwaders vertreten.

Vor einer Viertelstunde war noch Sack Carter, der Chef der militärischen Bodenverteidigung, jetzt Gesamtchef auf Agua, hinzugestoßen. Der Marine mit dem Raubvogelgesicht zeigte sich wenig gesprächig und hörte im Wesentlichen zu. Dieser Gemeinschaftsraum, es gab mehrere in der Zentralsiedlung, bot etwa 200 Menschen Platz und war zurzeit zu einem Viertel gefüllt. Hier konnten die Siedler, die sich nicht selbst bekochten, essen und sich zu gemeinsamen Unternehmungen treffen oder einfach nur etwas trinken und sich unterhalten.

Emma Jorgensen berichtete gerade von den abenteuerlichen Wetterkapriolen auf Acaspa, als man durch leichtes Türknarren darauf aufmerksam wurde, dass eine weitere Person den Raum betreten hatte.
„Ist das nicht Captain Jane Scott von der WALHALLA", flüsterte Rebecca den anderen zu und Phil nickte bestätigend. Sämtliche am Tisch befindliche Augenpaare richteten sich auf die Tür. Sack Carter erkannte die etwas über 40-jährige Frau mit den mittellangen, braunen Haaren sofort. Jane trug einen braunen Hosenanzug, war in unmittelbarer Nähe der Tür stehen geblieben und sah sich um. Offensichtlich suchte sie ein bekanntes Gesicht und schien nicht fündig zu werden. Sack war zwar ein kampferprobter Marine, wusste aber auch um die psychologische Besonderheit der WALHALLA-Besatzung. Ron Dekker und Thomas Raven waren nicht müde geworden, für eine schnelle Integration der neu angekommenen Siedler zu werben und das galt natürlich auch für die Führungscrew. Sack erkannte die Chance, als Scott niemanden entdeckte und Anstalten machte, den Raum wieder zu verlassen.
„Jane Scott?" Sack war aufgesprungen und zur Tür geeilt.
Die Angesprochene hatte sich schon wieder zum Gehen gewandt und drehte sich jetzt zu Carter herum. „Ja?" Scott erkannte den Chef der Bodenabwehr, sie hatte Zeit genug gehabt, sich ausreichend über das

Netz zu erkundigen. Folglich wusste sie alle Führungskräfte richtig zuzuordnen.
„Darf ich dich an unseren Tisch bitten?“ Carter machte eine einladende Handbewegung und trat etwas zur Seite, damit Jane den Tisch und die dort sitzenden Personen erkennen konnte. Scott, deren Gesichtszüge zunächst etwas skeptisch ausgesehen hatten, nickte angenehm berührt und lächelte. „Das ist nett, danke!“
Wenige Augenblicke später war eine rege Vorstellungsrunde im Gange, während Sack Carter am Tresen neue Getränke und auch etwas zu essen für die Nachzüglerin holte.
Im Laufe des Abends kam man ganz zwangsläufig auf das Thema zu sprechen, welches Jane offensichtlich am Meisten interessierte.
„Ich habe zwar schon fast alle Berichte gelesen“, leitete sie ihre alles entscheidende Frage an Hans Möller ein. „Aber wie um alles in der Welt, seid ihr an das riesige Trax-Schiff gekommen?“
Hans lächelte. „Das soll dir mal der berichten, der eine spezielle Waffe selbst entwickelt und diese auch selbst abgefeuert hat. Hier, unser gemeinsamer Freund Phil! Entwickler und Anwender gleichzeitig.“
Während Scott dem kleinen Techniker bewundernde Blicke zollte, winkte dieser ab. „Sicher, ich hatte eine Idee, aber entwickelt hat die Waffe im Wesentlichen mein Freund Dr. Dr. Alexej Kosanov. Wahr allerdings ist, dass ich diese von einem Tender aus abgefeuert habe.“
Wenig später war Captain Jane Scott umfassend über die Waffe informiert, die sich lediglich gegen organische Materie richtete und alles andere unbeschädigt ließ. Jane stellte Fragen über Fragen und schließlich war sie es, die die Unterhaltung am Tisch führte und gestaltete.
„Ich weiß nicht, wie es euch geht, aber als Neuankömmling sehe ich viele Dinge vielleicht auch anders oder in einem falschen Licht.“ Scott sah ihre Tischnachbarn auffordernd an.
„Was meinst du damit“, wurde sie von Emma gefragt.
„Nun, ich habe keinen Zweifel an der Loyalität der Maroon und auch den Acaspa traue ich bedingungslos über den Weg. Was aber ist mit den Vendora?“
„Was soll mit ihnen sein? Du traust ihnen nicht?“ Rebecca war aufmerksam geworden und auch Sack schenkte der Captain der WALHALLA seine volle Aufmerksamkeit.

„Die im Orbit befindliche Flotte der Vendora könnte uns schon jetzt gefährlich werden, jedenfalls solange, bis die WALHALLA gefechtsklar ist. An die Heimatflotte der Blauen will ich gar nicht denken müssen."
Sack beugte sich vor. „Du zweifelst an den Worten von Almat? Bedenke bitte, dass die Maroon uns vor einer Lüge warnen würden."
„Ja", gab Jane zu. „Aber erstens kann man seine Meinung ändern und zweitens ist Almat vielleicht gar nicht das Problem."
Scott wurde nur groß angeschaut und da keiner die erwartete Frage stellte, gab Jane die Antwort sofort selbst. „Wir sprechen hier von einer noch jungen Demokratie eines seit mehreren Jahrhunderten raumfahrenden Volkes. Die Vendora werden doch mit Sicherheit irgendwo Kolonien gegründet haben – oder?" Jane hatte geflüstert und sich weit zu ihren Zuhörern über den Tisch gebeugt.
Die Gesprächsteilnehmer nickten. Das war unbedingt logisch.
„So! Wer garantiert uns denn, dass diese Kolonien sich dem Demokratisierungsprozess anschließen? Vielleicht gibt es eine Revolte und man versucht, die ehemalige Heimat für die Diktatur zurück zu erobern? Ich kann mir nicht vorstellen, dass es nur eine Siedlung sein wird und dann wird die eine oder andere mit der politischen Entwicklung der Heimatwelt nicht einverstanden sein. Dann gibt es zwei Möglichkeiten. Entweder man spaltet sich ab und sagt sich los, oder man greift an. Da wir nichts über Kolonialwelten der Vendora wissen und damit auch nichts über deren militärischen Möglichkeiten, bleibt bei mir ein mulmiges Gefühl im Magen." Scotts Ton war geradezu beschwörend geworden.
Sack musste der Sprecherin Recht geben. Ihre Argumentation war schlüssig. Daran hatte in der Tat noch niemand gedacht. „Du machst mir Spaß mit deinen Unkenrufen! Um 16:00 Uhr ist die SPACE FORCE ONE mit unserer derzeitigen Präsidentin an Bord nach Vendora aufgebrochen! Ich kann jetzt nicht behaupten, dass mich dein Szenario im Augenblick beruhigt – eher im Gegenteil. Was schlägst du vor?"
„Unsere Optionen sind arg begrenzt, aber wir brauchen mehr WONDERLANDs. Wir sollten versuchen, mehr Schiffe der Trax zu entern und für unsere Zwecke einzusetzen!"
Mory machte ein mehr als bedenkliches Gesicht. „Es hätte damals nicht viel gefehlt und ich wäre nicht mehr. Das Geschütz kann nur aus

unmittelbarer Nähe abgefeuert werden und wegen des langwierigen Aufladeprozesses ist immer nur ein Schuss möglich."

Jane Scott war auf einmal Feuer und Flamme. Ihre Stimme wurde wieder lauter. „Ja und? Die Kombination, deine Waffe und der Tarnschild, müsste ein nahezu gefahrloses Anschleichen ermöglichen. Lasst uns einen Tender mit einer Tarnmöglichkeit versehen und die Waffe installieren! Mittlerweile sind das Programm und die Informationen der Acaspa auch hier auf Agua verfügbar. Wir suchen uns eine etwas abseits gelegene Route und lauern den Trax auf. Wir nehmen ein versiertes Prisenkommando mit an Bord, schlagen blitzschnell zu und sind genauso schnell wieder mit unserer Beute verschwunden!"

Erwartungsvoll sah sich Jane um. Jedermann schien über den Vorschlag nachzudenken.

„Haben wir einen Tender mit Sprungantrieb?", fragte Jane, als niemand etwas sagte.

„Doch", antwortete Sack. „Einen! TENDER OMEGA wurde konzipiert, um havarierte Jäger oder Bomber aus entlegenen Winkeln des Alls abzuholen."

„Und", setzte Jane Scott nach. „Wer muss uns diese Aktion genehmigen?"

Sack machte ein mehr als nur unglückliches Gesicht. „Da Captain Paco vor wenigen Stunden mit seiner COCHISE Richtung Acaspa geflogen ist – ich!"

Jane war erfreut. „Nun zeigt sich, ob du Eier oder Erbsen in der Hose hast!"

Sack straffte sich. „Das ist unerheblich", bemerkte er leicht pikiert. „Ich pflege das Für und Wider mit meinem Verstand abzuwägen und mit nichts Anderem. Was meint ihr dazu?" Carter sah seine Tischnachbarn auffordernd an.

Es begann eine lebhafte Debatte. Zum Ende stellte sich heraus, dass lediglich Rebecca Bedenken hatte. Alle anderen waren dafür, einen solchen Versuch zu wagen.

„Hans und Emma! Es ist euer Urlaub!" Sack sprach das Botschafterpaar an und eine Frage stand damit unausgesprochen im Raum. Emma antwortete für beide: „Während unserer Arbeit residieren wir in der „Außenstelle Dornröschenschlaf"! Auf Acaspa passiert nicht viel. Wir

haben Angst, dass wir langsam einrosten und wir sind immer noch militärische Führungskräfte. Dieser Vorschlag scheint uns praktikabel und erfolgversprechend. Wir sind dabei." Hans nickte zur Bestätigung.
„Okay." Sack Carter schien eine Entscheidung gefällt zu haben.
„Jane, du meldest dich morgen auf dem Landefeld. Ich gebe dort Bescheid. Du wirst die Steuerung eines Tenders trainieren."
Jane Scott nickte zufrieden. Endlich gab es eine sinnvolle Beschäftigung für sie.
„Hans und Emma! Ihr beide kommt morgen in die Bodenverteidigungszentrale. Eure Aufgabe wird es sein, einen Ort für den Zugriff aus dem Acaspa-Programm herauszusuchen." Auch diese beiden bestätigten ihren Auftrag.
„Phil. Du wirst mit deinem Doktorfreund die entsprechende Waffe auf dem TENDER OMEGA installieren und für einen Tarnschild sorgen. Außerdem, da du die Leute kennst, wirst du ein Prisenkommando zusammenstellen."
„Und was mache ich?" Rebecca wollte sich, trotz ihrer Bedenken, in die Aktion mit einbringen.
„Der große Tender kann zwanzig Personen transportieren. Stelle Verpflegung und sonstige Verbrauchsmaterialien für 14 Tage bereit und lasse es dort unterbringen."
Sack sah sich um. Niemand hatte mehr eine Frage und schien schon im Geiste mit seiner Aufgabe beschäftigt. Er sah auf die Uhr. „Gut, es ist schon spät. Lasst uns hier Schluss machen. Wir treffen uns morgen um 20:00 Uhr wieder hier."

<u>21.01.2125, Vendora-System, SPACE FORCE ONE, 08:15 Uhr Bordzeit:</u>

Die Fluggäste nach Vendora hatten eine ruhige Nacht verbracht und waren gerade mit dem gemeinsamen Frühstück beschäftigt. Jack Warner hatte mit ein paar Schaltungen auf dem Touchscreen des Multifunktionsdisplays neben der Tür so ziemlich alle in diesem Gemeinschaftsraum befindlichen Monitore eingeschaltet. Ringsherum waren die in den Wänden untergebrachten Übertragungseinrichtungen erwacht und stellten wie Fenster die Außenansicht dar. An mehreren Monitoren in Flugrichtung, unterhalb der Außenübertragung, konnten

diverse Anzeigen abgebildet werden. Dr. Frank Houser hatte Ewa schon vor dem Frühstück einem schnellen Schwangerschafts-Check unterzogen und war dabei zufrieden gestellt worden. Alles in Ordnung mit seiner Patientin und deren Ungeborenem.
Es lag eine gewisse Nervosität im Raum. Jeder hatte so ziemlich eine andere Vorstellung dessen, was sie vor Ort erwartete. Niemand zweifelte jedoch daran, dass es wichtig und richtig gewesen war, dem Ruf der Vendora zu folgen. So quälte sich die Zeit langsam dahin, während der Monitor in Flugrichtung einen langsam größer werdenden Planeten in seinem Mittelpunkt zeigte. Ewa ließ sich noch einmal die Umweltbedingungen auf Vendora erläutern. Das Vendora-System bestand aus einer Sonne mit der anderthalbfachen Masse im Bezug auf Agua. Drei Planeten umkreisten diese Sonne und der dritte vom Mittelpunkt aus gesehen, war Vendora. Die Durchschnittstemperatur betrug auf der Oberfläche 33 Grad Celsius, am Tage auch gerne mehr. Zudem herrschte eine Schwerkraft vom 1,3fachen des Irdischen. Die relative Luftfeuchtigkeit lag im einstelligen Bereich. Als Frank Houser dieses mitbekam, hatte er wortlos für seine Patientin ein paar Literflaschen Wasser mit Mineralzusätzen in seinen Rucksack gesteckt. Bei Vendora handelte es sich um eine sehr trockene und heiße Welt. Houser schätzte den Wasserverbrauch eines Menschen auf einen Liter pro vier Stunden ein. Man würde vermutlich das Schwitzen nicht bemerken, aber mit jedem Atemzug beziehungsweise mit jedem Ausatmen wäre ein Wasserverlust für den Körper zu verzeichnen. Er forderte seine Mitstreiter auf, sich ähnlich mit Wasser zu bevorraten und regelmäßig zu trinken.
Es knackte in den Lautsprechern und die Stimme des Captains übermittelte Informationen. „Wir treten unmittelbar in die Atmosphäre über Vendora ein. Unsere Landezeit ist wie vorausgeplant um 10:00 Uhr unserer Bordzeit.“ Der Letalis wandte jetzt seine Bauchseite gegen den Planeten und sank langsam tiefer. Jack hatte herausgefunden, dass selbst der Tisch und die Decke teilweise als Monitor verwendet werden können und hatte diese eingeschaltet. Ewa bewunderte das Schauspiel. In geringer Entfernung sah sie die begleitende Staffel in den ersten Atmosphäreschichten glühende Streifen hinter sich herziehen. Die Schutzschilde hielten zwar die Hitze ab, trotzdem sah es beeindruckend aus. Der Tisch zeigte wegen einer nicht vorhandenen Wolkendecke die

ersten Einzelheiten des trockenen Planeten. Der Peilstrahl führte den Letalis in großer Höhe um den halben Planeten, dann begann ein schneller Sinkflug. Paul Dancer zoomte mittels Tischmonitor die Oberfläche näher heran und man konnte den flachen Landeort sehen. Direkt daneben befanden sich ein oder mehrere Gebäude, welche in Schutt und Asche lagen. Paul schätzte, dass es sich um das von Thomas Raven zerstörte ehemalige Regierungsgebäude handelte und er sollte Recht behalten. Auf der anderen Seite des Landeplatzes stand ein siebeneckiges, großes Gebäude, vielleicht der neue Regierungssitz.

„Wir sind gelandet. Außentemperatur 37 Grad, relative Luftfeuchtigkeit bei 9 %, Atmosphäre atembar, 1,3fache Erdschwere, die Schleuse ist bereits geöffnet. Man hat uns wissen lassen, dass man im intakten Gebäude auf uns wartet." Der Captain des Letalis hatte sie per Bordlautsprecher über diese Umstände informiert.
Die Beteiligten verließen den Raum in Richtung Schleuse und dort gab es dann noch einen kurzen Disput zwischen Ewa und ihrem besorgten Hausarzt. Frank hatte, woher auch immer, einen Rollstuhl besorgt und verlangte nun, dass Ewa sich dort hineinsetzte.
„Sag mal, Frank! Geht´s noch! Ich setz mich doch hier nicht in den Rollstuhl! Was macht denn das für einen Eindruck?" Ewa war empört.
„Der Eindruck ist mir so ziemlich egal", konterte Houser. „Wir haben überhaupt keine Ahnung, wie eine veränderte Schwerkraft um immerhin 30% auf eine Schwangerschaft wirkt."
„Frank! Ich erwarte ein Kind und bin nicht krank - und ich werde mich ganz bestimmt nicht in diesem Ding transportieren lassen!" Ewas Stimme war lauter geworden und Frank gab achselzuckend auf.
Ewa verließ als Erste die Schleuse und damit den Bereich, in dem die künstliche Schwerkraft von 1 Gravos konstant gehalten wurde. Sie spürte ein ordentliches Ziehen in den Gliedern, 30% mehr an Eigengewicht mit sich rumzuschleppen war doch recht ungewohnt. Sie ging weiter und wurde dicht gefolgt von den beiden Marines sowie Frank. Die beiden Acaspa und Baal, der offensichtlich unter der trockenen Luft am meisten zu leiden hatte, bildeten den Schluss. Die Sonne brannte vom Firmament und Ewa schaute sich um. Dabei fiel ihr auf, dass neben jedem der gelandeten Tiger Shark sechs Marines in

Formation standen. Ewa stöhnte, offensichtlich ihre Ehrengarde. Mit so viel Pomp wollte sie nicht anreisen und sah Paul Dancer fragend an.
„Im Hinblick auf die Mentalität der Vendora …“, begann er, aber Ewa winkte nur müde ab. Sie schritt kräftig aus in Richtung des neu erstellten Regierungsgebäudes, welches in etwa 300 Metern Entfernung am Rand des Landefeldes stand. Die Luft flimmerte aufgrund der Hitze und das Bauwerk war nicht scharf zu erkennen. Aus den Augenwinkeln bemerkte Ewa, dass sich die angetretenen Elitesoldaten ebenfalls in Marsch setzten und ihr folgten.
„Wie viel Begleitung haben wir denn?“ Ewa wollte es jetzt genau wissen und stellte die Frage an Paul Dancer, der knapp hinter ihr herlief.
„Es sind jetzt noch an Bord der Staffeln die doppelte Besatzung aus Pilot und Copilot“, kam die leise Antwort.
Meine Güte, dachte Ewa, zusammengerechnet sind wir fast 150 Leute für diese Aktion. Sie wollte gerade abermals lautstark protestieren, als ein gewaltiger Knall die heiße Luft um sie herum erschüttern ließ. Ewa wäre fast gestürzt, wenn sie nicht von dem neben ihr gehenden Houser aufgefangen worden wäre. Sie hatte sich von ihrem Schreck noch nicht erholt, als schon mehrere Jäger der Vendora in geringer Höhe über sie hinwegdonnerten. Mit einem Mal war überall ein Knallen und Donnern zu hören und das in einer Intensität, dass selbst hoffnungslose Optimisten von einem heftigen Feuergefecht ausgehen mussten. Der Boden vibrierte und ließ darauf schließen, dass es in geringer Entfernung einige Explosionen oder Sprengungen gegeben hatte.
Die menschliche Delegation befand sich mitten in einem Feuergefecht – wer auch immer dort aufeinander schoss!
„Baal, Baal“, schrie Paul Dancer. „Dort drüben steht ein Vendora im Eingangsbereich und winkt! Kannst du verstehen, was er sagt?“
In den Köpfen aller Menschen entstanden wieder die Worte des Wasserwesens. „Wir sollen dort rüberkommen und uns beeilen!“
„Ist das eine Falle? Lügt der uns an?“ Paul musste schreien, um den Lärm zu übertönen.
„Nein, es handelt sich um eine Auseinandersetzung der Vendora untereinander. Sie sind selbst überrascht!“ Um seinen geistigen Worten Nachdruck zu verleihen, begann Baal in Richtung des wartenden Vendora zu rennen. Frank Houser und Jack Warner griffen Ewa unter

die Arme und begannen schneller zu laufen. Die präsidiale Schutztruppe reagierte augenblicklich und zeigte deutlich, dass man nicht nur dazu da war, ein gutes Bild abzugeben. Die Marines, die am nächsten dran waren, aktivierten ihre Körperschutzschirme und bildeten eine schützende Mauer um Ewa. Die anderen Marines verschwanden von einem Augenblick zum anderen von der Bildfläche. Sie hatten ihren körpereigenen Tarnschild aktiviert und sicherten so die Gruppe der Menschen. Paul aktivierte im Laufen seinen Armbandcom und funkte die SPACE FORCE ONE sowie Staffel GOLD an. „Sofortiger Start! In die Luft mit euch! Verteidigt das Regierungsgebäude! Gebt uns Feuerschutz!" Die letzten Worte schrie er, da er von einem in der Nähe einschlagenden Projektil fast übertönt wurde.
Die menschliche Delegation mit ihren begleitenden Verbündeten rannte auf den winkenden Vendora zu, während die Marines rückwärts laufend nach allen Seiten sicherten. Auf den letzten Metern bekam die Gruppe noch Rückenwind durch die mit einem Gewaltstart in den Himmel schießenden Sharks. Der Letalis startete mit Rücksicht auf die ungeschützten Menschen in der Nähe erheblich langsamer.
Kurz bevor die Ersten der Gruppe das leidlich schützende Gebäude erreichten, schlug in unmittelbarer Nähe ein Geschoss auf. Von umherfliegenden Trümmerteilen wurde einer der Elitesoldaten getroffen, der Ewa schützte. Der Schutzschirm fing schon eine Menge auf, aber die rein kinetische Energie drang ziemlich hart zum Träger vor, der mehrere Meter weggeschleudert wurde. Zwei Kameraden schleppten den Verletzten ins nahe Gebäude, während ein Dritter wieder die Reihen um Ewa schloss.
Jack Warner sicherte den Eingangsbereich, während die Letzten ankamen. Er konnte beobachten, dass die Sharks die Verteidigung aufgenommen hatten. Offensichtlich warf der Gegner Bomben und schoss Raketen ab, denn Jack erkannte die blitzschnellen Leuchterscheinungen abgefeuerter Sudden-Death Raketen, die in aberwitziger Geschwindigkeit die Abschusstuben der Tiger Sharks verließen und mittels ihrer Programmierung die anfliegenden Raketen oder Bomben anvisierten und im schnellen Anflug zerstörten. Überall platzten die gegnerischen Geschosse mit ohrenbetäubendem Lärm auseinander. Wenn nur eine Bombe durchkommt, dann war es das, dachte Jack und sah sich um. In

diesem Augenblick entstanden wieder Baals Worte in seinem Kopf. „Wir müssen dem Vendora in den unterirdischen Teil des Gebäudes folgen, dort sind wir einigermaßen sicher!“ Eilends folgten die Menschen dem vorauseilenden Vierarmigen, der behände eine breite Treppe nach unten nutzte.
Ewa keuchte vor Anstrengung. Mittlerweile machte sie sich ernsthafte Sorgen. Sie war wohl allzu arglos in diese Situation geraten und fragte sich, ob dies bei sorgfältiger Planung hätte vermieden werden können. Schließlich war bekannt, dass die noch junge Demokratie so ihre Anlaufschwierigkeiten hatte. Der Verletzte musste schnellstmöglich versorgt werden, aber auch die Ärztin erkannte, dass man zuerst einmal selbst in Sicherheit sein musste. Ein paar Stockwerke tiefer wartete der Blaue vor einem riesigen Raum, der von zahlreichen Lampen hell erleuchtet wurde. Die Gruppe rannte in diesen Raum hinein und der Blaue schloss hinter dem Letzten eine schwere Stahltür und verriegelte diese. Anschließend gab es direkt über ihnen eine gewaltige Erschütterung und Paul, der entweder mit dem Captain des Letalis oder dem Staffelkommandanten funkte, erklärte, dass das Gebäude getroffen und in Schutt und Asche gelegt worden sei.
Ewa sah sich um. Am anderen Ende des Raumes erkannte sie eine Gruppe Blauer vor fremdartigen Geräten stehen. In der Nähe stand so etwas wie ein großer Tisch.
„Bringt den Verletzten her!“ Mit hastigen Armbewegungen schleuderte sie ein paar Gegenstände vom Tisch, von denen sie hoffte, dass es keine Unersetzbaren waren. Dann wurde ihr schwindelig und sie musste sich festhalten. Ihr Atem ging stoßweise und ihr Unterleib tat weh.
Als der Verwundete auf den Tisch gelegt wurde, spürte Ewa zwei Hände auf ihrer Schulter.
„Das ist mein Fall! Deiner steht da hinten an der Wand und wartet auf dich!“ Frank Houser hatte eingegriffen und duldete dieses Mal keinen Widerspruch. Er würde sich um den Verletzten kümmern und Ewa hatte den politischen Part dieser Reise zu absolvieren.
Ewa winkte Baal und als dieser hinzutrat, hielt sie sich an ihm fest und ging dann gemeinsam mit ihm auf die Delegation der Blauen zu.
Frank warf seinem Schützling noch einen skeptischen Blick nach. Ewa musste sich schwer auf Baal stützen und hielt sich dabei den Bauch.

Das schmerzverzerrte Gesicht der Schwangeren konnte der Arzt nicht sehen. Houser schüttelte den Kopf. Das gefiel ihm nicht, ganz und gar nicht. Ewa war in der 29. Schwangerschaftswoche. Wenn nun etwas passierte, konnte das übel enden. Gerade hier, wo er außer einer Notausrüstung nichts zur Verfügung hatte. Dann wandte er sich seufzend dem Verletzten zu.
Ewa erkannte beim Näherkommen, dass einer der insgesamt vier Vendora ein Schild mit der Aufschrift „Almat“ trug. Das war also der demokratisch gewählte Präsident des Planeten.
„Entbiete ihm unseren Gruß und frage ihn, was los ist.“ Mit dieser Bitte an Baal gab Ewa zu erkennen, dass sie nicht die Absicht hatte, unnötig Zeit mit diplomatischen Höflichkeitsfloskeln zu verlieren.
Wenig später übertrug Baal in die Köpfe aller Menschen die Antwort des vierarmigen Herrschers.
„Die größte Kolonie der Vendora hat der Heimatwelt mit einem Überraschungsangriff den Krieg erklärt. Sie wollen bei der militärischen Diktatur bleiben und verlangen dies auch von der Heimatwelt. Bis jetzt ist Vendora zu halten. Man hat aber nach den vendorianischen Schiffen gerufen, die zurzeit Agua schützen. Diese Schiffe werden hier gebraucht, zumal nicht klar ist, wie viele der Kolonialwelten sich auf die Seite der Militaristen stellen. Almat bedauert, aber er braucht diese Schiffe im Moment selbst dringend.“
Na prima, dachte die Präsidentin. Die GERONIMO ist für zwei geplante Monate nicht erreichbar, die WALHALLA noch nicht gefechtsklar und sie saß hier mehr oder weniger fest, dafür war Agua ziemlich schutzlos. Wenn jetzt die Trax auf die Idee kamen … Ewa schob diesen Gedanken mit Gewalt beiseite und stellte über Baal die nächste Frage. „Wie kommen wir hier wieder raus? Sitzen wir fest?“
Almat verneinte. Hinter ihnen gab es noch eine Tür und ein Gang, der nach 500 Metern in einem weiteren Gebäude mündete.
Nun stellte Ewa die Frage, weswegen man die Reise nach Vendora angetreten hatte.
„Almat, du hast mich kommen lassen, weil du uns etwas Wichtiges, etwas was die Acaspa betrifft, in Erfahrung gebracht hast. Sag uns bitte, um was es geht.“

Baal übersetzte und wenig später trat einer der neben Almat stehenden Blauen einen Schritt nach vorne und begann mit kehligen, rauen Lauten zu sprechen.
Nach Auskunft Baals handelte es sich um den Vendora, dem die Flucht von einem der Hauptplaneten der Trax gelungen war. Er berichtete, dass die Trax auf die von den Acaspa geförderten Mineralien angewiesen waren. Warum, dass wusste er selbst nicht. Jedoch hatte er in Erfahrung bringen können, dass die Trax einen weiteren Anschlag auf das Acaspa-System planten. Die Überlegungen der goldfarbenen Feinde gingen dahin, dass das gesamte System von Acaspa-Individuen gesäubert werden müsse, sprich, die Population der Echsenwesen sollte ausgelöscht werden.
Ewa wurde es heiß und kalt zugleich. Dabei bemerkte sie, dass sich das Ungeborene in ihrem Bauch bewegte und wieder verspürte sie ein Ziehen im Kreuz. Als sie ihren Bauch berührte, war dieser angespannt und hart. Dr. Lenn schob diese Gefühle beiseite und verlangte zu wissen, wie die Trax die Acaspa vernichten wollen. Der ehemalige Vertraute der Trax antwortete über Baal: „Wie das technisch geht, könne er nicht sagen. Die Trax haben jedoch auf Acaspa schon seit Jahren elf verborgene Stationen. Diese spielen bei dem erneuten Angriff eine wichtige Rolle. Allesamt haben sie Strahler auf die Sonne gerichtet. Ein Schiff oder eine Rakete oder sonst irgendetwas wird von den Trax geschickt werden und dieses Gerät wird einen Energieimpuls an die Stationen schicken und diese wiederum werden es geringfügig ändern und wesentlich verstärkt zur Sonne schicken. Gleichzeitig werden diese Stationen dann als eine Art Zielmarkierung fungieren."
Ewa verstand, nicht nur wegen ihrer eigenen Schmerzen, nur Bahnhof. „Wie Zielmarkierung? Was passiert dann?", verlangte sie über Baal zu wissen.
Das Wasserwesen unterhielt sich auf seine Art ziemlich lange mit dem Blauen und Ewa nutzte die Pause, um einen großen Schluck aus ihrer Wasserflasche zu nehmen. Die trockene Luft machte sich unangenehm bemerkbar.
Schließlich wandte sich Baal wieder ihr zu. „Hast du schon einmal was von einer Gamma-Strahlen-Explosion gehört?"

Ewa grübelte und konnte sich aber nur schwach erinnern. „Ist das nicht ein Strahlungsausstoß einer Sonne? Die harte Strahlung vernichtet oder schädigt noch Leben auf Planeten, die Lichtjahre entfernt sind, wenn sie denn genügend intensiv getroffen werden."

„Genau so ist es", bestätigte Baal. „Mit dem Strahlen der Stationen wird dieser Energiestoß ausgelöst und in Richtung Acaspa gelenkt. Du kannst dir vorstellen, was mit Acaspa passiert, wenn die Sonne in ihrer unmittelbaren Nähe einen solchen Gammablitz ausstößt?"
„Ja", bemerkte Ewa tonlos. „Es wird die Atmosphäre und damit alles Leben auf diesem Planeten auslöschen. Die Natur wird durch die harte Gamma-Strahlung regelrecht gegrillt. Dagegen gibt es keine Verteidigung, die Energiemenge beim Ausstoß ist unglaublich hoch. Frag ihn, wann der Angriff erfolgen wird."
Wieder trat Baal in Aktion. „Er weiß es nicht genau. Die Stationen müssen für diese Aktion noch umgebaut werden. Fünf Stationen sind bereits fertig und aktionsbereit. Es müssen mindestens acht sein, wenn der Plan funktionieren soll. Die Trax vor Ort werden kurz vor der Aktion den Planeten räumen. Spätestens dann könnten wir sie orten."
„Dann ist es wahrscheinlich zu spät", antwortete Ewa mutlos und spürte plötzlich, wie das Ziehen in ihrem Bauch immer stärker wurde. Sie wandte sich an Baal: „Wir müssen…" Urplötzlich verdrehte Ewa die Augen und nur durch eine blitzschnelle Reaktion konnte Baal vermeiden, dass die Frau schwer stürzte. Die stellvertretende Präsidentin der Menschen hing ohnmächtig in Baals Armen. Ein solcher Sturz, bei der 1,3fachen Erdschwere, hätte fatal sein können.
„Frank, Frank! Wir brauchen hier deine Hilfe!" Als der Mediziner die Stimme in seinem Kopf bemerkte, hatte er gerade bei dem verletzten Marine ein paar gebrochene Rippen und eine Gehirnerschütterung diagnostiziert. Wenn sich die Rippen nicht verschoben und dabei den Körper von innen verletzten, dann war es nicht ganz so schlimm, aber trotzdem sehr schmerzhaft.
Frank drehte sich um und sah Ewa leblos in Baals Armen hängen. Schnell orderte er ein paar Kameraden des Verletzten heran und während er ihm ein starkes Schmerzpräparat gab, instruierte er seine Hilfskräfte. „Er darf sich nicht zu stark bewegen, helft ihm! Macht ihm einen engen Verband um die Brust herum!" Die Marines, alle gut in

medizinischer Nothilfe ausgebildet, nickten und begannen mit ihrer Arbeit.
Frank rief nach medizinischer Ausrüstung und lief rüber zu Baal. Er kam gleichzeitig mit Paul Dancer dort an und nestelte aus seinem Rucksack einen medizinischen Multiscanner heraus. Rasch klebte er Ewa an Kopf und Brust ein paar Sensoren, dann schaltete er das hochtechnisierte Gerät ein.

Gleichzeitig, etliche Kilometer oberhalb des zweiten ehemaligen Regierungsgebäudes auf Vendora:

Blaue Beleuchtung im Letalis und in den Bombern von Staffel GOLD zeugten davon, dass die Maschinen getarnt im Einsatz waren. Da man auf Grund der Gleichheit der Schiffe von Angreifern und Verteidigern die einzelnen Lager nicht unterscheiden konnte, hatte der Captain der SPACE FORCE ONE und der Staffelführer beschlossen, nur Raketen und Bomben anzugehen und abzuschießen, die auf Vendora, hauptsächlich in Nähe des Regierungsgebäudes, abgefeuert wurden. Mit grimmigem Gesicht hatte der Captain des Regierungsletalis mitverfolgt, dass eine Granate die Absperrlinie durchbrochen und das Gebäude, in dem soeben die Menschen verschwunden waren, völlig zerstört hatte. Er war einigermaßen beruhigt, als sich die Gruppe nahezu unverletzt wieder gemeldet hatte. Der Crew des Letalis bot sich ein merkwürdiges Bild. Irgendwo an der Grenze zwischen Atmosphäre und Weltall operierte Staffel GOLD. Nirgendwo war ein terranisches Schiff zu sehen, viel deutlicher waren dafür die Feuerschweife der Sudden-Death Raketen zu erkennen, die irgendwo dort draußen im Nichts auftauchten und in abenteuerlichen Kurven Geschwindigkeit aufnahmen, um irgendwo entfernt mit einer gewaltigen Detonation eine anfliegende Rakete zu vernichten.
Der Gunner des Letalis hatte eine gute Idee gehabt und die KI des Regierungsfliegers beauftragt, Schiffe zu detektieren, von denen Raketen oder Bomben auf die Oberfläche Vendoras abgefeuert oder abgeworfen wurden und diese dann auf dem Kampfmonitor als Feindschiffe zu markieren. Gleichzeitig wurden diese Daten auch an Staffel GOLD weitergegeben. Auf diese Weise mehrten sich nun die roten Ortungen

auf den Kampfmonitoren und eben war die Jagd auch auf diese, als Feindschiffe erkannten Einheiten, eröffnet worden.
Der Gunner im Letalis verständigte sich mit dem Navigator. Dieser nahm entsprechend Kurs auf und die Abdeckluken der Raketenhangars glitten zur Seite. Während die Sharks mit NCB-Vulcan und den kleineren Hellfire Raketen kleinere Feindeinheiten angriffen, feuerte der Letalis achtbare Ganymed-Raketen auf den ausgemachten Gegner. Überall im All blitzte es auf und die kleine menschliche Fraktion in diesem Kampf richtete einiges an Schaden an. In diesem Bereich von Vendora „regnete" es Schrott in mehr oder weniger zusammenhängenden Stücken.
„Wollen doch mal sehen, was die Phasentorpedos so drauf haben", murmelte der Kommandant des Letalis und wurde in seinem Vorhaben durch einen Funkanruf von der Oberfläche Vendoras gehindert.
„GA an SF-One!" GA war die Abkürzung für Guardian Angel und niemand anderes als das Duo Paul Dancer und Jack Warner verbargen sich dahinter. Hier sprach nun, wie üblich, Paul. Mit SF war Space Force gemeint, also der Letalis.
„Hier SF-ONE!", meldete sich der Captain.
„Ihr müsst uns hier rausholen!" Pauls Stimme klang drängend.
„Sorry, aber wir stehen hier unter schwerem Beschuss", versuchte der Kommandant des Letalis einen Einwand. „Wenn wir nur einen Augenblick die Raketenabwehr vernachlässigen, kann das nicht zuletzt auch für euch üble Folgen haben!"
„Etwa 500 Meter nördlich von dem ehemaligen Regierungsgebäude steht ein flacher Bau mit einer 100 mal 100 Meter großen Fläche daneben. Könnt ihr das erkennen?" Paul wollte oder konnte die Argumente des Captains nicht akzeptieren.
Es dauerte einen Augenblick, bis der Gunner das gemeinte Gebäude herangezoomt hatte.
„Ja, wir haben es!"
„Genau dort werden wir in einer Viertelstunde sein. Landet auf dem Platz und nehmt uns auf. Es wird etwas eng sein, alle Mann in die SPACE FORCE ONE hineinzubekommen, aber es muss gehen. Die Sharks sollen uns solange Rückendeckung geben!" Pauls Stimme ließ

kaum eine Widerrede zu, aber sein Gesprächspartner versuchte es trotzdem.
„Warum haltet ihr nicht noch ein wenig aus, bis wir hier mehr Luft geschafft haben? Wir haben nicht einmal unsere Phasentorpedos eingesetzt!“
„Die Präsidentin hat Wehen!“ Dancers Stimme war mit einem Schlag nüchtern und unaufgeregt.
„Okay, wir kommen und sind pünktlich – Zeit läuft!“ Der Captain des Mehrzweckkampfschiffes hatte blitzschnell umgeschaltet. Die Entscheidung war mit der letzten Information gefallen. Er würde, verdammt nochmal und koste es was es wolle, in fünfzehn Minuten dort unten landen. Er holte tief Luft und ersann einen gewagten Plan.
„SF-ONE an LEADER GOLD!”
„Hier LEADER GOLD!”
„Unser Vorhaben mitgehört?“
„Ja, Captain, Zeit läuft. Staffel GOLD deckt die Aktion!“
„LEADER GOLD, spart eure Raketen auf. Mittlerweile haben wir genügend Feindschiffe detektiert und markiert. Auf mein Kommando schießt ihr alle eure Raketen, größer als Sudden Death, ab. Programmiert diese entsprechend. Ab jetzt Verwendung von Phasen-Torpedos!“
„LEADER GOLD hat verstanden, Captain! Verlasst euch auf uns!“
Nun kamen nicht nur auf dem Letalis die Phasentorpedos zum Einsatz. Die schweren Kanonen sollten innerhalb der nächsten Minuten noch etwas „aufräumen“, damit man Zeit für das Landemanöver hatte. Ein mehrfaches, unheilvolles Zischen, schnell hintereinander, war bis auf die Brücke der SF-ONE zu hören. Mit jedem der Geräusche verließ ein Phasentorpedo, so nannte man die Einheiten aus purer Energie, die für einen Letalis überdimensionierten Kanonen. Die Drehkranzversionen dieser neuen Waffe auf den Stummelflügeln spukten dem Gegner Feuer und Tod entgegen. Rings um den Regierungsletalis der Menschen wurden feindliche Flugkörper getroffen und dabei entweder zerstört oder wenigstens stark beschädigt. Die kleine irdische Flotte auf Vendora begann, sich Luft zu verschaffen für die waghalsige Bergung der am Boden befindlichen Truppen einschließlich der kollabierten Präsidentin. Die nachfolgenden Minuten hätten Beobachter zu dem Schluss führen

können, dass die Piloten der Staffel GOLD sowie die Führungsmannschaft des Regierungsletalis, ganz besondere Könner waren. Und tatsächlich – hinter den Kontrollen der Flieger hockten hochkonzentrierte Fachleute, denen Fehlschüsse oder Fehlgriffe völlig fremd waren. Mittlerweile war die von der KI des Regierungsfliegers gekennzeichnete „Rote“ Feindflotte erheblich dezimiert worden beziehungsweise hatte sich diese auf Grund des heftigen Feuers weiter zurückgezogen. Trotzdem barg die Landung des Letalis ein großes Risiko. Die Uhr rückte vor und der entscheidende Augenblick näherte sich.

21.01.2125, 18:00 Uhr Bordzeit, GERONIMO, Hauptkantine:

Staffel BETA war mit dem heutigen Übungsprogramm fertig und nicht nur damit. Laura Stone und Grace Ojok hatten der Staffel alles abverlangt, was ihrer Meinung nach möglich war. Die Körper der jungen Piloten fühlten sich an, als wären sie unter einen Dampfhammer geraten. Es gab keinen von ihnen, der nicht wenigstens ein halbes Dutzend Mal auf Grund der Beschleunigungskräfte ohnmächtig geworden war – zumindest kurzzeitig. Nun hockten sie völlig sprachlos und in weit geöffneten Pilotenjacken auf den harten Kantinenstühlen und nippten an einem Fruchtsaft aus der Fauna Aguas. Niemand von ihnen hätte gewagt, irgendwelche „geistigen“ Getränke zu sich zu nehmen. Ihre Maschinen standen auf dem Landedeck und wurden gerade einer Generalinspektion unterzogen – nicht nur die menschliche Ressource war starken Belastungen ausgesetzt gewesen. XO Laura Stone hatte die Piloten wissen lassen, dass für heute das Training beendet war. Antreten war morgen früh um 06:00 Uhr Bordzeit. Es war noch früher Abend und daher befand sich das Team BETA allein in der Kantine – noch.
Zischend glitt die Kantinentür auf und weitere Piloten betraten die Kantine. LEADER BETA erkannte das Team „DELTA“, kampferprobte Jungs aus der ursprünglichen Besatzung der GERONIMO. Berüchtigt wegen ihrer Kompromisslosigkeit im Kampfstil, wie auch im Umgang mit den anderen Staffeln. LEADER BETA, ein gerade mal 21jähriger, schmächtiger Pilot mit dem Namen Mike Sunders, wünschte sich von einem Augenblick auf den anderen einfach mal woanders hin. Das konnte nicht gut gehen, der Tag war noch lange nicht vorbei.

„Seid froh, dass wir keine Kühe auf unserer Arche dabei hatten, sonst hätte Mami euch heute Milch geben können.“ Süffisant hatte sich der Staffelkommandant der Gruppe DELTA, ein bulliger Typ mit Gardemaß, verkehrt herum auf einen Stuhl gesetzt und war damit dicht an LEADER BETA herangerückt.
Die Mitglieder der Fliegerstaffel BETA murrten, aber Mike hob nur müde einen Arm, um seine Jungs ruhig zu halten.
„Milch ist gut, Mami weiß eben, was gut für uns ist“, versuchte Mike aus der prekären Lage zu kommen.
Jim Sellers, der kräftige Leader DELTA, grinste höhnisch. „Sieht man an deiner mickrigen Figur. Vielleicht gibt euch Mami noch die Brust! Wenn ich daran denke, dass unsere Führung die „richtige“ Staffel BETA zu Hause gelassen hat und uns statt dessen einen Haufen stinkender Anfänger aus der verrotteten WALHALLA zumutet, dann könnte ich kotzen!“

21.01.2125, 18:10 Uhr Bordzeit, GERONIMO, Brücke:

„Kantine ruft Brücke!“
Laut schallte die Stimme einer aufgeregten jungen Frau per Bord-Com durch das weite Rund der Befehlszentrale des Flaggschiffes.
Völlig irritiert sah Thomas seine Vertreterin an. Er konnte sich nicht erinnern, jemals einen Funkanruf aus der Hauptkantine entgegen genommen zu haben. Im Gegensatz zum Captain beschloss Laura rein pragmatisch zu sein und beantwortete den Funk.
„Hier Brücke! Sind die Getränke aus?“
„Was? Äh – nein. Ich habe hier eine Riesenschlägerei. Ich brauche Hilfe!“
Hatte man während des ersten Kontaktversuches den Captain des Schiffes, Thomas Raven, noch relativ behäbig und gelangweilt in seinem Kommandosessel erlebt, so konnte man sich jetzt davon überzeugen, dass dieser Mann zu handeln verstand – und das ziemlich schnell.
„Ron!“ Nur dieses eine Wort rief er, dann schnellte Thomas, dicht gefolgt von Dekker, aus der Zentrale.
„Wir kommen“, beantwortete Laura den Hilferuf aus der Kantine und ließ die Verbindung abschalten.
„Paulo!“

„Ja, M'am?"
„Mach Tib Miller ausfindig! Ich will, dass er sicherheitshalber auch zur Kantine geht!"
Baretta bestätigte und Laura lehnte sich entspannt in ihrem Sessel zurück. Aber so zufrieden, wie sie sich gab, war Laura Stone nicht. Sie konnte sich mit ein wenig Phantasie denken, dass womöglich Spannungen zwischen der GERONIMO-Crew und dem WALHALLA-Team ausgebrochen war.

Nach schnellem Lauf war Thomas endlich am Zielort angekommen und quetschte sich durch das Zugangsschott. Seine ersten Eindrücke ergaben, dass das Meiste schon vorbei war. Überall lagen Piloten herum in mehr oder weniger verkrümmten Stellungen. Leises Stöhnen drang an seine Ohren. In mitten des gesamten Chaos aus zerstörtem Mobiliar sah er einen bulligen Typen auf eine Handvoll blutenden Mensch einschlagen, der sich schon längst nicht mehr wehren konnte. Captain Thomas Raven war First Commander Space Force, der höchste Militär der restlichen Menschheit und gleichzeitig der Befehlshaber des wehrhaftesten Rauschiffes, des Flaggschiffes GERONIMO. Aber als er sah, dass ein offensichtlich weit überlegener Gegner auf einen schon bewusstlosen Kameraden einschlug, war Thomas nichts mehr als ein wütender Mann. Er spürte, wie ihm das Adrenalin durch die Adern schoss und damit einen Großteil seines Urteilsvermögens einfach ausschaltete. Mit einem wütenden Aufschrei schlug er dem Staffelführer DELTA mit der geballten Faust, die er in einem halbkreisförmigen Bogen niedersausen ließ, zwischen die Schulterblätter. Mit schmerzhaftem Stöhnen drehte sich der Geschlagene zu seinem neuen Gegner um. Er hatte sich noch nicht von der Überraschung, seinen Captain zu sehen, erholt, als dessen rechter Schwinger in seiner Magengrube landete – und Thomas konnte zuschlagen. In diesem Schlag lag die gesamte Frustration über diese unverzeihliche Disziplinlosigkeit an Bord. Jim Sellers klappte zusammen wie ein Taschenmesser. Thomas bückte sich vor ihm, hob ihn anschließend hoch und warf ihn mindestens zwei Meter durch den Raum. Splitternd brach ein Tisch unter der Wucht des Aufpralls des schweren Körpers zusammen. Man hörte Jim stöhnen und sich anschließend übergeben. Außer diesen Geräuschen herrschte Stille.

Ron hatte, weil er langsamer gewesen war als Thomas, gerade erst die Kantine erreicht und soeben noch Jim Sellers an sich vorbeifliegen sehen. Nun erkannte er den schwer atmenden Thomas inmitten des Raumes, der sich anschließend um einen übel zugerichteten Piloten kümmerte.
„Dekker an Medlab, bitte kommen!“
„Hier medizinisches Zentrum. Was können wir tun?“
„Medizinische Notfälle in der Hauptkantine. Rund zwei Dutzend Verletzte!“
Es dauerte einen kleinen Augenblick, bis sich die Gegenseite traute zu fragen: „Wie kam es zu den Verletzungen?“
„Schlägerei – bringt Pflaster mit. Einer scheint übler verletzt. Beeilt euch!“
„Wir kommen sofort!“
„Habe ich was verpasst?“ Urplötzlich war hinter Ron der riesenhafte Tib aufgetaucht.
„Ja, hast du – Piloten im Tiefflug!“ Rons Stimme klang alles andere als belustigt. Das Vorgefallene war eine ernsthafte Sache.
„Tib, folgender Auftrag: Besorg dir Hilfe. Zunächst werden die Kameraden medizinisch versorgt, dann stehen sie unter Arrest - alle. Trenn die Gruppen und sperr´ sie ein!“
Tiberius nickte und griff zu seinem Com-Gerät.

Thomas kochte vor Zorn, als er wenig später die Brücke erreichte.

„Gunnerin Baines!“
„Ja, Captain.“ Trixie hatte sich mitsamt ihrem Sitz umgedreht und sah ihren Chef erwartungsvoll an.
„Du bist Sicherheitschefin! Wie du mitbekommen hast, hat es einen Zwischenfall in der Hauptkantine gegeben! Ich erwarte in Kürze einen vollständigen Bericht von dir. Lass dich von Ben ablösen und dann mach dich an die Arbeit!“
„Aye, Sir!“ Trixie betätigte ihre Com-Taste, um eine Ablösung für sich auf der Brücke zu organisieren.

21.01.2125, 11:30 Uhr, Agua, zentrale Bodenverteidigung:

Wie von Sack Carter gewünscht, erschienen um 11:30 Uhr Ortszeit die beiden Botschafter der Menschen auf Acaspa, Hannes Möller und Emma Jorgensen in der Bodenverteidigungszentrale. Beide hatte noch etwa vier Wochen Urlaub und den wollten sie ganz untypisch nutzen, um der restlichen Menschheit Nutzen und den Trax Schaden zu bringen.

Sack begrüße das Paar mit einer starken Tasse Kaffee und in seiner wortkargen Art: „Ihr habt es euch nicht anders überlegt?"

Während Hannes ausgiebig die Technik innerhalb der Agua-Bodenzentrale begutachtete, antwortete die groß gewachsene Dänin mit einem leichten Lächeln: „Man wird in der Flotte nicht Captain und XO, wenn man leichtfertig Zusagen macht und diese anschließend nicht einhält."

Sack nickte grinsend. „Okay, dann folgt mir zu dem Acaspa-Rechner. Ich erkläre euch den Gebrauch. Dann müsst ihr ihm nur noch die richtigen Fragen stellen und ihr werdet befriedigende Antworten erhalten. Im Übrigen hat eure Mission an Brisanz gewonnen!"

Als Hans und Emma den Marine fragend anschauten, antwortete dieser mit nachdenklichem Gesicht: „Die Schutzflotte der Vendora hat das Agua-System vor Kurzem verlassen. Man hat mir mitgeteilt, dass die Flotte dringendst zu Hause benötigt wird. Wie mir scheint, spricht Einiges dafür, dass Jane Scotts Worte nicht unberechtigt waren. Ich mache mir Sorgen um Ewa und unsere Leute dort!"

Hans blieb äußerlich ruhig. „Wir haben in SF-ONE und der Staffel GOLD ausgezeichnete Soldaten und Piloten. Sie werden die Präsidentin und sich zu schützen wissen!"

Nicht ganz überzeugt zuckte Sack Carter mit den Schultern und führte seine beiden Besucher durch seine unterirdische Anlage.

Wenig später hockte das Paar im kleinen, unterirdischen Konferenzraum fasziniert vor der Datensammlung der Acaspa. Wortlos und mit sorgenvoller Miene stellte Sack zwei große Pötte dampfenden Kaffees parat und entfernte sich dann.

Während Jane Scott ihre ersten Flugmanöver mit einem dem TENDER OMEGA vergleichbaren Bergungsschiff absolvierte, hatte Rebecca Meyers bereits Teile des Ausrüstungspaketes zusammengestellt.

Phil Mory war mit dem größeren TENDER OMEGA in Brain Hill schon in den frühen Morgenstunden angekommen, um mit seinem Freund Dr. Dr. Alexej Kosanov sowohl den Tarnschild als auch die spezielle Trax-Abwehrwaffe einzubauen.

Ein paar Stunden zuvor, Agua, Brain Hill:

„Was wollt ihr? Auf Kaperfahrt gehen?" Der Doppeldoktor konnte es kaum glauben. „Du weißt, dass du nur mit viel Glück den damaligen Einsatz überlebt hast?" Sorgenvoll redete der 163 cm große Physiker auf seinen ebenso kleinen Freund ein. Phil hatte das große Bergungsschiff mit etwas Mühe auf dem Felsplateau vor dem Bergeingang abgestellt und seinem russischen Freund den Plan erläutert.
„Ja, ich weiß", gab der Techniker zu. „Aber dieses Mal verwenden wir zeitgleich den Tarnschild. Mir dürfte ein Schuss aus effektiver Nähe gelingen. Der Rest müsste dann einfach sein."
„Nichts, was sich zu tun lohnt, ist einfach!" Mit dieser Uralt-Weisheit fand sich Kosanov kopfschüttelnd mit seiner Aufgabe ab. Er kannte Phil genau und wenn der Plan einmal gefasst war, dann konnte er nichts mehr dagegen unternehmen. Daher beschloss der Wissenschaftler bei den Vorbereitungen dafür Sorge zu tragen, dass es zu keiner technischen Panne während der Mission kam. Innerhalb der nächsten Stunden beschäftigten sich einige Wissenschaftler und Techniker gleichermaßen mit dem Einbau der verlangten Zusatzfunktionen. Nachdem die Aufgaben verteilt waren, führten Alexej und Phil einige Kom-Gespräche, um ein effektives Prisenkommando auszuwählen. Bald war eine zwanzigköpfige Truppe zusammengestellt und zur Überraschung des Doppeldoktors war jedes Teammitglied davon überzeugt, dass der Plan gelingen würde. Als sie dann noch ein Kom-Anruf von Sack Carter erhielten, der ihnen mitteilte, dass der Schutz der vendorianischen Flotte nicht mehr über Agua existierte, war auch der Physiker von der Notwendigkeit der Mission überzeugt.

Vendora-System:

Die vereinbarte Zeit von 15 Minuten war vorbei.
„Jetzt!", schrie der Captain des Regierungsletalis in den Äther und veranlasste damit gleichzeitig den Piloten die Landeprozedur einzuleiten.

Daher passierten über dem Regierungssitz von Vendora mehrere Dinge gleichzeitig:
Ein Heulen und Brausen sowie verschwommene Luftwirbel zeugten davon, dass ein getarntes silbernes Sechzigmeterschiff mit der goldenen Aufschrift SPACE FORCE ONE wie ein Backstein der Oberfläche entgegenstürzte, während der Gunner es nicht versäumte, bei diesem halsbrecherischem Manöver die Drehkränze der Phasentorpedos im Salventakt feuern zu lassen. Es war unsinnig, sich ausschließlich auf die Tarnung zu verlassen. Dieses Gewaltmanöver konnte energietechnisch angemessen werden, außerdem musste der Tarnschild für das Aufnehmen der menschlichen Delegation abgeschaltet werden. Gleichzeitig erstrahlten am Himmel zahlreiche Feuerschweife der von Staffel GOLD abgefeuerten Vulcan- und Hellfire-Raketen. Schlagartig wurde es über dem teilweise zerstörten Regierungsgebäude noch lauter. Donnernd vernichteten die NCB-Vulcans ein Schiff der angreifenden Vendora-Fraktion nach dem anderen. Nur wenige Augenblicke benötigte Staffel GOLD, um alle Vorräte der Vulcan und Hellfire nach „draußen“ zu bringen, dann verteilten sich die Maschinen nach einem geplanten Muster. Jede hatte einen bestimmten Luftabschnitt >>sauber<< zu halten. Längst schon waren die Bordrechner auf eine Maximalbelastung von sechs Gravos programmiert worden und die angeschnallten Piloten ächzten unter dieser Belastung. Aber jeder wusste, worum es ging. Unter allen Umständen musste die irdische Gruppe auf dem Boden von Vendora durch den Letalis geborgen werden. Dementsprechend kompromisslos ging die Begleitstaffel vor. Die Tiger Sharks verwandelten sich in Phasentorpedo spuckende Ungeheuer, die Dank der Tarntechnologie nur durch die gewaltsam verdrängten Luftmassen schemenhaft optisch zu erkennen waren. Die Piloten machten sich aber keine Illusionen darüber. In einer Atmosphäre hatte die Tarnung nur bedingten Nutzen. Außerdem waren sie aufgrund des Dauerfeuers aus den Energiekanonen mehr als deutlich auszumachen. Schließlich waren die Vendoras in ihrer Technologie soweit fortgeschritten, dass sie Energieausstöße zweifelsfrei anmessen konnten. Da nützen auch häufige Kurswechsel nicht immer. Vereinzelt kamen Strahlschüsse bei Staffel

GOLD an und nur die Schutzschirmgitter verhinderten das Schlimmste. Trotzdem wurde die eine oder andere Shark beschädigt und konnte nur noch eingeschränkt am Luftkampf teilnehmen.
Der Regierungsletalis schob die Luftmassen mittels seiner Bauchseite gewaltsam beiseite und, wenn die Atmosphäre nicht so trocken gewesen wäre, hätte man recht ordentliche Kondensstreifen sehen können. Dabei nutzte der Letalis nicht nur die Anziehungskraft von Vendora für seine Fallgeschwindigkeit, sondern sorgten noch aus seinen auf dem „Rücken" liegend Korrekturdüsen für ein Maximum an Abwärtsbeschleunigung. Der Pilot sah die Oberfläche auf sich zurasen. Bei einem Bodenabstand von 3.000 m schaltete sich der Captain mit zittrigen Fingern, die Andruckbelastung betrug 2,5 Gravos, in den Funkverkehr ein: „GA von SF-ONE. Geht in Deckung – wir landen!" Die letzten Worte klangen gepresst, weil der Pilot die Bremstriebwerke gezündet hatte und einiges mehr an Beharrungskräften in die entgegengesetzte Richtung an der Crew zerrte.
Nicht weniger als vier Bomber der Staffel GOLD deckten die Einflugschneise von SF-ONE augenblicklich nach oben ab.
Auf dem Boden Vendoras hatte die irdische Delegation samt Marine-Begleitung den 500 Meter entfernten Gebäudetrakt bereits erreicht, als der Funkspruch des Letalis eintraf. Hastig scheuchte Paul Dancer seine Begleiter in die Deckung zurück. Ein 60-Meter-Schiff, schneller als der freie Fall und dann im letzten Augenblick abgebremst, das ergab eine Druckwelle, die weniger stabile Häuser einfach wegblies.
Ein Orkan ungeheuren Ausmaßes heulte um die Gebäudeecken und als dieser etwas abebbte, traute sich Paul einen Blick aus der geschützten Deckung zu werfen. Er entdeckte nur 50 Meter entfernt das silberne Schiff. Tarnvorrichtung und Schildgitter waren ausgeschaltet – der Raumer war schutzlos, dafür stand die Schleuse weit offen.
„Los! Leute lauft! Zuerst die Verletzten! Beeilt euch!"
Dancer schrie und trieb seine Leute zur höchsten Eile an. Jede Sekunde, die der Letalis dort wie eine bleierne Ente hilflos auf dem Boden lag, konnte ihre Rettung gefährden. Zuerst kamen ein paar Marines, die mit ihren Körperschutzschirmen die Präsidentin schützten, die wiederum von vier weiteren Soldaten auf einer Trage im Laufschritt transportiert wurden, dann der verletzte Soldat, der von zwei Kameraden

gestützt wurde, sowie die beiden Acaspa und Baal. Als die Trage mit Ewa die Schleuse fast erreicht hatte, regnete es Trümmerteile ringsum und es wurde lauter. Dann begann der Letalis aus den Drehkranzversionen der Phasentorpedos eine zischende Energiesalve nach der anderen in Richtung Himmel zu schicken – ganz so wehrlos war die menschliche Technik auch am Boden nicht. Schließlich war Ewa durch die Schleuse und der Rest der Delegation folgte im Laufschritt.
„Hinlegen!", donnerte die Stimme des Captains über die Bordkommunikation und jeder tat gut daran, dieser Aufforderung Folge zu leisten. Ewas Trage wurde auf dem Boden notdürftig fixiert.
„Schutzschirm ein, Tarnung ein, Notstart – sofort!" Der Befehlshaber des Regierungsletalis hatte die Bordkommunikation „offen" gelassen und gleichzeitig den Staffelfunk aktiviert, sodass alle Beteiligten über den Stand der Rettungsaktion informiert waren. Hastig orderte Staffelkommandant Gold die vier Sharks der Rückendeckung aus dem Kurs des senkrecht startenden Letalis. Unterhalb der SF-ONE blieb kein Stein auf dem anderen. Die Gewalten der extrem schnell hochgefahrenen Triebwerke zerstörten die angrenzenden Bauwerke. Paul Dancer hatte zuvor darauf hingewiesen, so dass die befreundeten Vendora dadurch nicht zu Schaden kamen.
„Denk dran, wir haben ungesicherte Passagiere an Bord! Mach´s weitgehend schonend!" Die Worte des Captains waren für den Navigator der SF-ONE unnötig. Zwar bedauerte er diese Tatsache außerordentlich, wusste aber haargenau, dass er bei „scharfen" Flugmanövern das Leben der Passagiere gefährdete. Daher nickte er lediglich dem Gunner zu und eine vorher abgesprochene Prozedur wurde eingeleitet. Ein Tastendruck auf die Konsole der Feuerorgel aktivierte so ziemlich alle Automatiken. Lediglich die vorne links und rechts am Bug installierten Phasentorpedorohre mit wenig Schwenkneigung, blieben manuell beim Gunner. Daher beschleunigte der Pilot, nachdem er mit Gewalt nahezu 10 km an Höhe gewonnen hatte, mit moderaten Werten fast ausschließlich geradeaus, sodass die Beharrungsdämpfer den Vorschub gerade noch ausgleichen konnten. Der Gunner nahm alles unter Feuer, was von vorne kam. Staffel GOLD gab Deckung und nahm so den einen oder anderen Treffer auf sich, den ansonsten der Letalis erhalten hätte. Der ganze Spuk dauerte, obwohl es den Beteiligten wesentlich

länger vorkam, ganze elf Minuten, dann war man durch die Blockade von Vendora hindurch und der Flug beruhigte sich. Der Captain des Letalis gab Entwarnung und Dr. Houser schaffte seine Patienten eilends in die provisorische Krankenstation. Während der Marine bereits gut erstversorgt war, konnte Ewas Zustand nur als bedenklich bezeichnet werden.

Hastig brachte Dr. Frank Houser seine diesbezüglich mitgebrachten medizinischen Geräte zum Einsatz. Wenig später bestanden keine Zweifel. Es handelte sich nicht um Übungs- oder Senkwehen, sondern um echte Wehen. Frank stand vor dem Problem, den Muttermund mit einem Band zu verschließen oder weiter Wehen hemmende Mittel zu spritzen. Er entschied sich für Letzteres. Seine Patientin kam nur hin und wieder und für wenige Augenblicke zu Bewusstsein – sie konnte er nicht nach ihren Wünschen fragen. Gebannt schaute er nach der letzten Injektion auf den Wehenschreiber und hoffte auf den Erfolg seiner Therapie. Falls das Kind dennoch kam, würde er es wohl durchbringen können, aber Spätschäden konnte er einfach nicht ausschließen – es war einfach zu früh. Während er noch gebannt auf seine Anzeigen schaute, meldete sich der Captain per Bordfunk: „Wie geht es deinen Patienten, Doc?“

Houser gab einen Bericht ab, der für medizinische Laien gedacht war und man gab sich damit zufrieden.

„Ich will nicht drängeln“, bemerkte der Captain. „Aber normalerweise würde ich jetzt nach Hause fliegen. Gibt es andere Anweisungen?“

Frank schaute nachdenklich auf seine schlafende Patientin. Ewas kastanienbraune Haare lagen weit über das weiße Bettlaken und sie schlief tief und fest. Ein weiterer Blick auf den Wehenschreiber zeigte keine neuerliche Kontraktion an.

„Ich denke mal, ich spreche im Sinne unserer Präsidentin. Nimm Kurs auf Acaspa, Captain!“ Ganz wohl war Houser dabei nicht, aber er war sich sicher, dass dies ganz im Sinne von Ewa war.

„Was sagt GA dazu?“ Offenbar wollte der Befehlshaber des Letalis das Kommando eines Arztes nicht unbedingt und vorbehaltlos anerkennen. Paul Dancer, der sich in respektvoller Entfernung mit ernstem und sorgenvollen Gesicht vor dem Krankenbett aufhielt, sah den Arzt nur kurz an und nickte: „Kurs auf Acaspa!“

„Okay“, klang es von der Brücke. „Auf eure Verantwortung!“
Wenig später erhielt Staffelführer GOLD ein entsprechendes Kommando vom Regierungsletalis.
„Hier Staffelführer! Wir haben ein Problem!“
Ein ungeduldiger Tonfall antwortete ihm: „Welches?“
„Vier meiner Flieger sind auf Grund von Beschädigungen nicht in der Lage, die entsprechende Sprunggeschwindigkeit zu erreichen oder aber der Jumper ist offline.“
Kurz war Ruhe im Äther.
„Okay, deine Leute sollen in unbeschädigte Maschinen umsteigen. Wir lassen diese vier Maschinen getarnt und mit einer automatischen Sprengvorrichtung bei unbefugter Benutzung zurück. Wir holen sie später! Gib Bescheid, wenn das Manöver beendet und die Maschinen präpariert sind – wir brechen dann auf dem schnellsten Wege nach Acaspa auf.“

22.01.2125, 07:30 Uhr, GERONIMO, Medlab:

Der leitende Arzt war überrascht, zu so früher Stunde XO Laura Stone in seinem Refugium begrüßen zu dürfen – oder müssen? Er war sich nicht ganz sicher. Die Miene des Second Class Officer von Space Command verhieß nichts Gutes.
„Ich wünsche einen guten Morgen und zu wissen, wo ich Staffelführer DELTA finde.“
Die Ansage war klar und deutlich. Bevor der Mediziner eine Antwort geben konnte, kam bereits die nächste Frage. „Wie ist der medizinische Status von Mike Sunders?“
Der Doktor atmete tief durch. „Staffelführer BETA liegt noch mit schweren Kopfverletzungen im künstlichen Koma. Frakturen im Kiefer- und Nasenbereich haben wir richten können, ebenfalls seine Zähne. Hirnblutungen haben wir operativ stoppen können. Er wird hoffentlich keine dauerhaften Schäden erlitten haben. Ich werde ihn jetzt gleich noch einmal untersuchen und feststellen, inwieweit unser operativer Eingriff erfolgreich war.“
Laura nickte und sah den Leiter des Med-Lab auffordernd an.
„Jim Sellers haben wir wieder zusammengeflickt. Milzriss der übelsten

Sorte nebst einem gehörigen Bauchtrauma, außerdem schwere Rückprellungen – liegt in Zimmer drei. Ansonsten haben wir alle anderen nach ärztlicher Behandlung wieder entlassen."
Laura nickte, dankte und ließ den Doc stehen.
Schwungvoll und dabei mit wenig Rücksicht auf das Ruhebedürfnis eines Verletzten, betrat Laura Zimmer Nummer drei. Staffelführer DELTA lag in einem Einzelzimmer und schreckte aus einem leichten Schlummer hoch. Als er die stellvertretende Kommandantin der GERONIMO erkannte, versuchte er sich ein wenig aufzurichten. Er musste den Versuch mit einem leichten Stöhnen abbrechen.
„Bemüh´ dich nicht!" Lauras Stimme klang kalt. „Ich kann mir ungefähr vorstellen, was passiert ist. Ich gebe nicht mein Bestes, um aus diesen jungen und unerfahrenen Piloten eine gute Staffel zu formen, damit ein selbstgerechter Egomane wie du meine Bemühungen mit roher Gewalt beendet!"
Laura nahm sich einen Stuhl, stellte ihn dicht vor dem Krankenbett ab und setzte sich verkehrt herum darauf. Ganz nah kam sie dem Gesicht von Jim Sellers, der es fertig brachte, noch blasser zu werden. Leise, ganz leise, und darum umso gefährlicher, klang ihre Stimme: „Ich weiß nicht, wie du es geschafft hast, aber du bist einer der wenigen, meines Wissens bisher der Einzige, der einen direkten Angriff unseres Captains überlebt hat. Zunächst hast du ihn überlebt – zunächst." Bei Lauras Lächeln gefror dem Soldaten das Blut in den Adern. „Wie du weißt, haben wir seit einigen Jahren Kriegsrecht. Du kannst ja mal in den Flottenbestimmungen nachsehen, wie ein solcher Fall geahndet wird. Zeit zum Lesen hast du nun." Laura stand auf und stellte den Stuhl mit Schwung und Lärm zurück in die ursprüngliche Position. „Und noch was: Solltest du deinem Kollegen dauerhaften Gesundheitsschaden zugefügt haben, so werde ich es sein, die dich aus der Luftschleuse wirft – ohne Raumanzug!"
Mit unbewegtem Gesicht fixierte Laura die Reaktionen ihres „Gesprächspartners", die sich hauptsächlich in der Hervorbringung von Schweißperlen auf der Stirn bemerkbar machten. Stone hob ihren linken Arm mit dem Kom-Gerät, schaltete es ein und rief Trixie Baines.
„Beatrice hört!"

„Hier Laura. Stell´ einen Sicherheitsmitarbeiter ab für das Med-Lab Zimmer drei. Jim Sellers steht unter Arrest. Ihm ist untersagt, das Zimmer zu verlassen. Sollte Sellers fliehen wollen, so ist von der Schusswaffe Gebrauch zu machen!"
„Geht in Ordnung, XO!"
Ohne den Verletzten noch eines Blickes zu würdigen, verließ Laura Stone das Krankenzimmer und traf draußen auf den Arzt.
„Gut, dass wir die Verletzungen erfolgreich operieren konnten", bemerkte der Mediziner.
„Warum?"
Diese Frage brachte den Arzt in einige Verlegenheit.
„Weil sonst der Captain ein Mannschaftsmitglied, ich meine …"
Laura klopfte dem Arzt auf die Schulter. „Es wäre nicht der Erste – und dann wäre das eben so. Dann könnten wir uns den Prozess ersparen."
„Prozess?" Der Mediziner wirkte verstört.
„Wir haben Kriegsrecht, schon vergessen, Doc? Kann sein, dass deine ganzen Bemühungen bezüglich Sellers für die Katz waren!"
Als der Leiter des Med-Labs den Sinn der Worte ganz erfasst hatte und ihm schlagartig übel wurde, hatte Laura Stone die medizinische Abteilung bereits verlassen.

22.01.2125, 09:00Uhr, GERONIMO, Captains Besprechungsraum:

Dieses Mal gab es etwas zu besprechen und es ging nach der üblich Verteilung der Kaffeetassen auch gleich zur Sache.
„Die Sitzung ist hiermit eröffnet. Trixie, ich hatte dir eine Aufgabe gestellt! Wir hören!" Die Stimme des Captains klang sachlich und fordernd. Offensichtlich hatte sich Thomas zur Aufgabe gesetzt, eine Entscheidung ohne Zeitverzug herbeizuführen. Die offizielle Verkündung am Anfang seiner Rede machte den Anwesenden klar, dass es nun um eine Entscheidung des Kriegsgerichts, bestehend aus den Brückenoffizieren, ging.
Beatrice Baines stand auf und nahm ein handgeschriebenes Manuskript zur Hand. Sie wusste, dass ihr Bericht durchaus über das Leben eines Menschen entscheiden konnte. Daher hatte sie noch in der Nacht genauestens recherchiert und etliche Vernehmungsprotokolle angefertigt.

„Mein zusammenfassender Bericht muss ohne die Aussagen der beiden Hauptkontrahenten, Jim Sellers und Mike Sunders, auskommen. Beide waren zum Zeitpunkt meiner Nachforschungen nicht vernehmungsfähig. Diese Zusammenfassung stellt das Geschehen in der Kantine von gestern Abend dar, bezeugt durch die Kantinenchefin und die restlichen Mitglieder von Staffel BETA und DELTA. Die einzelnen Einlassungen der Piloten weichen, je nach Staffelzugehörigkeit, ein wenig in entsprechende Richtungen ab. Den Ausgangspunkt für die Kampfhandlungen setzte Jim Sellers, der seinen Staffelführerkollegen aufs Übelste beleidigte und beschimpfte. Mike Sunders versuchte, sich nicht provozieren zu lassen, und, erst als Sellers den zu Beginn der Reise tödlich verunglückten Mark Lund als Versager titulierte, dessen Tod einen angenehmen Nebeneffekt der Mission darstellt, rastete Mike aus und griff Staffelführer DELTA an. Dieser hatte scheinbar nur darauf gewartet, denn Mike konnte keinen einzigen Treffer landen und wurde daher zusammengeschlagen. Sellers schlug auch weiter auf ihn ein, als Mike längst ohne Bewusstsein war. Währenddessen prügelten sich auch die anderen Beteiligten, allerdings nicht mit einer solchen Brutalität, so dass keine ernsthaften Gesundheitsschäden entstanden sind."
Beatrice setzte sich und sah erwartungsvoll in die Runde – ihr Bericht war zu Ende.
„Danke!" Thomas schaute in die Runde. „Meinungen, bitte!"
„Ich dürfte befangen sein!" Mit diesen leise ausgesprochenen Worten neigte Grace ihren Kopf und Thomas nickte dazu. Als Vorgesetzte dieser Jungs eignete man sich schlecht als Richter. Sicherlich konnte und würde Grace eine Meinung dazu abgeben, aber nicht zu diesem Zeitpunkt. Hotaru sah krampfhaft auf den Boden. Thomas beschloss, sie außen vor zu lassen. Die Japanerin war eine ausgesprochene Fachkraft auf Ihrem Gebiet und wenn es die Situation erforderte, dann konnte sie auch knallhart agieren. Hier war es anders. Hier hatte ihre sanftmütige Seite Zeit sich zu melden und man konnte praktisch fühlen, dass sie nicht auf dieses Thema angesprochen werden wollte.
„Ron?"
Der eigentliche Präsident Aguas und jetzige Chef der Marines an Bord wand sich unbehaglich. „Über was und welche Strafe reden wir hier eigentlich?"

Thomas beugte sich vor in Richtung seines Freundes. „Wir reden hier von einem versuchten Totschlag. Ich war dabei, als Sellers noch auf den Bewusstlosen eindrosch! Er hat einem Kameraden nach dem Leben getrachtet. Wer so auf einen Wehrlosen einschlägt, nimmt dessen Tod einfach in Kauf! Das war keine Prügelei mehr!“
Dekker stieß die Luft hörbar zwischen den Lippen aus und senkte seinen unbehaarten Schädel. „Dann dürfte das Urteil mehr oder weniger feststehen. Unter Kriegsrecht zu versuchen, einen Kameraden zu töten? Dann bleibt uns nur noch zu bestimmen, auf welche Weise wir den Angeklagten ins Jenseits befördern! Hat einer Vorschläge?“
Man konnte im Besprechungsraum eine Stecknadel zu Boden fallen hören – wahrscheinlich trotz des Teppichs. Die Luft war zum Schneiden dick und die Unbehaglichkeit der Anwesenden konnte man förmlich spüren. Soeben war aus einer relativ entspannten Mission tödlicher Ernst geworden. Man hatte mit der hochgerüsteten GERONIMO ein Abenteuer vor – die Suche nach der Erde. Der Flug dorthin war eine angenehme Reise gewesen – bisher. Nun saß man auf einen Schlag als Kriegsgericht zusammen und bestimmte über das Weiterleben eines der Crewleute. Eine Situation, die wirklich niemandem, Thomas Raven eingeschlossen, gefiel. Und trotzdem musste eine nachvollziehbare Entscheidung her, wollte man bei der militärischen Führung der restlichen Menschheit nicht völlig versagen.
Nach einigen Minuten des Schweigens ergriff überraschenderweise Laura das Wort. „Wir brauchen Männer, die sich trauen, in winzigen kleinen Jägern ihren Arsch zu riskieren, während wir hier in der relativen Sicherheit des Flaggschiffs deren Bemühungen beobachten und beurteilen. Das sind nun mal Jungs, die wir nicht zum Blümchen pflücken zur Erde mitgenommen haben. Ich kann mich an etliche Situationen erinnern, an denen Staffelführer DELTA im Kampf eine ausgezeichnete Figur abgegeben hat. Er ist ein Vorbild an Kampfgeist und Einsatzbereitschaft für sein Team. Und diese Crew steht hinter ihm! Wenn wir jetzt in der von Ron angesprochenen Form strafen, können wir die ganze Staffel vergessen! Nicht ohne Grund ist Sellers vielfach ausgezeichnet worden. Sicher – er ist einer der Härtesten und seine Manieren gegenüber anderen Staffeln haben in der Vergangenheit immer schon zu Verdruss geführt. Trotzdem, wir brauchen solche Kerle,

wenn wir gegen die Trax bestehen wollen. Wenn wir Bessere haben wollen, dann schlage ich vor, malen wir uns welche! Außerdem sollten wir nicht vergessen, dass sich Sunders hat provozieren lassen!"
Dieser Einwand war durchaus berechtigt.
Mit ernster Miene sah Thomas seine XO an. „Wenn Sellers sich mir gegenüber so über Mark Lund ausgedrückt hätte, dann wäre er jetzt schon nicht mehr an Bord und gut, dass ich es bei meinem Eingreifen nicht wusste! Was schlägst du also vor?"
Laura, deren letzte Worte recht laut und hitzig ausgesprochen waren, entgegnete nun wieder im ruhigen Ton: „Lass es uns abhängig machen von den Auswirkungen auf das Opfer. Wird er wieder gesund, dann sprechen wir eine Bewährungsstrafe aus."
„Wie?" Hotaru schien völlig verwirrt. „Todesstrafe auf Bewährung ausgesetzt? Geht das?"
Thomas überlegte. „Hast du einen besseren Vorschlag? Auf der einen Seite können wir auf Leute wie Sellers nicht verzichten, auf der anderen Seite müssen wir hart durchgreifen. Aber, um Lauras Vorschlag aufzugreifen: Wie geht es Mike Sunders?"
„Haben wir gleich", Laura schaltete auf der im Tisch integrierten Kom-Einheit.
„Brücke ruft Med-Lab!"
„Hier medizinische Abteilung!"
„Doc, hast du Sunders untersucht und wie sieht das Ergebnis aus?"
„Ja, also wir haben einen Scan…"
„Doc! Das Ergebnis!" Laura war die Ungeduld in Person.
„Unsere Bemühungen waren sehr wahrscheinlich erfolgreich."
„Werden bei Mike dauerhafte Schäden zurückbleiben?"
„Nein, sehr wahrscheinlich nicht, aber wie ich…"
„Ja oder nein, Doc! Wir beraten hier gerade über Sellers!" Laura schaffte es, ihrer Tonlage noch mehr Ungeduld zu verleihen.
Der Arzt seufzte deutlich hörbar ins Mikro: „Mike wird keine Gesundheitsschäden zurückbehalten."
„Danke!" Laura schaltete ohne weiteren Kommentar die Verbindung ab.
Raven war erleichtert, nicht nur wegen des zu fällenden Urteils, sondern auch, weil Mike Sunders glimpflich davongekommen war. Der

junge Staffelkommandant hatte sich bei den letzten Übungen ganz ordentlich geschlagen und selbst XO Stone hatte anerkennend gebrummt – was schon viel heißen wollte. Außerdem: Wie wollte man die Körperschäden bei ihrer Rückkehr der Öffentlichkeit auf Agua erklären?
„Gut.“ Der Captain sah in die Runde. „Wenn alle Anwesenden einverstanden sind, dann wird Jim Sellers hiermit auf Bewährung verurteilt. Sollte sich ähnliches noch einmal ereignen, während der Zeit, in der wir noch unter Kriegsrecht stehen, dann wird Sellers exekutiert!“
Thomas schaute in die Runde, aber niemand erhob Einwände.
„Dann schließen wir hiermit die Sache ab! Trixie, du wirst diesen Beschluss in schriftliche Form bringen und dann Grace übergeben. Flight, du informierst deinen Piloten. Das Kommando über Staffel DELTA soll Sellers behalten, denn sonst nützt er uns nicht viel! Die Sitzung ist hiermit geschlossen.“

<u>6. Milchstraße</u>

<u>Am Abend zuvor, 21.01.2125, 20:00 Uhr, Kantine Gemeinschaftsraum Zentralsiedlung:</u>

Exakt 24 Stunden nach der ersten, mehr zufälligen, Besprechung hatte man sich wieder in der Kantine eingefunden. Hans und Emma hatten Stunden vor dem Acaspa-Rechner zugebracht und dabei nicht an ihre körperlichen Bedürfnisse gedacht. Zu groß war die Ablenkung durch die Datenfülle der Acaspa. Nun hatten sie sich ihre Tabletts mit allerlei Speisen und Getränken vollgeladen und langten ordentlich zu.
Sack Carter hatte sich den ganzen Tag Gedanken darüber gemacht, wie er das Risiko für das Kommando „KAPERFAHRT“ minimieren konnte. Es war ihm nicht wirklich etwas Sinnvolles eingefallen und nun saß er hier vor einem Riesenglas, in dem sich Lutz´ Hopfenbräu befand – kühl und schäumend. Der Hunger war ihm irgendwie vergangen. Ihn drückte die Last der Verantwortung und er fühlte sich mehr als unbehaglich. Wenn diese Aktion schiefging, stand die Sache auf seinem Deckel.

Rebecca Meyers hatte bereits im gemeinsamen Heim den Kochlöffel geschwungen und saß nun neben ihrem Freund Phil Mory vor einem leicht mit Alkohol versetzten einheimischen Fruchtcocktail.
Phil tat es Sack gleich und trank genüsslich ein Bier.
Es hatte zwischen dem rein britischen Paar nur eine kurze Aussprache gegeben. Rebecca hatte eingesehen, dass Phil mitfliegen musste, sollte der Plan erfolgreich sein. Sie hatte sich gefügt, trotz einiger Sorgen um seine Sicherheit. Aber hierin war auch klar ein Unterschied zu sehen. Während Phil auf der GERONIMO durch jemand anderen ersetzt werden konnte, war das hier nicht der Fall.
Jane Scott war als Letzte zu der Gruppe gestoßen und war noch ganz aufgeregt. Ein Schiff mal wieder tatsächlich selbst zu steuern – eine tolle Sache. Diese Erfahrung lag lange zurück und als Captain steuert man nur ganz selten ein Schiff selbst, man kommandierte es eben. Jane hatte alle erdenklichen Flugmanöver mit einem Tender zur Zufriedenheit des Instruktors absolviert.
Carter beschloss, seine Bedenken beiseite zu schieben. Die Aktion war schon zu weit fortgeschritten, als dass man hätte jetzt noch absagen können. Sollte nicht etwas ganz Schwerwiegendes passieren, so würde die Mission gestartet werden.
Der zurzeit höchste Militärchef räusperte sich. „Nun, wie ist der Stand der Dinge? Hans, habt ihr einen geeigneten Ort für die Kaperung gefunden?"
Hans schaute Sack erschrocken an. Mit hastigen Kaubewegungen versuchte er seine vollen Backen zu leeren, damit er eine verständliche Antwort heraus bekam.
„Hmpft!"
Carter grinste. „Vielleicht sollte jemand anderes beginnen, zu hastiges Essen ist ungesund."
Jane Scott sprang in die Bresche. „Ich habe heute alle Übungen mit einem Tender absolviert. Er lässt sich etwas schwerer und vor allen Dingen behäbiger fliegen als das Captains-Beiboot. Der Übungsleiter war zufrieden und gibt mir seinen Segen dafür, einen Tender zu bewegen. Auch der wesentlich größere Tender-Omega dürfte kein Problem darstellen."
„Gut", nickte Sack. „Eine Pilotin haben wir. Was ist mit Brain Hill?"

Hiermit war Phil angesprochen.
„Nachdem mich mein Freund Alexej heute Morgen für verrückt erklärt hat, haben wir die Kanone mittig auf dem Landeteil des Tenders aufmontiert, einen zusätzlichen Energiemeiler und die Tarnvorrichtung installiert. Danach haben wir ein Prisenkommando von 20 Mann aufgestellt. Die Leute sind geübt im Umgang mit der traxschen Schiffstechnik und trainieren seit heute Morgen die schnellstmögliche Enterung eines solchen Schiffes. Wir setzten dabei auf Freiwillige und davon gab es ausreichend. Der Tender ist einsatzbereit und steht hier auf unserem provisorischen Raumhafen."
Carter war mit dieser Antwort zufrieden und schaute dann Rebecca an.
„Ich habe Proviant zusammengestellt", beeilte sich die Verwaltungschefin beizutragen. „20 Personen für maximal 14 Tage. Ich habe hier einen Kühlraum freiräumen lassen und die Nahrungsmittel dort deponiert. Sie können von jetzt auf gleich verladen werden."
„Sehr schön." Sack war zufrieden, nahm einen gehörigen Schluck aus seinem Glas und wartete geduldig, bis Hans und Emma zumindest den gröbsten Hunger gestillt hatten. Während Hans noch eifrig Messer und Gabel in Anspruch nahm, schien seine Partnerin gewillt, wenigstens eine kleine Pause einzulegen.
„Wir sind, denke ich, fündig geworden", bemerkte die blonde Dänin und legte ihr Essbesteck auf den Tisch. „Der Acaspa-Rechner ist eine gleichzeitig faszinierende, wie auch sehr komplizierte Angelegenheit. Man muss schon die richtigen Fragen stellen, sonst kommt man völlig durcheinander. Als eine Art Nebeneffekt haben wir feststellen können, dass auch die Trax Wurmlöcher verwenden. Offensichtlich sparen sie dabei Zeit und Energie. Nach etlichen Versuchen haben wir dann eine Stelle gefunden, an der wir, hoffentlich ungestört, zuschlagen können. Vier Wurmlochdurchgänge von hier scheint es eine abgelegene Route zu geben, die gelegentlich von einzelnen Trax-Schiffen benutzt wird. Zur Häufigkeit kann man nichts sagen, es gibt keinen festen Rhythmus. Aber: Die Entfernung zum nächsten Wurmloch beträgt lediglich 30 Lichtminuten, sodass wir davon ausgehen können, dass die Trax wegen der Ungenauigkeit ihrer Schiffssteuerung nicht den Überlichtantrieb für die Passage nutzen werden. Bei Flügen mit Überlicht sind sie für uns unangreifbar. An dieser Stelle hätten wir Zeit genug für einen Überfall.

Wir können auch darauf hoffen, dass die Energiefluktuationen der Anomalien unseren Energieausstoß überdecken."
Hans nickte bestätigend und nahm zwischen zwei Happen ein Schluck Mineralwasser.
Emma Jorgensen nahm ihr Besteck wieder zur Hand und ihre Zuhörer konnten davon ausgehen, dass sie ihren Bericht beendet hatte.
„Schön", befand Sack Carter. „Ich bin auch nicht ganz untätig gewesen und habe mir Gedanken zu eurer Sicherheit gemacht."
Die Anwesenden schauten den Marine aufmerksam an und selbst Hans hatte aufgehört zu kauen.
„Auf das Landeteil des Tenders passen noch zwei Tiger Sharks, die gebe ich euch samt Besatzung mit. Weiterhin erhaltet ihr den letzten im Jahr 2124 gebauten Letalis. Wir sind gerade mit der Aufrüstung der Phasentorpedos fertig geworden. Die Maschinen sind voll einsatzbereit und maximal bewaffnet. Den Letalis werden Hans und Emma fliegen. Eine voll funktionsfähige, künstliche Intelligenz wird euch dabei effektiv unterstützen. Phil und Jane fliegen den Tender mit dem Prisenkommando. Das Kommando über die Mission „KAPERFAHRT" übernimmt Hans!"
Der zuletzt Angesprochene starrte den Chef der Bodenverteidigung entgeistert an und nur die unzerkaute Nahrung verhinderte, dass sein Mund weit aufstand. Damit hatte er - damit hatte niemand der Beteiligten - gerechnet. Sack gab ihnen zwei Sharks und sogar einen Letalis mit, obwohl dies eindeutig noch einmal mehr die Abwehr von Agua schwächte. Ein Zeichen, wie ernst Carter die Situation nahm und auch, wie sehr man einen Erfolg in dieser Sache brauchte. Im Moment war die Verteidigung Aguas gerade mal in der Lage, so etwas wie einen Bodenkampf aufzunehmen. Jeder wusste aber, wenn die Trax einmal am Boden waren, dann waren sie eindeutig schon zu weit in den Lebensraum der Menschen vorgedrungen.
„Hans, ich schlage vor, du kaust weiter und sagst mir dann deine Meinung dazu." Carter gestattete sich ein selten bei ihm zu beobachtendes Lächeln.
Möller beeilte sich, dieser Aufforderung Folge zu leisten und in seiner Aufregung schluckte er ein viel zu großes Stück hinunter. Die Beteiligten sahen interessiert seinen Adamsapfel auf und niederhüpfen. Hastig

spülte er etwas Flüssigkeit hinterher und bevor er noch etwas sagen konnte, kam ihm Carter noch einmal zuvor und legte noch einen oben drauf: „Der Kampfraumer ist noch nicht getauft und du bist der erste Captain, der es kommandiert. Also lass dir einen Namen einfallen!"
Geräuschvoll schluckte Hans Möller den letzten Bissen hinunter. „Donnerwetter!"
Sack stutzte: „Etwas ungewöhnlich – der Name für einen Kampfraumer. Aber trotzdem, können wir akzeptieren. Mehr sagst du dazu nicht? Du bist der Leiter des Kommandos. Akzeptierst du diese Rahmenbedingungen?" Sack hatte sich interessiert in Richtung Hans gebeugt.
„Nein, nein!" Antwortete Hans eilig.
„Wie nein?"
„Natürlich, natürlich!" Hans schüttelte den Kopf. Mein nein bezog sich auf den Namen – so war das nicht gemeint. Ich nehme das Kommando an, dass heißt, ich habe gar nicht damit gerechnet, dass du uns so großzügig ausstattest. Wir brechen gleich morgen auf. Mit dieser Ausrüstung besorgen wir dir eine ganze Flotte von Trax-Schiffen!" Hans Begeisterung war kaum zu bremsen.
„Sagen wir", entgegnete Sack, „dass mir euer Wohlergehen am Herzen liegt und ich euch in einem Stück und wenn es geht, erfolgreich, wieder zurück haben will."
„Was kann ich tun?", warf Rebecca ein.
„Du machst genau dasselbe wie ich, nämlich das Schwierigste: Warten!" Sack hasste die Untätigkeit wie die Pest, aber als Chef der Abwehr konnte er keinesfalls mitfliegen.
Die nächsten Stunden vergingen mit Detailplanung und um 23:00 Uhr trennte man sich.

<u>22.01.2125, 09:00 Uhr, Agua, provisorischer „Raumhafen":</u>

Nun, diese Stelle des Planeten verdiente die hochtrabende Bezeichnung „Raumhafen" wohl eher nicht. Es handelte sich um ein abseits gelegenes Areal, etwa fünfzehn Kilometer von Zentralstadt entfernt. Der Boden bestand hauptsächlich aus einer flachen Felsformation, war also tragfähig genug, um dort selbst ein Terra-Schiff landen zu können. Im Prinzip war dies aber nur in Ausnahmefällen vorgesehen. Die größten

Raumer, die hier auf ihren Kufen standen, waren die Mehrzweckschiffe der Baureihe „Letalis“, die mit gerade mal 60 Metern Länge und 45 Metern Breite nur ein Bruchteil des Platzes beanspruchten. Mit Spezialmaschinen hatte man hier nachgeholfen und eine ziemlich ebene Fläche von fünf mal fünf Kilometern geschaffen. Einige Bauwerke, Montagehallen und Service-Stationen für Letalis, Sharks und Hawks waren vorhanden, sowie Aufenthaltsräume für das technische Personal.
Am Rande des Feldes stand Phils ganzer Stolz: Die Letalis-Produktion. In einer 250 Meter langen und 80 Meter breiten Halle wurden in verschiedenen Fertigungsstadien an drei Letalis gleichzeitig gebaut. Andere, daran angegliederte Montagehallen stellten die benötigten Teile für den Raumer her. Der Produktionsprozess war eine logistische Herausforderung und Ron Dekker hatte als Präsident nicht gezögert, die besten Fachleute für den leistungsfähigen Eigenbau abzustellen. In diesem Stadium des Prozesses war man in der Lage, alle zwei Monate mit einem neuen Letalis den Jungfernflug anzutreten. Für mehr hatte man einfach nicht genügend Personal. Mit Ankunft der WALHALLA-Siedler gingen die Fertigungspläne steil nach oben. Nun war geplant, nach Möglichkeit jeden Monat einen Flieger auf die Kufen zu stellen. Entsprechende Zulieferhallen waren bereits im Bau. Geschäftig ging es hin und her. Soeben wurde mit einer Zugmaschine eine weiße Tiger Shark, unter deren Kufen man Rollen gespannt hatte, in eine Montagehalle zum Check gezogen. Weitere standen abseits und warteten ebenfalls auf diesen Service. Offensichtlich war eine ganze Staffel der schweren Bomber hier eingetroffen.
Für das alles hatte Hans Möller keine Augen. Er sah nur das einzige, silbern lackierte 60-Meter-Schiff, welches etwas abseits von der allgemeinen Geschäftigkeit abgestellt war. Direkt dahinter befand sich der nicht weniger große TENDER OMEGA, auf dessen Ladefläche neben einer skurril aussehenden Kanone zwei Tiger Sharks verankert waren.
Soeben hatte sich die Gruppe von gestern Abend absprachegemäß getroffen, um den Plan nun in die Tat umzusetzen. Als man noch etwa 200 Meter vom Letalis entfernt war, wurde die Gruppe offensichtlich entdeckt, denn zahlreiche Menschen verließen den großen Tender und traten vor den einsatzbereiten Maschinen an.

„Dein Kommando", flüsterte Carter dem frisch gebackenen Captain des Letalis zu und Hans wusste, was nun erwartet wurde. In fünf Metern Abstand vor der angetretenen Crew hielt er an.
„Guten Morgen, Crew!"
„Guten Morgen, Captain!"
Hans räusperte sich. „Ich denke, jedem ist unser Plan klar. Wir werden vier Wurmlochdurchgänge haben, dann legen wir uns im Tarnmodus auf die Lauer. Der erste geeignete TRAX ist unserer! Hat jeder sein Quartier bezogen?"
Die Mannschaft nickte. Sie waren weisungsgemäß seit 06:00 Uhr mit dem Bezug der Quartiere beschäftigt. Der Tender bot eine Menge davon. Insgesamt war dies der größte Bergungstender und konnte auf mehreren Ebenen etliche Crewleute beherbergen. Man stelle sich eine große und dicke Plattform vor, auf dessen hinterem Ende ein mehrgeschossiger Anbau für die Brücke, Quartiere und eine Werkstatt angebracht ist. In der Plattform selbst waren die Antriebseinheit und der Jumper untergebracht. TENDER OMEGA war in der Lage, kleinere Reparaturen vor Ort selbst durchzuführen. Insofern war das Bergungsschiff mit dem Aufbau wesentlich höher als der Letalis und hier waren Kosanov und Mory tatsächlich beim Einbau des Tarnschildes an die physikalischen Grenzen gestoßen. Ein wenig mehr Schiff und man hätte den Tarnmodus vergessen können.
„Okay", Hans Möller schien zufrieden. „Dann wünsche ich uns allen ein gutes Gelingen. Wegtreten und an die Arbeit!"
Die Crew strebte dem Tender zu und Sack Carter verabschiedete sich von den Hauptakteuren. Rebeccas Augen schimmerten verdächtig feucht, als sie ihren Phil ermahnte, bitteschön doch recht vorsichtig zu sein. Hans Möller verabredete mit Jane Scott, dass sich die Raumschiffe vor Wurmloch 3-5-8 zum weiteren gemeinsamen Flug treffen sollten. Sack Carter forderte Rebecca Meyers auf, ihm zu seinem schwarzen Flugschrauber zu folgen und winkte kurz zum Abschied.
Jane Scott und Phil Mory schritten hinter dem Prisenkommando und der Besatzung der beiden Sharks her und Hans Möller konnte nun das tun, was er kaum erwarten konnte. Mit stolz geschwellter Brust und seiner Partnerin Emma im „Schlepp" ging er auf den Letalis zu und erklomm als Erster die ausgefahrene Steigleiter, die bis in den Bauch

des Kampfschiffes reichte. Wenig später saß er im obersten Deck auf dem etwas erhabenen Kommandosessel des Captains. Emma nahm schräg vor ihm an den Navigationskontrollen Platz.
„Letalis 2124-6 im Bereitschaftsmodus." Eine männliche Stimme war im Raum zu hören.
Die künstliche Intelligenz des Letalis hatte sich gemeldet und erwartete nun eine Autorisation.
Hans hüstelte: „Hans Möller und Emma Jorgensen an Bord."
„Autorisation, Möller, Hans, Captain – akzeptiert."
Der Bordrechner hatte den Deutschen an der Stimme erkannt und wartete nun auf eine Stimmprobe der Dänin.
„Emma Jorgensen" Die blonde Frau hatte ihren Namen zur Identifikation in den Raum gesprochen.
„Jorgensen, Emma, XO – akzeptiert. Bevor wir fortfahren, müssen wir die Umgangsformen festlegen. Es wird eine Auswahl am vorderen Bildschirm angezeigt. Es handelt sich um ein Pilotprojekt. Es soll dabei herausgefunden werden, inwieweit eine Abstimmung der Form der verbalen Kommunikation mit dem Bordrechner hilfreich für den Schiffsführer ist. Sie werden gebeten, am Ende des Einsatzes eine entsprechende Stellungnahme an den Leiter der Letalisfertigung weiterzugeben."
Entgeistert starrte das Paar nach vorne. Umgangsformen – verbale, was meinte die KI denn damit?
Auf dem Bugfenster wurde die Schrift projiziert:
Bitte auswählen:
1: Stimme männlich
2: Stimme weiblich
und
A: vornehm respektvoll ausführlich
B: respektvoll ausführlich
C: respektvoll
D: sachlich
E: kurz und knapp
F: nur das Nötigste
Hans und Emma sahen sich an und Möller grinste: „Letalis – wir wählen 1 und A!"

Emma stöhnte und stützte ihren Kopf auf eine Hand auf: „Natürlich, König Hannes der Erste!"
„Sie haben die männliche, vornehme, respektvolle und ausführliche Version gewählt. Ich bedanke mich und werde Sie sicherlich immer zufriedenstellen können. Sie können den Modus jederzeit verändern. Möchten Sie die Güte haben und mir einen Namen geben?"
Während Emma noch nachdachte, wo sie eine derartige Stimme schon einmal gehört hatte, wahrscheinlich in einem alten Film, in dem ein Butler eine gewisse Rolle spielte, sprach Hans den Namen aus, den er sich in der Nacht zuvor überlegt hatte.
„Letalis 2124-6, ich taufe dich auf den Namen „GRAF LUCKNER"."
Für einen Augenblick war Ruhe, offensichtlich wühlte die KI in ihrer Datenbank, wer oder was „GRAF LUCKNER" gewesen war.
„Ich bedanke mich für die Ehre, diesen Namen tragen zu dürfen."
Während Emma sich vornahm, bei der nächsten Gelegenheit nach diesem GRAF LUCKNER zu forschen, fragte die KI nach weiteren Befehlen. Bevor Möller jedoch etwas antworten konnte, erreichte sie der Funkanruf des TENDER OMEGA.
„Wir sollten direkt hintereinander starten, damit die gesamte Prozedur nur einmal den Arbeitsprozess hier unterbricht", klang die Stimme von Jane Scott aus den Lautsprechern. „Wir haben Starterlaubnis in fünfzehn Minuten. Ihr zuerst!"
Hans bestätigte und instruierte die KI, nach dem Ablauf von fünfzehn Minuten zu starten und in die Nähe des Wurmlochs 3-5-8 zu fliegen.
Der Letalis zog die Leiter ein, führte einen Selbstcheck durch und wärmte die Triebwerke vor. Auf der Brücke schalteten sich sämtliche Monitore ein und ein buntes Lampengewirr zeigte auch rein optisch den vollen Check an. Wenig später beruhigte sich das Geblinke und überall war nur ein verhaltenes Grün zu erkennen.
Dafür waren draußen auf dem Landefeld überall rote Blinklichter zu sehen und aus übergroßen Lautsprechern hallte eine Stimme über den Hafen: „Start zweier Großraumschiffe in vierzehn Minuten. Freie Flächen räumen und Verschlusszustand herstellen!"
Überall auf dem Landefeld hasteten Techniker und sonstige Crewleute, um sich und ihre Bestände in Sicherheit zu bringen. Roll- und sonstige Hangartore wurden schnellstens verschlossen. Der Start zweier solcher

Raumer brachte eine Menge Druck und damit auch unkontrollierbar viel an Sand und Erdreich mit sich, welches bei geöffneten Toren bis in die letzten Winkel geblasen wurde. Auf Grund der Erfahrung wusste man, dass es besser war, kurz die Arbeiten zu unterbrechen und einen Verschlusszustand herzustellen, als anschließend alles aufzuräumen und zu säubern.

Zwei Minuten vor dem Start war das Landefeld wie ausgestorben. Nur die roten Blinkleuchten verrieten, dass hier etwas passierte.

„Das Startfenster ist geöffnet und ich starte – jetzt!"

Überflüssigerweise hatte sich die KI der „GRAF LUCKNER" noch einmal gemeldet, doch hatten Hans und Emma den Startvorgang bereits aus den reichlich angebrachten Fenstern auf dem obersten von drei Letalis-Decks beobachten können. Eindrucksvolle Sturmböen fegten über den Platz und bliesen Sand und Erdreich in wahren Fontänen zur Seite. Von den Beharrungskräften beim Start bemerkten Möller und Jorgensen nichts. Lediglich hatte sich das Betriebsgeräusch des Letalis zu einem stärkeren Brummen gewandelt.

Abermals meldete sich die KI: „Hinter uns ist TENDER OMEGA gestartet. Ist es beabsichtigt, dass wir uns gemeinsam Richtung Wurmloch 3-5-8 bewegen?"

„Ja", bestätigte Hans. „Wir werden gemeinsam eine Mission absolvieren."

„Dann", reagierte die KI, „werden wir wegen der schwächeren Triebwerke des Begleitschiffes zwei Stunden und 11 Minuten bis zur Anomalie benötigen. Ich bitte, meine Neugierde zu verzeihen, aber wäre es möglich, dass Sie mir etwas über diese Mission berichten?"

Emma stieß einen Stoßseufzer aus, der sich dadurch äußerte, dass ihr Gesicht der Decke zuwandte und ihre langen, golden schimmernden Haare weit nach hinten über den Sessel fielen. Das hatte ihr gerade noch gefehlt, eine KI, die auf ihrer eigenen Schleimspur ausrutschte!

„Ähm, im Moment nicht, später", antwortete Hans.

„Wie Sie meinen. Ich wünsche einen angenehmen Flug. Wünschen Sie musikalische Untermalung, eventuell einen Film zu sehen? Ich habe einiges in meinem Repertoire. Sie brauchen mir nur zu sagen, was Sie wünschen."

Als Hans die vorwurfsvollen Blicke von Emma trafen, kamen ihm sogar erste Zweifel, ob seine Wahl denn wohl die richtige gewesen sei.
„Nein, weder noch. Informier uns über Besonderheiten, ansonsten wünschen wir bis zur Erreichung des ersten Etappenzieles, ungestört zu sein.“
Möller sah seine Partnerin von hinten, wie sie den rechten Arm hob und dabei mit dem Daumen nach oben zeigte.
„Wie Sie wünschen.“ Irrte sich Hans oder klang die Stimme eine Spur beleidigt?
Dann war Ruhe auf dem Schiff und wie Emma meinte, eine wohltuende. Sie drehte sich mitsamt ihrem Sessel um 180 Grad und sah ihren Freund an. „Wie kommst du auf den Namen GRAF LUCKNER? Ich kenne keinen Adeligen dieses Namens.“
Hans lächelte nachsichtig. „Kein Wunder. Es handelt sich um jemanden aus der deutschen Geschichte, ein deutscher Seefahrer, der im 1. Weltkrieg rund ein Dutzend Schiffe aufbrachte und etwa doppelt so viele versenkte. Das Interessante dabei ist, dass bei den ganzen Aktionen nur ein einziger Seemann ums Leben gekommen ist und das war mehr oder weniger ein Unfall. Diese „humane“ Kriegsführung brachte ihm Achtung auch beim Kriegsgegner und gleichzeitig den Beinamen „Seeteufel“ ein.“
Emma nickte anerkennend. Der Name war gut gewählt und ganz nach ihrem Geschmack.
Mittlerweile hatte sich die Außenansicht geändert. Von dem typisch Himmelblau war nichts mehr zu sehen. Die Kühle und Schwärze des Universums hatte sie bereits aufgenommen. In einiger Entfernung sahen sie einen der drei Monde Aguas vorbeiziehen.
Sie waren unterwegs. Die Mission „KAPERFAHRT“ hatte begonnen.

<u>24.01.2125, 11:00 Uhr Bordzeit, Space Force One, ein Wurmlochtransfer von Acaspa entfernt:</u>

Dr. Frank Houser, der neben dem Bett seiner Patientin stand, studierte die Datenfolien, die der medizinische Rechner ausgespuckt hatte und schüttelte den Kopf. Ewa war zwar seit einem Tag bei vollem Bewusstsein, aber es ging ihr nicht so gut, wie es eigentlich sein sollte. Die

Wehen hatten sich nicht wiederholt und Mutter sowie Ungeborenes sollten gesund sein. Trotzdem – irgendwas stimmte nicht.
„Das gefällt mir nicht“, begann Houser das Doktor-Patienten-Gespräch und drückte seiner Chefin und gleichzeitigen Präsidentin die Datenfolien in die Hand, als diese wortlos einen Arm danach ausstreckte. Anschließend rückte er sich einen Stuhl zurecht und setzte sich hin. Aufmerksam und weiterhin schweigsam studierte Ewa ihre eigene Krankenakte. Als Ärztin konnte sie sehr wohl etwas mit den für Laien verwirrenden Symbolen und Grafiken anfangen.
„Du hast Recht. Irgendetwas stimmt nicht. Der Erholungswert nach der Strapaze müsste aufgrund der Gegebenheiten viel besser sein. Stattdessen zeigen diese Daten an, dass mein Körper immer noch gegen Überlastung ankämpft. Und ich fühle mich, ehrlich gesagt, nicht besonders gut.“ Ewa Lenn reichte die Folien zurück – sie hatte genug gesehen. „Was hältst du für die Ursache?“
Frank räusperte sich: „Wenn man logisch denkt und alle Optionen ausschließt, die nicht in Frage kommen können, bleibt nur ein Grund.“ Ernst sah er seine Patientin an.
„Du meinst die Wurmlochtransfers?“
Frank Houser nickte und bewunderte den Scharfsinn der Interimspräsidentin.
„Befürchtest du Schäden für das Baby?“ Ewas Stimme klang besorgt.
Der Arzt legte seine Stirn in Sorgenfalten. „Ja, das tue ich!“
„Was ist mit unserem Jumper?“
Frank zuckte mit den Schultern. „Ich glaube nicht, dass wir damit besser fahren. Außerdem könnten wir angemessen werden.“
„Wie weit ist es noch bis Acaspa?“
„Noch einen Transfer, Ewa. Ich bin kurz davor, diesen Durchgang zu verbieten. Deine und die Sicherheit deines Kindes geht vor!“
Ewa sank enttäuscht in ihr Kissen zurück und dachte nach.
„Frank?“
„Ja.“
„Du wirst die Weiterreise nicht verbieten!“
Houser war entsetzt: „Wieso? Ich bin für deine Sicherheit verantwortlich!“

Ewa stützte sich auf den Ellenbogen und sah ihren Leibarzt beschwörend an.
„Ich schließe dich von der Verantwortung aus. Wenn dem Kind etwas passiert, dann muss ich Rechenschaft abgeben, aber nur mir und Tom gegenüber. Wenn wir nicht rechtzeitig im Acaspa-System eintreffen, kann es passieren, dass ich mich vor unserem Bündnispartner und in meiner Eigenschaft als Präsidentin auch vor unsrer jungen Gemeinschaft rechtfertigen muss. Da ist die Wahl recht schnell und auch einfach getroffen."
Frank ließ der Kopf hängen. Im Prinzip musste er Ewa Recht geben. Aber auf der anderen Seite war er Arzt und er wusste auch, wie sehr sich Ewa und Thomas das Kind wünschten. Er würde es sich nie verzeihen, wenn dem Kind etwas zustoßen sollte.
Er spürte, wie ihm Ewa eine Hand auf den Arm legte. „Frank, es muss sein! Ich und das Kind werden es schon schaffen!"
„Okay." Gegen Ewas Anordnung konnte er sowieso kein Veto einlegen, also war er besser, gleich damit einverstanden.

Eine halbe Stunde später erfolgte der Durchgang – man war im Acaspa-System angekommen.
Frank stand der Schweiß auf der Stirn. Eben hatte er der bewusstlosen Ewa die dritte Spritze gegeben. Die Herzen von Mutter und Kind schlugen unregelmäßig. Der medizinische Scanner zeigte Werte, die deutlich im roten Bereich lagen. Die Ausrüstung des Letalis war schon gut, konnte aber ein modernes Med-Lab, wie an Bord der GERONIMO oder der Terra-Schiffe gab, nicht ersetzen. Houser stabilisierte Ewa, so gut es ging, dann eilte er zum Kom-Tableau an der Tür.
„Houser an Brücke!"
„Hier Brücke, was gibt es Doc?"
„Medizinischer Notfall! Ich brauche das Med-Lab der COCHISE für meine Patientin – sofort, am Besten gestern! Funken Sie Paco an. Wir müssen schnellstens auf das Terra-Schiff!"
„Verstanden!" Auf der Brücke hatte man schnell den Notfall bestätigt und begann sofort zu handeln.
Wenig später erreichte Dr. Frank Houser der Spruch über die Bordkommunikation, dass die SF-ONE und die COCHISE mit Maximalwerten aufeinander zuflogen. Die Rendezvouszeit war mit 44 Minuten

angegeben. Nach Ablauf weiterer 15 Minuten stellte der Captain des Regierungsletalis einen Funkanruf der COCHISE durch. Der Leiter des dortigen Med-Labs wollte in Erfahrung bringen, auf welchen Notfall er sich vorzubereiten hatte. Dr. Frank Houser gab einen kompletten Bericht ab und ließ auch seinen Verdacht bezüglich der schädigenden Wirkung der Wurmlochtransfers nicht aus. Das Med-Lab auf der COCHISE versprach, optimal vorbereitet zu sein.
Exakt 30 Minuten später wurde die immer noch bewusstlose Ewa per Rollliege eilends durch die Gänge der COCHISE geschoben. Chapawee Paco hatte kurzerhand den Letalis IOWA mit einer geeigneten Crew nach draußen befördert und damit Platz geschaffen für die Landung der SF-ONE. Houser kontrollierte, während er neben Ewas Trage herlief, deren Gesundheitszustand mit einem mobilen medizinischen Scanner. Paul Dancer und Jack Warner, die beiden Begleiter, deren Selbstverständnis irgendwo zwischen Bodyguard und persönlichen Bediensteten der Präsidentin rangierte, liefen hinter dem Tross her und kamen sich selten nutzlos vor. Schließlich hatte man das Med-Lab erreicht und der dortige Leiter hatte nicht zuviel versprochen. Ein halbes Dutzend Ärzte und medizinisches Fachpersonal, seine Person eingeschlossen, standen bereit. Ewas Trage wurde in eine Aufnahme geschoben, an der rechts und links, sowie am Kopfende, das modernste Equipment der Medizin stand.
Der medizinische Leiter des Med-Labs der COCHISE verlor keine Sekunde. Kaum war die Trage hörbar in die Aufnahme eingerastet, drückte er ein paar Knöpfe am Kopfende des Bettes und ein Scanner senkte sich von der Decke auf Ewa herab und begann leise summend mit seiner Arbeit. Zwischenzeitlich informierte Doc Houser von den Veränderungen seit dem letzten Bericht.
Als alle Umstehenden, bis auf Paul und Jack, mit der Behandlung Ewas beschäftigt waren, löste sich eine bisher unbeachtete Person aus der unbeleuchteten Tiefe des Behandlungssaales und ging auf das Krankenbett zu. Der Med-Lab-Leiter schaute nur kurz hoch und nickte dieser Person zu. Nur flüchtig sah der große, schlanke Mann mit dem bronzefarbenem Teint und den langen schwarzen Haaren auf das im tiefen Schlaf befindliche, blasse Gesicht der Patientin, dann sagte er: „Unsere Medizinleute werden erfolgreich sein.“ Dann sah er in Richtung der

beiden Marines, die etwas hilf- und ratlos abseits standen. „Ihr habt Informationen für mich?“
Paul Dancer nickte eifrig.
„Meine weißen Brüder mögen mir folgen!“ Chapawee Paco, der Captain der COCHISE, ging voraus in Richtung Captains-Besprechungsraum.
Während des Weges zum Ziel schaute Paul Dancer auf den schmalen Rücken des Nachfahrens nordamerikanischer Ureinwohner. Chap, wie er in Kurzform genannte wurde, ging mit kraftvollen Schritten, die an die Gewandtheit einer terranischen Katze erinnerten, voran. Paco war ein waschechter Sioux und er legte Wert auf diese Herkunft. Selbst in seiner Ausdrucksweise bemerkte man den Stolz des Indianers auf seine Abstammung. Dabei war Paco ein sanftmütiger und weiser Mann, der aufgrund seiner Zurückhaltung und Bescheidenheit für alle einen angenehmen Zeitgenossen darstellte. Weniger angenehm war Chapawee bisher für die Trax gewesen und für einige Individuen der Vendora. Denen hatte sich Paco, wie würde Sack Carter sagen, als Krieger gezeigt. Nicht einer von Ihnen hatte eine Begegnung mit dem Indianer überlebt.
Wenig später besaß Paco alle Informationen, die man auf Vendora erhalten hatte. Elf Stationen galt es auf Acaspa zu suchen und mindestens vier mussten davon gefunden werden, wenn das Vorhaben der Trax vereitelt werden sollte. Keiner hatte eine Vorstellung vom zeitlichen Rahmen und Paul fügte noch hinzu, dass man auf eine einzige Aussage eines Vendora angewiesen sei. Zwar sei Baal dabei gewesen und hatte bestätigt, dass der Informant nicht log, aber was, wenn der Informant selbst belogen worden war oder unwissentlich über falsche Informationen verfügte?
Der Sioux hatte ernst genickt und die einzigen Informationen, über die er verfügte, als Handlungsgrundlage akzeptiert. Er ließ die beiden Acaspa-Frauen, Xi und Ly, mit einer Tiger Shark nach Acaspa bringen und gab ihnen die Bitte mit, dass sich die Präsidentin von Acaspa, Yirr, bei ihm per Funk melden solle.

Ein paar Stunden später:

Ewa schlug die Augen auf. Sie fühlte sich zwar matt, aber gleichzeitig auch etwas besser. Vorsichtig sah sie sich um. Sie befand sich nicht in einer medizinischen Abteilung. Dr. Ewa Lenn lag in einem bequemen Doppelbett und die lindgrüne Wandfarbe und das lange schmale Fenster an einem der Wände kamen ihr bekannt vor. Ja, vor einiger Zeit hatten sie und Tom dieses Zimmer als Gäste von Hans und Emma bewohnt. Sie befand sich also bereits auf Acaspa und zwar im menschlichen Habitat und dort im Wohnbereich des Botschafterpaares. Leider, so wusste sie, waren beide zurzeit im Urlaub auf Agua. Auf einem Beistelltischchen bemerkte sie die einzige medizinische Apparatur: Einen Hirnscanner. Offensichtlich hatte dieses Gerät ihr Wachwerden schon weiter gemeldet und Ewa wartete nun gespannt darauf, wer gleich bei ihr erscheinen würde.

Kurz darauf glitt zischend die Zugangstüre zur Seite und eine junge, schlanke Frau mit kurzen schwarzen Haaren und gebräuntem Teint betrat leise den Schlafraum.
Ewa sah in ein sympathisches Gesicht mit einer etwas zu großen Nase und einem breiten Mund, der sich soeben zu einem netten Lächeln verzog, wobei die dunklen Augen humorvoll mit den weißen Zähnen um die Wette blitzten.
„Mein Name ist Saliha, Frau Präsidentin. Ich stehe dir für deinen Aufenthalt auf Acaspa rund um die Uhr zur Verfügung.“ Abwartend blieb die Betreuerin vor Ewas Bett stehen.
„Wenn das so ist“, antwortete Ewa und richtete sich dabei ein bisschen auf, „dann vergiss mal die Präsidentin und nenn´ mich Ewa. Ich denke, ich kann deine Unterstützung gebrauchen, auch wenn es nur kurzfristig ist.“
„Da wäre ich nicht so sicher“, bemerkte die offensichtlich aus dem arabischen Raum der Erde stammende Saliha.
„Wie meinst du das?“ Ewa war erschrocken.
Wortlos ging Saliha auf den großen Kom-Monitor neben der Tür zu und aktivierte ihn mittels eines bestimmten Rufcodes. Wenig später blickte Ewa in das ernste Gesicht Chapawee Pacos.

„Meine tapfere weiße Schwester ist erwacht“, kommentierte der Indianer. „Wie du bemerkt haben wirst, haben wir dich ins Habitat auf Acaspa gebracht. Du befindest dich in der Botschaftersuite im Gästetrakt. Deine beiden Adjutanten und Doc Houser befinden sich ebenfalls dort. Ich habe mich für diese Vorgehensweise entschlossen, weil hier nach den Informationen, die ihr von Vendora mitgebracht habt, einiges los sein wird.“
Ewa zog eine Augenbraue nach oben: „Du hast mich abgeschoben, Chap?“
„Sagen wir, es ist aus Sorge um meine weiße Schwester geschehen, die sich und ihr ungeborenes Kind ungewöhnlichen Strapazen ausgesetzt hat. Ich brauche nicht zu erwähnen, dass das Vorhaben unserer Feinde ein kriegerischer Akt ist und ich daher nach den Statuten unserer Verfassung in der Verantwortung bin.“
Ewa nickte ergeben. Hier konnte sie nichts mehr bestimmen. Die Macht lag nun in Pacos Händen.
„Was hat man dir über meinen medizinischen Status berichtet?“
„Meine Schwester hat noch einmal Glück gehabt. Sie ist eine starke Frau und die Begleitung von Frank Houser und die weitere Behandlung durch unsere Medizinleute an Bord der COCHISE haben das Schlimmste verhindern können. Du befindest dich auf dem Pfade der Besserung.“
Ewa bemerkte, dass Paco etwas verheimlichte.
„Aber? Da ist noch was, Chap?“
„Meine weiße Schwester wird bis zum Ende der Schwangerschaft auf Wurmlochtransfers und auch auf Jumper-Reisen verzichten müssen. Unsere Mediziner haben nicht nur davon abgeraten, sondern mir ernsthafte Konsequenzen für dich und dein Kind aufgezeigt, wenn dieses Gebot missachtet wird.“
Ewa schrak zusammen und Paco sprach weiter: „Für das Erste bist du gut bei uns aufgehoben. Saliha wird sich um dich kümmern, wie auch Paul und Jack. Zudem hast du deinen Leib-Medizinmann zur Verfügung. Sobald die Situation es zulässt, werde ich dich von der WONDERLAND abholen lassen. Die SF-ONE habe ich zu den heimischen Lagerfeuern geschickt. Die Reste der Staffel Gold benötige ich

hier. Du kannst mich jederzeit kontaktieren. Ich wünsche meiner weißen Schwester baldige Genesung und gute Erholung."
Paco nickt Ewa zu und schaltete ab. Kurz darauf kam Frank Houser ans Krankenbett von Ewa geeilt. „Wenn du aufstehen willst - es gibt keine medizinischen Bedenken. Ich bin froh, dass wir hier sind und Komplikationen vermeiden konnten."
Genau, dachte Ewa skeptisch, wir sind ja auch bloß im Zentrum einer Gamma-Strahlen-Explosion.

Einen Tag zuvor, 23.01.2125, Kaperfahrt:

Der Konvoi, bestehend aus dem übergroßen TENDER OMEGA mit den beiden auf ihm befestigten Tiger Sharks, und dem Letalis GRAF LUCKNER, hatte das Zielgebiet fast erreicht. Es fehlte noch ein Wurmlochdurchgang, dann konnte die Jagd beginnen. Man stand aktuell kurz vor dem Aktivierungsabstand der Anomalie.
Hans war die Nervosität in Person. Emma hatte ihren ansonsten eher ruhigen und zurückhaltenden Partner nur vor ihrer Beziehung gelegentlich so aufgeregt gesehen.
„GRAF LUCKNER an TENDER OMEGA!" Hannes nutzte gerade die Flottenfrequenz und Captain Jane Scott antwortete von der Gegenseite.
„Ich schieße eine Sonde ab, um festzustellen, was sich auf der anderen Seite befindet." Wie um seine Worte zu unterstreichen, baute sich die violett wabernde Energiewand des Wurmlochs auf und verschluckte die angesprochene und bereits losgeschickte Sonde. „Wenn nichts Verdächtiges zu erkennen ist, werden wir uns ebenfalls diesem Loch anvertrauen. Anschließend sofortige Tarnung und lediglich passive Scans der Umgebung. Funk nur im Notfall mit eng begrenzter Reichweite."
Wenig später kam das negative Scanergebnis der Sonde und beide ungleichen Schiffe verschwanden im Schlund der Anomalie.
Auf der anderen Seite in den Normalraum zurückgefallen, gingen beide Schiffe in den Tarnmodus und bezogen mittig Stellung etwas abseits der direkten Flugverbindung zu den beiden Wurmlöchern. Die beiden Anomalien waren nur cirka 30 Lichtminuten voneinander entfernt und die höchste Scannerreichweite betrug 15 Lichtminuten. Eine selten günstige Konstellation, die Hans auszunutzen gedachte. In beiden

irdischen Schiffen wurden alle nicht benötigten Energieverbraucher abgeschaltet und Hans verabredete mit Phil, dass dieser begann, seine Kanone zu laden, wenn ein Wurmloch aktiv wurde. Hans schaute auf den Bordchronometer: 23.01.2125, 23:30 Uhr.
Dann begann das gefürchtete Warten auf ein mögliches Opfer.
Im TENDER OMEGA hatten die Personen an Bord eine gewisse Ruhestellung eingenommen. Phil Mory und Jane Scott hatten ein Auge auf die Instrumente, die ihnen schneller als das Auge eine Veränderung mitteilen würden, schließlich benötigte das Licht von jedem der beiden Wurmlöcher ganze 15 Minuten bis zu ihrem Standort.
Der kleine Engländer dachte voll Unbehagen an seinen Abschied von Agua. Er empfand es als ungewohnt und schwierig, einen solchen Einsatz wahrzunehmen, wenn ihm nahestehende Personen auf seine Rückkehr warteten. Jeder ihrer Einsätze barg ein Risiko. Auch wenn sich dieser Plan strategisch erst einmal gut anhörte, es gab zu viele Unbekannte in ihrer doch mit Absicht recht einfach gehaltenen Gleichung. Der Doppeldoktor Kosanov hatte feuchte Augen, als er Phil ins Gewissen redete: „Männer wie ich haben sehr, sehr selten Freunde. Du bist mein Einziger – seit Jahren. Und wenn du nicht wieder kommst, kann ich mir nicht mal einen Hund als Ersatz besorgen!“
Alexej hatte ihn kurz, aber kräftig, umarmt und sich dann hastig abgewandt.
An die Verabschiedung von Rebecca mochte der schmächtige Techniker erst gar nicht denken. Sie hatte ihn nur angeschaut – einfach so. Es ging auch ohne Worte – wahrscheinlich sogar besser und tiefgründiger.
Jane Scott, die neben ihm saß, plagten ganz andere Gefühle. Es war ihr zwar gelungen, die WALHALLA in einem Stück solange zu bewahren, bis Hilfe eintraf, aber gerettet hatte sie das Schiff und die schlafenden Siedler nicht. Da konnte von anderer Seite noch so logisch argumentiert werden, dass sie es dennoch toll gemacht hatte – sie selbst war mit dem Ergebnis unzufrieden. Außerdem fühlte sie sich moralisch schuldig am Tod von einigen Tausend Siedlern, die wegen der langen Zeit in Stase nicht mehr aufgeweckt werden konnten. Sie starben noch an Bord der WALHALLA. Es wurde zwar nie ausgesprochen, aber die sogenannte zweite Generation der Siedler, also ihre Leute, fühlten sich bisweilen als zweitklassig. Zuviel hatten die Leute der GERONIMO

bereits aufgebaut und erreicht, als dass man mal eben so gleichziehen konnte. Die Idee mit der Kaperfahrt war zwar von ihr gewesen, aber Sack Carter hatte seine Wahl bezüglich des Kommandeurs dieser Mission – da flackerte die Ruflampe und Jane meldete sich, nicht ohne zuvor einen kurzen Blick auf die leeren Anzeigen geworfen zu haben.
„Jane, hier ist Hans."
„Habt ihr was in der Ortung?", fragte Jane und nahm dabei an, dass die Sensorenphalanx der GRAF LUCKNER effektiver war.
„Nein, haben wir nicht", klang die ruhige Stimme Möllers über die Lautsprecher. „Ich möchte dir das Kommando über die Aktion übertragen, Jane. Was hältst du davon?"
Jane war mehr als überrascht. „Ja, gerne, aber warum?"
„Es war deine Idee, Captain Scott. Und ehrlich gesagt, ich stecke mir nicht gerne fremde Federn in den Allerwertesten. Du wählst das Zielschiff aus und gibst den Angriffsbefehl. Wir sind deine Rückendeckung. Konzentrier dich ganz auf die Beute! Dein Job, Jane! Viel Glück!"
Jane war gerührt. Das war ihre Chance. Hier bot ihr Hans die Möglichkeit, zu beweisen, dass die Leute der WALHALLA was taugten. „Ich übernehme gerne, Hans. Erste Maßnahme: Ich taufe diesen Sektor zwischen den beiden Wurmlöchern auf den Namen „KORRIDOR". Ab jetzt wieder Funkstille."
Jane war begeistert, wie ehrenhaft Captain Hans Möller agierte. Er verzichtete darauf, der Vater des Erfolges zu sein – um ihretwillen.
Na ja, ganz so uneigennützig war das nicht gewesen. Emma Jorgensen hatte ihren eitlen Hannes schon ganz eindeutig mit dem Wunsch von Thomas Raven und Ron Dekker konfrontieren müssen, dass diese eine Integration auf Augenhöhe mit der WALHALLA-Crew wünschten. Zu Hannes´ Ehrenrettung muss allerdings auch gesagt werden, dass er sich nicht lange zierte, diese Gründe einzusehen und sich dann schnell vom Kommando trennte. Emma hatte eingeworfen, dass er nach seinem Dogfight mit drei größeren TRAX-Raumern und der Ernennung zum terranischen Botschafter auf Acaspa wohl kaum mehr Ruhm und Ehre anhäufen könne. Hannes hatte, wie frau es von einem guten Partner erwartet, nachgegeben und sonnte sich verdientermaßen, wie er glaubte, in der Bewunderung seiner Partnerin. Und ganz so falsch lag er ja auch nicht.

24.01.2125, GERONIMO, 15:00 Uhr Bordzeit, Captains-Besprechungsraum:

Captain Thomas Raven hatte zu einer außerordentlichen Zusammenkunft der Brückenoffiziere und des medizinischen Leiters an Bord, Dr. Benjamin Connor, gerufen. Die morgendliche Veranstaltung war ausgefallen. Nun saß man gemeinsam am ovalen Tisch vor dampfenden Kaffeebechern und Connor fühlte sich recht neu in diesem Gremium. Der Arzt war schon vor über vier Jahren auf der GERONIMO aktiv gewesen und hatte damals Dr. Ewa Lenn bei den Operationen an Ron Dekker und Thomas Raven assistiert. Vor Beginn der Reise hatte man ihm den Job des höchsten medizinischen Offiziers an Bord des Flaggschiffs angeboten und er hatte begeistert zugegriffen. Der dreißigjährige Mann mit den kurzen, schwarzen Haaren war schlank und körperlich ein Durchschnittstyp. Außerhalb seines Refugiums fühlte er sich keinesfalls sicher in seinem Auftreten. Dazu kam noch, dass seine Expertise hier und jetzt gefordert war. Die weiteren Schritte hingen ab von dem, was er empfahl. Ewa Lenn, und das fand er ganz sympathisch, hatte ihn kurz vor Beginn der Reise kontaktiert und ihm ein paar Tipps mit auf den Weg gegeben. Einer dieser Tipps besagte, dass er in Gegenwart von XO Laura Stone besser auf allzu intensive medizinische Einzelheiten oder gar Fachwörter verzichtete. Laura war eine Freundin klar verständlicher Worte. Daran erinnerte sich der junge Arzt jetzt, während er die weiteren Anwesenden heimlich, so hoffte er zumindest, musterte.

Die Afrikanerin Grace Ojok war mit ihrer schlanken Figur, der Größe von über 1,90 m und der samtigen schwarzen Haut, die herausragendste Erscheinung am Tisch. Die weiche, warme Stimme verfehlte die Wirkung auf den jungen Mann nicht.
Weiterhin schien der untersetzte Chef der Marines, und zurzeit auf Abenteuerfahrt befindliche Präsident Aguas, Ron Dekker, nur aus Muskeln zu bestehen. Sei kahl rasierter Schädel glänzte und spiegelte die Deckenbeleuchtung wieder. Er unterhielt sich gerade mit seiner Partnerin Suzan Bookley, der aschblonden Psychologin mit den stahlblauen Augen. Raven hatte Wert auf ihre Anwesenheit bei dieser Besprechung gelegt.

Die kleine, fast dürr zu nennende Gunnerin mit den grauen Augen und den blonden langen Haaren, wirkte neben der fast sechzigjährigen XO Laura Stone nahezu unscheinbar. Unglaublich, dachte Ben, was diese kleine Person an ihrer Feuerorgel für Gewalten entfesseln konnte.
Am Tisch saß noch, in ein paar Datenfolien vertieft, der zierliche wissenschaftliche Offizier Paulo Baretta. Der Mann mit den ständig gegelten, pechschwarzen Haaren stammte aus Paraguay und war der große Planer am Tisch. Seiner Weit- und Voraussicht war es zu verdanken, dass die Menschheit bisher überlebt hatte. Sprühte der Captain auch noch so vor Ideen und Tatendrang, so nahm er trotzdem regelmäßig den Rat seines wissenschaftlichen Offiziers an.
Einen bezaubernden Anblick bot Hotaru – selbst in der nüchternen Bordkombi. Ihr schwarzer Pferdeschwanz hüpfte munter umher und die Gesamterscheinung aus Japan versprühte einfach gute Laune.
Laura Stone, nun wiederholt ohne ihre Brille gesichtet, räusperte sich und fuhr mit der rechten Hand über ihren roten Bürstenschnitt. Das war das Zeichen für Thomas, mit ein paar einleitenden Worten diese Besprechung zu beginnen. Zuerst gab er seinen Gefühlen Ausdruck, dass er, nun praktisch am ersten Etappenziel angekommen, schrecklich nervös sei, in absehbarer Zeit die heimatliche Milchstraße zu erreichen.
Die Anwesenden nickten. Es ging ihnen ähnlich. Seit über vier Jahren wussten sie nichts von ihrem Heimatplaneten. Bis vor wenigen Wochen hatten sie noch nicht einmal gewusst, in welcher Richtung sie die Erde suchen sollten. Dann hatte ihnen das Geschenk der Acaspa einen Weg zur Heimat aufgezeigt. Nun war man unmittelbar vor dem sogenannten Galaxiswurmloch angekommen und schickte sich an, die unvorstellbar große Leere zwischen der Black Eye Galaxie und der heimischen Milchstraße zu überwinden.
Doch zunächst wollte Thomas Raven einige andere Punkte abhaken.
„Wie geht es deiner Patientin, Suzan?“
Bookley, die es gleich dem Leiter des Med-Lab nicht gewohnt war, in dieser Runde anwesend zu sein, gab einen positiven Bericht. „Oksana geht es zunehmend besser. Die Behandlung schlägt besser an, als ich anfangs gehofft hatte. Gemäß ihrem Typus ist sie ungeduldig und dies drückt wiederum auf ihre Psyche. Seit gestern kann sie das Bett

verlassen und bewegt sich relativ sicher. Wir sollten sie wieder an den ablaufenden Prozessen beteiligen. Das wird helfen."
Thomas war erfreut. „Nach diesem Transfer kannst du sie wieder auf die Brücke schicken."
Der Captain wandte sich zu seinem wissenschaftlichen Offizier. „Was kannst du uns berichten, Paulo?"
Baretta legte den Stapel Folien beiseite, in denen er eben noch ein paar Daten gesucht hatte.
„Ich habe den Acaspa-Rechner bemüht, um weitere Informationen über das Galaxiswurmloch zu bekommen. Es gibt mehrere Anomalien, die unsere beiden Galaxien miteinander verbinden. Mit diesem hier sollten wir aber näher an die Erde gelangen. Die Würmer unterscheiden sich von den anderen dadurch, dass sie nicht silbern-violette, sondern silbern-grüne Energiefluktuationen zeigen. Auch ist es nicht möglich, sei es im aktivierten oder passiven Zustand, irgendwelche Funkwellen hindurch zu transportieren. Die Entfernung ist wohl zu groß. Weiterhin muss ein Körper eine ausreichende Masse haben, sonst aktiviert sich die Anomalie nicht."
„Wie groß muss der Körper sein?" Laura wollte Genaueres wissen.
„Nicht mal ein Letalis würde ausreichen", war die Antwort des Südamerikaners. „Wir müssen schon direkt mit der GERONIMO hindurch."
„Und wenn wir dann durch sind?", fragte Trixie Baines und schaute Paulo fragend an.
„Unsere Sonne befindet sich im äußeren Drittel dieser gewaltigen Diskusscheibe, denn so sieht unsere Milchstraße aus. Sie hält sich fast exakt in der Milchstraßenhauptebene auf, sie steht nur etwa fünfzig Lichtjahre nördlich der galaktischen Ebene. Unser Ziel sitzt also mitten in dem Sternengewimmel der Milchstraße, 26.000 Lichtjahre vom Zentrum entfernt im sogenannten Orion-Arm. Nach den Unterlagen der Acaspa kommen wir ziemlich genau im Zentrum raus. Es wird hell werden!"
„Wie, hell?" Ron Dekker machte ein ratloses Gesicht.
„Dort stehen die Sterne unheimlich dicht", wurde er von Baretta aufgeklärt. Wenn du dort auf einem Planeten stehst, wird es niemals Nacht werden. Die Sterne leuchten so hell, weil es viele und sie recht nahe

sind. Es wird auch schwierig werden, einen Kurs aus diesem Haufen heraus zu bestimmen."

„Nur schwierig oder unmöglich?", kam der Einwand von Laura.

„Wir werden das schaffen, aber es wird kein Spaziergang."

Laura Stone war beruhigt. Schwierige Situationen waren ihrer Ansicht nach normal für die Crew des Flaggschiffes.

„Tja, dann kommen wir mal zu den physischen Belastungen des Galaxienwechsels." Thomas sah den Mediziner aufmunternd an.

Benjamin Connor stand auf und war sichtlich nervös. Mit zittrigen Händen hielt er sich an einer Datenfolie fest. Thomas erkannte den Zustand seines medizinischen Offiziers sofort und bat ihn, wieder Platz zu nehmen.

„Nimm erst einmal einen guten Schluck Kaffee, Ben. Soviel Zeit muss sein."

Gehorsam setzte sich Connor und Thomas Raven stellte ihm ein paar normale Fragen über das Med-Lab, Ausrüstung und so weiter. Schnell entwickelte sich ein Gespräch, bei dem sich Benjamin Connor entspannte.

Dann stellte Thomas die entscheidende Frage: „Was, Ben, müssen wir tun, um körperlich unbeschadet diesen Galaxie-Transfer zu überstehen?"

Bens Haltung versteifte sich etwas. „Normalerweise müsste ich abraten!" Als er Lauras unwilligen Blick sah, fügte er hastig hinzu: „Aber wir wollen ja nicht umsonst bis hierher geflogen sein. Wir werden eine andere Möglichkeit finden. Ich möchte kurz, wirklich nur kurz, unsere bisherigen Erfahrungen mit Wurmlochtransfers wiedergeben. Wir verspüren, je nach zurückgelegter Entfernung ein Ziehen im Nacken und einen Schmerz in den Muskeln. Ich habe mir die Daten der letzten Durchgänge angesehen und währenddessen medizinische Scans an verschiedenen Freiwilligen durchgeführt. Was wir erleiden, ist jedes Mal eine Art Schock. Unsere größte Entfernung, die wir bisher insgesamt bei allen Durchgängen der letzten Jahre bewältigt haben, betrug etwa 50.000 Lichtjahre. Wer dabei war, wird noch wissen, wie schmerzhaft das war. Wir haben minutenlang gegen eine Ohnmacht angekämpft. Es scheint auch keine galaxisinternen Wurmlöcher zu geben, die eine größere Distanz als diese 50.000 Lichtjahre überbrücken – und diese sind

noch extrem selten. Nun werden wir im zweistelligen Millionenbereich agieren. Ohne Schutz oder besonderer Maßnahmen kämen wir tot am anderen Ende an – Tod durch Schock!"
Betretenes Schweigen war die Folge der ärztlichen Worte. Hier begann der gefährliche Teil der Reise.
„Was tun wir dagegen, Doc?" Laura hatte sich als Erste wieder gefasst.
Ben räusperte sich: „Wir müssen uns in ein künstliches Koma versetzen. Unser Körper darf keine Möglichkeit haben, diesen Schock zu erleiden oder in irgendeiner Form auf die Umstände der Transmission zu reagieren."
„Werden wir denn rechtzeitig wieder wach?" Wieder eine Frage, der um die Sicherheit des Schiffes und seiner Besatzung besorgten Laura Stone.
„Das ist das nächste Problem", gab Ben zu. „Diese Reisen laufen keinesfalls in Nullzeit ab, auch wenn viele das glauben. Wir haben für die 50.000er Distanz 30 Sekunden gebraucht. Wenn wir annehmen, dass wir etwa 20 Millionen Kilometer überbrücken, ergäbe dies, wenn man das in die richtige Konstellation stellt, eine Reisezeit von 200 Minuten."
„Ola." Paulo schien Einwände zu haben und wedelte entgegen seiner sonstigen Beherrschung hektisch mit den Armen. „Es ist keinesfalls sichergestellt, dass wir hier mit einem einfachen mathematischen Dreisatz agieren können. Unsere Reisezeit kann sehr viel kleiner, aber auch sehr viel länger sein. Dazu sagt der Acaspa-Rechner nichts aus. Den körperlich sehr widerstandsfähigen Echsenwesen scheint dieser Transfer nichts ausgemacht zu haben. Ich schlage vor, etwa die zehnfache Sicherheit einzubauen."
„Das heißt dann, dass wir demnach etwa anderthalb Tage im Koma verbringen müssen? Na Prost Mahlzeit! Und wer fliegt dann die GERONIMO?" Laura war erstens schnell im Kopfrechnen und zweitens alles andere als beruhigt.
Thomas Raven lächelte wissend. „Ich hatte mit Ewa schon ähnliche Diskussionen. Sie hatte dasselbe errechnet wie Ben. Beide sind also unabhängig voneinander zum selben Schluss gekommen. Also können wir es als gesetzt annehmen. Ich habe daher nicht ohne Grund unseren ältesten Eigenbau mitgenommen und bisher die KI dieses Letalis aktiv am Geschehen teilnehmen lassen. Die REVENGE wird für die Zeit unseres Komas unsere Geschicke und die des Flaggschiffes lenken."

Laura schaute nicht gerade begeistert drein.
„Wie lange brauchst du für die Vorbereitungen, Doc und wie soll das Prozedere ablaufen?“ Raven dachte daran, so schnell wie möglich den Transfer einzuleiten.
„Ich habe das Serum bereits produziert und in kleine Einmalspritzen vorbereitet, sie müssen nur noch mit dem Faktor zehn aufgefüllt werden. Es ist erforderlich, dass sich jeder vor der Selbstinjektion auf seinem Bett anschnallt. Weiterhin soll die Umweltkontrolle auf null Schwerkraft geschaltet werden, damit niemand im Koma an seiner Zunge erstickt.“
XO Stone nickte anerkennend. Der Arzt hatte die Entscheidung vorausgesehen, bereits gehandelt und sich Gedanken um den Ablauf gemacht. Das war Initiative nach ihrem Geschmack!
„Wenn wir gleich anfangen“, fuhr der Doktor fort, „haben wir alle Crewmitglieder in etwa drei Stunden versorgt. Jeder soll sich im MedLab seine Spitze abholen.“
Thomas schaute auf sein Chronometer. „Das heißt, wir können etwa um 19:00 Uhr die Passage antreten?“
Während der Mediziner nickte, erhob Laura Einwände. „Thomas, der Tag ist so gut wie vorbei. Wir sollten jedem die Gelegenheit geben, sich mit einem Koma von über 33 Stunden anzufreunden. Außerdem – wer weiß, was uns auf der anderen Seite erwartet. Ich möchte noch einen kompletten Check der GERONIMO absolvieren, sowie die Programmierung der REVENGE einen Selbsttest durchführen lassen und zwar der höchsten Ebene. Das wird dauern!“
Thomas schaute unschlüssig von Einem zum Anderen und schließlich blieb sein Blick auf Paulo hängen.
„Thomas, du weißt, ich komme fast um vor Heimweh und ich bin sicherlich einer derjenigen, die am dringendsten nach Hause zur Erde wollen. Aber Lauras Einwand ist unbedingt logisch.“ Fast betreten schaute der Südamerikaner drein. Am liebsten wäre er natürlich sofort …, aber als Wissenschaftler schätzte er die Logik und hatte gelernt, danach zu leben.
Thomas atmete tief aus und traf eine Entscheidung. „Ich werde mich hüten, gegen den ausdrücklichen Rat meiner XO und meines wissenschaftlichen Offiziers zu handeln. Die Passage findet morgen um 10:00

Uhr statt. Kurzes Briefing um 09:00 Uhr hier und dann geht es los. Doc, triff deine Vorbereitungen, die schiffsweite Kommunikation wird dir Paulo zur Verfügung stellen. Ich schlage vor, den letzten Abend ab 19:00 Uhr gemeinsam in der Kantine zu verbringen – die Teilnahme ist selbstverständlich freiwillig.
Raven sah sich fragend um, aber niemand hatte mehr etwas zu bemerken. Zustimmendes Nicken war die einzige Antwort, so dass Thomas die Besprechung schloss.

Eine halbe Stunde später hatte Paulo eine Kom-Verbindung ins Med-Lab gelegt und Ben Connors Stimme erscholl über die schiffsweite Kommunikation bis in den letzten Winkel des Flaggschiffes.
„Hallo Crew, hier spricht Ben Connor, euer leitender medizinischer Offizier. Gemäß der Anordnung unseres Captains werden wir morgen um 10:00 Uhr den Transfer durch das Galaxiswurmloch antreten. Um durch den unausweichlichen Schock bei der Passage nicht zu Tode zu kommen, ist folgende Vorgehensweise absolut nötig. Erstens: Jeder wird vorher im Med-Lab eine Spritze erhalten. Zweitens: Jeder wird sich morgen um 09:15 Uhr auf seinem Bett festschnallen und sich dann die Spritze setzen. Der Wirkstoff wird jeden von uns für knapp anderthalb Tage in ein künstliches Koma versetzen. Während dieser Zeit herrscht in der GERONIMO Schwerelosigkeit. Alle Gegenstände sind also zu fixieren. Für diese Zeit wird die Kontrolle an die KI der REVENGE übertragen. Ich wünsche uns allen Glück bei dieser Mission und freue mich darauf, euch alle munter und gesund wiederzusehen! Die Crewführer werden gebeten, ab sofort Termine für ihre Teams zur Abholung der Spritzen im Med-Lab anzumelden. Doc Connor, Ende!“

GERONIMO, Kantine, 20:00 Uhr:

Es hatte sich tatsächlich die gesamte Brückenmannschaft zusammengefunden, um den letzten Abend in der Black Eye-Galaxie gemeinsam zu verbringen und um damit die Nervosität vor den kommenden Ereignissen zu verdrängen. Laura hatte die Teamchefs mit entsprechenden Check-Aufgaben versehen und die KI der REVENGE führte den seit Anbeginn ihrer Tage aufwändigsten Selbstcheck überhaupt durch. Die Brückencrew war bei der Ausgabe der Spritzen bevorzugt behandelt

worden und dementsprechend bereits damit ausgerüstet, während es trotz der Terminierung immer wieder Schlangen vor dem Med-Lab gab. Zunächst wollte das Gespräch nicht so recht in Gang kommen. Jeder war, nachdem er sich an der Theke mit einem Getränk versorgt hatte, doch zu sehr mit seinen eigen Vorstellungen bezüglich der Erde und ihrem jetzigen Zustand beschäftigt. Langsam legte sich das und es wurde noch ein netter Abend, der dann nicht allzu spät endete.
Einen Vorfall gab es dennoch.
Tiberius Miller hatte sich an der Theke ein Bier besorgt. Die Kantinenchefin hatte, den Ausmaßen des Korporals angemessen, ein ganzes Maß, wie man es früher im bayerischen Teil Deutschlands nannte, vor dem Marine abgestellt. Dieser hatte den weit ausladenden Henkel außer Acht gelassen und mit seiner riesigen Hand das Glas umfasst und war damit zum gemeinsamen Tisch gegangen. Wenige Minuten später starrte er auf das kleine Gefäß, welches vor seiner Freundin Trixie stand.
„Was is´n das?"
Trixie sah ihren Freund an. „Ionendusche"
Tib sah skeptisch auf die violette Flüssigkeit. „Kann ich mal probieren?"
Baines legte ihrem Partner die Hand auf den Arm. „Is´ nix für dich, Tib!"
„Wie?" In Miller regte sich Widerstand. Wenn seine schmächtige Freundin das Zeug vertrug, dann er doch sicher auch. Mittlerweile konzentrierten sich alle am Tisch befindlichen Personen auf den kleinen, scherzhaften Disput des Pärchens und sahen dem weiteren Verlauf interessiert entgegen.
„Tib! Bitte glaube mir, das ist nichts für dich!" Trixie lächelte, blieb standhaft und ließ Tib nicht an ihr Glas.
Ruckartig stand der riesenhafte Mann auf, drehte sich um und ging schnurstracks zur Theke.
„Einmal Ionendusche!"
Die Bedienung schaute etwas mitleidig auf Tib Miller herunter, was nicht einfach war, der Kerl war schließlich mehr als ein Kopf größer als sie selbst.
„Is´ nix für dich, Tib!"

Tiberius lief rot an und schlug mit einer Faust auf die Theke. „Ionendusche!“

Sein Gegenüber machte ein bedauerndes Gesicht und schüttelte den Kopf.

Miller legte beide Hände auf das Thekenholz und beugte sich nach vorne und flüsterte dabei: „Bitte“.

Die Chefin an der Getränkeausgabe begann, in ihrer Entscheidung zu wanken. Der große Kerl hatte schließlich „Bitte“ gesagt.

„Also gut. Du sollst deinen Drink haben“, seufzte sie. „Aber mach´ mir anschließend keine Vorwürfe!“ Mit geübtem Griff angelte sie ein kleines Glas von einem seitlichen Regal und öffnete dann anschließend hinter sich ein kleines Schränkchen, auf dessen Tür zur Verwunderung von Tib Miller die rote Aufschrift >>**Attention**<< prangte. Dann goss sie das Glas mit der violetten Flüssigkeit bis zum Rand voll und schob es Richtung Tib.

Mit einem Siegerlächeln nahm Miller das Glas entgegen, dankte und versuchte es auf dem Weg zum Tisch in seinen großen Händen nicht zu zerdrücken. Triumphierend setzte er sich wieder auf seinen Stuhl und stellte den winzigen Becher demonstrativ, und in gewisser Weise auch stolz, vor sich ab.

Beatrice versuchte noch einmal, ihren Freund vor dem Genuss zu warnen, aber stattdessen führte er das Glas zum Mund und stürzte den Inhalt mit einem Mal hinunter.

Thomas Raven hatte sich aufmerksam nach vorne gebeugt, um nur ja nichts zu verpassen. „Interessant, Ron, ich meine bemerkt zu haben, dass Trixie von diesem Zeug immer nur vorsichtig nippt.“

„Das ist unbedingt richtig“, bestätigte Ron ernsthaft, nickte und beugte sich ebenfalls interessiert vor. „Die Wirkung müsste gleich einsetzen.“ Er nahm das leere Glas hoch und roch vorsichtig daran. „Riecht etwas nach dem Zeug, womit wir die Abschusslager der bordeigenen Flak schmieren.“

Miller schaute ein wenig besorgt aus seiner Kombi – er hatte das Gespräch natürlich mitgehört.

Es dauerte zwar einen Moment länger, als die beiden Redner vermuteten, aber als es dann passierte, war es umso heftiger. Tib lief rot an und nicht nur rot, nein - tiefrot. Im nächsten Augenblick hatte er sein noch fast volles Maß an die Lippen gesetzt und begann mit gierigen Schlucken zu trinken, wobei trinken auch nicht der richtige Ausdruck war. Tib ließ es einfach reinlaufen. Auf diese Weise war der Humpen im Nu leer. Hastig und geräuschvoll ließ Miller das Glas auf den Tisch knallen. Die Zuseher sahen in ein puterrotes Gesicht, über dessen Wangen haltlos die Tränen liefen. Gleichzeitig wurde der Marine von heftigen Hustenattacken geschüttelt und als die besorgte Trixie ihn etwas fragen wollte, winkte er mit letzter Kraft ab. Die Stimmbänder hatten zumindest für diese Zeit ihre Funktion eingestellt. Kurze Zeit darauf erhob sich der Gepeinigte und rannte mit erheblicher Geschwindigkeit Richtung Sanitäreinrichtung durch die Kantine. Ein paar im Weg stehende Stühle rannte der Marine einfach um. Nachdem sich das Scheppern der umgestürzten Möbelteile beruhigt hatte, drehten sich die Beteiligten am Brückentisch wieder zueinander und Ron fand die abschließenden Worte: „Is´ nix für ihn."

GERONIMO, am nächsten Morgen:

Die letzte 09:00 Uhr-Besprechung hatte nichts Neues erbracht. Die Checks waren zur Zufriedenheit von Laura ausgefallen und auch die REVENGE hatte im launischen Tonfall Kund getan, dass der Selbstcheck keine Abweichungen erbracht hätte, als wenn es jemals Zweifel daran gäbe, und so weiter, und so weiter. – Laura hatte nur ärgerlich den Wortschwall des respektlosen Letalis unterbrochen.
Trixie wartete dann mit der Information auf, dass Tiberius Miller wohl nach dem ärztlichen Befund, er war gestern Abend zu später Stunde noch im Med-Lab gewesen, nach der Koma-Phase wieder feste Nahrung zu sich nehmen könne. Auch würde sich seine Stimmlage nach Ablauf von weiteren 14 Tagen wieder normalisieren. Der behandelnde Doc hatte sich zu der Empfehlung hinreißen lassen, demnächst einen weiten Bogen um dieses Zeugs zu machen und Ionendusche halt nix für Tib wäre.

Nun war es exakt 09:15 Uhr und Laura Stone hatte über die schiffsweite Durchsage angeordnet, dass sich jeder an sein Bett zu fixieren und sich die Spritze zu setzen habe. Gemäß Absprache verließ auch die Brückencrew die Zentrale und sucht das eigene Bett auf, um dort ähnlich wie die Crew zu agieren. So kam es, dass schließlich nur noch Laura und Thomas in ihren Kommandositzen saßen.

„Ich wünsche dir eine angenehme Ruhezeit", bedauernd sah Thomas seine Vertretung an. Er wusste ganz genau, dass Stone dieses Prozedere ordentlich gegen den Strich ging.
„Eine andere Möglichkeit gibt es wohl nicht", resignierte die XO und machte ein mehr als unglückliches Gesicht. Jetzt, wo sie kein Besatzungsmitglied mehr sehen konnte, erlaubte sie sich gegenüber dem Captain ihre Gefühle offen zur Schau zu stellen.
Thomas schüttelte verneinend den Kopf und Laura stand auf, legte eine Hand kurz auf seine Schulter. „Bis bald, Thomas!" Dann ging Stone langsam, als wolle sie noch zögern oder zurückgerufen werden, auf den Lift zu. Dieser trug sie bis in die dritte Ebene, die Ebene der Wohneinheiten für die Brückencrew. Als sich die Tür zur Brücke zischend hinter Laura Stone geschlossen hatte, war Thomas allein in der Zentrale.
„REVENGE?" Der Captain sprach den Letalis an, der auf dem riesigen Landedeck des Flaggschiffes stand und seit Beginn der Mission permanent über drahtlose und unzählige Schnittstellen mit der GERONIMO verbunden war und bisher jede Reaktion des Schiffes, jede Aufzeichnung interner oder externer Sensoren und alle Befindlichkeiten der Besatzung nicht nur aufgezeichnet, sondern auch analysiert hatte.
„Ich höre, Chef!" Der respektlose Tonfall kam Raven an dieser Stelle etwas fehl am Platze vor, aber er hatte schließlich selbst veranlasst, dass die verbalen Umgangsformen dieses Letalis nicht verändert werden durften.
„Ist dein Auftrag klar?"
„Mehr als das. XO Stone hat ihn gestern sieben Mal wiederholt. Für mich natürlich völlig unnötig."
„Gut! Dann kommt er von mir jetzt nochmal!" Thomas wollte ebenfalls sicher gehen.
„Meinetwegen!" Der Tonfall der Antwort des Letalis lag irgendwo zwischen gelangweilt und genervt.
„REVENGE! Wenn du festgestellt hast, dass alle an Bord befindlichen Menschen im Koma liegen, schaltest du die Umweltkontrolle auf null Schwerkraft und fliegst anschließend durch das Galaxiswurmloch!"
„Hatte ich gestern schon verstanden, Chef. Und dann?"

„Und dann will ich hoffen, dass dich Phil richtig programmiert hat. Du hast am anderen Ende in der Milchstraße eine sichere Position für uns und das Schiff einzunehmen und darauf zu warten, dass ein Kommandooffizier erwacht."

„Und wenn nicht?"

„Wie? Wenn nicht?" Thomas stand inmitten der großen Brücke und lauschte den Worten der KI, die von überall zu kommen schienen.

„Ja, wenn keiner mehr erwacht?" Der Letalis stellte mit forderndem Tonfall eine äußerst unangenehme Frage.

„Wenn nach 5 Tagen niemand von uns wach sein sollte, dann kehrst du zurück nach Agua und übergibst dich und unsere Leichen dem dortigen militärischen Befehlshaber der menschlichen Spezies."

„Werde ich tun. Sonst noch Befehle?" Der Ton der weiblichen Stimme war spitz.

„Nein, das war´s." Thomas erhob sich und wollte sich gerade in seine Unterkunft zurückziehen, als ihn die REVENGE nochmals ansprach.

„Chef?"

„Ja, REVENGE. Was willst du noch?" Raven war noch mal stehen geblieben und schaute auf das Schiffschronometer – es war 09:50 Uhr.

„Ich werde alles tun, damit ich die letzte Option nicht ausführen muss!" Captain Raven war verwundert. Hörte er da einen besorgten Ton aus der Bemerkung. Unwillig schüttelte er den Kopf. Muss die Nervosität vor dem Galaxissprung sein, sagte er sich. Wenig später schloss sich hinter ihm die Tür zur Brücke.

Exakt um 09:59 Uhr stellte die KI der REVENGE über die internen Sensoren der GERONIMO fest, dass alle an Bord befindlichen Menschen in komatösen Zustand waren. Sie benötigte eine knappe Minute, um alle bisherigen Erfahrungswerte mit dem derzeitigen Ist-Stand abzugleichen und daraus Schlüsse zu ziehen und Vorbereitungen zu treffen. Phil Mory hatte bei der Programmierung als Basis und Ausgangslage die Asimovschen Robotergesetze implementiert. Danach war das höchste Gut die Gesundheit und das Leben der Menschen an Bord. Weiterhin kam eine gute Portion Selbsterhaltungstrieb dazu, was bei dieser Ausgangslage keinen konträren Standpunkt darstellte. Die REVENGE beschloss auf Grund ihrer Programmierung, ganz besonders vorsichtig mit der ihr übertragenen Verantwortung umzugehen. Im

Gegensatz zu den Menschen erwartete sie keinen friedlichen Flug. Die KI schaltete auf Energiesparmodus. Die Folge war, dass zunächst sicherheitsbedingt alle Kabinentüren der Mannschaft verriegelt wurden. Danach ging überall an Bord das Licht aus und die Umweltkontrollen wurden bis auf die Mannschaftskabinen auf Null heruntergefahren, dazu die künstliche Schwerkraft überall ebenfalls. Absperrschotte fielen zu und wurden mechanisch verriegelt. Nachdem das Schiff praktisch im Ruhezustand war, schaltete die REVENGE alle Energiemeiler auf 100 % und fuhr die Waffentürme aus. Die Abdeckklappen für die Raketen wurden zurückgezogen, die abschussbereiten Raketen auf Stand-By geschaltet und die Nachladeautomatik gecheckt. Die Zwischenspeicher der zwölf Phasentorpedowerfer wurden vorsorglich mit Energie versorgt. Mit einem guten Teil ihrer Kapazität klinkte sich die KI in die Waffensteuerung der GERONIMO ein. Alle übrige Kapazität der Energiemeiler leitete die REVENGE in die Schutzschirmgitter. Dann griff sie auf die Navigationskontrollen zu und begann, mit höchsten Werten zu beschleunigen. Wenig später baute sich das riesige Galaxiswurmloch aus silbrig-grüner Energie vor dem im Vergleich winzigen, 3.000 Meter langen Flaggschiff auf.
Kurz darauf überschritt die gefechtsbereite GERONIMO den Ereignishorizont und wurde in die Anomalie gezogen. Etwa 30 Sekunden später erlosch der Tunnel zur Milchstraße und in diesem Abschnitt des Weltraums sah es aus, als hätte es nie ein Wurmloch oder ein Raumschiff gegeben.

<u>24.01.2125, COCHISE, 19:00 Uhr Bordzeit:</u>

Baal stand mit seinen 2,70 Metern Größe etwas unschlüssig neben dem Kommandositz des Captains auf der Brücke der COCHISE. Er stand deshalb, weil es für ihn keine geeignete Sitzmöglichkeit auf dem Terraschiff gab, jedenfalls nicht in der Zentrale. Chapawee Paco hatte ihn gebeten, ihm bei der schwierigen Mission auf Acaspa zu helfen. Da die „große Wohltäterin", wie Ewa bei den Maroon genannt wurde, derzeit ausgefallen war, hatte Baal sofort der Bitte des Captains der COCHISE entsprochen und die SF-ONE war ohne den Maroon zurück ins heimische Agua-System geflogen.

Vor etwa fünf Minuten hatte sich eine Bild/Ton-Kommunikation auf dem vorderen Hauptbildschirm aufgebaut und man hatte mit Yirr, der Präsidentin von Acaspa, reden können. Baal hatte mit seinen einzigartigen telepathischen Fähigkeiten den Dolmetscher gegeben. Man war schnell auf den Punkt gekommen, denn Yirr war bereits umfassend von ihren beiden Vertreterinnen, Xi und Ly, die beide an der Mission nach Vendora teilgenommen hatten, informiert worden.
Baal übersetzte soeben ihre Worte.
„Die elf Stationen der TRAX können nicht auf dem Festland stehen, Captain Paco! Nach der letzten Säuberungsaktion, die wir mit eurer Hilfe durchführen konnten, ist jeder Landstrich von uns genauestens abgesucht worden. Da sie ja schon, wie uns der Vendora berichtete, seit einiger Zeit bestehen, hätten sie uns auffallen müssen."
Paco horchte auf und ließ wieder Baal übersetzen.
„Du beziehst dich lediglich auf das Festland, Präsidentin!"
Wenige Augenblicke später entstanden wieder die übersetzten Worte mittels Baal im Gehirn des Indianers. „Obwohl es unsere Heimat ist, halten wir uns von den Meeren auf diesem Planeten fern. Seit Urzeiten fürchten die Acaspa die wilden und gefährlichen Tiere in den dunklen Ozeanen. Auch jetzt, da wir uns aufgrund der fortgeschrittenen Zivilisation und der Technik in die Tiefe wagen könnten, hält uns eine gewisse Urangst zurück. Wir kennen wenig über unsere Meere – sie gelten bei uns als unantastbar. Nur dort könnten die TRAX von uns unbemerkt Stationen errichtet haben."
Der Sioux überlegte. Aus seiner eigenen Mythologie kannte er ähnliches.
„Sind eure Meere auch für uns unantastbar?" Paco lotete auch diese Möglichkeit aus.
„Nein", antwortete die Echsenartige. „Sie sind uns nicht heilig im Sinne einer Religion. Wir tun es einfach nicht. Wenn ihr uns helfen wollt, dann verfahrt nach Belieben in und mit unseren Meeren. Es wäre allerdings begrüßenswert, wenn ihr uns über eure Aktionen auf dem Laufenden haltet. Vielleicht können wir helfen."
Chapawee Paco sicherte dies zu und ließ die Verbindung unterbrechen.
„John!"

Der wissenschaftlich-taktische Offizier an Bord des Terraschiffes drehte sich auf dem Sitz zu seinem Captain.
„Ja, Sir!“
„Alle unsere Aktionen sind über unseren Außenposten auf Acaspa unseren Kampfgenossinnen zu melden.“
„Aye, Captain.“
„Baal!“ Der Indianer sprach das Wasserwesen an. „Danke für deine Hilfe. Ich habe für dich eine Wasserkabine herrichten lassen. Ruh dich aus, ich werde dich bald wieder brauchen.“
Während Baal sich verabschiedete, winkte Chap einen Crewman herbei, der den Maroon zu seiner Kabine führte.
„John! Kriegsrat! Was hältst du davon? Warum kennen die Acaspa ihre eigene Fauna in den Meeren nicht? Nach meiner Meinung ist Wasser doch seit Urbeginn aller Zeiten ein Jagdgrund für die Nahrungsbeschaffung. Wie haben die Echsen ohne dies überlebt?“
Flannigan drehte sich herum, stand auf und ging auf Paco zu. „Du darfst nicht vergessen, dass es sich bei den Acaspa um eine wechselwarme Spezies handelt. Sie brauchen viel weniger Nahrung als wir. Die Menschen verbrauchen die meiste Energie, um den Körper auf Temperatur zu halten.“
„Dann werden sie auch langsamer, wenn es kalt wird?“, warf Paco ein.
„Nein, nicht unbedingt. Im normalen Rahmen hat die Natur Abhilfe geschaffen. Wir werden die minimale Veränderung nicht bemerken. Allerdings wissen wir noch zu wenig über unsere Freunde.“
Chapawee wechselte das Thema. „Was denkst du über die Stationen?“
„Höchstwahrscheinlich hat Yirr Recht. Wenn es diese Stationen gibt, dann wahrscheinlich unter Wasser.“
Als Paco ihn nur fragend ansah, sprach John weiter: „Wenn wir hier weiterhin mit der COCHISE im Orbit schweben, dann werden wir nie erfahren, wie es in den Meeren tatsächlich aussieht.“
„Was schlägst du vor?“
„Schick unsere Staffel Skarks unter Wasser auf Erkundung!“
Paco nickte nachdenklich. Das Problem würde sich nicht durch bloßes Abwarten erledigen.
Wenig später waren dreizehn weiße Aufklärer beziehungsweise Bomber, die bordeigene Staffel der COCHISE, unterwegs im Anflug auf

Acaspas Meere. Etwa 15 Minuten später meldete der Staffelkommandant, dass seine Flieger, strategisch über eine Fläche von 50 Quadratkilometer verteilt, in den Ozean auf der Südhalbkugel langsam tiefer sanken.
„CO-LEADER an COCHISE!"
Chapawee antwortete, während Flannigan immer noch neben ihm stand.
„Das Meer ist verdammt tief hier und die Sicht ist bereits nach wenigen Metern Tauchtiefe gleich null. Wir sind jetzt fast 1.000 Meter tief. Der Schutzschirm steht bereits auf 35 % Belastung. Nach unserem Tiefenscan ist der Grund noch etwa 4.000 Meter entfernt. Wir kommen nicht bis nach unten."
Während Paco noch überlegte, drang ein Aufschrei aus dem Lautsprecher.
„Wir sind gerammt worden, Sir! Ziemlich heftig! Schutzschirmgitter kurzfristig auf 85 %!"
In John Flannigan kam hektische Bewegung. „Lass sie auftauchen, Chap! Sofort!" Der Tonfall war mehr als drängend.
Der Indianer gab die vorgeschlagene Anweisung sofort an die Shark-Staffel weiter und dreizehn Maschinen in dem schlammfarbenen Meer auf Acaspa kämpften sich an die Oberfläche, nicht ohne zuvor noch weiteren heftigen Attacken ausgesetzt zu sein.
„Aufgrund des Schutzschirmes leuchten unsere Flieger unter Wasser wie Christbaumkugeln. Die nicht an Helligkeit gewohnten Tiere werden dadurch höchstwahrscheinlich angelockt!" John gab eine Erklärung für seine dringende Empfehlung ab.
„Hier CO-LEADER! Wir haben CO-11 verloren!"
Mit grimmigem Gesicht hatte Paco das Blinken und anschließende Verlöschen des Signals von CO-11 auf dem Frontmonitor bemerkt.
„Beeilt euch! Nase nach oben, Phasentorpedos auf Dauerfeuer und raus!" Der sonst so ruhige Indianer gab seiner Stimme einen besorgten Unterton und die Staffel führte die Anordnung sofort aus. Die Nasen der Tiger Sharks richteten sich augenblicklich in Richtung Wasseroberfläche und der Co-Pilot hielt die Taste mit der Abschussvorrichtung für die Phasentorpedos gedrückt. Alles was sich zwischen den Aufklärern und der Wasseroberfläche aufhielt, wurde von den

ausgelösten Energien in Stücke gerissen, beziehungsweise verdampft. Phasentorpedos, die auf kein Ziel trafen, verdampften eine große Wassersäule auf ihrem Weg nach oben und verließen dann Acaspa, um ihre Energien allmählich im Weltall zu verlieren. Die nachfolgenden Sharks wurden durch die dadurch ausgelösten Wasserturbolenzen kräftig durch-geschüttelt, aber schließlich hatten die restlichen zwölf Maschinen die Wasseroberfläche erreicht. Eine gewaltige Wassersäule hinter sich herziehend, die alsbald rauschend in sich zusammenbrach, rasten die Flieger dem Himmel entgegen.
„Hier CO-LEADER. Ihre Befehle, Sir!"
„Hier COCHISE. Rückkehr aufs Landedeck. CO-LEADER anschließend zu mir." Paco brach die Aktion ab.
„Wir brauchen eine Strategie, John!" Nachdenklich sah Paco seinen wissenschaftlichen Offizier an. „Und zwar zügig!"
Man hatte soeben, ohne großartige Kampfhandlungen, zwei Piloten und eine Shark an die nahezu unbekannte Unterwassernatur Acaspas verloren.
„John, ich brauche eine Verbindung nach Acaspa!"
Wenig später erschien das Gesicht des militärischen Kommandeurs auf Acaspa. Sven Lundberg, der blauäugige, untersetzte Schwede mit den flachsblonden Haaren, grüßte knapp.
„Ist mein weißer Bruder über die letzten Vorgänge, die zu unserer Anwesenheit in diesem System führen, informiert?"
Einen Augenblick schien es, als wäre der Schwede bezüglich der Anrede irritiert und tatsächlich war es auch so. Dann aber erinnerte sich Sven Lundberg an die Berichte über diesen fast sagenhaften Indianer.
„Paul Dancer hat mit berichtet", bestätigte Sven und blickte den Indianer abwartend an.
Mit ernstem Gesicht sprach der Sioux weiter: „Wir suchen die TRAX-Stationen unter Wasser. Wir haben soeben bei einem Tauchversuch eine Shark und deren Besatzung verloren."
Lundberg machte ein bedenkliches Gesicht. „Niemand weiß, was da in dieser Schlammsuppe vor sich geht. Aus den Berichten von Thomas Raven aus dem Jahre 2122 geht lediglich hervor, dass es unglaublich wehrhafte Tiere geben muss. Davon wimmelt es auf Acaspa nicht nur in den Meeren."

Paco nickte: „Wie ist dein militärischer Status?“
Sven berichtete: „Wir haben ein komplettes Einsatzgeschwader Tiger Sharks. Der üblicherweise hier stationierte Letalis ist gestern Richtung Agua abgeflogen. Teile des Wartungspersonals sollen turnusmäßig ausgetauscht werden. Ansonsten verfüge ich über 60 Piloten und eine Einsatzgruppe Marines mit 12 Mann. Der Rest ist Service-Personal. Weiterhin haben wir in letzter Zeit Ortungsdrohnen weit außerhalb des Systems verteilt, damit wir frühzeitig bei Trax-Annäherungen informiert sind.“
Chapawee überlegte. Das Fehlen des Letalis war eine Schwächung der Einsatzmöglichkeiten hier vor Ort und wenn Sack Carter auf Agua so handelte, wie es logisch war, würde er den Kampfraumer nicht wieder zurück fliegen lassen. Agua war nahezu schutzlos und ein weiterer Letalis würde ihm eine willkommene Unterstützung sein.
„Sven, ich möchte, dass du deine Sharks in die Luft bringst. Ich will eine möglichst genaue Kartographierung der Meere. Messe mit allem, was dir zur Verfügung steht. Interessant ist für uns alles. Vielleicht finden wir etwas heraus. Fang sofort an!“
Lundberg bestätigte und schaltete ab.
Wenig später verließen 13 weiße Aufklärer die Schleuse des Habitats auf Acaspa und machten sich mit donnernden Triebwerken auf den Weg in ihre zugewiesenen Suchgebiete.
„John, in einer Stunde Treffen im Besprechungsraum – ich brauche Vorschläge.“ Paco stand auf und ging in seinen Privatraum, um dort zu meditieren und über die Situation nachzudenken.

<u>24.01.2125, 21:00 Uhr Bordzeit, COCHISE, Besprechungraum:</u>

Chapawee Paco hatte auch den Staffelkommandanten, einen gewissen Piet Vanderström, zur Besprechung dazukommen lassen. Dem knapp fünfzigjährigen, hoch gewachsenen und schlanken bis hageren Mann mit den eisgrauen, längeren Haaren, war noch anzusehen, dass er vor kurzem zwei Team-Mitglieder verloren hatte. Ernst und gefasst wartete er den Beginn der Besprechung mit einem Becher starken Kaffees in der Hand ab. Die Eltern dieses Mannes stammten aus den ehemaligen Niederlanden. Er selbst hatte das Land, welches nach dem Beginn der Klimakatastrophe als erstes vom Meer zurückerobert worden war, nie

gesehen. Vanderström kämpfte als Staffelführer bereits seit Beginn des Exodus gegen die Trax. Es waren nicht die ersten Kameraden, die er verlor. Trotzdem, es war eine Sache, an die er sich nie gewöhnen würde und auch wollte. Die Furchen in seinem Gesicht mit dunklem Teint wirkten im Moment noch tiefer als sonst, als er in Gedanken versunken am Tisch saß.
„Piet?“ Paco hatte den Raum betreten und legte seine rechte Hand auf die Schulter des Holländers.
Vanderström sah dem Indianer in die Augen.
„Wir sehen sie wieder – irgendwann und irgendwo.“
Piet nickte. „So wird es sicherlich sein!“
Chapawee setzte sich neben seinen Staffelkommandanten und sah den Rest der Teilnehmer an.
Baal hatte sich herbemüht und zwar deshalb, weil Yirr von einem Bildschirm auf die Gruppe herabsah. Sie nahm per Videoschaltung an dieser Besprechung teil und der Maroon sollte übersetzen.
Weiterhin war John Flannigan anwesend und der Gunner der COCHISE, Liam Mac Gowan, ein stämmiger Ire mit rostroten Haaren.
Von einem weiteren Bildschirm aus nahm ebenfalls Sven Lundberg von der Oberfläche des Planeten Acaspa teil.
„Ich brauche Vorschläge!“ Mit diesem knappen Satz eröffnete Paco das Gespräch. Als nicht sofort jemand antwortete, änderte der Indianer seine Gesprächsführung. „Vielleicht lassen wir Piet erst einmal berichten, was er gesehen hat. Bitte – Piet.“
Der Niederländer zuckte mit den Achseln. „Was sollen wir schon gesehen haben? Nichts – natürlich! Kaum abgetaucht, war die Sicht gleich Null. Wir sind lediglich nach Instrumenten geflogen oder getaucht und was uns diese anzeigten, war nahezu unglaublich. Die Tiere dort sind um einiges größer als eine Shark und bei beanspruchten Schilden können sie eine Gefahr werden. Ab etwa 500 Metern wurden wir vereinzelt gerammt und dies wurde stärker, je tiefer wir in den Ozean eindrangen.“
„Das bestätigt meine Theorie“, warf der Taktiker Flannigan ein, „dass das Leuchten des belasteten Schutzschirmes die Tiere anlockt und vielleicht auch aggressiv macht.

Piet nickte dazu. „Wie gesagt, je tiefer wir kamen, desto heftiger wurde es – und dann verloren wir CO-11."
Betretenes Schweigen war die Folge.
„Sven", wandte Paco sich an den Kommandeur auf Acaspa, der per Video zugeschaltet war, „hast du Ergebnisse?"
Sven schüttelte den Kopf und verneinte. Die Sharks suchten aus der Höhe den Meeresgrund noch ab. Das könne noch eine Weile dauern, bemerkte er.
Chapawee blickte zuerst den Maroon und dann Yirr an. „Präsidentin, wir müssen auch davon ausgehen, dass es uns nicht gelingt, mindestens vier der Stationen zu finden, zumal wir nicht wissen, wann wir mit dem Ereignis rechnen müssen. Dein Volk muss überleben! Hast du dich mit dem Gedanken einer Evakuierung befasst?"
Kurze Zeit später kam über Baal die Antwort und sie entstand direkt in den Köpfen der Beteiligten.
„Die Acaspa verlassen diesen Planeten nicht. Trotz der Wildheit und Gefährlichkeit unserer Natur lieben wir diesen Planeten über alles. Trotzdem habe ich, weil ich die Verantwortung für unsere Spezies trage, angeordnet, dass zwanzig Schiffe, die ein Siebtel unserer Bevölkerung tragen, in den nächsten zwei Stunden Acaspa verlassen!"
Der Sioux war überrascht. Yirr hatte schnell und kompromisslos gehandelt. 100.000 Individuen der an sich schon geringen Population schickte die Präsidentin auf die Reise.
„Können wir euch Unterkunft auf Agua anbieten?"
Yirr lehnte ab. „Wir danken für dieses großzügige Angebot, aber wir sind der Ansicht, dass zwei verschiedene Spezies auf einem Planeten schon viel sind. Wir kennen Planeten, die unserem sehr ähnlich sind und auf dem auch unsere Nahrung wächst, wenn wir sie anpflanzen."
Die Echsenartige hatte an alles gedacht, auch, dass der Rettungsversuch Acaspas misslang und die Ausgeschickten auf sich selbst gestellt waren.
Als Baals telepathische Stimme schwieg und die Menschen feststellten, dass Yirr mit ihrer Erklärung geendet hatte, ergriff John das Wort.
„Ich möchte mal mit Plan B beginnen!"
„Du meinst also, dass unsere Scanversuche zu nichts führen?", warf Sven Lundberg vom Habitat aus ein.

„Nicht unbedingt“, räumte der Taktiker ein, „allerdings sollten wir uns bemühen, die Verluste klein zu halten, solange wir nicht mal einen akzeptierten Plan A haben.“
„Was schlägt mein taktikerfahrener Bruder also vor?“ Paco beugte sich interessiert zu Flannigan. Der Indianer schätzte die Fähigkeit seines wissenschaftlichen Offiziers, die Probleme streng logisch anzugehen.
„Ich schlage vor“, begann John, „zunächst erst einmal das Habitat zu evakuieren. Das Habitat selbst kann uns nicht weiter bei der Problembewältigung helfen. Sven Lundberg kann seine Staffeln von hier dirigieren oder sie werden unserem Flight unterstellt.“
„Hast du ein Problem damit, Sven?“ Paco bezog den Kommandeur auf Acaspa in diese Entscheidung mit ein.
„Auch wenn es mir schwer fällt“, kam es ergeben vom Monitor, „ich muss John Recht geben. Schick uns deinen Letalis, wir räumen Acaspa.“
Paco nickte: „Was noch, John?“
„Wir können fast alles, bis auf menschliche Ressourcen, wieder ersetzen.“
„Fast?“
„Ja, fast. Die COCHISE wäre den Gewalten einer Gamma-Strahlen-Explosion nicht gewachsen. Wir dürfen das Schiff um der Verteidigung Agua Willen nicht riskieren. Die COCHISE muss im ausreichendem Abstand in Warteposition gehen.“ John sprach drängend, weil er den Widerspruch seines Captains vermutete, aber er hatte sich getäuscht. Es entsprach zwar überhaupt nicht der Natur des Sioux, aber er sah die Notwendigkeit ein. Er selber musste bei diesem taktischen Rückzug ja nicht unbedingt an Bord sein.
„Weiter, John!“
Der Taktiker schien während des Gespräches seinen Plan weiter zu entwickeln und fuhr fort: „Der Letalis und die Tiger Sharks sind schneller in der Beschleunigung und haben eine Chance, den Gewalten zu entkommen. Wir verteilen an strategischen Stellen über den Ozeanen unsere Sharks. Die Feuerleitcomputer werden auf Automatik gestellt. Ich gehe davon aus, dass die Trax ihre Leute von Acaspa abziehen, kurz bevor es zum Gamma-Ausbruch kommt. Wir müssen die Computer an Bord der Bomber so programmieren, dass sie völlig automatisch

das Ziel berechnen, wenn die Trax mit ihren Schiffen aus dem Meer emporsteigen."
„Du meinst", folgerte der Sioux, „dass wir das Startgebiet unter Feuer nehmen und dabei auf einen Zufallstreffer hoffen?"
Flannigan zuckte etwas hilflos mit den Schultern und nickte dabei. „Es ist immerhin Plan B. Nach Abschuss der Raketen nehmen die Bomber Fahrt auf und springen sobald als möglich zu einen vereinbarten Treffpunkt."
Flannigan schaute in die kleine Runde und als niemand etwas sagte, fuhr er fort: „Wir könnten auch die Sparrow Hawks einsetzen, um zu versuchen, das ankommende Trax-Schiff zu zerstören, bevor es das entscheidende Signal aussendet. Aber die Trefferwahrscheinlichkeit ist äußerst gering und die Jäger können sich nicht durch einen Sprung in Sicherheit bringen. Wir können 34 Bomber in Aktion bringen und ich schlage vor, Nuklearwaffen einzusetzen – wenn Yirr zustimmt. Wir erhöhen damit die Trefferwahrscheinlichkeit um das mindestens Sechsfache."
Alle schauten auf den Bildschirm mit dem Echsenwesen und warteten darauf, dass Baal seine Übersetzung beendete. Bald signalisierte Yirr über den Maroon ihre Zustimmung. „Wir sind so einiges an Strahlung gewöhnt und wir sind euch dankbar, dass ihr eure Möglichkeiten zu unserer Verteidigung einsetzt."
Die Aufmerksamkeit der Teilnehmer wurde auf Sven gerichtet, der sich von der Aufzeichnungskamera abgewendet hatte und leise in ein Mikro sprach.
„Wir haben was", meldete er auch wenig später hoch zur COCHISE. „Einer der Aufklärer hat in 2.000 Meter Tiefe eine Energiesignatur angemessen. Sie kann nicht natürlichen Ursprungs sein!"
Alle Augen richteten sich auf Paco.
„Nun gut", reagierte der Indianer. „Das wäre dann Plan A. Ich werde den logischen Worten meines weißen Bruders John folgen. Die COCHISE wird sich unter seinem Kommando, wenn unsere Brüder und Schwestern aus dem Habitat, einschließlich unserer Präsidentin, an Bord sind, bis an den Rand des nächsten Wurmloches zurückziehen, so dass sie sich schnell in Sicherheit bringen kann. Der Letalis soll augenblicklich starten und die Evakuierung vollziehen. Wir bringen sofort

alle vorhandenen Tiger Sharks mit der doppelten Besatzung von Bord. Ziel: Geostationärer Orbit um Acaspa. John, du bereitest das Abschussprogramm für die Nuklearraketen vor uns speist es in die Bordrechner. Piet ist Mission Commander für alle Sharks. Sobald der Letalis IOWA unsere Brüder und Schwestern an Bord der COCHISE gebracht hat, werde ich damit nach dem von der Acaspa-Staffel angemessenen Ziel sehen. Es begleiten mich Sven Lundberg, Liam Mac Gowan sowie Paul Dancer und Jack Warner. Gibt es Einwände?"
Niemand hatte welche.
„Lasst uns unsere Verbündeten schützen! Mögen wir erfolgreich sein! Ausführen!"

Die nächsten zwei Stunden liefen in zielgerichteter Hektik ab. Die IOWA brachte die Bewohner des Habitats zur COCHISE und Paco informierte Ewa über die Planung. Er sah leider keinen anderen Weg, als Ewa und das Ungeborene im Falle eines Fehlschlages wiederum einem Wurmlochtransfer auszusetzen. Er bat Frank Houser, seine Patientin so gut es ging, auf diese Strapaze vorzubereiten. Ewa stimmte zu, es gab keine Alternative.
Die einzige Möglichkeit für Ewa auf Jumper und Wurmlochpassagen zu verzichten, war die Benutzung der WONDERLAND mit ihrem einmaligen Antrieb. Allerdings war der Funkverkehr nach Agua immer noch zusammengebrochen und so musste auf diese Lösung verzichtet werden. Außerdem saß ihnen die Zeit im Nacken – eine weitere Unbekannte in dieser waghalsigen Gleichung.
Es konnte jeden Augenblick losgehen!
John Flannigan schrieb in Windeseile ein Programm für die Feuerleittechniken der Sharks und übermittelte diese an alle 34 Bordrechner der schweren Bomber. Ohne weiteres Zutun der Piloten würden die Maschinen automatisch vier ihrer NCB-Vulcan Raketen mit Atomsprengkopf auf das entdeckte Ziel leicht gestreut abfeuern, wobei der Austrittswinkel der Trax-Schiffe aus dem Meer berücksichtigt werden würde. Mehr als vier Raketen pro Flieger wollte John nicht riskieren. Es war nichts über die geologische Stabilität Acaspas bekannt und vorsichtshalber ging eine Warnung an Yirr, dass bei derartigem Waffeneinsatz mit Tsunamis zu rechnen sei. Yirr ließ daraufhin Wohngebiete in Küstennähe evakuieren oder sichern.

Schließlich waren die Bomber nach einem bestimmten Muster verteilt und schwebten jeweils 20 km über ihrem Einsatzgebiet – die Feuerleitautomatik zeigte Stand-By und würde vollautomatisch reagieren.
Soeben war das letzte Schiff mit den insgesamt 100.000 Acaspa, ein Siebtel der geringen Bevölkerung dieses Planeten, in die Weiten des Universums aufgebrochen. Yirr hatte der COCHISE das Ziel ihrer Evakuierungsflotte übermittelt.
Das Habitat war geräumt und die COCHISE abflugbereit. Die Teilnehmer der Letalis-Mission saßen bis auf den Captain bereits in der IOWA, welche selbst noch auf dem Landedeck stand.
Chapawee erhob sich von seinem Kommandositz. „John! Ich übergebe dir die COCHISE bis zu meiner Wiederkehr oder für immer!" Paco sprach die nach der Tradition der Flotte erforderlichen Worte aus, wenn ein Captain geplant von Bord ging. Auch der Taktiker war aufgestanden und hatte sich zu seinem Captain herumgedreht. Der Indianer trug ein ernstes Gesicht zur Schau. Noch ernster als sonst. Der Ausgang des Vorhabens war ungewiss und es war keinesfalls sicher, dass man sich wiedersah. Eine Gamma-Strahlen-Explosion könnte endgültig sein.
John schluckte schwer. „Ich verspreche, das Schiff, seine Besatzung und die Passagiere zu schützen, bis dass der Tod mich hindert."
Paco beugte nach dieser Kommandoübergabe zum Zeichen seiner Wertschätzung leicht den Kopf, wobei seine langen, blauschwarzen Haare leicht nach vorne über die Schultern fielen, drehte sich um und verließ die Brücke. Wenig später war die IOWA im Raum und das Terra-Schiff beschleunigte in Richtung des nächsten Wurmlochs.
Die Teilnehmer der nächsten Tauchexpedition hatten ihren Captain stehend auf der Brücke, also dem obersten Deck des Letalis, erwartet. Paco hatte sie kurz gemustert und gefragt, ob man die Steuerung des Schiffes dem Bordrechner überlassen müsste, oder ob sich jemand damit auskenne. Zur Überraschung aller meldete sich der wortkarge Jack Warner. Selbst sein Busenfreund Paul wusste nicht, dass Warner sich in der Navigation eines Letalis hatte ausbilden lassen. Paco hatte lediglich stumm auf den vorderen linken Platz gezeigt und Jack hatte sich vor die Navigationskontrollen gesetzt.
„Liam, du kennst deinen Platz."

Der Gunner setzte sich rechts neben den Piloten und machte sich mit der Feuerorgel vertraut. Da diese Stationen generell auf allen Schiffen der Flotte standardisiert waren, stellte dies für den Iren keine große Herausforderung dar. Er checkte lediglich, welche Waffen an Bord waren und wie viele und welche Automatikprogramme er aktivieren konnte. Wie er fand, war die IOWA im Vergleich zu ihrer Größe recht ordentlich bewaffnet.
„Sven!" Paco zeigte von seinem Kommandoplatz aus auf die rechte Seite. „Übernimm die Taktikstation. Paul, bitte nach hinten. Du übernimmst die Geschützkanzel im Heck."
Kurz Zeit später saßen alle auf ihren zugewiesenen Plätzen und Paco setzte sich auf den etwas erhöht angebrachten Kommandosessel.
„Sven? Hast du die Koordinaten mitgebracht?"
„Ja, ich überspiele sie auf das Nav-Pult."
Warner beschleunigte die IOWA in Richtung des von Sven Lundberg angegebenen Ziels.

24.01.2125, 10:00 Uhr Bordzeit, Mission >>Kaperfahrt<< TENDER OMEGA:

Obwohl die letzten beiden Tage anstrengend gewesen waren, hatte Jane nur wenig Ruhe gefunden. Sie hatte die Ortungsanlagen des Tenders mit einem akustischen Alarm verbunden und ihren Pilotensitz in die Waagerechte geschwenkt. So war ein einigermaßen bequemes Ruhen möglich. Ruhige und gleichmäßige Atemzüge aus dem Sitz rechts von ihr deuteten darauf hin, dass Phil recht schnell eingeschlafen war. Die Mannschaft ein Deck tiefer hatte mit der Schiffsführung nichts zu tun und wartete auf ihren Einsatz, wenn der erwartete Trax-Raumer erfolgreich „kalt gestellt" sein würde. Es war darum ihnen selbst überlassen, ob sie ruhten oder sich sonst wie beschäftigten.
Nach einem Blick auf die Uhr registrierte Scott, dass sie lediglich fünf Stunden geschlafen hatte. Den Rest der Zeit nach ihrem Eintreffen gestern Abend hatte sie damit zugebracht, angestrengt aus den Fenstern des Tenders zu schauen. Es war ein ungewöhnlicher Anblick. Es gab keine bekannte Sternenkonstellation. Jane hatte sich bisher nicht daran gewöhnen können. X-mal hatte sie versucht, die heimische Galaxie, die Milchstraße, ausfindig zu machen – vergeblich. Mit bloßem und dazu

noch ungeübtem Auge war da nichts zu machen. Außerdem blendeten, wenn auch nur ganz gering, die restlichen Lämpchen im Cockpit, die sich in den Scheiben spiegelten und dort Reflexe bildeten. Die blaue Hintergrundbeleuchtung, als sichtbares Zeichen dafür, dass der Tender getarnt war, hatte sie direkt nach Beginn der Ruhephase herunter geregelt.

Jane stand seufzend auf und ging in den Sozialraum hinter der Brücke. Dort war alles vorhanden, was eine kleine Brückenmannschaft für ein paar Tage im All benötigte. Eine kleine Kombüse mit Vorräten, weiter hinten eine abgetrennte Kabine mit Dusche und WC. Um den schlafenden Phil nicht zu wecken, machte sich Jane Scott leise daran, ein paar Tassen Kaffee zuzubereiten. Irgendwann würde ihr Mitstreiter schließlich wach werden und dann konnte er wohl eine Aufmunterung vertragen. Janes Absicht war gut, aber der akustische Alarm verhinderte ihr Vorhaben. Ein auf- und abschwellender Ton mittlerer Lautstärke riss den Techniker aus dem Schlaf.

„Was, wie, wann …“, während der schlaftrunkene Phil versuchte, schnellstens in die Wirklichkeit zurückzufinden und begann, eine senkrechte Stellung auf seinem Platz einzunehmen, war Jane schon aus der Kombüse hervorgeschossen und hing mit hektischem Blick an den Scanneranzeigen. Gleichzeitig hatte sie einen Zeitnehmer aktiviert.

Eines der Wurmlöcher hatte sich aktiviert. In den nächsten Sekunden musste es sich zeigen, ob sich das Warten in dieser Nacht gelohnt hatte. Mittlerweile war auch Mory wieder unter den Lebenden und schaute Jane angestrengt über die Schulter. Bange Sekunden vergingen, dann registrierten die Sensoren, dass ein weiteres Objekt im KORRIDOR angekommen war. Der Distanzscanner zeigte bisher noch ein weißes Emblem mit der Signatur UFO – das Gerät hatte noch keine genauen Informationen, um den neu Eingetroffenen klassifizieren zu können. Phil fluchte leise vor sich hin. Zu dumm auch, dass man wegen der Gefahr der Entdeckung nur passive Scans durchführen konnte – und das dauerte eben. Dann wechselte das Zeichen auf Rot und darüber entstand das Wort Trax.

„Ja!“, zischte Phil und pfiff begeistert, doch Jane hob eine Hand. Noch war nicht bekannt, wie groß das feindliche Raumschiff war. Dann trafen auch diese Daten ein und Jane Scott war enttäuscht.

Der Trax-Raumer hatte eine Länge von gerade mal 2.000 Metern. Das war ihr nicht genug.
Sie hörte das Funkgerät für den Normalfunk knacken. Offensichtlich wollte Hans Möller von der GRAF LUCKNER aus auf diese fast lautlose Art nachfragen, wie Janes Entscheidung aussah. Jane regelte die Energieabgabe des Funkgerätes runter, zog das Mikro zu sich heran und flüsterte: „Nein!“ Das Flüstern war bestimmt unnötig, verfehlte aber die Wirkung auf das Duo im anderen Teil des kleinen Konvois nicht. Es gab keine weiteren Nachfragen. Konzentriert beobachtete Captain Scott die Flugbahn des Feindschiffes. Unbeirrt zog es seine Bahn zum gegenüberliegenden Wurmloch und der Bordrechner gab an, dass es rund vier Stunden dauern würde, bis der TRAX dieses erreicht haben würde. Im Prinzip war Scotts Entscheidung auch darum wichtig, weil man die Flugbahn und das allgemeine Verhalten der Trax im KORRIDOR in Ruhe studieren konnte. Man hatte, wenn alles so blieb, schon mit der Vermutung richtig gelegen, dass die TRAX ihren Überlichtantrieb zwischen den Wurmlöchern nicht benutzten. Das war wesentlich für das Gelingen der Mission.
„Halt du ihn im Auge, ich besorge uns Kaffee und Frühstück“, mit diesen Worten ging Jane zurück in die kleine Küche.

Sechs Stunden später:
Der Trax hatte seinen Flug nicht verändert und so hatte er den KORRIDOR vor zwei Stunden durch das gegenüberliegende Wurmloch verlassen. Das untätige Warten zerrte an den Nerven der Missionsteilnehmer. Dann wiederholte sich das Prozedere von vor sechs Stunden. Der akustische Alarm ertönte wieder und dieses Mal sahen direkt zwei Augenpaare auf die Anzeigen.
„Au Mann“, entfuhr es Jane Scott, als die Anzeigenwerte komplett waren. Dieser TRAX hatte eine Größe von 14.800 Metern. Einen solchen Koloss hatte Thomas Raven vor über vier Jahren gegenüber gestanden. Nur mit letzter Kraft war man Sieger geblieben. Dafür hatte die GERONIMO ganz schön was abgekriegt.
„Soll ich das Geschütz laden?“ Phils Stimme war nervös, denn er hatte die Anzeigen ebenfalls abgelesen.
„Kann ein Schuss das ganze Schiff außer Gefecht setzen?“

Phil Mory zuckte mit den Schultern. „An so einen sind wir bisher nur einmal geraten und da gab es diese Kanone noch nicht. Versuch macht klug, wie man so schön sagt."
Jane zögerte und das wohlbekannte Knacken im Funkgerät half ihr im Moment bei der Entscheidung auch nicht. Das Feindschiff schien ihr eine Nummer zu groß, vielleicht auch gleich ein paar Nummern, gab sie sich selbst gegenüber zu.
„Nun?" Phil wurde ungeduldig.
Jane überschlug den Ablauf des Angriffes und die Ladezeit des Geschützes. Danach hatte sie noch mindestens zehn Minuten Zeit, eine Entscheidung zu treffen – und Jane gedachte sich diese Zeit zu nehmen. Sie legte Phil eine Hand auf den Arm. „Warte noch – wir haben noch Zeit."
Nach Ablauf von weiteren acht Minuten, während Hans im Letalis aufgeregt auf und ab ging, wurde Jane Scott die Entscheidung aus der Hand genommen. Aus demselben Wurmloch kamen weitere TRAX-Schiffe. Zunächst drei kleinere nach der vorherigen Kategorie, dann noch einer mit 8.000 Metern.
Jane Scott wusste nicht, ob sie sich selbst wegen der bisherigen Zurückhaltung gratulieren sollte, immerhin war eine im Laden begriffene Kanone energietechnisch anmessbar – unter Umständen, oder ob sie das Schicksal verfluchen sollte. Der 8000er war genau richtig. Und ausgerechnet dieser flog in einem Konvoi, den man auf gar keinen Fall angreifen konnte.
Scott zerdrückte ein paar lästerliche Flüche zwischen den Zähnen und schlug vor Enttäuschung mit der Faust auf eine freie, massiv aussehende Stelle des Tableaus vor ihr. Der Trax-Konvoi flog mit derselben Geschwindigkeit, wie der vorherige. Somit hatten sie die nächsten vier Stunden wieder „Sendepause".
„Mach uns was zu essen, bitte!" Scott gedachte, die Pause wenigstens sinnvoll zu füllen.
„Ich?", kam es lang gedehnt von Phil.
„Ist hier noch jemand auf der Brücke?", gab Jane leicht genervt zurück und sah den Techniker an.
„Ich kann nicht kochen", versuchte sich Phil zu verteidigen.

„Du wirst doch wohl eine Dose öffnen und deren Inhalt erhitzen können!“
Phil zog es vor, sich ohne weiteren Kommentar in die Küche zurückzuziehen. Bald zeugten laute Geräusche von seinem kulinarischen Kampf an der Kombüsenfront.
Schon eine knappe Stunde später standen vor Jane Scott drei geöffnete und vor Hitze dampfende Konservendosen, daneben lag ein Löffel und eine Gabel. Eine Dose enthielt Kartoffelpüree, die nächste ein Mix aus Gemüsesorten und die dritte Fischstücke mit Tomatensauce. Das Ganze auf einen Teller wenigstens halbwegs appetitlich anzurichten, darauf war der Meistertechniker erst gar nicht gekommen. Als wolle er ihr zuprosten, hob er selbst eine Rolle Kekse hoch. „Mahlzeit dann!“
Jane Scott beschloss, ihren Groll mit dem Inhalt der Dosen hinunter zu würgen.

Vor Ablauf der vier Stunden, die der Trax-Konvoi benötigte, um den KORRIDOR zu verlassen, passierte etwas, was Jane am Schicksal verzweifeln ließ.
Es erschien aus demselben Wurmloch ein weiterer 8.000er!
„Phil! Wann ist der letzte da verschwunden? Können wir diesen nehmen?“ Janes Stimme hatte einen drängenden bis verzweifelten Tonfall. Schließlich konnten sie nicht bis in alle Ewigkeit hier warten.
Mory tippte ein paar Daten in den Rechner vor sich. „Das wird knapp. Kann ich nicht genau sagen. Der letzte 8.000er ist das Problem. Die anderen sind dann schon durch!“
„Lade deine Kanone! Raumanzug anziehen – bis auf den Helm!“
Mit einer Hand schaltete sie eine Verbindung zur Crew ein Deck tiefer: „Es geht los! Bemannt die Tiger Sharks. Ich habe einen 8.000er in der Peilung!“
Während das Prisenkommando und die Marines sich schnellstens die Raumanzüge überstreiften und den Tender über die Schleuse in Richtung der beiden Tiger Sharks verließen, funkte Scott die GRAF LUCKNER mit Minimalfunk an. „Es geht los! Den nehmen wir!“
„Bist du sicher?“ Hans Stimme klang zweifelnd. „Wir können auch noch warten!“
„Nein, wir nehmen diesen!“ Jane Scott hatte sich entschieden.

„Gut, dann schlage ich vor, fliegen wir dem Konvoi langsam hinterher, falls es Komplikationen gibt.“
Jane gab ihr Okay, denn sie hatte ohnehin vor, die GRAF LUCKNER zu einem größeren Abstand zu veranlassen. Es war nicht nötig, dass der Kampfraumer ebenfalls in Gefahr geriet, sollten die Trax das Laden der Kanone anmessen können. Außerdem benötigte der Tender Bewegungsraum.
Auf ihrem Tableau glühten mit einem mal zwei weitere grüne Lampen. Die Sharks waren komplett besetzt und bereit zum Ablegen. Allerdings sollte das erst dann geschehen, nachdem Phil seine Waffe abgefeuert hatte. Jane streifte sich ihren Raumanzug über.
Die Minuten verstrichen zäh und an der Ausgangslage änderte sich nichts.
„Wir müssen beschleunigen und unseren Kurs anpassen!“ Phil ließ die Ladeanzeige seiner Waffe nicht aus den Augen. Augenblicklich stand die digitale Anzeige bei 19 %.
Vorsichtig griff Jane Scott in die Navigationskontrollen und beschleunigte den Tender langsam, aber stetig. Die nächsten zehn Minuten vergingen mit der Angleichung der Flugbahn. Es war deutlich zu erkennen, dass der Trax, den man sich vornehmen wollte, schneller flog, als es dem behäbigen Tender möglich war. Der Feind lag noch zurück, holte aber auf einer parallelen Flugbahn, die kaum mehr als 5000 Meter von der des Tenders entfernt war, stetig auf – und die anderen Feindschiffe hatten den KORRIDOR noch nicht verlassen.
„500.000 Meter, mehr nicht! Besser weniger!“ Phil starrte immer noch auf seine Anzeige, die im Moment den Level 95 % erreichte.
Jane Scott war dies natürlich bekannt. Weiter als 500 km reichte die Strahlenwaffe des Ingenieurs nicht. Jane beschleunigte mit Höchstwerten und hoffte, dass die Trax diese Energieentfaltung entweder nicht anmessen konnten, oder man blind war auf Seiten des gegnerischen Schiffes.
Der Abstand zum Gejagten verringerte sich daraufhin langsamer und Jane stellte fest, dass sich das gegenüberliegende Wurmloch aktiviert hatte.
„100 Prozent!“, rief Phil. „Feind in Reichweite!“
Soeben verschwand der Überraumer der TRAX in der Anomalie.

Wir schaffen es nicht, dachte Scott und quetschte noch ein paar Prozent mehr an Energie aus den Meilern und führte sie dem Antrieb zu. In diesem Augenblick „überholte" der Angepeilte den Tender und eins der drei 2.000er verschwand durch das Wurmloch. Scott richtete den Tender so aus, dass Phil sein Ziel stets im Fadenkreuz behielt.
„Abstand 100.000 Meter!", meldete Phil.
Der zweite „kleine" Trax verschwand.
„Abstand 250.000 Meter!"
Die dritte kleinere Einheit der Trax verschwand.
„Abstand 400.000 Meter!"
„Feuer! Schieß ihn ab, jetzt!" Jane schrie ihren „Copiloten" geradezu an und Phil beeilte sich mit der Faust auf den Feuerknopf zu hauen. Im Nu ertönte an Bord von TENDER OMEGA ein kräftiges Brummen und nach knapp drei Sekunden eilte dem vorausfliegenden Trax ein grellweißer Energiestrahl hinterher.
„Volltreffer!", schrie Phil und Jane über die Bordkommunikation nicht minder laut: „Prisenkommando ab!"
Sofort klinkten sich die beiden Tiger Sharks aus der magnetischen Verriegelung und beschleunigten stark. Die beiden Bomber konnten das Ziel noch erreichen, der Tender nicht, er fiel schnell zurück.
Atemlos verfolgten Phil und Jane das Aufholmanöver des Enterteams und wurden in ihrer Konzentration durch einen eingehenden Funkspruch gestört.
„GRAF LUCKNER ruft TENDER OMEGA!"
Jane meldete sich: „Wir haben ihn gleich!"
„Er kommt zurück!" Rein sachlich und ruhig klang Hannes Stimme aus dem Lautsprecher.
Scott war einen Moment verwirrt. „Wer kommt zurück?"
„Der letzte 8.000er. Er ist nicht durch das Wurmloch geflogen, sondern in letzter Sekunde seitlich daran vorbei. Er hat gerade beigedreht und fliegt jetzt auf euch zu!"
Jane Scott schluckte und Phil fluchte unterdrückt.
„Was jetzt?", fragte der Ingenieur.
„Lad´ deine Waffe", antwortete Jane nahezu tonlos.
„Wie, jetzt?"

„Du sollst deine Waffe laden!" Jane herrschte den kleinen Engländer ungeduldig an und erreichte damit, dass sich Phil wieder mit seiner Kanone beschäftigte.
„TENDER OMEGA an Prisenkommando!"
„Hier Entermannschaft!"
„Nicht an Bord gehen, ich wiederhole, nicht an Bord gehen! Wir bekommen Besuch aus zwölf Uhr. Seht zu, dass ihr in Deckung hinter unserem Zielschiff bleibt und haltet Abstand, falls unser Zielschiff vernichtet werden soll!" Jane hatte schnell umgeschaltet und in ihr Kalkül einbezogen, dass der zweite 8.000er den außer Gefecht gesetzten Trax einfach liquidierte.
„GRAF LUCKNER an TENDER OMEGA!" Dieses Mal erklang Emmas Stimme.
„Ich höre!"
„Weiteres Problem", gab die Dänin bekannt. „Man hat erkannt, dass wir dahinterstecken!"
Jane funkte ein verständnisloses: „Wieso?"
„Man arbeitet mit den Ortungsstrahlen. Man hat diese mittlerweile soweit modifiziert, dass in schnellster Folge ganze Raumbereiche abgetastet werden können. Das kann nur bedeuten, dass die Trax getarnte Schiffe, und damit uns, hier erwarten oder vermuten."
Eine Weile war es ruhig, während der aktive Trax näher an die Entergruppe heranraste.
„Wir greifen jetzt an!" Das war wiederum Hans gewesen.
In Janes Kopf wirbelten die Gedanken. Gegen einen solchen Giganten hatte der Kampfraumer nur dann eine Chance, wenn er erfolgreich getarnt war und das auch blieb. So war abzusehen, dass die Auseinandersetzung schiefgehen musste.
„Nein", ordnete Jane Scott an. „Zieht euch zurück! Bleibt außerhalb der Taststrahler!"
„Aber…" wollte Hans Möller einwerfen.
„Ich habe das Kommando, Hans! Schon vergessen? Ihr zieht euch zurück und wir holen uns den Nächsten!"
„Wahnsinn – aber verstanden, wir halten Abstand!"

Captains Scott griff in die Kontrollen und dirigierte den getarnten Tender so, dass man das lahm geschossene Schiff der Trax als Deckung vor dem herannahenden Feindschiff nutzen konnte.
„Wie lange braucht deine Kanone von der Auslösung bis zum tatsächlichen Schuss?“
Der Techniker stutzte einen Augenblick, dann antwortete er: „3 Sekunden.“
Jane bugsierte den Tender näher an das erste Opfer heran. „Wenn ich „JETZT“ sage, drückst du auf deinen Feuerknopf!“
„Ja, aber, wenn ich …“, begann Phil Mory zu wiedersprechen und wurde sofort mehr als brüsk und grollendem Unterton unterbrochen.
„Wenn alle Leute auf der Walhalla meine Befehle erst einmal in Zweifel gezogen hätten und zu diskutieren angefangen hätten, dann hättest du dieses Problem jetzt nicht, Phil Mory! Tu´s einfach!“ Den letzten Satz schrie Jane.
„Aye, Sir!“, gab Phil mehr als kleinlaut zurück.
„Ladestand?“ Die Anfrage von Jane kam fordernd – befehlend.
„90 %!“
Jane flog noch näher an den lahmen Trax heran und behielt die Scanneranzeige im Auge. Der Angreifer war noch mehr als 2 Millionen Kilometer entfernt und näherte sich jetzt langsamer.
„95%!“
Abstand: Eintausend Kilometer!
„Phil schalte dein Fadenkreuz als HUD auf mein Fenster!“
Wenig später war die Zielvorrichtung für die starr eingebaute Kanone im Bugfenster als 3D-Format eingeblendet.
„100%“
Abstand 500.000 Meter!
Phil bemerkte, dass Jane Scott alle sonst überschüssige Energie in den Antrieb leitete – und zwar viel mehr als gut war. Trotzdem hielt er den Mund. Noch einmal wollte er nicht so angefahren werden.
Abstand 250.000 Meter!
„Feuer!“, schrie Jane und zündete alle Korrekturtriebwerke an der Unterseite des Tenders. Kurz nachdem Phil auf den Feuerknopf gedrückt hatte, glaubte er von einer Titanenfaust in seinen Sitz gepresst zu werden. Die viel zu geringen Beharrungsdämpfer des Tenders hatten den

physikalischen Kräften nur wenig entgegenzusetzen, genau wie die hoffnungslos überforderten Korrektur- und Starttriebwerke, die soeben mit brachialer Gewalt überlastet wurden. Schlagartig sah Phil aus den Schlitzen seiner zusammengekniffenen Augen, dass im Anzeigenbereich der Navigation einige rote Lichter aufflackerten. Doch damit nicht genug, von unten kam nicht nur Dröhnen, sondern auch eine mittlere Detonation, die den G-Bereich der Beschleunigung noch einmal erhöhte.

Der Tender schoss aus seiner Perspektive nach oben aus der Deckung seines ersten Opfers heraus. Jane Scott schrie vor Anstrengung, als sie bei dem mörderischen Druck ihre Arme langsam nach vorne brachte, um das Fadenkreuz auf den Angreifer auszurichten. Mit stark zitternden Händen griff sie zum Flight-Stick und bewegte ihn langsam. Gerade als das Schiff reagiert hatte, entlud sich Phils Waffe mit einem heftigen Fauchen. Phil sah noch, wie der gleißend helle Strahl auf den Trax-Angreifer zuraste. Leider sah er aber noch einen Lichtstrahl, der vom Feind auf den Tender abgefeuert wurde. Kurz darauf gab es einen heftigen Stoß und ein mörderisches Krachen und Bersten von Metall. Jane und Phil wären aus ihren Sitzen geschleudert worden, wenn sie sich nicht vorher angeschnallt hätten. Die Anschnallgurte, eine neue Technik ebenfalls aus Brain Hill, blähten sich ähnlich einem Airbag aus früheren Zeiten schlagartig auf und verbreiterten so ihre Anliegefläche an den Körpern um das Zehnfache. Trotzdem waren diese Rückhaltesystem nicht angenehm für die beiden Piloten, wenngleich sie ihnen dieses Mal auch das Leben retteten. Für einige Sekunden verlor Mory das Bewusstsein, dann wurde er von einer Automatenstimme geweckt.

„Achtung Hüllenbruch! Lebenserhaltung kritisch! Lebenserhaltung versagt! Achtung Hüll…“, danach war Ruhe.

Phils geschulter Verstand konnte auf diese Benachrichtigungen verzichten. Im Cockpit war es, bis auf einige schwach leuchtende, rote Lämpchen völlig dunkel. Er erkannte Rauch, wahrscheinlich schwelte irgendwo ein Feuer. Elektrostatische Entladungen tauchten die Szenerie in eine groteske Schattenwelt. Mory sah auf sein Tableau. Hatte man den Angreifer außer Gefecht setzen können?

Navigation: rot!

Umweltkontrolle: rot!

Kommunikation: rot!
Sensoren: rot!
Phil bemerkte, dass es kühler wurde. Es wurde Zeit. Er schlug auf das Sammelschloss seiner Anschnallgurte, die Rückhaltesysteme verschwanden blitzartig im Pilotenstuhl und er schwebte schwerelos knapp darüber. Er hielt sich an einer Armlehne fest und tastete nach Jane Scott. Sie lag besinnungslos und angeschnallt im Sessel. Phil zog seinen Helm unter dem Sitz hervor und setzte ihn auf, dann setzte er der Bewusstlosen ihren Helm auf und schaltete die Anzugslebenserhaltung ein. Bei beiden Anzügen glimmte ein beruhigendes grünes Licht auf. Er befreite Jane aus dem Sitz und schob sie Richtung Allschleuse. Er traute dem Flieger nicht mehr viel zu. Die automatische Warnung funktionierte schließlich nicht mehr. Wer gab ihm die Garantie, dass die Isolationsfelder des Antriebes noch intakt waren und den Tender nicht in eine Bombe verwandelten? Es passte jeweils nur eine Person in diese kleine Schleuse. Er schob Jane in den Raum, verriegelte ihn wieder und öffnete dann die Außentür. Mit einem Teil der Atemluft, die sich schnell im All verflüchtigte, entschwebte Jane Scott aus dem Bereich des Tenders in die Weiten des Alls. Phil beeilte sich, ebenfalls durch diese Schleuse nach draußen zu gelangen. Nachdem er die äußere Tür geöffnet hatte, nahm er etwas Maß und stieß sich dann vorsichtig ab. In einem langsamen Flug erreichte er Jane Scott und hielt sie, oder sich an ihr, fest. Langsam drehte sich das Paar um die eigene Achse. Dabei konnte Phil einen Blick auf den Tender werfen. Die Befürchtung mit dem explodierenden Antrieb erwies sich als unbegründet – es gab einfach keinen mehr. Sie hatten unwahrscheinliches Glück gehabt. Was dort im Weltraum hing, war praktisch die Brücke, von der noch ein paar Kabel wirr in den Weltraum hingen und sich schlangengleich um das jetzt leere Brückengehäuse rankten.
Phil schaltete sein Funkgerät ein.
„Hier ist Phil, Mayday!"
„Hier GRAF LUCKNER", kam die erregte Stimme von Emma. „Gott sei Dank! Was ist mit Jane? Seid ihr verletzt?"
„Wir sind ausgestiegen, Jane ist bewusstlos und treibt neben mir. Wie ist unser Status?"

Trotz der Sorge um Captain Scott wollte Phil Mory wissen, wie ihre Lage zurzeit war.
„Wir haben euch angepeilt und Hans manövriert den Letalis in eure Richtung. Zur Lage: Ihr habt einen weiteren Treffer gelandet. Die beiden Sharks haben sich aufgeteilt und fliegen jeweils einen 8.000er an. Wenn wir nicht gestört werden, nehmen wir beide mit. Das Prisenkommando hat mir bestätigt, dass dies, wenn sie mehr Zeit zur Verfügung haben, möglich ist."
Phil wollte gerade aufatmen, als er eine weitere, etwas schwächere Stimme, im Funk hörte.
„Wir haben es geschafft, was?" Es war Jane, die gerade wieder zu sich gekommen war und offensichtlich den Funkverkehr mitgehört hatte.
„Noch nicht ganz, Captain", bemerkte Phil. „Wir müssen unsere Beute noch in Sicherheit bringen. Bist du verletzt? Hast du Schmerzen?"
„Schmerzen ja, aber wahrscheinlich keine Verletzungen. Ich tippe auf Prellungen. Du kannst mich jetzt jedenfalls loslassen."
Peinlich berührt stellte Phil fest, dass er seinen kommandierenden Offizier immer noch fest umklammert hielt. Schnell ließ er los, gerade rechtzeitig, um die GRAF LUCKNER zu bemerken, die sich in 50 Meter Entfernung enttarnte.
„Kannst du den Anzug steuern?" Phil kannte die neuesten Geschöpfe aus der Innovationsschmiede um Brain Hill. Die Raumanzüge waren im All flugfähig.
„Nein", kam es zögerlich von Jane Scott.
„Dann entschuldigst du sicherlich." Phil manipulierte an seinen Anzugskontrollen und glitt auf Scott zu. Mit dem linken Arm umfasste er ihre Hüfte und mit der anderen Hand regulierte er den Anzugsantrieb. „GRAF LUCKNER! Schleuse öffnen, wir kommen!"
Wenig später waren Phil und Jane an Bord des Letalis. Während Hans das Schiff wieder tarnte und die Scanner im Auge behielt, untersuchte Emma die Missionskommandantin. Mit einem medizinischen Mehrzweckscanner strich sie über den schlanken Körper der vierzigjährigen Frau. Anschließend konnten beide beruhigt sein. Das Gerät bestätigte die Selbstdiagnose von Jane Scott. Außer schmerzhaften Prellungen gab es keine körperlichen Schäden. Dagegen gab Emma ein schnell wirkendes Schmerzmittel aus.

„ENTER ALPHA ruft GRAF LUCKNER!"
Hans Möller meldete sich.
„Meine Güte. Was eine Sauerei hier. Aber was soll´s, wir sind abflugbereit!"
„ENTER BETA! Was ist mit euch?" Hans fragte voll Ungeduld nach. Man konnte schließlich nie wissen, wann die TRAX wieder auftauchten, oder der gerade verschwundene Konvoi bemerkte, dass der letzte 8.000er nicht nachkam.
„Mann, hier kleben die Reste der TRAX überall. Wir mussten die Steuerkonsolen erst grob säubern, bevor wir unsere Geräte anschließen konnten. Wir sind in zwei Minuten soweit!"
Hans war zufrieden. „ENTER ALPHA! Öffnet eine Schleuse! Wir kommen mit der GRAF LUCKNER an Bord!"
Wenig später hatte er mit seinen Scanner eine große, geöffnete Schleuse im Heck des Feindschiffes geortet und steuerte den Letalis darauf zu.
„Wir müssen unsere Spuren beseitigen!" Jane Scott dachte schon wieder folgerichtig.
„Ich übernehme das!" Phil Mory setzte sich an das heckwärtige Geschütz des Letalis und aktivierte die Phasenkanone. Kurz darauf explodierten in hellen Leuchterscheinungen die letzten Reste des Tenders.

<u>25.01.2125, 07:00 Uhr Ortszeit, Agua, Bodenverteidigungszentrale, Besprechungsraum:</u>

Das nächste Mal schicke ich sie mit, dachte Sack Carter und knallte ein großes, aber dafür nur halbvolles Whiskyglas auf den Besprechungstisch, der nur mäßig von einer einzelnen, gedimmten Leuchte erhellt wurde. Entgegen seiner inneren Einstellung sprach er mit geradezu sanfter Stimme auf seine Besucherin ein: „Trink das!"
Rebecca Meyers schreckte hoch. Ihre Augen sahen leicht verheult aus und tiefe Ringe unter diesen machten die attraktive Frau nicht jünger.
„Bist du verrückt? Wir haben früh am Morgen!"
Sack stöhnte innerlich, verstand aber die seelische Not der Engländerin. Sie machte sich Sorgen um ihren Freund Phil Mory. Die Teilnehmer der Mission Kaperfahrt waren nun fast drei Tage unterwegs und es gab bisher kein Lebenszeichen von ihnen. Rebecca war in den letzten zwei Tagen nicht von Sacks Seite gewichen und Carter hatte das anfangs

ganz witzig gefunden, war Rebecca doch eine schlagfertige und auch sehr ansehnliche Frau. Nun war sie zur Nervensäge mutiert und reagierte hektisch auf jeden Kom-Anruf, den Sack erhielt – und das waren eine ganze Menge. Gestern Abend, eigentlich heute, hatte sie ihn erst kurz nach Mitternacht verlassen und nun war sie bereits wieder seit zwei Stunden bei ihm.
„Trinken!“ Sack verstand keinen Spaß und konnte einen weiteren Tag mit dieser zappeligen Frau nicht aushalten. Aufgrund des drohenden Untertons griff Rebecca mit zittrigen Fingern nach dem dreijährigen Whisky. Es handelte sich um einen der ersten auf Agua gebrannten. Kenner bescheinigten ihm durchaus, mit den besten seiner Art von der Erde konkurrieren zu können.
Die schwarzhaarige Engländerin trank in großen Schlucken und setzte das Glas erst ab, als sie die Hälfte geleert hatte. Sack bekam große Augen. Betrunken machen wollte er sie ja nicht, nur beruhigen. Ein gewaltiger Rülpser ließ ihn das Schlimmste befürchten und tatsächlich, Meyers war in ihrem Sessel ein wenig zurückgesunken und hatte Mühe, die Augen offen zu halten. Das Zeug wirkte schon.
Sack ging zu einem Wanddisplay und drückte auf der Tastatur eine bestimmte Nummer. Kurz darauf erschien das Gesicht eines Mannes mit griechischen Zügen. Im Hintergrund erkannte man die Theke des großen Gemeinschaftsraumes.
„Hallo Ari“, begrüßte Sack seinen Gesprächspartner, der mit vollständigem Namen Aristoteles Kakatuoides genannt wurde. „Ich habe hier einen Notfall! Ich brauche dringend ein kräftiges Frühstück für zwei Personen und zwei Liter starken Kaffees – schwarz und heiß!“
Aristoteles grinste zurück: „Wann habt ihr Militärs mal keinen Notfall? Kommt gleich, ich schicke jemanden vorbei!“
Carter dankte und während er die Verbindung unterbrach, hörte er, wie ein Glas unkontrolliert laut auf den Tisch abgesetzt wurde. Er wirbelte herum. Richtig: Das Glas war leer und Rebecca hing mehr in dem Sitz, als dass sie saß.
„Scheiße!“ Sack fluchte unterdrückt. Das hatte er nicht beabsichtigt. Schnell stellte er die Flasche weg, bevor Meyers auf den Gedanken kam, sich auch noch selbst zu bedienen.

„Rebecca!“ Carter war um den Tisch herum gegangen, stand nun vor der Engländerin und rüttelte sie an den Schultern. „Rebecca, wach auf!“
„Wieso denn?“ Nur bei genauem Hinhören waren die Worte zu verstehen gewesen. Danach fiel Rebeccas Kopf wieder nach hinten und sie fing hörbar an zu schnarchen. Die Situation entgleitet mir, dachte Sack. Vorsichtig hob er die schlanke Frau aus dem Sessel und trug sie in einen Nebenraum, in dem eine Couch stand. Er legte sie dort ab und sorgte mittels eines davor gestellten Stuhls dafür, dass sie nicht von der Couch fiel. Die Chefin der ZeVe, also der Zentralen Verwaltung auf Agua, war schachmatt! Und er hatte zumindest seine Ruhe – eine Weile. Vielleicht doch nicht so schlecht, dachte Sack.
„Agua Bodenverteidigung von Mond EINS kommen!“
Laut hallte der Funkanruf des Leiters aller drei Mondstationen aus dem eigentlichen kreisrunden Zentralraum durch die gesamte unterirdische Anlage. Sack ließ Rebecca auf der Couch liegen und beeilte sich, seine Verteidigungszentrale aufzusuchen. Mit einem leichten Stöhnen warf er sich in seinen Sitz und gab Antwort.
„Mission Kaperfahrt hat sich vor zwei Minuten zurückgemeldet, Sack! Sie stehen in einer Lichtstunde Entfernung im Agua-System.“
Carter sagte erst mal nichts, kam aber mit dem Gesicht dem Monitor näher.
Sein Gegenüber grinste nahezu diabolisch, ließ Carter noch eine ganz kleine Weile zappeln und beantwortete dann die nicht gestellte Frage: „Sie bringen zwei 8.000er TRAX-Schiffe mit. Ich denke, sie hatten eine verdammt gute Jagd!“
„Irgendwelche Verluste?“ Trotz der guten Nachricht blieb der derzeitige militärische Chef auf Agua skeptisch.
„Ja, TENDER OMEGA gibt es wohl nicht mehr! Ansonsten alle wohlauf!“
Carter atmete auf. Auf den Tender konnten sie verzichten. Ihm fiel ein zentnerschwerer Stein vom Herzen. Er hatte sich mehr Gedanken um das Gelingen der Mission gemacht, als er sich selber eingestehen wollte und der Verlust des Tenders bewies, dass seine Befürchtungen wohl nicht unbegründet waren.
„Sie werden die Beuteschiffe in der Nähe der Mondumlaufbahnen parken und in spätestens drei Stunden mit dem Letalis und den beiden

Sharks landen. Ich übermittle dir den schriftlichen Bericht der Kaperfahrer als Datei, damit du informiert bist."
Sack dankte und registrierte wenig später, dass eine Datei auf seinem Rechner eingetroffen war. Bevor er den Bericht studierte, schaute er noch nach Rebecca. Das würde harte Arbeit werden, sie wiederherzustellen. Aber die nächsten zweieinhalb Stunden konnte sie erst einmal schlafen.

Sack hatte das gelieferte Frühstück, reichlich geräucherten Fisch, frisches Brot, Marmelade aus einheimischen Früchten und eine riesige Thermoskanne Kaffee, entgegengenommen und zunächst achtlos zur Seite gestellt. Der angekündigte Bericht interessierte ihn weitaus mehr. Nicht ohne Grund war Sack Carter ein hagerer Mann. Für die meisten Dinge interessierte er sich mehr als für die Nahrung. Essen war für ihn lediglich fürs Überleben wichtig. Während er las, wischte er sich mehrfach imaginären Schweiß von der Stirn. Er nahm zur Kenntnis, dass die Kommandogewalt auf Jane Scott übergegangen war und obwohl ihr Bericht nüchtern abgefasst worden war, konnte Sack erkennen, dass es einiges an Nerven gekostet haben musste, diese Schiffe zu erbeuten. Den Treffer auf den Tender erfasste er mit Unbehagen. Das Ganze war viel knapper ausgegangen, als er bisher gedacht hatte. Das war der einzige Tender mit Jumper gewesen. Sie würden einen Neuen bauen müssen. Dafür würde es wahrscheinlich erforderlich sein, die Letalis-Produktion für mindestens sechs Monate zu unterbrechen. Sacks Gedanken beschäftigten sich schon mit der Zukunft, als sein Blick zufällig auf die Uhr fiel.
Nur noch 30 Minuten bis zur Landung! Er musste Rebecca wecken!
Rasch ging er in den Nachbarraum, wo die Verwaltungsleiterin immer noch leise vor sich hin schnarchte.
„Rebecca! Aufwachen!" Sack hatte sich verkehrt herum auf den Stuhl vor der Couch gesetzt und bemühte sich, Rebecca mit angemessener Lautstärke einen sanften Übergang ins Leben zu ermöglichen. Das Ergebnis: Sie gab ein höchst unwilliges Knurren von sich.
Sack wurde lauter und rüttelte an der Schulter der Schlafenden. „Los jetzt, Rebecca, aufstehen, Agua wartet auf uns!"
Meyers schüttelte seine Hand ab. „Lass mich in Ruhe!" Mit diesen Worten drehte sie sich um und wollte weiterschlafen.

„Okay!" Sack war aufgestanden. „Dann hole ich Phil eben alleine vom Raumhafen ab. Soll ich einen schönen Gruß bestellen?"
„Was?" Rebecca war so schnell von der Couch hochgesprungen, dass sie den dabei im Weg befindlichen Stuhl umwarf. „Warum sagst du das nicht gleich! Himmel, wann sind sie da? Wie sehe ich aus? Meine Güte, in welchem Zustand sieht mich Phil?"
Typisch Frau, dachte Sack. Bevor sie danach fragte, ob die Mission erfolgreich war, kam erst mal ihr eigenes Outfit an die Reihe.
„Da hinten ist die Hygiene-Zelle. Da kannst du dich frisch machen. Ich richte schon mal das Frühstück an."
Rebecca eilte in die angegebene Richtung. „Frühstücken später, lass uns zum Raumhafen!"
„Negativ!" Carter lehnte ab. „So viel Zeit bleibt uns, ich habe einen schnellen Schrauber."

20 Minuten später saßen beide in einem kleinen pfeilschnellen Flugschrauber. Sack legte die Maschine weit kopfüber und gab 100 % Leistung auf die Flügelschrauben. Daraufhin raste der Flieger mit 500 km/Stunde über die Oberfläche Aguas. Über den Flottenfunk bekam man mit, dass die GRAF LUCKNER in Begleitung von zwei Tiger Sharks um Landeerlaubnis bat. Der Hafenkommandant gab die Erlaubnis und stellte wieder den bei Starts und Landungen üblichen Verschlusszustand her. Sack schaffte es so gerade noch, vor den gewaltigen Luftturbolenzen des landenden Letalis sein leichtes Fluggerät am Rande des Landefeldes sanft aufzusetzen. Kaum hatte er die Motoren abgeschaltet, so sprang auch schon Rebecca aus dem Schrauber und lief in Richtung des Landepunktes.
„Rebecca! Warte!" Sack schrie hinter ihr her, aber sie hörte nicht.
So blieb Sack im Schrauber sitzen, schloss die von Meyers aufgelassene Cockpittür und wartete das Unvermeidliche ab.
Der von der GRAF LUCKNER aufgewirbelte Staub war gewaltig und traf mit Wucht auf die laufende Rebecca, die von den Gewalten fast umgeworfen wurde. Im Nu war die kurz zuvor in der Hygienezelle verbesserte Optik vergebene Liebesmüh gewesen. Ihr sorgsam gebändigtes, langes, schwarzes Haar stand in alle Himmelsrichtungen ab und die Farbe spiegelte alle Staub- und Erdfarben Aguas wieder. Rebecca spürte es nicht, im großen Winkel stemmte sie sich dem Wind entgegen und

hielt unbeirrt auf den Letalis zu, der soeben gelandet war. Die Schleuse öffnete sich und Phil, der über die Monitore seine Freundin hatte laufen sehen, kam als Erster heraus. Rasch schritt er seiner rennenden Partnerin entgegen und sie lief ihm heftig atmend genau in die Arme.
Phil hielt sie fest und drückte sie trotzdem ein bisschen auf Abstand, um die betrachten zu können. Blau leuchtende Augen sahen ihn begeistert aus einem vor Dreck und Staub starrenden Gesicht an.
„Du siehst gut aus", scherzte Phil. „Sag mal, hast du getrunken?"
Ein Räuspern enthob Rebecca einer peinlichen Antwort. Sack hatte die Gruppe erreicht. Mittlerweile hatten alle, auch das gesamte Prisenkommando und die Marines, ihre Maschinen verlassen und waren angetreten. Phil löste sich von Rebecca und nahm seinen Platz zwischen den Missionsteilnehmern ein. Meyers hielt sich schräg hinter Sack Carter und wartete die anstehende Zeremonie geduldig ab.
Sack Carter schritt langsam die Front ab und blieb schließlich vor Jane Scott stehen.
Die Missionskommandantin gab ihre Meldung ab.
„Mission Kaperfahrt vollständig zurück!
Verluste: TENDER OMEGA.
Ergebnis: Kaperung zweier 8.000er Trax Schiffe!"
Über Carters Gesicht huschte ein Lächeln. „Willkommen zurück, Captain Scott. Ich beglückwünsche dich zu diesem großartigen Erfolg."
Mit diesen Worten gab er Jane die Hand und neigte zum Zeichen seiner Anerkennung seinen Kopf.
Die Umstehenden konnten förmlich spüren, wie gut Jane Scott dieses Lob und dieser Erfolg tat. Zu lange hatte sie auf ein derartiges Erfolgserlebnis warten müssen. Nun war ihr die Anerkennung sicher, zumal dieses Ereignis sicherlich in den Netz-Nachrichten auf Agua übertragen wurde. Das würde auch vielen Walhalla-Siedler helfen, zu einem gesunden Selbstwertgefühl zurückzufinden.
Sack war drei Schritte zurück getreten und mit lauter Stimme richtete er sich an die übrigen Teilnehmer: „Ich heiße alle willkommen zurück auf Agua. Stellvertretend für alle Bewohner danke ich euch für den gewagten und erfolgreichen Einsatz. Ihr habt das toll gemacht – meinen Respekt! Es ist mir eine Ehre, mit euch zusammen der Bevölkerung Aguas zu dienen! Feiert euren Erfolg!"

Allgemeines Gejohle war zu hören und man konnte sicher sein, dass die Mannschaft noch am heutigen Tage ordentlich einen drauf machen würde.
„Wegtreten!"
Die Crew zerstreute sich und wenig später war nur noch die Führungscrew anwesend und stand vor dem derzeitigen Militärchef.
„Sack", begann Jane Scott, „wir sollten das schnellstens, vielleicht an anderer Stelle, wiederholen!"
Carter zog eine Augenbraue hoch und musterte Scott. „Ich hatte befürchtet, dass du derartiges sagst, Jane. Aber das kommt nicht in Frage!"
Die Frau wollte aufbegehren, aber Sack hob abwehrend eine Hand.
„Die Trax fliegen nicht mit einer uns weit überlegenen Technik durch das All, weil sie dumm sind. Wie du in deinem Bericht erwähnt hast, haben sie mit den Suchstrahlen direkt nach uns geforscht, haben uns also schon hinter dem Angriff vermutet. Die Zerstörung des Tenders wird nicht hundertprozentig endgültig gewesen sein. Es gibt sicherlich noch Teile oder Spuren, die von den Trax ausgewertet werden können. Dann wissen sie Bescheid und werden Sicherungen einbauen. Was würdest du tun, Phil?"
Der so unvermutet angesprochene Techniker zögerte keine Sekunde. „Ich würde interne Sensoren nach Lebenszeichen scannen lassen und das pausenlos. Bei Ausbleiben von Vitalzeichen würde ich einen automatischen Selbstzerstörungsmechanismus einleiten!"
Sack sah von Phil wieder zu Jane. „Siehst du, Phil hat schnell und folgerichtig eine Abwehrmaßnahme zur Hand. Ich gehe davon aus, dass die Feinde ebenfalls logisch handeln werden. Diese Kaperfahrt ist gerade noch einmal gut gegangen und du hast uns zwei riesige Feindschiffe erobert. Wir sollten unser Glück nicht zu sehr herausfordern. Von mir gibt es keine weitere Genehmigung für derlei Aktionen. Vielleicht hast du mehr Erfolg, wenn die GERONIMO zurück ist. Einstweilen musst du dich mit meinem Dank und meiner Hochachtung zufrieden geben."
Sack hatte in einer Art bestimmten Tonfalls gesprochen, der keinen Widerspruch zuließ und im Grunde war er froh, dass ein derartiges Wagnis mit seiner Zustimmung einen erfolgreichen Abschluss gefunden hatte. Scott überlegte kurz und konnte die Argumentation zum

großen Teil nachvollziehen. Wahrscheinlich konnte man beim Gegner nur jeweils einmal eine gewisse Taktik verfolgen. Selbst die Tarntechnik bröckelte schon in ihrer Effektivität.
Man durfte die Trax nicht unterschätzen!

Etwas über 10 Stunden vorher, am 24.01.2125, kurz vor Mitternacht, an Bord der IOWA über Acaspa:

Langsam sank die IOWA unter der ruhigen Pilotenhand von Jack Warner der südlichen Hemisphäre Acaspas entgegen. Die Energiesignatur war im südlichen Ozean angemessen worden und Jack hatte das Ziel als HUD auf seiner Frontscheibe. Noch war der Planet in Gänze durch die Bugscheibe zu sehen, aber er wurde schnell größer und eine Landung in Kürze war abzusehen.
Paco blickte skeptisch nach draußen. So ganz konnte er die Heimatliebe der Echsenwesen nicht verstehen. Die Kugel sah nach jeder Menge Schlamm und Morast aus, bedeckt mit einer Ansammlung faulig stinkender Gase, die sich nebelartig über den gesamten Planeten ausbreiteten. Nach den Berichten, die der Indianer gelesen hatte, gab es eine Reihe recht wehrhafter Tiere zu Lande und in der Luft. Das Meer war weitgehend unbekannt.
„Schutzschirm ein, Tarnung ein!" Der Sioux war nicht bereit, ein Risiko einzugehen. Bläuliches Licht im Innenraum war die Folge seiner Anordnung.
„Schutzfeldgitter bei 100 %!" Liam hatte die Leistung der entsprechenden Projektoren hochgefahren.
Der Letalis stürzte in einem flachen Bogen und dem sechsfachen der Schallgeschwindigkeit auf Acaspa zu und hatte eine Höhe von 4.000 Metern erreicht.
„Vorsicht!", rief Liam dem Navigator zu. Er hatte am dunkelbraunen Horizont eine schwarze Wolke ausgemacht und konnte sie nicht zuordnen.
Jack zwang den Kampfraumer in eine Kurve, aber es war zu spät, er konnte nicht mehr ganz ausweichen. Es gab einen dumpfen Knall, einen kurzen Ruck und die Frontscheibe war bedeckt mit Blut, Eingeweide und Schuppen. Die klebrige Masse schmierte durch den Luftsog langsam zur Seite weg und verdeckte damit die gesamte Aussicht.

„Was war das denn?", fragte Paul Dancer, über dessen Heck die Einzelteile geflogen waren.
„Flugechse!" Mehr gab der wortkarge Jack Warner nicht als Erklärung ab.
„IOWA, hier spricht dein Captain."
„Ihre Befehle, Sir?"
„Unsere Aussicht ist verdreckt." Paco war nicht beunruhigt, aber der kleine Zwischenfall zeigte schon, wie vorsichtig man zu Werke gehen musste.
„Ich präsentiere die Lösung!"
Blitzschnell hatte die künstliche Intelligenz an Bord der IOWA ein paar Kameras ausgefahren und das Ergebnis auf die Bugscheiben projiziert. Es sah aus, als wären die Scheiben nie verdreckt worden.
Der Indianer nickte anerkennend.
„IOWA, wir werden in Kürze einen Tauchgang unternehmen. Die Sicht soll unter Wasser sehr schlecht sein. Was kannst du uns anbieten?"
„Ich kalibriere die Sensorenphalanx neu und werde einen Mix aus Infrarot, Ultraschall und den üblicherweise eingesetzten Scannern nutzen und das Ergebnis, wie jetzt auch, auf die Bugscheiben projizieren. Die Farbtreue dürfte nicht ganz gegeben sein."
„Das ist akzeptabel. Fang damit an, sobald wir unter Wasser sind!"
„Aye, Sir!"
Chapawee entsann sich der Berichte von Thomas Raven, der dort unten auf dem Wasser in einem größeren Schlauchboot vor etwas über zwei Jahren versucht hatte, Ewa, zwölf Kinder und nicht zuletzt sich selbst zu retten. Der Indianer war bestimmt kein ängstlicher Mensch, aber in diese Situation wünschte er sich ganz sicher nicht hinein. Ihm blieb es ein Rätsel, wie es Thomas bis zum Eintreffen der REVENGE geschafft hatte, sich und seine Begleiter über Wasser zu halten. Ein Hilfsmittel wollte er jedoch auch anwenden.
„Liam, wenn wir unter Wasser sind, suchst du dir das erste größere Tier und schießt es ab. Wir brauchen etwas Ablenkung für die gierigen Jäger!"
„Aye, Captain." Sudden Death Raketen sollen wohl reichen, dachte der Ire und bereitete schon mal den Abschuss vor.

Jack zeigte, dass er traumhaft sicher mit den Kontrollen des Raumers umgehen konnte, in einer Höhe von 500 Metern leitete er den Bremsvorgang ein und stand wenig später genau über der angemessenen Energieform.
„Okay, gut Jack. Bring den Vogel ins Wasser!“ Der Sioux gab das Kommando für den Tauchgang. Kurz darauf klatschte das 60-Meter-Boot mit dem Bauch auf das Wasser und sank schnell tiefer. Mit einem leichten Kribbeln im Unterleib und weiteren unguten Gefühlen verfolgte Paul Dancer im Heck, wie die Wasserlinie über sein Heckfenster schnell nach oben wanderte und den Letalis schließlich ganz umschloss. Paul schluckte und sah zunächst einmal nichts. Dann schaltete die KI der IOWA und ein gestochen scharfes Bild über mindestens 200 Metern war auf seinem Heckfenster zu sehen.
„Scheiße“, flüsterte er fassungslos, als er die großen Lebewesen entdeckte, die offensichtlich einem Albtraum entsprungen waren.
„Feuer! Schieß sie ab, Liam!“ Laut hallte der Befehl des Indianers über die Brücke. In diesem Augenblick verbiss sich eine Kreatur mit riesigem Maul in die rückseitige Abstrahlvorrichtung der Phasentorpedos. Paul zögerte nicht lange und wartete auch keinen Befehl ab. Er gab Energie auf diese Waffe und feuerte. Das Geschöpf wurde regelrecht herunter geschossen und explodierte anschließend im Wasser. Eine Druckwelle ließ die IOWA leicht schaukeln.
Im Bug hatte es Liam gleich mit drei Angreifern zu tun. Davon sahen zwei aus wie eine Seeschlange, nur mit einem Durchmesser von gut acht Metern und einer Länge, die dem des Letalis glich. Der dritte Fisch sah aus wie die Horrorversion eines terranischen weißen Hais, mit einem zusätzlichen Horn auf der Schnauzenspitze. Mit diesem harten Teil rammte er gerade den Letalis. Es krachte und der Fisch nahm neuen Anlauf. Im Moment hielt der Schutzschirm, aber die mechanischen Erschütterungen wurden auf den Letalis übertragen. Liam Mac Gowan zögerte nicht. Drei Sudden-Death Raketen verließen die vorderen Auswurfschächte und schossen, einen langen Feuerschweif hinter sich herziehend, den Tieren entgegen. Die anschließenden Explosionen rissen große Stücke Fleisch aus den Organismen und bevor die Tiere richtig tot waren, wurden sie schon von Artgenossen oder anderen Jägern

in Stücke gerissen und verschlungen. Die Bildwiedergabe zeigte eine unverkennbare Rotfärbung im Wasser – Blut.
„Los Beeilung!“, drängte der Indianer. „Wir nutzen diese Ablenkung aus. Nase Richtung Boden und abwärts!“
Dadurch, dass der Letalis sein eigenes Schwerkraftfeld auch jetzt aufrecht erhielt, änderte sich für die Passagiere nichts, obwohl der Kampfraumer mit der Nase senkrecht nach unten zeigte.
Jack hatte die Anzeige für den Tiefenmesser auf den vorderen Monitor geschaltet. Die Zahlen waren so groß, dass sie von allen, bis auf Paul, abgelesen werden konnte. Paul Dancer hatte auf seinem Tableau weiter hinten eine entsprechende Anzeige. Die Zahl erhöhte sich schnell. Zurzeit war der Letalis bereits 1.000 Meter getaucht. Schweiß stand den Beteiligten auf der Stirn. Dieser Höllenritt war nichts für schwache Nerven, zumal man sehr deutlich sehen konnte, wie die Fauna dieses Planeten aussah – und es wurde immer schlimmer. Es war deutlich zu erkennen, dass der Schutzschirm anfing zu leuchten und damit die Szenerie noch mehr erhellte.
„Sack, schalte die Belastungsanzeige des Schirms ebenfalls auf den Frontschirm!“
Warner tat wie ihm geheißen und bald prangte eine rote 53 neben der Anzeige für den Tiefenmesser.
Die IOWA war jetzt 1200 Meter tief und der Außendruck betrug demnach über 120 Bar. Man konnte getrost vermuten, dass das hiesige Wasser nicht wesentlich schwerer als das bekannte war. Paco überschlug die Werte und kam zu dem Schluss, dass die Kapazität des Schildes bei der Zieltiefe von 2.000 Metern bei fast 90 % stehen würde. Dann dürfte tatsächlich nicht mehr viel passieren.
Es gab einen heftigen Ruck. Die IOWA war wieder von einem großen Tier gerammt worden und die Schirmbelastungsanzeige stand kurzfristig auf über 80 %.
„IOWA“, bellte Chap, „alle Objekte, die uns gefährlich werden können, selbständig eliminieren!“
„Captain, es handelt sich um Tiere! Ich könnte die Energieabgabe der Phasentorpedos so variieren, dass diese lediglich abgeschreckt werden.“
Paco war mehr als peinlich berührt. Das ihm als Indianer, der sich, wie seine Vorfahren, Zeit seines Lebens bemüht hatte, im Einklang mit der

Natur zu leben! Und hier auf diesem Planeten vergaß er diese elementare Lebensweise! Seine Achtung vor Phils Leistung wuchs. Der Techniker hatte es verstanden, der künstlichen Intelligenz einen hohen moralischen Anspruch mit auf den Weg zu geben.
„Okay", knurrt der Sioux, „mach es so, aber zöger nicht endgültig zu sein, wenn wir bedroht werden!"
„Selbstverständlich, Sir!"
Danach fing die IOWA an, von den Phasenkanonen Gebrauch zu machen. Akustisch war bei jedem Schuss ein deutliches Fauchen zu hören und optisch mussten die Insassen kurz die Augen schließen, wenn ein Phasentorpedo abgefeuert wurde.
„Stopp! Halt an, sofort!" Der Schwede hatte die Warnung ausgerufen und ohne dass der Captain den Befehl bestätigte, handelte Jack. Der Letalis brach seine Tauchfahrt ab und verhielt auf der Stelle stehend senkrecht mit der Nase nach unten.
„Was hast du?" Paco drehte sich zu seinem Taktiker.
„Verstreute Objekte nicht natürlichen Ursprungs 100 Meter über Boden!"
Chapawee schaute auf den Frontmonitor. Also 400 Meter Abstand zur IOWA. Das war, wenn man die natürliche Umgebung eines Raumschiffes, den Weltraum, als Maß nahm, so gut wie nichts. Hier unten war das schon eine Entfernung.
„Auf den Frontschirm!"
Der Videomonitor zeigte ein halbes Dutzend quaderförmiger Objekte mit einer Kantenlänge von 6 x 3 x 4 Metern.
„Sven, wofür hältst du das?"
Der untersetzte Mann antwortete ohne Zögern: „Nach der Form ganz klar TRAX-Technologie! Ich vermute Drohnen oder Minen. Die sichern irgendwas ab!"
Chap war zu demselben Ergebnis gekommen. „Abschießen?"
„Ich rate davon ab." Sven hatte einen Blick auf die Belastungsanzeige des Schirms geworfen, „Unser Schirm ist immerhin schon zu zwei Dritteln ausgelastet. Wir können uns selbst gefährden, je nachdem, wie viel Explosionskraft in den Dingern steckt. Sie einzeln abzuschießen ist auch nicht ratsam, wir wissen nicht, wie sich der Rest dann verhält."
„Optionen?"

„Ich könnte versuchen, eine Drohne durch diesen Kordon zu lenken."
„Okay, Sven. Tu das!"
Wenig später war auf dem Frontmonitor die Videoübertragung der von Lundberg per Joystick gesteuerten Drohne zu sehen. Die Maschine besaß lediglich eine Kamera und den Antrieb und war damit recht klein. Lundberg hoffte, dass diese nicht entdeckt wurde.
In der Zwischenzeit war der Letalis dadurch, dass er auf einer Stelle verharrte, wieder für eine Vielzahl Meeresbewohner interessant geworden. Man hörte nun deutlich öfter das Fauchen der Phasenkanone und der Kampfraumer lag unruhig im Wasser. Die Auslösung der Kanone in immer kürzer werdenden Abstand zur IOWA ließen auch die Belastungsanzeige für den Schild teilweise auf über 90 % anschnellen.
Chapawee Paco fasste einen Entschluss.
„Jack! Langsam auftauchen. Sven, weitermachen, lass die Sonde unsere Arbeit machen!"
Gehorsam drehte sich die IOWA unter den Händen von Warner und lag schließlich waagerecht im Wasser. Langsam begann der Aufstieg aus 1.500 Meter Wassertiefe. Das schnelle Schießen der Automatik hatte dennoch nicht nachgelassen. Es war, als hätten die Tiere Verstärkung erhalten und griffen nun weiterhin an. Auch schien der Abschreckungseffekt durch die geringen Ladungen der Energietorpedos nachzulassen. Die Tiere kamen schneller zurück. Dadurch musste die KI der IOWA mehr Energie auf die Ladungen geben, was dazu führte, dass der Letalis noch heftiger durchgeschüttelt wurde.
„Schneller", befahl Paco und Jack gab mehr Energie auf den Antrieb.
Mittlerweile hatte Svens Drohne die traxschen Flug- oder Schwimmkörper passiert und detektierte ein kreisrundes Loch im Boden mit einem Durchmesser von gut 50 Metern. Lundberg steuerte die Drohne hinein und nach weiteren 100 Metern machte der Schacht einen 90 Grad Bogen und führte unterirdisch noch gut 200 Meter weiter. Dann war auf dem vorderen Monitor des Letalis ein Schott zu sehen, offenbar eine Schleuse. Der Weg der Drohne war hier zu Ende.
„Okay", Paco war nicht bereit auch nur eine einzige Sekunde zu verschwenden. „Liam, erfasse das Signal der Drohne. Mach eine Vulcan mit Nuklearsprengkopf scharf und schieß sie zur Drohne."

Der Tiefenmesser zeigte 500 Meter, als der Gunner den Befehl bestätigte und kurz darauf ausführte.
Unter heftigem Luftblasenausstoß schoss die Atomrakete aus dem Auswurfschacht der IOWA und verschwand mit großer Geschwindigkeit und leuchtendem Feuerstrahl aus dem Antrieb in die Tiefe. Einer der haiartigen Geschöpfe hatte das Pech, genau durch die Flugbahn des anfliegenden Geschosses zu schwimmen. Die Programmierung sah aber vor, dass die Detonation in der Nähe der Drohne zu erfolgen hatte, darum schlug die Rakete mit so großer Wucht durch das gesamte Tier, dass nicht einmal die Flugbahn der Vernichtungswaffe von der Automatik korrigiert werden musste. Zurück blieb ein sterbender Fisch mit einem Riesenloch im Leib.
Die Quader aus Trax-Technik versuchten zwar noch in irgendeiner Form zu reagieren, waren aber viel zu langsam. Die Rakete verschwand im Loch und schaffte es so gerade eben noch, den 90 Grad-Bogen entlang zu fliegen, dann steuerte sie sich mit vollem Schub gegen die künstliche Schottwand.
Die Beobachter im Letalis sahen durch die Kamera der Drohne nur ganz kurz, wie die Vulcan heranraste, dann war für einen kurzen Augenblick alles grellweiß und nun dunkel – die Drohne war zerstört worden.
„Ergebnis?“, fragte der Indianer in seiner ruhigen Art und Sven beugte sich über seine Instrumente. Gleich darauf begann er heftig mit den Armen zu rudern. „Au, au, au, wir müssen weg hier, schnell! Wir sind mitten über…“ Der Rest ging in dem folgenden Chaos unter.
Die NCB-Vulcan hatte tief unten im Meer einen Volltreffer gelandet. Bevor sie explodierte, hatte sie die erste und zweite Schottwand durchbohrt und war dann mitten in einer Anlage der Trax explodiert. Die Nukleargewalten hatten den gesamten Stützpunkt des Feindes buchstäblich atomisiert und leider nicht nur das. Die risikobereiten Insektoiden hatten sich genau auf einem instabilen Untergrund niedergelassen. In Fachkreisen nannte man das einen Hotspot. Genau wie die Erde war Acaspa kein toter Planet. Auf dem Festland gab es zahlreiche Vulkane und unter Wasser eben auch. Hier war die Kruste des Planeten besonders dünn und noch dadurch geschwächt, dass der Feind diese zur Energiegewinnung angebohrt hatte. Nun rissen die atomaren

Gewalten die brüchige Kruste noch weiter auf und das mit hohem Druck nachschießende Meerwasser geriet auf flüssiges Magma. Die nachfolgende Wasserdampfexplosion und der ungeheure Druck suchten sich einen Weg – einen Weg nach oben – in Richtung IOWA.
Es erwies sich als nützlich, dass jeder festgeschnallt in seinem Sessel saß. Jack Warner hatte keine Zeit mehr, den Kurs des Letalis in irgendeiner Form zu beeinflussen. Ein Blick auf den Monitor, der dem Meeresboden zugewandt war, zeigte ihm, dass da etwas Gewaltiges auf sie zugerast kam und dann war es auch schon da. Alle fühlten sich mit mindestens dem zehnfachen ihres Eigengewichtes in die Sessel gepresst, unfähig sich zu bewegen, zu sprechen oder auch nur zu atmen – und der Druck stieg. Das Blut sank in die unteren Gliedmaße und den Beteiligten wurde schwindelig. Klare Gedanken konnte schon innerhalb kürzester Zeit niemand mehr fassen. Die Belastungsanzeige des Schirms näherte sich dem kritischen Wert von 100 %. Die Monitore zeigten nur noch brodelnde Gischt mit rötlicher Glut. Ein durchdringender Warnton war zu hören, wenn denn noch jemand bei Bewusstsein gewesen wäre. Bei 14 Gravos hatte das Bewusstsein aller abgeschaltet und jeder hing leblos im Sitz und war ein Spielball der Gewalten, die man selbst entfesselt hatte. Der Schutzschirm war genau in dem Moment zusammengebrochen, als der unterirdische Explosionsdruck den Kampfraumer aus dem Meer herausschleuderte, mit gleichzeitig mehreren Hunderttausend Kubikmetern Wasser, Schlacke, Wasserdampf und vielerlei organischer Substanzen. Hier zeigte sich wieder einmal, dass den Gewalten eines aus den Fugen geratenen Planeten nichts entgegenzusetzen war. Die Bruchstelle unterhalb der Meeresoberfläche schleuderte den Letalis 50 Kilometer in den trüben Himmel Acaspas. Am Scheitelpunkt begann der Raumer wieder dem Planeten entgegen zu fallen – und es war kein handlungsfähiges Besatzungsmitglied an Bord!

<u>Gleiche Zeit, weiter südlich über Acaspa, an Bord von Co-Leader:</u>

Chapawee Paco hatte seinen Staffelkommandanten Piet Vanderström zum Mission Commander ernannt und ihm alle, ihn eingeschlossen, 34 Tiger Sharks unterstellt. Piet befand sich mit seinem Copiloten etwa 500 Kilometer südlich der IOWA und 25 Kilometer oberhalb der

Wasseroberfläche und wartete darauf, dass die TRAX ihre unterseeischen Stützpunkte verließen.
„Wow, Cliff! Schau mal, ist da nicht die IOWA ins Meer abgetaucht?"
Der mit Cliff bezeichnete schaute auf seine Instrumente. „Genau, und was da herausgeschleudert wird, ist nach meinen Instrumenten der Letalis. Autsch! Das hat bestimmt weh getan!"
„Los, Cliff! Funk sie an, vielleicht brauchen sie Hilfe!"
Der Copilot schickte sich gerade an, die Funkkonsole zu bemühen, als mehrere Dinge gleichzeitig geschahen.
Die Scanner zeigten mehrere rote Punkt mit der Bezeichnung „TRAX", die aus dem Ozean auftauchten und die Stimme des Bordcomputers ertönte: „Hier Bordrechner, ich übernehme auf Grund der Programmierung!"
„Es geht los", schrie Piet und für einen Augenblick vergaß er den abstürzenden Letalis. Das leise Fauchen von abgefeuerten NCB-Vulcan-Raketen mit Nuklearsprengkopf war zu hören – vier Mal. Dann nahm die Tiger Shark Geschwindigkeit auf und drehte sich vom Planeten weg. Vanderström konnte davon ausgehen, dass die anderen Sharks ebenso handelten und nun im Moment 136 atomare Geschosse auf dem Weg zum hoffentlich richtig errechneten Ziel unterwegs waren. Man hatte den Plan in letzter Minute noch ein wenig abgeändert. Die Programmierung der Raketen ließ eine Kurskorrektur zu, wenn Anhaltspunkte für einen Trax-Stützpunkt während des Fluges von dem Geschoss selbst gescannt werden konnte. 34 Tiger Sharks verließen unter höchsten Beschleunigungswerten den Planeten, der entweder in den nächsten Minuten gerettet war oder durch eine Gamma-Strahlen-Explosion ausgelöscht werden würde. Der eine oder andere von ihnen schickte tatsächlich noch ein paar Hellfire-Raketen los, die den flüchtenden Trax hinterher eilten.
„Die IOWA!" Cliff erinnerte an den havarierten Letalis. „Wir müssen ihnen helfen!"
Piet rührte keinen Finger. „Wie denn Cliff? Was sollen wir tun? Wir können nichts tun, außer diese Mission hier zu Ende führen."
Vanderströms letzte Worte klangen müde. Heute war einfach zu viel passiert und so richtig an einen Erfolg der Mission konnte er im Moment nicht glauben. Es wurde Zeit, sich in Sicherheit zu bringen. Ein

Verharren hier vor Ort wäre glatter Selbstmord. Das Geschwader und seine Piloten wurden dringend im Kampf gegen die Trax gebraucht. Das Überleben der Menschheit war noch keinesfalls sicher gestellt.
Der Copilot ließ den Kopf hängen. Sein MC hatte Recht. Leider konnte man die Gefährdeten noch nicht rausbeamen. Das war Zukunftsmusik nach bester Startrek-Manier.
Piet Vanderström schaute auf den Countdown und schaltete die rückwärtigen Kameras auf den Frontschirm. Soeben schlugen die ersten Vulcans in die Ziele ein und er hoffte, dass man mindestens vier von elf Zielen getroffen hatte, damit die Gamma-Strahlen-Explosion verhindert worden war. Ansonsten war der Planet unrettbar verloren und alle noch darauf befindlichen Echsenwesen – immerhin 600.000 Individuen. Dort, wo die Ziele nicht weit unterhalb des Meeresspiegels lagen, bildeten sich über dem Wasser die damals auf der Erde so gefürchteten Atompilze. Aber das sah Piet schon nicht mehr. Unter voller Beschleunigung waren seine und 33 weitere Tiger Sharks dabei, ein Drittel der Lichtgeschwindigkeit für den Sprung mit dem Jumper zu erreichen.

IOWA:

Der Letalis befand sich seit fünf Kilometern im freien Fall zurück auf die Oberfläche Acaspas. Die Kabinentemperatur betrug aufgrund der Reibungshitze, die sich ja schon während des Aufstieges wegen des fehlenden Schildes gebildet hatte, satte 60 Grad Celsius – steigend.
Nun zeigte sich die wahre Genialität der Konstrukteure unter Phil Mory. Das modernste Raumschiff der Menschen verfügte über eine künstliche Intelligenz und entsprechende Sicherheitsprogrammierungen. Die ständig mitlaufende Analyse des Bordrechners hatte, als die Vitalzeichen der Besatzung aussetzte und der Rechner Bewusstlosigkeit detektierte, sofort begonnen, zu handeln. Der bisherige Sturz war in Kauf genommen worden. Die IOWA überbrückte die ausgebrannten Sicherungen des Schutzfeldgitters und gab wieder Energie auf die Schilde. Ein kurzer Selbstcheck ergab keine wesentlichen Beschädigungen. Bis auf wenige Ausnahmen war die IOWA handlungsfähig. Die KI griff in die Navigation ein, führte der Umweltkontrolle mehr Energie zu und veranlasste, dass der Anteil des Sauerstoffs um 3 Prozentpunkte über normal lag. Die IOWA errechnete, dass die Wahrscheinlichkeit,

dass die Bewusstlosigkeit der Besatzung dadurch eher endete, wesentlich höher lag. Die Wärme wurde abgesaugt. Die Beharrungsdämpfer wurden eingeschaltet und der Sturz des Letalis wurde abgefangen. Die IOWA flog einen gleichmäßigen langen Bogen, der von Acaspa wegführte. Der KI war bekannt, dass man anschließend in Sicherheit springen wollte. Sie erfasste also die Scannersignale der vorausgeeilten Tiger Sharks und machte sich an die Verfolgung.

„IOWA an Mission Commander, bitte kommen!"

„Hier MC! Wer spricht an Bord der IOWA?"

„Hier spricht die KI. Die Besatzung ist ausgefallen und ich habe die Steuerung übernommen."

Man hörte ein Schnaufen im Funk. „Wie ist der medizinische Status der Mannschaft?", verlangte Piet zu wissen.

„Meine Biosensoren zeigen mir Bewusstlosigkeit an. Vitalzeichen innerhalb normaler Parameter. Keinerlei größere medizinische Probleme."

Vanderström atmete auf. Vielleicht ging der Tag ja doch noch gut zu Ende.

Er hatte kaum zu Ende gedacht, als direkt neben dem Letalis ein Schiff der Trax auftauchte. Der Feind war etwa halb so groß wie der Kampfraumer und fing sofort an, einen mehrfach gefächerten Strahl in Richtung Acaspa zu senden. Bevor Piet noch einen Gedanken zu Ende denken konnte, verging der feindliche Raumer in einer grellen Lichterscheinung. Die IOWA hatte schnell und kompromisslos gehandelt und das Schiff mit mehreren Phasentorpedos gleichzeitig angegriffen und vernichtet.

„IOWA?"

„Hier IOWA, Sir! Aus den mir vorliegenden Einsatzparametern ging eindeutig hervor, dass ein solches Schiff, wenn möglich, mit allen Mitteln aufzuhalten ist. Ich schätzte einen Vernichtungsbefehl mit der Wahrscheinlichkeit 100 Prozent ein und führte diesen aus Zeitgründen aus, bevor er erteilt wurde."

Vanderströms Achtung vor den Konstrukteuren oder Programmierern wuchs beträchtlich. Mit solchen KIs konnte man Kriege gewinnen.

„Gratulation, IOWA! Folge uns!"

Wenig später erreichte der Konvoi ein Drittel der Lichtgeschwindigkeit und übergangslos verschwanden alle 35 Schiffe aus dem Acaspa-System, um an anderer Stelle den Erfolg oder Misserfolg abzuwarten.

Mit ungutem Gefühl hatte John Flannigan an Bord der COCHISE auf die Überlichtfunknachrichten von Piet Vanderström reagiert. Der Interims-Captain des TERRA-Schiffs war damit auf dem neuesten Stand der Entwicklung. Das Kriegsschiff stand unmittelbar vor dem nächsten Wurmloch in der Nähe des Acaspa-Systems. Es war abgesprochen, dass das Terra-Schiff den Aktivierungsabstand unterschritt und sich in die Anomalie hinein ziehen ließ, wenn es Anzeichen gab, dass die Gamma-Strahlen-Explosion nicht hatte verhindert werden können. Die COCHISE hatte eine Boje der Klasse drei, also mit Überlichtfunksignal, in der Nähe des Echsenplaneten ausgesetzt. Dieser funkte mittels Überlicht einen bestimmten Code – alle drei Sekunden. Auf der Brücke der Cochise kam dieser Code als kurzer Pfeifton an. Sollte der Code ausbleiben, die Boje also vernichtet worden sein, dann würde das Schlachtschiff sofort beschleunigen und durch das Wurmloch reisen, um dann auf der anderen Seite mit dem Geschwader Tiger Sharks zusammen zu treffen, die ihrerseits den Jumper für den Weg benutzt hatten. Man hatte sich auf diese Lösung verständigt, damit man Ewa nur im äußersten Notfall einen weiteren Wurmlochtransfer zumuten musste. Vielleicht war es auch unnötig.

Die Sache mit dieser verflixten Pieperei war nervig. Auf der einen Seite erwartete man ungeduldig das Signal, auf der anderen Seite erzeugte es nach einer gewissen Zeit Stress. John ließ den Ton herausfiltern und wies den Bordrechner an, Alarm zu geben, wenn das Signal eine Sekunde überfällig war. Danach fühlte er sich auch nicht besser. Stattdessen machte er sich Sorgen um seinen Captain, von dem man den genauen medizinischen Status immer noch nicht wusste. John traute der KI der IOWA nicht ganz.
Die Armada, 34 Tiger Sharks und ein Letalis, der noch immer unter der Kontrolle der künstlichen Intelligenz stand, materialisierten auf der anderen Seite des Wurmloches, wo die Cochise stand.
Nachdem sich MC vergewissert hatte, dass alle Schiffe den Sprung geschafft hatten, ordnete er Ruhepause an und nahm Fahrt in Richtung

der IOWA auf. Es wurde Zeit, dass man sich um Captain Paco und seine Mannschaft kümmerte. Während des Anflugmanövers meldete sich Chapawee Paco jedoch zur Freude von Piet Vanderström.
„Als wenn eine Horde Bison über uns getrampelt wäre", beantwortete Paco die Frage nach der Befindlichkeit. Es habe zahlreiche kleine Verletzungen gegeben. Blutergüsse, kleine geplatzte Äderchen, hauptsächlich in den Augen und dergleichen gegeben. Nichts, was man mit der bordeigenen Apotheke nicht selbst behandeln könne.
Auf die Frage, was nun zu tun sein, antwortete Paco: „Nichts! Wir warten!"

25.01.2125, 15:00 Uhr Bordzeit, Milchstraße, GERONIMO:

Der Transfer in die mehr als 20 Millionen Lichtjahre entfernte Milchstraße hatte ganze fünf Stunden gedauert. Die GERONIMO kam aus dem Wurmloch heraus, wie sie hineingeflogen war: Mit Triebwerken auf Höchstleistung – und direkt vor die Kanonen einer ganzen Flotte von Trax-Schiffen. Offensichtlich bewachten die Insektoiden diese galaxisweite Verbindung.
Während man nun bemüht war, auf den Feindschiffen schnell zu reagieren und die Energieerzeuger hochfuhr, hatte das irdische Schiff auf Grund der Vorbereitungen der REVENGE keinen Zeitverzug zu verzeichnen, außerdem kam das Flaggschiff viel schneller aus dem Wurmloch heraus, als die Trax erwartet hatten. Die GERONIMO hatte innerhalb kurzer Zeit schon einen Teil der Wachflotte passiert, war praktisch gefechtsklar und es gab auch keine organische Besatzung, die erst reagieren musste. So etwas wie eine Schrecksekunde war der KI natürlich völlig fremd und so kam es, dass die ersten Phasentorpedos schon Bruchteile von Sekunden nach dem Auftauchen des Flaggschiffes in die Reihen der TRAX einschlugen. Die KI schaltete die Sicherheitsprotokolle bis auf 12 Gravos hoch und handelte dementsprechend. Bereits zwei Sekunden nach dem Auftauchen in der Milchstraße verließen die ersten getarnten Ganymed- und Europa-Raketen die Abschusstuben. Die REVENGE verwandelte das 3.000 Meter lange Flaggschiff in einen feuerspeienden Drachen, der höchst effektiv eine Bresche in die wartenden Feindschiffe schlug. Pausenlos waren die grellen Leuchterscheinungen der Phasentorpedos zu beobachten, die aus nicht weniger

als einem Dutzend Abstrahlkanonen dem Feind entgegen schlugen. Die atomaren Raketen traten sichtbar erst dann in Erscheinung, wenn sie mit ihren entfesselten Gewalten in die Flanken der TRAX einschlugen.
Dann erreichten die ersten Strahlschüsse die GERONIMO. Die Schutzfeldgitter absorbierten zwar die Energie, eine Hochrechnung der KI ergab jedoch, dass das Flaggschiff einem konzentrierten Beschuss nicht lange Stand halten konnte, zumal der Feind jetzt auch noch kleinere Einheiten ausschleuste.
Die KI registrierte eine tiefe Staffelung der feindlichen Schlachtschiffe und änderte übergangslos und fast ohne Zeitverzug die Taktik. Sie kopierte einen großen Teil ihrer Programmierung in den Bordrechner des Flaggschiffes und gab neben den automatischen Programmen der Feuerleittechnik den Befehl aus, stets dorthin zu fliegen, wo die wenigsten Feindeinheiten anzutreffen waren, bei gleichbleibender Beschleunigung – möglichst schnell raus aus dem Kordon von TRAX-Schiffen.
Dann verschwand die REVENGE vom Landedeck – jedenfalls optisch. Das Hangartor öffnete sich und blieb etwa 10 Sekunden auf, bis es sich wieder schloss. Mehr als diese 10 Sekunden hatte die ebenfalls gefechtsklare REVENGE nicht gebraucht, um das Deck im getarnten Modus zu verlassen. Im All schaltete die REVENGE, weil keine Person an Bord war, alle Sicherheitsprotokolle ab und leitete die freiwerdende Energie aus Umweltkontrolle und Beharrungsdämpfer in die Navigation. Ein schneller Scan ergab, dass sich die Tarnvorrichtung bei den hiesigen Feinden wohl noch nicht herumgesprochen hatte – es waren keine Suchstrahlen zu verzeichnen.
Dann griff die REVENGE in den Kampf ein und nutzte geschickt die Tatsache, dass erstens keine Personen an Bord waren, auf die es beharrungsmäßig Rücksicht zu nehmen galt, und zweitens, dass der Kampfraumer getarnt war. Der Letalis griff alles an, was der GERONIMO zu nahe kam – und die Kampfmaschine war erstaunlich effektiv. Die TRAX wussten nicht, wie ihnen geschah, als ein schwerer Kreuzer nach dem anderen auseinanderplatzte. Der Letalis griff ausnahmslos von hinten an und jagte Raketen und Phasentorpedos in die wenig geschützten Triebwerke der TRAX.
Aber auch die GERONIMO war effektiv. Sie besaß die mit Abstand größten Kaliber der Phasentorpedos und hier zeigte sich deren

Wirkung. Die anfliegenden Kleineinheiten wurden mit Hellfire-Raketen und mit den Vierlingflaks auf Drehkränzen, die Explosivgeschosse abfeuerten, bekämpft und manch farbige Lichterscheinung zeugte vom Ende eines der Angreifer. Zwar wurde das Flaggschiff immer wieder schwer getroffen, aber es gelang der REVENGE, die GERONIMO immer solange zu schützen, bis sich der Schutzschirm wieder angemessen aufgebaut hatte. Der getarnte Letalis hatte nach Ablauf von 20 Minuten alle schweren Raketen verschossen und verfügte nur noch über kleinere, wenig effektive Raketensysteme und die Phasentorpedos. Die REVENGE belastete ihre Triebwerke bis zur Höchstgrenze und Querbeschleunigungen von über 50 Gravos ließen alle Verbindungsteile unter der Belastung knirschen und knacken. Zwischendurch erfasste der Letalis, dass mittlere Einheiten des Feindes versuchten, die GERONIMO zu entern. Sie kamen, ohne zu feuern und hofften so, sich „anschleichen" zu können. Das musste unbedingt verhindert werden, die Koma-Schläfer wären den Eindringlingen hilflos ausgesetzt und dann konnte die körperlose KI der Revenge auch nicht mehr helfen. Zudem besaß das Flaggschiff im Gegensatz zu den TERRA-Schiffen keine internen Waffensysteme zur Bekämpfung von Eindringlingen. Die REVENGE handelte. Insgesamt sieben mittlere Einheiten schoss der Letalis in unmittelbarer Nähe des Flaggschiffes ab. Anschließend gab er eine „Warnung" per Funk an seine eigene Programmierung auf dem Flaggschiff ab und kümmerte sich wieder um die anfliegenden Trax.
Nach 30 Minuten war der Kampf vorbei, da beide irdische Einheiten die Front der Feindschiffe durchbrochen hatten. Freies All lag vor ihnen. Die REVENGE schleuste sich selbst innerhalb von Rekordzeit ein und übernahm wieder die volle Kontrolle des Flaggschiffes. Nach der Auswertung der Distanzscanner und einer Datenabfrage im Acaspa-Rechner löste die REVENGE den Sprung aus und die GERONIMO verschwand mit Hilfe ihres Jumpers von der Bildfläche. Zurück blieben etliche Trax-Schiffe, viele beschädigte Einheiten und jede Menge ausglühender Schrott.
Etwa 213 Lichtjahre, noch näher am Zentrum dieser Galaxie, kam die irdische Einheit aus dem Hyperraum. Der Wiedereintritt des Sprunges konnte zweifellos registriert werden, aber für diese Region hatte der Acaspa-Rechner eine hohe, undefinierbare kosmische Strahlung und

gewaltige Protuberanzen von rund zwei Dutzend in der Nähe befindlicher Sonnen angekündigt. Das Ergebnis der Scans vor Ort war noch kritischer. Sonnenstürme ließen kaum irgendwelche Ortungen zu und die REVENGE beschleunigte das Flaggschiff, um noch näher an eine der am heftigsten strahlenden Sonne zu gelangen. Eine Ortung des Flaggschiffes ordnete die REVENGE in den Bereich des Nichtmachbaren ein, gab mehr Energie auf den Schirm zur Abwehr der harten Strahlung, fuhr alle nicht erforderlichen Systeme herunter und wartete.

7. Erde

26.01.2125, 12:00 Uhr Bordzeit, Brücke IOWA, ein Wurmlochtransfer von Acaspa entfernt:

Captain Paco hatte für die wartende Flotte aus Tiger Sharks und dem Letalis eine fast zehnstündige Ruhepause angeordnet. Zunächst hatte er Paul Dancer in das notdürftige Med-Lab eine Ebene tiefer beordert und dann seine Jungs nacheinander von dem Marine verarzten lassen. Jeder Spezialsoldat war ausgesprochen gut in Sanitätsdiensten ausgebildet und mit der Unterstützung des medizinischen Rechners, an den ein entsprechender Scanner angeschlossen war, gingen Paul die Diagnosen leicht von der Hand. Jack Warner war von unten hoch gekommen und setzte sich wortlos, wie auch sonst, wieder hinter seine Navigationskontrollen – mit einer Halskrause.
Paco hatte sich als Letzter behandeln lassen.
„Und? Was sagt unser Aushilfsmedizinmann zur körperlichen Verfassung der Mannschaft?“
Paul wiegte seinen Kopf hin und her und sah Chapawee forschend in die blutunterlaufenden Augen. Es sah ein wenig grotesk aus, denn seine Augen sahen auch nicht besser aus. Bei allen Mitgliedern des Teams waren aufgrund des Drucks kleinste Äderchen in den Augäpfeln geplatzt und, statt dem Weißen im Auge, sah man nur Rot.
„Ich finde, du hast nicht übertrieben, als du Piet gemeldet hast, dass wir unter einer Horde Bisons geraten sind. Ich hatte zwar noch nicht das Vergnügen, aber so ähnlich stelle ich es mir vor. Es gibt keine schweren Verletzungen, aber trotzdem sehr schmerzhafte Rippenprellungen,

Blutergüsse, und so weiter. Ich habe jede Menge Salben und Schmerzmittel ausgegeben."
„Was ist mit Jack?"
„Tja, Jack hat es etwas schlimmer erwischt. HWS!"
„Was ist HWS?", fragte Paco verwundert, während Paul mit dem Scanner über den Körper des Indianers glitt.
„Halswirbelschleudertrauma. Er hat sich den Hals verrenkt – ziemlich schmerzhaft, auch wenn er nichts sagt. Schmerzmittel habe ich ihm nicht gegeben, sonst nimmt er sich nicht in Acht!"
„Unser Kampfgenosse zeigt sich auch sonst recht schweigsam."
„Er ist halt so", bestätigte Paul. „Jack ist aber der Einzige, den ich für dienstuntauglich halte. Er sollte seinen Kopf in nächster Zeit nicht unbedingt und keinesfalls ruckartig bewegen."
„Ich werde ihn in eine der Kabinen stecken. Dort soll er sich erholen!"
„Das kannst du vergessen, Captain. Wir sind im Einsatz und Jack kann noch teilnehmen. Er würde diese Aktion nicht vertragen können. Es ginge ihm völlig gegen den Strich. Im Sinne meines Freundes bitte ich dich, seine Ehre zu wahren."
Das verstand der Sioux auf Anhieb, er hätte genauso empfunden. Paul hatte ihm die eingeschränkte Tauglichkeit des Piloten gemeldet, ihn aber gleichzeitig gebeten, diesen nicht abzulösen.
„So soll es ein", bestätigte der Sioux. „Ich werde meinen weißen Bruder an den Navigationskontrollen nicht kränken."
„Danke", Paul war erleichtert. „Du bist übrigens, bis auf die Augen, völlig fit – meinen Respekt!"

Nun hatte die Crew fast zehn Stunden geschlafen und saß jetzt leidlich erholt vor den Kontrollen. Paco hatte, wie alle anderen auch, erleichtert festgestellt, dass die COCHISE nicht in diesem Sektor aufgetaucht war. Das konnte nur bedeuten, dass die Gamma-Strahlen-Explosion bisher ausgeblieben war.
„Wie lange warten wir noch, Captain?" Sven Lundberg schaute den Sioux erwartungsvoll an.
„Ich habe mit Yirr vereinbart, dass die Acaspa unseren Waffeneinsatz auf dem Meeresboden mit entsprechenden Scannern und Sensoren aufzeichnen und auswerten. Die normalen Messdiagramme bei derartigen Atomexplosionen habe ich ihr als Vergleichswerte mitgegeben. Nun

kommt es darauf an, wie schnell unsere Schuppenfreunde mit der Auswertung sind. Ist die Energieentfaltung größer als die von uns abgefeuerte Ladung, können wir von einem Treffer ausgehen. Die Tatsache, dass die COCHISE bisher nicht aufgetaucht ist und unsere KI das ankommende Schiff der Trax in kürzester Zeit vernichtet hat, gibt Anlass zur Hoffnung! Wir werden, wenn es sein muss, noch weitere 24 Stunden warten, dann nehmen wir von uns aus Kontakt auf!"

<u>Ganz woanders:</u>

Er war gerannt – wieder einmal.
Es war umsonst gewesen.
Sie waren einfach überall. Unmöglich, ihnen auf Dauer zu entkommen. Egal, wo er sich verbergen wollte, sie fanden ihn immer. Er war müde, abgekämpft und durstig. Ein paar Mal war er schon heftig und schmerzhaft gestürzt und jedes Mal war es schwieriger für ihn, wieder aufzustehen und weiter zu hasten.
Jetzt hatten sie hatten ihn – diese widerlichen Kreaturen. Eine Menge von ihnen hatte er mit den bloßen Händen erschlagen, aber dann waren es zu viele gewesen. Er spürte jetzt noch die Schmerzen in seinen Gliedern, als die gummiartigen Arme der goldfarbenen Aliens sich um seinen Körper wickelten. Zu vielen waren sie sehr stark gewesen und er vermochte diese Art von Fesseln nicht abzustreifen.
Jetzt hatten sie ihn auf ein langes Brett gelegt, darauf festgebunden und trugen ihn einen Berg hinauf. Sie schienen keine Mühe mit seinem Gewicht zu haben und er kam sich auch so seltsam leicht vor.
Wo waren sie eigentlich?
Er wusste es nicht. Zwar kam ihm die Gegend bekannt vor, aber er …
– doch jetzt fiel es ihm ein: Diese Gegend lag in Kanada, die kanadischen Rocky Mountains. Und dieser Berg, auf den ihn diese Wesen zu acht trugen, war Whistlers Mountain im Jaspers Nationalpark. Am Fuße des Berges war er einige Male zum Angeln gewesen. Was hatten sie mit ihm vor?
Mit großem Bedauern dachte er an seine Partnerin - Ewa. Hoffentlich ging es ihr gut – und den Kindern, Peter und Inara. Und da war noch etwas. Schockartig, mit einer heißen Gefühlswelle und mit großen seelischen Schmerzen fiel ihm ein, dass Ewa schwanger war. Das Gefühl,

sein eigenes Kind nie gesehen zu haben, schien ihm unerträglich und noch einmal bäumte er sich unter den Fesseln auf – zwecklos. Entweder waren sie zu stark oder er zu schwach – die Situation blieb unverändert. Sie hatten sich gut gewehrt, die Menschen, aber gegen eine unerschöpfliche Zahl von Trax zu kämpfen schien unmöglich. Dort, wo man einen vernichtete, kamen drei aus einer Deckung hervor. Heftig und fast panikartig nach Luft schnappend wünschte er seinen Siedlern, dass sie sich noch lange erfolgreich gegen diese Insektoiden bestehen konnten.

Er hätte selbst den waghalsigsten Fluchtplan in Angriff genommen, wenn ihm denn nur im Ansatz einer eingefallen wäre. Er musste abwarten, was diese Widerlinge mit ihm vor hatten, vielleicht ergab sich eine Möglichkeit zur Flucht. Er war bereit, bei der kleinsten Chance zu reagieren.

Sie hielten mit ihrer Last an!

Thomas wurde aufmerksam! Was hatten diese Wesen vor? Raven erhaschte einen Blick an den goldenen Körpern vorbei und sein Blut gefror ihm in den Adern!

Sie standen an einem Abgrund. Thomas hatte es zwar nicht so genau gesehen, aber es ging sicherlich 200 Meter in steinige Tiefe. Todesangst kroch wie Blei in seine Glieder und er versteifte sich. Die Trax machten nicht viel Federlesens. Sie nahmen einmal Schwung und warfen Thomas mitsamt seinem Brett über die Klippe in die Tiefe.

Thomas war immer noch an das Brett gefesselt und stürzte hilf- und haltlos in die Tiefe. Eigentlich fiel er viel langsamer, als er es den Umständen nach hätte müssen, aber die Panik brachte keinen logischen Gedanken hervor. In wilder Verzweiflung und Todesangst schrie er seine Not heraus.

„Chef! Captain! Captain Raven – aufwachen! Hier spricht die REVENGE! Hey, aufwachen – Boss!“

Schweißgebadet und noch immer schreiend wachte Thomas aus seinem Koma auf. Er sah nicht die steinigen Felswände, an denen er gerade noch vorbeigefallen war, sondern die Inneneinrichtung seines Schlafraumes, die schon vor einiger Zeit von kundiger, weiblicher Hand verschönert worden war. Es herrschte ein mildes, weiches Licht, welches aus verborgenen Leuchtmittel stammte.

„Captain Raven!“ Die Stimme der REVENGE klang durch den Privatraum.
„Augenblick“, bat Thomas, „gib mir einen Augenblick Zeit! Haben wir den?“
„Ja!“ Die REVENGE wartete.
Thomas lag heftig atmend auf seinem Bett und stellte etwas erleichtert fest, dass er nicht an ein Brett, sondern an sein Bett gefesselt war. Langsam fiel ihm wieder ein, warum er dies selbst getan hatte und wo man möglicherweise jetzt war. Das dumme Gefühl des Fallens war allerdings immer noch vorhanden – eine Nebenwirkung der Schwerelosigkeit. Das hatte er sich, wie vielleicht sogar den ganzen blöden Traum, selbst zuzuschreiben, denn er hatte sich nicht die volle Ladung des Komamittels injiziert und war demnach als Erster und einige Zeit vor den anderen aufgewacht.
Raven bemühte sich, flach zu atmen, um seinen Kreislauf wieder auf Normalzustand zu bringen. Jeder, der schon mal einen Albtraum hatte, kennt das Gefühl: Man ist wach und es sollte alles gut sein, aber ein schaler Nachgeschmack bleibt unter Umständen den ganzen Tag oder noch viel länger, je nachdem, wie realistisch der Traum gewesen war. Und Thomas Traum war von der Wirklichkeit nicht zu unterscheiden gewesen.
Thomas dachte intensiv an Ewa und seine Kinder, um die schlechten Gefühle loszuwerden. So ganz gelang ihm das jedoch nicht.
„REVENGE. Bordzeit!“
„26.01.2125, 16:03 Uhr. Du bist cirka drei Stunden eher erwacht als vorausberechnet! Warum?“
Thomas knurrte: „Das geht dich einen feuchten Dreck an!“
So leicht war die künstliche Intelligenz jedoch nicht abzuwimmeln.
„Ich muss doch mal bitten, Sir! Als Interimscommander dieser Mission habe ich auch von dir eine gescheite Antwort zu erwarten, zumal es für weitere Einsätze durchaus wichtig sein kann, warum der Captain nicht in dem Maße auf Betäubungsmittel reagiert, wie alle anderen!“
Thomas schluckte. Erstens hatte die Stimme den autoritären Klang einer Klassenlehrerin älteren Datums aus früheren Zeiten angenommen und zweitens hatte die KI völlig Recht.

„Ich habe nicht die volle Ladung genommen“, gab Raven etwas kleinlaut bei.
„Das war ausgesprochen … leichtsinnig!“
„Jaja“, gab Thomas genervt zurück.
„Um nicht zu sagen: blöd!“ Die KI konnte es nicht lassen und setzte noch einen oben drauf.
„Okay, REVENGE. Schalte die Umweltkontrolle und die Schwerkraft wieder ein!“
Der Automat bestätigte und Raven blieb weitere 10 Minuten liegen und bemerkte, dass sich die Schwerkraft langsam erhöhte und er immer tiefer die Matratze seines Bettes nach unten drückte. Bei etwa 0,5 Gravos begann er sich loszuschnallen und entdeckte dabei an seinem Körper einige Blutergüsse – dort, wo die Bänder ihn an seine Unterlage fixiert hatten.
„REVENGE, was …?“
Die KI unterbrach ihn: „Wir haben einen Todesfall an Bord, Captain!“
„Was?“ Thomas war entsetzt. „Wer ist es?“
„Nach meinen Sensoren Crewman Sam Park. Mannschaftsdeck 11, Kabine 23.“
Hastig richtete sich Thomas auf, verließ sein Schlafzimmer und eilte zum Besprechungsraum, durch den er passieren musste, wenn er zur Brücke wollte. Er rannte mit einigem Schwung vor die sich nicht öffnende Tür und prellte sich seine rechte Schulter recht schmerzhaft.
„REVENGE - verdammt! Warum geht die Tür zum Besprechungsraum nicht auf?“ Raven war jetzt richtig ärgerlich und wollte den Grund für die Todesursache des Crewman vor Ort selbst und vor allen Dingen sofort feststellen.
„Entschuldigung, Boss! Ich versäumte mitzuteilen, dass die Lebensbedingungen für Menschen innerhalb des Schiffes noch nicht überall optimal sind. Kommt davon, wenn man sich eine Extra-Wurst brät und damit auch noch wesentliche Teile der Planung gefährdet! Es dauert noch etwa 185 Sekunden!“
Thomas brummte einen Fluch und begann vor der Tür auf und ab zu wandern. Schließlich ertönte ein Signal und die Türhälften glitten zischend auseinander. Wie ein gefangener Panther, der eine Lücke zum Entweichen sieht, stürmte Thomas durch den Besprechungsraum über

die verwaiste Brücke und von dort zur ersten Etage, um dann Richtung Mannschaftskabinen durch das leere Schiff zu rennen.
„Tür Deck 11, Kabine 23 öffnen!"
Die REVENGE, die immer noch alle Funktionen des Flaggschiffes steuerte, antwortete zwar nicht, dafür schob sich die Zugangstür zur Seite und gab den Blick frei auf eine mäßig erhellte und recht einfach eingerichtete Kabine von knapp vier mal vier Metern. Bevor Thomas das Bündel Mensch registrierte, das in der entgegengesetzten, linken Ecke lag, sah er die Hauptfarbe in diesem Zimmer: Rot - und zwar Blutrot. Aufgrund der vorangegangenen Schwerelosigkeit beschmierte die Lebensflüssigkeit nahezu alle Wände und sogar die Decke.
Thomas ging langsam auf den leblosen Körper am Boden zu und sah zu seinem Erschrecken längere braune Haare und als er die Person behutsam umdrehte, wurde seine Ahnung zur Gewissheit. Sam war die Abkürzung für Samantha. Er starrte erschrocken in das leblose und fast bis zu Unkenntlichkeit mit Blut verschmierte Gesicht einer vielleicht nicht einmal 25 Jahre alten Frau. Die Augen waren noch wie im Koma geschlossen, so dass ihm zumindest der Anblick gebrochener Augen erspart blieb. Und dennoch – Thomas war niedergeschlagen. Eine junge und höchstwahrscheinlich gebärfähige Frau. Ein herber Verlust in ihrem Überlebenskampf gegen die Trax. Raven kniete neben der Leiche, hatte die Hände recht hilflos auf seinen Oberschenkeln liegen und schaute sich um. Sein Blick fiel auf das Bett und die Todesursache war ihm schnell klar. Samantha hatte vergessen, einen der Gurte anzulegen und war wahrscheinlich durchgerutscht und damit den Massekräften hilflos ausgesetzt gewesen. Thomas schüttelte den Kopf. Es war zum Verzweifeln! Im Koma zu Tode gekommen! Was hätte diese Frau noch im Leben erreicht, wenn sie nicht gestorben wäre? Was waren ihre Wünsche? Gab es Angehörige? Raven drängte diese Fragen mit Gewalt zur Seite. Vorsichtig wischte er das Blut aus dem Gesicht und schöne weibliche Züge kamen zum Vorschein. Thomas konnte es nicht verhindern und er sah im Moment auch gar keinen Grund, sich selbst über die Maßen unter Kontrolle zu haben. Hier und jetzt und im Angesicht des Todes konnte selbst ein Mann wie er die schiere Verzweiflung hautnah spüren. Haltlos schossen ihm die Tränen in die Augen und er

konnte das Antlitz der Getöteten nur noch verschwommen wahrnehmen. Sanft, beinahe zärtlich, hob er die Tote auf, trug sie zum Bett und legte sie vorsichtig darauf ab. Dann schnallte er sie sorgfältig fest und verließ mit einem letzten Blick auf Crewman Park die Kabine.
„REVENGE! Deck 11, Kabine 23 – verriegeln und versiegeln, Atmosphäre abpumpen!"
„Verstanden, Chef!" Irrte sich Thomas, oder hörte sich die Stimme schuldbewusst an?
„Es tut mir leid, Captain! Als ich die Abnahme der Vitalzeichen registrierte, war es schon zu spät!"
Thomas nickte. Was hätte die KI auch tun können, wenn alle im Koma lagen? Thomas war seelisch angegriffen. Die Nachwirkung des Albtraumes, jetzt die Tote, zunächst war er noch allein auf dem Schiff und er musste mit irgendjemandem reden, notfalls auch mit der KI. Wie zu sich selbst sprach er: „Jetzt sind wir unterwegs, sind noch nicht einmal angekommen und haben bei dieser Mission schon zwei Tote – und das ohne Kampfhandlungen!"
„Das würde ich so nicht bestätigen können, Chef!" Die jetzt neutral gehaltene Stimme der KI holte aus dem niedergeschlagenen Thomas Raven augenblicklich den First Commander Space Force, den höchsten militärischen Offizier, heraus. Er war ruckartig auf dem Flur stehen geblieben und alle bis jetzt von ihm erlebten Befindlichkeiten fielen schlagartig ab. Kühle Sachlichkeit stellte sich ein. Ein Zustand, den er selbst willkommen hieß. Die harte Ausbildung an der Space Force Akademie drängte sich an die Oberfläche von Thomas Bewusstsein. Kampfhandlungen? Das Schiff war in Gefahr gewesen?
„Wie meinst du das?" Scharf stellte Raven der REVENGE diese Frage und es war dem Ton anzuhören, dass er sofort eine Antwort erwartete.
„Sagen wir mal so. Waffenstatus der GERONIMO: 50 % der Raketen sind verbraucht. Waffenstatus REVENGE: alle Raketen sind verbraucht. Das Flaggschiff hat leichte Beschädigungen, REVENGE ist o.k."
„Du hast die REVENGE eingesetzt?" Thomas wusste nicht, was er zuerst fragen sollte.
„Sagen wir mal so. Ich habe aktiv in den Kampf eingegriffen, um die GERONIMO zu schützen – und ich war effektiv!"

Obwohl Raven die Antwort schon zu kennen glaubte, fragte er trotzdem: „Gegen wen?"
„Drei Mal darfst du raten, Chef! Die Trax bewachten das Wurmloch in der Milchstraße. Ohne meine gewissenhafte Vorbereitung..."
„Ja, ja", Thomas wollte das Eigenlob der Automatik nicht hören, sondern klare Fakten.
Die REVENGE lenkte ein. „Am Besten du kommst wieder auf die Brücke. Ich habe einen Bericht und Videoinformation vorbereitet."
15 Minuten später saß der Captain in seinem Kommandosessel und ließ sich von der KI berichten. Auf dem vorderen übergroßen Monitor liefen mitgeschnittene Aufzeichnungen ab, während die REVENGE berichtete und sich dieses Mal bei der Berichterstattung völlig emotionslos verhielt. Gerade deswegen war Thomas Raven umso mehr ergriffen. Mit großen Augen verfolgte er das Geschehen kurz nach dem Wurmlochdurchgang. Das war tatsächlich eine großartige Leistung der KI gewesen. Menschen hätten es nicht besser machen können und wären zudem noch durch verlangsamte Reaktion und der anfälligen Physis gehandicapt gewesen.
„Da ist wohl mal ein Lob fällig, oder?" Die KI konnte es nicht lassen. Mit spitzem Tonfall forderte sie eine Anerkennung. Thomas, der noch ganz im Bann des eben Gesehenen stand, sah überhaupt keinen Grund, dieser Aufforderung nicht Folge zu leisten.
„Das hast du großartig gemacht. Wirklich, ganz große Klasse!"
„Ich weiß!"
Der momentane Gemütszustand ließ es nicht zu, dass sich Thomas über die im herablassenden Tonfall offen vorgetragene Arroganz ärgerte, darum grinste er nur und verlangte zu wissen, wo man sich jetzt befinde.
„Ich habe die GERONIMO näher zum Zentrum springen lassen und damit man uns nicht sofort findet, sind wir einige Stunden mit voller Kraft in einen Bereich geflogen, in dem mehrere Sonnen, Neutronensterne und Pulsare dicht stehen und gegensätzliche Strahlungen den Raum ortungstechnisch undurchlässig machen. Wir stehen im weiten Orbit einer Sonne vom Spektraltyp „W". Ich habe das Schiff soweit hinunter navigiert, dass eine Ortung unmöglich ist. Allerdings werden unsere Schirme im Moment mit 65% ihrer Leistung beansprucht!"

Thomas nickte. Die Programmierung der KI war offensichtlich bestens gelungen. Der Auftrag war in Bezug auf die Umstände optimal ausgeführt worden.
„Können wir was orten?“
„Nein, das ist der Nachteil. Wir müssen zunächst aus der Sonnenkorona hinaus. Wir sind blind!“
Raven schaute auf die Uhr. Er hatte noch etwa 30 Minuten Zeit, bis die ersten Crewmitglieder wach würden. Mit Blick auf seine blutverschmierte Kleidung beschloss er, seine Hygienezelle aufzusuchen und sich eine heiße Dusche und frische Kleidung zu gönnen.

26.01.2125, 19:00 Uhr, Acaspa, Regierungssitz

Wenn man menschliche Regungen voraussetzen würde, dann atmete Yirr jetzt gerade in diesem Moment auf. Sie hatte es sich nicht nehmen lassen, als Repräsentantin auf Acaspa zu verweilen, trotz der großen Gefahr, durch eine Gamma-Strahlen-Explosion verbrannt zu werden. Die Leiterin der wissenschaftlichen Abteilung hatte soeben einen kurzen Bericht aller beteiligten Zentren auf Acaspa abgegeben. Sie hatte mündlich Bericht erstattet, weil Yirr keine Zeit vergeuden wollte.
Nach dem Bericht der Wissenschaftlerin hatten die Atomraketen der Menschen erstaunlich gut im Ziel gelegen. Zweifelsfrei hatte die IOWA einen der Stützpunkte eliminiert und von den verbleibenden zehn Trax-Objekten waren fünf zu 100 Prozent und weitere drei mit 60 % Wahrscheinlichkeit getroffen worden. Somit blieben maximal fünf übrig, wahrscheinlich sogar nur zwei. Allemal zu wenig, um den Vernichtungsplan durchzuführen.
Yirr drehte sich zu ihren beiden Vertreterinnen um. „Ly, funk bitte die COCHISE an und teile das Ergebnis mit.“
Die Angesprochene eilte davon, um den Befehl auszuführen.
„Was ist mit unseren Schiffen, die wir mit 100.000 der unseren losgeschickt haben. Soll ich sie zurückrufen?“ Xi, die andere Vertreterin, erinnerte an die ausgeschickten Schiffe.
Yirr senkte ihr Haupt und antwortete leise: „Nein! Diese Sache erinnert uns daran, dass unsere Existenz ständig der Gefahr ausgesetzt ist, mit unserem Planeten unterzugehen. Es wird Zeit, dass auch wir unsere Spezies im Weltraum verbreiten. Lass sie weiter fliegen!“

Im Kommandosessel der COCHISE schreckte John Flannigan hoch, als ihm gemeldet wurde, dass ein Funkanruf aus Richtung Acaspa anstünde.
„Auf den Frontmonitor, los! Und schaltet Baal dazu!" John war des ewigen, untätigen Wartens müde und er konnte es kaum erwarten, bis er in das Gesicht einer der weiblichen Echsenwesen blickte.
Verflixt, dachte Flannigan, nicht zu unterscheiden. Wer ist das denn jetzt?
Bevor noch irgendwas gesagt wurde, hielt das Schuppenwesen ein Schild mit der Aufschrift >>Ly<< hoch. John grinste und sah in die bemerkenswert grünen und sanften Augen. Dann hatte man Baal in seiner Kabine erreicht und schaltete ihn ebenfalls auf den Frontmonitor, sodass er auf beiden Seiten der Funkbrücke zu sehen war.
Baal übersetzte mit seinen paranormalen Fähigkeiten gleich in die Gehirne der kommunizierenden Intelligenzen und begann mit der Aussage von Ly.
„Wir danken unseren menschlichen Freunden für die selbstlose Unterstützung. Wir Acaspa stehen schon wieder in der Schuld unserer Bündnispartner. Unsere Wissenschaftlerinnen haben ermittelt, dass euer Einsatz erfolgreich war. Es gibt bestimmt nur noch zwei Stützpunkte, bei weiteren dreien ist die Zerstörung zu 60 Prozent wahrscheinlich."
Flannigan strahlte über das ganze Gesicht. Er freute sich, denn diese Wesen waren ihm sehr sympathisch. Es wäre eine unglaubliche Katastrophe gewesen, wenn die Sonne Acaspas eine Gamma-Strahlen-Explosion ausgelöst und diese sympathischen Wesen zum großen Teil ausgelöscht hätte.
„Unser Risiko war kalkulierbar. Wir haben uns in Sicherheit bringen können. Aber ihr nicht. Ich bewundere euren Mut. Und noch etwas: Ihr steht nicht in unserer Schuld! Dafür sind Freunde da und ohne euer Geschenk, wäre unser Flaggschiff jetzt nicht unterwegs zu unserer Heimat. Der Dank gebührt euch!"
Die Echse verbeugte sich und dann übersetzte Baal etwas, was John maßlos überraschte.
„Lieber John! Wir sind beide keine großartigen Diplomaten, sondern eher praktisch veranlagte Wesen. Nun suchen wir hier nach korrekten Formulierungen. Ich sage dir daher als Freundin einfach: Danke!"

Flannigan war so verwirrt, woher wusste diese Echse wie er hieß, dass er sogar von seinem Platz aufstand.
„Dann sage ich mal: Gern geschehen!"
John Flannigan glaubte den Ansatz eines Lächelns gesehen zu haben, kurz bevor die Acaspa abschaltete.
„Haben wir diese Sendung aufgezeichnet?" John stand immer noch vor seinem Sessel, ganz im Bann des eben Erlebten.
Der junge Soldat, der Flannigan an seinem ursprünglichen Pult vertrat, nickte.
„Dann per Sonde durch das Wurmloch damit. Wir wollen unseren Häuptling doch nicht zu lange an den Marterpfahl binden!"

Etwa 30 Minuten später kamen von der anderen Seite der Anomalie 34 Tiger Sharks und ein Letalis aus dem Wurmloch.
„Willkommen zurück im Acaspa-System, Captain." John begrüßte seinen Vorgesetzten per Funk und sah ihn bald darauf, wie er im Kommandositz des Letalis saß.
„Es ist schön, dich unversehrt wieder zu sehen, John! Bitte um Landeerlaubnis!"
„Gewährt, Captain, gewährt!"

Keine 30 Minuten später hatte Chapawee Paco wieder das Kommando über die COCHISE übernommen. Der Deckoffizier hatte schier Unmögliches möglich gemacht und es standen sowohl der Letalis wie auch alle eingesetzten Tiger Sharks entweder auf dem Landedeck oder in sonst schnell frei geräumten Lagerräumen, die an der Außenwand des Terraschiffes gelegen waren und über eine entsprechend großes Schott verfügten.
„Lasst uns zu unseren Freunden fliegen, an den Lagerfeuern unseren Sieg feiern und gemeinsam die Friedenspfeife rauchen!" Das Waren die Worte des Sioux gewesen und die COCHISE beschleunigte in Richtung Acaspa.

<u>26.01.2125, 19:55 Uhr, GERONIMO, Brücke:</u>

Laura Stone hatte, offensichtlich aufgrund Ihres Alters, als Letzte die Nachwirkungen des Komas abstreifen können und warf sich nun leise stöhnend in ihren Copiloten-Sessel neben Thomas. Nachdenklich glitt

ihr Blick über die wesentlich jüngere Brückenbesatzung. Keinem von diesen Spezialisten wäre es in den Sinn gekommen, negativ über ihr spätes Erscheinen zu denken oder gar Bemerkungen darüber zu machen. In der Zentrale war es relativ ruhig, die Übertragungsmonitore zeigten kein Bild.
„Na, auch gut geschlafen, Thomas?" Mit diesem launigen Spruch meldete sich die XO auf der Brücke zurück.
„Nein!"
Laura zuckte zusammen, allein dieses einzige, eisig ausgesprochene Wort ließ auf den Gemütszustand des Captains schließen und der schien überhaupt nicht gut drauf zu sein – warum auch immer.
Stone verzichtete auf eine weitere Kommunikation und schaute ihren ehemaligen Schützling nur fragend an. Thomas schaute nur kurz zu ihr und gab dann Befehle an die Brückencrew.
„Paulo, Status unseres Schiffes!"
Der Taktiker hatte sofort, als der die Brücke betrat und sein Pult wieder in Besitz nahm, entsprechende Informationen aufgerufen, daher kam sein Bericht jetzt wie aus der Pistole geschossen.
„Wir haben leichte Hüllenbrüche auf Deck C, Deck E und H. Die automatischen Kraftfelder sind aktiv und halten. Vorderer Phasentorpedowerfer backbord ist offline. Ich schicke Reparaturteams los! Die Belastung unserer Schutzschirme beträgt zurzeit im Mittel 65 Prozent!"
„Trixie! Waffenstatus der GERONIMO und der REVENGE!"
Jedermann in der Zentrale stutzte. Warum fragte der Captain den Waffenstatus der REVENGE ab? Diese stand doch schließlich auf dem Landedeck.
Gunnerin Baines begann zu schalten und wenig später berichtete sie fassungslos mit stockender Stimme: „Raketen sind zur Hälfte verbraucht, Flakmunition zu 25 Prozent. Die REVENGE: Gar keine Raketen mehr! Wie kommt das denn?"
„Sagen wir", begann Thomas, „es war eine Menge los, als wir weggetreten waren!"
Raven wandte sich an die Navigatorin. „Hotaru! Wo sind wir?"
Die Japanerin hatte sich herumgedreht und von der sonstigen Fröhlichkeit der Asiatin war nichts zu sehen. Sie wollte gerade antworten, als sich die Zugangstüre zur Brücke auf der nächst höheren Ebene öffnete.

Fast sämtliche Augenpaare beobachteten, wie Oksana Trantow sich vom Lift nach unten tragen ließ.
„Bitte meine Funktion wieder ausüben zu dürfen, Captain!"
Die Russin mit den kurzen blonden Haaren wirkte nicht so selbstsicher wie sonst und mit fast bangendem Blick sah sie Thomas an.
„Schön, dich wieder auf der Brücke zu haben." Thomas lächelte ihr aufmunternd zu und die schlanke Frau begab sich zu ihrem Kom-Pult.
„Nun, Hotaru?"
„Die Sensorenphalanx gibt nicht viel her. Ich stelle lediglich fest, dass wir uns in der Korona einer Sonne vom Spektraltyp „W" befinden. Über unseren tatsächlichen Standort kann ich nichts sagen."
„Aber ich!" Thomas war aufgestanden und drehte sich einmal in die Runde, um sicher gehen zu können, dass ihm jeder zuhörte. Die Situation war zu außergewöhnlich, als dass jemand sich mit etwas anderem beschäftigte, als den Erklärungen zuzuhören.
„Wir stehen nahezu im Zentrum der Milchstraße. Die REVENGE hat uns in den Ortungsschutz dieser Sonne navigiert, um in Ruhe unser Aufwachen abwarten zu können. Ihr werdet euch gleich die Aufzeichnungen über unser Auftauchen in der heimatlichen Galaxis anschauen können. Nur soviel dazu: Die Trax bewachen diese Galaxiswurmlöcher und wir sind entsprechend empfangen worden. Die ursprüngliche Programmierung der REVENGE sowie die bis jetzt aufgebauten kognitiven Fähigkeiten, haben uns tatsächlich, auch wenn es uns nicht passt", damit streifte er mit einem Seitenblick Laura, „gerettet. Wenn auch nicht alle – es hat leider einen Todesfall gegeben – einen Unfall. Bevor wir jetzt eine weitere Planung vornehmen, will ich erst einmal wissen, wo wir tatsächlich sind! Hotaru, bring uns raus aus dieser Flammenhölle!"
Während die übrigen Zuhörer versuchten, mit dem eben Gehörten zurecht zu kommen, drehte sich die Asiatin um und zwang die GERONIMO mit heftigem Triebwerksausstoß aus der Korona der Sonne heraus. Leises Brummen zeugte von der Energieabgabe der mächtigen Triebwerke.
„Paulo! Außenansicht auf den Schirm!"
Der Südamerikaner schaltete und schließlich gab es ein Bild auf dem vorderen Monitor.

„Ich habe nur 2 Prozent der Lichtmenge zugelassen“, gab Paulo bekannt. „Mehr wäre für unsere Augen nicht gut gewesen!“

Auf dem riesigen Monitor waren noch einige Sonnenprotuberanzen zu erkennen, die gierig nach dem Schiff aus irdischer Produktion leckten, aber dann war der Weltraum zu sehen – aber was für einer!
Trotz der Abdunkelung konnte die Besatzung nur aus zusammengekniffenen Augen auf den riesigen Frontschirm schauen. Überall standen dicht gedrängt die Sonnen. Die Helligkeit des Monitors überstrahlte mühelos die Brückenbeleuchtung und verwandelte die Szenerie in ein Spiel aus grellem Licht und langen Schatten.
Paulo hatte sich seinen Anzeigen zugewandt und schüttelte den Kopf: „Ein perfektes Versteck. Die Sensorenphalanx zeigt alles und nichts an. Wenn wir uns orientieren wollen, dann müssen wir erst einmal aus dem Zentrum raus.“
„Ich brauche einen Kurs!“ Hotaru hatte sich mitsamt ihrem Stuhl herumgedreht und sah ihren Captain fragend an. Dieser wiederum wandte sich an den Taktiker.
„Ich würde hier auf keinen Fall den Jumper einsetzen wollen“, erklärte Paulo. „Wir haben jetzt noch eine Restbelastung von 30 Prozent auf unseren Schirmen. Ich vermag nicht abzuschätzen, was passiert, wenn wir in diesem Gemenge unterschiedlichster Strahlung einen Jump auslösen.“
„Gut“, Laura wurde ungeduldig. „Dann dauert es eben ein wenig länger, bis wir hier heraus sind. Schließlich sind wir ja auch hier hinein geflogen.“
„Genau“, bestätigte Raven. „Und deshalb wird diejenige uns hier herausfliegen, die uns hier hineingebracht hat.“
„Sicher! Natürlich kann ich uns hier herausbringen. Das meintest du doch – oder?“
Laura brummte gereizt, als sie den gelangweilten Tonfall der ungefragt in die Debatte eingreifenden KI hörte.
„REVENGE, bring uns hier raus!“
„Geht klar, Chef!“
Hotaru zog ihre Hände von den Nav-Kontrollen zurück, als sie merkte, dass das Schiff ferngesteuert wurde. Kurze Zeit später war das leise, aber angestrengte Brummen der Triebwerke zu hören und verschiedene

Sonnen wanderten aus dem Erfassungsbereich des Frontschirms. Das Flaggschiff stemmte sich gegen die Anziehungskraft der außergewöhnlich heißen Sonne.
„Paulo! Frontmonitor weiter abdunkeln. Es ist viel zu hell hier."
Während es dunkler und angenehmer für die Augen wurde, ertönte neben Thomas ein durchaus sehr menschliches Geräusch. Der Magen der XO hatte sich betreffend Nahrungsaufnahme recht deutlich hören lassen.
„Ähem, äh", richtete Raven sein Wort an die Crew. „Ich weiß nicht, wie es mit euch ist, aber ich habe einen Bärenhunger und wie es aussieht, haben wir genügend Zeit, etwas dagegen zu unternehmen."
Als er zustimmendes Nicken von allen Seiten bemerkte, wählte er über sein seitlich angebrachtes Paneel die Kom-Nummer der Kantine an.
„Hauptkantine!" Eine muntere Frauenstimme antwortete und im Hintergrund war Geklapper von Pfannen und Töpfen zu hören. Ein Zeichen dafür, dass es vielen ähnlich ging. Schließlich hatte man über 30 Stunden nichts zu sich genommen.
„Wir brauchen mal wieder euren Service. Kann die Brücke bitte ein Menu für acht Personen bekommen?"
„Okay. Für wann?"
„Wenn wir damit nicht die Gefahr einer Meuterei heraufbeschwören, dann bitte gleich!"
„Kommt sofort, Captain!"
20 Minuten später öffnete sich der Brückenzugang in der ersten Etage und ein junger Mann im weißen Outfit schob einen durchaus beachtenswert großen Servierwagen vor sich her und in den Aufzug zur Brückenebene. Als Thomas die Isolierkannen mit Kaffee, Fisch in allen Variationen, Obst, Konfitüre, selbst frische Brötchen und Säfte entdeckte, stand er auf und scheuchte seine Crew eilends in den Besprechungsraum.
„REVENGE, du übernimmst!", rief er noch der KI zu, dann saß er schon selbst am großen Tisch.
„Hab´ schon!" Die launige Bemerkung des Letalis nahm schon keiner mehr zur Kenntnis – der Hunger war zu groß.
Die nächste Viertelstunde trat das ein, was man früher mal als „gefräßige Stille" bezeichnet hatte. Jeder war mit der Nahrungsaufnahme

beschäftigt und leises Geklapper mit dem Besteck war zu hören. Aber schließlich waren alle nahezu gesättigt und genehmigten sich noch den einen oder anderen Kaffee. Nun, fand Thomas, sei es an der Zeit, seine Crew mit den Ereignissen der letzten Stunden zu konfrontieren.
„So, meine lieben Gefährten. Da wir uns jetzt gestärkt haben, bitte ich euch um Aufmerksamkeit. REVENGE! Bitte spiel den Bericht noch einmal ab!"
„Okay, Chef! Kommt!"
In den nächsten 45 Minuten stand die Crew ganz im Bann des Berichtes. Die REVENGE spulte das Gleiche ab, was sie schon Thomas vorgeführt hatte. Raven ergänzte den Bericht und sprach über den Tod von Samantha Park.
Baretta spülte mit einem kräftigen Schluck Kaffee seine Beklemmung hinunter. „Ich bin fasziniert von der Leistung der KI!"
„Ich danke!" warf die REVENGE ein.
„Wir sollten, wenn wir wieder zu Hause sind, dafür sorgen, dass es zwischen allen eingesetzten Letalis einen automatischen Daten- und Ereignis-Update gibt, wenn die Entfernung untereinander es zulässt. Mit dieser KI können wir uns einen großen Vorteil im Krieg gegen die Trax verschaffen! Sie scheint außergewöhnlich lern- und leistungsfähig zu sein."
Thomas Raven nickte überrascht. Das war ein guter Vorschlag und es erübrigte sich, dass jeder Letalis ausschließlich seine eigenen Erfahrungen machte und auch nur er selbst daraus lernte.
Paulo Baretta fuhr fort, wechselte aber das Thema. „Ich mache mir ein klein wenig Sorgen, wie wir wieder zurückkommen!"
„Wie?" Trixie schien satt und zufrieden und hatte erst einmal keine Probleme. „Meinst du, wir finden hier nicht raus?"
Paulo schüttelte den Kopf. „Das meine ich nicht. Wie kommen wir zurück nach Agua?"
„Na, ich denke wir werden uns ein anderes Galaxiswurmloch suchen müssen." Trixie Baines dämmerte es immer noch nicht, was der Südamerikaner meinte.
„Es ist doch logisch", begann er deshalb seine Erklärung, „dass die Trax alle Galaxie übergreifenden Anomalien bewachen – oder?"

Trixie schwieg betroffen und Paulo hatte das ausgesprochen, an das Thomas Raven schon einige Zeit dachte.
„Wie viele Wurmlöcher gibt es eigentlich von der Milchstraße in Richtung Black Eye?“ Laura dachte wieder einmal recht pragmatisch.
„Schon ermittelt“, meinte der wissenschaftliche Offizier. „Es sind nach dem Acaspa-Rechner 16 Anomalien, die in Richtung Heimat führen. Es ist nicht gesagt, dass die Trax alle kennen. Wenn dem so wäre, könnten wir immer noch über eine Drittgalaxie den Heimweg antreten. Wir sollten, um eine schnelle Rückzugsmöglichkeit zu haben, schön während unseres Anfluges auf das Sonnensystem, entsprechende Nachforschungen anstellen und eine Route für den Heimflug festlegen.“
Grace war aufgrund ihrer asketischen Lebensweise schon vor einiger Zeit mit dem Essen fertig geworden und so bot sie jetzt als Flight Commander ihre Unterstützung in diesem Fall an. „Ich könnte acht Tiger Sharks mit doppelter Besatzung auf den Weg bringen. Jede Einheit überprüft zwei Anomalien und kehrt anschließend zu einem vorher vereinbarten Treffpunkt zurück.“
Raven hob fragend kurz beide Arme und schaute Laura an. Diese nickte zur Zustimmung. Die Crew hatte, ohne das Captain oder XO was dazu beigetragen hatten, zumindest einen Teilplan entwickelt.
„Beschlossen und verkündet“, sprach Raven dann. „Sobald wir aus der Sonnensuppe hier raus sind, gehen wir das Thema an. Trixie, du sorgst mir dafür, dass die GERONIMO und die REVENGE wieder mit genügend Munition bestückt werden. Die REVENGE hat den zeitlichen Vorzug. Laura, du überwachst die Reparaturteams! Es sollte möglich sein, das Flaggschiff wieder zu 100 Prozent herzustellen, bis wir wieder freie Sicht haben!“
Die beiden Angesprochenen bestätigten die Anordnung.
„Wir haben hier einen Vorteil“, gab Paulo bekannt.
„Welchen?“ Hotaru schaute den Taktiker erstaunt an.
„Diese Trax hier scheinen noch nichts von unserem Tarnschild zu wissen. Bei den Aufzeichnungen konnte ich keine Suchstrahlen erkennen. Das sollten wir doch nutzen können!“ Baretta hatte wieder einmal streng nach logischen Gesichtspunkten die Auswertung betrieben und Erfolg damit.

„Ich denke ähnlich“, gab Thomas zu. „Vielleicht ist dies ein anderer Clan und der Informationsfluss untereinander funktioniert nicht so richtig, wenn überhaupt. Paulo, Grace! Von euch beiden erwarte ich einen Plan betreffend des Einsatzes der Tiger Sharks als Aufklärer! An die Arbeit bitte!“

27.01.2125, 09:00 Uhr, Acaspa-System, COCHISE-Brücke:

Paco hatte es nicht eilig gehabt, zum Heimatplaneten der Echsenartigen zurückzufliegen. Er gönnte sich und seiner Crew nach den zuletzt durchgemachten Strapazen einen erholsamen Flug. Gleichwohl ließ er den Raum weiträumig scannen. Er verspürte keine Lust, irgendein Trax-Schiff oder überhaupt einen Nachlass der Trax in diesem System zu übersehen. Zu diesem Zweck waren auch etliche Aufklärungsflüge der Tiger Sharks vonnöten. Man hatte nichts gefunden.
Soeben war das Terra-Schiff in den Orbit über Acaspa eingeschwenkt und es gebot der Anstand, dass man Kontakt mit der einheimischen Intelligenz aufnahm. Chapawee hatte dazu den unbedingt als Dolmetscher erforderlichen Baal auf die Brücke gebeten, wie auch die zurzeit amtierende Präsidentin der Menschen, Dr. Ewa Lenn. Beide waren zeitgleich auf der Brücke erschienen und man konnte erkennen, dass der Maroon die Frau äußerst respektvoll behandelte. Nun standen die unterschiedlichen Wesen rechts und links vom Kommandosessel des Captains. Paco ließ die Verbündeten auf diesem Planeten rufen.
Es dauerte nicht lange und der Funkanruf wurde seitens Acaspa beantwortet. Der große Hauptschirm leuchtete auf und zeigte Präsidentin Yirr, wie sie zwischen ihren beiden Vertreterinnen stand. Wie immer standen den Menschen nur weibliche Individuen dieser Spezies gegenüber. Der männliche Teil der Echsenwesen war eher zurückhaltend und kümmerte sich um Heim und Nachwuchs.
Baal begann sogleich die Worte der Acaspa zu übersetzen.
„Wir sind unseren Freunden wieder einmal sehr dankbar für die Hilfe. Aber mit Entsetzen müssen wir feststellen, dass du dich, Ewa, trotz deines Zustandes, in diese Gefahr begeben hast.“
Dr. Lenn sah an sich herunter. Sie trug ein langes Kleid von dunkelgrüner Farbe, welches gut zu ihren prachtvollen kastanienfarbenen Locken passte. Trotz der Weite des Kleides war ihre Schwangerschaft schon

gut zu erkennen. Ewa befand sich immerhin schon in der dreißigsten Woche. Sie hatte sich in den letzten Tagen erholt und antwortete nun. „Es geht mir gut und den eigentlichen Kampf zu eurer Rettung hat hier der Captain dieses Raumschiffes bestanden.“ Ewa wunderte sich nicht, dass die Echsen erschrocken auf ihren Zustand reagierten. Zwar legte die weibliche Echse ein Ei, welches vom männlichen Partner behütet wurde, aber die menschliche Form der Reproduktion war ihnen bekannt. Die Population der Acaspa betrug seit mehreren Jahrhunderten lediglich um die 700.000 Individuen. Sie waren nicht sehr fruchtbar und daher ging ihnen der Nachwuchs über alles. Darin gleichen wir uns mittlerweile, dachte Ewa.
„Wir grüßen dich, Captain Chapawee Paco.“ Der Indianer sah drei grüne Augenpaare auf sich ruhen und der natürliche Instinkt, der bei dem Sioux im großen Maße vorhanden war, signalisierte ihm von der Gegenseite Sympathie und Anerkennung. Er stand auf und ging die zwei Stufen von seinem Sitz herunter. Die weiteren Worte ließen alle Zuhörer erkennen, dass die Acaspa sich mit der Lebensweise der Menschen, ihrer Herkunft und ihre Riten vertraut gemacht hatten. Thomas Raven hatte damals im Gegenzug zum Geschenk des Acaspa-Rechners den Echsen eine elektronische Enzyklopädie der Menschheit zur Verfügung gestellt. Selbstverständlich waren darauf auch Daten der Führungskräfte auf und um Agua gewesen. So zum Beispiel auch welche von Chapawee Paco.
„Die Acaspa haben mit deinen Vorfahren, Captain Paco, einiges gemeinsam. Auch wir leben in Einklang mit der Natur und legen Wert auf rituelle Handlungen. Darum ist es dieses Mal für uns nicht schwer, einem Krieger deines Formats unseren Dank auszusprechen und ihn zu ehren.“
John Flannigan, der seinen Captain von der Seite ansah, hatte das äußerst seltene Vergnügen mit zu verfolgen, wie der eine oder andere Gesichtszug des Sioux entgleiste. Chap war offensichtlich ein wenig aus der Fassung.
„Darum bitten wir dich, Captain Paco, selbstverständlich mit der dir genehmen Begleitung, auf die Oberfläche des Planeten. Wir schlagen wegen der Annehmlichkeiten euer Habitat vor. Meine Vertreterinnen

und ich werden dort mit dir nach dem Brauch deiner Vorfahren das Kalumet benutzen!“
Nun war es mit der Beherrschung nahezu gänzlich vorbei. Alleine die Tatsache, dass der Begriff „Kalumet“ gebraucht wurde und nicht etwa „Friedenspfeife“ zeigte, wie tief sich die Echsenartigen mit der Mythologie der Indianer beschäftigt hatten. John sah, wie der Adamsapfel des hageren Kommandanten krampfhaft auf und ab hüpfte, bis er schließlich mehr krächzte als sprach: „Ich werde kommen. Erwartet mich in Kürze!“
Die drei Acaspa-Damen verbeugten sich, dann wurde der Schirm dunkel – die Unterredung war beendet. Paco stand noch bestimmt zehn Sekunden völlig unbeweglich und schaute immer noch den schwarzen Videoschirm an. Erst als John sich räusperte, erwachte der Indianer wie aus einem Traum, drehte sich wortlos um, stieg die zwei Stufen zu seinem Sitz hoch und ließ sich in einer 180 Grad Drehung in seinen Sitz fallen.
Dr. Lenn hatte die Ergriffenheit des Sioux aus nächster Nähe erleben können. „Eine hohe Ehre, Chap?“
Mühsam lösten sich die Augen des Captains vom schwarzen Frontschirm und suchten Ewas Blick. „Meine schöne, weiße Schwester ahnt nicht, wie groß!“
„Wen nimmst du mit?“ Dr. Lenn war bemüht, Paco wieder in die Wirklichkeit zurückzubringen.
„Wir werden die IOWA nehmen. Da du hierbleiben musst, wirst du mitfliegen, auch wenn ich nicht beabsichtige dich, mit Blick auf dein Ungeborenes, dem gesundheitsschädlichen Rauch auszusetzen. Deine Betreuerin Saliha wird dich begleiten. Deine beiden Adjutanten und John werde ich zur Zeremonie hinzubitten, wie auch unseren Freund Baal zur Verständigung.“
Paco sah seinen wissenschaftlichen Offizier an.
„Eine große Ehre für mich, Captain! Ich komme sehr gerne mit.“ John beugte kurz sein Haupt und jedem war klar, dass dies keine Floskel war, sondern Flannigan tatsächlich so empfand.
Chapawee sah in die Runde. „Abflug in 60 Minuten, Zeit läuft!“
Er selbst verließ die Zentrale, um die wichtigen Utensilien zusammen

zu suchen. Paco war in der glücklichen Lage gewesen, ein paar Tabaksamen mehr oder weniger geschmuggelt zu haben. Kein Verantwortlicher von Space Force Command wäre auf die Idee gekommen, den Siedlern so etwas Schädliches wie Tabak in die Ausrüstungscontainer zu stecken.

Im Konvoi mit den ansonsten auf Acaspa im menschlichen Habitat stationierten Tiger Sharks landete die IOWA im terranischen Refugium. Die Schleusen gingen auf und die evakuierte Besatzung des Stützpunktes nahm die Liegenschaft wieder in Besitz. Paco, der übrigens nicht die Uniform, sondern sein indianisches Jagdgewand aus mittelbraunem Leder trug, begleitete Ewa und Saliha in die Privaträume des Botschafterpaares.

„Ich werde nach der Zeremonie mit der COCHISE nach Agua zurück fliegen“, aufmunternd sah der Indianer die Ärztin an. „Ich werde dir dann die WONDERLAND schicken, mit der du und dein Ungeborenes dann ungefährdet wieder unsere neue Heimat aufsuchen kannst. Paul und Jack werde ich ebenfalls hier lassen, damit sie dir von Nutzen sind. Leb wohl, meine tapfere Schwester.“

Ewa legte dem Indianer lächelnd eine Hand auf die Schulter. „Ich danke dir für deinen Einsatz, Chap. Geh´ und genieße die Zeremonie!“

Paco verbeugte sich leicht und verließ die Wohnung. Draußen angekommen wurde er von Paul Dancer darüber informiert, dass die drei Acaspa Damen eingetroffen waren und in ein paar Hundert Metern auf einem naturbelassenen Fleckchen Erde warteten.

Was nun folgte, war mehr als denkwürdig. Das erste Mal überhaupt wurde das Kalumet zwischen Menschen und einer andersartigen Intelligenz zum Einsatz gebracht.

Der Indianer schritt stolz voran, dicht gefolgt von John, Paul, Jack und Baal. Als sie aufeinander trafen, entdeckte Chapawee ein kleines kreisförmiges Areal ohne jeglichen Bewuchs und Baal begann mit seinen telepathischen Fähigkeiten zu übersetzen.

„Wir grüßen dich als Freund der Acaspa!“ Mit diesen Worten leitete Yirr die Zusammenkunft ein.

„Lasst uns setzen und einen Kreis bilden!“ Paco ging mit gutem Beispiel voran und nahm den Schneidersitz ein. Während es den Echsenartigen leicht fiel, ihre kurzen Beine entsprechend unter sich zu falten,

gelang es dem schlaksigen Jack Warner nur mit Mühe und einigem Stöhnen. Baal ließ sich etwas abseits nieder als Zeichen dafür, dass er lediglich in der Funktion des Dolmetschers zugegen war. Schließlich saßen alle übrigen im Kreis und richteten ihre Aufmerksamkeit auf den Indianer.
„In Ermangelung der richtigen Kräuter bin ich auf Ersatz angewiesen, aber der Gedanke ist es, der zählt.“ Mit diesen Worten entnahm der Sioux einem mitgeführten Beutel eine Handvoll Kräuter. Er beugte sich vorüber und legte das fast trockene Material in die Mitte des Kreises. Dann entnahm er einer weiteren großen Tasche eine kunstvoll geschnitzte und bemalte Pfeife mit langem Stiel. Das heißt, er entnahm dem Beutel zwei Teile, die er erst zusammenstecken musste. Der rituelle Gegenstand seiner Ahnen war nämlich in Gänze gut 80 Zentimeter lang. Sorgfältig und schweigsam stopfte er diese mit seinem eigens angebauten Tabak. Dann steckte er die Kräuter in der Mitte des Kreises an, die anfangs zögerlich, dann immer heftiger qualmten.
Chapawee Paco stand auf, orientierte sich kurz und zog die Pfeife von Nord nach Süd und dann von Ost nach West durch den Rauch, dann hielt er sie gen Westen, Norden, Osten, Süden, dann himmelwärts und schließlich zum Boden.
„Wir rauchen hier das Kalumet zum Zeichen unseres Friedens zwischen unseren Spezies und unserer Freundschaft. Eure Freunde sind unsere Freunde und eure Feinde sind unsere Feinde! Wie der Rauch des Feuers hier vergeht, werden auch wir vergehen. Dauerhaft aber soll die Freundschaft und das Bündnis zwischen unseren Zivilisationen sein!“
Das Feuer in der Mitte des Kreises war mittlerweile erloschen und Paco setzte sich. Sorgfältig setzte er die Pfeife in Brand und nahm ruhig und besonnen vier Züge, für jede Himmelsrichtung einen, dann reichte er die Pfeife im Uhrzeigersinn weiter. John hatte seinen Captain zwar schon würdevoll gesehen, aber nicht in diesem Maße. Mit kerzengeradem Rücken saß er dort und gab die Pfeife weiter, mit brustweit ausgebreiteten Armen, die Handflächen dabei nach oben. Erwartungsvoll sah der Sioux auf die Reaktion der Teilnehmer.
Hoffentlich ist keiner so leichtsinnig und raucht auf Lunge, dachte der Indianer. Das Zeugs war echt stark. Er hatte keine Zeit mehr gehabt, eine Warnung auszusprechen. Um die Acaspa machte er sich keine

Sorgen, die waren bestimmt ganz andere Sachen gewohnt, aber seine Begleiter? John und Jack waren vorsichtig, nur Paul verschluckte sich beim letzten Zug und sein Gesicht nahm die Farbe einer überreifen Tomate an. Tapfer unterdrückte er den Hustenreiz und hüstelte nur mit geschlossenem Mund. Er schwor sich, nie wieder so etwas in den Mund zu nehmen.

Ganz anders Acaspas Damenwelt. Geradezu entzückt atmeten sie den dicken Rauch tief ein und man sah ihnen an, dass es ihnen schwer fiel, das Rauchutensil nach dem vierten Zug weiterzugeben. Paco neigte leicht den Kopf als Zeichen seines Respekts.

„Ich danke meinen Schwestern von Acaspa für die für mich seltene Möglichkeit, den Riten meiner Vorfahren nachzugehen!"

Auch die Acaspa bewiesen wieder einmal, dass sie sich auch in der Sprachweise perfekt anpassen konnten. „Unser tapferer, roter Bruder wird uns wissen lassen, wenn er wieder hier ist oder er unsere Hilfe braucht! Gerne sitzen wir hier wieder im Kreis!"

Es wurde noch die eine oder andere Artigkeit ausgetauscht und dann gingen die Delegationen auseinander. Wenig später verließ Chapawee Paco mit dem Terraschiff COCHISE das Acaspa-System in Richtung Agua. Seine Mission war erfolgreich absolviert und er machte sich auf den Weg nach Hause, wo ein Sack Carter, weil ihm die Verteidigungsflotte der Vendora fehlte, schon sehnsüchtig auf ihn wartete. Außerdem war dem Indianer eine Überraschung sicher.

27.01.2125, 11:00 Uhr Bordzeit, GERONIMO, Captains Besprechungsraum:

Thomas hatte, um wieder einen gewissen Rhythmus in die Abläufe an Bord zu bekommen, der Crew am vorhergehenden Abend die Freiheit gelassen, über ihr Dienstende selbst zu bestimmen. Keinem war es eingefallen, sich nach dem langen Komaschlaf gleich wieder ins Bett zu legen. Das voraussehend, hatte Raven die morgendliche Besprechung zwei Stunden nach hinten geschoben. Auch wollte Thomas solche Zusammenkünfte demnächst auf ein Minimum reduzieren. Ihn hatte eine gewisse Unruhe erfasst und ihm schwante, dass es der Besatzung nicht anders ging – er wollte zur Erde! Und das ASAP, wie man so

schön sagte: AS SOON AS POSSIBLE oder wie sein Ausbilder damals gesagt hatte: Wo kein Schnee liegt, darf gerannt werden!
Als die Crew im Raum eintraf, saß Thomas bereits am Tisch und trommelte ungeduldig mit den Fingern auf der Tischplatte herum.
Laura stutzte. „Wo ist denn der Kaffee?“
„Gibt keinen“, war die ungeduldige Antwort des Captains. „Ihr könnt euch gleich einen aus dem Automaten der Zentrale ziehen, nachdem wir losgeflogen sind!“ Das „nachdem“ war noch besonders betont.
„Okay, okay.“ Laura hob beide Arme. „Dann sind wir heute mal ausnahmsweise sehr eilig unterwegs!“ Sie legte Wert auf die Betonung des Wortes „ausnahmsweise“.
Die Übrigen beeilten sich, ihre Plätze einzunehmen. Irgendwie war man erleichtert. Keiner hatte Lust, in langwierigen Meetings seinen Enthusiasmus zu verschwenden, jetzt, wo man der Urheimat so nahe war. Naja, ein paar 10.000 Lichtjahre ist schon weit, wenn man aber bedenkt, dass man gerade mal so ca. 20 Millionen Lichtjahre zurückgelegt hat, dann versteht man den Ausdruck „relativ“.
Der Letzte hatte noch nicht Platz genommen, als Thomas schon fragte: „Paulo, Grace! Wir wollen trotz aller Eile nicht vergessen, dass wir auch irgendwann wieder nach Hause …“ Thomas stutzte über seine eigene Wortwahl, sah seine Mitstreiter erstaunt an und fuhr dann fort: „Ja, nach Hause, so glaube ich, zurück wollen. Also nach Agua! Habt ihr einen Ablaufplan für den Shark-Einsatz erstellt?“
Laura war die Einzige, die nicht staunte über die Verwandlung des Captains. So kannte sie ihren ehemaligen Schützling – im Prinzip unberechenbar. Daher hatte es auch nicht nur Befürworter gegeben, als es hieß, wir brauchen einen Commander für die damals noch Good Hope. Unverkennbar war aber, dass er gänzlich auf das Ziel fixiert war – die Erde!
Die Afrikanerin kam als Angesprochene und eine der Ersten mit dem ungewohnten Captain klar und antwortete daher mit ihrer dunklen Stimme.
„Acht Tiger Sharks mit doppelter Mannschaft stehen bereit. Für jede Maschine sind Routen zu zwei Wurmlöchern programmiert. Die Mannschaften sind informiert und werden ausschließlich im Tarnmodus

fliegen. Feindkontakte sind zu unterlassen. Wir brauchen einen Treffpunkt nach der Mission „TAKE ME HOME“, wie Paulo sie benannt hat.“

Thomas grinste. Dass Flight den Namen nicht zuordnen konnte und daher leicht irritiert reagierte, war ihm klar. Paulo hatte mit seinem Sinn für Humor und für ausgefallene Missionsnamen mit Sicherheit den im Jahre 2000 gekürten Jahrhundert-Countrysong gemeint - aus dem Jahre 1971 von John Denver. Er zweifelte, dass außer Paulo noch jemand den Namen richtig zuordnen konnte. Ihm als Oldie-Fan war er selbstverständlich geläufig und irgendwo in weiter Ferne seiner Erinnerung hörte er den Song von West Virginia.

„Gut. Paulo! Wo treffen wir die Sharks wieder – nicht im Sonnensystem bitte, sicherheitshalber.“

Paulo hatte sich vorbereitet und schaltete am Tisch. Anschließend zeigte einer der seitlichen Wandmonitore eine schematische Darstellung der Milchstraße. Die Kamera zoomte hinein in das Gewimmel aus Sternen und wich dabei vom Mittelpunkt ab.

„Wir stehen immer noch ziemlich zentral“, erklärte der Taktiker. „Wir benötigen sieben Wurmlochdurchgänge, dann haben wir innerhalb einer geschätzten Flugzeit von, wenn wir nicht aufgehalten werden, vier Tagen die letzte Anomalie vor uns, die uns direkt bis sechs Flugstunden mit Maximalgeschwindigkeit vor die Erde bringt.“

Die Grafik zeigte die einzelnen Wurmlöcher und jeder erkannte, dass es sich nicht um eine gerade Linie handelte, sondern um eine Art Zickzack-Kurs. Das war aber auch egal, denn die Anzeige darüber gab an, dass kein Sprung mehr als 7.000 Lichtjahre betrug. Diese Grenze war für den menschlichen Metabolismus unkritisch. Nun verharrte die Anzeige genau zwischen dem sechsten und siebten Wurmloch.

„In diesem Bereich gibt es nach Auskunft des Acaspa-Rechners ein ausgedehntes Meteoritenfeld. Ich schlage dieses als Treffpunkt für die Sharks nach Missionsende vor!“ Paulo war mit seinen Ausführungen fertig und Thomas schaute seine XO fragend an. Laura gab nickend ihre Zustimmung.

„Okay!“ Thomas hatte nichts von seiner drängenden Eile verloren. „Haben wir einen Kurs für die GERONIMO?“

„Kurs vorhanden und einprogrammiert, Captain." Die Japanerin verstand es, trotz dieser militärisch knappen Antwort, ein gewinnendes Lächeln zu zeigen.
„Trixie! Waffenstatus?"
Trixie war ebenfalls von der Rückkehr in die Milchstraße ergriffen, trotzdem kam eine ihrer üblichen kodderigen Meldungen: „REVENGE Full House, GERONIMO dauert noch zwei Tage, bis wir die Raketen aus unseren mitgeführten Rohmaterialien zusammengebastelt haben. Wir müssen dann Rohstoffe einlagern. Die Saturnringe sollten ausgezeichnetes Material liefern können!"
„Vielleicht holen wir uns das Material von der Erde selbst", gab Thomas zur Antwort. „Laura?"
Die Angesprochene gab bekannt, dass im Laufe der letzten Stunden die leichten Beschädigungen an der Außenhülle der GERONIMO beseitigt worden waren. Der vordere „Phasenwerfer", wie diese Abschusslafetten seit Neuestem in der Kurzform genannt wurden, sei in drei Stunden wieder online.
„Prima! Sonst noch irgendwas?" Thomas sah in die Runde. Niemand hatte noch etwas beizutragen.
„Ich habe noch was", sprach er dann. „Oksana! Wir sind jetzt in der Milchstraße und ich halte es nicht für ausgeschlossen, dass es noch irgendwo hier draußen terranische Schiffe gibt. Du hältst bitte die Augen, natürlich die Ohren, offen und scannst nach unseren Flottenfrequenzen!"
„Aye, Sir!" Die Russin hatte sich nach ihrem Nervenzusammenbruch wieder im Griff.
„Dann wüsste ich nicht, wer uns jetzt noch aufhalten könnte!" Thomas stieß die Worte entschlossen, geradezu grimmig hervor und stand auf. Hektisches Stühle rücken erfolgte, denn keiner wollte dem Captain nachstehen. Noch während man sich fast gemeinsam durch die Zugangstür zur Brücke zwängte, gab Thomas seine ersten Kommandos.
„Flight! Mission "TAKE ME HOME" go!"
Die Flight-Commanderin bestätigte.
„Hotaru! Sobald die Aufklärer draußen sind – Schiff beschleunigen und Kurs aktivieren!"
„Okay, Sir!"

Wenig später verließen acht weiße Tiger Sharks mit doppelter Besatzung das Landedeck des Flaggschiffes, um bald darauf ganz von der Bildfläche zu verschwinden – sie hatten sich laut Befehl getarnt und würden dies auch bis zum Missionsende bleiben. Man wollte sich bis spätestens Ende Februar an bezeichneten Ort treffen oder aber dort eine Nachricht hinterlassen.
Die GERONIMO änderte geringfügig ihren Kurs, dafür war die Beschleunigung umso heftiger. Sie hatten es eilig, die Menschen – es ging zurück zu den Wurzeln, zurück zur Erde.

Die nächsten zwei Wurmlochdurchgänge der GERONIMO blieben unspektakulär. Trotz der Eile vernachlässigte man die Vorsicht nicht und jedes Mal wurde eine Aufklärungsdrohne vorangeschickt. Bisher wurde nichts gemeldet und die GERONIMO folgte dann wenig später. Die Drohne wurde wieder aufgesammelt und es ging weiter. Thomas schaute mehrfach in Richtung Oksana, aber die junge Frau schüttelte nur bedauernd den Kopf. Bisher hatte sie keinerlei Funksprüche irdischer Flottenverbände oder einzelner Schiffe auffangen können. Trantow ließ die gesamte Bandbreite der Frequenzen von ihren Geräten absuchen – negativ. Auf diese Weise vergingen drei Flugtage ohne nennenswerte Ereignisse.

30.01.2125, 13:00 Uhr Bordzeit, GERONIMO Brücke:

„Ich hab´ was!" Oksana Trantow wurde mit einem Mal hektisch und aufgeregt. Die GERONIMO hatte vor einer knappen Stunde das dritte Wurmloch innerhalb der Milchstraße passiert und befand sich noch im Scanmodus. Paulo bemühte die Sensorenphalanx und die Russin suchte den Äther nach allen möglichen Funksignalen ab.
Der sonst etwas lethargisch in seinem Kommandosessel ruhende Captain war aufgesprungen, zur Funkkonsole hinübergelaufen und schaute der jungen Frau nun über die Schulter.
„Was hast du?"
Auf einem der Monitore war ein Frequenzbalken zu sehen, der hin und wieder ausschlug. Oksana hatte sich, um nicht von den sonstigen Geräuschen auf der Brücke abgelenkt zu werden, einen Kopfhörer aufgesetzt und lauschte nun angestrengt.

„Schwach, ganz schwach", flüsterte sie. „Ganz klar ein typisch irdisches Signal, wenn auch etwas anders, als wir es gewohnt sind."
„Für was hältst du das?"
„Ich bin nicht sicher", antwortete die Russin und schaute Thomas dabei an. „Aber wenn ich mich festlegen müsste, dann tippe ich auf einen automatischen Notrufsender."
Thomas sah zu seiner XO.
„Wir können es uns nicht leisten, einen noch so kleinen Hinweis unbeachtet zu lassen." Laura traf es auf den Punkt.
Raven nickte. „Oksana, gib Paulo die Frequenz, damit er die Quelle orten kann.
Wenig später begann Paulo mit der Arbeit und nach fünf Minuten hatte er zumindest ein Teilergebnis.
„Das Signal kommt aus einem Meteoritenfeld schräg zur Flugrichtung voraus. Etwa zwei Lichtstunden entfernt."
„Okay, wir ändern den Kurs und sehen uns das an!"
Gehorsam änderte Hotaru nach den Vorgaben des Taktikers den Kurs des Flaggschiffes. Man würde das Feld nach etwas mehr als sechs Flugstunden erreichen.
„Haben wir nähere Daten, Paulo?" XO Stone wollte mehr über das Feld wissen.
Baretta hatte bereits alle bisherigen Scanmöglichkeiten ausgeschöpft. „Es ist nicht so groß, wie wir es gewohnt sind. Eher klein. Ausmaße vielleicht 200.000 Kubikkilometer. Die größten Brocken haben einen Durchmesser von 3000 Metern. Ich orte eine unbekannte Fremdstrahlung, die von den Gesteinsbrocken ausgeht. Das Schlimmste ist aber, dass die Teile ziemlich eng stehen. Wir werden die Jäger schicken müssen!"

Nach Ablauf von zwei Stunden, während die GERONIMO mit einem Drittel Licht auf das Ziel zuraste, meldete sich Paulo erneut.
„Ortung! Senkrecht zum Kurs Backbord in 30 Lichtminuten Entfernung eine Ansammlung von fast reinem Metall!"
Laura reagierte sofort. „Masse?"
„Ungefähr die der GERONIMO."
„Ein Schiff?"

Paulo zögerte. „Ich messe keinerlei Energieabgabe. Wenn das ein Schiff ist, dann hat es alle Energieaggregate abgeschaltet – einschließlich der Lebenserhaltung. Wir müssten näher ran!"
„Grace!" Thomas Raven hatte eine Entscheidung getroffen und drehte sich zu seiner Flight herum.
„Captain!"
„Schicke zwei Sharks zum Objekt. Tarnung, nur Aufklärung. Sie sollen sich melden, wenn sie was rausgefunden haben. Wir fliegen weiter zu dem Geröllhaufen!"
„Aye, Sir!"
Grace Ojok beorderte ein Team ihrer Mannschaft zu einer Shark, die dann kurz darauf das Flaggschiff verließ. Zwei blaue, blinkende Zeichen auf dem Hauptmonitor zeigten den weiteren Flugverlauf der Aufklärer an. Paulo hatte auch das gescannte Objekt auf den Kampffeldmonitor geschaltet. Ein weißes Zeichen mit der Kennung „UFO" wurde abgebildet.
Während die Sharks sich in einem spitzen Winkel immer weiter von ihrem Basisschiff entfernten, wartete die Brückencrew ungeduldig auf die ersten Ergebnisse.
Nach weiteren 100 Minuten meldeten die ausgeschickten Aufklärer ihr Eintreffen am Objekt und bestätigten gleichzeitig, dass es sich um ein bisher unbekanntes Raumschiff handelte.
Thomas bat die Piloten um Vorsicht bei der Untersuchung des Objektes.
Danach mussten sie wieder fast eine ganze Stunde auf die nächste Meldung warten und so langsam, aber sicher, näherte sich das Flaggschiff dem eigenen Ziel.
„ROT 11 an GE, kommen!" Einer der beiden Sharks meldete sich und da er die Kurzform der Flaggschiffkennung verwandte, rechneten alle mit einer wichtigen Meldung.
„GERONIMO hört!"
„Es ist ein irdisches Schiff – soviel steht mal fest!"
„Wie kommt ihr darauf?", Laura überlegte krampfhaft, wie es ein irdisches Schiff in diese Region gekommen sein konnte.
„Wir sind ausgestiegen und haben Teile des Schiffes durchsucht. Dabei haben wir chinesische Schriftzeichen entdeckt."

„Zustand des Schiffes?“
„Es handelt sich um ein zusammengeschossenes Wrack. Ich bin zwar kein Techniker, aber das sieht mir irreparabel aus. Vielleicht kann man das eine oder andere noch verwerten, wir waren noch nicht überall.“
„Hinweise auf die Besatzung?“ Obwohl Thomas nicht an Überlebende glaubte, stellte er diese Frage.
„Nein, bisher haben wir keine Leichen gefunden!“
„In Ordnung“, sagte Thomas. „Macht ein paar Filmaufnahmen, auch von den Schriftzeichen. Vielleicht können wir ermitteln, um welches Schiff es sich handelte. Dann fliegt ihr die GERONIMO an.“
„ROT 11 hat verstanden!“
Raven blickte zu seiner Sicherheitschefin, die sich gerade zu ihm herumgedreht hatte.
„Thomas, wir haben hier ein Schiffswrack, offensichtlich nach heftigem Raumkampf, chinesischer Bauart, keine Personen oder Leichen an Bord, irgendein Vögelchen hat mir gerade gezwitschert, dass unsere goldfarbenen Freunde für den desolaten Zustand verantwortlich sind. Was das Geröllfeld anbetrifft: Holzauge sei wachsam!“ Trixie hatte zur Unterstreichung ihrer Warnung den rechten Zeigefinger erhoben und Thomas konnte ihre Logik nachempfinden.
„Ein chinesisches Schiff?“ Laura war die Ratlosigkeit ausnahmsweise gut anzusehen. Die Erklärung gab überraschenderweise die russische Funkerin ab.
„Ich hatte kurz vor unserem Start Kontakt zu unserem Geheimdienst. Die Chinesen wollten bei der Auswanderungsmission nicht mitmachen. Man hatte sie gefragt. Mehr oder weniger hatte man aufatmend den negativen Bescheid der chinesischen Regierung zur Kenntnis genommen. Man traute den Chinesen nicht und die sicherlich uns auch nicht. Die waren schon immer etwas eigenbrötlerisch gewesen, diese Herrschaften. Es hielt sich aber beständig das Gerücht, dass sie ein eigenes Schiff auf die Reise schicken wollten. Man wusste sogar den Namen: YANGTSE.“

Nach einer Stunde meldeten die Aufklärer den Abschluss der Mission vor Ort und gaben an, die GERONIMO anfliegen zu wollen. Allerdings hatte man doch eine Entdeckung gemacht. Die Piloten hatten das Pendant zum Staselager gefunden. Wie viel Tausend Menschen sich

noch in den eigentümlich aussehenden Kapseln befanden, konnten sie nicht feststellen. Dafür gelang es ihnen, einen Rechner mit Energie zu versorgen und eine beträchtliche Anzahl von Terrabytes an Daten herunterzuladen.
„Na super, alles in Chinesisch!“, maulte Laura. „Bin mal gespannt, wer uns das übersetzen kann.“
„Ich!“
Alle drehten sich zu der Funkerin um.
„Du kannst Chinesisch“, Trixie war skeptisch.
„Ich habe als Dolmetscherin gearbeitet und auch ganze Bücher übersetzt.“
Raven klatschte in die Hände. „Prima. Dann kennst du deine Aufgabe, Oksana.“
Innerhalb der nächsten halben Stunde hatte das Flaggschiff die Geröllzone erreicht und Hotaru brachte die GERONIMO auf Null Fahrt zum Ziel.
„Grace, schick´ Staffel ALPHA los. Sie sollen vorsichtig sein und nach dem Signal suchen.“
Die Afrikanerin hatte ihr Headset auf und sprach leise in ihr Mikro.
„Staffel DELTA bietet sich an. Jim Sellers meint, er habe was gutzumachen!“ Fragend schaute Flight in Richtung ihres Captains.
„Ging mir auch so.“ Thomas war einverstanden. „Geben wir ihm die Chance!“
Wenig später schoss Dario die komplette Jägerstaffel DELTA aus den Abschusstuben. Getarnt rasten die Maschinen die letzten paar Hunderttausend Kilometer auf das Feld zu und tauchten schließlich ein.

Jim hatte immer noch ein schlechtes Gewissen. Es war ihm im Nachhinein unbegreiflich, wie er sich so hatte gehen lassen können. Nun war er darauf erpicht, jede Gelegenheit wahrzunehmen, seinen eigenen Ruf und den seiner Staffel wieder herzustellen. Diese Aktion hier war ihm eigentlich gar nicht gefährlich genug, aber wenn sich sonst nichts ergab, war es immerhin besser als nichts. Er ließ sein getarntes Geschwader abbremsen und in einer breiten Linie in das Feld einfliegen. Lichtreflexionen rechts wie links glitten über sein Cockpitfenster. Das gab´s doch gar nicht. Jeweils rechts und links von sich sah er seine Teamkollegen in cirka 200 Meter Entfernung als schattenhaft leuchtende Erscheinungen

auftauchen. Ein Summton zwang ihn zur Konzentration auf seine Instrumente.
„LEADER DELTA an GERONIMO!“ Jim Sellers meldete sich schon kurz darauf beim Mutterschiff.
Thomas beantwortete den Ruf.
„Wir haben ein Problem! Diese unbekannte Strahlung setzt unsere Tarnung außer Kraft. Wir leuchten so quasi. Außerdem wird dadurch Energie von unseren Schilden abgesogen, die unsere Meiler nicht komplett ersetzen können. Wir sind jetzt schon bei 70% Schild-Leistung angekommen!“
Thomas seufzte ergeben. „Tarnung aus – und vorsichtig weiter!“
Jim bestätigte und er flog langsam weiter. Die gescannten Objekte wurden ihm im HUD auf seiner Frontscheibe angezeigt - eine Vielzahl von Objekten und sie standen sehr dicht. Er und seine Crew waren laufend gezwungen, den Kurs zu ändern. Irgendwie war es auch gar nicht dunkel draußen. Wenn er aus seinem Cockpit sah, leuchtete alles ein wenig in blaugrüner Farbe. Das Notrufsignal selbst schien innerhalb des Feldes überhaupt keine Richtung mehr zu haben – es kam von überall. Sellers erkannte lediglich, dass sich die Stärke veränderte. Sorgsam gruppierte er seine Staffel neu und ließ sich die gemessenen Stärken durchgeben. Danach konnte er eine ungefähre Richtung festlegen. Die Suche ging weiter. Da niemand eine Ahnung hatte, wie stark der Sender war, konnte auch nicht gesagt werden, wann das Geschwader sein Ziel erreicht haben würde. Laufend trafen die Meldungen der Staffelpiloten ein und gaben die Anzeigenstärke durch. Sellers ließ die Gruppe anhalten, als die äußersten beiden Piloten eine Abnahme der Stärke registrierten. Logischerweise musste sich das gesuchte Objekt nun unmittelbar vor ihnen befinden.
„Kreis bilden!“
Langsam zog sich die Schlinge um den Sender zu. Als nach fünf Minuten das Manöver beendet war, ordnete Sellers das Vorrücken an und beschleunigte seinen Jäger etwas mehr als der Rest der Staffel.

„Das gefällt mir nicht!“ Laura räkelte sich unbehaglich in ihrem Stuhl. Thomas sah sie nur kurz an und sein Gesichtsausdruck verriet, dass er ähnlich dachte.

„Flight! Staffel ALPHA ausschleusen. Sie sollen bis zum Geröll, aber nicht hinein. Ich will Rückendeckung für DELTA."
Grace begann mit den Vorbereitungen. „Captain, Staffel BETA bietet sich an."
„Ja, sag mal", polterte Raven los, dann fiel ihm ein, dass er Staffel BETA schon einmal gehört hatte.
„Sind das nicht die Jungs, die du trainiert hast?" Mit einem schiefen Blick sah er seine XO an.
„Stimmt", bestätigte diese.
„Und? Sind die fit?" Raven war skeptisch. Er wollte nicht noch mehr Menschenleben riskieren und schon gar nicht leichtfertig.
„Sie brauchen noch Kampferfahrung!"
Thomas wirkte unschlüssig und wiegte seinen Kopf hin und her.
„Thomas, wir können sie nicht in Watte packen! Irgendwann muss es sein!"
Raven nickte Grace zu. „Staffel BETA und los!"
Zehn Minuten später stand das Geschwader BETA dort vor dem Geröllhaufen, wo DELTA hineingeflogen war.
„Paulo, gibt es was Neues?" Thomas wollte mehr über die unbekannte Strahlung erfahren.
„Nein, Captain. Die Strahlung macht ein genaues Scannen unmöglich. Es unterscheidet sich erheblich von Stonehall, aber die Auswirkungen sind fast identisch. Aber wir können hineinfunken – wenigstens etwas."

Sellers umrundete mit seinem Flieger einen größeren Brocken von mindestens 1000 Metern Durchmesser. Danach rechnete er, nachdem er die Werte überschlägig im Kopf ermittelt hatte, mit dem Auftauchen des Notsenders. Als es soweit war, sah er, außer einer Vielzahl von kleineren Objekten, nichts.
„Irgendeiner von euch muss es doch sein", murmelte er und flog seinen Jäger noch weiter heran. Die übrige Staffel war jetzt ebenfalls in Sichtweite und kam näher.
Plötzlich spielte der Scanner im Jims Cockpit verrückt. Viele Dutzend Energiesignaturen wurden unmittelbar vor ihm angezeigt und fassungslos beobachtete er, wie alle Anzeigen auf Rot wechselten. Dies konnte nur bedeuten, dass der Bordrechner Trax-Einheiten einwandfrei detektiert hatte.

„Vorsicht!", schrie einer der Piloten über Funk. „Das sind Minen!"
„Nein", rief Sellers grimmig. „Das sind Kampfdrohnen – sie beschleunigen. Feuer frei – los, wehrt euch! Schießt sie ab!" Während seine Staffel beschleunigte, nahm der Geschwaderkommandant die ersten der cirka 3 Meter langen Drohnen mit seiner Bordkanone unter Beschuss. Eine erwischte er sofort und es gab eine grelle Explosion. Dann wurde er selbst das erste Mal getroffen. Die Kampfdrohnen begannen zu feuern und waren erstaunlich schnell. Jim wurde heftig durchgeschüttelt. Auf dem Frontdisplay wurde ihm angezeigt, dass der Schirm zu 78 Prozent belastet worden war.
„Hier spricht die GERONIMO. Raus aus dem Geröllfeld! Unsere Berechnungen haben ergeben, dass die merkwürdige Strahlung eine Art Navigationsfeld für die Drohnen sind! Sie werden außerhalb nicht verfolgen und steuern können!" Thomas selbst sprach die Warnung aus und Paulo hatte die Wahrscheinlichkeitsberechnung durchgeführt.
Für Jim wurde die Situation unübersichtlich und für seine Staffel mehr als bedenklich. Die Drohnen schienen überall zu sein und trafen erstaunlich gut. Immer wieder krachte es heftig in den Schutzschirmen und nur die Tatsache, dass die feindlichen Waffen nicht allzu kräftig waren, verhinderte zunächst das Schlimmste.
Staffel DELTA feuerte aus allen Rohren zurück. Die Piloten kurvten mit halsbrecherischer Geschwindigkeit um die Gesteinsbrocken herum, um den Drohnen kein Ziel zu bieten. Hin und wieder hatten sie das Glück, dass die feindlichen Kampfmaschinen nicht rechtzeitig reagierten und an einem der Meteoriten zerschellten. Leider kam das für Jims Geschmack viel zu selten vor und die Drohnen waren viel zu schnell, um sie gezielt und effektiv unter Feuer zu nehmen. Mittlerweile machte sich der Munitionsverbrauch bemerkbar und die Kampfdrohnen eröffneten jetzt zu mehreren Jagden auf eine Hawk. Diese Taktik gab den Ausschlag.
„Raus hier! Sofortiger Abbruch! Jeder sieht zu, dass er schnellstmöglich hier rausfliegt!", befahl Jim Sellers seiner Truppe den Rückzug.

Auf der Brücke der GERONIMO hatte Thomas einen schnellen Blick auf den Kampffeldmonitor geworfen. „Wo ist Staffel BETA?"

Grace sah aus den Augenwinkeln zu ihrem Captain. „Sie sind reingeflogen!“
„Was?“ Laura war entsetzt. „Macht hier jeder, was er will? Dafür gab es keinen Befehl!“
Raven beschwichtigte seine XO. „Lass gut sein, Laura. Hätte ich auch getan. Als Staffelführer muss man nicht unbedingt jedes Kommando abwarten. Bis es kommt, könnte es schon zu spät sein. Wünschen wir den Jungs Glück!“ Thomas setzte sich wieder und fasste sich, auch wenn es ihm schwer fiel, in Geduld.

Mike Sunders, dem jungen Geschwaderkommandant von Staffel BETA, war zwar mulmig zu Mute, aber er wusste genau, was er tat. „Hört mal zu, Leute! Die Drohnen sind drei Meter lange Quader. Ich möchte, dass ihr eure Sudden Death Raketen auf 3 Meter lange Quader mit Energieabgabe programmiert. Vergesst eure Bordkanonen, die Dinger sind zu schnell. Konzentriert euch auf eure Scanner und auf die Navigation bei Sicht. Sobald ihr eine Drohne erkennt, feuert ihr zweimal! Die Programmierung und die ungefähre Richtung sollten reichen, um diese Mistdinger zu treffen. Und jetzt ausschwärmen!“
Die Piloten hielten sich an die Weisung ihres Kommandanten und schalteten ihre Bordkanonen und die kürzlich installierten Phasenwerfer erst gar nicht online, dafür flogen sie mit größerem Abstand zueinander. Sunders orientierte sich an der größten angemessenen Energieabgabe. So hoffte er, auf Staffel DELTA zu stoßen. Nach Ablauf von fünf Minuten kam ihm die flüchtende Staffel DELTA, von der zahlreiche Maschinen Schäden erlitten hatten, entgegen und direkt dahinter befanden sich die verfolgenden Kampfdrohnen.
„Achtung! Feindkontakt!“ Noch während Mike die Warnung über Funk hinausschrie, feuerte er zweimal. Rechts wie links neben der Nase seines Fliegers zischte eine der kleinen, aber blitzschnellen Sudden Death Rakete in Flugrichtung davon. Als Sunders das harte Klacken der Nachladeautomatik hörte, schlugen die Vernichtungswaffen schon in die Drohnen ein. Eine Rakete traf mittig und brachte die Kampfmaschine zur Explosion, die zweite flog durch die rot glühende Wolke hindurch und traf die nachfolgende. Mittlerweile feuerte die gesamte BETA-Staffel und sicherte so den Rückzug der überraschten Sellers-Staffel. Überall waren die Feuerschweife der Kleinstraketen zu sehen

und anschließend die Explosionswolken der zerstörten Feindeinheiten. Sunders staunte. Die Trefferquote war erstaunlich hoch. Offensichtlich hatte man in Brain Hill wieder einmal erfolgreich an der Nav-Software der Raketen herumgebastelt.
„Okay! Sie sind durch! Abbruch! Wir verlassen diesen bescheidenen Ort! Raus hier!“ Das selbst von Mike gesetzte Ziel war es gewesen, Staffel DELTA heil herauszubringen. Das war erfüllt, also brach er die Aktion ab. Ein paar noch schnell verfeuerte Raketen gaben Luft für den Rückzug und die Staffel kam seiner Aufforderung sofort nach. Schließlich, so hatte die Auswertung ergeben, waren die Drohnen lernfähig und wer weiß, wie sie noch vorgehen würden.
Mike warf noch einen Blick auf den Scanner, der ihm ein paar weiter entfernte Drohnen anzeigte, dann leitete er selbst mit einem engen Looping für sich den Rückzug ein. Die Sache begann, ihm Spaß zu machen. Hatte doch prima geklappt, die ganze Rettungsaktion. Schön, er hatte jetzt keinen direkten Befehl erhalten, aber er hatte den Führungsstil seines Captains genau studiert. Thomas Raven war ein Fan von mutigen Kommandoaktionen und deckte seinen Leuten immer den Rücken. Und nun, wo nichts passiert war und man so leicht Staffel DELTA den Rückzug hat ermöglichen können, was sollte da schon passieren.
Sunders hatte, genau wie seine Staffel, mit einem Höchstmaß an Geschwindigkeit und den damit verbundenen Beharrungskräften, die übrigens recht eifrig an den Körpern zerrten, den Ausgang aus diesem Labyrinth in kurvenreichem Flug absolviert und hatte bereits wieder die GERONIMO in seinem Fadenkreuz. Eben hörte er in seiner Phantasie lobende Worte aus dem Munde von XO Stone, als ein Funkspruch seine Träumereien unterbrach.
„DELTA 1 ruft BETA LEADER!“
Wieso, warum ruft Jim Sellers nicht selbst, dachte Sunders noch, als er rein automatisch den Funkruf beantwortete.
„Wir vermissen DELTA LEADER!“
Mike war es zu Mute, als hätte ihm jemand einen Eimer eiskaltes Wasser über den Kopf geschüttet!
Fieberhaft überlegte er, während er versuchte, LEADER DELTA per Funk zu erreichen.

Das Ergebnis war, wie sollte es auch anders sein, negativ.
„Staffel BETA, ich brauche einen Status der Sudden-Death!"
Die Meldungen kamen rein und es stellte sich heraus, dass BETA 5 und 11 noch die meisten dieser Kleinstraketen an Bord hatten.
„BETA 5 und BETA 11, ihr seid meine Flügelmänner! Wir fliegen zurück! Der Rest zurück zur GERONIMO!"
Nachdem die frisch ausgewählten Wingman bestätigt hatten, zog Mike Sunders seinen Flight-Stick zum Körper und innerhalb kurzer Zeit flog seine Maschine die nächste Rolle, dieses Mal wieder Richtung Geröllhaufen.
„Vorsichtig", befahl er seinen Begleitern, „wir fliegen langsam auf unserer bisherigen Route rein. Viel kann nicht übrig geblieben sein!" Mike war schon klar, dass die letzte Aussage in seiner optimistischen Betrachtungsweise zu suchen war. In diesem Labyrinth gab es keine Sicherheiten. Er setzte seins und das Leben seiner Kameraden aufs Spiel.
„Wir lassen niemanden zurück!" Das war das Motto, welches Thomas Raven ausgegeben hatte. Und Mike bewunderte seinen Captain und gedachte, ihm nachzueifern.
Langsam flog der Dreierverband, Mike voraus und die Wingmen schräg links und rechts versetzt hinter ihm, erneut in die Gefahrenzone. Vorsichtig umrundete Mike ein Hindernis nach dem anderen, immer dicht gefolgt von seinen Teamkollegen. Nervös betrachtete er den Scanner. Er sah zwar einige rote Signale, aber keines davon kam auf ihn zu. Was war da los? Wo war das Signal von Jims Flieger?
Mike flog weiter und es trat keine Veränderung ein. Die roten Punkte auf dem Display wurden mehr, aber erstens waren es nicht besonders viele und zweitens bewegte sich keines in Richtung seiner Gruppe.
Da! Ein grünes Signal! Der Bordrechner hatte eine Hawk entdeckt. Das musste die von Jim sein! Sunders gab etwas mehr Schub und betrachtete gleichzeitig und mit einigem Unbehagen die Reaktionen der feindlichen Drohnen. Es gab jedoch keinerlei besondere Aktivität.
Er umrundete einen ziemlich Brocken, so etwa 3000 Meter im Durchmesser und dann sah er sie. Irgendwo zwischen dem ganzen losen Geröllbrocken, die willkürlich verteilt im Raum hingen, schwebte die arg beschädigte Sparrow Hawk von Jim Sellers. Mike flog näher ran und stoppte seine Maschine. Er konnte beobachten, dass Jim am Leben war

und ihm auch Zeichen gab. Mit einiger Mühe verstand er, dass der Funk ausgefallen war und Jim auch keine Möglichkeit hatte, auszusteigen. Das Verlassen der Maschine wäre kein Problem gewesen, hatte doch jeder Pilot eines Jägers einen leichten Raumanzug an und beim Kampf diesen auch vollständig geschlossen.

„BETA LEADER ruft GERONIMO!"

Oksana Trantow beantwortete in ihrer Eigenschaft als Funkerin den Ruf.

„Ich habe LEADER DELTA gefunden. Jim Sellers scheint soweit okay. Die Maschine ist beschädigt. Sellers bekommt die Verschlüsse der Kanzel nicht auf und die schadhafte Elektrik löst den Schleudersitz nicht aus. Ich brauche die Kommandocodes von LEADER DELTA."

Auf der GERONIMO nickte Thomas mehrfach. Offensichtlich hatte der innere Schirm um die Pilotenkanzel den Geschwaderkommandanten geschützt. Der Gedanke von Sunders war korrekt. Eventuell ließe sich so ein Teil der Elektrik auf diese Weise umgehen. Es war einen Versuch wert und so nickte er Grace Ojok zu.

Kurz darauf hackte sich Mike in das System der havarierten Hawk ein und nahm mit Befriedigung das Online-Signal zur Kenntnis. Er war mit dem Rechner der beschädigten Maschine verbunden. Sunders gab ein paar Befehle ein und kurz darauf wurde die Kanzel der Hawk DELTA LEADER abgesprengt. Der handlungsunfähige Pilot wurde mit enormer Beschleunigung mitsamt seinem Sitz in den Raum geschossen. Mike legte seinen Kopf in den Nacken und verfolgte die schnelle Flugbahn seines Kollegen, die von keinerlei Atmosphäre gebremst wurde.

Mike beschleunigte. Er durfte Jim nicht allzu lange allein lassen. Er hatte sich zwar grob davon überzeugt, dass kein Gesteinsbrocken im Wege stand, als er den Impuls für den Schleudersitz auslöste, aber so richtig sicher war er sich nicht. Sunders senkte den Kopf wieder und der Scanner geriet in seinen Sichtbereich. Zunächst glaubte er an einen Defekt des Gerätes, weil er nur noch Rot sah, aber dann stellte er mit Entsetzen fest, dass der Scanner korrekt funktionierte. Überall innerhalb des Steinfeldes hatten sich Kampfdrohnen aktiviert.

„Das ist eine Falle! BETA 5 und 11, raus hier sofort!" Erschrocken schrie Mike den Befehl hinaus.

Seine Staffelkollegen wollten widersprechen, aber Sunders blieb hart und mit einem Trick beorderte er sie aus dem Geröllfeld hinaus.
„Lenkt sie auf dem Weg nach draußen von mir ab! Ich kümmer mich um Jim!"
Mike beschleunigte seine Maschine und flog hinter dem hilflosen Jim Sellers. Mit einem Blick auf den Scanner überzeugte er sich davon, dass sein Befehl befolgt wurde und es schien so, als könnten seine Kameraden tatsächlich einen Teil der feindlichen Vernichtungswaffen ablenken. Kurz darauf hatte er Jim erreicht und glich die Flugbahn an. Eine Kommunikation war nicht möglich und so hoffte Mike, dass der havarierte Kollege richtig reagierte. Langsam und ausgesprochen vorsichtig, obwohl aufgrund der sich nähernden Drohnen Eile geboten war, flog er näher heran und etwas über Jim, dabei stellte er sein Triebwerk auf null Schub. Es gab einen winzigen, kaum spürbaren Ruck und die langsame Flugbahn der Hawk veränderte sich etwas. Jim hatte begriffen und klammerte sich an die vordere Landekufe. Das war fliegerische Maßarbeit gewesen. Immerhin handelte es sich bei der Hawk um einen Kampfjet und nicht um ein Präzisionsgerät mit äußerst sensiblen Korrekturdüsen.
„GERONIMO, ich habe ihn! Aber ich brauche Hilfe! Überall sind Drohnen! Jim klammert sich an die vordere Kufe. Ich kann nicht mit ihm da unten dran beschleunigen!"
Wenige Augenblicke später hörte er die Antwort, Thomas Raven sprach selbst: „Mike, regel die Energie runter. Wir gehen davon aus, dass die Drohnen die Energieemissionen anmessen und darauf reagieren. Wir brauchen einen Augenblick für eine Strategie, bis dahin musst du dich verbergen!"
„Aye, Captain." Mike bestätigte den Befehl, obwohl er keine Ahnung hatte, wie er aus diesem Schlamassel herauskommen sollte. Mit winzigen Schüben seiner Korrekturdüsen drückte er seinen Jäger mitsamt seiner Fracht in die Nähe eines der größten Steinbrocken. Langsam näherte sich die irdische Maschine im freien Schwebezustand dem Ziel. Die Anziehungskraft dieses Mini-Mondes reichte bei weitem nicht aus, aber wie Mike mit einem Blick auf seinem Scanner feststellte, bestand dieser Meteorit weitgehend aus Eisen. Mike registrierte, dass sich die Drohnen zwar sich ihm grob näherten, aber ihn anscheinend nicht so

richtig im Visier hatten – sie suchten. Der Tipp der GERONIMO schien goldrichtig gewesen zu sein.
Kurz vor Erreichen des Ziels wagte Mike es, die Geschwindigkeit erheblich zu senken, in dem er mit seinen Manövrierdüsen abbremste. Ohne ging es nicht, denn auch in der Schwerelosigkeit bleibt Masse gleich Masse. Die Hawk wäre am Ziel zerschellt oder hätte zumindest Jim unter sich zerdrückt. Sofort stellte Mike fest, dass die Drohnen auf die Energieemissionen reagierten und auf ihn zukamen.
Er wurde Zeit!
Kaum hatte der Jäger den Boden berührt, aktivierte Sunders die Magnetklammern und die Hawk stand wie festgenagelt auf dem Eisenerz. Hastig löste er die Anschnallgurte und öffnete seine Kanzel. In Windeseile, unterstützt durch die Schwerelosigkeit, hangelte er sich aus dem Cockpit und manövrierte sich nach unten, wo er Jim vermutete. Und richtig, wenige handbreit über den Boden schwebte der Kamerad. Mike gab sich noch ein bisschen Schwung und flog auf ihn zu. Als er sich an ihn klammerte, reagierte der Andere. Mike berührte mit seinem Helm den des Kollegen und schrie: „Wir müssen hier weg – schnell!“
Mike sah, wie Sellers den Kopf schüttelte und undeutlich, weil nur die Resonanz zur Kommunikation benutzt werden konnte, hörte er die Worte von Jim: „Mach, dass du von hier wegkommst! Du hast eine reelle Chance!“
„Das könnte dir so passen! Außerdem hast du keine Ahnung, was los ist! Lass uns Abstand zum Jäger halten!“
Jim hielt ihn zurück. „Mein Atemgerät hat was abbekommen. Die Regeneration funktioniert nicht. Ich werde in 45 Minuten erstickt sein. Der Antrieb ist ebenfalls defekt.“
Scheiße, dachte Mike. Das wird eng werden und trotzdem ... Er umklammerte Jim und schaltete den kleinen Antrieb ein. Er hoffte, dass die geringe Energiemenge von der Reststrahlung des Jägers überlagert würde. Er peilte ein paar kräftige Zacken in der Oberfläche des Meteoriten an und hielt darauf zu. Wenig später erreichten sie das Ziel und verbargen sich so gut es ging in einer Felsspalte.
Dann setzte Mike einen Notruf an das Flaggschiff ab.

„Hier LEADER BETA. Ich bin ausgestiegen und befinde mich mit LEADER DELTA etwa 1000 Meter von meiner Hawk entfernt. Sellers hat nur noch für 40 Minuten Luft. Wir brauchen Hilfe!"
Die Antwort kam von Oksana: „Hier GERONIMO. Wir haben deinen Notruf empfangen. Bitte bewahrt Ruhe, wir werden euch helfen! Ab jetzt Funkverbot – ihr könntet angemessen werden!"
Jim hatte mittlerweile wieder den Helm an den seines Retters gelegt. „Wie wollen die uns den hier helfen?"
Mike beantwortete die skeptische Einstellung seines Kameraden nicht. Allerdings machte er sich selbst keine allzu großen Hoffnungen.
Kurze Zeit darauf verging seine stolze Hawk im konzentrierten Feuer von mindestens fünf Drohnen. Hilflos ballte Sunders seine Fäuste. Welch ein Verlust!

Gleiche Zeit, GERONIMO, Brücke:

Thomas war aufgesprungen und stand neben Paulo.
„Optionen, Paulo, Optionen? Unsere Jungs sterben da draußen!" Raven machte den Eindruck, als wolle er sich am liebsten in die nächste Hawk werfen und seine Leute dort heraushauen.
Baretta arbeitete fieberhaft und hatte gleichzeitig noch so viel geistige Kapazität, um seinem Captain und der übrigen Brückenmannschaft seinen Plan zu offerieren. Der junge Mann war multitaskingfähig.
„Ich zapfe die Scanner der hereinkommenden Jäger an. Ich brauche die Spezifikationen der Drohnen für ein Nav-Programm. Hotaru soll die GERONIMO mit einer Breitseite an den Geröllhaufen heran manövrieren!"
Thomas sah zu Hotaru und überzeugte sich davon, dass die Japanerin mitgehört hatte. Es war offensichtlich, denn sie hatte sich im Sitz herumgedreht und sah zu ihnen. Er schnipste und zeigte mit dem Finger auf die Navigationskontrollen des Flaggschiffes. Hotaru verstand und beeilte sich, den unausgesprochenen Befehl auszuführen. Langsam drehte sich die GERONIMO und näherte sich mit der Backbord-Breitseite dem Ziel.
„Beatrice", Paulo bevorzugte die normale Anrede, „ich übermittle dir jetzt ein Nav-Programm für die Sudden-Death-Raketen. Die erste Welle sollte 150 Raketen enthalten!"

Die Aktion wiederholte sich: Thomas schaute zu Trixie, schnipste mit den Fingern und zeigte auf die Feuerorgel.
Die Gunnerin begann, konzentriert zu arbeiten und zwanzig Sekunden später gab sie bekannt, alle Kleinstraketen mit dem entsprechenden Programm geladen zu haben.
„Feuer Backbordseite!“
Abgehackt und laut hatte Raven diesen Befehl ausgestoßen und Paulo hatte die Kameras der linken Seite in Bugrichtung auf den Hauptmonitor geschaltet. Dort war ein beeindruckendes Schauspiel zu sehen. Kleinste Klappen hatten sich über die gesamte Breite geöffnet und innerhalb von nur zwei Sekunden spuckte das Flaggschiff 150 Sudden-Death-Raketen aus, die blitzschnell und mit grellem Feuerschweif im Geröllfeld verschwanden.
„Zweite Welle, Feuer frei!“
Das Spiel wiederholte sich, aber leider gab es kaum eine Möglichkeit, die Effektivität der Maßnahme zu überprüfen.
„Welle drei – und los!“
Kaum war die letzte Rakete den Blicken entschwunden, beauftragte Thomas seine Flight, zwei Sharks zur Bergung der havarierten Piloten auszusenden. Jeder wusste, dass dieser Befehl mit großer Gefahr für die eingesetzte Crew verbunden war. Grace wollte die Anordnung nach ihrer Bestätigung gerade weitergeben, als auf der Brücke eine Stimme ertönte: „Ich hätte da eine bessere Idee!“
Laura schnaubte und verdrehte die Augen, aber Thomas antwortete: „REVENGE. Du hast einen Vorschlag? Wir hören!“
„Ich kann das besser!“ Klang die Stimme nicht eine Spur hochnäsig?
„Warum?“, bellte Laura Stone dazwischen.
„Vor über zwei Jahren, bei der Mission Helena, geriet ich in eine ähnliche Situation. Ich habe mir die Freiheit genommen, ebenfalls die Datenbanken der Jäger anzuzapfen. Aufgrund der Spezifikationen gehe ich davon aus, dass die Drohnen dieselbe Bauart haben wie damals. Nur durch meine schnelle, dem Menschen überlegenen Reaktionen, konnte ich mich und die Crew vor der Vernichtung bewahren! Nun habe ich noch zusätzlich die Möglichkeit, Phasentorpedos einzusetzen.“ Nun war die Stimmlage der KI neutral, aber durch das Gesagte erschien alles ein wenig hochtrabend und arrogant.

„Ich habe die Berichte gelesen", gab Laura zu.
„Ich darf daran erinnern", dozierte die REVENGE weiter, „dass die Zeit für einen der Piloten bald abgelaufen ist, wenn wir ihn nicht bergen!"
„Okay", entschied Thomas. „Flieg los und hol uns unsere Jungs zurück."
„Selbstverständlich, Sir!"
Thomas wandte sich an seine XO. „Laura, sag Dario Bescheid. Nicht, dass unser Deckoffizier meint, ein Letalis macht sich unerlaubt selbständig."

Die REVENGE hatte noch immer Kommandogewalt über alle Funktionen des Flaggschiffes und deswegen war es ihr ein Leichtes, das Schott des Landedecks zu öffnen und nach einem kurzen Selbstcheck zu starten. Der 60-Meter Mehrzweckkampfraumer verließ die GERONIMO, beschleunigte und tauchte bald in das Geröllfeld ein.

„Scheiße, die ist hin!" Mit diesem Fluch quittierte Mike den Verlust seiner Sparrow Hawk. Insgeheim hatte er gehofft, den Flieger irgendwann wieder in Besitz nehmen zu können. Aber jetzt waren beide froh gewesen, hinter verhältnismäßig dicken Felsvorsprüngen in Deckung gewesen zu sein, denn die Trümmerteile der explodierenden Hawk waren ihnen ordentlich um die Ohren beziehungsweise um die Schutzhelme geflogen. Nun lehnten beide mit dem Rücken zum ehemaligen Landeplatz an einer Felswand und hielten die Helme gegeneinander gepresst, damit sie sich unterhalten konnten. Dabei galt es, sich ziemlich regungslos zu verhalten, damit man nicht wegschwebte. Mike sah auf seinen Chronometer. Noch 30 Minuten, dann würde sich Atemnot bei seinem Kameraden einstellen. Er durfte gar nicht daran denken. Die Geräte waren geschlossene Systeme. Er konnte Jim nicht dadurch helfen, dass er ihn an sein Gerät mit anschloss. Er würde hilflos mit ansehen müssen, wie der Kamerad erstickte.
„Was ist das?" Jim hatte zwar laut geschrien, jedoch war es nur leise und undeutlich bei Mike angekommen. Sellers meinte wohl die zahlreichen Feuerschweife, die auch über ihr Versteck hinweg schossen.
Mike hatte sie erkannt. „Es sind Sudden Death. Sie versuchen den Ort hier von Drohnen zu säubern."

Tatsächlich sahen die beiden Piloten die eine oder andere heftige Explosion in der grün-blauen Schwärze des Labyrinths. Als sie dachten, es wäre vorbei, kam die nächste Welle und dann noch eine.
„Ob sie wohl alle erwischt haben?" Jim war skeptisch.
Mike sah auf die Uhr. Noch 15 Minuten! Es war zum Verzweifeln. Nichts, aber auch gar nichts konnten sie selbst zu ihrer Rettung unternehmen. Die Anzugsender, die ein kleines Peilsignal aussandten, mussten reichen. Captain Raven hatte nicht umsonst Funkverbot erteilt. Keiner wusste, mit welchen Scannern die feindlichen Geräte ausgerüstet waren. Vorsichtig, damit er nicht wegdriftete, richtete Mike sich nach ein paar Minuten auf und lugte über den Felsvorsprung in Richtung seines Landeortes.
„Nein", sagte er zu sich selbst, weil der Kontakt mit Jims Helm fehlte. „Sie haben nicht alle erwischt. Da kommen drei auf uns zu!"
Hastig versteckte er sich und stellte wieder Kontakt zu Jim her.
„Da kommen drei Drohnen auf uns zu!"
„Was?!" Sellers schien nicht verstanden zu haben.
„Da kommen drei Drohnen auf uns zu!"
„Wir müssen uns trennen!" Jim machte Anstalten aufzustehen, aber Mike hielt ihn zurück.
„Was soll das denn bringen? Bei drei von diesen Dreckdingern!"
„Sollen wir hier einfach warten, bis sie uns abknallen?" Jim schwitzte stark und sein Helm war teilweise von innen beschlagen. Ein Zeichen dafür, dass der Anzug nicht korrekt funktionierte.
„Nein", schrie Mike zurück. „Ich breche das Funkverbot!"
Mit einem entschlossenen Ruck schaltete Mike auf „Senden" „Hier LEADER BETA. Wir werden in Kürze von drei Drohnen angegriffen werden. Helft uns jetzt, oder es ist zu spät!" In seiner Stimme, er konnte es leider nicht verhindern, schwang ein wenig Panik mit. Verständlich, er bangte um sein Leben. Angstvoll horchte er anschließend, während ihn Jim anschaute, soweit das durch das beschlagene Visier möglich war.
„Bleibt ruhig! Ich bin sofort bei euch!"
Mike Sunders war zusammengezuckt. So schnell hatte er keine Antwort erwartet und diese völlig ruhige, weibliche Stimme hatte er noch nie

gehört. Seltsam, er kannte doch alle Piloten und die Pilotinnen sowieso. Es war keine von denen.
Mike hockte sich eng an Sellers. „Sie kommen sofort!“ Eine Antwort wartete er nicht ab, sondern sah auf seinen Chronometer. Noch 5 Minuten – das wurde mehr als knapp. Entgegengesetzt fliehen war keine Option, da der Minimond dort nach etwa 50 Metern abrupt aufhörte. Entweder ging es dort abwärts oder das Ding war zu Ende.
In dem Moment, als Mike einen undeutlichen Schatten auf dem Boden vor sich sah und er jeden Augenblick mit tödlichen Energiestrahlen rechnete, erschien vor seinen Augen aus dem Abgrund ein riesenhaftes Objekt und schob sich nach oben. Wilde Freude durchzuckte ihn: Ein Letalis – sie waren gefunden worden! Dann begann der Kampfraumer zu feuern und schickte drei Phasentorpedos dicht über ihre Köpfe hinweg. An der roten Spiegelung der silberfarbenen Hülle des Letalis erkannte Mike, dass die Kampfmaschine Treffer gelandet hatte. Kurz darauf kamen Trümmerteile in seinen Sichtbereich. Dann zog ihn Jim zu sich heran, er wollte ihm wohl etwas sagen.
„Haben wir he, he,he, Silvester oder so? Hui, sieht toll aus. Können wir das, hahaha, noch mal machen! Hau den Lukas und so!“
Entsetzt stellte Mike fest, dass der Sauerstoffvorrat seines Kameraden zur Neige ging. Jim fing schon an zu phantasieren.
„Letalis, los hierher! Der Sauerstoff ist zu Ende! Beeilt euch!“ Wild funkte Mike seine Not hinaus.
„Du sollst ruhig sein!“, kam die bestimmte, weibliche Antwort. Dennoch kam der Letalis in einem gewaltigen Flugmanöver fast mit einem Satz über sie und Mike erkannte die geöffnete Bauchschleuse in nur drei Metern Höhe. Nur kurz gestattete er sich, über diese fliegerische Leistung zu staunen. Die Pilotin hatte es echt drauf. Er griff dem mittlerweile teilnahmslosen Jim unter die Arme und stieß sich leicht vom Boden ab. Wie eine Feder segelten beide in die Schleuse des Letalis.
Er wollte gerade mitteilen, dass beide an Bord sind, als die Bodenschleuse schon wieder verriegelt wurde und eine blinkende Lampe anzeigte, dass Luft in den Raum gepumpt wurde und gleichzeitig wurde langsam die künstliche Schwerkraft angehoben. Sanft näherten sich die beiden Piloten dem Boden des Flugzeuges und spürten wieder ihre eigene Schwere. Als die Lampe erlosch, riss Mike seinem Kollegen den

Helm vom Anzug und wollte sogleich die Vitalfunktionen überprüfen. Aufgrund eines heftigen Hustenanfalles von Jim erübrigte sich Letztgenanntes. Dafür half er ihm auf die Beine.
„Geht es?"
Jim unterbrach mühsam sein Husten. „Ja, danke, das war knapp. Vielen Dank!", stöhnte er. Mike war es ein wenig peinlich, als ihn Jim auch noch aus lauter Dankbarkeit umarmte. Aber nur ein bisschen, weil er selbst viel zu erleichtert war, dass sie gerettet worden waren.
„Du hättest wirklich allen Grund gehabt, mich einfach zurück zu lassen!"
Mike wollte gerade abwinken, als der Letalis mehrfach in kurzer Folge getroffen wurde. Es bollerte heftig und das Schiff schüttelte sich.
„Oh, es scheint noch nicht vorbei zu sein", bemerkte Jim, als die weibliche Stimme wieder über die Schleusenlautsprecher ertönte und dieses Mal autoritär und ein wenig zu laut: „Hochkommen und anschnallen – sofort!" Mike hatte schon mal einen Letalis am Boden von Agua besichtigen können und kannte sich daher aus. Er rannte los, dicht gefolgt von Jim. Atemlos erreichten sie nach der Wendeltreppe die dritte, die Brückenebene.
„Wer…", begann Mike und sah sich genau wie Jim suchend um, aber es war keine Person zu sehen.
„Ich", antwortete die KI. „Hier spricht die REVENGE. Vollständiger Name: Eddies REVENGE. Und nun hinsetzen und anschnallen, es wird ungemütlich!"
Hastig warfen sich die beiden Piloten in die erstbesten Stühle, die zwei ganz vorne für Pilot und Gunner, und schnallten sich schleunigst an. Sie hatten selbstverständlich die Berichte der Mission „HELENA" gelesen und konnten sich in etwa vorstellen, was nun geschah.
Die REVENGE hatte zur Information für ihre Passagiere, und mehr waren Mike und Jim wahrhaftig nicht, den Frontmonitor eingeschaltet und zeigte darauf zusätzlich verschiedene Diagramme und ein Scannerbild mit reichlich roten Punkten an. Die KI hatte in ihre Verteidigungsstrategie mit einbezogen, dass die beiden geretteten Piloten waren und zwar Jägerpiloten. Daraufhin hatte sie die Sicherheitsprotokolle bis auf Maximal zwölf Gravos hochgestuft. Gleich darauf merkten die Passagiere, was dies für Auswirkungen hatte. Tatsächlich waren sie

einiges an Beharrungskräften und Querbeschleunigung gewohnt, aber diese Heftigkeit vermieden sie doch tunlichst in ihren winzigen Kampfjets. Die Dämpfer im Letalis waren schon bald überfordert und Jim und Mike wurden in ihren Sesseln hin- und hergeworfen. Auf dem Frontmonitor konnten sie den Wahnsinnsflug der REVENGE mitverfolgen, wenn sie denn etwas sehen konnten. Die Fliehkräfte trieben ihnen die Tränen in die Augen und hin und wieder war nur eintöniges Schwarz zu sehen – ein Zeichen für kurzfristige Ohnmacht. Zu Beginn hatte Mike einen sekundenlangen Blick auf den Frontmonitor werfen können und dachte dabei an eine Achterbahnfahrt aus vergangenen Tagen. Der Kampfraumer war bestrebt, sich und seine Fracht schnellstmöglich aus dem Geröllfeld zu bringen. Mike sah nur noch, wie der Raumer blitzschnell den auftauchenden Steinbrocken auswich, kleinere mit dem Phasenwerfer pulverisierte und dann durch den Staub flog. Die Drehkranzversionen der Phasentorpedos auf den beiden Stummelflügeln schossen dabei in rasender Folge. Die geringe Entfernung zu den Geschosslafetten ließ die beiden Jetpiloten hautnah dabei sein. Die Schussfolge war mehr als deutlich als ein Gemisch aus Bollern und Zischen zu hören und auch zu spüren. Dabei war die REVENGE gnadenlos effektiv. In einem Moment des halbwegs klaren Sehens erkannte Jim, dass die KI eine Ganymed-Rakete losschickte, die sich schnell und auf einem ganz anderen Kurs, die REVENGE flog derweil um größere Hindernisse herum, entfernte. Wenig später wurde klar, was dieses Manöver bewirkte, als der Letalis nämlich wieder auf die Flugbahn dem vorauseilenden Ganymed einschwenkte und die Rakete einen gut 200 Meter durchmessenden Gesteinsbrocken mittig traf. Die auseinandergesprengten Teile des Minimondes zerstörten bei ihrem Flug zahlreiche in der Nähe befindliche Drohnen, die bereits der Energieemission der Ganymed gefolgt waren, während der Letalis durch das Explosionszentrum hindurchschoss. Kleine Brocken gerieten in den Bereich des Schutzschirmgitters, waren aber keine Gefahr. Offensichtlich hatten die Vernichtungswaffen des Feindes dem Kampfraumer dort auflauern wollen.

Der Letalis brauchte fünf Minuten, um das Geröllfeld zu verlassen. Fünf Minuten, in denen die Passagiere mehrfach kurz das Bewusstsein verloren und zwischendurch Blut und Wasser schwitzten.

Dann war die REVENGE durch!
Der Kampfraumer orientierte sich und flog in einer weiten Kurve auf die GERONIMO zu.
Erleichterung machte sich auf der Brücke des Letalis breit. Sie hatte es geschafft!
„Ich verstehe es immer noch nicht." Jim schüttelte aufatmend den Kopf.
„Was denn?" Mike sah seinen Begleiter erschöpft an.
„Warum du dein Leben für mich riskiert hast, bei dem, was ich getan habe, können wir wohl kaum Freunde sein!" Jim schien seltsam berührt zu sein.
„Wir lassen niemanden zurück, oder?" Mike grinste schief. „Außerdem, was nicht ist, kann noch werden!"
Jim reichte ihm spontan die Hand. „An mir soll es bestimmt nicht liegen!"
Mike ergriff lächelnd die Hand und schüttelte heftig am Arm des viel kräftigeren Kollegen.
„Falls ihr eure neue Männerfreundschaft besiegeln wollt, im Vorrat des Mehrzweckraums befindet sich Fruchtsaft!" Der im spöttischen Tonfall vorgetragene Hinweis der REVENGE KI machte den Männern bewusst, dass da noch jemand mithörte.
„Wie?" Mike war wegen der Situation noch etwas verwirrt.
„Meint ihr etwa an Bord eines Kampfschiffes gibt es Alkohol? Fruchtsaft muss reichen!" Mike fühlte sich bei diesem Tonfall an seine Mutter erinnert, als diese ihn mit dreizehn Jahren das erste Mal erwischt hatte, nachdem er Bier getrunken und dann Schwierigkeiten mit dem Gleichgewicht hatte.
Als beide darauf keine Antwort gaben, wechselte die künstliche Intelligenz das Thema.
„Nachdem ich gelandet bin, sollt ihr euch auf der Brücke melden!" Danach schwieg die KI.

Sie waren ein sehr ungleiches Pärchen, wie sie dort auf der Brücke vor Captain Raven und XO Stone standen. Jim Sellers, athletisch und groß, dafür mit zum Boden gesenkten Blick und sein „Retter" Mike Sunders, schmächtig und eher klein, dafür mit offenem Blick auf seinen Captain.

„Schön euch beide wieder hier zu haben – willkommen zurück an Bord!“ Thomas Blick ruhte zufrieden auf seinen Piloten und aus Lauras Augen blitzte der pure Stolz, schließlich hatte sie Staffel BETA trainiert und wie man jetzt sah – bestens.
„Staffelführer BETA! Gut gemacht – seht nach eurer Staffel – wegtreten!“ Thomas wollte die Piloten entlassen.
„Sir?“ Sellers meldete sich noch einmal zu Wort.
„Ja, Staffelführer DELTA!“
Jim räusperte sich verlegen. „Wir, also ich und meine Staffel, haben etwas gut zu machen bei Staffel BETA. Darf ich um diese Gelegenheit bitten?“
Thomas grinste breit. Jim besaß also genug Ehre im Leib, um sich angemessen zu revanchieren.
Bei solchen Vorfällen war es üblich, dass man ein Gelage miteinander veranstaltete, bei dem die schuldige Staffel die andere mit Speisen und Getränke bediente. Meistens eine Veranstaltung, nach der man verständlicherweise über einen gewissen Zeitraum auf beide Teams verzichten musste.
„Okay! Eure Crews sind heute und morgen von Einsätzen ausgenommen. Viel Spaß!“
„Danke Captain!“

Als beide Piloten die Brücke verlassen hatten, atmete Thomas Raven tief durch und begab sich gleich wieder an praktische Dinge.
„Grace! Wenn wir zurück sind, will ich eine Vorrichtung in den Jägern, die den Piloten ein Absprengen mitsamt der Cockpitkanzel ermöglicht. Sprich dann bitte Phil Mory an, er soll sich dazu Gedanken machen.“
„Aye, Captain!“ Grace nahm einen Eintrag in ihr persönliches Logbuch vor.
„Trixie! Wir hatten einen enormen Munitionsverbrauch, oder?“
„Wir sind noch gut bestückt, Captain, aber wir sollten mit der Nachproduktion beginnen. Wer weiß, was uns noch erwartet.“ Baines hatte sich herumgedreht, die Hände auf ihre dünnen Oberschenkel gelegt und schaute Thomas abwartend an.
„Paulo – Vorschläge?“
Der Taktiker aus Paraguay wiegte seinen Kopf. „Zwei Möglichkeiten. Wir können ohne große Eigengefährdung vom Rand des Geröllfeldes

einiges an verwertbarem Material mit einem Tender und zwei Sharks als Sicherung bergen. Weiterhin steht uns die YANGTSE als Lieferant für Rohmaterial zur Verfügung."
„Wir sollen Leichenfledderer spielen!" Stone war alles andere als begeistert.
Thomas drehte sich zu ihr. „Ja und wenn schon. So nutzt sie niemandem. Wir nehmen uns alles, was wir brauchen, den Rest werden wir dann mit den Leichen vernichten. Ich werde niemanden mehr in die Nähe des Geröllfeldes lassen. Offensichtlich hat unser Masseneinsatz von Kleinstraketen nicht den erhofften Erfolg gebracht. Wie dem auch sein, eine bessere Lösung fällt mir nicht ein und wir dürfen nicht wählerisch sein. Wir sind immer noch stark eingeschränkt in unseren Möglichkeiten. Hotaru – Kurs YANGTSE! Wir bleiben drei Tage hier, um unsere Vorräte zu ergänzen!"

Jim Sellers und seine Staffel ließen sich wahrlich nicht lumpen. Sie hatten einen kleineren Lagerraum an Bord ausgeräumt, mit Sitzen, Tischen und einer kleinen Theke versehen und reichlich alkoholische Getränke sowie das Beste an Speisen, was sie in der Kantine auftreiben konnten, herbeigeschafft. Die Installation von Musik war einem der Hobby-Musiker nicht schwer gefallen und pünktlich an diesem Abend ging die Fete los. Gemäß dem Brauch wurde jedes einzelne Staffelmitglied BETA von einem der DELTAs abgeholt und zum Veranstaltungsraum gebracht.
Über den tatsächlichen Ablauf und das Ende dieser Veranstaltung will der Berichterstatter hier ein großes, dunkles Tuch des Schweigens ausbreiten. Das Ergebnis war jedoch, dass es zu einer echten Freundschaft zwischen den Teams kam. Jeder Captain und jeder Flight Commander, der diese Staffeln anschließend befehligte, tat gut daran, davon zu wissen und beide Staffeln immer gemeinsam einzusetzen. Über lange Zeit gab es keine effektiveren Staffeln als BETA und DELTA. Mike Sunders erhielt wegen seines unerschrockenen Einsatzes bei der Rettung von Jim Sellers in einer feierlichen Zeremonie von Laura Stone den Silbernen Planeten am Gelben Band angeheftet. Es handelte sich dabei um eine Auszeichnung, die immer dann verliehen wurde, wenn man unter großer Eigengefährdung Leben rettet.

Da die Zeremonie auf der Brücke des Flaggschiffes stattfand, war die gesamte Brückencrew anwesend und Thomas war der erste Gratulant. „Leider können wir nicht mehr geben, als diesen Orden zum Zeichen unseres Respektes vor deiner Leistung."
Mike hatte den Händedruck kräftig und stolz erwidert. „Ich denke doch, dass das möglich ist!"
Thomas schaute dem nun sehr selbstbewussten jungen Mann interessiert in die Augen. „Was könnten wir tun?"
„Hebt das Urteil gegen meinen Freund Jim Sellers auf!"
Raven schaute einen Augenblick recht ratlos drein. Das Gesuch des jungen Staffelführers war durchaus ehrenhaft, aber die rechtliche Situation bei den Gepflogenheiten der Truppe war eine andere Sache.
Mike deutete das Zögern falsch. „Ich denke aus moralischer Sicht der Einzige zu sein, der ein solches Gesuch aussprechen darf!"
Raven hob eine Hand und beschwichtigte ihn: „Ja, sicher, sicher doch!" Dann drehte er sich fragend zu seiner Crew um, die ja auch das Urteil mit gefällt hatte. „Was haltet ihr davon?"
An den Gesichtern war abzulesen, dass wirklich jeder gerne den Deckel zu dieser Akte geschlossen hätte und Ron Dekker sprach es aus: „Stattgeben, Thomas, stattgeben! Wer ist dagegen?"
Ron schaute sich suchend um, aber kein Arm erhob sich. Man war froh, dass diese doch recht unangenehme Sache einen so guten Ausgang gefunden hatte.
„Okay." Thomas lächelte seinen jungen Piloten an. „Du kannst deinem Freund sagen, dass wir das Urteil aufheben. Er wird dies noch schriftlich zugestellt bekommen. Was bleibt, ist eine Eintragung in seinem Dossier, welches nach drei Jahren gelöscht wird."
Mike strahlte über das gesamte Gesicht. Man konnte der Meinung sein, dass ihm dieses wichtiger war als sein Orden – und vielleicht war es ja auch so. „Danke, Captain!"
„Ich denke mal, ihr habt wieder was zu feiern, aber übertreibt es nicht wieder!" Die Aufforderung war nicht ganz unbegründet. Hatten es die Jungs bei der sogenannten Freundschaftsfeier doch ganz ordentlich krachen lassen. So manchen hatte Trixie von ihren Sicherheitsleuten zur eigenen Kabine führen lassen, nachdem sich der eine oder andere im Schiff verirrt hatte. Einer war sogar mit einer vollen Flasche auf der

Brücke aufgetaucht und hatte die überraschte Crew mit lauten, aber dafür sehr undeutlich ausgesprochenen Worten zum Mitfeiern aufgefordert. XO Laura Stone war vor Wut fast geplatzt und nur das energische Einschreiten von Thomas Raven verhinderte eine Eskalation. Am Liebsten hätte Laura dieses ungezogene „Greenhorn", wie sie es nannte, am Ohrläppchen zu seiner Unterkunft geschleift. Auf einen Wink von Thomas forderte Trixie zwei Sicherheitsleute an, die den etwas Orientierungslosen sanft, aber bestimmt, zu seiner Unterkunft geleiteten.

Laura hatte immer noch innerlich gekocht, daher hatte sich Thomas bemüßigt gefühlt, seine Toleranz zu erläutern.

Er war von seinem Sitz aufgestanden und hatte seine Worte an seine engsten Mitarbeiter und Weggefährten gerichtet, denn es war ihm wichtig, dass diese seine Beweggründe nachvollziehen konnten: „Ich bin tolerant und großzügig gegenüber unseren Piloten, die in winzigen kleinen Jägern ihren Arsch riskieren und zwar immer dann, wenn wir es hier für erforderlich halten! Wir haben hier keine Erde mehr, kein Space Command, wir sind mitten im Nirgendwo auf uns selbst gestellt. Wir müssen mit den Bedingungen klar kommen und, wie sich gezeigt hat, müssen wir auch miteinander auskommen. Es scheint zu gehen, wenn jeder nach dem Motto agiert: Leben und Leben lassen! Wir können von unseren Leuten nicht nur den bedingungslosen Gehorsam fordern und ihnen nicht die Möglichkeit geben, sich an ihrem Leben zu freuen. Über kurz oder lang wüssten sie nämlich gar nicht mehr, warum oder wofür sie kämpfen!" Raven hatte bestimmt gesprochen und ein Herz für seine Piloten gezeigt und für sie Partei ergriffen. „Wer Zweifel daran hat, dass wir alleine zurechtkommen müssen, dem empfehle ich einen Aufenthalt auf Top 12!"

Die Crew hatte nachgedacht und wahrscheinlich auch deswegen, weil Thomas in einer mehr oder weniger öffentlichen Rede zum ersten Mal das Wort „Arsch" benutzt hatte und damit ausgesprochen deutlich geworden war, waren alle damit einverstanden gewesen. Selbst Laura hatte zustimmend gebrummt – was schon viel bedeutete. Der letzte Hinweis auf Top 12 war überflüssig gewesen. Nirgendwo konnte man die Einsamkeit und das gigantische Nichts des Alls besser an der Dicke seiner Gänsehaut ermessen, als wenn man durch das 25 cm starke, durchsichtige Aluminium direkt in die Unendlichkeit sah. Nirgendwo sonst fühlte man sich kleiner und unbedeutender als in diesem Raum und jeder, sei er noch so selbstsicher oder großspurig, fühlte gegenüber der Schöpfung absolute Hilflosigkeit. Ein geeigneter Ort, um so manchen wieder auf die Spur oder auf den berühmten Teppich zurückzubringen.

Am 02.02.2125 gegen 12:00 Uhr Bordzeit, die Besatzung hatte die Munitionsreserven der GERONIMO wieder aufgefüllt, gab Thomas Raven den Befehl zum Weiterflug. Hinter dem davoneilenden Flaggschiff vergingen die nicht benötigten Reste der YANGTSE mitsamt den toten Schläfern in einem atomaren Inferno. Thomas hatte den stark abgedunkelten Explosionsblitz auf jeden Monitor im Schiff übertragen lassen. Auch eine Art, der Toten aus China zu gedenken. Und man brauchte es gar nicht erst zu befehlen, denn es kam zu keiner Schweigeminute, sondern eine ganze Viertelstunde wurde an Bord kein einziges Wort gesprochen.

In den nächsten Wochen und bei den Wurmlochdurchgängen gab es keine Besonderheiten. Unangefochten erreichte das Flaggschiff das letzte Wurmloch vor dem heimatlichen Sonnensystem. In ausreichendem Abstand ließ Thomas Raven die GERONIMO am 10.02.2125 um 11:00 Uhr Bordzeit vor der letzten Passage stoppen und ordnete bei Oksana die schiffsweite Kommunikation an.
„Liebe Weggefährten!“ Die Stimme von Captain Thomas Raven hallte bis in den letzten Winkel des Flaggschiffes. „Wir sind kurz vor unserem Ziel. Nach fast viereinhalbjähriger Abwesenheit von unserer Heimat sind wir kurz davor, zurückzukehren. Niemand von uns weiß, was uns erwartet. Ich erinnere noch einmal an meine Aufzeichnungen während unserer damaligen Flucht. Ich gehe davon aus, dass wirklich jeder diese gesehen hat. Es gibt wahrlich keinen Anlass zum Optimismus, aber vielleicht wartet eine Überraschung auf uns – wer weiß. Ich bitte jeden darum, die Nerven zu behalten und, wie wir seit einiger Zeit wissen, halten sich die Trax immer noch in der Milchstraße auf. Ich stelle noch einmal fest, dass wir hier auf einer Aufklärungsmission befinden. Unsere Leute auf Agua haben einen Anspruch darauf, zu wissen, was aus der Erde geworden ist. Und genau das werden wir feststellen. Wir werden

keine Kämpfe gegen die Trax hier führen, wenn sich diese vermeiden lassen. Wir schauen, was zu retten ist, sondieren die Umgebung und dann werden wir zurückfliegen! Ich vertraue auf euch als Profis!"
Thomas hatte sich gesetzt und mit der Geste des Halsabschneidens das Ende der schiffsweiten Kommunikation bei Oksana angeordnet.
„Hoffentlich schaffst du das auch!" Die geflüsterten Worte von Laura holten den Captain ins Hier und Jetzt zurück.
„Wie meinst du das?" Thomas umklammerte völlig unnötig mit festem Griff seine Armlehnen und seine Knöchel traten weiß hervor. Laura war das natürlich aufgefallen.
„Keine unnötigen Kämpfe gegen die Trax zu führen – was sonst!" Stone war da aus gutem Grund skeptisch.
Thomas spürte, wie die alten Erinnerungen an die Zeit, als er mit seinem Beiboot Richtung Erde flog und die Zerstörungswut der Aliens hautnah erleben musste, wieder mit heißer Welle hochkamen, mitsamt einem zusätzlichen Haufen kalter Wut. „Halt´ mich zurück, wenn es sein muss", presste er mühsam zwischen den Zähnen durch, dabei wünschte er sich nichts sehnlicher, als einen Haufen dieser verhassten Insektoiden aus dem Raum zu fegen. Es juckte ihm in den Fingern – er hatte schon lange keinen mehr von ihnen getötet. Auch wenn das martialisch anmutete, Thomas konnte und würde den Angriff auf die Erde niemals verzeihen, auch nicht die Entführung von Ewa vor über zwei Jahren. Zahlreiche Weggefährten hatten ihr Leben im Kampf gegen diesen rücksichtslosen Feind verloren. Es bestand daher mehr als eine Rechnung, die Thomas irgendwann einzulösen gedachte. Wenn ihn irgendetwas an diesem Plan hinderte, dann waren es erstens die Belange der Siedler auf Agua, für deren Sicherheit er die Verantwortung trug, und zweitens seine Familie, allen voran Ewa, auf deren Nähe er höchst ungern verzichtete.
„Du kannst dich darauf verlassen!" Aus dem Munde seiner XO hörte sich das fast wie eine Drohung an und Thomas, der aus seinen Gedanken gerissen wurde, konnte sicher sein, dass Laura Stone seine Aufforderung ernst, sehr ernst nahm.
Die ausgeschickte Sonde zeigte freie Bahn innerhalb ihrer Scanner--reichweite auf der anderen Seite an und Thomas befahl seiner japanischen Navigatorin, Kurs auf das letzte Wurmloch vor dem Sol-System,

wie man es nun genannt hatte, zu nehmen. Langsam beschleunigte das Flaggschiff mit einer erwartungsvollen Crew an Bord. Wenig später baute sich die Anomalie auf und verschlang das terranische Flaggschiff.

10.02.2125, 12:00 Uhr, Agua, Privathaus von Thomas und Ewa:

Methin Büvent, der asketische Captain der Wonderland, hatte Ewa von Acaspa abgeholt und nach Agua transportiert. Der Araber mit dem dunklen Teint hatte stramm behauptet, dass es ihm eine Ehre sei, den Transport der Präsidentin Aguas von Acaspa nach Hause sicher zu stellen. Ewa hatte in die kohlrabenschwarzen Augen des Arabers gesehen und festgestellt, dass der Mann mit dem öligen schwarzen Haar wahrscheinlich zum Lachen in den Keller oder noch tiefer ging - schwierig bei einem Raumschiff. Und daher schien der knochentrockene Kommandant auch mit dem Thema Humor in Ermangelung unterirdischer Räumlichkeiten gänzlich abgeschlossen zu haben. Ewa war sich nicht sicher gewesen, ob Methin diesen Ausflug nicht vielleicht als unnötig empfand. Aber das war letztendlich egal, denn sie war die Interimspräsidentin und gehörte schnellstens nach Agua. Nicht zuletzt hatte sie mit mütterlichen Gefühlen an Peter und Inara gedacht und die ihr unbekannten Befindlichkeiten eines sehr zurückhaltenden Captains waren ihr dann auch herzlich egal gewesen. Sie hatte Methin am Ziel der Reise angelächelt, ihm gedankt und gleichzeitig festgestellt, dass ihr sonst so erfolgreicher weiblicher Charme, der die Männerwelt für gewöhnlich in willenloses Wachs verwandelte, an einer Felswand aus meterdickem Eis abgeprallt war. Trotzdem, Methin Büvent war ein ausgesprochen fähiger Captain, der seine Crew ernst, aber verantwortungs- und respektvoll behandelte. Er beherrschte die fremde Technik mit schlafwandlerischer Sicherheit. Er schien nur eher Maschine als Mensch zu sein und niemand konnte wirklich hinter die Stirn dieses ernsten und verschlossenen Mannes blicken.
Seit zwei Tagen war Ewa wieder auf Agua und die Wiedersehensfreude mit den Kindern war nun dem Alltag gewichen. Sie hatte ihre beiden Adjutanten Paul Dancer und Jack Warner zurück nach Zentralstadt geschickt und ihnen versichert, dass sie sie im Bedarfsfall rufen würde. Dr. Frank Houser hatte sie kurz nach der Rückkehr auf Agua noch einmal untersucht und dabei den Geburtstermin für ihr Baby auf den

13.04. festgelegt. Ewa hatte ihn herzlich umarmt und ihn mit einem „Schau´n wir mal!" verabschiedet. Die Dienste von Saliha hatte Dr. Ewa Lenn dann nicht mehr gebraucht, denn Shelly kümmerte sich um sie, wenn es ihre Zwillinge zuließen und die mittlerweile neunjährige Lea war ein ausgesprochen hilfsbereites und praktisch denkendes Mädchen geworden. Die junge Türkin hatte versichert, jederzeit und sofort wieder zur Verfügung stehen zu wollen und hatte sich dann verabschiedet. Ewa war das nicht ganz leicht gefallen, denn sie hatte sich in den letzten Tagen an die natürliche und herzliche Art ihrer Betreuerin, die sie mehr als Gesellschafterin empfand, gewöhnt.

Genau zur selben denkwürdigen Stunde, als Thomas und seine Besatzung sich anschickte, die letzte Passage durch ein Wurmloch zum heimatlichen Sonnensystem anzutreten, stand Ewa in ihrer Küche und war dabei, etwas banales, aber deswegen nicht Unwichtiges zu verrichten. Dr. Lenn kochte das Mittagsmahl für alle Bewohner dieses Hofes, wobei sie von Peter tatkräftig unterstützt wurde, als der Kom-Monitor durch akustische Signale einen Anruf anmeldete.
Wie schon seit Urzeiten in Haushalten mit Kindern üblich, geschah jetzt und hier auch nichts anderes:
„Ich geh´ schon", beeilte sich Peter auszurufen und schon war der Siebenjährige im Nachbarraum verschwunden. Ewa hörte, wie er sich vorschriftsmäßig, Peter war ein gewissenhafter und verantwortungsbewusster Junge, am Vid-Phon meldete. Kurz darauf kam er zurück.
„Es ist für dich, Ewa!"
„So? Wer ist es denn?" Ewa trocknete sich schnell ihre nassen Hände an einem Tuch ab, warf ihre langen Haare mit einer Kopfbewegung nach hinten über die Schulter und sah den Jungen fragend an, während sie sich zum Ausgang bewegte.
„Irgendwie jemand von der Zewe oder so – eine Frau, Rebecca!"
Ewa war verwundert. Mit Zewe meinte Peter wohl die ZEVE, die Zentrale Verwaltung. Rebecca Meyers war die Leiterin. Was konnte die von ihr wollen? Dicht gefolgt von Peter betrat Ewa das Nebenzimmer und setzte sich vor das Kommunikationsterminal.
„Hallo Rebecca!"
„Hallo Frau Präsidentin!"

Ewa grinste grummelnd. „Wenn du den Quatsch nicht lässt, schalte ich ab, ohne dich nach dem Grund deines Anrufes gefragt zu haben."
Die schlanke Engländerin mit den vollen und langen, schwarzen Haaren und den dazu sehr kontrastreichen, tiefblauen Augen lachte. Die Partnerin von Phil Mory war eine sympathische Erscheinung und Ewa hatte gerne mit ihr zu tun. Sie nahm sich vor, Rebecca häufiger zu treffen.
„Es ist mir ein bisschen peinlich, Ewa", begann Rebecca das eigentliche Thema. „Aber wir beschäftigen uns hier bei der ZEVE auch mit der Registrierung von Geburten. Du weißt, dass es auch unsere Aufgabe ist, darauf zu achten, dass wir bei unserer geschrumpften Bevölkerung vor Inzest warnen müssen, wenn sich Anhaltspunkte dafür ergeben. Das ist vielleicht jetzt noch nicht so wichtig, aber bei zukünftigen Generationen."
Ewa zog ihre Stirn kraus. Der Grund des Anrufes lag immer noch im Nebel.
„Thomas und ich sind nicht verwandt…", begann sie, wurde aber von einer Handbewegung der Engländerin unterbrochen. „Das meine ich nicht. Es geht nicht um dein zukünftiges Kind, sondern die Kinder, die jetzt schon bei euch leben." Rebecca sah dabei an Ewa vorbei auf den ebenfalls zuhörenden Peter und anschließend wieder Ewa an. Dieser begriff zwar die unausgesprochene Frage, entgegnete aber, dass Peter ruhig alles mithören könne.
„Gut, wie du willst." Rebecca machte ein ergebenes Gesicht und es war ihr anzusehen, dass sie lieber ohne den aufmerksamen Jungen, der natürlich jetzt umso mehr die Ohren spitzte, weiter gesprochen hätte. Ewa wurde das auch schlagartig klar, als Rebecca das eigentliche Thema ihres Anrufes aussprach. „Die übrigen der Zwölf haben Adoptiveltern gefunden!"
Ewa bereute ihren Entschluss nicht, Peter zuhören zu lassen. Der Junge war seinem Alter weit voraus und wurde höchstens von anderen unterschätzt, nicht aber von Thomas und Ewa. Die Ärztin überlegte. Die Zwölf, so wurden die von Thomas geretteten Kinder von Acaspa aus dem Jahre 2122 genannt. Die Geschwister lebten bei Thomas Raven und Ewa Lenn seit über zwei Jahren. Niemand zweifelte daran, dass die Ersatzeltern wie leibliche Eltern empfanden. Sicher, Peter

nannte sie „Ewa“, im Gegensatz zu seiner jüngeren Schwester, die einfach „Mama“ sagte. Aber das … wie gesagt, der Junge war eben sehr intelligent.
Meyers fuhr fort: „Ich will euch ja nicht drängeln, aber bei Peter und Inara haben wir noch keinen diesbezüglichen Status.“
Spontan umarmte Ewa ihren Peter. „Die Beiden bleiben hier! Keiner nimmt sie mir wieder weg!“
Peter klammerte sich ebenfalls an Ewa und Rebecca war peinlich berührt und machte eine abwehrende Handbewegung. „Das will auch keiner. Es ist nur so: Werdet ihr sie adoptieren – dann wäre alles klar? Ihr müsst dann auch einen Nachnamen festlegen. Der wird sowieso fällig, wenn du dein Baby bekommst.“
„Wie Nachnamen?“ Ewa war im Moment sprachlos. Davon hatte sie noch nichts gehört.
Rebecca Meyers klärte auf: „Unsere Volksvertreter haben beschlossen, dass Verheiratete beide Namen annehmen. Das bedeutet jedoch, dass das auf die Kinder nicht übertragen werden kann. Den Eheleuten wird aufgetragen, aus den Bestandteilen ihrer Namen einen weiteren zu bilden, den dann die Kinder tragen.“ Erwartungsvoll schaute Rebecca auf Ewa. Diese blies ihre Backen auf und schien im Moment überfordert. Nachdenklich sah sie Peter an. „Rebecca, du wirst verstehen, dass ich diese Entscheidung nicht ohne Thomas treffen will. Ich mache mir Gedanken dazu. Außerdem haben wir Peter versprochen, auf der Erde ein letztes Mal nach seinen Eltern zu suchen. Kommt Thomas ohne greifbares Ergebnis zurück, werden wir selbstverständlich Peter und Inara als unsere eigenen Kinder, dann auch gerne offiziell, annehmen. Ich bitte dich, bis dahin zu warten.“
Meyers hob entschuldigend beide Hände. „Selbstverständlich, Ewa. Ich wollte lediglich darauf hinweisen und dich keinesfalls unter Druck setzen. Ich kann gut damit warten. Ich wünsche dir alles Gute für deine Schwangerschaft und hoffe, dass unsere Expedition bald und heil zurückkehrt.“
Rebecca schaltete ab und ließ eine nachdenkliche Ewa zurück, die ihren „Sohn“ immer noch fest umklammert hielt. Niemals, wirklich niemals, dachte Ewa, lasse ich die beiden Kinder von mir gehen und erwischte sich bei dem frevelhaften Gedanken, dass Thomas bitte nicht fündig

werden sollte. Gleichzeitig fühlte sie sich deswegen schlecht. Konnte jemand so egoistisch denken? Sie tröstete sich damit, dass es ohnehin nicht in ihrer Macht stünde, irgendetwas an diesem Dilemma zu ändern.

8. Erde

10.02.2125, 12:00 Uhr, Bordzeit GERONIMO:

Übergangslos tauchte das große irdische Flaggschiff unweit des heimatlichen Sonnensystems aus der Anomalie auf. Sofort begannen die Sensoren mit ihrer Tätigkeit und meldeten Minuten später, dass sich keine feindlichen Einheiten – genauer gesagt – überhaupt keine Schiffe innerhalb der Scannerreichweite befanden. Konkret waren alle künstlichen Flugobjekte aktiv anzumessen, die sich innerhalb von 15 Lichtminuten bewegten. Deshalb war es keinesfalls klar, dass das Sol-System und die weitere Umgebung frei von Trax-Einheiten waren. Trotzdem befahl Thomas seiner Navigatorin, das Flaggschiff schnellstmöglich zur Erde zu fliegen. Auf sein Geheiß schleuste Paulo in regelmäßigen Abständen automatische Ortungsbojen aus, die zumindest in diese Richtung die Reichweite der Langstreckenscanner deutlich erhöhen konnten. So glaubte Thomas, sich einigermaßen nach hinten abgesichert zu haben.
Hotaru gab einen Kurs ein und leitete hörbar eine Menge Energie zum Antrieb. Die Sterne, die der riesige Frontmonitor zeigte, wanderten beim Kurswechsel langsam aus dem Erfassungsbereich heraus. Die Nerven an Bord der GERONIMO waren zum Zerreißen gespannt. Innerhalb der nächsten sechs Stunden würde sich zeigen, ob und in welchem Zustand die Erde noch existierte.
Die Erde – die Geburtsstätte der Menschheit mit seiner vielfältigen Natur und seiner unbeschreiblichen Schönheit. Die Auswanderer hatten Agua als eine Art Paradies kennengelernt. Dennoch, die Erde war in ihrer Wildheit und Gefährlichkeit immer noch um Längen schöner und erstaunlicher als die zweite Heimat, die in ihrer schlichten Schönheit irgendwie auch langweilig erschien.

Auf der Erde prallten Gegensätze aufeinander, Naturgewalten, heiße Sonne, Schnee und Stürme. Auf Agua war alles viel ausgeglichener, sanfter. Die Natur hatte nicht so viele Ecken und Kanten. Es gab nicht einmal so etwas wie Ebbe und Flut. Aber – man hatte den neuen Heimatplaneten noch nicht richtig erforscht. Auf den meisten Karten zeigte sich bezüglich der Landmasse ein nichtssagendes Weiß. Es gab noch viel zu erforschen für die Biologen und die übrigen Menschen auf Agua. Man war bisher nur noch nicht dazu gekommen.

Nach stundenlangem Flug passierte die GERONIMO die Plutobahn. Der nur 2.300 Kilometer durchmessende Planet wenn man ihn denn so bezeichnen wollte (seit einigen Jahrzehnten hatte er den Status „Planet" wegen seiner geringen Größe bereits verloren), war nicht zu sehen, er befand sich gerade auf der anderen Seite, hinter der Sonne. Die Mannschaft, die das Vorankommen des Flaggschiffes auf zahlreichen Monitoren innerhalb des Schiffes verfolgte, wurde von Minute zu Minute unruhiger.
Neptun, der 50.000 Kilometer durchmessende Gasriese. Auch er war nur von weiter Ferne zu erkennen. Er brauchte noch eine ganze Weile, bis er an die jetzige Position der GERONIMO kam.
Uranus, in etwa mit dem Neptun zu vergleichen, war der GERONIMO fast im Wege. Nur ein bisschen weniger Abstand und die Japanerin hätte tatsächlich den Kurs ändern müssen. So aber flog das Flaggschiff auf seiner Mission dicht an dem Gasplaneten vorbei.
Als auf dem Hauptmonitor ein Planet mit breiten Ringen zu sehen war, erkannte die Crew, dass die Distanz bis zur Erde nur noch etwa 1,2 Milliarden Kilometer betrug. Hotaru hatte die Geschwindigkeit schon erheblich herabgesetzt. Schließlich wollte man die Erde besuchen und nicht an ihr vorbeirasen.
Dann erschien in ihrem Blickfeld Jupiter – hier war wirklich eine geringfügige Kursänderung notwendig, damit die GERONIMO nicht in die äußeren Schichten des größten Planeten des heimatlichen Systems eindrang. Mit 143.000 Kilometern Durchmesser war der Jupiter etwa elfmal größer als die Erde und besaß mehr als das Tausendfache Volumen. Normalerweise hätte man diesen Planeten mehr Aufmerksamkeit geschenkt, aber das Ziel der Reise war jetzt greifbar nahe und für nichts anderes hatte die Crew nun Zeit übrig.

Die Scanner liefen mit größtmöglicher Effizienz – kein Flugkörper weit und breit. Dennoch ließ die Crew in ihrer Aufmerksamkeit keinesfalls nach, trotz der Aufregung um das lang ersehnte Wiedersehen der Erde. Schließlich erblickten sie Mars, den roten Planeten - etwa halb so groß wie die Erde. Thomas nahm sich vor, zumindest einen kleinen Abstecher in diese Richtung zu unternehmen. Wie er wusste, gab es damals eine menschliche Niederlassung auf diesem Trabanten und so etwas wie eine Forschungsstation. Das Space Command hatte immer ein großes Geheimnis daraus gemacht und selbst ihm waren die Informationen nicht zugänglich gewesen. Aber etwas musste dran sein, denn die GERONIMO war im Marsorbit zusammengebaut worden.
„Wir müssen um die Sonne herum", teilte Hotaru mit und zwang das Flaggschiff in einen anderen Kurs. Unpassenderweise befand sich die Erde, aus ihrer Flugrichtung gesehen, hinter der Erde. Dadurch wurde die Flugzeit nun doch um eine weitere unerträgliche Stunde verlängert!
Die Stunde floss zäh dahin.
„Erde in Reichweite!" Paulos Stimme zitterte ein wenig. Er selbst hatte es vor Heimweh kaum ausgehalten. Sein Land, seine Familie, er musste einfach wissen, wie es darum stand.
„Auf den Schirm und auf alle freien Monitore im Schiff! Ich will, dass die gesamte Crew mit dabei ist!" Thomas war aufgesprungen und starrte auf die übergroße Wiedergabe.
Es entstand ein kaum handgroßer Planet, von dem nicht viel zu erkennen war.
„Vergrößern!"
Der Blickwinkel sprang auf die Erde zu und ihr Abbild wurde formatfüllend auf dem Frontschirm angezeigt.
„Brückenbeleuchtung auf 10%!" Die XO ließ das indirekte Licht absenken, damit man auf dem Schirm überhaupt etwas entdecken konnte. Es wurde sogleich dunkler und der Kontrast des Bildschirmes erhöhte sich für das menschliche Auge.
„Ist das tatsächlich die Erde?" Laura stand neben ihrem Captain und ihre leise ausgesprochene Frage hätte nicht skeptischer ausfallen können. Paulo starrte mit offenem Mund auf die Projektion, die er selbst auf den Monitor geschaltet hatte.

„Ich fürchte – ja!“, war seine Antwort, wobei seine Stimme nicht den gewohnt selbstsicheren Klang hatte.
Während die Pilotin des Riesenschiffes die Hände vor ihr Gesicht geschlagen hatte und sich bemühte, ihre Tränen zu verbergen, schluchzte die ansonsten harte Gunnerin deutlich vernehmbar. Grace Ojok starrte mit leerem Blick und unbewegtem Gesichtsausdruck auf die Anzeige und Ron Dekker wandte sich schaudernd ab.
Thomas ließ die Schultern sinken und ein großer Teil Hoffnungslosigkeit nahm von ihm Besitz.
Oksana hatte sich einigermaßen unter Kontrolle. Sie presste einen halblauten, dafür aber umso derberen, russischen Fluch zwischen den zusammengebissenen Zähnen hindurch. Das was sie da sah, war keinesfalls der immer so nett bezeichnete „Blaue Planet“, der in der Weite des Alls wie ein Juwel funkelte und strahlte. Hier strahlte und funkelte gar nichts mehr! Man erkannte mit einiger Mühe einen diffusen Kreis mittig der Wiedergabe.
Die Erde warf das Sonnenlicht kaum mehr zurück!
Schlieren aus braun, grau und schwarz mit rötlichem Schimmer waren das bestimmende Muster aus dieser Entfernung. Hin und wieder sah man hellgraue wirbelnde Schleier, die langsam über den Planeten hinwegzogen.
First Commander Space Force Thomas Raven hatte auf der Erde, abgesehen von dem alten Baines, weder Familie noch Freunde zurückgelassen. Lediglich ein paar flüchtige Bekannte, die im Laufe der Ereignisse der letzten Jahre im wahrsten Sinne des Wortlautes noch flüchtiger geworden waren, beziehungsweise sich in seiner Erinnerung fast ganz verloren hatten. Trotzdem fühlte er einen mittelschweren Findling in seiner Magengrube ruhen. Das, was er dort sah, entsprach eher der Höllenausgabe eines Planeten, als einem für Menschen geeigneten Lebensraum. Heftig schüttelte er, und zwar wortwörtlich, seine Benommenheit ab.
„Paulo! Analyse!“ Thomas hatte sich wieder gefasst und wollte Ergebnisse.
Der taktische Offizier aus Paraguay reagierte nicht.
„Paulo!“ Thomas rief nicht lauter, aber eindringlicher.
Wieder keinerlei Reaktion.

Thomas sah sich um. Seine Crew hatte einen regelrechten Schock erlitten. Ron, Laura und auch Oksana waren handlungsfähig, alle anderen befanden sich in einer Art Starre. Selbst Flight starrte völlig abwesend mit großen, dunklen Augen auf das schlechte Bild des Hauptschirms.
Raven sah wieder nach vorne. Die Erde war größer geworden, die GERONIMO hielt immer noch darauf zu.
„Oksana, halt´ die Scanner im Auge!“ Mit diesen Worten stand Raven auf und begab sich nach vorne zu seiner japanischen Pilotin, die immer noch zuckend und mit den vor das Gesicht geschlagenen Händen in ihrem Stuhl saß. Sie hatte sich das Wiedersehen mit dem Land der aufgehenden Sonne sicherlich anders vorgestellt. Viele der Crew hatten Freunde oder Verwandte auf der Erde. Für diese musste der Schock besonders hart sein. Der Anblick der Erde ließ eigentlich keinen positiven Schluss mehr zu.
„Hotaru, du musst das Schiff anhalten! Bitte!“ Behutsam fasste Thomas die schlanke Frau an den Schultern, hatte sich von hinten über sie gebeugt und flüsterte ihr den Befehl ins Ohr.
Fast mechanisch senkten sich Hotarus Hände vom Gesicht weg und zum Vorschein kamen rot geränderte Augen und eine Menge Tränen. Wie eine Puppe an Fäden bediente die Asiatin die Nav-Kontrollen. Ihre Augen schienen sich in der Ferne zu verlieren und als sie ihre Hände völlig apathisch wieder in den Schoß legte, konnte Thomas sicher sein, dass das Flaggschiff im Bezug zur Erde mit Fahrt Null im Raum stand.
Ein Seitenblick zeigte ihm, dass Trantow neben dem Pult von Paulo stand und ihm über die Schulter schaute. Sie drehte sich zum Captain um und schüttelte den Kopf. Keine Anzeigen weiterer Raumschiffe auf den Scannern. Keine Gefahr – zumindest im Moment. Trotzdem durfte er den Schock nicht allzu lange wirken lassen. Er winkte Trantow zu sich.
„Wir müssen was unternehmen, Oksana. Ich werde nach nebenan vor das Aufzeichnungsgerät gehen und wenn ich es dir per Kom mitteile, löst du den Vollalarm aus und schaltest mich anschließend auf alle verfügbaren Monitore im Schiff. Ich will über die schiffsweite Kommunikation einschließlich Vid mit der gesamten Crew reden.“
„Ist okay, Captain.“ Oksana flüsterte lediglich und begab sich zu ihrem Kontrollpaneel.

„Laura, du hast die Brücke!"
„Ob ich damit was anfangen kann?"
Thomas rang sich ein schwaches, nicht ernst gemeintes, Grinsen ab und ging in den Nebenraum. Laura hatte zu ihrem sehr schwarzen Humor zurückgefunden. Ein Zeichen dafür, dass das Geschehen auch an ihr nicht spurlos vorüberging.
Thomas überlegte gut fünf Minuten und legte sich seine Worte sorgsam zurecht. Seine Ansprache sollte die Crew aus ihrer Lethargie reißen und vor allen Dingen die Kampf- und Einsatzbereitschaft des Flaggschiffes wieder herstellen. Schließlich gab es auch noch einiges zu tun. Die Lage war keinesfalls klar und man musste sich mit der Analyse beschäftigen. Keinesfalls konnte man jetzt zurückkehren. Die Menschheit auf Agua hatte ein Recht darauf, zu wissen, wie es genau auf der Erde aussah. Selbst wenn die schlimmste aller Befürchtungen zutreffen sollte, war das als Information immer noch besser als ein obskures „wir wissen es nicht genau".
„Oksana! Zwei Minuten Vollalarm, danach schaltest du mich online – jetzt!"
Die Alarmsirenen heulten über das gesamte Schiff und unterstützt durch die rot blinkenden Seitenbänder in den Räumen und Fluren wurde der gesamten Crew schnell klar, dass eine besondere Gefahrensituation herrschte. Trotz des heftigen Schocks, der die Mannschaft überall in der GERONIMO ereilt hatte, erreichte der Captain damit, dass die Crew alle persönlichen Befindlichkeiten mit einem geistigen Ruck zur Seite schob und momentan nur das übrig blieb, was ausgebildet und eintrainiert worden war. Waren große Teile der Mannschaft eben noch in Bewegungslosigkeit gefangen, so wurde es jetzt recht lebendig und laut im Schiff. Die Jäger- und Bomberpiloten rannten zu ihren Maschinen, die ab Beginn der Vollalarmphase bereits mit einem Selbstcheck begonnen hatten. Der Deckoffizier beeilte sich, die erste Jägerstaffel durch die Vollautomatik in die Abschusstuben zu befördern. Fertig – ein grünes Signal brannte. Er brauchte nur darauf zu drücken und Staffel ALPHA wäre im Raum. Die nächste Staffel wartete schon startbereit mit hochkonzentrierten Piloten an Bord auf das Einschleusungsmanöver in die Tuben. Die an Bord verbliebenen Tiger Sharks warteten einsatzbereit auf dem Landedeck. Flight hatte auf der Brücke bereits

entsprechende Bereitschaftsmeldungen bekommen. Dario hatte eben das Hangarschott geöffnet und ein Befehl von Grace Ojok würde die Sharks blitzschnell durch das Kraftfeld stoßen lassen, welches die Atmosphäre trotz offenem Schott auf dem Deck hielt.
Auf dem Maschinendeck war von Hektik keine Spur zu erkennen, trotzdem waren alle Crewleute konzentriert bei der Arbeit. Ein Check des Antriebes war wegen der jüngst zurückgelegten Strecke unnötig. Dafür wurden fünf Energiemeiler für eventuelle Verbraucher hochgefahren. Der Abteilungsleiter selbst fuhr die zusätzlichen drei Meiler hoch, die ausschließlich zur Versorgung der ein Dutzend Phasenwerfer eingebaut worden waren. Anschließend schickte er grüne Lichtzeichen zum Zeichen der Einsatzbereitschaft Richtung Brücke, die teils auf dem Tableau des Captains, XO und der Gunnerin aufliefen.
Exakt 110 Sekunden später nahm Laura zur Kenntnis, dass alle Abteilungen des Schiffes, einschließlich der Funktionen auf der Brücke, einen grünen Bereitschaftsstatus geschickt hatten. Das Schiff war bereit und fast niemand an Bord wusste wofür.
Weitere 10 Sekunden später schaltete Oksana den Vollalarm ab und den wartenden Captain auf alle Schiffsmonitore.
„Hallo!" Mehr sagte Thomas zunächst nicht und dieses eine Wort nicht einmal besonders laut. Mit einer kleinen Pause gab er jedem Crewmitglied die Gelegenheit, sich auf seine Rede vorzubereiten.
„Wie es aussieht, sind wir am Ziel unserer langen Reise angekommen!"
Wieder entstand eine kurze Pause, in der Thomas sich die nächsten Worte zurechtlegte.
„Und wie es scheint, haben wir endgültig das verloren, was man Heimat oder Ursprung nennt. Eine genaue Analyse müssen wir noch durchführen, dennoch kann man jetzt schon davon ausgehen, dass unsere Feinde ganze Arbeit geleistet haben, und daher verspreche ich euch jetzt folgendes: Ich werde niemals, ich wiederhole: Niemals, meinen Kampf gegen die Trax aufgeben. Ich werde sie bekämpfen und verfolgen überall, wo ich auf sie treffe. Ich fordere jeden Militärangehörigen auf, es mir gleich zu tun! Niemals werde ich ihnen die Vernichtung unserer Heimatwelt verzeihen und das solange, bis dass der Tod mich hindert!"
Innerhalb des Flaggschiffes hallte ein vielstimmiger Chor zurück: „Bis dass der Tod mich hindert!"

„Wir werden jetzt auf Teilalarm zurückgehen und eine Analyse der Situation unserer Erde vornehmen. Ein Teil der Monitore im Schiff wird online bleiben, damit ihr jederzeit über die Lage informiert seid. Ich denke mal, dass wir innerhalb der nächsten drei Tage den Rückflug antreten werden." Thomas ließ die Übertragung abschalten. Drei Tage – da war auch ein gewisses Maß an Wunschdenken von ihm dabei und er wusste zu dem Zeitpunkt nicht, wie sehr er sich in diesem Punkt geirrt hatte. Mit zielstrebigen Schritten ging er durch das Schott zur Brücke und setzte sich neben Laura in seinen Kommandositz.
„Schiff und Besatzung gefechtsklar!", meldete Laura. „Übrigens: Tolle Idee – die Leute können jetzt wieder klar denken."
Thomas nickte zustimmend. Die Brücke machte auf ihn einen konzentrierten Eindruck.
„Paulo?"
„Ja, Captain. ´Tschuldigung übrigens, wegen …"
Thomas winkte ab. „Ich brauche deine Hilfe als Fachmann!"
„Klar. Was speziell?" Der Südamerikaner war wieder ganz der alte Profi.
„Wir brauchen eine taktische Analyse. Wie sollen wir vorgehen?"
Der Taktiker wandte sich wieder seiner Sensorenphalanx zu und sprach dabei seine Ergebnisse und die darauf basierenden Empfehlungen aus. Es schien zu helfen, dass der Captain ihn bei seiner Berufsehre gepackt hatte. Paulo schob seine Gefühle einfach beiseite und aktivierte stattdessen seinen logischen Verstand.
„Wir befinden uns momentan in einem Abstand von etwa 750.000 Kilometer zur Erde, also der zweifache Mondabstand. Meine Sensorenphalanx zeigt bezüglich der Erde nur undeutliche und widersprüchliche Werte, während vom Mond klare Scanergebnisse hereinkommen. Ich schlage vor, zwei Sharks für eine Naherkundung zum Mond zu schicken. Die Erde würde ich vorsichtshalber von mehreren selbststeuernden Drohnen erkunden lassen. Bei letzterem Ziel wissen wir nicht, ob sich noch Trax dort befinden und weiterhin, ob man die Drohnen von hier aus fernsteuern kann. Die Werte von der Erde sehen in diesem Bereich nicht gut aus."
Thomas machte sich so seine Gedanken zu dem Thema „die Werte sehen nicht so gut aus" und forderte Flight mit einem zu ihr gerichteten

Kopfnicken auf, Paulos Empfehlung in die Tat umzusetzen. „Die Maschinen sollen sich tarnen", fügte er noch ergänzend hinzu.
Als sich zwei getarnte Sharks auf dem Weg zum Erdtrabanten machten, öffnete sich unterhalb des Flaggschiffes ein mannshoher Schott und spie ein Dutzend der Erkundungsdrohnen aus, die blitzartig Fahrt in Richtung Erde aufnahmen.
„Die Drohnen sind so programmiert, dass sie auf festgelegten Routen die Erde mehrfach in einer Höhe von 20 Kilometern umkreisen", erklärte Baretta. „Sie werden danach bis in eine Höhe von wenigen hundert Metern sinken und eine Atmosphärenanalyse vornehmen. Danach kehren sie mit den gespeicherten Daten zurück und wir können sie auswerten."
„Zeitablauf?", fragte Raven. „Wann können wir die ersten Ergebnisse sichten?"
Paulo bat um Geduld. Die Drohnen würden frühestens nach acht Stunden zurück sein und für eine wenigstens halbwegs verwertbare Aussage würde er selbst noch einmal zwei bis drei Stunden brauchen.
Raven schaute auf die Uhr. Der Schiffschronometer zeigte den 10.02.2125, 21:00 Uhr, Bordzeit an.
„Wir machen an dieser Stelle einen Cut! Ich bezweifle zwar, dass wir gut schlafen, aber wir machen morgen früh um 09:00 Uhr mit der üblichen Besprechung weiter. Paulo wird bis dahin eine Analyse der Situation vorbereitet haben."
Thomas wandte sich an Flight. „Wenn die Piloten vom Mond zurückkehren, sollen sie ihre Daten und einen schriftlichen Bericht auf die Taktikkonsole übertragen, damit Paulo diese Erkenntnisse mit einfließen lassen kann."
Die Afrikanerin bestätigte und Thomas erhob sich. „Wird Zeit, dass ich mal wieder ein bisschen laufe!" Wenig später rannte der Captain im Sportdress durchs Schiff. Dabei kann ich am Besten nachdenken, hatte er immer wieder behauptet und tatsächlich kreisten seine Gedanken während seines sportlichen Tuns um das Schicksal der Erde. Was war dort passiert? Ihm war schon während seiner Schulzeit, teilweise auch durch eigene leidvolle Erfahrung, klar geworden, dass die Erde sich nur einmal kurz schütteln musste und die Menschheit wäre Geschichte gewesen. Selbst die fortschrittlichste Technik hätte nichts gegen die

Urgewalten der Natur ausrichten können, es sei denn, man nutzte diese Technik, um die Erde zu verlassen. Führenden Forschern war schon Anfang des 21. Jahrhunderts klar gewesen, dass man keinesfalls zu lange mit dem Vorstoß der Menschheit ins All warten durfte. Der heimatliche Planet barg eine gewisse Anzahl von Gefahren, die die weitere Existenz der menschlichen Rasse allzu sehr in Frage stellen konnte. Dabei ging es nicht nur um Naturgewalten wie Supervulkane, Hypercanes oder das Abreißen des Golfstromes. Nein, die von Menschenhand geformten Probleme waren schließlich auch nicht aus Pappe. Der Zusammenbruch des Euro, an dem Deutschland bis zuletzt festgehalten hatte und der schließlich doch nicht mehr aufgehalten werden konnte, hatte eine Wirtschaftsgemeinschaft von über 350 Millionen Individuen in Not und Elend gestürzt. Die fortschrittliche „Westliche Welt" war daraufhin auf der Werteskala der Weltbevölkerung innerhalb kürzester Zeit nach ganz unten gerutscht und praktisch in der Bedeutungslosigkeit versunken. Viele, wie Thomas Eltern, hatten es damals vorgezogen, diese Wirtschaftswüste zu verlassen und auszuwandern. Raven konnte sich erinnern, dass sein Vater irgendwas gemurmelt hatte von „Schnauze voll … das war´s hier!" Kurz danach brach die gesamte, über Jahre angestaute Frustration hervor. Der Eine fühlte sich nicht ausreichend unterstützt oder gar vernachlässigt, der Nächste sprach von Ausbeutung und so weiter. Ehemals friedliebende Nachbarn trafen in einem gewaltigen Bürgerkrieg aufeinander, der innerhalb der ersten Monate Millionen das Leben kostete. Es zeigte sich, dass die Politiker auf ihrer Reise in die Zukunft einer globalen Welt schlicht und einfach vergessen hatten, das gemeine Volk mitzunehmen. Der Zusammenbruch des Euro hatte natürlich einen wesentlichen Einfluss auf die Weltwirtschaft.

Dann kamen noch andere Probleme hinzu.

Die Naturgewalten an sich hatten in den USA am Meisten gewütet. Wie eigentlich immer, hatten einige aufrechte US-Bürger nach den ersten Umweltkatastrophen mahnend den Zeigefinger emporgehoben und diesen Protest tatsächlich den einen oder anderen Tag durchgehalten. Dann war man wie immer zum Tagesgeschäft übergegangen – sollten sich doch andere drum kümmern und wir sind schließlich Amerikaner!

Waren aber die Vereinigten Staaten von Amerika schon durch zahlreiche Kriegsbeteiligungen finanziell außerordentlich geschwächt und die Infrastruktur alleine deswegen schon marode, so brachte der erste halbwegs ernst zu nehmende Hypercane die amerikanische Wirtschaft bis kurz vor den Zusammenbruch. Dieser Über-Wirbelsturm war noch nicht einmal ein echter, mit 400 km/h also gerade Mal ein halber. Tatsächlich verwüstete dieser Gigant, den man „ABIGAIL" genannt hatte, große Teile der Westküste. Weil ABIGAIL ziemlich unvermittelt, sprich ohne größere Vorwarnzeit die US-amerikanische Bevölkerung heimsuchte, gab es mehrere Zehntausend Tote. Der Sturm war von der Pazifikseite her in Höhe Fort Bragg auf kalifornischen Boden getroffen und fräste eine vierzehn Kilometer breite Schneise bis nach Reno/Nevada. Erst in Utah mäßigten sich die Windgeschwindigkeiten auf unter 150 km/h. Die Folge war, dass der Pazifische Ozean nun in einer Breite von etwa 14 Kilometern bis hinter Reno reichte. Dabei erstreckte sich die Zerstörung rechts wie links weitaus weiter. Noch in Entfernungen von 700 Kilometern war die zerstörerische Wirkung bemerkbar, schließlich musste der 14 Kilometer breite Erdaushub irgendwann und irgendwo wieder zu Boden gehen. Wenn man sich vergegenwärtigte, dass die Infrastruktur der ehemals mächtigsten Nation der Welt auch zum Zeitpunkt der Katastrophe immer noch eher der einer Bananenrepublik ähnelte, dann konnte man getrost davon ausgehen, dass der letzte betroffene US-Bürger ungefähr drei Jahre später wieder mit Strom und Wasser versorgt werden konnte – und mit einer Straße. Der damalige amerikanische Präsident musste zähneknirschend die Hilfe der verhassten chinesischen Föderation annehmen. Die Gelblinge starteten ihre Hilfskampange nicht deswegen, weil ihnen die dummen Langnasen leid taten, sondern weil ihnen eh schon die Hälfte des Landes gehörte und sie Angst hatten, ihre kostbaren Investitionen ganz zu verlieren. Ihre eigenen Probleme, durch ein Erdbeben wurde der Drei-Schluchten-Staudamm zerstört und die angestauten Wassermassen vernichtete die Einwohnerzahl einer mittleren Großstadt, bekamen sie mit einer immer noch gut funktionierenden Zensur hervorragend in den Griff. Nach Vorlage entsprechender Satellitenbilder erklärten die wie immer greisen Volksführer, dass man rechtzeitig evakuiert habe und die gestochen scharfen Zoomfotos, auf denen haufenweise Wasserleichen zu

erkennen waren, seien gefälscht. Bei 1,5 Milliarden Einwohnern kam es doch nun wirklich nicht auf ein paar Hunderttausend an. Die Folge in den USA war auch, dass keines der in den nachfolgenden Jahren geborenen Mädchen den Namen Abigail erhielt.
Mit diesen düsteren Erinnerungen an die letzten Jahre in der Geschichte der Erde absolvierte Thomas noch ein paar Kilometer im lockeren Trab und zog sich dann zum Duschen und zur Ruhe in seine Privaträume zurück. An Bord des Flaggschiffes gab es noch lange keine allgemeine Ruhezeit. Zu groß war das Diskussionsbedürfnis vieler Crewmitglieder und so wurde in den Kantinen und sogar in den privaten Kabinen noch lange über das Schicksal der Erde gemutmaßt, bis dann endlich irgendwann weit nach Mitternacht Bordzeit nur noch die Nachtbereitschaft auf dem Posten war.

10.0.2125, Agua, etliche Stunden vorher:

Chapawee Paco erinnerte sich nur ungern an seine Rückkehr nach Agua vor anderthalb Wochen. Gleich nach dem Passieren von Wurmloch 3-5-8 hatte sein taktischer Offizier John Flannigan Alarm gegeben und zwei 8000er Trax-Raumschiffe direkt über Agua gemeldet. Mit gellenden Alarmsirenen hatte das Terraschiff Kurs auf die neue Heimat genommen und die Crew war wild entschlossen, sich dem Feind entgegen zu werfen.
Dieses Horrorszenario währte ganze drei Minuten. Dann traf ein Funkspruch von Mond EINS ein. Der Vertreter von Hotaru erklärte Paco den genauen Sachverhalt um die Existenz der feindlichen Schiffe.
Chapawee gab daraufhin Entwarnung und fuhr nicht nur die Energiemeiler seines Schiffes, sondern auch seinen Puls herunter. Noch im Anflug auf die neue Heimat hatte er sich von seinem Vertreter, Sack Carter, einen kurzen, zusammenfassenden Bericht über die Abläufe der letzten Tage geben lassen und auch er hatte seinerseits Carter informiert. Danach hatte man Methin Büvent beauftragt, sofort mit der Wonderland in Richtung Acaspa aufzubrechen, um die stellvertretende Präsidentin heim zu holen.
Captain Paco hatte sich anschließend gezwungen gesehen, sein geliebtes Kampfschiff zu verlassen. Auf Agua gab es einiges zu regeln und das machte man lieber persönlich als über die Funkbrücke. Stundenlang

hatte er mit Sack Carter über die beste Vorgehensweise beraten und schließlich hatte man eine, wie man fand, vernünftige Regelung gefunden.
Jim Snider, Captain der RED CLOUD, wurde beauftragt, mit seinem Schlachtschiff ins Vendora-System zu fliegen, um dort die beschädigten und zurückgelassenen Tiger Sharks abzuholen. Keinesfalls wollte man die wertvollen Maschinen länger als nötig unbeaufsichtigt im Raum stehen lassen. Man musste die Produktion eines großen Tenders mit Jumper erst einmal zurück stellen. Weiterhin, und Jane Scott stimmte ungern zu, wurde die Reparatur der Walhalla bis auf Weiteres ausgesetzt, damit der Umbau der erbeuteten kampfstarken Trax-Raumer den Vorzug bekommen konnte. Phil Mory erhielt den Auftrag, schnellstmöglich zusätzliche Energiemeiler an Bord zu schaffen und Phasenwerfer größten Kalibers zu installieren. Gleichzeitig mussten diese fliegenden Festungen für die menschlichen Bedürfnisse umgerüstet und Personal musste geschult werden – eine Mammutaufgabe. Eine Bestückung mit Raketen und Flak sollte dann irgendwann später erfolgen.
Die beiden erbeuteten Schiffe taufte man auf die Namen FORTRESS und CASTLE. Gleichzeitig, und das tat dem englischen Ingenieur am meisten weh, wurde auch die Letalis-Produktion auf Agua unterbrochen. Es gab einfach zu wenige Fachleute, um gleichzeitig an allen Themen zu arbeiten und die Gefechtsbereitschaft der Trax-Raumer war Chapawee wichtiger.
Dann gab es, nachdem Ewa am 08.02. wohlbehalten vom arabischen Captain der Wonderland auf Agua abgesetzt worden war, noch etwas Erfreuliches zu tun.
Chapawee Paco wartete jetzt und hier mit vielen anderen auf dem provisorischen Raumhafen von Agua auf das Eintreffen von Dr. Ewa Lenn, die in ihrer Eigenschaft als Vertreterin des abwesenden Präsidenten Ron Dekker nun eine wichtige Funktion zu erfüllen hatte. Chapawee schaute sich um. Man hatte auf einer freien Fläche inmitten der stillgelegten Letalis-Produktionshallen, sonstiger Flughangars und Checkpoints für Jäger und Bomber, den Ort für diese Veranstaltung gewählt und wieder einmal war es ein Auftritt von größtem öffentlichen Interesse und daher gab es eine Reihe von Übertragungsgeräten, damit ganz Agua an dieser Zeremonie teilhaben konnte. Es war eine kleine,

erhabene Bühne aufgebaut worden, um den Mittelpunkt des Geschehens herauszuheben. Auf einer Seite des zentralen Veranstaltungsortes hatte der Indianer alle Teilnehmer der Mission „KAPERFAHRT“ Platz nehmen lassen, von zwei Seiten gab es gut gefüllte Zuschauerränge, die vierte Seite blieb, bis auf die unvermeidlichen Aufzeichnungsgeräte, dem Zugang der Präsidentin und anderer Personen vorbehalten.
Captain Paco schaute auf seine Uhr. Der Zeiger zeigte kurz vor 12:00 Uhr und man hörte das leise Surren eines schweren Schraubers. Die Präsidentin würde also pünktlich sein. Langsam setzte die schwarze Maschine mit der großen, goldenen Eins auf den Seitenteilen in einem Abstand von 200 Metern zur Bühne auf. Der Abstand war groß genug gewählt, um die Frisuren der Zuschauer nicht unnötig zu strapazieren. Es kam lediglich ein laues Lüftchen bei den Wartenden an. Kaum drehten sich die Schrauben nicht mehr, öffnete sich eine Seitentür und zunächst stieg die hagere Gestalt von Jack Warner heraus, der dann galant seiner Präsidentin die Hand reichte und ihr beim Verlassen der Regierungsmaschine behilflich war. Danach erschien Paul Dancer. Ewa schritt voran und ihre beiden Adjutanten folgten in würdevoller Repräsentationsuniform einen knappen Meter dahinter. Die kleine Gruppe erreichte die Bühne und während die beiden Marines unten stehen blieben und dafür Chapawee Paco seiner Präsidentin auf die Bühne folgen wollte, raffte Ewa ihr langes, grünes Kleid und schritt langsam die wenigen Stufen empor. So mancher Zuschauer, hauptsächlich männlichen Geschlechts, schaute bewundernd auf diese bemerkenswerte Frau. Die Schwangerschaft, mittlerweile in der 32. Woche, war deutlich unter dem hellgrünen langen Kleid, welches die Schultern frei ließ, zu erkennen. Die Sommersprossen, die gut zur kastanienbraunen Haarpracht passten, reichten weit bis über die Schultern und ins Dekolleté und gaben dieser weiblichen Erscheinung einen Reiz von Jugend, Frische und Natürlichkeit.
„Hallo!“ Ewas Stimme hallte über den Platz und die Kameras übertrugen in Nahaufnahme ein Lächeln, welches den einen oder anderen Vertreter des männlichen Teils der Bevölkerung vor seinem Monitor leise stöhnen ließ.

„Als mich Ron Dekker zu seiner Vertreterin ernannte, hatte ich nicht damit gerechnet, dass dieser Job so aufregend sein würde!" Heiterkeit machte sich unter den Zuschauern breit.
Jane Scott, die auf der Ehrentribüne saß, sah in begeisterte Gesichter. Kein Zweifel, Ewa erfreute sich großer Beliebtheit und zu ihrer eigenen Zufriedenheit konnte sie feststellen, dass überproportional viele Walhalla-Siedler unter den anwesenden Zuschauern waren. Jane durchschaute die Taktik, mit dieser Ehrung das Selbstwertgefühl gerade der Walhalla-Crew auf Vordermann zu bringen. Aber trotzdem, das war ein Nebenziel und schmälerte ihren Erfolg keineswegs.
Ewa sprach weiter: „Ron ist noch nicht einmal vier Wochen abwesend und was haben wir schon erlebt! Innerhalb dieser Zeit, ihr wisst es aus den Vid-News, hat der hinter mir stehende Chapawee Paco unsere Freunde, die Acaspa, vor der Vernichtung bewahrt!"
Elegant trat Ewa zur Seite, so dass der halb von ihr verdeckte Indianer von allen gesehen und von allen Kameras erfasst wurde. Beifall klang auf und Chap stand kerzengerade mit langem, blauschwarz im leichten Wind wehendem Haar auf der Bühne. Dr. Lenn lächelte etwas schelmisch. Es hatte sie einige Mühe gekostet, den bescheidenen Sioux mit auf die Bühne zu bekommen und dieses Szenario jetzt war nicht abgesprochen. Es war lediglich vereinbart, dass Paco Orden und Urkunden überreichen sollte. Beifall kam auf. Der Indianer war ein beliebter Mann und daher war es auch nicht verwunderlich, dass einige begeisterte Rufe laut wurden. Die Siedler wussten ganz genau, welches Format dieser Mann hatte, und dass er nun dort bescheiden stand und sich nur leicht verbeugte, verstärkte die ihm entgegengebrachte Sympathie noch. Als der Beifall nicht abebbte und die Interimspräsidentin auch keine Anstalten machte, sich wieder ans Mikro zu begeben, sah sich der schlanke Mann mit dem braunen Teint veranlasst, ein paar Worte zu sprechen: „Ich danke meinen Brüdern und Schwestern für den Zuspruch. Das sind Augenblicke für mich, an denen ich genau weiß, dass der Kampf gegen unsere Feinde erfolgreich sein wird. Ich werde Agua und seine Freunde schützen, bis dass der Tod mich hindert!" Mit dem letzten Schwur trat er wieder anderthalb Meter zurück und musste feststellen, dass alle aufgestanden waren und ihm ein Standing Ovation brachten.

Ewa erkannte am Leuchten der dunklen Indianeraugen, dass Paco sich tatsächlich geehrt fühlte. Daher wartete sie noch einen Moment und als sie dann ans Mikro trat, kehrte auch wieder Ruhe ein und die Leute setzten sich.
„Wir sind hier aber wegen eines wagemutigen Einsatzes zusammengekommen und um dessen Erfolg zu feiern und zu würdigen. Die Mission „KAPERFAHRT2 hat unter dem Kommando von Captain Jane Scott mit wenigen zur Verfügung stehenden Mitteln und ohne Opfer zwei kampfstarke Feindraumschiffe mit jeweils einer Länge von 8.000 Metern erbeutet. Diese Kriegsschiffe kreisen im Orbit von Agua und wurden auf die Namen CASTLE und FORTRESS getauft. Beide Einheiten werden zum Schutz unserer Heimat eingesetzt und werden zurzeit unter der Leitung von Phil Mory, der ebenfalls maßgeblich an der Mission teilgenommen hat, umgebaut."
Ewa machte eine kurze Pause und ihr Blick suchte Jane.
„Ich bin stolz", fuhr die werdende Mutter fort, „hier die Idee und die Umsetzung zu dieser Aktion mit einem entsprechenden Orden dekorieren zu können. Captain Jane Scott, komm zu mir und empfange den „GOLDENEN PLANETEN"!"
Unter tosendem Beifall der nun abermals stehenden Zuschauer erklomm Jane in ihrer etwas steifen Repräsentationsuniform die wenigen Stufen und wurde, oben angekommen, von Ewa umarmt. Vorsichtig, um den Babybauch nicht allzu sehr zu drücken, erwiderte sie dieses Zeichen der Anerkennung.
Paco trat hervor und hängte der erfolgreichen Kommandantin der Mission den in Gold stilisierten Planeten Agua an einem blauen Band um den Hals. Anschließend gab er ihr die Hand. „Ich gratuliere meiner wagemutigen Schwester zu ihrem im Kampf erzielten Erfolg!" Der Indianer schloss für einen kurzen Moment seine Augen und beugte seinen Kopf als Zeichen der Anerkennung. Scott war tief bewegt, drehte sich anschließend zu den Zuschauern um und winkte. Die anwesenden Walhalla-Siedler platzten fast vor Stolz und klatschten laut. Jane Scott, frisch gebackene Trägerin des „GOLDENEN PLANETEN", begab sich wieder zu ihrem Platz. Dann wurden alle Teilnehmer der Mission auf die Bühne gebeten und erhielten als Anerkennung eine Urkunde, die ihnen die Teilnahme an diesem denkwürdigen Einsatz bescheinigte

und den Dank der verbliebenen Menschheit versicherte. So dauerte es noch eine ganze Weile, bis Ewa und Chapawee fertig waren und Jane Gelegenheit hatte, den Indianer vor der Bühne für einen kurzen Augenblick allein zu sprechen.
„Chap, meinst du, wir könnten vielleicht, ein Pfeifchen - oder so…?“
Das Gesicht des Nachfahrens amerikanischer Ureinwohner hellte sich auf und er lächelte wie sonst selten. „Aber sicher, meine mutige Schwester, aber sicher!“

11.10.2012, Milchstraße, GERONIMO, 09:00 Uhr Bordzeit:

Die Nacht war für viele eine äußerst kurz gewesen und Thomas lief auch schon seit drei Stunden durch das Schiff, ohne genau zu wissen, was er eigentlich suchte. Vor zwei Stunden war er Paulo Baretta über den Weg gelaufen, aber dieser hatte nur den Kopf geschüttelt. Offensichtlich war er mit der Auswertung noch nicht fertig. Das fahle, fast graue, Antlitz des Südamerikaners, das ansonsten immer mit einem schönen, braunen Teint versehen war, ließ ernste Sorgen beim Captain aufkommen und der Umstand, dass Paulo seine Haare nicht gegelt hatte, ließ besonders ernste Sorgen aufkommen. Bisher hatte der schmächtige Mann noch nie auf diese Art der Körperpflege verzichtet.
Jetzt fehlt nur noch, dass Laura wieder ihre nutzlose Brille trägt, fand Thomas Raven, wurde aber kurz vor 09:00 Uhr, als man sich im Besprechungsraum traf, dieser Befürchtung enthoben. Laura schaute ihn zwar aus völlig übernächtigten Augen an, aber nicht durch Fensterglas.
Der übliche Kaffee stand dieses Mal wieder auf dem Tisch.
„Soll ich ein Frühstück …“, begann Thomas, als er aber die verneinenden Gesten seiner Crew zur Kenntnis nahm, verstummte er. Niemand hatte Hunger – Kaffee würde erst einmal reichen.
„Grace! Der Mond – was haben deine Piloten berichtet?“ Kaum hatten sich alle Personen gesetzt, so wollte Thomas die Informationen abfragen.
„Die Besatzungen der beiden Sharks“, so begann Grace Ojok mit ihrer dunklen Stimme den Bericht, „sind erst vor zwei Stunden wieder auf der GERONIMO gelandet. Sie haben eine Fülle von Vid-Material mitgebracht und das kann später noch ausgewertet werden. Ihr schriftlicher Bericht sagt in der Zusammenfassung folgendes aus:

Die ehemaligen Mondstationen und die dort von uns angelegten Reservate und Habitate sind allesamt gewaltsam zerstört worden. Meine Männer haben weder menschliche noch außerirdische Lebensformen angetroffen oder scannen können. Von unserer gesamten Technik scheint nichts verwertbares mehr vorhanden zu sein. Der Mond ist wieder tot!"

Für einen kurzen Augenblick herrschte Schweigen.

Raven hakte für sich das Thema „Mond" ab.

„Paulo, was berichten deine Drohnen!" Thomas sah seinen Taktiker ernst an.

Baretta seufzte. „Erst einmal", dabei sah er jeden Teilnehmer langsam an, „ist nur die Hälfte der Drohnen überhaupt zurückgekehrt!"

„Was?" Ron Dekker war fassungslos. „Die Dinger sollen doch angeblich narren- und ausfallsicher sein!"

„Ja, genau! Angeblich!" Paulo hob das letzte Wort besonders hervor. „Die Auswertung der übrigen gestaltete sich daher äußerst schwierig und da die Daten noch teilweise defekt oder wenig glaubhaft waren, habe ich mir eine Menge zusammenreimen müssen und ich mache darauf aufmerksam, dass meine Schlussfolgerungen keinen Beweischarakter haben!"

„Und?" Laura konnte sich dieses Wort, von dem sie wusste, dass es der wissenschaftliche Offizier nicht leiden konnte, nicht verkneifen. Aber das konnte Baretta im Moment auch nicht aus der Ruhe bringen.

„Ich musste mir die Daten aus den Drohnen direkt vor Ort holen, weil die WLAN Verbindung defekt war und ich erst zwei Stunden warten musste!"

„Wie?" Laura war verwirrt. „Worauf musstest du warten?"

„Auf die Dekontamination! Die Dinger waren radioaktiv verstrahlt und zwar nicht ohne!"

„Ach, du Scheiße!", entfuhr es Trixie.

„Genau, ach du Scheiße – und es wird nicht besser!" Dass der sonst korrekte und penibel wirkende Wissenschaftsoffizier ebenfalls derart krasse Worte in den Mund nahm, machte allen Beteiligten übergangslos den Ernst der Lage deutlich. Ron nahm in einem Anfall klammheimlicher Verzweiflung einen großen Schluck Kaffee, verbrühte sich fast und merkte es nicht einmal.

„Paulo!“ Die Stimme des Captains war leise, fast sanft. „Lass uns deine Schlussfolgerung hören. Wenn du schlussfolgerst, wird es für uns Beweis genug sein!“
Nachdenklich sah der Südamerikaner den First Commander Space Force an. Thomas hatte ihm soeben ein gewaltiges Kompliment ausgesprochen.
„Gut! Wie du meinst!“
Paulo erhob sich. „Das Videomaterial habe ich gesichtet und es ist qualitativ so schlecht, dass ich es lieber beschreibe. Hat irgendjemand mal etwas gehört von der Toba-Katastrophe?“
Paulo sah sich um.
„Ich habe mal etwas davon gehört“, gab Suzan Bookley zu, „aber es ist zu wenig, um wirklich Bescheid zu wissen.“
„Okay, ich erkläre es!“ Paulo holte offensichtlich weiter aus, aber keiner kam auf die Idee ihn zur Eile zu bewegen. „Vor etwa 75.000 Jahren kam es auf Sumatra zu einem Vulkanausbruch, einem Supervulkanausbruch der Stärke 8 auf dem VEI, dem Vulkanexplosivitätsindex. Dieser besagt, dass die von dieser Naturgewalt ausgestoßene Menge an Material geschätzt etwa 2.800 Kubikkilometer betragen hatte, die mit Überschallgeschwindigkeit bis in 50 Kilometer Höhe, also bis in die Stratosphäre, katapultiert worden war. Es kam zu einer kleinen Eiszeit, weil die Sonne nicht mehr durch die Staubpartikel scheinen konnte, die in großer Höhe die Erde praktisch von der warmen Strahlung abschirmten. Als damalige Folge verschwand die menschliche Population bis auf wenige Exemplare. Das ist auch genau das, was wir jetzt sehen können. Unsere Feinde scheinen entweder direkt oder indirekt gleich einige Supervulkane ausgelöst zu haben. Ganz sicher kann ich das sagen für den Yellowstone Nationalpark. Die Caldera, also statt Schlot oder Kegel, der Einbruchkessel, hat ein Ausmaß von 40 mal 60 Kilometern. Dasselbe passierte beim Tauposee in Neuseeland, natürlich auch wieder beim Toba auf Sumatra, irgendwo zwischen Chile und Argentinien gab es auch noch so ein Ding und in Colarado, USA. In Italien, Griechenland und Japan spielte sich ähnliches ab, dazu noch in einigen Regionen, wo wir noch nichts von der Existenz einer der schlafenden Bestien, wie sie damals bezeichnet wurden, wussten. Ich muss nach den gewonnenen Daten davon ausgehen, dass wir zusammengerechnet

einen Vulkanexplosivitätsindex von mindestens VEI 9 zu verzeichnen haben, also einen Materialausstoß von mindestens 10.000 Kubikkilometer. Dabei sind die einzelnen Kontinente nicht mehr so genau von einander zu unterscheiden. Es gab Plattenverschiebungen größeren Ausmaßes. Pyroklastische Wolken, die sich mit ein paar hundert Stundenkilometer aus allen Richtungen in alle Richtungen bewegten, versengten mit ihrer Gluthitze alles an Leben. Wie es zu der ziemlich flächendeckenden radioaktiven Verseuchung kam – ich weiß es nicht, kann mir aber zwei Szenarien vorstellen. Entweder haben die Menschen noch vor den Vulkanausbrüchen die landenden Trax mit vielleicht, trotz internationaler Ächtung, vorhandenen Atomwaffen angegriffen, oder ein heimlich gelagerte Raketenbestand ist mit den letzten, zwar abgeschalteten, aber immer noch verstrahlten, Atomkraftwerken in die Luft geflogen. Für uns ist das aber ziemlich egal. Die Durchschnittstemperatur unserer Erde hat sich insgesamt um 20 Grad abgekühlt. Wir haben es mit einer neuen Eiszeit zu tun. Europa ist mit einer meterdicken Eisschicht bedeckt. Bevor das Eis kam, kam die Asche herunter. Die allermeisten Flächen dürften unter mehreren Dutzend Zentimetern Asche begraben sein. Die Photosynthese ist zum Erliegen gekommen und damit ist die Nahrungskette so ziemlich abgerissen. Wer nicht erfroren ist, ist verhungert, aber für die Meisten dürfte es zwar ein qualvoller, aber auch schneller Tod gewesen sein."

„Wieso schnell?", warf Trixie tonlos ein.

„Wenn man Vulkanasche einatmet, wird diese innerhalb von Sekunden in Verbindung mit der Feuchtigkeit in der Lunge hart wie Zement. Die meisten Menschen werden erstickt sein, wenn sie nicht zuvor durch pyroklastische Stürme zu Staub verbrannten."

Paulo setzte sich und in den nächsten drei Minuten fiel kein Wort.

„Kann es Überlebende geben?" Thomas fasste sich als Erster.

„Das kann ich nicht mit Sicherheit ausschließen. Wenn sich aber dieser Jemand nicht in einem autarken und abgeschotteten Bereich aufgehalten hat, dann dürfte er mehr oder weniger verstrahlt sein und aufgrund der Umstände nach über vier Jahren mehr einem Tier als einem Menschen ähneln. Diesen Individuen wäre nicht mehr zu helfen."

„Wie kommst du darauf?" Laura stellte diese Frage.

„Aufgrund des Überlebenskampfes und der fehlenden Photosynthese halte ich es für sehr wahrscheinlich, dass diese Wesen, wenn es sie überhaupt gibt, aufeinander Jagd machen."
„Wozu sollten sie das tun?" Die junge Gunnerin bewies, dass ihre Phantasie nicht für ein derart schreckliches Szenario ausreichte.
„Paulo meint", erklärte Thomas, der die Zusammenhänge schnell begriffen hatte, „dass man sich gegenseitig jagt, um sich aufzufressen!"
Beatrice Baines war geschockt und Paulo nickte bestätigend.
„Dann bleibt uns also nur der Flug zurück?" Ron Dekker sprach den Gedanken so manches Brückenmitglieds aus.
„Nein", bestimmte Raven. „Unsere Leute zu Hause auf Agua wollen Beweise sehen. Sie müssen mit eigenen Augen das Ende unserer Zivilisation auf der Erde sehen, ansonsten können sie mit dem Thema Erde nicht abschließen. Wir müssen Filmaufnahmen machen und weitere Daten sammeln. Die Ergebnisse der Drohnen sind lückenhaft. Also müssen wir selbst runter. Gibt es Bedenken, Paulo?"
Der Taktiker überlegte kurz. „Nein. Wir sollten, wenn überhaupt, die Sharks nur kurz verlassen und dann in Raumanzügen. Die Maschinen und die Besatzung sind anschließend zu dekontaminieren. Ich rate zur Vorsicht. Die tektonischen Verwerfungen sind noch nicht zur Ruhe gekommen und ich registrierte auch Anzeichen für weitere Vulkanaktivitäten. Außerdem wird der Funkverkehr nur sehr eingeschränkt möglich sein."
„Gut, bringen wir es hinter uns. Wer will runter?" Thomas sah in die erschrockenen Gesichter seiner Mannschaft. Während Paulo nur traurig den Kopf schüttelte, seine Erkenntnisse bewiesen ihm, dass Paraguay und ein paar angrenzende Länder auf der neuen Landkarte der Erde einfach nicht mehr vorhanden waren, meldeten sich Grace Ojok und trotz ihres Schocks, auch Beatrice Baines.
„Okay! Wie viele Sharks haben wir noch an Bord, Grace?"
„Fünf, Captain."
„Gut! Eine für dich und Trixie – und nehmt bitte Tib mit, sicherheitshalber. Und volle Bewaffnung, wir können die Anwesenheit von Trax auf der Erde nicht ausschließen. Drei weitere Sharks mit Marines und jeweils einem Biologen besetzen. Aufgabe: Vid-Aufzeichnungen und geologische Scans."

Die Afrikanerin bestätigte den Befehl.
„Ron, hast du Lust, mich mit der letzten Shark zum Mars zu begleiten?"
Dekker nickte erfreut. Selbstverständlich hatte er das. Das Rumsitzen war er sowieso schon leid.
„Dann auf! Laura, du hast die Brücke!"

9. Mars

11.02.2125, 10:00 Uhr, Milchstraße:

Nach einem kurzen Check ihres Fluggerätes waren Thomas Raven und Ron Dekker mit der Tiger Shark ROT 7 unterwegs zum Mars. Sie rechneten damit, den roten Planeten innerhalb der nächsten Stunde zu erreichen. Die Männer versuchten, ihre gedrückte Stimmung beiseite zu schieben, was wegen des desolaten Zustandes ihrer Heimatwelt nicht ganz so einfach war. Man konnte vermuten, dass sich Thomas mit seinem Ausflug zum Mars, den er bestimmt auch hätte delegieren können, einfach nur ablenken wollte. Und genau so war es auch.
„Ich muss zugeben, nicht allzu viel über unsere damaligen Aktivitäten auf dieser Rostkugel zu wissen", gab Ron bedauernd zu. Wegen der Eisenoxid-Ablagerung auf der Oberfläche hatte der Mars eine rotbraune Färbung – Rost – und wurde daher in Raumfahrerkreisen scherzhaft so genannt. Thomas, der an den Flugkontrollen saß, beruhigte seinen Freund. „Deine Wissenslücken sind gewollter Natur. Man hatte seitens Space Command ein Geheimnis daraus gemacht. Ich habe auch nur zufällig mal was davon aufgeschnappt. Lediglich der große Fertigungshangar für die Auswandererschiffe im sogenannten Isidis Planitia, einer riesigen kreisförmigen Vertiefung in der östlichen Hemisphäre, war uns allen bekannt und geläufig. Was weißt du sonst über diesen Planeten?"
„Nun ja", Dekker kramte in seinen Erinnerungen. „Etwas mehr als ein Drittel Schwerkraft, Temperatur je nach Region und Jahreszeit zwischen + 25 Grad und – 130 Grad Celsius, die südliche Halbkugel ist merkwürdigerweise im Schnitt 5.000 Meter höher gelegen als die nördliche, keine nennenswerte Atmosphäre. Außerdem gibt es dort Berge und Täler, die den Mount Everest klein aussehen lassen und den Grand

Canyon wie einen kleinen Riss in der Erdkruste. Der Mars ist zwar kleiner als die Erde, aber trotzdem enorm groß. Wo sollen wir da anfangen, zu suchen?"
Thomas Raven lächelte verhalten. „Mir wurde damals eine Information zugespielt, nachdem das Space Command einen Stützpunkt in der Tharsis Region unterhält. Tatsächlich weiß ich nicht, ob das alles Zufall war, oder ob ich diese Nachricht erhalten sollte."
„Tharsis Region? Nie gehört!" Ron war immer noch skeptisch.
Jetzt grinste Thomas seinen Freund offen an. „Können wir nicht verfehlen. Westliche Hemisphäre und den Vulkan Olympus Mons mit einer Höhe von über 20 und einem Durchmesser von 600 Kilometern können wir einfach nicht übersehen. Er bildet die westliche Grenze der Tharsis Region. Zuvor kommen noch weitere drei sogenannte Schildvulkane. Das ganze Gebiet ist aus großer Höhe ziemlich gut auszumachen. Dort werden wir unsere Scanner einsetzen. Die Station dürfte unterirdisch angelegt sein, aber unsere Jungs von Brain Hill haben auch nicht geschlafen. Unsere Sensorenphalanx ist mittlerweile recht effektiv. Ich bin zuversichtlich, dass wir etwas finden."
„Ich wollt´, ich wäre so zuversichtlich wie du. Aber ich will nicht meckern, ich bin dankbar, dich begleiten zu dürfen." Ron schlug Thomas leicht auf die Schulter und starrte anschließend aus dem Bugfenster. „Trotzdem schlage ich vor, dass wir uns tarnen."
Als Zeichen, dass er gute Vorschläge anzunehmen bereit war, betätigte Thomas wortlos den Taster für die Tarntechnik und sofort aufleuchtendes, blaues Licht im Innenraum bestätigte die äußerliche Tarnung. Die Tiger Shark verschwand für die normale, optische Wahrnehmung.
Die Scanner ließ Thomas im passiven Modus mitlaufen und deren ergebnislose Suche nach Trax-Schiffen, wie auch die aufmerksame GERONIMO im Hintergrund, machten einen verhängnisvollen Fehler erst möglich. Zwar war der Aufklärer rein optisch getarnt, aber in dem Vorsatz, schnellstmöglich Ziele und auch Ergebnisse zu erreichen, hatte Thomas das Triebwerk von ROT 7 viel zu lange unter Volllast laufen lassen. Als er mit der Shark am größeren der beiden Marsmonde, Phobos, vorbeiflog, zündete er die Bremstriebwerke, schließlich musste die Geschwindigkeit erheblich herabgesetzt werden. Er, wie auch Ron,

übersahen dabei, dass die dabei anfallende Energiemission sehr wohl von empfindlichen Geräten angemessen werden konnte.
Den beiden Männern entging in ihrem Vorbeiflug der Phoboskrater Stickney. Das allein wäre nicht so schlimm gewesen, aber dieser zehn Kilometer durchmessende Trichter enthielt einige fremdartige, technische Geräte. Nur in einer Atmosphäre wäre ein leises Klicken eines Relais zu hören gewesen und sowohl auf ihm, wie auch dem anderen Mond, Deimos, schoben sich ein paar Gesteinsbrocken zur Seite und dunkle Löcher waren zu sehen. Weiterhin wurde ein überlichtschneller Rafferimpuls ausgestrahlt.
Da Phobos nicht einmal 10.000 Kilometer Abstand zum Mars einhält, wurde die Aufmerksamkeit von Thomas und Ron eindeutig in Richtung „Rostkugel“ abgelenkt. Thomas´ Anflug mit der zehnfachen Schallgeschwindigkeit, obwohl beim Mars diese Geschwindigkeitsgröße fehl am Platze war, führte zunächst über die östliche Hemisphäre und Ron erkannte bei Höhe 150 Kilometer auf den Scannern inmitten der Isidis Planitia eine noch größere Vertiefung. Die Werft, in der solche Schiffe wie die Walhalla und die GERONIMO entstanden waren, gab es nicht mehr.
Und Thomas bremste immer noch den Flug von ROT 7, während er auf die Tharsis-Region zuhielt.

Die Navigation der Jäger und Bomber war eine Sache für sich.
Während man eine Sparrow Hawk komplett per Hand fliegen musste, besaßen die wesentlich größeren Tiger Sharks eine Teilautomatik. Dies bedeutete, dass man den Autopiloten für längere Strecken im All programmieren konnte. Starts und Landungen, sowie alle Flugmanöver im Raumkampf, hatte der Pilot selbst durchzuführen.
Das Flugmanöver, das Thomas im Moment ausführte, gehörte wegen des geringen Abstandes zum Mars bereits zur Landeprozedur. Aber schon im Anflug hatte Raven die Steuerung nicht aus den Händen gegeben. Er war ein leidenschaftlicher Flieger und daher benutzten die beiden wahrscheinlich auch eine Tiger Shark. Die Revenge hätte den Einsatz vermutlich allein fliegen können, oder hätte Thomas und Ron lediglich als Passagiere dabei gehabt, aber dafür waren diese beiden Typen von Männern absolut ungeeignet. Wenn man sie gefragt hätte, hätten wahrscheinlich beide geantwortet: Eine Menschheit, die nicht mehr

für sich selber kämpfen kann, lohnt es nicht, zu retten. Nur absolute Notwendigkeit ließ Thomas das Kommando aus der Hand geben, wie beim Galaxiewurmlochdurchgang.

Thomas hatte darum alle verzichtbaren Hilfestellungen des Bordcomputers abgeschaltet und genoss es, die Zügel selbst in der Hand zu halten. Darum übersahen die beiden Profis auch das warnende, rot blinkende Signal auf ihren Boards, weil sie angestrengt durch das Bugfenster nach draußen sahen. Schließlich war Flug nach Sicht angesagt. In dieser Höhe wirbelten rotbraune Schleier feiner Staubwolken um den pfeilschnellen Aufklärer.

„Das muss es sein!" Rons Zeigefinger deuteten auf drei nebeneinander liegende Vulkane beachtlichen Ausmaßes.

Das warnende rote Blinken wurde schneller.

„Schau mal zwischen dem rechten und dem mittleren durch", empfahl ihm Thomas. Mittlerweile ließ er die Shark bei ungefähr Mach 3 weiterfliegen.

„Au Mann, das ist ja ein Riesending!" Ron staunte nicht schlecht. Mit über 20 Kilometern Höhe und entsprechendem Bodendurchmesser stand dort ein Klotz, wie er auf der Erde und auf Agua schon gar nicht zu finden war.

Man hatte mittlerweile den Mars zwischen sich und die GERONIMO gebracht.

„Siehst du den Ringwall?"

Dekker schaute genauer hin und mit jeder Sekunde des Fluges wurde das deutlicher, was Thomas meinte. Dieser erklärte: „Das gesamte Areal um Olympus Mons wird durch eine Klippe, die alleine 6.000 Meter Höhe beträgt, abgeschottet. Im Innenbereich muss die geheime Station liegen!"

„Warum in der Nähe eines Vulkans? Ist das nicht zu gefährlich?"

„Der Ausbruch findet wohl nicht allzu oft statt, wenn überhaupt. Aber in diesem Bereich kommt man günstig an Energie. Die Station wird, wenn sie tatsächlich existiert, von Thermalkraftwerken mit Energie versorgt. In ein paar Minuten sind wir da. Schalt bitte die Scanner und Aufzeichnungsgeräte ein."

Rons Blick senkte sich und rein automatisch gab er das Startsignal für die Sensorik und die Aufzeichnung, dabei fiel ihm auf, dass …

„Thomas! Uns klebt was am Heck!“ Der Schrecken ließ Dekker den Warnruf lauter ausstoßen als erforderlich.
Raven reagierte augenblicklich. Ohne zu wissen, um was es ging, schlug er den Beschleunigungshebel bis ganz nach vorne und ließ den Aufklärer in einer leichten Linkskurve sinken. „Was ist es?“
Ron nahm schnelle Messungen vor. „Raketen – eine ganze Menge davon! Sie folgen uns noch! Wie haben die uns trotz Tarnung erkannt?“
„Weil wir Blödmänner mit wild feuernden Bremsdüsen auf den Mars zugeflogen sind! Wir müssen geleuchtet haben wie ein Weihnachtsbaum!“
„Wir?“
„Na gut, ich“, gab Raven zu und brachte die Shark mit einer hektischen Bewegung wieder in Waagerechtflug.
„Sie holen auf! Abstand 500 Meter!“ Dekker hing mit leichten Schweißperlen auf der Stirn über der Sensoranzeige. „Abstand 250 Meter!“
Thomas zwang ROT 7 in eine scharfe Rechtskurve und die Raketen, es waren ungefähr 20 Stück, schossen dort vorbei, wo die Shark gewesen wäre, wenn Thomas den Kurs nicht geändert hätte.
„Abstand 400 Meter! Sie kommen zurück und verfolgen uns!“
Das Manöver wiederholte sich und dieses Mal schlug Thomas fast einen linken Haken. Ächzend, die Beharrungsdämpfer ließen mehrere Gravos bei diesem Gewaltmanöver durch, meldete Ron einen Abstand von nur 300 Metern. Es zeichnete sich ab, dass die Taktik von Thomas Raven irgendwann zu Ende war und die Raketen nicht unbegrenzt zum Narren gehalten werden konnten.
„Mist“, rief daher Thomas. „Immer, wenn ich den Kurs ändere, bieten wir wieder ein anmessbares Ziel. Ich überquere jetzt die Klippe zum Olympus Mons. Halt dich fest!“
In Rons Kopf wirbelten die Gedanken. Festhalten? Warum um alles in der Welt festhalten? Wenn die Anschnallgurte nicht reichen, werden meine Arme mich bestimmt nicht in diesem Sitz halten. Trotzdem umklammerte er instinktiv seine beiden Armlehnen, um gleich einen neuen Befehl von Thomas zu bekommen: „Schalte die Schildenergie auf unser vorderes Gitter!“
„Äh, du weißt schon, dass die Dinger von hinten …“

„Tu´s!“
Dann kann ich mich aber nicht mehr festhalten. Während Ron diesen aberwitzigen Gedanken hatte, merkwürdig, was für wirres Zeug man in einer solchen Situation denkt, leitete er die vorhandene Schildenergie nach vorne. „Erledigt!“
„Bei JETZT feuerst du mit der Bugkanone und den Phasenwerfern!“
Ron wusste zwar nicht, was Raven vorhatte, aber dies war zumindest ein einfach zu befolgender Befehl. Und in dieser Situation, wo er nichts tun konnte, als warnend rumzusitzen, war ihm jeder klare Befehl recht.
„Aye, Thomas!“
Raven hatte ein weiteres Gewaltmanöver in Petto und dieses war nur bedingt atmosphärentauglich. Aber bei dem dünnen Gasgemisch da draußen konnte man auch nicht von einem Atmosphärenflug sprechen. Ruckartig drehte Thomas den Flightstick nach links um seine Längsachse. Gehorsam und mit einer Schnelligkeit, die man diesem behäbig erscheinenden Klotz von Bomber nicht zugetraut hätte, wendete die Shark im vollen Vorausflug um die eigene Hochachse und flog auf dem einmal eingeschlagenen Kurs bei Mach 3 erst einmal rückwärts weiter. Thomas stoppte die Drehung erst, als die Raketen dann direkt von vorne kamen.
„Feuer!“
Dekker drückte die erforderlichen Tasten und die Tiger Shark begann sich gegen den Angriff zu wehren. Die Bordkanone ballerte im Dauerfeuer ihre Explosivgeschosse heraus und die beidseitig der Nase angebrachten Phasenwerfer begannen ihr zischendes Inferno. Thomas ließ die Nase des Aufklärers ein wenig kreisen, damit er möglichst alle Raketen erwischte.
Draußen, etwa 50 Kilometer über der Marsoberfläche begann ein Feuerzauber, wie ihn der Mars wohl lange nicht gesehen hatte. Rakete um Rakete wurde entweder durch die Explosivgeschosse oder die Phasentorpedos auseinandergerissen. Heftige Explosionen dicht vor der Shark ließen von der gewaltigen Ladung der Feindraketen ahnen.
Man, dachte Ron, wenn die uns erwischt hätten!
Dekker hätte diese Option besser nicht in seine Überlegungen einbezogen.

In diesem Augenblick geschah es. Die Shark wurde seitlich von einer der Vernichtungswaffen getroffen. Der Schild hielt, aber trotzdem kamen Teile der rein kinetischen Energie durch. Es gab einen mörderischen Krach und die Hülle der Shark knackte bedrohlich. ROT 7 wurde aus dem Kurs gerissen und dabei direkt in den Flugbahn einer weiteren Feindrakete geschleudert.

Thomas sah nur noch den gleißenden Feuerschein der Explosion direkt am Bug. Gepeinigt schloss er die Augen, noch bevor der nächste Ruck mehrere Gravos an die bedrängte Besatzung weitergab. Es knallte und blitzte im Cockpit und augenblicklich roch es nach Ozon. Mehrere Geräte sprühten Funken und rechts von Dekker begann es zu brennen und zu qualmen. Zahlreiche rote Lichter auf dem Kommandopult zeugten von ebenso vielen Systemausfällen. Als Folge sackte die Shark urplötzlich nach unten weg und zumindest für die nächsten Sekunden war dies äußerst hilfreich, denn die letzten, auf Energie gepolten Raketen, nahmen den Explosionsort als neues Ziel auf, krachten mehrere Hundert Meter über der Shark gegeneinander und vergingen dabei in einem hellen Lichtblitz.

Das änderte aber nichts an der Tatsache, dass ROT 7 aus rund 48 Kilometer Höhe wie ein Stein in die Tiefe stürzte – direkt und in dieser Situation völlig überflüssig, in den Schlot von Olympus Mons.

<u>In etwa gleiche Zeit, in der Nähe der Erde:</u>

In entgegengesetzter Richtung beschleunigte ROT 11 mit Höchstwerten in Richtung Erde.

Der Flug fiel, im Gegensatz zur Marsexpedition, relativ ruhig aus - zunächst jedenfalls.

Die Funktion einer Pilotin hatte Trixie Baines eingenommen, daneben saß die Afrikanerin Grace Ojok. Im „Passagierabteil“ hockte der riesenhafte Tib Miller auf einem der Kunstledersitze und überprüfte ein letztes Mal sein Styr-Aug Sturmgewehr – er hatte einen langen Lauf gewählt und die kräftigsten Explosivgeschosse, die nicht einmal Sauerstoff für die Zündung brauchten. In früheren Zeiten hätte diese Rollenverteilung unter der männlichen Bevölkerung sicherlich Unmut hervorgerufen und auch heute, im Jahr 2125, wäre auch nicht jeder Mann so ganz glücklich über die Tatsache, ohne jegliche Kontrolle im Heck eines Aufklärers zu sitzen. Nicht so Tiberius. Er war durchaus der Meinung, dass es intelligentere Leute gab als ihn. Insbesondere „seine Kleine" war mit ihren Schlussfolgerungen und Entscheidungen immer gleich ein paar Schritte schneller als er. Darauf war der gute Tib stolz und daher hielt er sich bescheiden zurück. Sie würden es schon richten, „seine Kleine" und die große Flight. Nicht umsonst waren die Frauen Gunnerin und Flight Commanderin des Flaggschiffes der Erde – oder Agua? Tib wusste es nicht, war aber auch egal. Dass er sich selbst bei dieser Betrachtungsweise völlig in den Schatten stellte, fiel ihm nicht einmal auf. Und das waren auch die Gründe dafür, warum der große Mann so beliebt war – seine Zurückhaltung und Bescheidenheit. Tiberius Miller war absoluter Fachmann im Nahkampf – und das mit oder ohne Waffen. Zusammen mit Ron Dekker war er so ziemlich an allen Krisenherden der Erde im Einsatz gewesen. Es gab da vielleicht noch einen Sack Carter, der ihm das Wasser reichen konnte, aber ansonsten niemanden. Mit seiner speziellen Ausrüstung verkörperte Miller das, was man als Einmannarmee bezeichnen konnte. Die beiden Frauen vorne im Cockpit konnten Tib besser einschätzen als er selbst.

Trixie, vorne an den Nav-Kontrollen, schickte ihre Gedanken auf die Reise und sie dachte an ihren Freund. Sie selbst wusste ganz genau, was sie an ihrem Partner hatte – nämlich einen Fels in der Brandung, an den sie sich festklammern konnte, auf den Verlass war und mochte es noch so übel kommen, Tib war da – für sie da. Da störte es sie nicht, wenn seine Überlegungen nicht ganz so schnell waren wie die ihren und er auch nicht so diskussionswütig, eher schweigsam, daher kam. Er war einfach da für sie – immer. Welche Frau wäre da nicht begeistert? Trixie war, wenn man von der Förderung durch Thomas absah, völlig auf sich allein gestellt. Mit einer großen Klappe allein konnte man das nicht bewerkstelligen. Da gehörte mehr zu – zum Beispiel ein Partner mit starken Armen, hier waren sie nicht nur bildlich vorhanden, der sie auffangen konnte, der ihr die erforderliche Sicherheit gab.

Grace´s Gedanken beschäftigten sich mit ganz anderen Dingen, während sie die eingehenden Werte der Sensorik ablas – die Daten wurden nicht besser. Sie war im Begriff, in ein Land zurückzukehren, das ihr nur Not, Pein und Elend gebracht hatte. In Afrika hatte sie nichts anderes kennengelernt als Gewalt, Tod und Vergewaltigung und doch war

es ihre Heimat. Sie musste wenigstens noch einmal diesen Boden berühren. Die Daten verhießen nichts Gutes, aber sie wollte noch einmal den Kilimandscharo, den Mount Kenya oder den Viktoria- und Malawisee erleben, den Kongo, Niger oder den Sambesi sehen – genau, wie es ihr Thomas Raven zu Reisebeginn gesagt hatte. Sie wusste mittlerweile, dass es einiges davon nicht mehr gab, zumindest nicht so, wie sie es in Erinnerung hatte. Trotzdem hoffte sie, das Eine oder Andere doch noch vorzufinden.
„Wir tauchen gleich in die ersten Ausläufer der Atmosphäre ein!"
Trixie verzog das Gesicht. „Atmosphäre? Ich will mal hoffen, dass wir das atmen können. Nach den Drohnen zu urteilen, sollten wir uns höchstens in Raumanzüge auf der Erde aufhalten – wenn überhaupt."
Grace schwieg dazu und die Anzeigen der Scanner spiegelten sich in ihren dunklen Augen wider. Unverkennbar war in ihrem Gesicht zu lesen, dass sie dem Wiedersehn mit ihrer Heimat entgegenfieberte, sich vielleicht auch davor fürchtete.
Im Gegensatz zu ROT 7 hielt diese, ebenfalls getarnte, Shark einen speziellen Anflugwinkel ein, damit sie nicht begann, wie ein Feuerball am Horizont zu leuchten. Man durchpflügte die ersten Ausläufer der Stratosphäre und Beatrice wandte sich an ihre Copilotin. „Wo stehen wir eigentlich, wenn wir durch diese braune Suppe durch sind?"
Grace manipulierte ihre Anzeigegeräte und zuckte dabei leicht mit den Schultern. „Wir sollten über den Marschall-Inseln sein mit Kurs westwärts, aber ich sehe hier keine Marschall-Inseln."
Trixie sah Grace mit ihren grauen Augen nachdenklich an und konzentrierte sich die nächsten Minuten dann auf die manuelle Steuerung des Aufklärers.
„Scheiße, wo sind wir und was ist das?" Der erregte Ausruf von Gunnerin Baines war verständlich, wenn man durch die Bugscheiben der Shark schaute. Trixie hatte zwar eine große Klappe, aber nahm selten wirkliche Kraftausdrücke in den Mund, daher war Tib nach vorne ins Cockpit gekommen, hatte sich auf die Rückenlehnen der Pilotenstühle aufgestützt und schaute seinen Begleiterinnen über die Schulter. Er sah nur eine Art Schneesturm, nur dass die Flocken nicht klein und weiß waren, sondern groß und ziemlich dunkel. Dabei war die Sicht gleich Null.

Das schwarze Zeugs klatschte mit Wucht gegen die Frontscheiben der Maschine und nach kurzer Zeit war gar nichts mehr zu sehen. Die Shark flog immer noch mit Mach 5 und Trixie bremste weiter ab.
„Höhe zehn Kilometer“, meldete Grace. „Wir müssten über den Philippinen sein. Wir sehen wahrscheinlich Asche – Vulkanasche. Sie regnet nieder und da wir hier eine Temperatur von minus 30 Grad Celsius haben, als Schnee.“
„Mist, schwarzer Schnee! Wir brauchen einen Scheibenwischer“, maulte die junge Frau mit den langen blonden Haaren.
„Ich schalte unsere Scanergebnisse als HUD auf die Fenster!“ Grace befasste sich mit ihrem Tableau und wenig später erschien eine grün leuchtende Wiedergabe auf den Scheiben, doch war zunächst außer ein paar schwarzen Wolkenformationen, durch die ROT 11 hindurchraste, nichts zu sehen.
„Höhe 5.000 Meter, Geschwindigkeit Mach 3!“ Tib trat von einem Fuß auf den anderen, während Flight ihre Instrumente ablas.
Die Shark flog über das ehemalige Vietnam, Thailand und über den Golf von Bengalen. Die Temperatur betrug in dieser Höhe immer noch minus 30 Grad und Grace meldete, dass nach ihren Anzeigen die Südspitze Indiens, also über ein Drittel der Landmasse nicht mehr vorhanden sei.
Trixie schloss für einen kurzen Moment ihre Augen. Die Population Indiens hatte im Jahre 2120 über 1,8 Milliarden Menschen betragen. Wie viele hatten alleine dort den Tod gefunden? Gewaltsam drängte sie diesen Gedanken in den Hintergrund und versuchte eine Abwehrmauer um ihre Gefühlswelt aufzubauen. Sie ahnte, wenn ihr dies nicht gelang, war sie die nächste Patientin von Suzan Bookley im Psycho-Med-Lab der GERONIMO. Im gleichen Augenblick fühlte sie die Hand von Tiberius auf ihrer Schulter. Sie glaubte, durch die Wärme einen Strom von Energie zu spüren, der auf sie überging. Es tat gut und sie lenkte den Aufklärer noch tiefer.
„Was sagen die Scanner?“
„Unter uns ist nichts als Eis. Wir überqueren das Arabische Meer.“ Aufmerksame Zuhörer, die die samtartige Stimme von Grace kannten, hätten ein Zittern heraushören können, aber Trixie und Tib waren viel zu abgelenkt, als ihnen das hätte auffallen können. Baines änderte den

Kurs leicht nach Süden. Die Anzeigen besagten, dass es draußen ziemlich dunkel war, obwohl sie sich keinesfalls auf der Nachtseite befanden.
„Wo fangen wir an mit unserer Suche oder unseren Aufzeichnungen?" Trixie sah sich um.
„Aufzeichnungen laufen seit unserem Eintritt", meldete Flight. „Bring mich nach Afrika – bitte!"
Trixie sah in bittende Augen und hatte das erste Mal das Gefühl, das Grace Ojok nicht mehr die Ruhe selbst war. Die Afrikanerin war erkennbar aufgewühlt und konnte sich nur schwer zurückhalten.
„In Ordnung, Grace! Mach´ ich. Der Ort ist so gut für uns wie jeder andere. Warum nicht Afrika? Kurs?"
Grace atmete auf. „Behalte den Kurs bei und flieg tiefer. Wir müssten gleich die Ostküste erreichen."
Während das Trio schweigsam durch den immer noch fallenden schwarzen Schnee flog, versuchte Grace mehr Informationen aus ihren Scannern zu holen. Schließlich hörte es auf zu schneien und Grace hatte eine weitere Hiobsbotschaft parat: „Wenn ich die Anzeigen richtig analysiere, ist der afrikanische Kontinent in zwei Teile zerbrochen. Es zieht sich ein rund 50 Meter breiter Riss von der Ostküste, ausgehend vom ehemaligen Eritrea über Äthiopien, Sudan, Zentralafrika und erreicht über Kamerun dann die Westküste."
„Meine Güte", rief Trixie aus. „Was müssen da für Gewalten am Werk gewesen sein. Was ist mit dem Riss?"
„Zugelaufen", bemerkte Tib, der ebenfalls die Anzeigen studierte. „Es gibt eine Verbindung vom Indischen Ozean zum Atlantik. Das wird aber keinen behindern, denn diese Passage ist ebenfalls zugefroren."
„Zugefroren? In Zentralafrika?" Trixie war entsetzt. „Wo soll ich jetzt landen?"
Die Afrikanerin schaute bekümmert auf ihre Anzeigen. „Flieg jetzt etwas weiter nach Norden. Wir sollten in der Region des ehemaligen Tschad landen. Da könnte vielleicht noch nicht alles zerstört sein."
Zur Orientierung wurden immer noch die alten Länder genannt, obwohl es diese schon seit Jahrzehnten nicht mehr gab. Aids hatte Afrika ausgeblutet. Die wenigen übrigen Menschen dort hatten sich außerdem noch in jahrelangen Kriegen gegenseitig weiter dezimiert. Die Fauna

und Flora hatte wieder komplett Besitz ergriffen von dem heißen Kontinent und die restliche Welt hatte andere Probleme, als sich gerade um Afrika zu kümmern.

„Jetzt! Wir sind über dem Tschad. Du kannst landen, unter uns ist flaches Land."

Trixie griff in die Steuerung, bremste den schweren Aufklärer ab und ließ ihn langsam sinken.

Es hatte ganz aufgehört zu schneien und man konnte trotzdem, außer einigen kleinen Hügeln, nichts im grünlichen Licht des HUD erkennen. Trixie hatte bei Höhe 100 Metern die Außenstrahler im Normal- und Infrarotbereich hinzugeschaltet. Die Außenansicht wurde dadurch klarer und heller, aber trotzdem – es gab nichts von Bedeutung zu sehen. Ab 20 Metern über dem Boden wurde die Sicht wieder deutlich eingetrübt. Der Landevorgang des schweren Fluggerätes wirbelte Asche und den Schnee massenweise auf. Trixie biss die Zähne zusammen und ließ die Shark weiter absinken. Schließlich ging ein leichter Ruck durch die Kabine. Erstmals, seit über viereinhalb Jahren, war ein Mensch auf die Erde zurückgekommen. Von diesem historischen Moment selbst ergriffen, sagten die drei in den nächsten paar Minuten kein einziges Wort. Auf dem HUD war zu sehen, dass sich der aufgewirbelte und vereiste Dreck langsam wieder setzte. Die Landekufen der Shark waren etwa 50 Zentimeter im Schnee versunken, bis sie auf fester Oberfläche, wahrscheinlich einer Eisschicht, angekommen waren.

„Ich muss raus!" Grace wollte aufspringen, wurde aber sanft von Tib zurückgehalten.

„Du musst einen Raumanzug anziehen!" Trixie war immer noch die Sicherheitschefin, auch hier im vereisten Tschad.

Grace wurde hektisch. „Warum, die radioaktive Strahlung ist hier auf einem Minimum und es ist auch nur minus 15 Grad kalt. Die Luft ist atembar, wenn auch nicht gesund, aber ich brauche nur eine Viertelstunde, bitte! Ihr versteht das nicht! Ich bin nicht wirklich in meiner Heimat, wenn ich durch einen Raumanzug völlig abgeschirmt bin, bitte!"

Es war peinlich, wie die sonst unnahbare und völlig souveräne Grace sich aufs Betteln verlegte und dies zeigte bei der sensiblen Beatrice auch sofort Wirkung.

„Gut, aber Tib wird dich begleiten – im Raumanzug!“ Die Gunnerin warf ihrem Freund einen Blick zu und dieser begab sich nach hinten, um einen Anzug überzustreifen. Wenig später war er fertig und stand mit Grace in der Schleuse des Aufklärers.
„Bereit?“ Miller stand vor Grace und es ging ihm nicht darum, als Erster wieder terrestrischen Boden zu betreten, sondern Grace vor eventuellen Gefahren zu schützen.
Grace nickte und Tib schlug mit der behandschuhten Faust auf den Öffnungsknopf. Langsam, zumindest für Grace, klappte die Schleusenluke nach unten und diente dabei als eine Art Gangway. Tib hielt die Maschinenpistole im Anschlag und ging sichernd bis zum Ende des Abganges. Dort blieb er stehen – er wollte Grace die Ehre überlassen, als Erste wieder afrikanischen Boden zu betreten.
„Wie sieht es draußen aus?“ Laut hallte die Stimme der Pilotin in Tibs Helm. Dieser hatte gleichzeitig auch auf Außenübertragung geschaltet, damit auch die Afrikanerin mithören konnte.
„Schlecht“, gab Tiberius zurück. „Wir können vielleicht fünfzig Meter sehen. Es ist zu dunkel!“
„Nach dem Stand der Sonne haben wir 12:45 Uhr Ortszeit!“ Trixies Stimme klang bedrückt. Es war Mittag und das Licht reichte gerade mal 50 Meter! Dabei zogen Staubwolken in geringer Höhe unterschiedlicher Dicke und Geschwindigkeit über sie hinweg. Dadurch schwankten die Licht- und Sichtverhältnisse erheblich.
Draußen stand Grace fröstelnd noch in der Schleuse und ging dann langsam und zögernd auf Tib zu. Dieser reichte ihr die Hand und half ihr herunter auf den heimatlichen Boden. Danach griff er wieder zur Waffe und sicherte die Umgebung. Das Ganze war ihm nicht geheuer. Eine Sichtweite von maximal 50 Metern – stark schwankend und zeitlich nicht auszurechnen. Die sonstigen Instrumente waren durch die katastrophalen Umwelteinflüsse in ihrer Effektivität stark eingeschränkt. Selbst seine eingeschaltete Infrarotbrille brachte nicht viel. Es war nicht nur dunkel, sondern die Luft war auch in Bodennähe extrem mit dickem Staub durchsetzt. Er spürte, wie sich sein Nackenhaar, sofern vorhanden, aufrichtete. Das war kein gutes Zeichen! Er hörte Grace leise husten. Mittlerweile ging die schlanke Gestalt voraus und Tib wusste nicht wohin, also schritt er einfach hinter ihr her. Es war nicht

einfach, festen Halt mit den Schuhen zu finden. Schließlich stapfte man bis zu den Knien durch diesen undefinierbaren Dreck aus Asche, Eis, Schnee und sonstigen ungesunden Verbindungen. Darunter befand sich nicht immer topfebenes Gelände. So stolperten die beiden Menschen eher, als dass sie gingen.
„Seid vorsichtig!" Trixie war in ihrer Rolle als Beobachterin mehr als unglücklich, aber einer musste bei der Tiger Shark bleiben – im Zweifel die Pilotin.
Grace schritt, für Millers Geschmack, viel zu schnell voran. Er kam nicht nach, das Gebiet nach allen Seiten zu sondieren. Wenn es wieder übergangslos dunkel wurde, verlor er sie sogar aus den Augen.
„Grace, langsamer – wo willst du hin?"
„Da vorne ist etwas. Ich weiß nicht was, aber es ist ungewöhnlich in dieser Gegend!"
Tib drehte sich um, und erkannte mit ungutem Gefühl, dass der Aufklärer schon nicht mehr zu sehen war. Weiter vorne erkannte er, was die Aufmerksamkeit der schlanken Afrikanerin erregt hatte. Ein etwas größerer Hügel war zu erkennen und auch ein Etwas, was wie ein Flügel aussah, stand senkrecht nach oben. Dann war es schon wieder verschwunden – eine größere Staubwolke beeinträchtigte die Sicht.
„Grace, warte, lass mich vor!"
Ein letzter Rest rationaler Erwägungen ließ Grace zitternd stehen bleiben. Miller beeilte sich, an ihr vorbei zu kommen und stand schließlich vor einem Hügel von vielleicht sechs Metern Höhe, der rechts wie links flach abfiel und etwa 30 Meter lang war. Tiberius erkannte im Dämmerlicht nichts als diesen allgegenwärtigen Dreck, also beschloss er, dieses Hindernis zu umrunden. Vorsichtig bewegte er sich um das Unbekannte herum, dicht gefolgt von Grace, die mittlerweile reichlich fror und deren Körper von Hustenattacken immer wieder geschüttelt wurde. Auf der anderen Seite angekommen, erkannte Miller etwas helles, mit deutlichen Linien. Er ging ein paar Meter zurück, um das Gebilde in Gänze betrachten zu können.
„Was ist das?", keuchte Grace.
Tiberius leuchtete mit einer kräftigen Handleuchte das Gebilde mehr oder weniger erfolgreich ab. Nein, das konnte nicht sein und doch, der Flügel dort oben war ganz klar ein Flipper – die Brustflosse eines Wals.

Hier in Afrika? Wie mochte das Tier hierhingekommen sein? Die Temperatur hatten den Kadaver haltbar gemacht und als Tib näher mit seiner Taschenlampe heranging…
„Was habt ihr entdeckt“, Trixie klang sehr nervös.
„Einen Wal“, antwortete Tib und ging noch näher an eine Stelle des Körpers heran, die ihm komisch und nicht natürlichen Ursprungs vorkam.
„Einen Wal?“ Grace und Trixie hatten diesen ungläubigen Spruch gleichzeitig ausgerufen.
Da erkannte Tib, was unnormal war. Im Bauch des Wals war ein Loch. Eine Öffnung, welche ganz klar erkennbar mit Schneidwerkzeugen, wie Äxten oder ähnlichem geschaffen worden war. Hier hatte jemand offenbar ganze Stücke herausgebrochen – zur Nahrungsbeschaffung! Tibs Gedanken wirbelten. Lebensmittel waren sicherlich unter diesen Bedingungen ein schwer zu beschaffendes und lebenswichtiges Gut und würde unter Umständen bewacht und verteidigt werden! Niemand würde es gut heißen, ihn und Grace hier vorzufinden!
„Grace, wir müssen…!“, rief Tib laut und währenddessen hörte er ein pfeifendes Geräusch und einen schmatzenden Laut. Hastig drehte er sich nach der Afrikanerin um. Im diffusen Licht sah er sie zehn Meter seitlich von sich stehen. Erst wollte er aufatmen, dann sah er den Gegenstand, der in ihrer Brust steckte.
„Was ist los?“, schrie Trixie über Funk.
So schnell er konnte, bewegte sich Miller zu der Afrikanerin. Er erkannte, wie sie mit beiden Händen einen primitiven Speer umklammerte und langsam in die Knie sank. Bevor er bei ihr war, sank sie seitlich um und verschwand nahezu ganz im Bodendreck. Schnell schätzte Tib die Richtung ab, aus der das Wurfgeschoss gekommen sein konnte, richtete die Maschinenpistole aus und feuerte sein ganzes Magazin gestreut in die entsprechende Richtung. Mit einer reflexhaften Handbewegung tauschte er das leere Magazin gegen ein volles aus und ließ den Verschluss wieder nach vorne schnellen.
„Scheiße! Was ist los, Tib? Was zum Teufel ist bei euch los?“ Trixie schrie ihre Verzweiflung raus. Natürlich hatte sie die Schüsse und die anschließenden Einschläge der Explosivgeschosse gehört. Nun war wieder Totenstille.

„Wir werden angegriffen! Grace ist von einem Speer getroffen worden!“ Tib keuchte die Antwort und bückte sich, um nach der Afrikanerin zu sehen. Grace lag in einer Lache aus Blut und Dreck. Aus ihrem Mund floss ein dünnes Rinnsal der roten Lebensflüssigkeit. Sie versuchte, etwas zu sagen und Tib drehte sie auf den Rücken und kam ganz nahe an ihren Mund. Grace begann mühevoll, etwas zu würgen und zu flüstern. Nur schwer verstand der Mann die nur mehr gehauchten Worte, die immer leiser wurden. Grace fiel das Sprechen schwer und Krämpfe schüttelten den verletzten Körper.
„Deckung! Volle Deckung!“ Trixie schrie diese Anweisung und als Tib die Starttriebwerke der Shark hörte, konnte er sich in etwa vorstellen, was seine Freundin im Sinn hatte. Er warf sich neben Grace Ojok bäuchlings in den Schmutz.
Trixie fuhr die Schleuse zu und aktivierte hektisch die vorderen Bordkanonen, die Phasenwerfer und die Sudden-Death Abschusstuben. In einer Höhe von zwei Metern richtete sie den Aufklärer aus und während sie mit einer Hand den Aufklärer langsam um die eigene Hochachse drehen ließ, gab sie mit der anderen Hand Dauerfeuer auf die aktivierten Waffensysteme. Für Tiberius hörte sich das an, als wolle die Welt untergehen und im gewissen Maß war sie das ja auch – nur schon viel früher. Das Krachen der Bordkanone vermischte sich mit dem Zischen der Phasenkanonen und dem Pfeifen der Raketen. In etlicher Entfernung schlugen die Vernichtungswaffen ein und gaben ein erneutes Geräuschinferno ab. Als die Geschosse über Grace und Tib hinweg jaulten, rasierte ein Phasentorpedo die obere Hälfte des Speeres, der immer noch in Grace´s Brust steckte, ab. Gunnerin Baines ließ den schweren Aufklärer einen 360 Grad-Kreis fliegen, sicherte die Waffen und landete das Fluggerät.
„Komm zurück! Ich öffne die Schleuse! Beeil dich!“
Tib bestätigte, schulterte seine Maschinenpistole, sprang auf und nahm den leichten und schlaffen Körper der Afrikanerin auf seine starken Arme. Trotz widrigster Bedingungen erreichte er die Shark in kürzester Zeit und stürmte mit seiner Last in die Schleuse. Dort legte er Grace vorsichtig auf den Boden und nahm aus den Augenwinkeln wahr, dass Trixie die Schleuse vom Pilotenplatz wieder schloss.

Er beugte sich über den schlanken Frauenkörper und suchte nach Vitalzeichen. Die Augen waren geschlossen und Tib wurde hektisch.
Trixie kam vom Pilotensitz aus nach hinten gerannt, öffnete die Tür zur Schleuse und sah, wie sich ihr Freund über den Körper der Afrikanerin gebeugt hatte.
„Was ist mit ihr, Tib?“ Trixie wusste, dass der Marine vom Ausbildungsstand her eine ausgezeichnete Sanitätsschulung absolviert hatte.
Tib sah zu ihr hoch und sie ernst an. Er bemerkte den bangen Blick seiner Freundin, der auf ihm ruhte, dann schüttelte er nur den Kopf. Trixie schloss die Augen und ihr Mund zitterte. Tib stand auf und legte seinen Arm um sie. „Wir müssen zurück – sofort!“ Er zog sie in Richtung Cockpit und schloss die innere Schleusentür. Zurück blieb ein Leichnam, in dessen Brust immer noch der Schaft eines Speeres steckte.
Wenn der Marine nun gedacht hatte, dass seine Freundin wegen des Verlustes der Weggefährtin außer Gefecht gesetzt war, so sah er sich getäuscht. Beatrice Baines hatte eine erstklassige Ausbildung absolviert und auch sämtliche Prüfungen bestanden. Sie schob ihre Empfindungen zur Seite und aktivierte die Gunnerin in ihr. Das schloss jedoch nicht aus, dass es nach der Rückkehr zu ernsten Problemen kam.
Sie startete augenblicklich die Shark und da sie nach dem letzten Start die Aggregate erst gar nicht abgeschaltet hatte, befand sich der Aufklärer innerhalb weniger Sekunden in 100 Metern Höhe.
„Sollen wir versuchen, die Verantwortlichen zur Strecke zu bringen?“ Trixies Stimme klang kalt – gefährlich kalt.
„Nein“, Tib war dagegen. „Ich denke, du hast eventuell schon genug Schaden angerichtet. Außerdem können uns vernunftbegabte Wesen nur leidtun, wenn sie unter diesen Bedingungen leben müssen. Aus ihrer Sicht haben sie nur ihre Nahrungsvorräte verteidigt.“
„Okay, wie du meinst.“ Beatrice war keinesfalls bereit, sich gegen den Willen ihres Freundes zu stellen. Er hatte Recht und sie hatten unglaubliches Pech gehabt. Ihre Unvorsichtigkeit hatte Grace den Tod gebracht. „Ich fliege zur GERONIMO.“ Mit Höchstbeschleunigung verließ die Tiger Shark die Erde in Richtung Flaggschiff. Das erste Aufeinandertreffen von Mensch und Erde musste als Katastrophe gewertet werden.

„Wir fallen in den Krater!“ Ron stieß den Warnruf aus, während er sich bemühte, das Frühstück im Magen zu behalten. Die Shark stürzte schnell und ebenso schnell waren die beiden Männer schwerelos – in Verbindung mit dem nahenden Aufprall ein Erschwernis für zielgerichtete Handlungen. Man war jedoch angeschnallt, was verhinderte, dass man unkontrolliert im Cockpit umhersegelte.
„Ich weiß“, presste Thomas zwischen den Zähnen hervor und rief von seinem Nav-Pult die Information ab, welche Manövriereinheiten noch intakt waren. Die Shark trudelte stark, das hieß, sie bewegte sich um mehrere ihrer Achsen gleichzeitig. Raven bemühte sich, nicht aus dem Bugfenster zu schauen und konzentrierte sich daher lieber auf sein Bedienpult. Schließlich ließen ihn ein paar zaghafte Grüntöne hoffen. Die Automatik hatte sich, wie auch die Rechnerunterstützung bei der manuellen Steuerung, endgültig aus dem System verabschiedet. Zunächst versuchte Thomas, den Aufklärer zu stabilisieren. Ohne Computerhilfe glich dies einem wahllosen Rumprobieren, da auch nicht mehr alle Korrekturdüsen einwandfrei funktionierten. In Höhe 35 Kilometer über der Marsoberfläche hatte er es leidlich geschafft. Die Shark stürzte nun mit der Nase voran, aber dafür gleichmäßig und ohne Rollbewegungen, auf die Marsoberfläche, sprich Krater Olympus Mons, zu. Dieser Umstand beruhigte Dekker zwar kein bisschen, aber so hatte Raven die Basis dafür geschaffen, die Maschine abfangen zu können. Wenige Augenblicke später hatte Thomas den beschädigten Aufklärer so gedreht, dass er mit dem Bauch voran, also waagerecht, dem Mars zustürzte. Ein stotterndes Triebwerk verlieh der Shark so viel an Vortrieb, dass man langsam aber sicher aus dem Bereich des Kraters und des Vulkans selbst herauskam und weitere Kilometer bis zum Boden gewonnen hatte. Dann zündete Raven die Starttriebwerke auf der Bauchseite in der Hoffnung, damit die Fallgeschwindigkeit unter die kritische Marke zu bekommen. Da das Ganze unter vorgenannten Gründen recht unregelmäßig ausfiel und Thomas häufig korrigieren musste, begann das Fluggerät zu zittern und zu wackeln. Außerdem wurde es beängstigend laut.
„Ich brauche mehr Energie!“ Thomas musste schreien, um sich mitteilen zu können.

Dekker hämmerte auf seinem Tableau herum und leitete die Energie der Waffenstation und des ausgefallenen und daher nutzlosen Schildgitters auf den Antrieb. Gleich darauf verstärkten sich die Vibrationen und mit schreckgeweiteten Augen sah Ron auf die Anzeigen. Es waren noch 12 Kilometer bis zum Touchdown und die Fallgeschwindigkeit war keinesfalls in der erforderlichen Größe gesenkt worden. Der Aufklärer fiel viel zu schnell.
„Sollen wir aussteigen?" Ron schrie die Frage in Richtung des Pilotensessels, in dem sich Thomas bemühte, die unregelmäßige Energieabgabe der einzelnen Schubdüsen auszugleichen.
„Womit? Für die Antriebe in den Raumanzügen ist die Anziehungskraft zu groß und für einen Fallschirm ist die Atmosphäre zu dünn!" Thomas musste geradezu brüllen, damit er von Ron verstanden wurde.
„Ich fahr die Landekufen aus!" Bringt zwar nix, aber trotzdem, dachte Raven.
„Stell deinen Sitz in die Waagerechte!"
Ron schaute verständnislos.
„Los, in die Waagerechte! Sonst haben wir gar keine Chance!"
Dekker begriff und brachte seinen Sitz in die gewünschte Richtung. So verteilte sich der Aufprall auf den gesamten Körper und da die Sitze auch für harte Landungen ausgelegt waren, war das allemal besser, als sich senkrecht sitzend eine Wirbelverstauchung oder gar einen Bruch zu holen.
Thomas kontrollierte noch einmal die Fluglage und ließ das Schott zum Passagierteil zufahren, falls es einen Hüllenbruch und damit Sauerstoffverlust gab. In der Hektik war natürlich keine Zeit geblieben, die Raumanzüge anzulegen.
Bei Höhe 1.000 Meter korrigierte er noch einmal den Flug oder besser Fall, dann brachte Thomas seinen Sitz ebenfalls in die Waagerechte und schloss ergeben die Augen, während er krampfhaft seine Armlehnen umklammert hielt.
Die Tiger Shark fiel immer noch mit etwa 10 Metern pro Sekunde. Ihr kam zugute, dass der Mars nur etwas mehr als ein Drittel der Schwerkraft besaß, aber trotzdem: Masse blieb Masse und so krachte der Aufklärer auf den an dieser Stelle ebenen Marsboden. Die Landekufen brachen sofort ab und splitterten teilweise noch unter der Shark hervor,

bevor diese mit der Bauchseite auf den an dieser Stelle, zum Glück etwa 50 Zentimeter tiefen Sandboden klatschte. Gewaltige Staubmassen feinsten Sandes breiteten sich wellenartig aus und keine, fast keine, Atmosphäre behinderte ihren Flug. Der Aufklärer verschwand buchstäblich in einer Riesensäule von Staub.
Ron und Thomas fühlten sich, als würden sie von einer Dampframme in die Sitze gepresst. Es krachte innerhalb der Zelle gigantisch. Ein Knacken aus dem hinteren Abteil ließ auch nichts Gutes erwarten. Thomas wurde einen kurzen Moment ohnmächtig. Als er wieder zu sich kam, sah er es rechts von Ron brennen. Schnell löste er die Anschnallgurte und während Ron sich noch von der mehr als harten Landung, man konnte auch Bruchlandung dazu sagen, erholte, zischte schon der Feuerlöscher in Ravens Händen.
„Wir haben´s also überlebt", stellte Dekker ächzend fest.
„Ja", bemerkte Thomas. Mit einem verzweifelten Ausdruck glitt sein Blick über die unübersehbaren Schäden im Cockpit. „Haben wir gut hingekriegt!"
„Wir?" Ron zog eine Augenbraue hoch, wenigstens versuchte er das. Dabei fiel ihm auf, dass er dort eine leichte Verletzung hatte.
„Okay, okay. Ich hab´s vermasselt – ich allein. Bist du nun zufrieden?" Ravens Stimme klang eher fatalistisch statt ärgerlich und darum murmelte Ron: „Hätte mir auch passieren können."
„Los, wir müssen feststellen, was noch funktioniert und wie es außerhalb des Cockpits aussieht." Thomas hatte schon wieder mit der Schadensbegrenzung begonnen. Schließlich wusste man nicht, wie der Feind reagierte. Im Moment waren sie hilflos.
Sie begannen also einen Check aller Schiffssysteme.
Vom Cockpit aus gesehen war die Shark nicht mehr flugfähig. Vielleicht konnten sie Reparaturen von außen vornehmen. Eine maßlose Enttäuschung war der Check der Funkanlage. Hyperlicht war ein Totalausfall und der Normalfunk war von dieser Stelle des Mars nicht geeignet, um mit der GERONIMO Kontakt aufzunehmen. Sie waren erst mal auf sich allein gestellt.
Zu ihrer maßlosen Überraschung war gerade das sensibelste Teil, die Tarnung, eben nicht ausgefallen.

Schnell schaltete Thomas daher alle Energieverbraucher ab. So waren sie wenigstens einigermaßen geschützt. Sie kontrollierten gewissenhaft die Raumanzüge und legten diese an. Dann versuchten sie, das Schott zum Heck zu öffnen. Das gelang ihnen, allerdings nur manuell. Ein breiter Riss in der seitlichen Wandung des Heckabteils zeigte ihnen an, dass es gut gewesen war, das Cockpitschott zu schließen. Sie aktivierten den Helmfunk und schraubten dessen Energieabgabe auf ein Minimum zurück, damit sie nicht angepeilt werden konnten.
„Und jetzt?" Missmutig schaute Dekker auf die karge, rotbraune Marsoberfläche. Sie hatten das Außenschott der Schleuse absprengen müssen. Nun standen sie noch innerhalb der Shark und versuchten, sich einen Überblick zu verschaffen. Die letzten Staubreste wurden von einem leichten Wind dieses dünnen Gasgemisches auf dem Mars auseinandergeblasen. Die beiden Havarierten hatten wieder freie Sicht.
„Wird sind innerhalb des Ringes um Olympus Mons. Hier irgendwo muss die Station sein!" Thomas hielt den Kopf aus der Schleuse und sah sich um.
„Prima!" Ron klatschte in die behandschuhten Hände. „Halten wir mal fest. Du sagtest, der Krater hätte einen Durchmesser von 600 Kilometern. Wenn ich im Matheunterricht richtig aufgepasst habe…"
„Du hast tatsächlich bei Mathe aufgepasst?" Raven tat verwundert.
„Ja sicher doch, manchmal wenigstens." Dekker ließ sich nicht von seinem Redeschwall abbringen. „Bei 600 Kilometern Durchmesser haben wir einen Umfang von so Pi mal Daumen von knapp 1.900 Kilometern! Da habe ich noch gar nicht mit eingerechnet, dass sich die Klippe so im Mittel zwischen 50 und 100 Kilometern von Rand dieses Feuerspuckers entfernt befindet. Da marschieren wir jetzt mal eben so los und schaun´ mal grad, wo denn unsere Station liegen könnte – wenn denn überhaupt eine existiert!"
Thomas grinste. „Hast du eine bessere Idee?"
„Ja klar! Wir bleiben hier im Aufklärer und warten ab, bis die GERONIMO uns vermisst!"
„Okay! Und verrat mir noch, was du an Stelle unserer Feinde jetzt unternehmen würdest."
Ron legte seine Stirn in Falten und kurz darauf sagte er: „Lass uns gehen!"

Dekker war bestimmt nicht Chef der Marines geworden, weil er nicht logisch schlussfolgern konnte. Nach kurzem Überlegen war er zu dem Ergebnis gekommen, dass die Feinde über kurz oder lang den Absturzort aufsuchen würden, um nach Überlebenden oder verwertbarem Material zu forschen.
„Ich habe eine bessere Idee. Du hast doch die Aufzeichnung der Scanner eingeschaltet – oder?"
„Ja, habe ich getan", bestätigte Ron.
„Dann lass uns mal schnell nachsehen, ob unsere Sucher was aufgezeichnet haben, während wir im Kampf waren." Thomas ging wieder, dicht gefolgt von Ron, zurück ins Cockpit. Schnell waren die entsprechenden Geräte eingeschaltet und die Männer besahen sich das Ergebnis.
„Hier!" Thomas deutete aufgeregt mit dem Zeigefinger auf eine Anzeige des Scanschirmes.
„Bingo!" bestätigte Ron Dekker, wenn nicht da, dann nirgends. Das Scangerät hatte eine schwache Signatur aufgefangen, die ganz klar irdischen Ursprungs war. „Anfunken verbietet sich wohl?"
„Brauchen wir nicht drüber zu diskutieren. Wenn die Station noch existiert, dann haben die Trax sie noch nicht entdeckt und wir sollten sie nicht auf die Spur führen." Thomas schaltete noch eine Kilometerangabe darüber, ließ den Computer ihre Position errechnen und blendete den jetzigen Standort ein.
„Tja, wir können von Glück sagen", meinte Ron etwas zerknirscht. „Es sind bloß 400 Kilometer bis dorthin!"
Zu seiner Überraschung antwortete Thomas. „Es hätte schlimmer kommen können. Wir können in anderthalb Tagen dort sein."
Als Ron nicht antwortete, erklärte Thomas seine Annahme. „Wir wiegen hier fast nur ein Drittel. Wir müssten im lockeren Trab ungefähr 25 km/h schnell sein. Das ergibt eine Reisedauer von 16 Stunden, wenn wir keine Pause einlegen. Mit Pause dauert es eben so lange wie ich sagte und der Marstag ist ähnlich lang wie der Erden- oder Aguatag, also packen wir Sauerstoffvorrat und Nährflüssigkeit ein und machen uns auf den Weg."
Während Ron die genannten Dinge zusammensuchte, holte Thomas einen Handscanner aus einem der Seitenschränke, überprüfte ihn und

fütterte ihn anschließend mit den Daten aus der Sensorik. Sie versorgten sich mit den Allzweck-Maschinenpistolen, hängten sich den Marine-Ausrüstungssack über die Schultern und schalteten die Tarnung in den Anzügen ein. Sie konnten sich gegenseitig als verwaschenen roten Fleck erkennen, besser waren die Ergebnisse aus Brain Hill noch nicht geworden, nur dass sie keine Brille mehr dazu brauchten. Die Legierung des Helmvisiers machte den jeweils anderen verschwommen sichtbar. Thomas fiel in einen lockeren Trab und sie kamen auf der leicht rauen Oberfläche zügig voran. Dekker beobachtete mit einiger Sorge die Staubfahne, die sie hinter sich herzogen, genau wie die deutlich sichtbaren Fußabdrücke, wenn der Boden nicht ganz steinig war. Er zuckte mit den Schultern, man konnte eben nur einen Tod sterben.

GERONIMO:

Laura schloss die Augen und senkte den Kopf. Tiberius Miller stand vor ihr und hatte soeben den mündlichen Bericht abgeliefert, wie es zum Tod von Grace Ojok gekommen war. Trixie und Tib waren vor zehn Minuten auf der GERONIMO gelandet und Tiberius hatte seine Freundin, die nun erste Anzeichen einer psychischen Schwäche zeigte, mit Nachdruck zum Med-Lab zur Behandlung geschickt. Im Moment kümmerte sich Suzan Bookley um die Gunnerin.
Die Brückencrew, die den zusammenfassenden Bericht des Marine mitgehört hatte, war geschockt. Die Afrikanerin war trotz ihrer schweigsamen Art, vielleicht auch deswegen, sehr beliebt gewesen. Hotaru hatte sich mitsamt ihrem Sitz umgedreht und schaute den Hünen mit weit aufgerissenen Augen an. Paulo hing, entgegen seiner sonst korrekten Art, völlig schlaff in seinem Sessel und schaute gedankenverloren auf seine Anzeigen.
„Wir bringen sie in ihre Kabine und regeln die Temperatur runter.“ Laura schaute den Soldaten auffordernd an. Offensichtlich sollte er dafür sorgen.
„Nein, Ma´m“, wagte Tib einzuwerfen und als er den fragenden Blick der XO sah, bemühte er sich seine Ablehnung zu begründen. „Bevor sie starb, bat sie darum, in Afrika beerdigt zu werden.“
„Wie sollen wir denn…“, begann Laura Stone.

Tib hob die Arme. „Sie bat darum, so beerdigt zu werden, dass sie niemand …“
„Was denn?“
„Nun ja“, Tib zögerte. „Nahrung ist knapp und da …“
Laura hob eine Hand, sie hatte verstanden und unterbrach so unschöne weitere Worte. „Wir werden sie in die Hülle einer Ganymed-Rakete einschweißen. Niemand wird das Ding öffnen können. Wir werden einen geeigneten Platz irgendwo in der Nähe Afrikas für sie finden.“
Tib nickte, das wäre Grace sicherlich Recht gewesen.
„Korporal, sorg dafür. Bring sie in dem präparierten Sarg schnellstmöglich auf das Landedeck. Die Aufklärer sind bald mit ihren Aufzeichnungen fertig, dann bleiben uns nur noch zwei Dinge zu tun.“
Plötzlich saß Baretta wieder interessiert und kerzengerade in seinem Sitz. „Was denn, Laura?“
„Als Erstes werden wir uns in gebührender Form von Grace verabschieden – so wie es sich gehört. Da Ron im Moment nicht anwesend ist, für Normalfunk unerreichbar hinter dem Mars, Überlichtfunk verbietet sich von selbst, werde ich seinen Part übernehmen. In drei Stunden findet auf dem Landedeck die Verabschiedung statt. Paulo, du informierst die Piloten – und zwar persönlich, nicht per Bord-Kom. Und dann NORAD! Wenn jemand überlebt hat, dann nur in NORAD. Versorge dich mit den nötigen Informationen. Du wirst selbst losfliegen, den Sarg absetzen und sehen, ob dort jemand überlebt hat.“ Laura blickte sich suchend um und als ihr Blick auf die Funkerin fiel, stand diese mehr oder weniger stramm, suchte Lauras Blick und nickte unmerklich. Laura tat ihr den Gefallen. „Oksana, du wirst Paulo bei dieser Mission begleiten. In drei Stunden kehren die Aufklärer von der Erde zurück. Dann verbinden wir die Suche nach NORAD mit dem Absetzen des Sargs. Mit frischen Teams geht es dann zurück. Zunächst Afrika, dann NORAD. Ausführen!“
Beobachter, die Laura nicht wirklich ganz genau kannten, hätten annehmen können, dass ihr der Tod einer Brückenoffizierin nicht viel ausmachen würde. Das Gegenteil war der Fall – Laura war hundeelend zumute. Aber es gab einen Haken daran, ihre Gefühle offen zur Schau zu stellen – sie war die XO des Flaggschiffes und im Moment der kommandierende Offizier. Es durfte kein Zweifel daran bestehen, dass

sie das Ruder jederzeit fest im Griff hatte. Sie entließ daher Paulo mit einem Nicken von der Brücke, der sich aufmachte, persönlich die direkten Untergebenen von Grace Ojok, die Piloten, zu informieren – auch keine schöne Aufgabe.

11.02.2125, 17:00 Uhr, GERONIMO, Landedeck:

Laura hatte die Zeremonie auf 17:00 Uhr Bordzeit festgelegt und kurz vor dieser Zeit befand sie sich auf dem Weg zum Landedeck. Vor dem Zugang wartete Paulo auf sie. Er steckte für den nachfolgenden Einsatz bereits in einem Raumanzug, hatte den Helm in der Hand und wollte offensichtlich mit Laura noch etwas klären.
„Na, Paulo? Wie haben die Piloten reagiert?"
Baretta machte ein unglückliches Gesicht. „Sie sind wirklich bestürzt und tief getroffen. Ich habe erleben können, dass Grace die Achtung und den Respekt ihrer Crew hatte, vielleicht sogar mehr."
„Ich kann es mir denken, aber deshalb wartest du doch nicht hier auf mich, oder?"
„Nein, die Piloten haben mich gebeten, dir einen Wunsch vorzutragen."
Laura Stone sah den wissenschaftlichen Offizier nur fragend an, das übliche „Und?" erschien ihr hier und jetzt unpassend.
„Zwei Staffeln Hawks wollen Grace das letzte Ehrengeleit geben. Man hat sich auf BETA und DELTA geeinigt."
„Aha", nickte Laura, „die neuerdings unzertrennlichen Mike Sunders und Jim Sellers."
Paulo nickte.
Die Subcommanderin schaute auf die Uhr, schob sich ohne eine Antwort an dem schmächtigen Mann vorbei und öffnete das Schott zum Landedeck.
Laura sah zuerst die Tiger Shark ROT 11, die mit geöffneter Schleuse mitten auf dem Landedeck stand. Man hatte sie in aller Eile von der schwarzen Schmiere befreit, mit dem sie über und über bedeckt gewesen war, als sie zurückkam. Davor stand senkrecht die verkürzte Version einer Ganymed-Hülle, verschweißt mit einer Bodenplatte von anderthalb Metern Durchmesser. Daneben gab es ein kleines Podest, von dem Laura ihre Rede halten sollte. Rechts wie links neben dem Sarg

standen Tiberius Miller und Beatrice Baines. Ein Vorrecht für die Leute, die beim Versterben als Nächste anwesend waren. Hinter diesem beiden standen cirka 150 Piloten und diese waren es auch gewesen, die das Licht gedimmt hatten. Dafür brannten in offenen Schalen zahlreiche große Feuer, die an den Wänden des Decks entsprechende Schatten warfen. Eine ehrfürchtige wie auch gespenstische Szenerie. Das Landeschott war offen und nur das Kraftfeld war aktiv. Hotaru hatte die GERONIMO so gedreht, dass vom Landedeck die braune Kugel der Erde zu sehen war. Die Abläufe auf dem Landedeck wurden ins ganze Schiff übertragen.
Laura ging zielstrebig auf das Podest zu, bog aber kurz vorher ab und wandte sich an die kleine Gunnerin. „Geht´s, Trixie?" Sie bedachte die junge Frau mit einem mitfühlenden Blick.
„Geht, Sir!" Baines bemühte sich um Haltung und die offizielle Anrede zeigte Laura, dass Trixie keinesfalls völlig in Ordnung war.
Laura betrat das Podest und ließ ihren Blick langsam über die erstarrten Gesichter der Piloten schweifen. „Hallo Crew. Wir sind hier zusammen gekommen, um Abschied zu nehmen, Lebewohl zu einer lieben Weggefährtin zu sagen, die uns aus eigenem Wunsch nicht zurück begleiten will in unsere neue Heimat. Grace möchte sich hier, hier wo sie geboren wurde, von uns trennen. Zurückbleiben auf einer Erde, die uns fremd und unwirtlich geworden ist. Wir wollten unsere Heimat besuchen und was haben wir erreicht? Wir haben bisher drei Tote zu beklagen. Ich erinnere an Mark Lund, ich erinnere an Samantha Park."
Laura machte eine Pause und versuchte in die Gesichter der Crew zu schauen. Bei vielen vergeblich, denn sie sahen zu Boden. Viele hatten sicherlich noch das Bild der schlanken, schwarzen Frau mit den katzenhaften Bewegungen und der samtigen Stimme vor Augen.
„Ich werde Flight vermissen!" Laura nutzte die Respektbezeichnung der Flightcommanderin. „Viele unserer Einsätze wären gescheitert, wenn sie nicht in gewohnt professioneller Weise eingegriffen hätte. Ich erinnere da an unsere Funkstaffel in Stonehall, den Beginn unseres Exodus. Gleichwohl weiß ich aber auch, dass eine arme und gepeinigte Seele ihren letzten Weg angetreten hat. Möge sie nun die Ruhe und die Vergebung finden, die sie als Lebende nicht erhalten konnte."

Die Subcommanderin sah abermals hoch. Vielen Piloten war klar, was sie meinte. Grace war Kindersoldatin in Afrika gewesen. Unmenschliches hatte sich in ihrer Kindheit ereignet und nicht umsonst hatte Grace außerhalb des Bordlebens jeglichen Kontakt zu anderen Menschen gemieden. Auf Agua hatte sie als Einsiedlerin inmitten der Wildnis gelebt und stand nur für Missionen der GERONIMO zur Verfügung. Sie wollte allein sein, denn zu groß war der Riss in ihrer Seele, als dass ein Leben ausgereicht hätte, diesen wieder zusammenzufügen.
„Staffel BETA und DELTA werden Grace Ojok das letzte Geleit geben!“ Laura sah, dass Jim Sellers und Mike Sunders sich ein wenig verbeugten. Sie dankten still für diese Ehre.
Laura trat an den aufrecht stehenden Sarg heran und berührte diesen mit ihrer rechten Hand. „Hiermit, liebe Freundin, entlasse ich dich aus dem Dienst des Space Command. Mögen deine Wege ab jetzt friedlicher Natur sein. Lebe wohl, Grace Ojok!“
Laura trat zurück. Die Zeremonie war kurz gewesen, aber ohne Zweifel sehr ergreifend. Sechs kräftige Marines traten hinzu, luden sich den silbernen Sarg auf und trugen ihn in die bereitstehende Shark. Paulo und Oksana, ebenfalls im Raumanzug, gingen hinterher. Kurz darauf schloss sich die Schleuse.
Sunders und Sellers beeilten sich, mit ihren Staffelkameraden zu den Abschusstuben der Jäger zu gelangen. Wenig später hob der Aufklärer ab und verließ die GERONIMO durch das Kraftfeld. Der Deckoffizier, Dario Brunner, schoss insgesamt 26 Jäger aus den Abschusstuben in den Raum.
ROT 11, mit zwei Staffeln Hawks im Schlepp, näherte sich der Erde.

„Wo bringen wir sie hin?“ Der Konvoi hatte die Hälfte der Strecke zur Erde bereits bewältigt. Oksana hatte beschlossen, ab sofort wesentlich feinfühliger auf die Befindlichkeiten der Crew zu reagieren und fragte den schweigsamen, wissenschaftlichen Offizier nach seinen Plänen.
Paulo, der die Shark steuerte, schreckte aus seinen Gedanken hoch. „Ich habe mich schnell belesen. Ich halte es für das Beste, wenn wir sie auf einem Berg absetzen. Dort ist sie geschützt und der Platz könnte ihr gefallen.“
Trantow nickte zustimmend. „Schwebt dir etwas Besonderes vor?“

„Ja, der Kibo im Kilimandscharohochgebirge. 340 Kilometer südlich des Äquators im Nordosten des ehemaligen Tansanias. Er besitzt eine Höhe von 5895 Meter. Hoch genug für einen sicheren Aufenthalt – und mit einem guten Überblick." Paulos Stimme war leise gewesen und Oksana, Funkerin und Offizierin für besondere Gelegenheiten, musste sich anstrengen, ihn überhaupt zu verstehen. Eine weitere halbe Stunde später befand man sich über dem ehemaligen Süden Afrikas und Oksana versuchte mit ihren Instrumenten eine Ortsbestimmung.
„Nun?" Paulo brauchte die Ortungsergebnisse für seine Flugbahn.
„Wenn du damit einverstanden bist, dass der Kibo nun 60 Kilometer weiter südlich liegt und auf eine Höhe von 6980 Meter angewachsen ist, dann habe ich ihn gefunden."
Paulo guckte schockiert. Ihm war als Wissenschaftler schon klar, was das zu bedeuten hatte. Solche Kräfte waren derart destruktiv, dass kaum jemand überlebt haben konnte.
„Auch wenn er es nicht sein sollte, hoch genug ist es jedenfalls. Wir landen dort. Gib mir den Kurs, bitte."
Wenig später landete ROT 11 auf einem Felssockel kurz unterhalb des Gipfels. Oksana und Paulo setzten, genau wie die begleitenden Marines, die Helme der Raumanzüge auf. Hier oben war die Atmosphäre nicht nur schädlich, sondern auch recht dünn. Schnee, oder wie man das schwarze Zeugs nennen sollte, gab es nicht – nur Steine. Die Schleuse schwang auf und die Marines trugen den Sarg nach draußen. Dort wurde die Stele aufgestellt und dicke Felsbrocken beschwerten die Sockelscheibe. Paulo schaute nach oben. Hier war die Sicht wenigstens einigermaßen klar. Die Staffelkommandanten von BETA und DELTA ließen ihre Jäger einen Kilometer über dem Ort in einem großen Kreis fliegen.
Paulo benutzte sein Kom-Gerät: „ROT 11 an BETA und DELTA! Die Stele steht – es ist vollbracht!"
Einer nach dem anderen lösten sich die Jäger, stürzten herab und feuerten einen Phasentorpedo mit geringer Leistung dicht neben dem Begräbnisort ab. Die Energie verschwand irgendwo im Tal. Wenn einer der Jäger gefeuert hatte, drehte er ab und verschwand in Richtung GERONIMO. Wenige Minuten nach dem Feuerzauber später standen

Paulo und Oksana mit sechs Marines allein vor dem aufrecht stehenden Sarg.
„Leb wohl“, murmelte der Südamerikaner, verbeugte sich kurz in Richtung Grace Ojok und bedeutete den Übrigen, in die Shark zu steigen. Wenig später hatte ROT 11 den Ort verlassen und ein fremd wirkendes Erzeugnis menschlicher Fabrikation mit dem Leichnam einer treuen Wegbegleiterin blieb einsam in der Kälte zurück – für immer.
Paulo beschleunigte die Shark stark und flog westwärts. Er wollte so schnell wie möglich über den Atlantik, oder das, was davon noch übrig war, überqueren und nach Nordamerika, genauer gesagt nach Colorado, fliegen. Dieser Einsatz missfiel ihm und er setzte alles daran, ihn so schnell wie möglich zu absolvieren. Während des Fluges rief er sich in Erinnerung, was sie überhaupt suchten.
Mit NORAD war das NORTH AMERICAN AEROSPACE DEFENCE COMMAND gemeint. Am 12. September 1957 wurde der Betrieb gemäß der Vereinbarung zwischen den USA und Kanada aufgenommen. Ursprünglich ging es um die Früherkennung von Interkontinentalraketen während des kalten Krieges. 2006 wurde NORAD offiziell vom Tiefenbunker in den Cheyenne Mountains auf die Peterson Air Force Base verlegt. Der zurückgelassene Teil wurde versetzt in den Status: „WARM STANDBYE“. Im Jahr 2050 entschloss man sich vor dem Hintergrund der globalen Erderwärmung, des Energiemangels und sonstiger sozialer und völkerfeindlicher Hintergründe, die relativ ungeschützte Peterson Air Force Base aufzugeben und die dort beschäftigten Fachleute wieder in die Bunker von Cheyenne Mountain zurückzutreiben. Seitdem erstarkte NORAD wieder zur alten Größe und hatte von dort Zugriff auf alle US-amerikanischen und kanadischen Air-Bases. Eine weitgehend rechnergestützte Operationsbasis kam mit ungefähr 500 Mitarbeiter/innen aus. Die genaue Zahl war natürlich niemandem bekannt. Unstrittig war jedoch, dass es sich um unbedingte Fachleute handeln musste.
Und diese suchte nun Paulo. Und er sollte länger suchen.

Mars, 11.02.2125, 22.00 Uhr, Standardzeit:

Die beiden durchtrainierten Männer rannten, beziehungsweise sprangen, jetzt seit fast acht Stunden über die karge Oberfläche des Mars.

Ihre Geschwindigkeit war im wahrsten Sinne des Wortes berauschend. Mit jedem Satz hüpften sie fast drei Meter weit und der Rausch der Geschwindigkeit erhöhte ihre Motivation. Ein schneller Blick auf das mitgeführte Gerät hatte den Beiden gezeigt, dass sie schon mehr als die Hälfte des Weges zur vermuteten Station hinter sich gelassen hatten. Rons Befürchtungen, dass es bald nur so von Trax wimmeln würde, hatten sich bisher nicht bewahrheitet. Mit Riesensätzen überwanden sie meterbreite Risse und ebenso hohe Felsbrocken. Jede Viertelstunde hielt Thomas inne, kontrollierte per Scanner ihre Richtung und stürmte dann weiter. Nun waren ihre Akkus, sprich menschlichen Leistungsreserven, leer. Außerdem näherten sie sich der Nachtzone auf diesem Planeten. Thomas blieb stehen und sah seinen Freund an. „Wir müssen ausruhen! Sonst kommen wir gar nicht an!"
„Ach!" Allein in diesem Ausruf von Ron Dekker steckten mehrere Aussagen, wenn man sich nur die Mühe machte, das ganze genauer zu analysieren. Danach stand Thomas nicht der Sinn. „Wir müssen essen und schlafen!" Er sah sich um. Sie befanden sich am Fuße von Olympus Mons. Als er hochblickte, konnte er eine kleine Vertiefung, fast eine Höhle, erkennen. „Da, dort werden wir eine Rast einlegen!" Ron war einverstanden – hauptsächlich deswegen, weil er wirklich erschöpft war. Sie kletterten die wenigen Meter an der Felswand empor und machten es sich bequem. Aus dünnen Röhrchen saugten sie die nach nichts schmeckende Nährflüssigkeit ein. Anschließend legten sie fest, dass zunächst Thomas Wache zu halten hatte, während Ron die ersten vier Stunden schlief. Man tauschte die Sauerstoffpatronen, denn es war äußerst ungesund, im Schlaf von Sauerstoffmangel überrascht zu werden. Dann war Ron ziemlich schnell eingeschlafen. Thomas schaute anschließend in die Dämmerung, die schnell in eine Dunkelheit überging und bewunderte anschließend die Sterne am Himmel. Seine Gedanken wanderten zu seiner Ewa, die über zwanzig Millionen Lichtjahre entfernt auf ihn wartete – mit seinem Kind unter ihrem Herzen. Wehmut machte sich breit und ehe es der erfahrene Kommandant verhindern konnte, schlief er eben so fest wie sein Freund.

Der Rafferimpuls, den die beiden Männer bei ihrem schnellen Vorbeiflug an Phobos ausgelöst hatten, war längst an seinem Zielort eingetroffen und hatte einige Aktivitäten ausgelöst.

„Hat gut geklappt!"
„Was, wie?" Thomas schreckte hoch, weil ihn jemand recht unsanft am Arm zog. Er sah nur einen verschwommenen roten Fleck.
„Die Sache mit der Wache!" Ron spielte den Ärgerlichen. Aber wer hätte schon zwei schlafende Unsichtbare entdecken können?
Raven schaute auf seine Uhr: 09:00 Uhr und es war bereits wieder hell – sehr hell. Sie hatten ganze elf Stunden lang geschlafen – verschlafen. Fluchend raffte er sich auf und schaute von ihrer kleinen Anhöhe auf die karge Marsoberfläche. „Wir haben bereits 280 Kilometer geschafft. Gut ausgeruht, wie wir jetzt sind, können wir den Rest in etwa dreieinhalb Stunden schaffen." Thomas sprang die paar Meter zum Boden hinunter und dicht gefolgt von Ron rannte er in die Richtung, die ihm der Scanner wies. Bald hatten die Männer wieder den Lauftakt gefunden, mit dem sie gestern so ausdauernd unterwegs gewesen waren.

Erde:

Auf der Erde hatte sich ähnliches abgespielt wie auf dem Mars.
Cheyenne Mountain lag, wenn es denn noch existierte, auf der Nachtseite. Ein Kontaktversuch mit NORAD per Funk auf der Flottenwelle war nicht zustande gekommen. Paulo hatte sich im Instrumentalflug einen Wolf gesucht und anschließend beschlossen, bis Tagesanbruch zu warten. Sie waren getarnt in einem Talkessel gelandet und verließen sich voll und ganz auf die stählerne Hülle und den eingeschalteten Schutzschild. Paulo und Oksana hatten die Pilotensessel in die Waagerechte gebracht, die Marines schliefen im geräumigen Passagierabteil auf dem Boden. Die Schiffsautomatik wachte über die Säuberung der von außen angesaugten Luft und schaltete nach und nach die Heizung hoch. Draußen waren es 45 Grad Minus und sie hatten eine Höhe von etwa 2.000 Meter über Normal Null. Letzterer Wert hatte ohnehin etwas sehr theoretisches.
Die Borduhr zeigte die achte Stunde am 12.02.2125 an. Vor 30 Minuten hatte so etwas Ähnliches wie ein Sonnenaufgang stattgefunden, dass hieß, es war jetzt etwas heller als in einer sternenklaren Vollmondnacht – dafür sehr trübe. Und kalt. Oksana und Paulo hatten aus dem Bugfenster gestarrt, krampfhaft geschluckt und sich dann zusammen mit den Marines ein spartanisches Frühstück heruntergewürgt. Nun befand

sich die Shark wieder in der Luft und suchte, teils unter Zuhilfenahme ihrer starken Außenstrahler, Tal für Tal ab. Nach den Koordinaten musste sich NORAD in unmittelbarer Nähe befinden. Lebewesen konnten sie gar keine ausmachen. Die Welt erschien ihnen wie ausgestorben.
„Das hier hat keine Ähnlichkeit mit unseren Aufzeichnungen!"
Trantow war verzweifelt und verglich immer wieder die gespeicherten Daten mit den frisch gescannten. Baretta hatte es längst aufgegeben, nach irgendetwas anderes als nach Sicht zu fliegen. Schließlich tat es ihm Oksana gleich. Die Shark glitt von einem Tal ins nächste und um 10:30 Uhr entdeckte Paulo aus den Augenwinkeln den halbkreisförmigen Torbogen, der den Nordeingang zum unterirdischen Komplex darstellte. Der Fund wurde der GERONIMO gemeldet und man hatte Laura aufatmen hören. Paulo kannte seine Chefin. Sie hätte die Mission Erde gerne abgebrochen, Thomas und Ron auf dem Mars eingesammelt und wäre dann schnell wieder nach Agua geflogen. Der wissenschaftliche Offizier konnte sie verstehen. Es war nicht sichergestellt, dass die Trax noch in der Nähe waren oder irgendwelche Ortungsgeräte und Sender installiert hatten. Hier war die GERONIMO gefährdet und Agua ohne das Flaggschiff ebenfalls.
Der Nordzugang bot aus der Luft ein klägliches Bild. Von der breiten Zufahrtstraße war so gut wie nichts mehr vorhanden und dicke Felsbrocken lagen vor dem Tor selbst. Aber Paulo hatte auch nicht vor, das große Tor zu benutzen. Nach den Aufzeichnungen gab es einen Seiteneingang. Er landete den Aufklärer auf einem leidlich freien Stück Straße und wandte sich an die Besatzung.
„Wir gehen alle. Die Shark bleibt getarnt und mit Schutzschild versehen zurück. Ich will Aufmerksamkeit von jedem. Auch wenn wir bisher niemanden gesehen haben – denkt an das Schicksal von Grace. Im Zweifel wird erst geschossen – dann gefragt!"
Grimmige und entschlossene Gesichter schauten ihn an. Das Klicken von Verschlüssen der Maschinenpistolen war zu hören. Die Marines trugen warme, schwarze Kleidung und ein leichtes Atemgerät, welches für kurze Zeit die schädlichen Beimischungen in der Atmosphäre herausfilterte.
Paulo und Oksana rüsteten sich ebenfalls damit aus.

„Folgt mir und Tarnung ein!“ Paulo hatte beide Schleusentüren geöffnet und eisige Luft schlug den Beteiligten entgegen. Er sprang aus dem Flieger und erreichte im lockeren Trab den Torbogen und als er sich umsah, folgten ihm sieben rote Flecke. Der Aufklärer war komplett unter seiner Tarnung verschwunden. Paulo hielt sich nach rechts. Wenn es den Zugang nicht mehr gab, konnten sie auch gleich wieder starten. Er zählte seine Schritte und nach gut 100 Schritten sah er den Personenzugang. Er war halb durch große Felsbrocken verschüttet. Mit der Hilfe von mehreren kräftigen Marines wurde der Eingang freigelegt. Dann suchte Paulo den Türöffner und richtig, in einem Meter Höhe schaute eine Scannerfläche aus dem massiven Fels. Hoffentlich funktioniert das Ding noch, dachte Paulo, zog seinen rechten Handschuh aus und legte seine Hand auf die kalte Fläche. Er musste fast 15 Sekunden warten, bis sich das Gerät aktivierte. Eine Zeit, währenddessen seine Hand nahezu festfror. Die Wärme der Hand aktivierte schließlich das Gerät und Paulo atmete auf. Seine biometrischen Daten waren mit Sicherheit im System eingegeben. Space Command war da immer genau und zuverlässig gewesen. Jeder Offizier ab einer bestimmten Stufe hatte Zutrittsrechte zu fast jedem militärischen Stützpunkt und Paulo gehörte zu dieser Elite.
Knirschend schwang die Tür zur Seite und unregelmäßige Beleuchtung innerhalb zeigte einen zwei Meter breiten Gang, der fünfzig Meter in den Berg führte und dann rechtwinklig nach links abknickte. Acht Personen betraten den Gang und im Inneren spielte sich dasselbe ab. Paulo verschloss mit seiner Handfläche und einem ebensolchen Scanner auf der Innenseite die Tür.
„Oksana und ich schalten die Tarnung aus, der Rest bleibt getarnt. Wir wollen schließlich niemanden erschrecken!“ Nachdem sie dem Linksknick gefolgt waren, standen sie vor einem Aufzug und neben einem ganz gewöhnlichen Treppenhaus. Oksana seufzte und wusste, was nun kommen musste. Paulo wandte sich zur Treppe, die unüberschaubar tief nach unten reichte und begann den spärlich beleuchteten Abstieg. Dem Aufzug wollte er sich nicht anvertrauen und Trantow konnte das nachvollziehen. Wenn sie stecken blieben, konnte ihnen niemand helfen. Die Gruppe stieg über 30 Minuten Ebene um Ebene die Treppe hinunter, bis diese zu Ende war und eine Tür, mit einem ebensolchen

Scanner, den Abschluss bildete. Paulo und Oksana sahen sich an – nun waren sie beinah am Ziel. Nach der Aktivierung schwang die Tür auf und die Einheit aus acht Menschen betrat einen Raum, der über 80 Meter lang und 50 Meter breit war. Die Deckenhöhe betrug vielleicht vier Meter. Die Luft war warm und einigermaßen frisch. Es schien sich um einen Lagerraum zu handeln, denn die Gruppe schritt zwischen allerlei Gegenständen und Regalen hindurch, dann ließ Paulo ruckartig anhalten – er hatte eine Tür zuschlagen hören. Still wartete man, während Schritte eines einzelnen Menschen immer näher kamen. Paulo und Oksana hatte ihre Waffen auf den Rücken gehängt, weil sie sicher sein konnten, dass die unsichtbaren Marines ihre Rückdeckung übernahmen.

Die Schritte kamen näher und schließlich erschien vor ihnen ein Mann mittleren Alters, gekleidet in eine etwas ältere und abgenutzte Militäruniform, zwischen den Regalen hervor, drehte sich zu ihnen und blieb stehen. Er schien keineswegs überrascht.

„Wir haben euch über die Kameras kommen sehen. Ich bin Air Marshall Roy Sharp. Derzeitiger Kommandant der traurigen Reste von NORAD. Und wer seid ihr?"

Das war ja einfach, dachte Oksana und musterte den Mann. Roy Sharp hatte graue, schüttere, längere Haare, die sich nicht ganz mit der Uniform vertrugen, dafür war er sehr schlank. Bei näherem Hinsehen fiel der Russin auf, dass Sharp nicht nur schlank, sondern dürr war. Dürr war das treffendere Wort. Die Gestalt, die die Uniform irgendwann mal besser ausgefüllt hatte, war etwa 180 Zentimeter groß und hatte breite Schultern, auf denen die Rangabzeichen keinesfalls mehr glänzten. Die grauen Augen schauten interessiert auf die Besucher.

Es stand Paulo zu, eine Antwort zu geben und er ließ sich auch nicht lange bitten.

„Ich bin wissenschaftlich, taktischer Offizier des Flaggschiffes GERONIMO, vormals GOOD HOPE, unter Captain Thomas Raven. Wir sind zurück, um nach der Erde zu sehen."

Um die Mundwinkel des Air Marshalls begann es zu zucken. „Die GOOD HOPE! Wir hatten so gehofft, dass ihr eines Tages zurückkehrt. Und ihr kommt im rechten Augenblick. Ihr wart unsere letzte Hoffnung."

Baretta schaute den Marshall nur fragend an.
„Vor fünf Monaten gab es noch mal ein Erdbeben mit entsprechenden Auswirkungen auf NORAD. Wir haben große Teile der Energieerzeugung, sowie der Lebensmittelherstellung verloren und können es auch nicht ersetzen. Wir haben jeden Kontakt zur Außenwelt verloren. Zwei Kundschafter, die wir nach draußen schickten, sind seit drei Wochen überfällig. Ich habe sie für tot erklärt. Wie sieht unsere Erde aus?"
Paulo schüttelte nur den Kopf und gab den Marines ein Zeichen. Roy Sharp erschreckte sich nicht einmal, als sechs weitere Menschen vor ihm aus dem Nichts auftauchten. Der Mann war entweder abgebrüht oder nervlich vollkommen fertig. Oksana tippte auf Letzteres.
„Wie viele seid ihr?" Baretta dachte an das Nächstliegende.
„Wir sind circa dreihundert Personen. Alles Fachleute aus dem Raumschiffbau und noch was …"
„Ja?"
Roy machte ein betretenes Gesicht. Es war ihm offensichtlich peinlich.
„Es sind in den letzten Jahren Kinder geboren worden, ich habe es nicht verhindern …"
Paulo Baretta unterbrach ihn einfach dadurch, dass er breit grinste.
„Prima, brauchen wir und nehmen wir! Wann seid ihr abmarschbereit?"
Roy atmete erleichtert auf. „Kommt einfach mit, sie wollen euch sehen. Sharp führte die Gruppe in den nächsten Raum, der noch viel größer war als der vorherige. Die Crew der GERONIMO traf auf rund dreihundert mehr als ausgezehrte Menschen beiderlei Geschlechts. Vereinzelt war Babygeschrei zu hören. Paulo schaute in verzweifelte Gesichter. Viele Augen spiegelten so etwas wie Hoffnung wieder.
„Die Frauen mit Kindern zu uns!" Baretta wies die Marines an, ihre Nahrungsvorräte aus den Rucksäcken zu holen. Wenig später war man von drei Dutzend Frauen umringt, die ihre Kinder entweder trugen oder an der Hand hielten. Nahrungsmittel wurden verteilt und sofort verzehrt.
„Die Not war ziemlich groß – was?" Paulo sah zu Roy Sharp. Aber dieser schüttelte nur den Kopf und der Taktiker sah, wie dem Kommandanten mehrere Tränen die Wange herabliefen. Roy konnte im Moment einfach nichts sagen. Die Erleichterung darüber, dass er die Verantwortung für das Leben von ein paar Hundert Leuten nicht mehr

tragen musste, war riesengroß und jetzt, wo alles vorbei schien, zeigten sich auch seine Nerven.
„Wir werden euch mitnehmen. Bitte packt nur eure persönlichen Sachen zusammen. Wir haben auf dem Flaggschiff alles, was ihr braucht!“
Paulo sah Oksana an und diese nickte.
„Die Evakuierung wird hier meine Kollegin Oksana Trantow, XO des Auswanderschiffes ADVENTURE, jetzt WALHALLA, leiten. Bitte richtet euch nach ihren Anweisungen, dann sind wir bald alle auf dem Flaggschiff!“
Zustimmendes Gemurmel wurde laut. Schließlich hatte dann auch der Letzte begriffen, dass man ihnen die Rettung anbot. Erste Rufe der Begeisterung ertönten.
„Wer fertig ist, kommt nach oben. Die Aktion wird zügig ablaufen!“
Oksana hatte das Heft in die Hand genommen und war willens, die Aktion ganz im Sinne Lauras, also schnell, über die Bühne gehen zu lassen. „Haben wir Kranke oder Verletzte? Funktioniert der Aufzug noch?“ Ihre Zielstrebigkeit steckte die teils lethargische Besatzung NORADs an und es kam Bewegung in die Menge.
Der wissenschaftliche Offizier überzeugte sich davon, dass diese Aktion in guten Händen war, dann überließ er den Rest seiner Mitstreiterin.

Zwei Stunden später befand sich Paulo Baretta wieder vor seinem Pult auf der Brücke der GERONIMO und verfolgte den letzten der beiden Evakuierungsanflüge. Laura hatte der jungen Russin die beiden Letalis, die KOPERNIKUS und die KEPLER, zur Verfügung gestellt. Ihrer Meinung nach dauerte es viel zu lange, bis die verbliebenen Sharks die Mission beendet hätten. Oksana hatte eine Nav-Boje mit Signal vor dem Zugang NORADs ausgesetzt, hatte danach mit zehn Kranken eilends das Flaggschiff angeflogen und war sofort mit den beiden Kampfraumern zurück zur Erde. Auf der GERONIMO befasste sich Dr. Benjamin Connor mit den Neuzugängen. Er stellte im Wesentlichen Unter- und Mangelernährung fest. Kurze Zeit später konnte er der Subcommanderin Stone melden, dass seine Patienten in ein bis zwei Wochen vollständig wiederhergestellt sein würden.
Für die restlose Räumung waren zwei Flüge der KOPERNIKUS und KEPLER erforderlich. Der erste Flug war ohne Zwischenfälle abgelaufen. Doc Connor hatte seinen gesamten Ärztestab mitsamt Pflegern

und medizinischer Ausrüstung aufs Landedeck geschickt. Die Ankömmlinge wurden sofort untersucht, notfalls behandelt oder aber ein Ernährungsplan wurde erstellt. Die Mediziner arbeiteten unter den ungewohnten Bedingungen schnell und effektiv. Die Neuen bekamen eine schnelle medizinische Erstversorgung, dann standen Crewleute der GERONIMO bereit, die diese dann in freistehende Quartiere brachten und auch sonst als Ansprechpersonen dienten.

„Warum dauert das denn so lange?“ Laura rutschte ungeduldig in ihrem Sessel herum. Paulo sah auf die Daten seiner Sensorik. Die beiden Letalis hatten bei ihrem zweiten und letzten Anflug auf die GERONIMO bereits mehr als die Hälfte der Strecke hinter sich gebracht.
„Die Aufzüge sind außer Funktion und die NORAD-Leute müssen dreißig Stockwerke zu Fuß nach oben. Dabei sind viele nicht in besonders guter körperlicher Verfassung.“ Paulo hoffte, mit dieser Aussage Laura beruhigen zu können. Die XO stand eh nicht in dem Ruf besonders geduldig zu sein, aber jetzt schien sie ihm reichlich, noch dazu überflüssig, nervös.
Als Paulo wieder auf seine Anzeigen sah, beschloss er seinen letzten Gedanken zu streichen und dafür Laura Abbitte zu leisten.
„Ich erhalte Ortungsdaten!“
„Was?!“ Laura saß mit einem Mal kerzengerade im Kommandostuhl. „Paulo, spann mich nicht auf die Folter! Was für Daten?“
„Wir hatten seit dem letzten Wurmloch Ortungsbojen mit Hyperlicht-Kom ausgesetzt. Eine davon meldet eine Flotte von Trax-Schiffen. Es sind rund ein Dutzend, jedes einzelne Schiff hat mehr Masse als die GERONIMO!“
„Flugrichtung und Rendezvouszeit?“
„Sie fliegen in Richtung Erde. Wenn sie ihren Kurs und Geschwindigkeit nicht ändern, werden sie in drei Stunden hier sein.“
Laura wurde hektisch. „Unser Mars-Team können wir immer noch nicht erreichen! Oksana soll sich beeilen, dann ab zum Mars, unseren Captain einsammeln und nichts wie weg hier!“
Paulo hatte sich zu Laura umgedreht, sah sie an und schüttelte bedauernd den Kopf.
„Was?“

„Ich muss leider abraten. Der Mars befindet sich zwischen uns und den Trax. Zu dem Zeitpunkt, wenn wir den Mars erreichen, sind die Trax bereits so nahe, dass sie uns mit Sicherheit orten können. Was dann geschieht, brauche ich dir nicht zu sagen."
Stone schloss die Augen und atmete heftig aus. Nein, dass brauchte Paulo wirklich nicht extra erwähnen. Die GERONIMO wäre den Feinden, die in Überzahl kamen und mit besseren Triebwerken ausgestattet waren, zweifellos unterlegen. Das war genau die Situation, vor der sich Laura immer gefürchtet hatte. Ob sie wollte oder nicht, sie hatte das Flaggschiff mit 1.200 Personen an Bord in Sicherheit zu bringen, egal was mit Thomas und Ron geschah.
„Du hast Recht – wir ziehen uns zurück! Oksana soll sich trotzdem beeilen! Klar Schiff zum Gefecht – man weiß nicht, ob die Trax nicht ihren Überlichtantrieb nutzen!" Rotes Blinken ersetzte einen Teil der Beleuchtung und für 30 Sekunden ertönte die Sirene für den Vollalarm. Während Paulo Kontakt mit den beiden anfliegenden Letalis aufnahm, drehte sich Hotaru mit schreckensbleichem Gesicht zu Laura herum.
„Aber, wir können doch nicht ohne…"
„Hast du eine bessere Idee?" Laura konnte die junge Japanerin gut verstehen, die mit unglücklichem Gesicht vor ihr saß. Leichtfertig hatte sie diese Entscheidung bestimmt nicht getroffen.
„Wir müssen sie zumindest benachrichtigen oder ihnen helfen!" Die Navigatorin machte im Gegensatz zur XO keinen Hehl aus ihren Gefühlen.
„Ja, wenn ich könnte, gerne, dann …", Laura unterbrach sich selbst. Ihr war eine Idee gekommen. „Vielleicht, … ich bin im Nebenraum. Paulo, du übernimmst die Brücke. Start, wenn Oksanas Truppe an Bord ist. Erst einmal in gerader Linie weg von den Trax. Versucht einen anderen Weg zum Treffpunkt mit den Sharks zu finden!" Laura verließ ihren Sitz zügig in Richtung Besprechungsraum und Paulo nahm ebenso schnell darauf Platz. Er hatte einige Vorbereitungen für ihren schnellen Rückzug zu treffen. Lauras Plan, schon jetzt den Treffpunkt, den man mit den ausgeschickten Tiger Sharks vereinbart hatte, anzufliegen, machte Sinn. Wenn die GERONIMO nicht mehr im Sonnensystem war, würden Thomas und Ron ganz automatisch auf diesem Treffpunkt

tippen. So bestand wenigstens eine kleine Chance, dass man die beiden Männer wieder sah.

Eine Stunde später befand sich die GERONIMO in voller Fahrt aus dem Sonnensystem heraus und Laura hatte wieder das Kommando übernommen.
Paulo Baretta befasste sich wieder mit den eingehenden Ortungsdaten der ausgesetzten Bojen.
„Zwei Schiffe drehen ab zum Mars, zehn fliegen weiter Richtung Er de!"
Das von Laura nun benutzte Wort schickte sich nun wirklich nicht und daher soll an dieser Stelle nur gesagt werden, dass es sich um einen ganz besonders kräftigen Kraftausdruck handelte. Sie hatte gehofft, dass die Trax den Mars in Ruhe ließen und Thomas und Ron sich irgendwie davonstehlen konnten. Sie wusste natürlich nicht, dass die beiden Havarierten bei ihrem Gewaltanflug auf den Mars geortet worden waren und die Taktik der Trax demzufolge nachvollziehbar war.

Zur gleichen Zeit auf dem Mars:

Thomas und Ron sprangen durch die eintönige braunrote Steinwüste des Mars. Der Olympus Mons vor ihnen war in den letzten Stunden immer größer geworden, da sie nun genau auf ihn zuhielten. Per Funk ließ Thomas seinen Kameraden anhalten. Er selbst sah auf den Scanner.
„Wir sind gleich da, Ron, höchstens noch fünf Kilometer. Der felsige Abschnitt ist gleich vorbei, danach kommt eine Ebene und dann beginnen die ersten Ausläufer des Riesenvulkans. Dort muss es sein."
Thomas wollte gerade weiter laufen, als er links von sich, in etwa fünf Metern Entfernung, etwas entdeckte. Es war gelb und gelb war nicht unbedingt die Farbe, die häufig auf diesem Planeten anzutreffen war – eigentlich gar nicht. Er ging darauf zu und bückte sich. Für Ron sah es so aus, als würde ein verwaschener roter Fleck, Thomas war immer noch genau wie er selbst getarnt, etwas Gelbes aus dem Sand ziehen. Es war – ein Kreuz aus gelbem Plastik. Wenig später entstand Thomas aus dem Nichts, er hatte die Tarnung abgeschaltet und schaute verwundert auf seinen Fund. Ron deaktivierte seine Unsichtbarkeit ebenfalls und trat zu seinem Freund.

„Was hält man denn von sowas?“ Thomas hielt ihm das Teil entgegen und Ron erkannte eine etwas undeutliche Schrift. Mühsam entzifferte er: „Meine Liebe! Was nun?“
„Es waren Menschen hier“, schlussfolgerte er, was eigentlich auf der Hand lag.
„Genau“, bestätigte Thomas. „Und da ich es für unwahrscheinlich halte, dass sich hier jemand selbst beerdigt hat, kann es gut möglich sein, dass es hier noch jemanden gibt.“ Aufmerksam schaute er sich um. „Wenn ich die Landschaftsform richtig deute, dann hört diese Felswüste gleich auf, macht einer tiefer gelegenen Ebene Platz und dann sind wir am Fuße des Olympus Mons. Los weiter!“
Sie schalteten ihre Deflektoren wieder ein und bewegten sich dieses Mal langsamer voran. Wie gut sie daran getan hatten, sahen sie wenig später. Thomas Raven erreichte als Erster die letzten Ausläufer der Felsenformation. Danach ging es in einem 45 Grad-Winkel nach unten und 30 Meter tiefer begann dann die Tiefebene, die nach weiteren 500 Metern am Felsmassiv des Vulkans endete. Thomas sah etwas am Rande des Massivs glitzern und hockte sich hin.
„Was ist?“ Dekker hatte Ravens Beweggründe nicht mitbekommen. Da Thomas nicht alles erklären wollte, enttarnte er sich und legte seinen Ausrüstungssack ab. Ron erschien sichtbar auf der Bildfläche.
„Bleib in Deckung!“ Thomas hatte seinen Funk noch weiter herunter geregelt und Ron hörte es nur als leises Flüstern. Hastig duckte er sich. „Hast du was entdeckt?“
„Ich weiß nicht, mal sehen.“ Mittlerweile hatte er ein großes Fernglas mit übergroßem Okular (damit man es sich vor den Helm halten konnte) aus dem Sack hervorgezogen und richtete es über die Ebene auf den Vulkan.
„Sieh selbst!“ Raven hatte sich wieder herumgedreht, hingehockt und hielt Ron das Fernglas hin.
Dekker ließ sich das nicht zweimal sagen. Nach einigem Suchen wusste er, was Thomas meinte. Am Fuß des Berges waren zwei Fahrzeuge abgestellt, die eine verdammte Ähnlichkeit mit dem hässlichen Design der Trax hatten – quaderförmig. Um diese Fahrzeuge herum liefen mindestens vier Dutzend der goldfarbenen Insektoiden! Die Trax waren da

und sie schienen etwas zu suchen – wahrscheinlich genau dasselbe wie die beiden Freunde!

10. Wiedersehen

Mars:

„Scheiße!“ Ron hatte sich nach seinen Beobachtungen wieder in die Deckung zurückgezogen und bewies, dass er ein Freund ausdrucksstarker Worte war – wenn die Situation es zuließ. Hier war, so fand auch Thomas, der Gebrauch dieses Wortes durchaus gerechtfertigt.
Im Stillen resümierte er die Situation und kam zu dem Schluss, dass es eine sehr bescheidene sei. Sie hatten ihre Shark verloren, ihre Sauerstoffvorräte würden auch nicht ewig halten und die Raumanzüge waren nicht für eine so lange Benutzung ausgelegt. Eventuell hatte man den terranischen Stützpunkt auf dem Mars entdeckt, aber gleichzeitig schienen es auch diese verdammten Kakerlaken geschafft zu haben.
„Hast du den Einschnitt gesehen?“ Ron riss ihn aus seinen trüben Überlegungen.
„Nein. Wo soll der sein?“
„Etwa 300 Meter links von unseren goldigen Freunden!“
Raven wagte sich erneut aus seiner Deckung und legte das Fernglas an. Ron hatte Recht! Das könnte der Zugang sein, beziehungsweise würde er so aussehen, wenn Raven ihn angelegt hätte. Nur die völlig andersartige Denkweise der Trax hatte bisher verhindert, dass diese ebenfalls zu demselben Schluss gekommen waren.
„Was schlägst du vor?“ In Ron Dekker war der alte Kämpfer erwacht.
Thomas grinste ihn an und grollte. „Was meinst du? Wir müssen zunächst die Beweglichkeit unserer Opfer einschränken. Wir können nicht ausschließen, dass sie an Bord der Fluggeräte irgendwelche Scanner haben, mit denen sie uns entdecken können. Ich habe gefühlsmäßig was gegen Luftüberlegenheit!“
„Und ich habe rein praktisch was dagegen!“ Ron nestelte an seinem Ausrüstungssack herum und Thomas wusste gleich, was er meinte. Auch er zog die Einzelteile einer neuartigen Form der bewährten alten Panzerfaust, allerdings mit Doppellauf, aus seinem Rucksack. Zwanzig

Sekunden später hatten die beiden Männer diese Waffen inklusive Fernrohr schussfertig zusammen gebaut und mit jeweils einer Sudden-Death Rakete pro Lauf geladen.
„Plan!" Raven hob den rechten Zeigefinger. „Tarnen, wir schießen die Flieger ab, du den rechts, ich den anderen, dann laufen wir so schnell es geht in Richtung des Zuganges. Unterwegs dahin erledigen wir unsere Freunde, so viele wie es geht! Aber erst, wenn wir fast da sind."
Ron Dekker versicherte erstens, dass dies ein Plan ganz nach seinem Geschmack sei und zweitens, dass es ihm eine Ehre gewesen sei und so …, aber Thomas winkte nur ab und wenig später verschwanden beide Männer wieder von der optisch erfassbaren Bildfläche.
„Bist du im Ziel?" Thomas Flüstern war kaum zu hören.
„Hab ihn!"
„Feuer!"
Bruchteile von Sekunden später zischten zwei und nochmal zwei Sudden Death Raketen mit unterschiedlichen Zielen ins Tal. Bei der Geschwindigkeit der Vernichtungswaffen schlugen diese in die Fluggeräte ein, ohne dass die Trax die Raketen hatten kommen sehen – daher auch der Name. Trotz der geringen Größe hatten diese Kleinstraketen eine enorme Sprengkraft. Kurz nach dem Einschlag aller vier Raketen konnten die Angreifer beobachten, dass die Fluggeräte nur noch Schrottwert besaßen. Die Trax irrten ziellos umher und waren offensichtlich völlig überrascht. Diesen Moment galt es auszunutzen.
„Und los!" Beide hingen sich die Raketenwerfer um den Hals, griffen zur Maschinenpistole und stürmten los. Ron konnte sich nicht erinnern, jemals zu Fuß so schnell unterwegs gewesen zu sein. Der Abstieg zur Tiefebene verlief noch relativ langsam, aber dann. Die durchtrainierten Männer holten aus ihren Körpern die letzten Energiereserven heraus. So dauerte es nur wenig mehr als dreißig Sekunden, bis sie in unmittelbarer Nähe des vermeintlichen Zuganges waren. Leider hatten sie in der Eile eine Kleinigkeit übersehen. Sie selbst waren zwar unsichtbar, aber nicht die Spur, die sie in den Sand pflügten, und der Staub, den sie dabei aufwirbelten. Einer der Trax hatte sich relativ rasch von seinem Schrecken erholt und entdeckte die Spur. Er begann als Erster in diese Richtung zu feuern. Seine Reaktionsschnelligkeit und seine Beobachtungsgabe kosteten ihn aber kurz darauf das Leben. Eine

Geschossgarbe aus Thomas Steyr-Aug zerfetzte ihn und zwei neben ihm stehende.
„Langsamer und auseinander!“ Thomas hatte den Anlass für das Trax-Feuer erkannt und schaltete seine Waffe auf Einzelfeuer. Schuss um Schuss verließ seine Waffe und beendete jeweils das Leben eines der Außerirdischen. Ron tat es ihm gleich. „Ihr sollt mir für die Vernichtung der Erde büßen!“ Dekker schoss noch um einiges schneller als Raven, so dass Thomas sich näher an den Eingang bewegen konnte. Schließlich rannten die Trax in ihrer typisch ruckartigen Bewegungsart davon. Sie konnten den Feind nicht sehen, der sie nahezu ungefährdet abschoss.
Ron schloss zu Thomas auf. „Mach, Thomas. Ich glaube nicht, dass wir allzu lange Zeit haben!“
Zu demselben Schluss war Raven auch schon gekommen und nun stand er mit seinem Begleiter in einem circa drei Meter breiten und fünf Meter tiefen Einschnitt. Von einer Tür war weit und breit nichts zu sehen. „Gib mir Rückendeckung, während ich suche!“
Dekker machte sich auf den Rückweg und Thomas Augen tasteten den kargen Stein ab. Irgendwo musste sich die Eingabesensorik befinden, natürlich so, dass kein Unberechtigter dies erkennen konnte und diese Tatsache machte Raven das Erkennen schwer. Zentimeter für Zentimeter suchte er den Steinfels ab.
„Wir bekommen Besuch!“ Rons Warnruf war laut und deutlich.
Als Thomas noch den Zusatz hörte „auch aus der Luft“, murmelte er einen Fluch.
„Bring mir deine Raketen und deine Munition!“
Hastig eilte Thomas zu seinem Kameraden und sah auf die Ebene. Die Trax waren nicht dumm und die Spuren der Männer wiesen eindeutig auf den Felseinschnitt hin. Drei weitere dieser quaderförmigen Fluggeräte hingen in der Luft und nahmen Kurs auf das Duo. Thomas sah, dass Ron seinen Raketenwerfer geschultert hatte, eine Rakete den Lauf verließ, die Waffe eine andere Ausrichtung erhielt und die zweite Sudden Death abgefeuert wurde. Über der Ebene wurden zwei Fluggeräte voll getroffen. Sie taumelten in der Luft, stießen Qualmwolken und Funkenregen aus und stürzten anschließend ab.

„Könnte direkt Spaß machen, wenn es nicht so viele wären!" Ron lud seinen Werfer nach und schoss auch den dritten Flieger ab. Dann griff er zur Steyr-Aug und nahm die Fußtruppen der Trax unter Beschuss. Zwischendurch warf er eine Granate, die aufgrund der geringen Gravitation weit und mitten unter die Trax flog.
„Leg das Zeug dahin und schaff uns einen Ausweg aus dieser Sackgasse!"
Thomas legte seine Waffen und den Ausrüstungssack wortlos neben Dekker und machte sich wieder auf die Suche nach dem Zugangsterminal. In diesem Augenblick wurde der Fels über ihnen von einer Energiewaffe getroffen. Faustgroße Steine bröckelten herab und trafen die beiden Freunde. Ein mehr als deutliches Zeichen für Thomas, nun endlich den Zugang zu finden.
Und dann sah er es. Genau wie viele Einsprengsel im Stein war dort, kaum zu erkennen, ein Quadrat aus insgesamt 16 dieser farblichen Abweichungen. Nur dass diese exakt genau denselben Abstand von einander hatten. Das war das für Eingeweihte sichtbare Zeichen für ein Zugangsterminal und der Zutritt konnte durch Berühren der Sensorpunkte ausgelöst werden. Eine bestimmte Kombination gab dann den Weg frei.
„Thomas! Wie weit bist du? Ich kann sie nicht mehr aufhalten!"
„Ich hab´s gleich!" Schnell gab Thomas die Kombi ein und ein Teil der Felswand schwang leicht nach hinten und gab eine Schleuse frei.
Raven atmete auf. „Komm her, Ron! Der Zugang ist auf!"
Ron kam mit beiden Ausrüstungssäcken angeschossen. In den Händen hielt er zwei leergeschossene Steyr-Aug und zwei Raketenwerfer. Sein Schwung riss Thomas mit durch die Felsentür in den geräumigen Schleusenraum, wo beide zu Fall kamen. Hinter ihnen blitzte es grell, offensichtlich waren die Trax schon sehr nahe gekommen. Schnell rappelte sich Thomas auf und suchte das Gegenstück zum Verschließen. Dieses war nun deutlich sichtbar angebracht und er konnte die äußere Tür verriegeln.
Es war dunkel – und still in der Schleuse.
„Das hätten wir", bemerkte Ron trocken und nur sein Keuchen verriet, dass es wirklich knapp gewesen war. „Was nun?"

Statt einer Antwort schaltete Thomas zwei Strahler ein, die sich seitlich des Helmes befanden und sah sich um. Sie befanden sich in einem kahlen Raum von ungefähr vier mal vier Metern mit einer Deckenhöhe von etwa 2,50 Metern. Die Wände waren recht rau und als Thomas mit dem Handschuh darüber strich, übertrugen seine Außenmikros leichte Kratzgeräusche.
Kratzgeräusche? Hastig sah er auf die Anzeigen an seinem Armband. Luftdruck: 1.000 hPA, Temperatur 18 Grad, 21 % Sauerstoff, 78 % Stickstoff – atembar. Die Schleuse hatte sich mit Luft gefüllt.
„Wir können die Helme abnehmen", teilte er dem erstaunten Ron mit und ging mit gutem Beispiel voran. Erst schaltete er den Tarnmechanismus aus, dann nahm er den Helm ab und sog prüfend die Luft ein. Sie war frisch und ohne störende Gerüche. Dekker tauchte neben ihm auf.
„Bitte identifizieren sie sich!" Eine weiblich gefärbte Computerstimme ohne Emotionen verlangte ihre Berechtigung.
„First Commander Space Force Thomas Raven. Captain des Auswandererschiffes GOOD HOPE, jetzt GERONIMO!" Raven lauschte dem Klang seiner eigenen Stimme. Dann klickte es leise und die Wand, die sich entgegengesetzt zur Schleuse befand, schob sich zur Seite. Dahinter flammte Licht auf.
„Willkommen auf der Mars-Base, Captain. Ihre Autorisation wurde anerkannt. Sie werden erwartet! Folgen Sie den Hinweisen zur Zentrale!"
Tomas und Ron sahen sich sprachlos an. Wer sollte sie denn hier erwarten? Oder war das nur ein Spruch der KI? Sie würden es herausfinden, wenn sie die Zentrale aufsuchen würden, dachte Thomas und bedeutete Ron, ihm zu folgen. Es begann ein recht langer Weg durch Ausrüstungsräume, Energieumwandlungshallen, Mannschaftskabinen und immer wieder lange Korridore. Schließlich standen sie vor der Zentrale. Ein doppelt mannbreites Schott öffnete sich zischend und langsam betraten die beiden Männer einen kreisrunden Raum von etwa 50 Metern Durchmesser. Dreiviertel der Begrenzungswände waren bis zur Deckenhöhe von fünf Metern mit Bildschirmen unterschiedlicher Größe versehen, die entweder eine Außenansicht des Mars abbildeten oder Räume innerhalb der Station.

In der Mitte befand sich ein halbrunder Kommandotisch und davor, mit dem Rücken zu ihnen, ein halbhoher Kommandostuhl. Ron und Thomas sahen von hinten einen kahlen Schädel und den Beginn eines silbrigen Haarkranzes. Der Rest wurde durch die Rückenlehne verdeckt. Sollte der Mann …
Die beiden Besucher standen jetzt fünf Meter hinter dem Sessel und Ron räusperte sich verhalten. Das schien ein Startsignal zu sein, denn der Sessel drehte sich zu den Neuankömmlingen herum.
„Thomas, du bist es wirklich!"
Fassungslos starrte Raven in graue Augen, die sich langsam mit Tränen füllten. Der Mann hatte einen silbrigen Haarkranz und einen recht langen Vollbart in derselben Färbung. Der etwa 65-jährige Mann stand aus seinem Sitz auf und Ron schätzte seine Größe auf 1,80 Metern. Dabei war die Gestalt etwas untersetzt. Während der Mann langsam und zögerlich auf Raven zuging, tropften ihm die Tränen in den Vollbart.
Mittlerweile war auch Thomas wieder zu einer Reaktion fähig. „Jonathan?"
Raven breitete die Arme aus und der mit Jonathan angesprochene fiel ihm in die Arme.
Ron überlegte angestrengt. Jonathan, Jonathan, wo hatte er diesen Namen schon einmal gehört? Er beobachtete, wie der Körper des Älteren zuckte und bebte. Offensichtlich war er gerade nicht Herr seiner Gefühle. Welcher Jonathan brachte Thomas solche Gefühle entgegen? Aber da, ja genau – Jonathan Baines, Admiral Jonathan Baines. Dieser Mann mit den weißen Haaren musste Admiral John Baines sein. Ein Irrtum war nicht möglich. Er erinnerte sich, dass Thomas ihm von seinem väterlichen Freund berichtet hatte. Meine Güte, was für eine Fügung des Schicksals. Sie trafen hier auf den Vater von Trixie! Ron war mit einem Mal selbst ganz gerührt.
Es dauerte geschlagene fünf Minuten, bis sich der alte Baines wieder soweit beruhigt hatte, dass Thomas loslassen konnte. Nun hielt er ihn an den Armen fest und betrachtete ihn mit etwas Abstand.
„Du siehst gut aus, mein Junge!"
Thomas lauschte den Worten. Mein Junge, so hatte er ihn immer genannt und das war lange her, sehr lange. Leider konnte er sich nicht viel

Zeit nehmen, in den Erinnerungen herumzuwühlen, denn die Trax würden irgendwann Zugang zur Station finden.
„Wer ist außer dir noch in der Station?“
Der Alte schüttelte den Kopf und seine langen grauen Haare flogen dabei umher. „Ich bin der Letzte!“
Dann richteten sich fragende Augen auf Raven. „Mein Junge, sag, was ist mit meinem Mädchen?“
Nun lächelte Thomas breit. „Aus deinem kleinen Mädchen ist eine tolle, junge Frau geworden. Sie ist ein wertvolles Mitglied meiner Brückencrew und Gunnerin des Flaggschiffes GERONIMO!“
Wieder flossen die Tränen und wieder hielt Baines seinen „Jungen“ im Arm.
„John, hey, Jonathan. Wir haben ein Problem!“
Das Wort „Problem“ weckte in den von väterlichen Gefühlen übermannten Baines den Admiral des Space Command. In den nächsten Minuten erfuhren die beiden Ankömmlinge, was sich seit 2120 zugetragen hatte. Admiral Baines war mit einigen Militärs vor der sich abzeichnenden Niederlage auf der Erde mit einem Transportschiff zum Mars geflohen. Eine Flucht, die er sich nie verzieh. Glücklicherweise konnten sie unbehelligt auf dem Mars landen und das Schiff in einem unterirdischen Hangar verstecken. Auf eine diesbezügliche Frage von Ron schüttelte der Admiral den Kopf. Nein, mit dem Transportschiff seien die übrigen Getreuen, mit Ausnahme seiner Partnerin, im Jahr 2121 zur Erde geflogen. Er habe nie wieder etwas von diesem Schiff gesehen oder gehört.
Thomas war neu, dass sein alter Freund eine Partnerin hatte, also fragte er danach.
Baines lächelte schmerzlich. „Es hat sich erst hier auf dem Mars ergeben. Nyota war mir fast drei Jahre eine liebevolle Partnerin. Die letzte, wärmende Sonne in meinem Herzen.“
„Admiral Nyota M`Ganda?“ Thomas erinnerte sich an eine dunkelhäutige Afrikanerin mit schlohweißen Haaren. Sie war es gewesen, die ihnen in einer Aufzeichnung den Begriff „TROJA“ erklärt hatte. „Was ist mit ihr passiert?“
„Sie wurde krank, mein Junge - Magenkrebs. Ich hielt sie mit Morphium einigermaßen schmerzfrei. Es war abzusehen, dass uns dieses

Medikament eines Tages ausgehen würde. Um mir das Zusehen bei ihrem Sterben zu ersparen, nahm Nyota in einem unbeobachteten Augenblick eine Überdosis. Sie starb in meinen Armen mit einem Lächeln auf den Lippen. Ich begrub sie vor einem Jahr außerhalb der Station. Seitdem bin ich allein." Ron und Thomas sahen sich an. Sie hatten vor kurzem auf dem Grab von Nyota M`Ganda gestanden. Ron blies den Atem aus aufgeblasenen Backen. Nun hatte er ein gefühlsmäßiges Problem. Welch ein Schicksal! Als Letzter seine Partnerin zu Grabe tragen zu müssen und nicht zu wissen, ob man vor seinem eigenen Tod noch mit einem anderen Menschen ein paar Worte wechseln kann – vielleicht sogar der Letzte seiner Art zu sein. Ron versuchte sich in die Lage von Admiral Baines… - nein, er ließ es lieber. Das war ihm zu viel.

Marsorbit:

Während auf der Oberfläche die Trax versuchten, den Eingang zur Mars-Base, und die Menschen in der Base versuchten, einen Ausweg zu finden, spielte sich 300 Kilometer über der Marsoberfläche etwas ganz anderes ab. XO Laura Stone hatte noch eine Idee gehabt und dieser Gedanke manifestierte sich jetzt hier in einem getarnten Flugobjekt. Dieses Raumschiff war 60 Meter lang, wurde als REVENGE, vollständiger Name: EDDIES REVENGE, bezeichnet und verfügte nicht nur über eine höchst eigenwillige, sondern auch mit allen Wassern gewaschene künstliche Intelligenz. Der Einsatzbefehl von Laura an die KI war äußerst knapp gehalten: „Thomas Raven und Ron Dekker befinden sich auf dem Mars – ebenso wie unsere Feinde. Sieh zu, wie du den beiden helfen kannst und bring sie anschließend zum Treffpunkt."

Kurz darauf hatte der Letalis getarnt das Flaggschiff verlassen und sich mit mäßiger Energieabgabe dem Mars genähert. Die passive Ortung lief ohne Unterbrechung. Der Letalis hatte mittlerweile registriert, dass einer der Riesenkästen im Orbit kreiste und der andere in der Nähe von Olympus Mons gelandet war. Dort vermutete der Letalis, mit einer Wahrscheinlichkeit von 88 %, seine beiden Zielpersonen. Die Aufteilung der feindlichen Kräfte war ein Problem für das Kampfschiff. Es musste unbedingt verhindert werden, dass die übrigen zehn Schiffe der Trax, die Richtung Erde weitergeflogen waren, zur Hilfe kamen, wenn

der Letalis ein- und angriff. In Bruchteilen von Sekunden spielte die KI mehrere Dutzend Angriffsszenarien durch, bis eine Taktik mehr als 50 % Erfolg versprach. Dann ging die KI ans Werk. Mit vorsichtigen Schüben der Korrekturdüsen brachte sich der Letalis genau 100 Kilometer hinter dem feindlichen Schiff im Orbit. Die getarnte REVENGE brauchte 20 Minuten, um Kurs und Geschwindigkeit dem Feind anzupassen – etwas darüber. Eine reine Rechenarbeit, kein Problem für den Schiffscomputer. Eine gewisse Zeit nahm die Programmierung von zehn Ganymed-Raketen mit Nuklear-Sprengköpfen in Anspruch. Dann schoss die KI die getarnten Sprengkörper nicht etwa ab, sondern setzte sie nur aus. Langsam bremste der Letalis dann ab und fiel in einem weiten Bogen auf den Mars zu. Die Taktik erforderte, dass beide Trax-Raumer in der Nähe des Mars zur selben Zeit angegriffen werden mussten und der im Orbit befindliche dann, wenn er sich auf der von der Erde abgewandten Seite befand, um Ortungen der anderen Trax-Schiffe weitgehend zu vermeiden.
Die KI hatte die Zeit und die Flugbahn so berechnet, dass sie zum fraglichen Angriffszeitpunkt ohne weitere Kursmanöver direkt in der Tharsis-Region herauskommen würde und sich Feind Nummer zwei auf der von der Erde abgewandten Seite des Mars befand.
Soeben berührte der Letalis die ersten dünnen Gasschichten. Die Abdeckplatten der Ganymed-Raketen waren geöffnet und die Phasenwerfer feuerbereit.

Mars-Base:

Die drei Menschen beobachteten mit Hilfe der Außenkameras den feindlichen Aufmarsch. Ein Riesenkasten war gelandet und wartete drei Kilometer vor der Base. Zahlreiche Trax-Jäger waren in der Luft und suchten die Umgebung ab. Auf dem Boden wimmelte es von diesen goldfarbenen Kreaturen. Schöne Rettung, dachte Ron. Nun stecken wir hier fest und die Freude des alten Baines hält nicht lange vor. Waffen hatte diese Station keine – Jonathan bedauerte. Ihre eigenen Munitionsvorräte waren nahezu verbraucht und als der Admiral ihnen noch erzählte, dass laut seinen Ortungsergebnissen insgesamt 12 Trax-Schiffe beachtlichen Ausmaßes im Sonnensystem erschienen waren, konnte

Thomas und Ron die Hilfe durch das Flaggschiff in den Wind schreiben.
„Laura wird die GERONIMO in Sicherheit gebracht haben!" Thomas war sich da sicher.
„Ja", schloss sich Ron an. „Wahrscheinlich wartet sie am Treffpunkt in der Hoffnung, dass wir uns aus dem Staub machen können." Missmutig schaute er auf die Anzeigen – um im nächsten Moment geblendet die Augen zu schließen.
Die REVENGE hatte die Angriffszone auf dem Mars erreicht. Ein Funksignal erreichte die im Orbit ausgesetzten Ganymed-Raketen, die aufgrund der höheren Geschwindigkeit bis auf wenige Hundert Meter an den Trax herangetrieben waren und nun die Triebwerke zündeten. Innerhalb von 3 Sekunden erreichte die erste Rakete den traxschen Antrieb und riss ein ordentliches Loch in Heck und Schutzschirm. Die anderen neun knallten völlig ungebremst in die Weichteile des überraschten Gegners und fraßen sich bis weit in den Leib des Quaders vor, bevor sie ihre atomaren Gewalten an die Umgebung abgaben. Das Ergebnis war endgültig. Auf der von der Erde abgewandten Seite entstand für kurze Augenblicke eine zweite Sonne, die schnell verblasste und nur ausgeglühten Schrott zurückließ. Der Letalis war an dieser Stelle wieder einmal effektiv gewesen.
Kaum war dieser Gegner erledigt, begann die REVENGE, 500 Meter über der Marsoberfläche, den Anflug abzufangen und schoss dabei im Sekundentakt zehn Ganymed Raketen auf das gelandete Trax-Schiff ab. Die in der Luft befindlichen Jäger bekämpfte der Letalis mit den Phasenwerfern, Bodentruppen wurden mit dem Abwurf normaler Bomben dezimiert. Bei der sechsten Ganymed explodierte das riesige Trax-Schiff. Trotzdem schlugen noch weitere vier Raketen ein und verwandelten die weite Umgebung in ein Inferno.
Der Letalis zog hoch und drehte bei. Beim ersten Anflug waren der Riesenkasten, sowie mehr als 80% der Jäger vernichtet worden, genau wie das Schiff im Orbit.
Von der Explosion des großen gelandeten Trax-Raumers war Ron geblendet worden.
Während die Männer ein paar Hundert Meter tiefer und seitlich davon entfernt fassungslos auf die Monitore starrten und sich nicht erklären

konnten, was draußen vorging, schwenkte der Letalis in einer Flugbahn zum nächsten Angriff ein. Die zweite Aktion verlief wesentlich langsamer und dafür auch gründlicher. Die REVENGE vergaste mit den Phasentorpedos ganze Felsen und wütete schrecklich unter den Feinden. Da blieb es nicht aus, dass ein Monitor nach dem anderen ausfiel, weil der Letalis natürlich auch die Außenkameras der Base traf.
Während die Männer in den Katakomben der Mars-Base ratlos auf die verbliebenen Bildschirme schauten, meldeten sich die Funkempfänger von Thomas und Ron.
„Hier ist die REVENGE! Ich rufe Thomas Raven und Ron Dekker!"
Thomas bekam große Augen, meldete sich augenblicklich und gleichzeitig wurde ihm klar, wer dort draußen diesen Feuerzauber veranstaltete.
„Laura schickt mich. Ich soll euch aus der Patsche helfen und euch zum Treffpunkt bringen!" Die Funksendung war nicht sehr deutlich zu verstehen, weil das Hämmern der Bordkanonen die Akustik beherrschte.
Thomas beschrieb der KI den Weg zum Eingang und gab zu verstehen, dass man innerhalb kurzer Zeit zu dritt dort erscheinen werde. Die KI ordnete in ihrer bekannt schnodderigen Art „aber Tempo" an und Admiral Baines hatte es auf einmal sehr eilig. „Ich muss noch etwas besorgen – geht schnell!" Damit ließ er Thomas und Ron stehen, um knappe drei Minuten später mit einem kleinen Koffer und im Raumanzug wieder auf der Bildfläche zu erscheinen. Das Trio hetzte zum Ausgang und hatte die Schleuse fast erreicht, als eine gewaltige Detonation ertönte. Gleichzeitig plärrten die Lautsprecher auf den Gängen etwas verzerrt: „Eindringlingsalarm, Eindringlingsalarm – Schleuse B!"
Hastig setzten die drei ihre Helme auf und Ron machte seine Steyr schussfertig.
„Gibt es noch einen andren Ausgang?" Thomas wandte sich an den Admiral.
Baines bestätigte. „Folgt mir!" Er drehte sich um und in diesem Augenblick begann die Waffe von Ron mit einem Stakkato Tod und Verderben zu spucken. Die ersten Trax waren im Gang aufgetaucht und rannten in die Explosivgeschosse des Marine. Dann klickte es leise.

„Meine Munition ist alle!“ Ron fluchte unterdrückt und Thomas übernahm die Rückendeckung, während es im schnellen Lauf zurück zur Zentrale ging.
„Ron“, rief Thomas. „Die Näherungsgranaten! Wir müssen sie in der Zentrale deponieren!“
Admiral Baines, der gerade dem Letalis die Örtlichkeit des zweiten Ausgangs beschrieb, unterbrach seine Anweisungen. „Wenn wir die Zentrale zerstören, funktioniert die Schleusensteuerung am Ausgang nicht mehr!“
„Kannst du sie von der Zentrale aus öffnen und geöffnet halten?“
„Ja, ich brauche ein wenig Zeit!“
Thomas bestätigte. „So machen wir das. Ich beschäftige die Trax eine Weile und Ron legt die Minen!“
In gehetztem Tempo erreichte das Trio die Zentrale. Thomas schloss die Zugangstür, behielt diese im Auge und Ron schärfte drei Minen. Der Admiral saß in seinem Stuhl und tippte auf seiner Konsole herum. Er musste beide Schleusentüren gleichzeitig öffnen. Dies bedeutete ein Sicherheitsrisiko für die Station, weil die Atmosphäre unkontrolliert entweichen konnte. Also musste er Sicherheitsprotokolle umgehen und dass hieß: Er brauchte mehr Zeit – Zeit, die sie vielleicht nicht hatten. Als das Zugangsschott bereits rot zu leuchten begann, schrie Baines: „Fertig!“ und die drei Männer beeilten sich, aus dem gegenüberliegenden Schott die Zentrale zu verlassen. Zehn Sekunden später drängten etwa vierzig Trax durch das zusammengeschmolzene Schott in die Zentrale und versuchten festzustellen, wo ihre Gegner geblieben sein konnten. Die LED-Anzeige auf drei Spezialminen wechselte von grün auf rot. Die Bewegungssensoren hatten die Sprengkörper aktiviert. Nach weiteren zwanzig Sekunden verging die Zentrale und mit ihr alle anwesenden Trax in einer gewaltigen Explosion. Die Erschütterung war in Lautstärke und Vibration gut von den drei Männern zu spüren und ein teuflisches Grinsen stahl sich um Thomas Mundwinkel – Scheiß Kakerlaken!
Innerhalb der nächsten zehn Minuten erreichten sie den Ausweichausgang. Ron funkte noch einmal den Letalis an, um sich zu erkundigen, ob dieser den Eingang gefunden hatte und dort wartete.

„Sicher doch“, war die lapidare Antwort und Admiral Baines zog eine Augenbraue hoch.
„Etwas eigenwillig, unsere KI“, warf Thomas entschuldigend ein und erreichte die beiden offen stehenden Außentüren der Schleuse. Alle drei rannten heraus und unmittelbar vor ihnen enttarnte sich der Letalis und sie sahen eine bereitstehende, offene Schleuse, wie auch auf der anderen Seite des Letalis die wild feuernde Vierlingsflak – man war noch nicht in Sicherheit! Zu dritt warf man sich in die Schleuse und spürte augenblicklich, dass die Tür geschlossen wurde und dass man mit Werten startete, die größer waren als das, was die Beharrungsdämpfer ausgleichen konnten. Unfähig, auch nur den kleinen Finger zu rühren, rutschten sie in irgendeine Ecke des Schleusenraumes und blieben dort liegen. Das grüne Licht innerhalb des Raumes zeigte ihnen zwar an, dass atembare Luft nachgepumpt worden war, aber niemand war in der Lage, den Helm abzunehmen. Blaues Leuchten signalisierte anschließend den Übergang in den Tarnflug. Nach fünf Minuten wich der Druck etwas und sie konnten wieder normal atmen. Weitere zwei Minuten später konnten sie die Helme absetzen und durchatmen. Wiederum drei Minuten später konnten sie aufstehen und die Schleuse verlassen. Thomas hetzte hoch zur Kommandoebene, der Admiral und Ron folgten dichtauf. Oben angekommen warf sich Thomas in den Kommandosessel und forderte von der KI einen Bericht. Während Baines sich staunend umsah, erklärte die REVENGE, dass der Letalis zu 100% kampftauglich sei und die Marsumlaufbahn in Richtung Pluto verlassen habe. Bisher seien die zur Erde weiter geflogenen Trax-Einheiten nicht aufmerksam geworden.
Ron Dekker sank erleichtert in den nächsten Sessel. Thomas schaute seine Gefährten an. „Ich weiß nicht, wie es dir geht, Ron, aber ich muss aus diesem Anzug raus hier und unter eine Dusche!“
Ron nickte bestätigend. Die Anzüge waren wirklich nicht für eine so lange Tragedauer geeignet und die menschliche Notdurft, na ja, sie waren eben noch nicht ganz perfekt.
„REVENGE, flieg uns zum Treffpunkt!“
„Geht klar, Chef!“
„Sag mal“, begann Admiral Baines, der noch den letzten Worten der KI lauschte, doch Thomas winkte müde ab. „Später, mein Freund, später

erklär ich dir das. Einstweilen findest du dich damit bitte ab. Wir gehen jetzt duschen. Du kannst der KI Fragen stellen oder dir eine Kabine zuweisen lassen. Entschuldige uns bitte!"
Thomas und Ron verschwanden schleunigst, um sich zu reinigen und den schrecklichen Gestank loszuwerden, der aus dem Halsausschnitt der Anzüge drang.
Thomas genoss nach dieser Anstrengung die heiße Dusche und brauchte dieses Mal bestimmt doppelt so lange wie sonst.

„Hallo KI?" Baines war allein auf der Brücke und versuchte eine Konversation mit dem Schiffsrechner.
„Ja bitte?" Der Ton klang genervt.
„Ich bin Admiral Jonathan Baines und wünsche, entsprechend angesprochen zu werden!" Der Alte hatte mit einem strengen Tonfall gesprochen und wartete um sich schauend auf eine Reaktion.
„Hör´ mal zu, Admiral! Du scheinst im Rang höher zu stehen als Thomas, aber Rang ist hier Schall und Rauch! Die beiden Männer, insbesondere Captain Raven, haben durch ihre mutigen Vorgehensweisen und ihre weise Voraussicht vielleicht Respekt verdient. Respekt dadurch, dass sie es den Resten der Menschheit bisher ermöglicht haben, zu überleben. Ich tue alles, was nötig ist, sie dabei zu unterstützen. Trotzdem zeige ich diesen Respekt nicht. Warum soll ich es also bei dir tun? Was hast du getan, damit ich vor Ehrfurcht mein Knie beuge?"
Der Admiral verschluckte sich fast und zog es vor, zu schweigen.
„Siehst du!" Die KI konnte sich eine weitere Bemerkung einfach nicht verkneifen. Allerdings zeigte der nächste Wortbeitrag, dass die KI außerordentlich fair sein konnte. „Aus meinen Datenbanken entnehme ich, dass du der Vater von Beatrice Baines bist. Hierzu kann ich dir berichten, dass es sich um eine wirklich fähige Gunnerin handelt, von deren Ideen ich eine Menge lernen konnte."
Neben einer Träne stahl sich ein kleines Lächeln über die Gesichtszüge des alten Mannes.

Nach einer halben Stunde trafen sich die Männer im Mehrzweckraum des Mitteldecks. Raven staunte nicht schlecht, der Admiral hatte die Zeit ebenfalls zur Körperpflege genutzt, wenngleich er etwas betroffen wirkte. Sein Bart war abrasiert und soweit es ging, hatte er sein Haar gekürzt. Weiterhin trug er eine saubere und intakte Uniform. Ron bereitete für alle etwas zu essen vor und Thomas besorgte Kaffee. Sie aßen schweigend und als Thomas die zweite Tasse verteilte, sah ihn Jonathan ungeduldig an.

„Los, Jungs. Nun will ich hören, wie es euch ergangen ist."

In den nächsten vier Stunden lieferte Raven, gelegentlich unterstützt von Ron, einen kompletten Bericht über die letzten mehr als vier Jahre ab. Er kam nur einmal richtig ins Stottern, er war gerade bei Stonehall angelangt, als sich Jonathan Baines so ganz nebenbei nach Ewa erkundigte.

„Wie, Ewa? Wieso fragst du nach Ewa?"

„Weil ich sie ausgesucht und gefragt habe, ob sie Chefärztin an Bord der GOOD HOPE werden wollte."

„Du?"

Baines grinste. „Ja ich. Natürlich wusste ich von euch. War ich als Kuppler erfolgreich?"

Thomas war perplex und während er noch seine Gedanken sortierte, antwortete dafür Ron: „Er hat sie vor einem Monat geheiratet und sie erwarten ihr erstes Kind."

Jonathan ballte beide Hände zur Faust und freute sich. „Ja, ich hab´s gewusst!"

„Ja", sagte Thomas etwas lahm, „das war ein Volltreffer. Dann muss ich mich wohl bei dir bedanken?"

„Nein, musst du nicht. Was ich bei dir richtig gemacht habe, vermasselte ich bei meiner Tochter. Ich bin gespannt, wie sie reagiert, wenn sie mich sieht." Baines machte ein betrübtes Gesicht.

„Sie wird sich unglaublich freuen, Jonathan! Aus einer unreifen Göre ist eine verantwortungsvolle, junge Frau geworden, die die Vergangenheit in einem ganz anderen Licht sieht. Sie vermisst dich!"

„Wirklich?" Der Admiral blieb skeptisch, er kannte seine Tochter nur als Widerspenstige und für ihn Unnahbare.

„Ich weiß es!" Thomas lächelte seinen väterlichen Freund an und nickte bestätigend.

„Okay, weiter mit eurem Bericht."

Der Admiral staunte immer wieder und gestand sich ein, dass die restliche Menschheit um Thomas Raven ganz erstaunliches geleistet und

erreicht hatte. Allein dieses wunderbare Schiff, in dem sie jetzt saßen, sprach Bände. Schließlich endete Thomas´ Bericht und der Admiral seufzte.
„Und ich habe versagt!“
Während Ron und Thomas ihn fragend ansahen, wiederholte dieser die düstere Feststellung. „Versagt bei der Verteidigung der Erde!“
Jonathan wurde von seinen Gesprächspartnern stürmisch darüber belehrt, dass niemand etwas gegen diese Übermacht hätte tun können, aber der Admiral wischte diese Argumente zur Seite.
„Ich weiß mit meinem rationalen Verstand schon zu erfassen, dass ich kaum etwas hätte verhindern können. Aber die moralische Verantwortung! Allein, dass ich noch lebe, erscheint mir ungerecht. Ich schaue schon in keine Spiegel mehr. Meine Aufgabe war es, die Heimat zu verteidigen und was ist passiert? Ich gehöre zu den wenigen Überlebenden. Das macht mich ungeeignet für den Admiralsrang und ich kenne jemanden, der diesen Job wesentlich besser als ich auszufüllen in der Lage ist.“
Mit großen Augen verfolgten Thomas und Ron, wie Baines seine Admiralsabzeichen von den Schultern nahm und vor Thomas auf den Tisch legte. Anschließend stand er auf und seine Gegenüber ebenfalls.
„Ich bitte den gewählten Präsidenten der Menschen auf dem Planeten Agua als Zeuge zu dienen! Hiermit überreichte ich den Rang des Admirals an First Commander Space Force Thomas Raven. Bist du gewillt, Thomas, diesen Rang anzunehmen und der Menschheit weiterhin so effektiv zu dienen?“
Thomas schaute seinem alten Freund in die Augen. Es war Tradition in der Flotte, dass die Admiräle zum Ende ihrer Karriere nach Möglichkeit einen Nachfolger selbst auswählten. Bestimmte Auswahlkriterien waren dabei Pflicht, aber Thomas erfüllte diese. Wenn er annahm, war Admiral Jonathan Baines nur noch Jonathan Baines – eine Privatperson. Gleichzeitig aber konnte Thomas nicht wieder als Captain eines Schiffes fungieren. Eine Tatsache, die ihn nicht erfreute.
Trotzdem – er holte tief Luft und entgegnete: „Ich nehme den Rang an und werde der Menschheit dienen, bis ich den Rang weitergebe oder der Tod mich hindert!“

„Damit bist du Admiral Thomas Raven!" Jonathan gratulierte und umarmte ihn herzlich. Anschließend nahm Thomas noch die Glückwünsche von Ron Dekker entgegen.
Anderthalb Tage später, am 14.02.2125, gegen 14:00 Uhr, erreichte die REVENGE den Treffpunkt und ortete wenig später zur allgemeinen Erleichterung des Trios die GERONIMO.

11. Wiedersehen 2

14.02.2125, GERONIMO, Brücke, 14:00 Uhr Bordzeit:

„Ich preise alle bekannten und unbekannten Götter!" Mit diesem lockeren Spruch hatte Laura Stone die Meldung ihres Taktikers Paulo Baretta entgegengenommen, der ihr die Ankunft der REVENGE mit Thomas und Ron an Bord gemeldet hatte. Laura war unendlich erleichtert darüber. Sie hätte es sich nie verziehen, wenn den beiden etwas passiert wäre, auch wenn sie keine andere Wahl gehabt hatte. Die letzten anderthalb Tage waren für sie die Hölle gewesen. Sie freute sich so sehr, dass ihr das kleine, grüne Blinken auf ihrem Tableau fast nicht aufgefallen wäre. Da wollte sie jemand persönlich sprechen. Also setzte sie einen Ohrhörer mit Kehlkopfmikro auf und drückte den Empfangssensor. Kaum hatte sie das erledigt, als ihr auch schon die vertraute Stimme von Thomas ans Ohr drang: „Hallo Laura, das Gespräch ist nur für uns beide!"
„Hatte ich mir fast gedacht", erwiderte sie trocken. „Schön, dass ihr wieder da seid!"
„Danke, ist Trixie an ihrem Platz?"
„Ja!"
„Schick´ sie zu Top 12!"
„Okay – warum?"
„Lass dir was einfallen. Erklär ich dir später! Bis gleich!"
Thomas hatte aufgelegt und Laura überlegte angestrengt, welche Begründung sie anführen sollte, um Trixie ausgerechnet in Top 12 zu bekommen. Aber eigentlich brauchte sie gar keine, war schon praktisch XO zu sein.
„Beatrice Baines!"

„Aye, Ma´m!“ Trixie war sogar aufgestanden, hatte sich umgedreht und sah Laura erwartungsvoll an.
„Begib´ dich nach Top 12 und warte dort!“
Als Laura bemerkte, dass Trixie eine schwer zu beantwortende Frage stellen wollte, wedelte sie die Gunnerin mit einer hektischen Handbewegung von der Brücke. Die Überraschte verschwand mit einem Ausdruck tiefster Verwunderung auf ihrem Gesicht.
„Paulo, teil dem Deckoffizier mit, dass die REVENGE Landeerlaubnis hat!“
„Aye, XO!“

Landedeck:

Der ehemalige Admiral staunte nicht schlecht, mit welcher Präzision die KI das 60 Meter Kampfschiff zentimetergenau in eine seitliche Parkbucht des Landedecks manövrierte.
„Mission erfüllt! Beehren Sie mich bald wieder!“ Mit dem schnodderigen Spruch verabschiedete sich die KI und schaltete die meisten Schiffssysteme ab. Thomas, Ron und Jonathan gingen durch die Schleuse und betraten das Landedeck der GERONIMO.
„Willkommen an Bord, Captain!“ Dario Brunner, der etwas untersetzte Schweizer, wartete auf dem Deck auf die Ankömmlinge und brachte zwar keine exakte militärische Ehrenbezeichnung zustande, dafür waren seine Worte ehrlich gemeint – was Thomas sehr viel lieber war. Dann bekam Brunner große Augen: „Admiral, Admiral Baines – ich verstehe nicht, wie …“ Nun kam der ehemalige Eidgenosse ins Stottern und er sah den rechten Zeigefinger von Thomas auf sich gerichtet. „Das bleibt für genau eine Stunde unser Geheimnis, Dario!“
Der Deckoffizier hob beide Hände ruckartig bis in Schulterhöhe. „Ich weiß von nix!“
Thomas wandte sich an Jonathan. „Weißt du was und wo Top 12 ist?“ Baines verneinte.
„Ich meine einen Raum, der oben auf der GERONIMO aufgesetzt ist und dessen Außenhülle aus durchsichtigem Aluminium ist!“
„Ach, du meinst den Ausguck!“ Jonathan Baines hatte das Schiff seinerzeit mitentworfen und kannte daher auch diese Besonderheit.

„Gut, wir sagen dazu Top 12. Dort wartet deine Tochter. Geh´ sie überraschen und lasst euch Zeit. Wirst du dorthin finden?"
Baines nickte nur und beeilte sich, das Landedeck zu verlassen.
„Ich möchte nach Suzan schauen!"
Thomas sah seinen Freund an und schlug ihm als Zeichen seines Dankes für die Begleitung auf die Schulter. „Geh nur. Sie macht seit dem Ende der Erde sicher Überstunden in ihrer psychologischen Abteilung – und danke für deine Begleitung!"
Ron nickte nur, klopfte Thomas auf den Arm und verließ das Flugdeck.

Brücke:

Thomas nahm sich nicht die Zeit, mit dem offenen Aufzug die eine Ebene zur Brücke herunterzufahren. Aus seiner Sicht könnte es nur noch einen Grund geben, nicht sofort den Heimweg anzutreten: Die Aufklärer waren eventuell noch nicht zurück. Er nahm die Rutschstange und stand daher schneller neben Laura, als diese das erwartet hatte.
„Willkommen zurück, Thomas!"
„Danke! Kurzer Infoaustausch, nur du und Paulo!"
Baretta hatte mitgehört und folgte dem Führungsduo wortlos in den Besprechungsraum.
Thomas warf sich in einen der Sessel und begann, ohne eine Sekunde zu verlieren.
„Sind die Aufklärer zurück?"
Paulo nickte: „Der Letzte landete vor zwei Stunden."
Raven trommelte ungeduldig mit den Fingern auf der Tischplatte. „Haben wir einen Kurs nach Hause, ohne uns auf langwierige Gefechte einzulassen?"
Paulo zuckte mit den Schultern. „Wir haben hier drei unbewachte Galaxiewurmlöcher gefunden, die zurück nach Blackeye führen. Ob der Gegenpol allerdings bewacht wird, können wir von hier nicht feststellen, du weißt, nicht einmal ein Letalis kann die Anomalie aktivieren, wir müssen direkt mit der GERONIMO durch! Ich habe unseren Ankunftsort innerhalb Blackeye mit Hilfe des Acaspa-Rechners ausfindig gemacht." Der Wissenschaftsoffizier stand auf und begab sich an die Kopfseite des Tisches. Dort gab er über ein Touchpaneel ein paar Befehle ein und wenig später erschien an einem Wandmonitor die

schematische Darstellung der Blackeye-Galaxie. Diese Spiralgalaxie, ähnlich wie die Milchstraße, wies einen blauen Punkt für Agua und drei rote Punkte für die Austrittsorte der Wurmlöcher. Einer der roten Punkte war vergleichsweise nahe am neuen Heimatplaneten, der nächste ganz am Rand und einer davon so ziemlich zwischen den roten Punkten.

„Vorschläge?" Thomas sah sich um. „Gut, wir nehmen den mittleren. Gibt es aus eurer Sicht einen Grund, noch länger hier zu verweilen?"

Dieses Mal antwortete Laura: „Ich habe mir einige Berichte unserer Aufklärer angesehen, die wir zur Dokumentation zur Erde geschickt hatte. Ich fürchte, es gibt keinen Grund mehr innerhalb der nächsten 500 Jahre die Erde aufzusuchen."

„Ich habe bereits drei Kurse einprogrammiert und auf Hotarus Tableau kopiert. Du hast gerade Kurs Alpha gewählt." Paulo hatte mal wieder praktisch gedacht und sich die Wartezeit mit umfangreichen Rechenaufgaben vertrieben. Man konnte sicher sein, dass es sich jeweils um die kürzesten Routen handelte.

Thomas nickte und griff zur Kom-Konsole, die im Tisch integriert war.

„Hotaru?"

„Captain?" Hotarus helle Stimme antwortete sofort.

„Ist Kurs Alpha ein Begriff für dich?"

„Selbstverständlich!"

„Kurs Alpha – ab nach Hause!" Thomas grinste und fügte noch hinzu: „Und bummel nicht!"

„Aye, Captain!" Die Stimme klang fröhlich, jugendlich, fast unbeschwert. Dabei zählte die junge Japanerin zu den besten Piloten mit einiger Kampferfahrung.

Thomas wandte sich wieder seinen Gesprächspartnern zu und da man nun unterwegs war, wollte Laura ihre Neugierde befriedigen. „Sag mir bitte, warum ich Trixie nach Top 12 schicken sollte."

Thomas nickte und begann seinen Bericht.

Top 12:

Jonathan Baines war mehr als nervös. Er spürte, wie seine Glieder zitterten. Er hatte noch etwa 50 Meter bis Top 12.

Wie würde seine Tochter reagieren? Schließlich war er mit dem Mädchen nicht fertig geworden und hatte sie, wenn man es richtig sah, einfach abgeschoben. Abgeschoben in Richtung GOOD HOPE unter die Fittiche von Thomas Raven, in der Hoffnung, dass dieser es richten möge. Es konnte gut sein, dass die kleine Beatrice, obwohl, er hatte sie seit mehreren Jahren nicht mehr gesehen – sie musste jetzt Mitte zwanzig sein. Eine junge Frau. Ob sie immer noch so dünn war? Nun hatte er die Tür erreicht und zögerte immer noch. Dann erinnerte er sich an Thomas´ aufbauende Worte, fasste sich ein Herz und drückte auf den Öffnungsmechanismus. Langsam sprang die Tür auf und zeigte diesen einzigartigen Raum mit dem gigantischen Ausblick in einem diffusen Dämmerlicht. Die Sterne bewegten sich – die GERONIMO war bereits wieder auf Fahrt. Auf der Couch entdeckte er eine zierliche Person.
„Was soll, wer bist …“ Die Worte klangen leicht ungeduldig, aber auch neugierig. Der alte Baines stand im Türrahmen und daher etwas im Schatten. Als er einen Schritt nach vorne trat, fiel ihm das Licht aus dem Raum ins Gesicht. Für einen kleinen Augenblick war Ruhe.
„Vater!“ Der ehemalige Admiral sah einen Schatten auf sich zufliegen, dann umarmte ihn eine zierliche Person unerwartet kräftig. Vorsichtig nahm der alte Mann seine Tochter in die Arme und wie ein Ertrinkender nahm er die Berührungen und die Küsse seines Mädchens entgegen. Nie, niemals hätte er gedacht, sie noch einmal sehen zu dürfen. Plötzlich spürte er, dass der kleine Körper nur noch zuckte. Dann hörte er das Mädchen weinen und schluchzen. „Aber, aber, meine kleine Trixie! Schickt sich das für die Gunnerin des Flaggschiffes?“
Als der alte Baines dann hörte: „Ist mir völlig egal“, wurde er kurz an frühere Zeiten erinnert und musste lächeln. Ein bisschen Trotz steckte immer noch in ihr. Jonathan wusste hinterher nicht mehr, wie lange sie schon einander umarmend dort gestanden hatte, als ihn Trixie zum Sofa zog. Sie hatten sich viel zu erzählen – Vater und Tochter.

<u>Besprechungsraum:</u>

Thomas hatte seinen Bericht beendet.
„Und der Admiral ist jetzt oben bei Top 12 und trifft seine Tochter“, stellte Laura fest.

„Ja", bestätigte Thomas, „nur, dass er jetzt nicht mehr Admiral ist."
„Wie?" Paulo und Laura schauten ihn fragend an.
Thomas sah auf den Tisch und legte eine Hand auf die Platte. „Er hat den Rang auf mich übertragen und ich habe angenommen!"
„Gratulation! Und was macht der ehemalige Admiral demnächst?" XO Stone war doch etwas überrascht.
„Ich denke Enkelkinder hüten, oder so. Zumindest hoffe ich das." Thomas war guter Laune, schließlich kannte er den Bericht noch nicht, der die Geschehnisse auf der Erde betraf.
„Wir haben schlechte Nachrichten, Thomas." Laura atmete tief durch und machte ein tief unglückliches Gesicht. Ravens gute Laune verschwand augenblicklich. Wenn Laura das sagte, war da was dran.
„Wir haben Grace verloren!"
Thomas wurde blass, schloss die Augen und ließ den Kopf hängen. Er wusste, dass Grace Ojok ein psychisch schwieriger Fall war, aber sie nicht mehr wieder zu sehen – unfassbar. Laura berichtete die erdnahen Erlebnisse. Erst als sie bekannt gab, dass Paulo und Oksana aus NORAD 300 Männer, Frauen und Kinder hatten bergen können, hellte sich seine Mine auf. Sie kamen nicht mit leeren Händen nach Agua, auch wenn ihre Expedition die schreckliche Gewissheit brachte, dass ihre ursprüngliche Heimat nahezu zerstört worden war.

<u>Zwischenspiel:</u>

Während der nächsten Tage, die GERONIMO sollte nach einigen Wurmlochtransfers am 27.02.2125 wieder vor dem großen Sprung über eine mehr als 20 Millionen Lichtjahre breite Leere stehen, ereignete sich nur am Folgeabend des Abfluges, also am 15.02.2125 um 20:00 Uhr, in der Kantine etwas Besonderes. Die Mission war zunächst erst einmal erledigt. Den Rückflug betrachtete man, wenn man vom Galaxiswurmloch und dem Zwangskoma absah, als reine Routine. Thomas hatte sich entschlossen, für seine engsten Mitarbeiter und Freunde in der Hauptkantine der GERONIMO, auch wegen seines neuen Ranges, einen auszugeben. Es war vereinbart, dass ein Sitzplatz frei blieb – symbolisch und zwar für Grace. Es waren alle anwesend, aber zwei weitere Stühle hatten noch keinen Besitzer gefunden. Laura schaute sich um, Ron und Suzan, die Brückencrew – halt, Trixie fehlte und ihr Freund. Obwohl

man noch nicht ganz vollzählig war, eröffnete Thomas die Runde und hob sein Glas, das gut gefüllt mit dem Erzeugnis des einstigen Navigators dieses Schiffes war. „Wir wollen anstoßen auf alles, was uns lieb und wert ist, und dabei diejenigen nicht vergessen, die nicht mehr unter uns sind. Ich erinnere hiermit an Mark Lund, Samantha Park und Grace Ojok." Thomas hielt sein Glas in die Mitte und alle bemühten sich, anzustoßen. Dann, man war gerade dabei die erste Hälfte des Glases zu leeren, als Trixie auftauchte. Sie steckte, ungewöhnlich schick, in einem dunkelroten langen Kleid und zog Tiberius Miller hinter sich her.
„Vater! Ich möchte dir jemanden vorstellen!"
Der alte Baines brach seinen Trunk ab und stellte das Glas schnell wieder auf den Tisch zurück. Dann stand er auf und drehte sich in Richtung Trixie.
„Ja?"
Thomas lächelte. Er erinnerte sich an das Gespräch, was er mit Trixie bezüglich Tiberius Miller und deren Hochzeitsplänen geführt hatte. Nun konnte er sich zurücklehnen. Gerne hätte er die Rolle von Jonathan übernommen, aber am Besten war es doch, wenn der Vater diese Rolle selbst ausfüllte.
Trixie trat etwas beiseite, was eigentlich so gut wie nichts bewirkte, denn Tib war auch vorher gut zu sehen gewesen.
„Ich will dir meinen Freund Tiberius Miller vorstellen!"
Ob der ehemalige Admiral nun wollte oder nicht, sein Mund stand etwas offen, als er an diesem riesenhaften Kerl hochsah und ihm schließlich die Hand reichte. Nun standen die beiden Männer schweigend voreinander und der größere von ihnen erhielt nach kurzer Zeit von seiner Partnerin immer heftiger werdende Ellenbogenchecks.
Thomas, der die Szene beobachtete und sich ziemlich genau vorstellen konnte, was jetzt kam, oder besser gesagt, was kommen sollte, konnte sich kaum noch das Lachen verkneifen. Nein, was waren sie alle zusammen für eine herrliche Truppe! Jeder ein absoluter Individualist und auf seine Art liebenswert. Und wieder fiel ihm ein, dass dies der Schlüssel zum erfolgreichen Kampf gegen die Trax werden konnte. Er war stolz auf seine Mannschaft, auf seine Freunde. Mit Wehmut dachte er an Ewa, der es hoffentlich gut ging. Er hätte einiges dafür gegeben, sie jetzt an seiner Seite zu haben.

Einer der letzten Checks, wobei Trixie richtig ausgeholt hatte, setzte dann bei Tiberius doch einen, wahrscheinlich vorher abgesprochenen, Mechanismus in Gang. Verständlich, dass dieser gutmütige Riese in diesem Ambiente doch eher gehemmt war. Bisher hatte er in der Kantine nicht wirklich eine gute Figur abgegeben.
„Ja, äh, also Admiral Baines …"
„Bin ich nicht mehr. Das ist jetzt euer Captain."
„Ja, also, dann äh …"
Baines grinste. Der Junge war ihm auf Anhieb sympathisch und er empfand es auch nicht als unangenehm, dass Tib immer noch seine Hand hielt, beziehungsweise verschwand die Hand des alten Baines so ziemlich gänzlich in der großen Faust des Marine.
„Versuch es doch einfach mal mit Jonathan, Tiberius."
„Ja, Jonathan, ich wollte wegen der Hand und so, also wegen…" Nun hatte sich der Arme gänzlich verhaspelt, aber der ehemalige Admiral half seinem Gegenüber gerne aus. Er fand es erfrischend, dass mal jemand nicht perfekt war, sondern eher etwas linkisch und bei delikaten Situationen auch rührend hilflos. Solchen Menschen begegnete man in der Funktion des Admirals eher selten.
„Ich nehme mal an, Tib, wenn ich dein Stichwort aufgreifen darf, dass du die Hand meiner Tochter haben willst? Meine", dabei deutete er mit dem freien Zeigefinger auf die immer noch vereinten Hände, „hast du ja schon."
Damit war der Bann gebrochen, weil der gesamte Tisch in brüllendes Gelächter ausbrach.
Trixie stand wenig damenhaft mit in die Hüften gestemmten Armen und leicht genervtem Gesichtsausdruck daneben und Tib ließ erschrocken Jonathans Hand los. Allerdings war die Heiterkeit am Tisch ansteckend und schließlich lachten alle mit.
„Wenn meine Tochter dich ausgesucht hat, und ich denke, so wird es wohl bei ihr gewesen sein, dann will ich dich kennenlernen. Kommt, setzt euch zu uns!"
Es wurde ein netter Abend. Man erzählte und mit Rücksicht auf den bescheidenen Tib setzten die anderen ihn gekonnt in Szene, damit der alte Jonathan ein positives Bild von seinem Schwiegersohn bekam. Schließlich taute auch Tiberius auf und begann von sich zu erzählen.

Während der ganzen Zeit saß die kleine Beatrice eng an ihren Freund gelehnt, hielt seinen kräftigen Arm umklammert und Jonathan bekam ein Gefühl dafür, wie eng diese beiden Menschen schon zusammengewachsen waren. Eine Stunde, bevor man den gemeinsamen Abend beendete und die letzten Biere bestellte, sagte Jonathan dann zu Miller: „Mein Sohn, willkommen bei den Baines!“ Dann schlug er ihm freundschaftlich auf die Schulter und wurde anschließend, weil Trixie diese entscheidenden Worte mitgehört hatte, von seiner Tochter stürmisch umarmt.

In den nächsten zwölf Tagen wurde die GERONIMO fit für den bevorstehenden gewaltigen Sprung gemacht. Dieses Mal gab es besondere Sicherheitsvorkehrungen, damit ein Fall Samantha Park nicht wieder passieren konnte. Außerdem wurde die gesamte GERONIMO dekontaminiert. Was sonst bei dem üblichen Transfers zwischen Acaspa, Vendora und Agua mit den Tiger Sharks oder Letalis und deren Besatzung ständig getan wurde, machte man jetzt mit dem kompletten Flaggschiff. Keine Mitbringsel, seien es auch noch so kleine Sporen, durften die neue Heimat infizieren. Wenn der Mensch, also der übrig gebliebene, eines gelernt hatte, dann war es, dass es immer schlecht war, wenn der Mensch in die Natur eingriff und dies bedeutete auch das Einschleppen von organischen Stoffen anderer Planeten. Die Desinfizierung nahm volle fünf Tage in Anspruch, währenddessen die Reise aber fortgesetzt werden konnte.
Schließlich galt es, so schwer es auch fiel, einen Nachfolger für Grace Ojok als Flight Commander zu bestimmen. Und so gab es ein vertrauliches Gespräch in den Privaträumen des Captains zwischen Thomas Raven und Laura Stone.
„Laura, in dieser laufenden Mission werde ich noch der Captain dieses Schiffes sein. Danach werde ich als Admiral dafür nicht mehr zur Verfügung stehen.“ Thomas machte kein sehr glückliches Gesicht dabei. Sie saßen zu zweit an seinem Esstisch und hatten ein paar Fruchtsäfte vor sich stehen. Dabei wäre es Thomas eher nach einem ordentlichen Whiskey zu Mute gewesen. Er nahm sich vor, nach diesem Gespräch seinen Freund Ron zu fragen, ob er in dieser Sache aushelfen konnte.
„Papperlapapp! Das sind Regeln des Space Command! Wir tun das, was in unserer Situation sinnvoll erscheint!“ Laura war durchaus gewillt, mit

den Regeln der Flotte zu brechen und ihr finsterer Gesichtsausdruck ließ daran keinen Zweifel. Um ihre Meinung zu bekräftigen, schlug sie bestätigend mit der Faust auf den Tisch.
„Vielleicht ist das Befolgen von Regeln sinnvoll“, gab Raven zu Bedenken.
„Lass uns erst einmal nach Hause kommen“, schlug Laura vor, „dann sehen wir weiter.“
„Okay.“ Thomas gab nach. „Was ist mit unserem Flight Commander?“
„Ich habe Oksana bereits gefragt“, warf Stone ein, „aber die Gute möchte als XO wieder auf die WALHALLA, wenn diese fertig ist. Sie möchte keine Zwischenlösung sein, das würde dem Status eines Flaggschiffes nicht gerecht werden.“
„Donnerwetter“, entfuhr es Thomas. „Die junge Dame hat Stil!“
XO Stone zog die Augenbrauen hoch. „Das hat sie wohl – und außerdem Potential. Sie hat von uns gelernt. Sie wird ihren Weg machen.“
„Ganz sicher“, bestätigte Thomas und plötzlich hatte er eine Idee. „Wie wäre es mit unserem Commander von NORAD. Es ist zumindest artverwandt. Wie heißt er noch?“
„Roy Sharp, Air Marshall, 46 Jahre alt. Wer NORAD kommandieren kann, wird auch die Staffeln befehligen können – nach einer gewissen Einarbeitungszeit.“ Laura war da optimistisch und von Thomas Idee ganz angetan.
„Und ich wette, dass du die Einarbeitung übernimmst“, entgegnete Thomas.
„Du brauchst nicht wetten, ich mach das, wenn der Marshall zustimmt.“

Der Marshall stimmte zu und zwar erfreut und gerne. Er hatte sich in den paar Tagen und unter der psychologischen Betreuung von Suzan Bookley ganz hervorragend erholt und sah zukünftigen Aufgaben mit großem Interesse entgegen. Laura musste sich ganz schön beeilen mit ihrer Unterweisung, denn Roy lernte schnell. Sharp stellte sich bei seinen Piloten vor und auf Grund seiner Persönlichkeit und seiner Vorgeschichte war er schnell akzeptiert – ein Idealfall.
Die GERONIMO hatte somit wieder einen Flico.

Bis zum Eintreffen am 27.02.2125 beim Galaxiswurmloch waren die zahlreichen Dokumentationen der Aufklärer bezüglich des Zustandes der Erde komplett ausgewertet worden. Das Ergebnis war niederschmetternd. Ihre Heimat war auf Jahrhunderte, vielleicht auch Jahrtausende, nicht als Lebensraum zu nutzen. Die entfesselten Naturgewalten mussten sich erst einmal beruhigen, denn die Natur brauchte genau zwei Dinge: Stabile Verhältnisse und Zeit – viel Zeit. Dann konnte sich auch die Erde wieder regenerieren. Paulo Baretta fasste das ganze Material zu einem dreistündigen Dokumentarvideo zusammen. Es war geplant, dieses der Bevölkerung auf Agua als Informationsquelle zur Verfügung zu stellen. Somit sollte auch der Letzte einsehen, dass sein eventuell vorhandenes Heimweh nicht befriedigt werden konnte. Somit war dann auch der Kopf frei für die neue Heimat und die Entwicklung der Menschheit von dort.

Gegen 6:00 Uhr morgens traf das Flaggschiff am Galaxiswurmloch ein. Thomas verlor keine Zeit und instruierte die REVENGE.„Ich weiß Bescheid. Dieselbe Prozedur wie beim letzten Mal!“ Der Tonfall war – wie üblich herablassend.
„Genau“, bestätigte Thomas.
„Du kannst dich auf mich verlassen, Captain!“
„Ich weiß!“ Thomas Raven grinste und begab sich zu seiner Unterkunft.
Die KI würde die GERONIMO in einem Stück in die Blackeye Galaxie steuern und die Crew vertreten. Raven ging in seine Kabine und schnallte sich sorgfältig auf seinem Bett fest. Dann gab er sich die Injektion, die ihn 33 Stunden ins Koma fallen ließ – und zwar die volle.
Wenig später verschwand die GERONIMO durch das Wurmloch aus der Milchstraße.
Fünf Stunden später tauchte das gefechtsklare Schiff stark beschleunigend inmitten der Blackeye-Galaxie auf und gab volle Energie auf die Sensorenphalanx. Kurz darauf verschlossen sich die Klappen der Europa- und Ganymed-Raketen, die Ladebänke der Phasenwerfer wurden heruntergefahren und die Schildstärken erreichten normale Betriebsgrößen. Der Austrittsort war unbewacht. Die Vorbereitungen der REVENGE waren unnötig gewesen. Blitzschnell, wie es ihre Art war, schaltete die KI um, richtete einen neuen Kurs ein und beschleunigte in

Richtung Agua. Sie beabsichtigte, die schlafende Crew schon mal ein ganzes Stück in Richtung Heimat zu fliegen.

15.03.2125, Agua, Farm von Lutz Heinken, 07:00 Uhr Ortszeit:

Ewa schlug die Augen auf und ob sie wollte oder nicht, ein leichtes Stöhnen entrang sich ihren Lippen. Sie hatte nicht besonders gut geschlafen und so langsam wurde es in der 37. Woche auch etwas beschwerlich mit der Schwangerschaft, zumal sich das Ungeborene bisweilen ordentlich rührte. Ewa hatte sich gegenüber ihrem behandelnden Arzt durchgesetzt. Erstens wusste sie immer noch nicht, ob es ein Junge oder ein Mädchen werden würde und zweitens würde sie nicht ins medizinische Zentrum nach Zentralstadt gehen. Dr. Frank Houser hatte nur mit den Schultern gezuckt, schließlich kannte er seine willensstarke Patientin.
„Ich werde einen Med-Schrauber für dich bereit halten“, waren seine Worte nach dem letzten Hausbesuch gewesen.
Ewas Blick wanderte zur Seite und dort lag, sehr zu ihrem Bedauern, nicht Tom sondern die kleine Inara. Die Fünfjährige mit den langen schwarzen Haaren und den dunklen Augen hatte wortreich darauf bestanden, bei Ewa zu bleiben, weil diese womöglich Angst im Dunkeln haben könnte. Mit einem Lächeln hatte Ewa zugestimmt und nun schlief Inara jede Nacht neben ihr, seit Tom aufgebrochen war, die Erde zu suchen oder zu besuchen.
Ewa betrachtete das Mädchen. Sie lag auf der Seite und war zu Ewa gedreht. Ihre Züge waren entspannt und friedlich. Die Schwangere konnte stundenlang in das Gesicht des schlafenden Kindes schauen. Die Kleinen waren so ausgeglichen und einfach in ihrer Denkweise – beneidenswert. Natürlich, für Inara war es absolut sicher, dass Tom wiederkam – schließlich hatte er es ja gesagt. Ewa wünschte in diesem Fall, das auch einfach so glauben zu können. Der zwei Jahre ältere Peter, der mit den älteren Kindern von Lutz und Shelly im eigens dafür errichteten Kinderhaus schlief, hatte schon den Ernst des Lebens kennengelernt und war reifer, intelligenter. Aber auch er glaubte an die Rückkehr von Tom – ganz sicher.
Und was glaubte sie? Dr. Ewa Lenn war eine erfahrene Frau von Anfang 40. Sie hatte die Gefahren der Raumfahrt am eigenen Leib

miterlebt und es konnte, verdammt noch mal, 1.000 Gründe geben, warum die GERONIMO nicht am Ziel ankam.
Sie horchte und stellte fest, dass es draußen einen der seltenen Tagesregenfälle gab. Soeben war am Horizont die Sonne aufgegangen, ließ alles in einem diffusen Nebel erscheinen und es regnete dicke Tropfen. Normalerweise wäre Ewa sofort aufgesprungen und hätte das Haus verlassen. Tagesregen war sehr selten und jedermann genoss es, sich nass regnen zu lassen. Bei den Temperaturen auf Agua auch kein Problem.
Sie blieb liegen, weil ihr dicker Bauch sie wie ein Magnet im Bett festhielt – und das nicht nur heute.
Sie schlief wieder ein und träumte wirres Zeug. Dann wurde sie von zaghaftem Klopfen geweckt.
„Ja?!"
Die Schlafzimmertür ging auf, Peter kam herein und balancierte ein Tablett, auf dem heißer Kaffee, Brötchen, Margarine und Marmelade stand.
Ewa beeilte sich, sich aufzurichten und die Bemühungen des jungen Mannes mit einem Lächeln und guter Laune zu belohnen.
„Das ist lieb von dir, Peter."
Der fast Achtjährige stellte das Tablett vorsichtig auf dem Nachttischchen ab, immer bemüht, nichts von dem Kaffee zu verschütten. Ewa strich ihm dabei zärtlich über die blonden Haare. Während Inara sich ständig um Nähe bemühte, sah sich Peter in der Rolle, hier im Haus den Mann, spricht Tom, vertreten zu müssen. Sein Eifer dabei war geradezu rührend, und da er ein intelligenter Bursche war, hatte Ewa tatsächlich eine große Hilfe.
Sie hatte aber gar keinen Hunger. Ein Blick auf den Kalender sagte ihr, dass die GERONIMO jetzt einen Tag überfällig war. Okay, eine Reise von insgesamt vielleicht 45-50 Millionen Lichtjahren, da war ein exaktes Timing außerordentlich schwierig. Aber trotzdem, als Schwangere fühlte man eben anders – verflixt noch mal!
Sie wollte Peter nicht enttäuschen, darum nahm sie einen Schluck Kaffee, lobte dessen Aroma und die gute Zubereitungsart und nahm dann ein Brötchen zur Hand. In diesem Augenblick summte die Kom-Station nebenan im Wohnzimmer.

„Ich gehe schon“, beeilte sich Peter zu sagen, war schnell verschwunden und wenig später hörte sie seine Anrufentgegennahme mit absolut repräsentativer Stimme: „Büro der Präsidentin, hier spricht der persönliche Assistent Peter.“ Es gab einen kurzen Wortwechsel, den Ewa nicht verstand, dann wurde das Gespräch beendet. Der Junge kam anschließend mit beachtlicher Geschwindigkeit durch die Schlafzimmertür geschossen. „Die GERONIMO ist zurück!“
Ewa verschüttete fast den Kaffee. „Peter, hol´ mir meine Schuhe, meine Tasche, das grüne Kleid, ich meine …“
Peter stand nur fassungslos da und versuchte, einen klaren Wunsch aus Ewas Worten herauszuhören, den er auch erfüllen konnte.
„Quatsch! Hilf mir aus dem Bett!“
Das war in Ordnung. Ewa setzte sich auf und streckte die Arme aus und Peter zog kräftig.
Während Ewa ins Bad ging, bat sie Peter noch, Paul Dancer und Jack Warner zu kontaktieren, sie sollten mit dem Regierungsschrauber in einer Stunde kommen. Schließlich wollte sie als Präsidentin bei der Ankunft des Flaggschiffes anwesend sein. Und dann noch die schwierigste Aufgabe: Er solle seine Schwester wecken.

GERONIMO, Brücke:

Es war erst 06:30 Uhr Bordzeit, identisch mit Agua-Zeit, Zentralstadt, als die GERONIMO aus dem Wurmloch 3-5-8 hervorbrach. Die Kampf- und sonstigen Stationen waren voll besetzt, weil man mit allem rechnen musste. Aguas Verteidiger hatte mittlerweile einen DSO, einen Deep Space Observer, in der Nähe des Wurmlochs postiert und so wusste der Leiter der Mondbasen wenige Augenblicke später, dass das Flaggschiff zurückgekehrt war. Der drahtige Vertreter von Hotaru war ein Meister seines Faches, ein alter Kämpe. Er war nicht erschrocken, sondern freudig überrascht, als er das grüne GE auf seinem Scanner abgebildet sah. Er verhinderte mit seinem Funkanruf heftige Adrenalinschübe an Bord der GERONIMO, weil er nämlich mitteilte, dass die zwei 8.000er Trax-Einheiten, die die Sensorenphalanx mit Sicherheit anmessen würde und die sich in unmittelbarer Nähe von Agua befanden, Beuteschiffe seien.

So lief es dann ab, wie es eigentlich immer ablief. Das Flaggschiff meldete sich beim militärischen Kommandeur an – keinem geringeren als Chapawee Paco, der, wie sollte es auch anders sein, an Bord seiner COCHISE weilte.
Der Sioux tauchte auf dem großen Zentralbildschirm auf der Brücke des Flaggschiffes auf.
„Willkommen im Agua System. Meine Brüder und Schwestern sind hoffentlich vollzählig zurückgekehrt!“ Pacos Augen leuchteten und nur diese verrieten im ansonsten unbeweglichen Gesicht, dass sich der Indianer freute, seine Weggefährten wieder zu sehen.
Mit dem Willkommensgruß hatte Chap auch gleichzeitig eine Frage gestellt, die ihm Thomas mit ernstem Gesicht beantwortete. „Wir haben Grace auf der Erde zurücklassen müssen!“
Ein kleiner Muskel zuckte im Gesicht des Indianers. „Unsere schwarze Schwester wird nun ihren Frieden in den ewigen Jagdgründen finden.“ Paco neigte leicht sein Haupt. „Ihr habt die Erde also gefunden!“
„Ja“, antwortete Raven, „allerdings dürfte es einige Jahrhunderte dauern, bis wir dort wieder ohne Schutzanzüge an Lagerfeuern sitzen können.“ Thomas verwandte die Redensart des Indianers und dieser verstand.
„Ich benachrichtige Sack Carter. Ich denke, er hat wieder, wie üblich, etwas vorbereitet.“
Thomas lächelte. „Er soll sich beeilen. Wir wollen wieder festen Boden unter den Füßen haben. Viele der Crew haben Heimweh – Heimweh nach Agua!“

Agua, Farm von Lutz Heinken, 08:15 Uhr Ortszeit:

Die Jungs, beziehungsweise die Adjutanten, waren außerordentlich pünktlich. Ewa war gerade mit ihrer Morgentoilette fertig geworden, als sie von draußen das bassartige Brummen des schweren Regierungsschraubers hörte. Sie ergriff die Hände von Peter und der immer noch etwas verschlafen wirkenden Inara und wollte eilen, aber ihr derzeitiger Zustand ließ nun mal keine schnellen Bewegungen zu, also verließ sie mit den Kindern das Haus und ging mit ihnen auf den etwa 200 Meter entfernten provisorischen Landeplatz zu. Dabei lief sie am Haus von Lutz und Shelly vorbei, die wegen der kleinen Zwillinge schon früh

munter waren und, weil sie die Maschine gehört hatten, vor dem Haus standen.
„Die GERONIMO ist zurück“, rief ihnen Peter im Vorbeigehen zu und die Beiden winkten begeistert zurück.
„Bis nachher dann“, rief Lutz ihnen hinterher. Der ehemalige Navigator wusste, dass das Flaggschiff erst in ein paar Stunden in die Umlaufbahn einschwenken würde, schließlich musste man Agua ja Gelegenheit geben, die Rückkehrer würdevoll zu begrüßen. Zeit genug also, selbst noch rechtzeitig in Zentralstadt zu erscheinen.
„Guten Morgen Frau Präsi…, äh, hallo Ewa.“ Paul Dancer konnte sich gerade noch korrigieren, weil er genau wusste, dass seine Chefin das nicht hören wollte. Er stand oben auf der kurzen Gangway zum seitlichen Zugang des schweren Fluggerätes und half Ewa galant in die Maschine. Der ewig schweigsame Jack Warner, der hinter den Flugkontrollen saß, nickte seinen Fluggästen nur kurz zu. Bald darauf war die Tür verschlossen und die Maschine hob sanft ab.
„Das ist eine Überraschung, was?“ Paul konnte im Gegensatz zu seinem Partner nie wirklich lange schweigen und in der Situation schon gar nicht. „Wie geht es dir Ewa? Alles gut?“ Er hing fast zur Hälfte aus dem Cockpit in Richtung Passagierabteil heraus.
„Ja, ich bin aufgeregt, ich kann es gar nicht abwarten, Tom zu sehen und ihn zu sprechen.“
Paul wies wortlos auf den großen Monitor der Kom-Einheit im Passagierabteil.
„Wie? Aber ich kann doch nicht ...!“ Ewa zögerte.
„Warum nicht?“ Paul war die Reaktion unverständlich. „Du bist die Präsidentin und dies ist ein Regierungsschrauber. Selbstverständlich kannst du Kontakt mit der GERONIMO aufnehmen! Wenn nicht du, wer denn sonst?“
Während Ewa Lenn noch zögerte, stand Peter auf, stellte sich vor das Terminal und tippte die Kennung des Flaggschiffes, Peter hatte eine Menge Codes im Kopf, in die Tastatur. Wenig später erschien das Gesicht einer knapp dreißigjährigen Frau mit kurzen blonden Haaren. Ewa erkannte Oksana Trantow.
„Hallo junger Mann! Was kann ich für dich tun?“
„Ich bin Peter und möchte mit Tom sprechen.“

Die Russin schien einen Augenblick verwirrt, doch dann begriff sie und rief über ihre Schulter: „Captain, ein Gespräch, privat!" Dann flackerte das Bild kurz und Thomas Raven war auf dem Terminal zu erkennen.
„Guten Morgen, Peter." Thomas lächelte in die Kamera, als er seinen, ja, wie soll man sagen, Sohn sah.
„Schön, dass du wieder da bist, Tom. Herzlich willkommen zurück!" Das Kind strahlte über das ganze Gesicht und Ewa beeilte sich, in die Nähe der Aufnahmeoptik zu kommen. Es sah für Paul so aus, als wolle die Frau in das Gerät hineinkriechen.
„Hallo Tom!" Ewas Augen schimmerten verdächtig feucht.
„Hallo meine Liebe! Wie geht es dir? Wie geht es euch? Alles in Ordnung?"
Thomas bewunderte wieder einmal die Schönheit seiner Frau. Am liebsten wäre er jetzt ausgestiegen und hätte das Flaggschiff angeschoben, nur um schneller bei Ewa zu sein.
„Du hast uns, mir, gefehlt – sehr sogar. Ansonsten geht es uns gut, alles normal. Ich bin so froh, dass du, dass ihr, zurück seid. Es war bisweilen ein wenig hektisch. Aber hier ist noch jemand, der dir bestimmt einen guten Tag wünschen will." Ewa drehte sich kurz um, schaute dann wieder in die Kamera und zuckte entschuldigend die Schultern und lächelte. „Leider ist unsere kleine Inara wieder eingeschlafen."
Thomas grinste auf dem Bildschirm. „Wir werden um 12:00 Uhr wie üblich mit der REVENGE landen. Einen Kurzbericht unserer Mission übersende ich an Sack Carter. Lies ihn, dann kennst du das Ergebnis unserer Reise. Ich habe eben begonnen, den Bericht von unserem Sioux zu lesen. Offensichtlich wart ihr nicht untätig."
Ewa lächelte. „Oh nein, das waren wir nicht. Willkommen zurück – auch von mir!"
Thomas nickte in die Kamera und unterbrach die Verbindung.
Wenige Augenblicke später landete der Schrauber auf dem provisorischen Raumhafen Aguas. Sack Carter war schon dort und wartete in einer Art Nebenzentrale auf die Noch-Präsidentin.

GERONIMO:

Hotaru hatte die mächtigen Ionentriebwerke gedrosselt. Das Flaggschiff würde um 11:00 Uhr Bordzeit und Agua Zentralstadt-Zeit in den

Orbit einschwenken. Das war früh genug, um sich dann mit dem Letalis an die für 12:00 Uhr geplante Landung zu machen. Laura hatte beschlossen, dass die komplette Crew vier Wochen Landurlaub bekommen sollte. Zu diesem Zweck funkte sie mit entsprechenden militärischen Abteilungen auf Agua, unter anderem auch mit Jane Scott, die für vier Wochen eine Notmannschaft zur GERONIMO bringen sollten. Man konnte das 3.000 Meter Schiff schließlich nicht alleine um Agua kreisen lassen. Jane Scott bot spontan an, mit erfahrenen Kräften der WALHALLA eine Art Notbetrieb aufrechterhalten zu wollen. XO Stone nahm das Angebot an und sah sich anschließend nach dem wissenschaftlichen Offizier um. Paulo hatte mitgehört, sah Laura an und schüttelte den Kopf.
„Ich auch nicht“, sagte Laura nur und damit war klar, dass weder sie selbst noch Baretta das Flaggschiff für mehr als ein paar Stunden verlassen würden.

Agua, provisorischer Raumhafen, 12:00 Uhr:

Man hatte sich dieses Mal entschlossen, die REVENGE auf diesem Teil Aguas landen zu lassen und hatte dort eine kleine Bühne, Mikrofone und Kameras aufgebaut, um dieses geschichtsträchtige Ereignis allen Bürgern auf Agua in allen Siedlungen nahe bringen zu können. Ein paar Tausend Menschen waren aber direkt, viele von ihnen zu Fuß, zum Ort des Geschehens gekommen, um live dabei sein zu können. Heute ruhte für den Rest des Tages jedwede Arbeit und wer die Reste der Menschheit kannte, der wusste, dass auch morgen frühestens ab Mittag wieder der eine oder andere Handschlag getan werden würde – natürlich nur das Nötigste. Es war nämlich schöne Tradition geworden, bei derlei Anlässen ein rauschendes Fest zu feiern. Lutz hatte in weiser Voraussicht eine erbliche Menge an Bier mehr gebraut und so manch kleine Destille hatte die Produktion von hochprozentigen Sachen schon vor Wochen hochgefahren. Demzufolge würde nun bis in die tiefe Nacht gefeiert werden. Was man feierte, wusste man noch nicht. Aber jeder war sich sicher, dass man schon einen Grund finden würde. Die Menschen auf Agua hatten eine andere Qualität des Lebens durch die aufgezwungenen Umstände für sich entdeckt. Sie arbeiteten, um zu leben und nicht umgekehrt. Dafür waren sie bescheidener geworden. Wenn man die einfachen Hütten auf Agua sah, wäre man nie auf die Idee gekommen, dass dieses Volk die interstellare Raumfahrt beherrscht. Man produzierte so viel, wie man zum täglichen Leben brauchte – nicht mehr. Dank ausgeklügelter Hilfen war die körperliche Arbeit zwar nicht weggefallen, aber auf ein bescheidenes Maß beschränkt worden. Die Leute hatten Zeit, sich miteinander zu beschäftigen. Hektik und Stress, die die Köpfe vieler Menschen in den letzten Jahrhunderten auf der Erde vergiftet hatten, waren hier nur hin und wieder in der Produktion militärischer Güter zu finden. Denn eines war jedem trotzdem klar: Die nächste Auseinandersetzung mit den Trax würde kommen und man musste vorbereitet sein. Trotzdem wurden die damit beschäftigten Leute oft ausgewechselt beziehungsweise in Urlaub geschickt. Phil Mory konnte zu seinem Bedauern die WALHALLA nicht so schnell in Stand setzen, wie er es wollte. Er fehlte ihm an Personal und an Ersatzteilen. Es fehlten auch die Fachleute für das Herstellen von Ersatzteilen, weil die Grundstoffe für die Teile erst einmal beschafft oder abgebaut werden mussten. Eine Schraube also, die bewies, dass auch Agua und die neue Menschheit nicht ohne Probleme waren. Phil war dazu übergegangen, Hilfskräfte für die eine oder andere einfache Tätigkeit auszubilden, aber da wurden Ausbilder gebunden, die ja … und so weiter. Es war einfach nicht einfach.

Phil Mory war mit seiner Rebecca ebenfalls zum Raumhafen gekommen und reckte jetzt den Kopf in Richtung Himmel.
„Siehst du, sie ist zurückgekommen. Wie ich es dir gesagt habe!"
Rebecca hakte sich bei ihm unter und drängte sich dicht an ihn. „Bist du mir immer noch böse, dass ich dich nicht mitfliegen lassen wollte?"
„Wieso? Thomas hat doch mein Hierbleiben angeordnet!"
Rebecca verzog etwas spöttisch den Mundwinkel. „Du unterschätzt deinen Captain. Er hat unsere Situation auf Anhieb durchschaut und dich deswegen hier gelassen. Die Reparatur der WALHALLA hätte auch jemand anderes leiten können."
Mory brummte. „Es ist jetzt egal. Ich wäre zwar gerne mitgeflogen, aber dann hätte ich ja ganz lange auf dich verzichten müssen."
Als die schöne Engländerin mit den tiefblauen Augen ihren Freund küsste, wirbelten ihre langen, pechschwarzen Haare ordentlich umher, denn der Letalis „hing" nur noch etwa einen halben Kilometer über

ihnen und schob eine große Druckwelle vor sich her. Seitlich aufgestellte Wände, hinter denen das Kampfschiff landen würde, sollten die Zuschauer bei den letzten Metern der Landung schützen. Wenige Minuten später erstarb das Dröhnen des Antriebes – die REVENGE war im Abstand von gut 100 Metern gelandet.
Aus den Rängen der Zuschauer löste sich eine Frau in einem langen dunkelgrünen Kleid und ging auf die Bühne zu. Ewa machte sich bereit, fürs erste ihre letzte Amtshandlung als Präsidentin durchzuführen und nahm das Mikro, was auf einem Ständer befestigt war, zur Hand.
Phil Mory fasste seine Freundin noch fester um die Hüfte und schaute gebannt auf die Szenerie. Nach dem offiziellen Teil konnte er sicher noch mit den Rückkehrern sprechen.
Ewa stand mitten auf der Bühne und wartete auf die Crew, die von hinten einer nach dem anderen den Aufgang heraufkamen. Zuerst kam Ron und als dann Thomas die Bühne betrat, vergaß Ewa wohl so ziemlich alles, was sie sich vorgenommen hatte, zu sagen. Ein zittriges „Willkommen“, welches laut über die Zuschauermenge hallte, brachte sie noch zustande, dann wollte sie das Mikro in die Halterung zurückstecken, verfehlte die Apparatur und während sie auf Thomas zuflog, fiel das Mikrofon auf den Holzboden und löste damit einen lauten Knall über die Lautsprecher aus. Aber so, wie sie gerade Thomas Raven um den Hals hing, ging eigentlich jeder davon aus, dass sie das gar nicht mitbekommen hatte. Die Leute waren begeistert und applaudierten laut.
Ron Dekker grinste und bückte sich nach dem Mikro. Dann blies er dort hinein und es fauchte aus den Lautsprechern. „Glück gehabt - geht noch!“ Auch diese lockere Bemerkung war bis in den letzten Winkel des Raumhafens zu hören. Einige Leute lachten.
Ron drehte sich um und sah, dass Thomas sich vorsichtig von Ewa gelöst hatte, und an den vorderen Rand der Bühne getreten war. Von dort winkte er jemanden aus dem Publikum zu sich. Kurz darauf sah Dekker, wie Peter, der seine kleine Schwester an der Hand hielt, vorsichtig die vorderen Stufen zur Bühne hochkam. Thomas kniete sich hin und nahm in jeden Arm eines der beiden Kinder.
„Äh, ja – so viel Zeit muss sein“, bemerkte er über die Lautsprecher und wartete, bis die Kinder Thomas losließen und er sich wieder

aufrichten konnte. Dabei nahm er praktischerweise Inara auf den Arm, weil diese sich gar nicht trennen wollte. Dann bekam er noch eine kurze Aussprache zwischen Thomas und Peter mit.
„Nein, Peter. Wir haben sie nicht gefunden. Wir müssen leider davon ausgehen, dass sie nicht mehr am Leben sind." Ron sah, wie der Junge tapfer nickte und dann die freie Hand von Thomas ergriff und sich in Richtung Zuschauer umdrehte. Ewa trat hinzu und streichelte Peter zärtlich die Wange.
Ron Dekker schätzte den cleveren Peter richtig ein. Der Junge hatte die Expedition zur Erde als letzte Chance gesehen, vielleicht doch noch etwas über seine Eltern zu erfahren. Er würde einsehen, dass die Suche nun vorbei war und er sich ganz auf Thomas und Ewa verlassen konnte. Und das Paar hatte nie einen Zweifel daran gelassen, dass sie sich um Peter und Inara kümmern wollten – wie leibliche Eltern.
„Danke für den freundlichen Empfang!" Ron hatte seine, wahrscheinlich wie immer kurze Rede, begonnen. „Zuerst, meine lieben Freunde, möchte ich an die erinnern, die nicht wieder mit uns zurückgekommen sind. Der tragische Unfalltod von Mark Lund ist euch bekannt. Es gab einen weiteren tödlichen Unfall, kurz nachdem wir in der Milchstraße angekommen waren. Ich erinnere an Samantha Park. Und auch auf der Erde selbst wurde eine von uns angegriffen und tödlich verletzt. Ich bedaure euch mitteilen zu müssen, dass wir unsere Flight, Grace Ojok, auf der Erde haben zurücklassen müssen!"
Eisiger Schrecken durchfuhr Phil Mory. „Scheiße, Scheiße, Scheiße", murmelte er vor sich hin und konnte diese Tatsache kaum begreifen. Natürlich hatte er mit dem Thema Grace abgeschlossen, aber trotzdem war er immer noch ein Freund von ihr. Rebecca spürte den Schock ihres Partners und nahm Phil fest in die Arme.
„Zur Erde selbst werden wir gleich einen Zeitzeugen zu euch sprechen lassen. Aber so viel sei vorweggesagt: Wir müssen für die nächsten Jahrhunderte oder Jahrtausende auf unsere Heimat verzichten. Ein Leben ist wegen der jetzigen klimatischen Bedingungen dort kaum möglich. Wir haben eine genaue Dokumentation zusammengestellt, die wir hier ins Netz laden. Es kann sich dann jeder davon überzeugen."

Ron machte eine Pause, weil er ein anderes Thema anbringen wollte. Er gab den Zuschauern dabei auch die Möglichkeit, zumindest ansatzweise ihren Schock zu verarbeiten.
„Aber es gibt auch Gutes zu berichten. Es ist uns gelungen, eine Gruppe von etwa 300 Männern und Frauen, sowie einigen Kindern, mitzubringen, die sich die letzten vier Jahre in NORAD zurückgezogen hatten. Sie werden in ein oder zwei Stunden hier landen. Ich bitte euch, sie herzlich zu begrüßen – sie haben die letzten Jahre die Hölle erlebt."
Die Zuschauer klatschten begeistert. So langsam aber sicher wuchs die menschliche Rasse wieder – ein gutes Zeichen und fast jeder wusste, Leute aus NORAD waren Spezialisten, die man gut gebrauchen konnte.
„Aber nun zu unserem Zeitzeugen. Es ist mir eine große Ehre, dass ich ihn zusammen mit Thomas Raven, vom Mars zu uns bringen konnte. Ich darf euch vorstellen: Jonathan Baines, Admiral a.D. des Space Command."
Dekker trat vom Mikrofon weg und mit einer weit ausholenden Armbewegung lotste er Jonathan nach vorne. Der alte Baines wirkte etwas unsicher und nur zögernd ging er Richtung Mikrofon. Nebenbei sah er sich ständig um, als könne er sich nicht satt sehen an Aguas Natur.
„Ihr habt einen schönen Planeten als Heimat gefunden!" Etwas brüchig klang die Stimme.
„Es fällt mir schwer, euch etwas zur Erde zu sagen. Wenn es nicht so gelingt, dann haltet mir bitte zu Gute, dass ich die letzten vier Jahre mit meiner Partnerin allein auf dem Mars war und seit einem Jahr ganz allein. Ich begrub sie auf dem Mars."
Während der ehemalige Admiral eine Pause machte, hätte man die berühmte Stecknadel auf den Boden fallen hören können.
„In Kurzform: Wie ihr wisst, griffen uns die Trax an. Mit ihren überlegenen Waffen hatten sie bald unsere gesamte Flotte zusammengeschossen. Dann war die Erde dran. Sie feuerten weitgehend auf die Calderen von Riesenvulkanen. Innerhalb weniger Stunden brachten sie es zustande, dass die Erde an mehreren Stellen gleichzeitig aufbrach. Heftige Erdbeben und ein gigantischer Ascheregen mit giftigen Dämpfen waren die Folge. Einige Länder versuchten, die Bodentruppen der Trax mit Nuklearwaffen zu bekämpfen. Die Ergebnisse waren für uns selbst verheerend. Weite Teile der Welt waren kurz danach kontaminiert. Ich

flüchtete, wofür ich mich noch heute schäme, mit einigen Militärangehörigen mit einem Transportschiff zum Mars. Unser dortiges Refugium konnte uns alle aufnehmen und ernähren. Unsere Beobachtungen der Erde ergaben, dass diese sich wegen der Aschewolken in der Atmosphäre erheblich abgekühlt hatte und eine flächendeckende Eiszeit ausgebrochen war. Gegen meinen Willen, ich wurde überstimmt, verließen bis auf meine Partnerin und ich, alle Personen die Marsbasis und flogen mit dem Transportschiff zur Erde zurück, um dort zu retten, was noch zu retten war. Ich sollte auf der Basis ihre Rückkehr abwarten. Sie kamen aber nicht zurück."
Jonathan Baines stand mit geschlossenen Augen und gesenktem Kopf vor dem Mikro und die Zuschauer waren immer noch still.
„Ich empfinde es als beschämend, dass ich als Verteidiger der Erde versagt habe und trotzdem als einer der Wenigen überlebt habe. Ich habe mich daher auf dem Rückflug ins Agua-System entschlossen, meinen Admiralsrang weiterzugeben. Ich habe jemanden gefunden, der mit viel Mut, Einsatzbereitschaft sowie sozialer Kompetenz eine neue menschliche Zivilisation aufgebaut hat. Meinen Respekt vor dieser Leistung, sowie meinen Rang, gebe ich an Thomas Raven weiter, zuvor First Commander Space Force, jetzt Admiral!"
Thomas setzte Inara ab und trat nach vorne. Baines schüttelte ihm die Hand. Die Zuschauer klatschten begeistert.
„Hallo zusammen." Thomas musste nun, ob er wollte oder nicht, auch ein paar Worte sagen. „Ich bin froh, wieder hier zu sein. Wir müssen in der nächsten Zeit die Erde aus unseren Köpfen herausbekommen und uns hier auf unsere neue Heimat und deren Verteidigung konzentrieren. Wir müssen akzeptieren, dass wir die letzten Menschen sind. Richten wir uns hier ein und sehen wir zu, dass wir die Fehler der Vergangenheit nicht wiederholen. Irgendwann aber, werden wir die Erde wieder in Besitz nehmen. Dann, wenn sich die Elemente dort beruhigt haben werden. Die nächsten 500 Jahre braucht aber niemand darüber nachzudenken. Bitte fasst alle mit an, dann werden wir schließlich auch die Trax besiegt haben!"
Die Menge applaudierte lautstark.
Thomas trat zurück und damit war der offizielle Teil beendet.

Die Rückkehrer verließen die Bühne und mischten sich unter die Zuschauer. Thomas beglückwünschte Jane Scott und Phil Mory wegen der gelungenen Kaperaktion und freute sich, Hannes Möller und Emma Jorgensen wiederzusehen. Schließlich stand er vor seinem Vertreter Chapawee Paco. Ein mildes Lächeln umspielte die Lippen des Sioux.
„Ich begrüße meinen weißen Bruder zurück auf Agua!"
„Ich freue mich auch, dich zu sehen, Chap. Ich habe deinen Bericht gelesen. Du giltst jetzt als Retter von Acaspa – meinen Glückwunsch. Wie ich hörte, hast du mit Yirr eine Friedenspfeife geraucht. Meinst du, wir könnten das hier wiederholen?"
Sofort glühten die Augen des Indianers vor Begeisterung. Es gab nichts, womit man den Ureinwohner Amerikas mehr ehren konnte, als mit ihm das rituelle Kalumet zu rauchen.
„Zufällig habe ich alles dabei."

Wenig später landeten die Letalis KOPERNIKUS und KEPLER mit den ersten Rückkehrern aus NORAD. Weiter hinten gab es Starts und Landungen ganzer Staffeln von Tiger Sharks. Man hatte begonnen, das Personal auszutauschen. In den verschiedenen Ortschaften wurden Festzelte, Theken, Grillwagen und Sitzgelegenheiten sowie Musik aufgebaut und man gab sich ganz des Festes zu Ehre der Rückkehr der GERONIMO hin. Die NORAD-Siedler wurden herzlich empfangen und es fanden sich schnell ehrenamtliche Betreuer, die sich in den nächsten Wochen um die Bedürfnisse der neu Hinzugekommenen kümmern würden. Laura Stone und Paulo Baretta kehrten nach den ersten Stunden mit der REVENGE auf die GERONIMO zurück. Auch Ewa und Thomas verfolgten das Fest nicht bis zum Ende. Bezüglich der Friedenspfeife hatte Thomas noch einen schalen Geschmack im Mund, aber die Begeisterung des Indianers kannte keine Grenzen. Zum Abschluss sah man ihn noch mit Jane Scott an einem Feuer sitzen.
Thomas war irgendwann auf Lutz Heinken getroffen. „Wo sind deine Frau und deine Kinder?"
„Zu Hause" antwortete Lutz und umarmte seinen Freund. „Die Zwillinge sind noch zu klein für solche Veranstaltungen."
„Hast du ein Fahrzeug hier? Ich glaube, Ewa und die Kinder werden müde."

„Nein, leider nein. Ich wurde gebracht."
Thomas sah sich um und winkte Ron. Der kam mit seiner Partnerin Suzan an einer Hand und in der anderen Hand einen Becher Rotwein.
„Schau mal, Thomas, was für ein liebliches Tröpfchen ich hier ergattert habe!"
„Schön für dich! Wir brauchen ein Transportmittel."
„Kein Problem, Admiral. Da vorne steht der Regierungsschrauber. Paul und Jack sollen euch nach Hause fliegen. Ich werde hier noch feiern!"
Wenig später hob der schwere Schrauber mit Lutz, Thomas und Ewa sowie den Kinder ab und flog Richtung Farm.

<u>10.04.2125:</u>

Etwas missmutig schaute Dr. Frank Houser auf seinen Zeitmesser, als er mitten in der Nacht von seinem Kom-Gerät geweckt wurde. Das Ding stand im Nebenraum auf seinem Schreibtisch und machte einen Höllenspektakel – jedenfalls jetzt, so um kurz nach drei Uhr morgens.
Frank schlug die Bettdecke zurück, stand auf und schlurfte ins Nebenzimmer, um den Anruf entgegenzunehmen.
Als er das Gerät einschaltete, sah er in das leicht hektische Gesicht von Thomas Raven. Dessen Haare waren nicht allzu ordentlich um den Kopf drapiert, dachte er. Dabei fiel ihm auf, dass es mit seiner Haartracht bestimmt ähnlich bestellt war. Statt einer Begrüßung fragte er daher nur: „Geht´s los?"
„Ja!"
„Ich komme!"
Während Frank schon den Code des nahe liegenden Flughangars anwählte, dachte er darüber nach, dass er wohl noch nie ein solch kurzes Gespräch geführt hatte.
„Moin, hier ist Hank. Wer stört meine Ruhe?"
Innerhalb weniger Sekunden erschien das dritte ungekämmte Haupt in der frühmorgendlichen Kommunikation. Das hagere Gesicht des Technikers Hank Morgan wirkte bezüglich der nächtlichen Störung überhaupt nicht begeistert.
„Ich brauche den Med-Schrauber!"
„Was, jetzt?"
„Nein – sofort!"

„Wohin?“
„Farm Heinken-Buckley!“
„Zu Ewa Lenn?“
„Ja!“
„Geht´s los?“
„Ja!“
„Komm, ich bereite den Start vor!“
Frank schaltete die Kom-Konsole ab und dachte, während er sich schnell etwas überstreifte, dass es heute wohl die Nacht der kürzeren Dialoge sei. Dann stürmte er schon aus seinem Haus heraus und warf sich in seinem offenen Buggy hinters Lenkrad. Die akkugespeisten E-Motoren trieben die Ballonreifen zur höchsten Eile an. Schotter spritzte wild umher und starke Scheinwerfer machten die Nacht zum Tag – zumindest in Fahrtrichtung. Keine drei Minuten später war Houser am Flughangar angekommen. Ein Teil davon war hell erleuchtet und Frank erkannte den schweren Med-Schrauber im Mittelpunkt des Lichtes. Die seitliche Tür war geöffnet und Hank saß bereits an den Flugkontrollen. Frank fuhr ganz dicht heran, schaltete die Motoren seines Wagens ab und hastete in den Schrauber, dessen Rotoren sich gerade zu drehen begannen.
„Hi!“ Frank begrüßte seinen Piloten.
„Hi! Anschnallen!“
Frank verdrehte die Augen. Männer waren wirklich die Meister der kurzen Dialoge. Wenn das heute mal nicht so weiterging. Wenig später wusste Frank auch, warum er sich anschnallen sollte. Hank Morgan legte einen Gewaltstart hin. Das schwere Fluggerät mit einem kompletten Operationssaal im Heck wurde von den Rotoren praktisch in die Luft gerissen und ab einer Höhe von 200 Metern legte Hank den Schrauber mit einer Vorhaltung von 45 Grad nach vorne über die Nase und gab volle Energie auf den Hauptantrieb.
Frank Houser wurde es mulmig, man sah nämlich nichts – gar nichts. Er wusste zwar, dass Hank nun ausschließlich nach Instrumenten flog, aber trotzdem war es nicht Jedermanns Sache, sich mit fast 400 km/h durch die stockfinstere Nacht zu bewegen. Die einzigen Anhaltspunkte waren die zwei zurzeit sichtbaren Monde, die aber bei dem rasanten Flug längst nicht für eine optische Orientierung ausreichten.

Nach einigen Minuten und ständig flauer werdendem Magengefühl bemerkte Frank, dass der Schrauber nicht mehr schräg kopfüber nach vorne lag, sondern Hank den Flieger in die Waagerechte gebracht hatte. Der Arzt schaute aus dem Seitenfenster und entdeckte unten ein paar Lichter. Offensichtlich hatte man die Farm schon erreicht. Morgan drückte auf eine Taste und aktivierte die Landefeldbeleuchtung des Med-Schraubers. Während von unten gesehen eine Sonne aufging, die das gesamte Farmareal bis in den letzten Winkel in helles Licht tauchte, aktivierte sich im Cockpit ein Monitor, auf dem das Landegebiet dargestellt wurde. Hank orientierte sich kurz, wählte eine geeignete Stelle aus und ließ, sehr zum Unwohlsein seines Mitfliegers, den Schrauber ordentlich durchsacken. In einer Höhe von 50 Metern fing er das Gerät auf und landete dann sanft vor dem Haus von Thomas und Ewa.
„Wir sind da", stellte er fest und schaltete die Motoren und die Scheinwerfer aus.
Diese Worte waren jetzt eindeutig überflüssig, dachte Frank Houser und fühlte sich schlecht. Trotzdem schnallte er sich schnell ab, stand auf, ging nach hinten und öffnete mit leicht wackeligen Beinen die Seitentür.
Thomas erschien in der Haustür und stützte die leise stöhnende Ewa auf dem Weg zum Schrauber. Frank half ihr in das Heck des Fliegers und bat Thomas hinzu. Dann verschloss er den Zugang zur medizinischen Abteilung.
Hank Morgan verließ seinen Schrauber und wollte sich nach diesem Gewaltflug die Füße etwas vertreten. Draußen angekommen traf er zu seiner Überraschung auf Lutz, Shelly und vier Kinder von drei bis neun Jahren. Trotz der E-Motoren hatte der Schrauber erheblichen Lärm verursacht und nun standen sie hier und schauten, was wohl der Grund für das Getöse war.
„Geht es los?", fragte ihn die Frau mit den langen roten Haaren.
„Ja", antwortete Hank.
Danach beschloss Shelly, das Frühstück diesen Tag eher zu richten und zwar gleich neben dem Schrauber. Hank half Lutz, die entsprechenden Möbel aus dem Haus zu holen und eine knappe Stunde später saß man zusammen, aß und trank bei Kerzenschein, während Aguas Sonne den Horizont langsam rot zu färben begann.

Gegen acht Uhr dann, es war mittlerweile hell und die Sonne schien, öffnete sich die Schleusentür des Med-Schraubers und während sich alle erhoben und langsam auf das Fluggerät zugingen, trat Thomas mit einem weißen Bündel auf dem Arm heraus. Peter und Inara waren als erste bei ihm und er beugte sich herunter und ließ sie gucken.
„Es ist ein Mädchen“, rief Thomas den Wartenden zu. „Ewa geht es gut und das Baby ist gesund!“
Während Shelly nach einem kurzen Blick auf das Neugeborene schnell im Schrauber verschwand, um nach Ewa zu sehen, schlug Lutz dem frischen gebackenen Vater begeistert auf die Schulter. Es war nach den Strapazen, die Ewa als Schwangere auf sich genommen hatte, nicht ganz ausgeschlossen gewesen, dass das Kind möglicherweise krank zur Welt kam.
„Jetzt habt ihr ein eigenes Kind“, erklärte Peter und sah an Thomas hoch. Dieser kniete sich zu Peter und Inara hinunter. „Schaut mal hin!“ Die beiden Geschwister sahen ein kleines Gesichtchen mit dunklen Haaren und dunklen Augen, die noch etwas überrascht und verständnislos in die neue Welt blickten. „Das hier“, sagte Thomas und schaute das Geschwisterpaar ernst an, „ist unser drittes Kind – und ihr habt ein Schwesterchen bekommen.“ Im Gegensatz zu Inara verstand Peter ganz genau, was Thomas meinte und streckte die Hand aus, um seine noch kleinere Schwester als Begrüßung zu berühren.
„Wie heißt sie denn?“ Die fünfjährige Inara sprach neugierig eine recht naheliegende Frage aus.
„Wir haben uns schon vor Monaten auf einen Mädchennamen geeinigt“, sagte Raven, der nun von den übrigen Zeugen des Geschehens umringt wurde. „Den Namen wird sie als Rufnamen bekommen. Wegen der letzten Ereignisse habe ich mich gerade mit Ewa darauf geeinigt, dass sie einen zweiten Vornamen dazu bekommt. Außerdem werdet ihr alle denselben Nachnamen bekommen, nach unserer Verfassung eine Zusammenstellung aus den Nachnamen der Eltern.“
„Wie heißt sie denn nun?“ Inara war bisweilen etwas ungeduldig und genau so klang ihre Stimme auch.
Thomas richtete sich auf. „Sie wird >>*Rosa Samantha Ralen*<< heißen.“

Epilog

Die neue Menschheit formierte sich. Auch der letzte Bürger hatte sich mit der Tatsache abgefunden, dass die Erde zunächst einmal nicht zu bewohnen sei. Man konzentrierte sich auf das gedeihliche Miteinander und war bemüht, die Fehler der Vergangenheit auf der Erde nicht zu wiederholen. Mit den zusätzlichen Fachleuten aus NORAD gelang es, die WALHALLA bis zum Ende des Jahres 2125 fertig zu stellen. Captain Jane Scott übernahm das Kommando und Oksana Trantow bekam ihren Posten als XO zurück. Außerdem wurden bis Jahresfrist die beiden Beuteschiffe der Trax als Abwehrfestungen in einem weiten Orbit um Agua, noch außerhalb der Mondbahnen, um- und aufgerüstet. Zur Freude von Phil Mory konnte die Letalis-Produktion wieder aufgenommen werden und Brain Hill forschte in Richtung Perfektionierung von Robotschiffen. Eines hatte man nämlich immer noch nicht genug und das war menschliche Besatzung.

Man hatte lange auf einen geeigneten Namen für die Zentralsiedlung gewartet. In Erinnerung an eine wertvolle Wegbegleiterin der ersten Stunden nannte man auf einen Vorschlag von Phil Mory das umliegende Land Graceland und die Stadt Graceland City.

Die Verbindung nach Vendora riss im Laufe des Jahres 2125 nahezu ab. Die Blauen waren in heftige Bruderkämpfe verwickelt. Die Beobachter, die man von Agua aus losschickte, wussten zu berichten, dass die Verluste auf beiden Seiten der unterschiedlichen politischen Richtungen sehr hoch waren. Selbst, wenn die diktatorischen Kräfte gewinnen sollten, wären sie keine Gefahr für Agua mehr. Da man sich nicht einmischen sollte und wollte, wartete man einfach ab.

Was man bezüglich Vendora vermisste, machte Acaspa und die neu gegründete Kolonie der Echsenwesen wieder wett. Man handelte und verkehrte untereinander als echte Freunde und bald rüstete man 500 Meter-Raumer der Echsenwesen mit der terranischen Sprungtechnik und Waffen aus und gemischte Besatzungen gingen auf Forschungs- oder Handelsfahrt. Als eine große Überraschung zeigten sich auch die Maroon in der zweiten Lebenshälfte. Auch sie boten in kleineren Schiffen mit einem vortrefflichen Antrieb den Menschen den Mitflug an. Da die Trax sich nicht blicken ließen, blühte die menschliche Zivilisation auf. Entweder hatte man die Clans vernichtet, die die Position von Agua kannten, oder aber die Insektoiden waren vorsichtig geworden, nachdem sie die nuklearen Zähne der Menschen kennengelernt hatten. Dass die Trax-Gefahr nicht ganz außer Acht gelassen werden konnte, bewies ein Angriff etwa Mitte des Jahres auf einen 500 Meter Raumer der Acaspa mit gemischter Besatzung. Gleich ein halbes Dutzend mehr als doppelt so großer Quaderschiffe hatte sich auf den fernab vom Agua-System operierenden Forschungsraumer gestürzt. Das Schiff war schwer beschädigt mit knapper Not entkommen und hinterließ immerhin vier Wracks. Man hatte den Acaspa-Raumer mit terranischen Waffen ausgerüstet.

Zwei Dinge waren eigentlich immer noch ein Rätsel:
Wie waren die Trax an die beiden Terra-Schiffe gekommen?
Wie gelangten die zwölf Kinder, unter ihnen Peter und Inara, in die Gewalt der Trax?
Jonathan Baines, so hatte man gehofft, würde zumindest zu Punkt 1 etwas sagen können. Das war leider Fehlanzeige. Der ehemalige Admiral mutmaßte, dass man nicht alle Schiffe vernichtet und vielleicht zwei zu Studienzwecken gekapert hatte. Genaues wusste er aber auch nicht.
Das Schicksal der zwölf Kinder würde noch ein Geheimnis bleiben. Mit dem fachmännischen Rat der Psychologen verzichtete man auf weitere Fragen an die Kinder – man wollte keine Seele gefährden und war schon damit zufrieden, dass sich die Kleinen normal entwickelten. Vielleicht würde in den späteren Jahren mal eines von ihnen selbst anfangen, über das Erlebte zu berichten.

Gegen Ende des Jahres 2125 traute Ron Dekker das Paar Beatrice Baines und Tiberius Miller. Der glückliche Jonathan Baines erzählte jedem, dass seine Tochter schwanger sei und dass deswegen geheiratet werden musste.

Admiral Thomas Raven hatte seinen Kommandostand an Bord der REVENGE, die am Rande des Farmgeländes abgestellt war, aufgebaut und beaufsichtigte und agierte von dort vorsichtig und behutsam mit den militärischen Ressourcen.

Die kleine Rosa Samantha Ralen wuchs unter der liebevollen Betreuung ihrer Eltern und Geschwister zusehends heran.